Carina Carie

Homullus
Der Duft des Lichts

Carina Carie

Homullus
Der Duft des Lichts

KaDi-Liechtiverlag
www.kadiverlag.ch

FÜR DICH
FÜR MICH
FÜR ALLE

Manchmal muss man den Dingen eine neue Ansicht geben, um die Rätsel der Zeit entschlüsseln zu können. Es geht in vorliegendem Roman nicht um die Wahrheit, nur um den Gedanken.

www.carinacarie.ch

1. Auflage 2014
© 2014 KaDi-Liechtiverlag, 3267 Seedorf
alle Rechte vorbehalten
Layout: Ulrich-Media GmbH, 3045 Meikirch
Umschlaggestaltung, Bilder: KaDi-Liechtiverlag, 3267 Seedorf
Druck: Zumsteg-Druck AG, 5070 Frick
ISBN: 978-3-9524321-0-5

www.kadiverlag.ch

Prolog

Otto hatte schon zu viel Zeit mit der schönen Toten verbracht. Er musste die Leiche reinigen ... seine DNA-Spuren beseitigen.

Sie war das Wertvollste, was er jemals besessen hatte, und doch musste er sie hier liegen lassen. Wie Dreck, den man in eine Ecke wischt.

Dieser letzte Ausdruck in ihrem Gesicht ... er hatte sich fest in Ottos Hirn eingebrannt. Wann immer er seine Augen schloss, sah er ihr verzerrtes Antlitz, entstellt von unsäglichem Schmerz. Und dann ... trotz allem, das Lächeln während ihres letzten Atemzuges – diese Erleichterung, vom Leben befreit zu sein ... das Glück der Seele in Vollkommenheit zu versinken, ohne Zwang, ohne Gewalt und ohne Trauer. Dieses unbeschreiblich friedliche Lächeln, es brachte ihn schier zur Verzweiflung.

Das Baby lag neben seiner toten Mutter, in flauschige Wolldecken gewickelt und begann zu wimmern. Bestimmt spürte es die Kälte, die jetzt von dem seelenlosen Körper ausging. Während der letzten Stunden hatte es wach, aber völlig lautlos an ihrer Seite gelegen, als ob es genau wüsste, was hier vor sich ging; als wüsste es Bescheid über den Tod. Und so hatte es Abschied genommen von seiner Mutter.

Still –.

***

»Hier oben«, rief ein uniformierter Polizist dem Kommissar Roberto Keller zu.

Keller blickte hoch zum Hügel, woher die Stimme kam und winkte seinem Kollegen zu. »Bin schon unterwegs!«, rief er zurück und sagte dann mehr zu sich selbst: »Nur die Ruhe, sie ist ja schon tot, oder nicht!«

Der Kommissar unterhielt sich gerade mit einem alten Mann, der die Leiche vor einer guten Stunde entdeckt hatte. Der stürmische Wind peitschte den beiden Männern Regen ins Gesicht. Keller hatte seinen Schirm im Auto liegen lassen und bereute es jetzt, denn der Regen wurde stärker. Andererseits war er froh über seine Nachlässigkeit, denn so hatte er einen guten Grund, nach der Tatortbesichtigung nach Hause zu fahren und sich unter die warme Dusche zu stellen. Das war sein persönliches Ritual: Er musste sich die Last des Anblicks einer Leiche wegwaschen. Das war bei ihm schon immer so gewesen.

»Sie sieht friedlich aus«, sagte der Alte beiläufig und deutete mit dem Kopf den Hügel hinauf zum Tatort. Er schien, äußerlich betrachtet, gefasst zu sein, umklammerte aber seinen Schirm mit zitternden Händen. Die Sehnen traten weiß an den Knöcheln hervor. Kommissar Keller überlegte, ob er einfach zustimmen sollte, obwohl er die Leiche noch nicht gesehen hatte, bemerkte aber mit einem schnellen Seitenblick, dass der dürre Greis gar keine Antwort erwartete.

Mit einem knappen Kopfnicken verabschiedete sich der Kommissar von dem Alten. Seine von Rheuma befallenen Glieder schmerzten heute besonders und so humpelte er mit den üblichen Anlaufschmerzen los. Es galt zuerst, die steinerne Treppe zu überwinden. Danach war es nur noch ein etwa fünfzig Meter langer beinahe flacher Aufstieg bis zum Tatort.

In der Mitte war er gezwungen, eine Pause einzulegen. Schwer atmend schaute er zurück. Die neunzehn Treppenstufen hatte er nur dank ein paar Pumpstößen aus seiner Asthmadose geschafft. Doch der Anblick der *ehrwürdigen Mutter,* wie er die renovierten Ruinen des Szenen-Theaters von Augusta Raurica liebevoll nannte, entschädigte ihn für die Anstrengungen. Als ob er vor applaudierendem Publikum auf der Bühne stände, schaute er in den Halbkreis der leeren Theatertribüne, der *Cavea.* Die kleinen Terrassen boten Platz für 10'000 Personen und wurden seinerzeit wohl auch vermehrt bei religiösen Feiern als Tribüne benutzt. Zivilisationsabgase und Wettereinflüsse der letzten 2000 Jahre hatten den sandigen Stein zu einem grauschwarz-braun gesprenkelten Gemäuer verfärbt. Wie hunderte kleine Haarnadeln mit smaragdgrünen Verzierungen wuchs saftiges Gras aus den Ritzen und bescherte der *ehrwürdigen Mutter* einen Hauch von selbstverliebtem Stolz. Bäume und Büsche schmückten die oberen Plattformen der noch gut erhaltenen Ruine und rekelten sich in die Höhe, als befänden sie sich im Wettstreit um den besten Platz um des

Himmels Gunst.

Keller hasste seinen Beruf. Die starren Augen von Leichen raubten ihm regelmäßig den Schlaf. Oder er vermöbelte in seinen Träumen brutale Verbrecher, um ihnen den Willen des Guten aufzuzwingen. *Was für ein Widerspruch, Gewalttaten mit Brutalität ins Gute verwandeln zu wollen!*

In neunzehn Jahren würde er pensioniert werden. Heute fühlte er sich so, als sei das noch sein einziges Ziel im Leben.

Der Kommissar stand jetzt auf dem Tempelberg Schönbühl, direkt gegenüber dem Theater. Einst thronte hier ein imposanter Podiumstempel der von 26 Säulen umstanden wurde. Sechs mächtige Frontsäulen begrenzten den Eingang der heiligen Hallen und mussten einst in den Besuchern des Szenen-Theaters Ehrfurcht hervorgerufen haben. Doch heute zeugten nur noch ein aus Mörtel und Kalkstein gemauerter drei Meter hoher Sockel und der darauf liegende massiv gebaute Quaderbrocken von dem eindrucksvollen Bauwerk. Trotzdem sah es immer noch aus wie ein gigantischer Altar, auf dem sogar ein Pottwal hätte geopfert werden können.

Aber der Kommissar war nicht da, um Ruinen aus alten Zeiten zu bewundern. Mühsam schleppte er sich den schmalen Kiesweg bis zum Sockel des Tempels hoch. Die Stufen dort waren klein, unregelmäßig und, da es wie aus Kübeln regnete, auch glitschig. Ein böiger Wind durchfuhr Keller bis auf die Knochen. Er krempelte den Kragen seines sommerlich dünnen Anoraks hoch, bevor er sich noch einmal Medizin in seine verklebten Lungen pumpte. *Verdammt! Es ist Juni, Mittsommer, der längste Tag im Jahr und das Wetter spielt Kapriolen, als ob der Winter schon bald den Herbst ablösen möchte.* Endlich hatte er auch die letzten paar Stufen erklommen und blickte auf den kahlen, abgerundeten und abgewetzten Stein.

So schön dieser Ort – besonders bei sonnigem Wetter – auf den Kommissar wirkte, so mystisch übermannte ihn dessen Energie in der trüben Stimmung eines Regentages. Und als er die Leiche der jungen Frau sah, wie sie da lag, mitten auf dem Quader, liebevoll hingebettet, war für ihn klar, dass dieser Tempel seinerzeit zu Ehren einer Schutzgöttin gebaut worden war. Es kam ihm vor, als ob er das Weinen der um Schutz flehenden Menschen hörte und das Salz der Tränen auf seinen Lippen schmeckte. Aber vielleicht war es auch einfach nur der

7

saure Regen, der sich einen Weg über sein knorriges Gesicht bahnte.

Wie passend dieser Ort für einen toten Menschen war! Aufgebahrt auf kaltem, grauem Kalkstein. Ein Stein, der mit weißen blutbahnähnlichen Strichen durchzogen war und sich scheinbar mit dem sterbenden Körper verbunden hatte, damit er ihm auch noch den letzten Hauch von Leben aus seinen Adern saugte. Keller beschlich das eigenartige Gefühl, das Monument sei nur für diese junge Tote errichtet worden. Ein tonnenschwerer Sarkophag, der Wind, Wetter und Menschheit über Jahrhunderte trotzte und dem toten Leib einer Göttin würdig war.

Die Tote sah tatsächlich friedlich aus, genauso, wie der dürre Greis es kurz zuvor erwähnt hatte. Sie lag auf dem Rücken, die Hände auf die Brust gelegt. Ihre bronzenen und tannennadellangen Haare wirkten wie eine goldene Krone auf ihrem Haupt. Die Kleidung war ordentlich, nicht zerrissen, und der Rucksack der Frau lagerte unter ihren Knien. Als ob sie es im Tod noch nötig gehabt hätte, ihr Kreuz zu entlasten. Der Kommissar vermutete, es sei dem Täter wichtig gewesen, seinem Opfer die Stellung im Tod so angenehm wie möglich zu machen und sie hübsch zurückzulassen. *Wäre schön, wenn die Leute das im Allgemeinen noch zu Lebzeiten für ihre Mitmenschen machen würden,* dachte er und wusste dabei genau, dass er selbst zu den Menschen gehörte, die andere ständig kritisierten und ihnen das Leben schwer machten, wo sie nur konnten. *Es ist einfacher, über Handlungen anderer zu lästern, als sich mit seinen eigenen auseinanderzusetzen.*

»Der Täter scheint seine Tat zu bereuen«, knurrte Keller vor sich hin. Der Rechtsmediziner, der mit einer Pinzette die Haare der Leiche untersuchte, bemerkte den Kommissar und begrüßte ihn, ohne aufzusehen, mit einem saloppen »Roobi«.

Keller tat es ihm gleich. »Miggu«, grüßte er und fügte ein forderndes »Und?« hinzu.

»Nichts ›und‹«, antwortete der Arzt, während er sich laut ächzend erhob.

»Gewaltverbrechen? Vergewaltigung? Todesursache?«, fragte Keller ungeduldig, als ob Miggu nicht genau wüsste, dass er auf Informationen angewiesen war. *Näher gehe ich bestimmt nicht an die Leiche heran. Zwei Meter genügen vollkommen.* Er hasste Tatortbesichtigungen, bei denen die Leiche noch nicht weggeschafft war.

Der Pathologe zuckte die Schultern: »Noch nichts.«

Keller versenkte seine eiskalten Hände in den Anoraktaschen und schaute den Rechtsmediziner mit zusammengekniffenen Augen an. Miggu vermutete sonst hinter jedem Toten ein Verbrechen. Selbst dann, wenn er zu einem Hundertjährigen gerufen wurde, der ganz friedlich in seinem Bett entschlafen war. Keller hatte erwartet, dass er ihm die übliche Phrase aufsagte. Etwas wie »das und das ist mit großer Wahrscheinlichkeit die Todesursache, nimm mich aber nicht beim Wort! Definitives nach der Autopsie.« Worte, die Miggu aus Krimis kannte und die er jeweils so theatralisch wie möglich zum Besten gab.

»Was vermutest du?«, hakte Keller nach.

»Ich habe keinen blassen Schimmer«, nuschelte der Arzt und starrte auf die Leiche. »Sie ist tot«, fügte er schließlich trocken hinzu.

Der Kommissar ließ die Schultern fallen. »Wenn das deine fachmännische Beurteilung ist, wird es schon so sein«, grunzte er mürrisch und setzte seine Asthmamedizin wieder an den Mund. *Ich bin nicht nett zu ihm, also ist er nicht nett zu mir,* dachte Keller und konnte den Spiegel regelrecht sehen, der ihm vom Arzt vorgehalten wurde.

Miggu schüttelte gedankenversunken den Kopf. »Vermutlich werde ich keine Spuren an der Leiche feststellen können«, fügte er hinzu und schaute den Kommissar mit gerunzelter Stirn an. Er zog die Handschuhe aus und kratzte innerhalb kürzester Zeit einen Mückenstich am linken Mittelfinger blutig. »Es ist jetzt etwa 15 oder 20 Jahre her, da wurde hier auf dem Gelände schon einmal eine junge Tote gefunden. Genau hier und genauso hingebettet. Es war heiß damals und ich würde wetten, es war auch der 21. Juni, wie heute. Ich war damals Assistent bei der Autopsie. Wir konnten keine Zeichen von Gewaltanwendung finden, keinen Missbrauch, kein Gift nachweisen und keine Anzeichen von Fremdverschulden finden. Es sah aus, als ob sie ganz natürlich gestorben war. Ihr gesundes Herz hatte einfach aufgehört zu schlagen. Als ob sie ihm den Befehl dazu gegeben hätte. Ein Selbstmord, durchgeführt mit reiner Willenskraft.«

Ein Gefühl der Bewunderung für die Tote kam in Keller hoch, erstickte jedoch wieder am Schein der Unmöglichkeit. »Interessant«, stellte er mehr für sich fest. Dann wandte er sich wieder Miggu zu: »Bitte schau' sie dir trotzdem so schnell wie möglich an, ja? Die Medizin hat in den letzten zwanzig Jahren einige Fortschritte gemacht.«

Der Kopf des Rechtsmediziners zuckte verwundert zurück. So nett hatte Roberto schon lange nicht mehr mit ihm gesprochen. Wortlos sah er dem Kommissar zu, wie er auf dem Absatz kehrt machte und den Ort so schnell, wie es ihm mit seinem Asthma möglich war, verließ.

Keller hielt es nie lange an einem Tatort aus. Schnell machte er sich an den Abstieg. Er überlegte, ob er einen kleinen Umweg um den Alten herum machen sollte, weil der immer noch hin und her watschelte wie ein ferngesteuerter Regenschirm auf Rädern. Doch der Greis schoss direkt auf Keller zu, als er ihn bemerkte.

»Die anderen jungen Frauen und Männer sahen auch so friedlich aus«, sagte er mit rauer Stimme. Seine Lippen bebten und die Nervosität wirkte sich auch auf seinen Kopf aus, als ob er in ein Dauernicken gefallen wäre. Er blickte dem Kommissar so gut wie möglich in die Augen.

»Welche anderen Frauen und Männer?«, fragte Keller genervt. Er wollte endlich weg von hier.

»Alle 19 Jahre stirbt hier ein junger Mensch. Alle zur Mittsommerzeit zwischen dem 20. und 23. Juni. Ich wohne seit meiner Geburt gleich neben dem Museumsgelände. Drei Leichen habe ich selbst gesehen, von den anderen hat mir mein Vater berichtet. Alle waren auf diesem Podiumstempel aufgebahrt.« Der Alte zeigte mit zitterndem Finger auf den Hügel, dort wo die Spurensicherung der Polizei die Beweise zu sichern versuchte, die der Regen noch nicht weggeschwemmt hatte. »Was glauben sie, warum ich sonst bei diesem Wetter einen Spaziergang mache!«, erzählte der Greis weiter und seine Stimme – das spürte Keller deutlich – wurde von einer Woge voller Angst geflutet. »Es sind die drei Mittsommertage des neunzehnten Jahres ... die Totentage! Ich habe es geahnt, dass wieder jemand stirbt. Ich Trottel hätte mich letzte Nacht auf die Lauer setzen sollen. Jetzt ist es zu spät. Ich bin zu alt, werde den nächsten Mord in 19 Jahren nicht mehr erleben.« die Angst des alten Mannes hatte sich zu ihrer vollen Höhe aufgetürmt. Seine dünne Stimme brach.

Der Kommissar hätte dem Greis vermutlich nicht geglaubt, wenn der Rechtsmediziner ihm kurz zuvor nicht etwas Ähnliches erzählt hatte. Und Miggu war kein Mann, der etwas erzählte, was nicht stimmte.

»Von wie vielen Toten sprechen wir hier?«, fragte Keller, plötzlich hellhörig geworden.

»Fünf, vielleicht sechs. Und das sind nur die, von denen unsere Familie weiß. Alle Opfer starben an ihrem 20. Geburtstag.«

Keller hob eine Augenbraue. »Fünf oder sechs Leichen im Abstand von 19 Jahren? Das wär ein Zeitraum von hundert oder gar hundertzwanzig Jahren. Etwas viel für einen Serienkiller.«

Der Greis schaute sich um, als ob er ein gut gehütetes Geheimnis offenbaren wollte, und beugte seinen Kopf nah an Kellers Ohr: »Vielleicht eine Teufelssekte, die ihrem Meister Opfer bringt.« Der Greis flüsterte jetzt nur noch. »Wer weiß, wie viele Jahrhunderte das schon so geht.«

Dem Kommissar fuhr die Kälte durch Mark und Bein. Es fühlte sich an, als ob ihm etwas das Knochenmark aussaugte.

»Sie müssen mir versprechen, in 19 Jahren auf der Hut zu sein«, sprach der Alte weiter, »aber Vorsicht!«, jetzt hob er mahnend den Zeigefinger. »Dieser Ort birgt ein Geheimnis.«

Kellers Mundwinkel zuckten. Dieser dürre Greis hatte ihn tatsächlich verunsichert. Die ganze Mystik von Augusta Raurica verdunkelte sich immer mehr.

Plötzlich fühlte er sich beobachtet.

1

19 Jahre später

Es waren die Gefühle, die die Menschen versprühten: Colombe konnte sie fühlen. Nein, sie las keine Gedanken, es war einfach nur ein Spüren. Sie sah auch keine farbenprächtigen Auren. Aber sie war durchaus fähig, sich in Gedanken ein Bild zu machen. Sie wusste, ob ihr Gegenüber glücklich war oder zu Tode betrübt. Sie bemerkte, mit welchen Lasten Menschen kämpften und sie fühlte, ob sie krank waren. Krankheiten konnte sie sogar riechen. Zudem war sie ein richtiger Bauchgefühl-Mensch. Wenn sie sich auf etwas verlassen konnte, dann auf ihre Intuition. Ihre innere Stimme war aber laut, manchmal sogar viel zu laut, und sie glaubte oft, ihre Synapsen würden es ihr übel nehmen, dass sie auf ihren Instinkt hört.

Colombe litt darunter, denn die Gefühle der Menschen zu spüren, war anstrengend. Reizüberflutung – das Wort beschrieb das Gefühl am besten. Überflutet zu werden, fühlte sich an, wie zwei Fernsehprogramme auf einmal zu schauen, einen Spielfilm und eine Reality-Show. Ganz gleich, welches Genre. Auf der einen Seite der Spielfilm, mit den Gefühlen von Thriller, Romantik, Horror, Erotik, Drama bis hin zur Comedy und gleichzeitig die Reality-Show mit den Handlungen, Gesten und Worten der Menschen. Diese beiden Komponenten passten nur selten zusammen. Aber an diesem Tag geschah ein Wunder und die beiden Sender verflochten sich zu einem.

Der Tag hatte eigentlich alles andere als gut begonnen. Während der vergangenen Nacht hatte sie gegen Schweißanfälle, Schüttelfrost und Fieber gekämpft. Aber aus irgendeinem unerklärlichen Grund war Colombe nicht krank im Bett liegen geblieben, sondern wie gewohnt zur Arbeit gegangen.

Und dann geschah es:

Das erste Gefühl war eine ungewöhnliche Zuneigung. Und das, obwohl er ihr einfach nur seinen Hintern entgegenstreckte. Das tat er gezwungenermaßen, weil er ein Türschloss reparierte und auch, weil er sie nicht hatte kommen hören. Es war ein schöner Po, keine Frage, und Colombe gefiel die Energie, die von ihm ausging. Also, die Energie des gesamten Menschen, nicht nur die seines Hinterns. Es war ihr unverständlich, wie er sich den Kopf an der Türklinke stoßen konnte, als er sie dann schließlich bemerkte und sich blitzartig in aufrechte Position brachte. Aber er tat es und vermutlich durchfuhr ihn gerade ein brennender Schmerz am Hinterkopf.

Warum guckt er nur so traurig, dachte Colombe, als sie in sein Gesicht schaute. Wie Chlorwasser bei Regen schienen seine graublauen Augen gegen etwas Trübes und Mattes anzukämpfen. Doch bei längerem Hinsehen fand sie ihn dann endlich, den Glanz der Sonne.

Sie spürte sofort, dass ihr Starren ihn verunsicherte. Er versuchte unauffällig zu prüfen, ob er vielleicht den Reißverschluss seiner Hose offen habe, wischte sich über die Nase, um allfällige Popel zu entfernen, und fuhr sich mit der Hand durch die Haare. Das nützte allerdings nichts. Seine reißnagellangen und dünnen Haare, die so schwarz aussahen wie humusreiche Erde, waren widerspenstig und legten sich zu einem - sicher ungewollten - Seitenscheitel.

Es ist ein Wunder, ging es Colombe durch den Kopf. *Kann es sein, dass ich mich soeben verliebt habe? Ich! Colombe Tanner, das Mauerblümchen!* Bisher glaubte sie, sich niemals verlieben zu können, erst recht nicht auf den ersten Blick! Sie dachte sogar, ihr Körper spiele nur mit ihr, um sie zu quälen und das Erleben der Liebe zu einem noch größeren Traum werden zu lassen. Colombe liebte die Menschheit. Aber sie traute sich nicht zu, *einen* Menschen lieben zu können.

Ich erlebe ein Wunder!, dachte sie, *ich erlebe tatsächlich ein Wunder!* Sie fühlte sich in seiner Gegenwart ruhig und gelassen. Ohne Spannung, ohne Zwang und ohne Drang, sich in irgendeiner Weise verstellen zu müssen. Sie genoss ihn. Es war wie die absolute Erholung.

Zuerst hatte sie es gar nicht bemerkt. Doch begonnen hatte das Wunder schon am Vortag, als sie die Personalien des neu eingestellten Hauswartes in den Computer tippte. Seine Adresse, seine Sozialversicherungsnummer, das Geburtsdatum, von dem sie hoffte, dass es falsch war ... ein Verschreiber des Chefs vielleicht. Der Neue war für eine Hauswartstelle noch viel zu jung. Ein Internat mit hunderten Schülern im Teenageralter brauchte einen etwas älteren, erfahrenen Mann, einen bärenstarken Typen, vor dem die Jugendlichen einen Heidenrespekt bekamen, wenn er bloß ihre Namen brummte, und nicht einen 21-Jährigen, den die Schüler mehr als einen Kumpel betrachteten und von dem sie glaubten, ihn gelegentlich verhauen zu können.

Quentin Lou Sebastian, das war sein Name und Colombe fand die Melodie des Namens wunderschön. *Aber was ist schon ein Name, wenn er gegen Pickel kämpft, eine schwabbelige Oberarmmuskulatur aufweist und im schlimmsten Fall etwa noch stottert.* Colombe hatte durchaus nichts gegen solche Menschen, im Gegenteil. Sie fand sie wertvoll. *Sehr wertvoll sogar.* Sie mochte sie sogar lieber als die Sixpack tragenden Heinis, die mit ihren Muskeln ihre Minderwertigkeitskomplexe zu überspielen versuchten. Aber eigentlich mochte sie auch die. *Auch sie sind wertvoll. Sehr wertvoll sogar.* Trotzdem sah sie vor ihrem inneren Auge bereits wieder das Kündigungsschreiben eines verzweifelten und mehrmals vermöbelten Hauswartes auf dem Tisch der Internatsleitung. *»Kündigung aus persönlichen Gründen«,* wie beim letzten jungen

Mann, der diese Stelle angenommen hatte.

Colombe lag viel am *Treieins-Internat*. Es war ihr Zuhause und sie wollte es bestens unterhalten wissen. Der Gebäudekomplex lag nordwestlich der Stadt Bern. Der echten Stadt Bern in der Schweiz. Nicht zu verwechseln mit New Bern im Carven County des US-Bundesstaates North Carolina. Die Architektur der einzelnen Gebäude war uneinheitlich und erinnerte an eine Einfamilienhaussiedlung. Es war eine architektonische Meisterleistung des schlechten Geschmacks. Hier einen Zusammenhang der Häuserstandorte suchen zu wollen, war eine Idee, die zum Scheitern verurteilt war. Der Komplex wirkte so, als hätte der Architekt einige Würfel auf den Lageplan geschmissen. Das Schulgebäude sah aus wie ein im Zweiten Weltkrieg bombardiertes Krankenhaus. Die absichtlich angebrachten schwarzgrauen Farbkleckse wirkten wie zerschmetterte Fassadenteile oder Einschusslöcher von Maschinengewehren. Es fehlte nur noch der Gestank verbrannter Leichen. Zweifellos grotesk! Das Wohnheim der Jungs erinnerte an eine Südstaatenvilla mit einer riesigen Terrasse, umrandet von schneeweißen und glatten Marmorsäulen, während die Unterkunft der Mädchen dem eines englischen Herrenhauses glich und beinahe vollkommen mit großblättrigem Efeu überwuchert war. Die Sporthalle, gleich neben dem Mädchenhaus, präsentierte sich hingegen mit modernen Rundungen à la Nicki de Saint Phalle, als ob sich die Betonteile der Wände wie die Schallblasen eines Frosches aufblähten, um die Weibchen anzulocken. Ein gläserner Baldachin schmückte das Schwimmbecken, gleich neben der Halle. Mit etwas Phantasie erkannte man in der Form des Zierdaches das Abbild einer Schildkröte.

Colombe war 13 Jahre alt gewesen, als ihre Eltern und ihre kleine Schwester Maud bei einem Autounfall starben. Lusebian, ein Freund der Familie, holte sie zu sich ins *Treieins*. Er wurde zu Colombes Vaterfigur und unterrichtete sie in *ImPerDi*, einer Selbstverteidigungstechnik, die er ausschließlich Colombe lehrte. Sie spürte, dass Lusebian tief in seinem Innern ein Geheimnis hütete. Doch sie ignorierte das Gefühl. *Wer hat schon keine Geheimnisse?*

Ihr Lehrer und Mentor war einer der wenigen Menschen, die nicht so erdrückende Gefühle und Energien aussandten. Darum akzeptierte sie ihn auch als Elternersatz. Und vielleicht auch deswegen, weil er aussah wie Albert Einstein höchstpersönlich. Mit buschigem Schnurrbart und verwuschelten weißen Haaren - gerade so, als ob er in eine Steckdose gegriffen hätte.

Während der ersten Jahre im Internat wohnte sie im Wohnheim der Mädchen und teilte sich ein Zimmer mit ihrer Freundin Zlittle. Nachdem sie die Schule beendet hatte, machte sie in der internatseigenen Verwaltung eine vierjährige Ausbildung und zog nach erfolgreicher Abschlussprüfung in eine kleine 2-Zimmer-Wohnung im Gebäude der Sporthalle, gleich oberhalb des Schwimmbeckens. Der Blick auf den Baldachin vermittelte etwas Chaotisches, Schmutziges, Undurchlässiges und war alles andere als schön. Aber sie brauchte keine gute Aussicht. Gute Aussichten langweilten sie, wenn es täglich dieselben waren.

Es war Freitag, der 16. Juni. Zu diesem Zeitpunkt dauerte es noch eine Woche bis zu Colombes 20. Geburtstag, dem 23. Juni. Ihre Freundin Zlittle plante eine Party. Doch Colombe fühlte sich jeweils nicht wohl inmitten großer Menschenmengen. Das hatte mit ihrer Gabe zu tun. Sie hasste es, die Menschen fühlen zu müssen. Die Energien, die die Menschen unsichtbar und spiralförmig mit sich herumtrugen und die wellenartig auf sie einwirkten, waren meistens erdrückend, zähflüssig und machten sie müde. An manchen Tagen war es ihr schlicht und einfach egal, ob ihr Gegenüber glücklich war oder zu Tode betrübt. Ob man sie brandschwarz anlog oder die reine Wahrheit sagte, was nutzte es ihr?

Diese Energien prasselten unaufhörlich auf sie nieder und erzählten ihr alles über den Gemütszustand ihres Gegenübers - ob sie wollte oder nicht. Sie versuchte immer, sich abzuschotten, eine eiserne Wand hochzufahren und all die Energien und Gefühle an sich abprallen zu lassen. Es gelang ihr nicht. Vielleicht wirkte sie gerade deswegen schüchtern, obwohl ihr Verhalten nichts mit Schüchternheit zu tun hatte. Vielleicht war sie gerade deswegen wortkarg, obwohl ihre Zurückhaltung nichts mit der Suche nach Worten zu tun hatte. Und: Vielleicht wollten gerade deswegen so viele ihre Meinung zu allem wissen, weil sie unbewusst bemerkten, dass Colombe mehr spüren konnte als sie selbst.

»Auf die meisten Menschen wirkst du mystisch«, hatte Zlittle eines Tages zu Colombe gesagt, als sie wieder einmal von einer Erschöpfungswelle geplagt wurde und sich an der Schulter ihrer Freundin ausweinte. »Aber es gibt auch ein paar, für die du eine Bedrohung darstellst. Und wenn ich sie frage, kann niemand begründen, weshalb du eine Bedrohung für sie bist.«

Später bestätigte Lusebian Zlittles Aussage. Er ging sogar so weit, zu behaupten, dass Colombe das dritte Auge habe und sie es schließen könne, wenn sie es nicht benötigte. Leider klappte das nicht, obwohl sie tagtäglich hart daran arbeitete. Die Energien lagen in atmosphärischen Schichten auf ihr und erdrückten sie förmlich. So war sie gezwungen, sich in ihr Schneckenhäuschen zurückzuziehen.

Empathie. Das war Colombes wichtigste Fähigkeit. Und sie wusste: Solange sie mitfühlen konnte, würde sie sich auch nicht absichtlich das Leben nehmen –. Ja, sie verspürte oft das Gefühl, sie habe ihr Leben bereits gelebt und sei es an der Zeit zu sterben. Lusebian wich diesem Thema immer aus, sobald sie es ansprach. Er lenkte immer ab, sagte stattdessen, sie habe die Gabe, verklebte, verkorkste, geschwächte und auch bösartige Energien in Licht umzuwandeln. Darum könne sie sich keine Nachrichten mehr im Fernsehen anschauen und auch keine Zeitungen mehr lesen. Darum weine sie manchmal nächtelang. »Einfach, weil du wieder übervoll mit fremden Energien bist, die du reinigen musst«, erklärte er ihr, »und weil du nicht verstehst, warum die Menschen böse sind.« Er schaute sie dann jeweils unter seinen buschigen grauweißen Augenbrauen hervor lange und eindringlich an.

»Und warum rieche ich dann Krankheiten?«, fragte sie. Das war ihre zusätzliche Gabe, die ihr Leben oft in eine stinkende Kloake verwandelte.

»Ich habe keine Ahnung«, rief Lusebian verärgert und machte eine theatralische Handbewegung Richtung Himmel. Obwohl Colombe eindeutig erkennen konnte, dass er soeben nicht die Wahrheit sagte, ließ sie es dabei bewenden. Anfangs ärgerte sie sich, weil Lusebian sich weigerte, sie darüber aufzuklären. Aber sie hatte schon genug zu verarbeiten; und respektierte den Entscheid ihres Mentors.

Der Drang, nicht mehr leben zu wollen und diese Welt einfach hinter sich zu lassen, war in jedem Augenblick präsent. Natürlich lachte sie viel. Das war sie ihren Mitmenschen schuldig. Alle dachten, sie sei von Natur aus fröhlich und aufgestellt. Keiner bemerkte, dass Colombe ihre beschwingte Sorglosigkeit nur schauspielerte. Man fand sie sympathisch. Besonders die Zuneigungen von jungen Männern flogen ihr nur so zu. Zlittle gestand sogar, etwas eifersüchtig zu sein, weil die Männer bei Colombe richtiggehend Schlange standen und nicht bei ihr. Aber Colombe ließ sie alle abblitzen.

Colombe fand ihre Figur in Ordnung. Sie war schlank und verfügte über eine schwebende Gangart, die Lusebian oft als engelsgleich bezeichnete, aber sie hatte ein schiefes Gesicht. Darum trug sie ihre rostroten Haare zahnstocherlang und verwuschelt, das glich die Schiefheit etwas aus.

Sie mochte viele ihrer Verehrer, aber niemals verspürte sie Liebe. Zudem war es anstrengend, all die Bewunderer besser kennenzulernen... zu viele Reize, zu viel Lärm, zu viele belastende Energien, die sie mühsam umwandeln musste. Nicht verwunderlich, dass sie alleine blieb, freundlos und jungfräulich.

Und dann stand plötzlich dieser neue Hauswart vor ihr und wusste nicht, wohin mit seinen Händen. Immerhin streckte er ihr dann seine Hand zum Gruß entgegen und Colombe bemerkte, dass sie in eine quantenhafte Meditation gefallen war. Darin hing sie während gefühlter 10 Minuten ihren Gedanken und Tagträumen nach, während in Wirklichkeit nur eine einzige Sekunde verging.

Sie starrte seine Hand an, als ob diese zu einem Alien mit Madenbefall gehörte. Das hatte natürlich zur Folge, dass er seine Hand wieder zurückzog. Colombe dachte, er halte sie für bescheuert. Doch dann schaltete sich ihre Gabe ein. Sie begann ihn zu scannen. *Aber hallo, nein!,* freute sie sich, *er hält mich ja gar nicht für bescheuert!* Die Energien des Mannes versprühten keine Gefühle aus dieser Richtung. Ihre Gabenplage schenkte ihr ausnahmsweise etwas Gutes. Er hielt sie weder für einfältig noch für eingebildet oder sonst wie komisch. Das Einzige, was sie spürte, war seine Sensibilität für Menschen. Und er empfand das Gleiche für Colombe wie sie für ihn inklusive der neuartigen Gefühle der Liebe: so schön, so leise, so unaufdringlich, aber doch präsent. Es war die Präsenz der Geborgenheit, des Halts und der Empathie.

»Ich bin Colombe, Colombe Tanner, die Sekretärin hier im Treieins«, hörte sie sich sagen. Jetzt streckte *sie* ihm die Hand zum Gruß entgegen.

Er wirkte erleichtert. Seine Unsicherheit war wie weggeblasen, sein Händedruck fest, aber nicht zu fest und die Berührung durchfuhr

Colombe wie ein Blitz. Also, sie hatte ja keine Ahnung, wie es war, wenn einen der Blitz durchfuhr. Aber sie war eine eifrige Leserin von Liebesromanen und kam sich gerade so vor wie im schönsten, romantischsten und besten Liebesschmöker der Geschichte. Sofort suchte sie das schiefe Lächeln, das bei den Helden oft beschrieben wird. Aber da war keins. Er lächelte schon, nur eben nicht schief. Es war trotzdem keine Enttäuschung. Nein. Er hatte einen sinnlichen Mund, obwohl sein Lachen mehr wie das zusammengedrückte Maul eines Breitmaulnashorns aussah, süß irgendwie.

»Quentin Sebastian«, antwortete er, »aber, bitte nenn' mich Tin!«

»Tin«, echote Colombe. Sie grinste ihn an. Nicht, dass sie vor lauter Schwärmerei gleich zerflossen wäre. Sie stand da und lachte, wie es sich für sie gehörte. Ausnahmsweise war ihr Lachen sogar echt... etwas, das sie in letzter Zeit immer weniger zustande brachte.

Dann sah Colombe auch den Grund für das zwanghafte Zusammenpressen seiner Lippen. Beim Lachen machte er kurz den Mund auf. Der rechte obere Eckzahn stand weit vor. Offensichtlich schämte er sich dafür und presste die Lippen sofort wieder zusammen. Doch Colombe fragte sich, warum sich Menschen immer für das genieren, was sie einzigartig macht. Ja, natürlich, sie hatte ja auch dieses schiefe Gesicht, weil der eine Kieferknochen etwas zu hoch hinaus wollte. Aber sie verdeckte die Schiefe nicht absichtlich. Oder doch? Sicher war: Auch sie mochte es, wenn sie auf ihre Mitmenschen auf den ersten Blick normal wirkte.

Tins Spiralenergien pumpten im Rhythmus seines Herzschlages zwischen acht und neun Meter aus seinem Körper. In diesem Spiralbereich spürte Colombe die Menschen. Es war wie ein offener Kokon, aus dem sich die Energie des Menschen in kreisförmigem Wirbel um sich selbst drehte, wie ein Feuer, das aus einem Körper loderte. Visualisieren konnte sie es nicht, doch ihre Fähigkeit, Farben zu spüren, verwandelte die Menschen in wunderschöne zwei bis acht Meter große Wesen, die aussahen wie stets pulsierende und in sich selbst drehende farbenprächtige Galaxien. Sie stellte es sich so vor wie Fotos des Weltraumteleskops Hubble - atemberaubend.

Die Spiralen veränderten sich ständig und passten sich dem Gefühlszustand der Menschen an. Im Normalfall spürte Colombe die Menschen auf eine Distanz von ungefähr sechs Metern. Bei Tin war die Energieexistenz schon auf acht oder neun Metern spürbar und somit außergewöhnlich groß. Denn jeder Mensch hatte die Möglichkeit, sich zu vergrößern. Das geschah durch Empathie.

Nachdem Colombe bereits ein paar Minuten in Tins Spiralenergie gestanden hatte, konnte sie immer besser in seine Gefühlswelt eintauchen. Da war Trauer. Eine große und alte Trauer, von der Colombe nicht erkennen konnte, ob sie noch aus einem anderen Leben stammte oder erst aus seiner momentanen Inkarnation. Da war aber auch ein Geheimnis, das von Tin geschützt wurde. Der Schutz fühlte sich grau an. Eine der härtesten Hüllen, die Colombe jemals gespürt hatte. Sie selbst war nicht stark genug, um eine solche *Firewall* länger als ein paar Minuten aufrechtzuerhalten, darum prasselten die Energien der Menschen ja auch alle ungebremst auf sie ein. Dieser Mann war in der Lage, dieses Grau zwischen sich und andere Menschen zu stellen. Einerseits heimste er sich damit einen gewaltigen Respekt von Colombe ein. Sie hätte nur zu gerne gewusst, wie er es anstellte. Andererseits wollte sie unbedingt wissen, was er zu verbergen hatte. Wie brachte er diese Kraft auf?

Am liebsten hätte sie ihn einfach gefragt. Aber das war natürlich nicht möglich. Tin wusste bestimmt nichts von all den Spiral-Energie-Gefühlen. Colombe befürchtete, er würde sie sogleich abschreiben, sobald er davon erführe. *Sie ist auf die freakige Art idiosynkratisch*, könnte er vermutlich denken, was so viel bedeutete wie: auf eine besondere Weise anders.

Dieses Breitmaulnashornlächeln löste in ihr ein angenehmes Kribbeln im Bauch aus. Eine Wärme, als ob die Sonne begonnen hätte, einen Eisklumpen aufzutauen.

Sie starrte auf Tins breite Schultern, die in ihr sofort das Gefühl der Geborgenheit auslösten. Das erste Mal seit Langem sehnte sie sich nicht mehr danach, vom Leben erlöst zu werden. *Er könnte ein Grund werden, das Leben zu genießen.*

Natürlich wollte sie Tin bald wieder sehen und sie überlegte schon, wie sie das anstellen könnte. *Dem Leben muss man klipp und klar zu verstehen geben, was man von ihm erwartet. Woher sonst kann es wissen, was es tun soll?*

2

Ein Hüne von einem Mann verbeugte sich vor Tin. »Jonathan Nahzuel«, stellte er sich vor. »Ich bin Erstsprecher und Zeremonienmeister des Consortiums Lucifer.« Seine Stimme war tief, weich und freundlich. Tin musste seinen Kopf in den Nacken legen damit er dem Koloss ins Gesicht sehen konnte. Das Monokel in Jonathans Augenhöhle sah aus wie eingewachsen. Die dünne Silberkette schien sich sogar bereits auf seiner Wange eingefressen zu haben.

»Hast du dich schon mit Colombe angefreundet?«, fragte der Erstsprecher ohne weitere Begrüßungsfloskeln, grinste lüstern und bleckte gelbe Zähne.

Tin nickte. Trotz der unpassenden Geste des Erstsprechers fühlte er sich gut. Hier war er richtig, denn dieses stimmige Gefühl hatte er schon seit dem ersten Kontakt mit dem Consortium. Als er vor ein paar Wochen einen Brief mit dem 666-Siegel Lucifers erhielt, da ahnte er schon, dass er von einer höheren Macht rekrutiert werden würde. Tins vollständiger Name stand in blutroter Schrift auf dem Umschlag.

666 Quentin Lou Sebastian

Die Zahl 666 sprach für sich. Es war das Zeichen des Tieres, besser bekannt als das Symbol des Satans. Der Brief beinhaltete eine Anstellungsbescheinigung als Hauswart des Internates Treieins und die Anweisung, sich mit der dortigen Sekretärin, Colombe Tanner, anzufreunden.

Eigentlich war Tin schon länger Mitglied des Amceps-Ordens, einer anderen geheimen Vereinigung, deren einziges Ziel es war, die Amceps vor dem Bösen, also den Kriegern des sogenannten Conigium Mactus zu beschützen. Amceps waren Geschöpfe, die halb Mensch, halb Engel waren. Alle neunzehn Jahre wurde ein solches Wesen geboren. Was genau die Aufgabe eines Amceps war, wusste Tin nicht. Er war sich sicher, es zu erfahren, sobald es notwendig wurde. Immerhin waren diese Wesen halbe Engel, herzensgute Boten der Liebe. Also machte er sich darüber keine Gedanken. Der Orden bildete seine Priester zu Wächtern aus und schulte sie in der selbst entwickelten Kampfsportart *ImPerDi*. Es wurden weder Rituale noch Opfer oder erotische Gepflogenheiten für einen selbst ernannten Gott gehalten. Einzig die quantenhafte Meditation wurde als Erholung von den Strapazen der Kampftrainings praktiziert. Dabei wurden die Wächter automatisch in Geheimnisse der Menschheit eingeführt, die sie für die Bewachung eines Amceps benötigten. Ein Priester der Amceps zu sein, war ein Privileg, das einem in die Wiege gelegt wurde.

Die Bezeichnung *Amceps* war aus der lateinischen Sprache abgeleitet und bedeutete *doppelköpfig*. Da diese Wesen sowohl Mensch als auch Engel waren, lag der Grund der Namensgebung auf der Hand. Zudem beherrschte ein Amceps die quantenhafte Meditation wie niemand sonst. In einer solchen Meditation konnte man sich Gedankenspielereien von mehreren Minuten widmen, während in Wirklichkeit nur wenige Sekunden vergingen. Man verlor die Zeit – im wahrsten Sinne des Wortes.

Genau wie Tin waren die meisten Amceps-Wächter sogenannte Schläfer. Ihr Einsatz erfolgte erst dann, wenn sich das Erfüllen einer Prophezeiung ankündigte. Das, was es zu bewachen galt, war wertvoller als alles Gold dieser Welt. Tin glaubte an diese Prophezeiung. Aber sollte sich diese Verheißung ausgerechnet während seiner Lebensphase erfüllen, wo doch der Orden der Amceps schon seit Tausenden von Jahren bestand? Nein, daran glaubte er nicht.

Trotzdem war Tin dem Amceps-Orden stets treu geblieben, hatte sämtliche Kampfausbildungsstufen erreicht und war ein wahrer Meister der quantenhaften Meditation geworden. Aber die Kontaktaufnahme des Consortiums Lucifer zeigte ihm, dass er einer anderen Bestimmung folgen sollte.

Gemäß den Schriften des Amceps-Ordens starb das Consortium Lucifer kurz nach der Kreuzigung Christi aus. Aber wer die quantenhafte Meditation wirklich gut beherrschte, glaubte den Schriften nicht. Es waren Bücher, die durch die Hand eines Unwissenden verfälscht worden sind. Nicht absichtlich, sondern unter Anwendung des Verstandes. Und der Verstand lässt bekanntlich keine Unmöglichkeiten zu.

Tin stand oberhalb des Gewölbekellers des Consortiums Lucifer und konnte es kaum glauben. *Gleich werde ich diese Treppe beschreiten. Diese Treppe, die den Gang ins Dunkle vertritt. Dann wird endlich das Ritual beginnen, dass mich in die Finsternis aufnehmen wird ... ich werde den heiligen Keller betreten und dem ehrwürdigen Lucifer persönlich begegnen.*

Das beißende Sonnenlicht des schwülheißen Junitages ließ seine Augen mehrmals blinzeln, bevor er das abgedunkelte kleine Foyer des Consortiums betrat und durch Jonathan Nahzuel höchstpersönlich begrüßt wurde. Es roch nach Zimt und Tin musste gleich an einen saftigen und knackigen Apfel denken. Ja, er musste sogar an den Apfel aller Äpfel denken. Der, der Adam und Eva im Paradies zum Verhängnis geworden war. Tin konnte ein Schmunzeln nicht zurückhalten. War das Lucifers Absicht? Vielleicht eine Art Begrüßungsscherz, um eine entspannte Atmosphäre zu schaffen?

Tin stand direkt an einem offenen Durchgang zu einem Raum, der eine Etage tiefer lag. Sandsteinerne und mannshohe Säulen markierten den Eingang. Mehrere ausgetretene Stufen führten in einen kaum zwölf Quadratmeter großen, düsteren Versammlungsraum. Tin warf einen Blick durch die Säulen. Zwölf einfache Holzstühle umrundeten einen markanten Holztisch, der den Raum beinahe völlig ausfüllte. Es war kaum noch Platz, um einen Stuhl zurückzuziehen und sich niederzusetzen. In der Mitte des Tisches standen eine Wasserschale für die verbrauchten Zündhölzer und eine Vase mit blühenden Orchideen. Die Wände des Kellers waren von vielen kleinen Nischen ausgehöhlt, in denen brennende Kerzen standen.

Es war ein gespenstischer Ort, dem ehrenwerten Lucifer angemessen: kühl, ungemütlich, mit farblosen Fresken auf beiden Seiten des Treppenabgangs. Bedrohliche Büsten mit gehörnten Engelsköpfen begrüßten den Besucher und ließen ihm einen kalten Schauder über den Rücken laufen. Die gotische Wölbung der Decke verlieh dem Raum zusätzliche Okkultheit.

»Ich glaube, sie mag mich sogar«, sagte Tin, um auf die Frage des Erstsprechers zu antworten. Er musste unweigerlich lächeln, als er an Colombes bernsteinfarbene Augen dachte. *Wie hübsch sie funkelten. Wie Edelsteine im Sonnenlicht.* Ihr ganzes Wesen hatte ihn in ihren Bann gezogen, nur durch ein einziges herzliches Lächeln von ihr.

»Natürlich mag sie dich«, antwortete Jonathan und öffnete das Band seiner schulterlangen grauschwarz melierten Haare, die er sich im Nacken zusammengebunden hatte: »Das liegt in ihrer Natur.«

Dieser Jonathan hat etwas von einem Vampir, dachte Tin. *Es fehlen nur noch die Reißzähne.* Der Erstsprecher holte eine Schere aus seiner Jackentasche und schnitt sich eine kleine Strähne aus dem Haar. »Ich hoffe doch, du hast dich bedeckt gehalten?«, fragte er weiter.

»Selbstverständlich, aber sie ist stark, sehr stark sogar.«

Der Erstsprecher legte Tin die Haarsträhne auf die rechte Schulter, sah ihm tief in die Augen und flüsterte: »Ich spreche hier nicht nur von Colombe. Wer Lucifer verehrt, muss sich verborgen halten. Wir wissen, wie die Menschheit auf Satan reagiert, nicht wahr? Ohne unsere Vorsicht bestände das Consortium längst nicht mehr.«

Tin nickte eifrig. »Gewiss. Trotzdem kann ich nicht mit hundertprozentiger Sicherheit sagen, ob Colombe meine Verbindung zu dem Orden der Amceps oder zum Consortium Lucifer nicht doch erkannt hat.«

Der Erstsprecher winkte ab und beugte sich langsam und gravitätisch zu Tin hinunter. »Colombe hat keine Ahnung, wer sie ist«, flüsterte er ihm ins Ohr. »Selbst wenn sie den Schutz der grauen Hülle hätte umgehen können, hätte sie nicht gewusst, worum es sich bei der behüteten Energie handelt.« Mit einer andächtigen Handbewegung bat er Tin, sich in den Keller zu begeben.

Tin konnte sich keinen Reim darauf machen, was die Haarsträhne Jonathans auf seiner Schulter zu bedeuten hatte. Aber die Haare wären unweigerlich zu Boden gefallen, wenn er sich jetzt bewegt hätte. Doch er überwand die Angst, etwas Falsches zu tun, und ging los. »Colombe weiß also nicht, dass sie ein Amceps ist?«, fragte er, während er vorsichtig eine Stufe nach der anderen hinabstieg.

»Sie ist vollkommen ahnungslos.«

»Das verstehe ich nicht. Sie muss doch ihre Stärke spüren. Sie ist ein halber Engel!« Er blieb stehen und schaute zum Erstsprecher zurück. »Und was ist mit Lusebian? Die Dienstherren des Ordens der Amceps haben ihm Colombe anvertraut, damit er sie schult und über alle wichtigen Fakten in Kenntnis setzt. Sollte er sie denn nicht auf die vier Tage des Mittsommers vorbereiten?«

Jonathan runzelte die Stirn. »Wie viel weißt du über die Amceps? Ihr Wächter werdet doch von eurem Orden in Unwissenheit gelassen. Aus Angst, jemand könne plaudern.«

»Ich weiß nur, was man während der Meditationen erfährt«, antwortete Tin. »Amceps leben hauptsächlich für die vier Tage des Mittsommers ihres zwanzigsten Lebensjahres. Was genau in diesen vier Tagen geschieht, ist mir nicht bekannt. Es muss aber für die

Menschheit überlebenswichtig sein. Über Amceps selbst weiß ich nur, dass sie fähig sind, Empathie zu kreieren und sie den Menschen beizubringen. Aber das ist mir erst bewusst geworden, als ich heute Morgen Colombe getroffen habe. Ich habe noch nie eine solch starke Kraft verspürt. Sie hat in mir alles gereinigt, was sie an schwerer Energie finden konnte. Und das vermutlich auch noch vollkommen ahnungslos. Sie muss jeden Abend komplett erschöpft sein, wenn sie das mit allen Menschen macht.« Während er die letzten Stufen ging, schwebten Tins Gedanken wieder zu Colombe. Wie sie sich ihm mit ihrer zurückhaltenden Art genähert hatte und mit einem unwiderstehlichen Drang sein Wesen durchstöberte und mit Wärme und Zuversicht füllte.

Jonathan beobachtete Tin und war zufrieden. *Quentin Lou Sebastian. Welch feinfühliger Wächter du doch bist. Du bist das Beste, was dem Consortium passieren konnte. Colombe wird dir vertrauen. Daran gibt es keinen Zweifel.* Sein Herr, Lucifer, war oft nahe dran, mit einem Amceps Freundschaft zu schließen. Doch immer hinderten Angst und Dunkelheit den Bund. *Diesmal könnte es klappen.* Der Erstsprecher hatte ein gutes Gefühl.

Die Haarsträhne, die Jonathan Tin auf die Schultern gelegt hatte, war längst zu Boden gefallen. Tin hatte ihr keine Aufmerksamkeit mehr geschenkt. Er war zu tief in Gedanken versunken und stand im Bann des Amceps Colombe.

»Erkennst du den wahren Herrn deines Lebens?«, fragte Jonathan. Er musste diese Frage stellen, sie gehörte zum Willkommensritual des Consortiums Lucifer.

»Das tue ich«, antwortete Tin, »sonst wäre ich nicht hier.« Inzwischen war er im Keller angekommen. Sein Gesicht leuchtete im flackernden Licht der Kerzen.

»Dann erkläre mir, weshalb du mein Haar missbrauchst und es wie ein lästiges Insekt von dir weist.«

Es war die perfekte Inszenierung des Erstsprechers. Er stand ganz oben auf der Treppe und Tin musste noch höher zu ihm aufschauen, als noch kurz zuvor. Er war gefangen in der Enge des Kellers. Die Kerzen würden bald nicht mehr brennen und der Raum in Dunkelheit fallen. So, wie es sich für Lucifer gehörte.

Das war ein Test. Tin wusste es sofort. *Der Erstsprecher will prüfen, ob ich mich ihm unterwerfe oder nicht.*

In den letzten Wochen hatte er sich viele Gedanken darüber gemacht, wie dieser Test ablaufen könnte. Er hatte es sich gewalttätiger und blutrünstiger vorgestellt. Eben so, wie man es von Lucifer erwartete. Bedrohung durch die Angst, sein Leben verlieren zu können. Und nun das. Ein schmaler Raum und ein kräftiger Hüne, der mit einem vergilbten ledernen Frack angezogen war, als ob er kurz vor einem Auftritt als Opernsänger stand. War das alles? Tin schätzte, den Mann mit seiner ImPerDi-Kampfausbildung problemlos überwältigen und den Keller ohne eine Schramme verlassen zu können. Aber – das hätte er voraussehen sollen – der Test verlangte keinen Kraftbeweis seines Körpers, sondern einen seines Geistes. Also überlegte er kurz und antwortete dann: »Ich ehre dein Haar. Aber das Haar ist nicht wichtig. Wichtig ist, dass ich weiß, niemals das Falsche tun zu können. Dazu bin ich nicht fähig. Weil ich Lucifer ehre. Für das, was er ist und für das, was er tut. Und weil ich so bin wie Lucifer.« Tin wollte sich ihm nicht unterwerfen. Er kannte seinen Herrn.

»Und wer, glaubst du, bin ich?« Wieder bleckte der Erstsprecher seine gelben Zähne.

Tin wirkte gelassen. Innerlich rang er verzweifelt nach Worten. Es dauerte eine Weile, bis er sprechen konnte. »Ich hoffe doch sehr, das weißt du selbst am besten.« Tin gelang es, seine Verunsicherung geschickt zu überspielen. Würde ihm Lucifer tatsächlich als gewöhnlicher Mensch erscheinen? Als Jonathan Nahzuel? Er verwarf den Gedanken gleich wieder. Lucifer wäre, genau wie Colombe, auf sein Inneres losgegangen. Jonathan Nahzuel war weit entfernt davon, sich mit seinen Gefühlen zu verbinden.

Der Erstsprecher lachte, klatschte kaum hörbar in die Hände und schritt die Stufen hinunter. Wie aus dem Nichts tauchten plötzlich zehn weitere Personen auf und folgten ihm. Sie begrüßten Tin mit einer tiefen Verneigung und setzten sich, ohne ein Wort zu sagen, an den Tisch.

Jonathans schallendes Lachen hallte im kleinen Keller wider und verursachte ein Echo, das Tin erschaudern ließ. Doch nach außen blieb er die Ruhe selbst. Er wollte sich keinesfalls eingeschüchtert zeigen. Das schien den Mitgliedern des Consortiums zu gefallen. Einige versuchten vergeblich, ihr Lächeln zurückzuhalten. Welch Glück war ihnen beschert, Quentin für die Zwecke Lucifers gewonnen zu haben. Es zeigte, wie nah die Erfüllung der Prophezeiung war.

»Dann wollen wir mit dem Ritual fortfahren«, sagte Jonathan. *Ritual?,* durchfuhr es Tin. *War das schon das Ritual?* Tin war überrascht, Enttäuschung zu verspüren. Er hatte keine monströse Zeremonie erwartet, um dem Consortium beitreten zu können. Doch ihm fehlte jetzt trotzdem der Chorgesang von vermummten Gestalten mit übergroßen Kapuzen oder zumindest die Musik eines niederschmetternden Requiems. Aber nichts davon geschah. Trotzdem glitt er jetzt bewusst in das Aufnahmeritual und fühlte sich mit jeder Minute stärker. Das war die Anwesenheit Lucifers. Da war er sich sicher. Bestimmt verband sich niemand der anwesenden Individuen hier im Raum mit ihm. Aber der ehrenwerte Herr war trotzdem ganz nah bei ihm und fütterte ihn mit Wissen. Er spürte sogar, wie er einen ständig größer werdenden Wissensstand über die Grenzen des Möglichen erlangte. Langsam erfasste sein Verstand die Aufgabe eines Amceps und er fragte sich, ob das Geschöpf Colombe wirklich dazu fähig sei ihrer Bestimmung zu folgen. Es war eigenartig, nach all den Jahren der Unwissenheit jetzt zu erfahren, warum Amceps geboren wurden. Sogleich musste er es sich eingestehen: wenn jemand zur Vollendung dieser Mission fähig war, dann Colombe.

»Können wir das ganze Prozedere etwas abkürzen, bitte?«, fragte eine Frau am Tisch. Tin schätzte ihr Alter auf Mitte vierzig. Sie war Krankenschwester, trug noch immer ihre Arbeitskleidung und wirkte müde. »Tin ist bereits an Colombe dran. Gebt ihm das Siegel, damit er seine Arbeit machen kann.« Sie gähnte und rollte mit ausgestrecktem Zeigefinger die Hand: »Bitte fahre fort, Jonathan ich will nach Hause.« Alle nickten zustimmend.

Ein glatzköpfiger Herr mit Rüschenhemd und Hornbrille hob die Hand: »Eine Frage habe ich noch, wenn es gestattet ist.«

Jonathan nickte ihm freundlich zu, setzte sich auf seinen Platz und wies Tin an, auf dem einzigen freien Stuhl der Runde Platz zu nehmen. Tin quetschte sich hinter der Krankenschwester durch und setzte sich neben sie hin.

»Alle Mitglieder des Consortiums Lucifer anwesend«, murmelten alle - auch Tin brummelte automatisch mit, als ob Lucifer persönlich mit seiner Stimme geantwortet hätte. Die Zwölferrunde war komplett.

Aufgeregt faltete Tin seine Hände. Anspannung kam in ihm hoch. Er drückte seine Finger fest ineinander, so konnte er das einsetzende Zittern unter Kontrolle halten. Gespannt blickte er zu dem Glatzköpfigen. Allem Anschein nach ging nun die Fragestunde los.

»Diese Colombe«, begann der Glatzköpfige, »ist sie nett?«

Tin hörte auf zu atmen. Was wollte der Mann mit dieser Frage bezwecken?

»Ja«, nickte er, »sie ist sehr freundlich und zuvorkommend.«

»Hübsch?«, hakte eine alte Dame mit silbernem Haar und hochgestecktem Dutt gleich gegenüber von Tin nach. Sie zwinkerte ihm verschmitzt zu.

»Oh ja, sehr hübsch.« Wieder glitten Tins Gedanken zu Colombe. Ihrem leicht schrägen Näschen, den verwuschelten und rostroten Haaren. Ihrem filigranen Gesicht mit der durchsichtigen Haut. Ihren wurstigen Fingern, die so überhaupt nicht zu ihrem zarten Wesen passten. Er dachte daran, wie sie sich eine Hand stets über die Brust legte, als ob sie etwas verdecken wollte. Sie wirkte dadurch noch viel schüchterner, verletzlicher, angreifbarer. Und er verspürte den unbändigen Drang, sie beschützen zu wollen. Am liebsten wäre er gleich losgerannt und zu ihr ins Treieins gefahren.

»Hattet ihr schon Sex?«, fragte der Glatzköpfige.

Tin riss es aus seinen Träumen. »Bitte?«

Die Krankenschwester legte eine Hand auf Tins Arm, lächelte ihn an und flüsterte: »Er will nur wissen, ob du ihr drittes Auge schon gesehen hast. Das befindet sich nun einmal gleich oberhalb der Brust, gleich hier.« Sie tippte sich mit dem Zeigefinger in Herzhöhe auf die Brust. »Colombe versteckt es immer, weil sie noch nicht weiß, wer sie ist. Wir wissen nicht genau, ob es wirklich das dritte Auge ist, von dem die Prophezeiung spricht... obwohl... es müsste es sein.«

»Drittes Auge?«, echote Tin. »Prophezeiung?« Natürlich kannte er die Verheißung aus den Schriften der Amceps. Es soll ein Wesen geboren werden, halb Mensch, halb Engel. Und es soll ein mächtiges Amceps sein, das der Doppelköpfigkeit der quantenhaften Meditation überlegen sein wird. Machtvoll und mit dem Wissen beschenkt, das Bewusstsein der Menschen zu erhöhen und damit den Beginn der Transzendierung einzuläuten. Sprach das Consortium von dieser einen und einzigen Prophezeiung, auf die die Menschheit wartete? Von dieser Prophezeiung, von der Tin dachte, sie würde sich sicher nicht ausgerechnet zu seinen Lebzeiten erfüllen? Warum wusste der Amceps-Orden nichts davon? Warum wurden die Schläfer nicht geweckt, um ihre Arbeit als Wächter und Hüter dieses speziellen Amceps zu verrichten? *Warum weiß Colombe noch nicht, dass sie ein Amceps ist?* Erst recht, weil sie offenbar als das Amceps aus den Prophezeiungen gehandelt wurde? Und um alles in der Welt: Warum mischte sich Lucifer ein? War es die Freundschaft zwischen Engeln und Teufel, die die Prophezeiung zur Erfüllung bringen sollte? Nun ja, eigentlich lag das ja auf der Hand.

»Beantworte bitte die Frage! Hattet ihr Sex?«, forderte der Erstsprecher.

Tin konnte seine Unruhe nicht mehr verbergen. Gereizt klopfte er mit den Fingern auf den Tisch. *Ist es das, was das Consortium von mir will? Dass ich mit Colombe schlafe? Nur, damit ich sie nackt sehe? Um berichten zu können, dass das dritte Auge tatsächlich jene Macht besitzt, die dem Amceps der Prophezeiung zugetraut wird? Trainiere ich deswegen seit meinem fünften Lebensjahr tagtäglich ImPerDi? Praktizierte ich deswegen quantenhafte Meditation? Habe ich deswegen als Kind aufs Fußballspielen verzichtet oder auf Campingtouren mit meinen Freunden? Musste ich deswegen meinen Traumberuf als Schreiner vergessen und stattdessen eine Ausbildung zum Hauswart machen?*

»Nein«, antwortete Tin und versuchte seine Stimme so ruhig wie möglich zu halten. »Ich habe weder mit Colombe geschlafen noch ihr die Kleider vom Leib gerissen, um einen Blick auf ihr drittes Auge werfen zu können.« Er zeigte seine Verärgerung und verzog das Gesicht. »Kann das sein, dass ihr mich nur rekrutiert, um mit Colombe zu schlafen?«

»Wir müssen wissen, ob sie es ist!«, rief der Glatzköpfige mit wedelnden Armen aus.

Jonathan beobachtete die Szene mit gelassener Miene. Dann holte er ein kleines rotes Buch aus seiner Jackentasche, blätterte kurz darin und las daraus vor:

»Machtvoll sei das Amceps geboren, zu prüfen des Engels Gunst. Der Kelch soll schwingen zur Wahl, im Fühlen des Lebens Gang.«

Er legte das Büchlein vorsichtig auf den Tisch. Andächtige Ruhe legte sich wie ein Schleier über die Anwesenden.

Tin spürte, wie ihm der ehrenwerte Lucifer die Bedeutung des Reimes einhauchte. Er fröstelte und spürte die Kälte der Informationsübertragung.

»Die Aufgabe scheint für Colombe bedrohlich zu sein«, sprach Jonathan mit seiner tiefen und wohltuenden Stimme weiter, »die Krieger des Mactus werden alles daran setzen, um Colombe in ihre Gewalt zu bringen. Aber ich bin überzeugt, Colombe hat dieses Leben als Mensch in Weisheit gewählt und weiß sich gegen die Mactus-Krieger zu wehren. Sie muss es sein! Lucifer spricht kaum noch von etwas anderem als von der Prophezeiung. Doch der ehrenwerte Lucifer kennt keine Zeit. Für ihn könnten hundert Jahre in einer Sekunde verfliegen.«

»Warum fragt ihr Colombe nicht einfach selbst und bittet sie, euch das Auge zu zeigen?«, fragte Tin, »oder ihr fragt eine ihrer Freundinnen, einen Ex-Freund oder jemand, der ihr nahe ist?«

Die alte Frau mit dem Dutt holte ihre Strickarbeit aus der Tasche, begann mit den Nadeln zu klimpern und sah dabei allen abwechselnd in die Augen. »Man muss schon ein Experte in quantenhafter Meditation sein, um die Stärke eines dritten Auges erkennen zu können. Selbst Lusebian schafft es nicht, an Colombe heranzukommen. Und wir wissen alle, wie stark er ist.«

Alle in der Runde nickten zustimmend.

»Ich habe das letzte Amceps sehr gut gekannt«, sagte die strickende Frau.

Tin zuckte zusammen und starrte sie mit offenem Mund an.

»Rose O'Connell war ein mächtiges Amceps«, fuhr die Alte fort und strickte dabei pausenlos weiter, ohne dabei auf ihr Werk zu blicken. »Wir dachten lange, sie sei das Amceps der Prophezeiung, bis ...« Die Alte hielt inne, atmete tief und wischte sich eine Träne von der Wange. »Trotz ihrer Stärke war sie chancenlos. Genau wie alle anderen Amceps vor ihr«, murmelte sie bedrückt. Ihr Blick blieb an Tin haften. Sie öffnete den Mund, um weiter zu sprechen, doch der junge Mann neben ihr, kaum älter als Tin, wies sie zurecht, hielt einen Finger an den Mund und verbot ihr das Wort. Eindringlich schaute sie Tin an.

Der Glatzköpfige übernahm das Wort: »Lucifer braucht den Bund mit dem Amceps. Sonst erfüllt sich die Prophezeiung auf eine Weise, die Lucifer bestimmt nicht gefallen wird. Also finde heraus, wie stark Colombe ist. Du hast noch vier Tage, dann beginnt die Mittsommerphase. Bis dahin muss sie dir vertrauen.«

Der Glatzköpfige beugte sich über den Tisch, sah Tin mit zusammengekniffenen Augen an und sagte: »Du verstehst doch, dass Lucifer sich bedeckt halten muss. Wenn er seine Tarnung auffliegen lässt und das Amceps nicht die Macht der Prophezeiung besitzt, wird sich die Dunkelheit von der Erde trennen. Du weißt, was das zu bedeuten hat?«

Tin schluckte und nickte.

Die Krankenschwester knuffte ihn freundschaftlich in die Seite. »Gewöhn' dich nicht zu sehr an Colombe! Ihr Schicksal ist in jedem Fall der Tod.« Sie sagte das so salopp, so nebenbei, als ob es ein Witz gewesen wäre.

Fassungslos starrte Tin auf seine krampfhaft zusammengekneteten Hände. Warum hatte er gedacht, dass er bei Lucifer seine Bestimmung finden würde? Hatte er nicht sogar noch Freude empfunden, als das Consortium Lucifer mit ihm Kontakt aufnahm? Aber vielleicht war es gut so. Vielleicht sollte Colombe sein Schicksal werden und vielleicht war seine Kampfausbildung nur für den einen Zweck gut: um Colombe während der Mittsommertage zu führen und sie dann in den Tod zu begleiten.

Jonathan kratzte sich am Hinterkopf und gähnte. »Ich bin nicht nur Erstsprecher in dieser Runde hier, sondern auch Zeremonienmeister.« Das Ganze schien ihn zu langweilen. Er zog etwas aus seiner Jackentasche hervor. »Das hier ist Lucifers Siegel«, sprach er und bat die Krankenschwester, es vor Tin hinzulegen. Das tönerne Siegel war nierenförmig. Es zeigte erst bei näherem Hinsehen die Ziffer sechs. Im Bauch der Zahl formte sich eine Spirale, die kreisförmig ins Innere zeigte. Drei Siegel waren leicht versetzt aufeinandergeklebt und wurden damit zum Zeichen des Tieres, dem Symbol 666. Das Amulett färbte sich im Kerzenlicht in ein blutiges Purpurrot. Am oberen Rand waren zwei kleine Löcher durchgestochen und eine lederne Schnur durchgezogen worden. Es war ein einfaches Siegel. Ohne Schnörkel. Trotzdem fühlte Tin den Drang, es sich lange anzusehen, die Spirale im Bauch der Sechs zu studieren und den inneren Kern davon zu finden. Doch es schien die Unendlichkeit des Universums darzustellen. Tin musste sich vorsehen, sich nicht darin zu verlieren. Am unteren Teil des Amuletts, gleich am Rand der letzten Sechserziffer konnte Tin einen schwarzen Punkt erkennen. Etwas hatte dieser Punkt zu bedeuten. Aber es war wie bei den rätselhaften Runen längst untergegangener Völker. Man muss sie erst enträtseln, um herauszufinden, was sie zu erzählen haben. Tin zog sich die Lederschnur über den Kopf und verbarg das Siegel unter seinem Hemd. Sogleich verband sich die Energie der 666 mit ihm. Eine unsichtbare Druckwelle durchfuhr ihn, er hielt sich am Tischrand fest und starrte ins Leere. Überwältigt von dem, was da auf ihn einprasselte, musste er ein paar Mal tief durchatmen. Er sah Bilder, die sich vor ihm in unendliche Dimensionen verwandelten. Er wusste sofort, dass er einen kurzen Blick in die Zeitlosigkeit erhaschen konnte – die ganze Erdengeschichte innerhalb einer Zehntelsekunde.

»Das ist die Verbindung zum Engelreich«, warnte ihn die Krankenschwester. »Ich empfehle dir, das Siegel nicht auf der Haut zu tragen.«

Tin holte das Amulett sofort wieder hervor. Jetzt konnte er sein Zittern nicht mehr zurückhalten. »Die Verbindung zum Engelreich?«, wiederholte er. Er hätte es nicht geglaubt, hätte er es nicht gerade am eigenen Körper erfahren. So wunderschön, so leicht, machtvoll und unterstützend. Am liebsten hätte er sich gleich nochmals mit dem Engelreich verbunden. Doch Jonathan las wieder aus dem kleinen roten Buch vor: »*Machtvoll sei das Amceps geboren, zu prüfen des Engels Gunst. Der Kelch soll Schwingen zur Wahl, im Fühlen des Lebens Gang*«, wiederholte er die Prophezeiung. »Weißt du, wie die Worte zu deuten sind, Tin?«

Wieder nickte Tin und starrte lange auf das Spiralsiegel hinunter. Obwohl es nicht mehr direkt mit seiner Haut verbunden war, fühlte er dessen Macht und er spürte unendliche Liebe.

»Gut«, hauchte Jonathan erleichtert. »Tin ist jetzt ein Mitglied des Consortiums Lucifer. Der ehrenwerte Herr hat ihn für würdig befunden.«

Tin zeigte keine Freude. *Er* und ein Mitglied des Consortiums Lucifer. Es war für ihn plötzlich das Normalste er Welt.

»Du weißt ... Colombes Schicksal ist ... ist der Tod«, stotterte die Alte. Jetzt weinte sie hemmungslos. Ihre Tränen nässten die Wolle der

Strickarbeit.

Tin schluckte. Aber so sehr er Lucifer verehrte, es musste doch eine Möglichkeit geben, um Colombe vor dem Tod zu beschützen?

3

Herumwirbelnder Blütenstaub kitzelte an Colombes Nase und duftete nach der Ausdünstung eines in Gefahr schwebenden Marienkäfers. *Wenn es doch endlich regnen würde,* hoffte sie und zog sich ihren Strohhut, der nur minimal kleiner war als ein mexikanischer Sombrero, noch weiter in die Stirn. An praller Sonne fühlte sie sich schnell ausgelaugt und durchgeschüttelt. Sie schützte sich, so gut sie konnte, vor der UV-Strahlung, trug bei größter Hitze knöchellange Jeans und ein langärmliges purpurrotes Shirt. Sie sehnte sich nach Abkühlung für ihre überhitzte Haut, nach schattenspendenden Wolken oder erfrischenden Regentropfen. Manchmal stellte sie sich vor, die Nebelschwaden seien riesige Wolldecken, die sie mit der notwendigen Wärme versorgten und all die bohrenden Reize von ihr fernhielten.

Wie immer an Feierabend eilte sie hastig durch den Park des Internats vom Schulgebäude zu ihrer Wohnung. Sie hielt den Kopf geduckt, fixierte ihre Schuhe, um nicht von den blühenden Bäumen und Sträuchern im Park in eine Art Energiegespräch verwickelt zu werden.

Aber noch viel mehr schottete sie sich von Jefferson ab, der laut schnaubend neben ihr her eilte und versuchte, mit ihr Schritt zu halten. Jefferson Lauener van den Vinattempeln war einer von Colombes hartnäckigsten Verehrern. Der leicht übergewichtige junge Mann trug schneeweiße Shorts, deren knielange Hosenbeine sich durch seine ausgeprägten X-Beine an den Oberschenkeln rieben und mit jedem Schritt nach oben rutschten. So war Jefferson gezwungen, alle paar Sekunden stehen zu bleiben und den Stoff zurechtzurücken. Colombe bemerkte, wie er die Luft einsog, um seinen wulstigen Bauch unter dem mit Rosenmotiven verzierten und zu klein geratenen Seidenhemd zu vertuschen. Zu allem Überfluss prüfte er bei jedem Hosenbeinherunterzieh-Stopp auch noch den Sitz seiner hellblonden, schulterlangen Haare, die er mit viel zu viel Gel drapiert hatte. Sein käsiges Gesicht war gespickt von kleinen roten Punkten.

Großer Gott! Bemerkt er nicht, dass ich allein sein will? Colombe be-schleunigte ihren Gang. Sie wollte in aller Ruhe die Erinnerung an Tin genießen. Seinen traurigen Augen, dem schüchternen Lächeln und seiner wunderschönen Ausstrahlung. Es war nicht so, dass sie Jeffer-son nicht mochte. Im Gegenteil! Er war einer der ehrlichsten Men-schen, den sie kannte und sie empfand große Achtung vor ihm. Erst recht, weil er ihr offen und ehrlich erzählt hatte, wie er sie kennen- und lieben lernte.

Damals, bei der Beerdigung ihrer Familie, als sie ihn das erste Mal gesehen hatte, war sie 13 und er 20 Jahre alt. Er hatte als Gärtner auf dem Friedhof gearbeitet. »Ich verliebte mich auf den ersten Blick in das Häufchen Elend, das du damals an der Beerdigung warst«, erzählte er ihr. »Ich befürchtete sogar, ich sei pädophil, weil du ja noch ein Kind warst. Aber glücklicherweise belehrten mich die Jahre eines Besseren und bestätigten meine Zuneigung zu dir. Du warst immer freundlich und hast niemandem auch nur ein einziges böses Wort entgegenge-worfen. Wenn du geflucht hast, dann herzhaft, heftig und nur über dich selbst.« Jefferson hatte bei jedem Wort unmittelbar davor gestan-den, Colombe in den Arm zu nehmen und zu küssen. Zu ihrer Erleich-terung war er dazu jedoch immer zu schüchtern gewesen. Er hatte viel zu viel Respekt vor ihr, als dass er etwas getan hätte, was nicht nach ihrem Willen war. Colombe rechnete ihm dieses Verhalten hoch an.

Jefferson hatte jedoch auf einer Verabredung bestanden, seit sie achtzehn geworden war. Und da Colombe seine immer stärker wer-dende Verzweiflung gespürt hatte, hatte sie ihm vor ein paar Tagen zu-gesagt. Das war, bevor sie an diesem Morgen Tin kennenlernte. Seit-her konnte sie nur noch an den neuen Hauswart denken. Die Gedanken an sein verlegenes Breitmaulnashornlächeln und die trü-ben Augen, in denen der Glanz der Sonne erst nach längerem Hinse-hen aufblitzte und damit für sie wie das Licht am Ende eines Tunnels erschien ... zauberte ihr ein Lächeln aufs Gesicht. Sie nahm Jefferson gar nicht mehr wahr, viel zu sehr versuchte sie sich an die erste Begeg-nung mit Tin, und die damit aufflackernden Gefühle zu erinnern.

Als Jefferson endlich aufgab, ihr zu folgen, stützte er erschöpft beide Arme auf die Knie, schnappte nach Luft und japste: »Ich brauch' kurz 'ne Pause, kann nicht so schnell gehen!« Jeffersons schweres At-men und das röchelnde Husten weckten ihre Wahrnehmung.

Sie verspürte sofort Mitleid mit ihm, verlangsamte ihren Schritt und dachte daran, auf ihn zu warten. Doch je weiter sie sich von ihm entfernte, weg von seinen Energiespiralen, desto besser ging es ihr. In solchen Angelegenheiten dirigierten ihre Gefühle den Weg. Also wechselte sie wieder in den Schnellschritt, schalt sich eine schlechte Freundin, zog den Hut noch weiter ins Gesicht und hastete um die Ecke aus dem Park. Sie marschierte so schnell, dass sie die drei näher kommenden menschlichen Energiespiralen viel zu spät bemerkte, und prallte unvermittelt in sie hinein. Nicht nur mental, sondern auch körperlich. Und das mit voller Wucht.

»Hoppla«, entfuhr es Tin. Er hielt sie, damit sie nicht fiel, und Colombe fühlte augenblicklich seine graue Wand wie aus undurchdringbarem Stahl. Sie riss ihre Augen auf und brauchte ein paar Sekunden, um wahrzunehmen, wessen Armen sie gerade aufgefangen hatten. Unmittelbar spürte sie wieder diese Gefühle der Geborgenheit und der absoluten Entspannung, die seinen grauen Schutzwall in den Hintergrund schoben. Es war einfach alles in Ordnung. Sie atmete tief und nahm seinen Eigenduft wahr der noch angenehmer roch, als sie ihn in Erinnerung hatte. Gesund, voller Energie und ehrlich.

Hingegen das Nervöse, das Zappelige und das überschwängliche Suchen nach Möglichkeiten, sich für etwas begeistern zu können, stammten eindeutig von Zlittle, ihrer besten Freundin.

»Hallo Süße!«, begrüßte Zlittle sie mit rauchiger Stimme, als ob sie eine Kettenraucherin wäre (was sie nicht war), und strich sich über ihre Haarmähne. Ihr pechschwarzer Haarschopf hätte problemlos für die Werbung eines Volumenshampoos mit Rosenduft verwendet werden können.

»Kennst du Quentin schon, unseren neuen Hauswart?«, plapperte sie los. »Natürlich kennst du ihn, du hast ihn ja eingestellt. Also, du hast ihn nicht wirklich eingestellt, aber du bist die, die ihm den Lohn zahlen wird, also nicht du zahlst ihm den Lohn, du veranlasst die Zahlung nur …« Colombe hörte nicht hin und gönnte sich nochmals einen tiefen Atemzug. Tin duftete nicht nur gesund, sondern auch klar und erfrischend. Sie löste sich nur ungern aus seinen Armen, hielt ihm instinktiv eine Hand auf sein Herz, während sie sich ihr drittes Auge mit der anderen Hand verdeckte. Enttäuschung stieg in ihr auf, weil Tin seinen Blick auf Zlittle gerichtet hatte, die unaufhörlich und ohne Sinn und Verstand weiterquasselte und ihn anhimmelte wie ein kleines Mädchen ihre sehnsüchtig gewünschte Puppe hinter dem Schaufenster. Das Plappern war eine Eigenart von Zlittle, wenn ihr ein Mann gefiel ... musste aber nichts zu bedeuten haben. Colombe spürte bei Tin eine gewisse Verwirrtheit. *Warum ist er so verunsichert? Ist es wegen Zlittle?*

Colombe trat ein paar Schritte zurück. Die Situation war ihr peinlich. Zlittle schien nichts von ihrer Zuneigung zu Tin bemerkt zu haben und quasselte unaufhörlich weiter. Colombe nutze unterdessen die Gelegenheit und begrüßte die kleine Rüyet, die sich schüchtern an Zlittles Hosenbein klammerte. Colombe war froh, sich von Tin wegdrehen zu können, sonst hätte er ihren leuchtend roten Kopf bemerkt, der wie ein Alarmsignal strahlte.

Rüyet wurde durch Zlittle im Internatskindergarten betreut. Sie war sehr schüchtern, sprach kaum je ein Wort und spielte am liebsten allein. Colombe mochte das Kind sehr. Vielleicht, weil Rüyet sie an ihre eigene Kindheit erinnerte. Auch Colombe suchte als Kind jede Möglichkeit, nicht mit ihren Kameradinnen spielen zu müssen, und wollte alleine sein, um Bilder zu malen. Das ging sogar so weit, dass Colombes Eltern bei der Kindergartenbetreuerin antraben mussten. »Colombe ist *irgendwie sonderbar*«, ließ sie verlauten.

Zlittle war der einzige Mensch, der sie aus ihrem Schneckenhäuschen herausholen konnte. Dank ihr erlebte Colombe wahre Freundschaft.

Ein neuartiges Gefühl wurde in Colombe wachgerüttelt, weil Tin Zlittle anstarrte und nicht sie. War es Eifersucht? Nein, es war vielmehr eine Art Trauer. *Eifersüchtig wäre ich nur, wenn ich bewusst erkennen müsste, dass ich von etwas abhängig bin oder jemanden etwas nicht gönnen mag.* Und wenn sie Zlittle etwas wünschte, dann war es ein Mann wie Tin. So wirklich verliebt hatte sie sich ja nicht in ihn. Liebe entwickelt sich von Sympathie zur Zuneigung, von Zuneigung zur Freundschaft und von Freundschaft zur Liebe.

Eigentlich hatte Colombe vorgehabt, ihrer Freundin am Abend von Tin zu erzählen, wie hübsch er sei, trotz seines schief gewachsenen Eckzahnes und wie beruhigend er auf sie wirkte. Doch jetzt war ihr klar, dass nicht sie den ganzen Abend nur über Tin schwärmen würde, sondern Zlittle. Obwohl die aufkeimenden Glücksgefühle von Zlittle auch daher stammen konnten, dass sie in Tin den perfekten Mann für Colombe sah und sie in diesem Fall bestimmt beginnen würde, sie mit Verkupplungsversuchen zu überhäufen. Ausnahmsweise hätte Colombe nichts dagegen gehabt.

Zu allem Überfluss sah Colombe einen eidottergelben BMW in der Einfahrt des Internats parken. Jeffersons Auto. *Oh nein, Jefferson!*, dachte Colombe. Ihn hatte sie in der Zwischenzeit vollkommen vergessen. Und prompt, als hätte sie ihm telepathisch einen Befehl zugerufen, hörte sie seinen watschelnden Schritt, seinen keuchenden Atem und seine verzweiflungsschwangere Energiespirale. Jefferson nahte – das war unverkennbar.

»Hallo, Colombe, Liebling!«, brüllte er in einer Lautstärke, die selbst eine Mumie zum Leben erweckt hätte. Die letzten Schritte rannte er scheinbar mit letzter Kraft und schlang seine Arme um Colombes Hüfte. Sie kam sich in seinen Armen vor wie eine gefesselte Puppe und rang erschrocken nach Luft. Zu ihrem Entsetzen hob er sie auch noch in die Höhe und drückte ihr einen saftigen und mit Schweiß vermischten Kuss auf die Lippen. Soweit war er noch nie gegangen! Natürlich musste das ausgerechnet heute sein, in Anwesenheit von Tin. Colombe war völlig perplex und stieß ihn mit aller Kraft von sich weg. »Tu das nie wieder!«, fauchte sie und blies sich mehrmals übers Gesicht, als ob sie mit den kleinen Luftstößen eine Fliege verscheuchen wollte. Demonstrativ wischte sie sich mit dem Handrücken über den Mund. *Sei ihm nicht böse,* dachte sie dabei verärgert, *er will bloß seinen Besitzanspruch anmelden.* Dabei verzog sie ihr Gesicht, als ob er einen Geruch wie ein faules Ei verbreitete. In Wahrheit roch er nach einer überreifen Melone. Das waren die ersten Anzeichen seiner Zuckerkrankheit. Colombes Gesicht verfärbte sich noch dunkler und ähnelte nun einer Rote Beete-Knolle. Diesmal sah sie Tin direkt ins Gesicht. Er sollte ihre momentane Abneigung gegenüber Jefferson spüren. Sie hoffte, Jefferson würde es nicht wagen, vor den anderen die versprochene Verabredung einzufordern. Am liebsten hätte sie Tins Hand genommen und ihm zugeflüstert: »*Spiel' bitte meinen Freund. Ich erklär' es dir später!*«, wie in einem schnulzigen Liebesfilm, aber dafür hatte sie nicht den Mut. Zudem war da noch Zlittles verschmitztes Lachen in Form von geschürzten Lippen, das sie nur aufsetzte, wenn sie sich in einer Situation vollkommen sicher fühlte. Jetzt war es definitiv klar: *Zlittle sieht in Tin schon meinen zukünftigen Ehemann. Vermutlich malt sie sich schon meine gemeinsame Zukunft mit Tin aus und überlegt, welche Namen zu unseren Kindern passen würden – Quentin Junior und Sebastiana Zoe.*

»Wie kann ein Friedhofsgärtner eigentlich einen solchen Wagen fahren?«, fragte Zlittle an Jefferson gewandt. Das Augenzwinkern, das sie Colombe zuwarf, verbunden mit einem kaum wahrnehmbaren Kopfnicken Richtung Tin, war eindeutig. *Zlittle will, dass ich mit Tin ins Gespräch komme! Das ist ihr erster Verkupplungsversuch!*

Jeffersons rote Punkte im Gesicht schienen sich zu verdoppeln. »Das ist... äh... nicht... äh, mein...«, stammelte er hilflos.

»Er ist aus reichem Hause«, antwortete Colombe für Jefferson, als sie spürte, wie peinlich ihm die Frage war. Colombe wurde nicht schlau aus ihrer besten Freundin. Sie wusste doch, dass Jefferson ein Lauener van den Vinattempeln war, einer der reichsten und einflussreichsten Familien der Schweiz.

Zu ihrem Leidwesen fühlte Colombe, wie bei Tin ein gewisses Unbehagen wuchs. Jetzt starrte auch er Jefferson an. War er eifersüchtig, weil Zlittle nicht mehr ihn anhimmelte, sondern Jefferson?

Sie atmete tief durch. Irgendwie war ihr das alles zu kompliziert. Zudem spürte sie Jeffersons verletzte Gefühle, als ob es ihre eigenen gewesen wären. Sein Adrenalinpegel war hoch, nahe am Kollaps und er schwitzte kleine Bäche. Aber trotz Colombes harscher Zurechtweisung wegen des Kusses, und trotz des unerwünschten Publikums von Zlittle, Rüyet und Tin, gab er nicht nach. »Am Sonntag läuft ›Stolz und Vorurteil‹ im Kino. Den Film magst du doch so gerne. Ich will dich gerne dazu einladen.« Jefferson kümmerte sich dabei offensichtlich weder um Zlittles noch um Rüyets Anwesenheit. Erst recht nicht um Tins. Er schien sie alle absichtlich links liegen zu lassen. Für ihn war jetzt nur noch Colombe anwesend. Er zog sein Vorhaben mit konsequenter Beharrlichkeit durch. Wie ein hungriger Löwe auf der Jagd.

Colombe schaute Tin ins Gesicht, als flehe sie ihn um Hilfe an. Endlich sah auch er sie an. Er öffnete zwar den Mund, schloss ihn jedoch wieder, ohne einen Mucks zu sagen. Sie fühlte, wie sich in seinem Innern ein bleierner Kloß bildete.

Sie brachte es einfach nicht übers Herz, Jefferson noch mehr Qualen zu bereiten. Also verabredete sie sich mit ihm. *Mist! Warum muss ich es auch immer allen recht machen wollen!* Immer wieder blies sie sich übers Gesicht, als hoffte sie, so ihren Ärger wegpusten zu können. Jeffersons Freudensprünge ignorierte sie demonstrativ.

Eine angespannte Stille entstand in der Gruppe. Nur Colombe glaubte ihre Synapsen schreien zu hören. Beinahe panisch begann sie sich wieder übers Gesicht zu blasen. Die ätzenden Reize überfluteten ihr Gehirn endgültig und lösten eine visuelle Aura-Migräne aus. Langsam begann sich ihr Sichtfeld einzuschränken und eine verschwommene Zickzack-Linie zeichnete sich vor ihren Augen ab. Spätestens in einer halben Stunde würde der Kopfschmerz sie zum Schlaf zwingen. Es war Zeit zu fliehen, sich in ihrer Wohnung ihre Daunendecke über den Kopf zu ziehen und zu warten, bis es vorüber war. Bestimmt würde sie weinen und wie immer würde sie nicht genau wissen weshalb. Zudem schwächte sich Tins Schutzwall während eines winzigen Augenblicks ab und Colombe konnte fühlen, was sich dahinter verbarg. Es raubte ihr den Atem. Aus der grauen Energieschicht heraus entwickelten sich starke Wellen die versuchten in sie einzudringen. Die Schwingungen rüttelten an ihr wie an einem schweren, verriegelten Holztor. Das Unbekannte schien einen Teil ihrer Aura einsaugen zu wollen, wie ein schwarzes Loch, bei dem man in den sicheren Tod gerissen wird. Sie begann zu schwanken.

»Alles in Ordnung mit dir?«, fragte Tin besorgt.

»Ähm, ja, ich … ich bin nur müde … ähm … hab' Kopfweh«, stotterte Colombe. Mit knappem Kopfnicken verabschiedete sie sich von allen, umarmte Rüyet lange und drückte sie fest, bevor sie fluchtartig Richtung Wohnung schritt. Sie spürte, wie die drei Erwachsenen ihre Augen auf ihren Rücken hefteten. Sie knetete sich den Strohhut noch weiter ins Gesicht. Tins Geheimnis - das war etwas Mächtiges. Aber es fühlte sich nicht so an, wie sie Machtgefühle bisher wahrgenommen hatte. Es war neutral, undurchsichtig und auf eine beängstigende Art und Weise liebevoll. *Was ist das?*

4

Tin sah Colombe misstrauisch hinterher. *Sie hat einen Freund? Jefferson? Warum weiß ich nichts davon? Weder der Orden der Amceps noch das Consortium Lucifer haben jemals ein Wort darüber verloren! Verdammt!*

Das macht alles komplizierter!

Eine beängstigende Ahnung bohrte sich in seinen Atem wie ein unzerkautes Brotstück. War dieser Jefferson vielleicht sogar ein Feind? Ein Krieger des Conigium Mactus? Falls ja, musste er sofort handeln. Das Amceps durfte nicht in die Hände dieser bösartigen und brutalen Sekte fallen. Sie würden Colombe misshandeln, im Geiste und auch am Körper. Das würde dieses zarte Wesen nicht aushalten und womöglich daran sterben, bevor sie sich mit Lucifer verbünden konnte. Oder noch schlimmer, bevor ihre Aufgabe als Amceps zur Vollendung gelangte.

Automatisch fasste er nach Jeffersons Arm, da der Anstalten machte, Colombe zu folgen. »Lass sie ihn Ruhe«, fauchte er ihn an. Sein Griff war so fest, dass Jefferson eingeschüchtert zusammenzuckte.

»He, was soll das!«, wehrte er sich mit zitternder Stimme und entriss Tin seinen Arm. Doch Tin packte erneut zu.

»Colombe geht's nicht gut«, zischte der Käsekopf. »Sie war plötzlich so blass. Ich muss hinter ihr her und nach ihr sehen.«

»Lass' sie Jefferson«, sagte Zlittle mit ruhiger Stimme und legte ihm beschwichtigend eine Hand auf den Arm. »Tin hat recht. Und du kennst Colombe selbst sehr gut. Sie hat müde ausgesehen. Sei ein guter Freund und lass sie in Ruhe. Freu dich lieber auf euer Date am Sonntag im Kino.«

Tin nickte Zlittle dankbar zu, unterließ es jedoch, Jeffersons Arm loszulassen. Sein Verdacht verstärkte sich. Ein Mactus-Krieger musste nicht unbedingt athletisch und gertenschlank sein. Die Methode dieser Leute war die List und der Hinterhalt. Angestrengt versuchte er in einer quantenhaften Meditation zu versinken, um sich Rat und Weisheit in der Stille zu holen. Doch ausgerechnet jetzt klappte es nicht. Er fühlte sich überrumpelt, war zu angespannt und befürchtete das Ende seines Auftrags, bevor er überhaupt so richtig begonnen hatte. Das Spiralsiegel konnte er jetzt unmöglich zu Hilfe nehmen. Ein Mactus-Krieger würde es sofort erkennen und er wäre enttarnt. Er hatte versucht, seine Gefühle für Colombe zu unterdrücken. Das war aber ein Ding der Unmöglichkeit. Beinahe hätte er sogar seinen grauen Schutzwall verloren.

Aus den Augenwinkeln beobachtete er jede noch so kleine Bewegung Jeffersons. Irgendwo musste er eine Waffe versteckt halten. Ein Messer oder ein Würgedraht. Doch unter dem seidendünnen Hemd zeichneten sich nur leichte Fettröllchen ab.

Endlich schaffte es Jefferson, sich aus der starken Umklammerung Tins loszureißen. Seine Abscheu dem Fremden gegenüber war ihm deutlich anzusehen. Missbilligend musterte er seinen Kontrahenten. Wutentbrannt hob er den Zeigefinger. »Komm' Colombe nicht zu nahe, Schönling!«, drohte er Tin, »sonst... sonst...!«

Tin wurde die Situation zusehends peinlich. Er hatte keine Lust, auf das Spiel Jeffersons einzusteigen. Er hätte haushoch gewonnen, Jefferson mit einem Fußtritt in die Knie gezwungen und ihn mit einem gezielten Schlag auf die Schulter zum Erbrechen gebracht. Aber es war nicht seine Aufgabe, trottelige Freunde von Colombe zusammenzuschlagen und zu demütigen. Erst recht nicht, weil seine Vermutung, Jefferson sei ein Mactus-Krieger, jetzt doch immer mehr dahinschwand. Aber absichern musste er sich trotzdem. Ohne auf Jeffersons Anspielung einzugehen, verabschiedete er sich von allen. Die Gruppe löste sich voller unausgesprochenen Unbehagens auf.

Jefferson versank beinahe in den weichen Sitzen des BMW. Der Motor heulte gepeinigt auf. Jefferson trat aufs Gas und preschte aggressiv aus dem Parkfeld.

Tin wartete bereits in seinem silbergrauen Citroën Picasso auf Jeffersons Abfahrt. In diskreter Entfernung folgte er ihm.

Als Jefferson in einen Waldweg mit kniehohem Gras einbog, fluchte Tin verärgert, parkte sein Auto am Straßenrand und folgte ihm zu Fuß. Weit würde er vermutlich nicht kommen, da zu Beginn des Weges ein Straßenschild eine Sackgasse anzeigte. Das dornige Gestrüpp auf dem Waldweg wurde immer dichter. Tin riss sich an einem Dornenbusch die Hose auf, obwohl er vorsichtig in den Rillen ging, die der BMW hinterlassen hatte. Bald hörte er lautes Gezeter. Er sah Jefferson, wie er seine Hände zu Fäusten geformt hatte, fluchend im Kreis ging und den Himmel verwünschte. Tin verließ den Weg und versteckte sich hinter einer Rottanne. Gestrüpp und Dornenbüsche waren zwar dicht, doch Jefferson hätte ihn klar gesehen, wenn er nicht so sehr mit sich und seiner Tobsucht beschäftigt gewesen wäre. Wutentbrannt kickte er mehrmals an eine moosüberwucherte Buche und fluchte laut vor sich hin.

Tin wusste nicht, was er davon halten sollte. *Ist er jetzt ein Krieger oder nicht?* Er fragte sich, wie das Conigium Mactus es geschafft haben konnte, den Aufenthaltsort des Amceps ausfindig zu machen. Der Orden hegte stets Stillschweigen, wenn es um die zu bewachende Person ging. Gab es einen Mactus-Maulwurf im Orden? Er holte sein Handy hervor und rief Lusebian an: Der kannte Colombe und ihren Freundeskreis schließlich am besten.

»Nein, Jefferson ist kein Mactus-Krieger, nicht Jefferson. Das haben wir überprüft«, versicherte Lusebian und fand Tins Sorge sogar belustigend.

Tin war sich nicht sicher, ob er mit Lusebian über die Prophezeiung sprechen sollte. Der Amceps-Orden schien Colombe nicht für stärker zu halten als alle anderen Amceps vor ihr.

»Sonst noch etwas?«, erkundigte sich Lusebian.

»Ne... nein«, zögerte Tin. Wenn er jetzt die Prophezeiung erwähnte, könnte ihn das verraten und seine Verbindung zum Lucifer Consortium wäre in Gefahr. Er hatte keine Ahnung, wie Jonathan Nahzuel darauf reagieren würde. Bestimmt würden sie ihn von Colombe abziehen und auch dafür sorgen, dass ihm der Amceps-Orden die Wächterehre entzog. Schon allein das war ein Grund zu schweigen. Er hätte Colombe nicht mehr sehen können!

»Alles in Ordnung mit dir, Junge?«, fragte Lusebian.

»Ja, alles klar.« Er schloss sein Handy und beobachtete Jefferson, wie er die Buche malträtierte. In der Tat wäre er ein eigenartiger Mactus-Krieger. Trotzdem konnte Lusebian ihn nicht vollständig beruhigen.

5

Das Kratzen des Streichholzes hallte ungewöhnlich laut im Kellergewölbe wider, bevor der Schein des Feuers den Raum erhellte. Jonathan Nahzuel zündete eine der Kerzen in den Nischen der Wände an und warf das Zündholz in die kleine Wasserschale auf dem Tisch. Sogleich wurde Tins Nase von einem Lavendelduft umhüllt. Tin mochte das Flimmern von Kerzenlicht und fühlte sich sofort besser. Der Duft wirkte wie ein Beruhigungsmittel auf ihn.

Kurz zuvor hatte er Jonathan seinen Verdacht anvertraut.

»Jefferson – ein Krieger!«, rief der Erstsprecher aus und verfiel in einen Lachanfall. Plötzlich wurde er kreideweiß. Sofort machte er ein paar Telefonate und führte Tin – wieder um einiges ruhiger – in die Finsternis des Kellers.

Tin fragte sich erneut, ob es eine Art Hinweis des ehrwürdigen Lucifers war, denn kaum brannte die Kerze, erkannte Tin die Schwäche der Dunkelheit. Das Licht blieb immer Sieger. Das war schon immer so gewesen. Die Namensgebung des Lucifer war logisch und symbolisierte seine Stärke.

»Weißt du, wer Lucifer war, bevor er zum Satan abgestempelt wurde?«, fragte Jonathan und fixierte die Flamme der Kerze, die die Dunkelheit des Raumes allmählich vollständig auslöschte.

Tin zuckte mit der Schulter. »Ich kenne die Geschichte der Engelreiche, der Homullus und somit auch die Geschichte Lucifers.« Sein Mund bewegte sich noch mehrmals tonlos auf und zu, als ob man ihm die Sprache gestohlen hätte. Das war eine Eigenart Tins, wenn er zwar genau wusste, was er sagen wollte, sein Instinkt ihm jedoch riet, es für sich zu behalten.

Jonathan hob die Augenbrauen und sein Kopf schnellte herum. »Du kennst den Kodex der Homullus? Jetzt bin ich aber überrascht! Ich dachte, ihr Amceps-Wächter seid bloß ausgebildete Kampfmaschinen, die kopflos in den Krieg geschickt werden, wenn es soweit ist?«

»Du vergisst, dass ich seit gestern Lucifers Spiralsiegel trage, Jonathan. Mir wurde Weisheit und Wissen geschenkt. Ich weiß alles über die Menschheit. Ich weiß alles über Amceps. Ich weiß alles über die Homullus und ihren Kodex.«

Jonathan ging nah an Tins Ohr. »Aber seit du das Siegel trägst, fühlst du dich auch gefangen in deinem Körper, stimmt's? Der Verstand trägt einen anhaltenden Kampf mit dem Seelenwissen aus. Auf jedes Aha-Erlebnis tauchen zwei weitere Fragen auf. Ist es nicht so?«

Tin biss sich auf die Unterlippe, kniff die Augen zusammen und nickte. So musste sich Colombe tagtäglich fühlen. Wie hielt sie das nur aus? Bei ihm trat die Wahrheit der Urschöpfung immer nur dann zum Vorschein, wenn er sich mit dem Siegel verband. Aber bei Colombe musste das der Normalzustand sein. Als er das Siegel am Vortag zum ersten Mal in der Hand hielt, war es zwar schon sehr stark, aber mittlerweile wurde er mit Informationen gefüttert, auf die er getrost hätte verzichten können. Es war ihm möglich, in die Köpfe der abgründigsten Menschen zu sehen. Hitler und seinesgleichen machten sich in seinem Kopf breit wie zähflüssiges Gift. Tin musste all seine Kraft zusammennehmen, um nicht loszuschreien.

»Ich weiß, was du jetzt denkst, Tin«, flüsterte der Erstsprecher ihm ins Ohr. »Du fragst dich, wie das Amceps das aushält. Du fragst dich, wieso Colombe nicht schon längst etwas dagegen unternommen hat, nicht wahr? Wieso geht sie nicht hinaus in die Welt und zeigt der Menschheit, was Sache ist! Aber Colombe wäre kein Amceps, wenn sie dem Menschen seinen eigenen Willen stehlen würde. Sie würde niemals missionieren. Sie ist einfach nur das gute Vorbild. Darum will sich Lucifer auch mit ihr verbünden. Die Zeit, da sein Fall endlich Früchte trägt, ist nah.«

»Und wie sieht der Plan aus?«, fragte Tin. »Nur Colombes Vertrauen in mich dürfte kaum ausreichen, um sie an Lucifer heranzuführen.«

Jonathan führte seine Zeigefinger an den Mund. »Beantworte mir zuerst die Frage, die ich dir schon vorhin gestellt habe: Weißt du, wer Lucifer war, bevor er durch den Fall zum Satan wurde?«

Tin holte das Siegel hervor, das er an seinem Hals trug und unter dem Hemd verborgen hielt. Er umfasste es fest, als wäre es die Antwort auf Jonathans Frage. »Wie schon gesagt«, antwortete er, »ich kenne die Geschichte der Homullus. Aber ... der Kodex war mir bisher nur während der quantenhaften Mediation zugänglich ... » Tin zögerte. »Und jetzt ... und jetzt erkenne ich den gesamten Inhalt ... und das nur durch dieses kleine Siegel.«

»Jaaa«, näselte der Erstsprecher ungeduldig. »Aber wer war Lucifer eigentlich?«

»Er war das reinste, das liebevollste, das lichtvollste, das einfühlsamste Wesen seiner Zeit. Deshalb wurde er auch vom Schöpfer Animus mit dem Namen Lucifer beschenkt.« Eine Träne kullerte über Tins Wange. Die Stärke des Siegels zerriss ihm beinahe die Seele.

»Hm, das ist nicht ganz richtig«, seufzte Jonathan. Bei ihm klang es wie ein Knurren.

»Nicht ganz richtig?«, echote Tin. »Bevor er zum Fall kam, war es ganz eindeutig so. Es steht so im Kodex der Homullus.«

Der Erstsprecher senkte seinen Kopf, doch das eingewachsene Monokel ließ keinen unverfälschten Blick zu. Er zog die Nase kraus und

schniefte und seufzte schließlich resigniert: »Wir wollen es dabei bewenden lassen.«

»Weshalb fragst du mich das?« Tins Neugierde war geweckt. »Du
bist selbst Inhaber des Siegels. Du kennst die Antwort und du weißt,
dass ich sie kenne.«

»Lucifers Name bedeutet in Wahrheit: ›Der das Licht be‹...«

»Ich kenne die Bedeutung von Lucifers Namen«, unterbrach ihn
Tin hastig, hob die Hand und senkte den Kopf. »Natürlich tue ich das.
Wäre ich sonst hier?« Tiefe Furchen durchzogen seine Stirn wie kleine
Würmer, die nach einem Zugang zu seinem Hirn suchten.

Stille durchschnitt den Raum. Jonathan schniefte erneut, holte ein
Brillenputztuch aus seinem Hosensack und wischte in kreisförmiger
Bewegung über das Monokel. Er räusperte sich, während er Tins Gesichtsausdruck erkundete. Tin war froh, als Jonathans Handy zu klingeln begann. Der elektronische Klingelton krähte das Lied des *Berner
Zytglockenturms*; es war ein undefinierbarer Klang, der nach einem Hil-
feschrei, einem quengelnden Kind oder dem Gesang eines unmusika-
lischen Menschen unter der Dusche ähnelte. Jonathan sah auf das
Display. »Das ist der Zweitsprecher, da muss ich kurz ’ran«, entschuldigte er sich und wandte sich von Tin ab.

Jonathan hätte sich nicht extra abdrehen müssen, denn das nützte
natürlich nichts. Tin hätte in dem Gewölbekeller eine Schnecke ächzen gehört. Jonathan sagte nicht viel während des Gesprächs. Trotzdem konnte Tin den Inhalt des Gesprächs erraten.

»Ja... gut...«, natürlich... welches Kino?... Okay, danke.« Der Erstsprecher versorgte sein Handy in dem extra dafür angefertigten purpurroten Telefontäschchen aus Samt, das er an einer Kette um den
Hals trug. Tin erkannte, dass er darin auch sein Spiralsiegel versteckt
hielt; so musste er es nicht direkt auf der Haut tragen. Tin hatte sich
deswegen, trotz der Hitze des Sommers, ein baumwollenes Unterhemd
angezogen. Die Weisheit des Siegels hätte ihn sonst wahnsinnig gemacht. Am Vorabend hatte er sich während zwei Stunden mit dem Siegel verbunden. Er war danach so todmüde, dass er mitsamt seiner Kleidung ins Bett fiel und zehn Stunden durchschlief. Er sollte es heute
noch einmal versuchen, sich an die Verbindung zu gewöhnen. Er wollte
außerdem eine Lösung finden, um Colombe nach den Mittsommer-

tagen am Leben zu erhalten. Er durfte sie nicht verlieren, kaum dass er sie kennengelernt hatte.

»Der Film läuft im alten Schwellenkino gleich bei der unteren *Senkeltram-Station* vom Mattenlift«, sagte Tin, als Jonathan sich wieder ihm zuwandte. »Das hättet ihr auch einfach nur mich fragen können.«

Jonathan hielt kurz inne. Zweifellos war er davon ausgegangen, dass Tin den Verabredungsort von Colombe und Jefferson nicht kannte. »Selbstverständlich«, grunzte er und faltete seine Hände wie zum Gebet. »Wir haben uns entschlossen, die Verabredung zwischen Jefferson und Colombe stattfinden zu lassen. Falls Jefferson wirklich zum Feind gehört, dann müssen wir dem Conigium Mactus eine Falle stellen. Ihre Krieger müssen sich verraten, damit du Colombe retten und ihr Vertrauen zu dir stärken kannst.« Jonathan tippte mit dem Zeigefinger nachdenklich auf seine Lippen. »Vielleicht wäre es sogar gut, wenn Jefferson wirklich ein Krieger wäre. Ha, dann hätten wir zwei Fliegen mit einer Klappe geschlagen! Die Mactus-Krieger aus ihrem Versteck gelockt und Colombes Vertrauen zu dir gestärkt.«

»Ihr wollt ... was?« Das könnt ihr nicht tun!« Tin war außer sich und spürte, wie das Adrenalin durch seine Adern schoss. Er wollte losfliegen, irgendetwas tun, aber die Enge des Kellers ließ das nicht zu. Immer wieder schüttelte er den Kopf: »Das ist zu gefährlich. Colombe kann unmöglich den Lockvogel spielen. Nicht sie. Sie ist zu wertvoll. Verdammt, sie ist das Amceps!«

»Du vergisst, dass Colombe ebenso gut *ImPerDi* beherrscht, wie du es tust. Ich möchte sogar wetten, dass sie dich im Kampf besiegen könnte.«

Tin kratzte sich am Hinterkopf. »Es ist trotzdem zu riskant.« Das Conigium Mactus wird bestimmt nicht nur Jefferson zum Treffpunkt entsenden. Colombe wird einer Übermacht begegnen. Ich darf gar nicht daran denken was sie ihr antun werden, wenn sie in ihre Hände fällt.«

»Nun, mein lieber Freund«, sagte Jonathan überrascht. »Hattest du denn nicht vor, Colombe zu beschützen?«

6

Jefferson ging der eiskalte Blick des neuen Treieins-Hauswartes nicht mehr aus dem Kopf. Mit einem einzigen kurzen Handgriff hatte dieser ihn unter Kontrolle gebracht und ihm beinahe den Arm zerquetscht. Zu allem Übel schien Colombe auch noch Gefallen an ihm gefunden zu haben.

Jefferson knallte die Tür seines Kleiderschrankes zu und rieb sich die Schläfen. Dass er ausgerechnet heute auch noch arbeiten musste, regte ihn zusätzlich auf. Normalerweise hatte er samstags immer frei. Doch die Hitze der letzten Tage machte es notwendig, die Pflanzen auf den Auftragsgräbern täglich zu gießen. Natürlich hatte sein Chef *ihm* den Job übertragen. Dieser fiese Kerl tat alles, um ihn zu demütigen. Für gewöhnlich wurde er privilegiert, wenn man den Namen *Lauener van den Vinattempeln* hörte. Diese Familie war eine der einflussreichsten der Schweiz. Nur seinen Chef beeindruckte das nicht - ganz im Gegenteil. Zu blöd, dass er erst im Alter von 40 Jahren in den Genuss der ersten Treuhandvermögenstranche von fünf Millionen Schweizer Franken kam. Vorher musste er seinem Vater beweisen, dass er seinen Lebensunterhalt selbst verdienen könne. Dreizehn Jahre musste er noch durchhalten. Nicht einmal einen eigenen Wagen konnte er sich leisten und war deswegen gezwungen, bei seiner Mutter zu betteln, wenn er das Auto brauchte.

Schweißgeruch vermischte sich mit dem erdigen Duft von ungewaschenen Gartenwerkzeugen. Jefferson heulte vor Schmerz auf, als er wutentbrannt an die fest montierte eiserne Bank in der Mitte des Umkleideraumes trat. Der Raum war nicht groß. Das wegen des Gestanks konstant geöffnete Fenster füllte die Rückwand vollkommen aus. Eingebrochen hatte noch nie jemand. Hier war auch nichts zu holen, außer dreckigen Überkleidern, durchgetretenen Schuhen oder Abreißkalendern mit Bildern vollbusiger nackter Frauen.

Jefferson zog sich ein schmutziges, ärmelloses Shirt an, das vor ein paar Tagen einmal schneeweiß gewesen war, und stülpte sich seine braune Gärtner-Latzhose über die Beine. Dann setzte er sich auf die Bank, um die Schuhe anzuziehen. Seine Gedanken kreisten ununterbrochen um Colombe. Er stütze die Ellenbogen auf den Oberschenkeln ab und legte seinen Kopf in die Hände. Die Verabredung mit ihr war sein nächstes Ziel. Er wollte sich dort von seiner besten Seite zeigen. Colombe musste diesen gewalttätigen Hauswart sofort vergessen. Vielleicht konnte er sich beim ersten richtigen Date mit Colombe ja sogar einen Kuss stehlen?

»Guten Tag Jefferson«, hörte er plötzlich eine näselnde Stimme.

Hastig sah Jefferson auf. Vor ihm standen zwei mächtige Gestalten in schwarzen Overalls, mit verschränkten Armen, einer größer und muskulöser als der andere. Sie sahen aus wie die Türsteher eines noblen Nachtclubs. Der Rothaarige trug einen langen geflochtenen Bart, etwa so wie ein Wikinger. Trotz seiner Hünenhaftigkeit wirkte er sympathisch. Die leuchtenden moosgrünen Augen und der kahlgeschorene Schädel des anderen versetzten Jefferson hingegen in schiere Angst. Bei Letzterem führte eine rosarote Narbe vom linken Ohr über den Hals bis zum Schlüsselbeinknochen. Er schien absichtlich den Kopf etwas zur Seite zu neigen, damit man das Tattoo hinter dem rechten Ohr gut erkennen konnte. 666 stand dort, eintätowiert mit purpurroter Tinte. Jefferson spürte, wie sein Körper übermäßig Adrenalin in die Blutbahnen ausschüttete. Sein Herz pochte wild. Jetzt war es nicht mehr die Hitze, die ihm die Schweißperlen wie kleine Rinnsale über den Kopf tröpfeln ließ. Es war Furcht oder eher Panik. Sein ganzer Körper zitterte, als ob er plötzlich in einem Raum mit Minustemperaturen stände. Die beiden Riesen traten zur Seite und hinter ihnen erschien ... eine Frau ... oder ein Mann. Jefferson war sich da nicht sicher.

»Fürchte dich nicht, mein hübscher Freund«, sagte die zierliche Gestalt und fuhr sich mit einem kleinen Kamm durch die schulterlangen goldblonden Haare. Die hohe Stimme klang eindeutig weiblich, aber die Stoppeln am Kinn verrieten das Individuum als einen Mann. Daran änderten auch die hautengen hellblauen Leggins, das blumige Miniröckchen und die schwarzen Stiefeletten aus Lackleder nichts mehr. Mit schwingenden Hüften bahnte sich das kaum 1.60 Meter große Wesen einen Weg durch seine Bodyguards, die wie stählerne Säulen neben ihr ... *ihm* ... wirkten.

»Du hast die Ehre, mit Noah Bitterer zu sprechen«, sagte der Kahlschädel. Jefferson war nicht sicher, ob jetzt von ihm erwartet wurde, sich niederzuknien. Automatisch senkte sich sein Kopf in Demut.

Noah Bitterer legte seine Hand an den muskulösen und vom Schweiß glänzenden Oberarm seines Bodyguards. »Das ist aber lieb von dir, Laurenz, wie du mich eben vorgestellt hast«, gackerte er.

Der Kahlschädel verneigte sich leicht vor seinem Herrn, behielt dabei aber Jefferson immer im Auge.

Noah kicherte, stellte sich ganz dicht an Jefferson heran und hob ihm mit seinen langen und neongelb bemalten Fingernägeln das Kinn. Ganz sanft. Er berührte ihn kaum.

»Wirst du mir all meine Fragen beantworten, mein hübscher Jefferson, ja?«, piepste Noah und sah ihm wie ein Unschuldslamm ins Gesicht. Eine Wolke von Pfefferminzduft wehte Jeffersons Nase entgegen.

»Wenn nicht, müsste ich meine starken Männer hier, Laurenz und Gerd, auf dich loslassen«, näselte Noah weiter und machte einen Schmollmund. »Und das wollen wir doch nicht... oder? So ein hübsches Gesicht.«

»Was für Fragen denn?«, krächzte Jefferson. Er war sich sicher, dass er jetzt entführt werden würde. Er fragte sich nicht, warum man ihn nicht einfach in ein Auto zerrte, ihn fesselte, knebelte und einen Jutesack über den Kopf warf. Sein Gehirn arbeitete nicht mehr. Die Muskeln am ganzen Körper waren zum Zerreißen angespannt. Er konnte nicht uneingeschränkt damit rechnen, dass seine Eltern Lösegeld für ihn bezahlen würden. Wenn ja, würde das sicher von seiner ersten Treuhand-Tranche abgezogen werden. Aber vielleicht waren ja seine Eltern sogar froh, wenn ihn endlich jemand aus dem Weg räumte! Wer weiß, vielleicht war eine Scheinentführung sogar ein schlechter Scherz seines Vaters.

»Es gibt hier auf dem Friedhof ein sieben Jahre altes Familiengrab. Du weißt, von welchem Grab ich spreche, ja?«

Jefferson schüttelte den Kopf. Er zitterte dabei so stark, dass man sein Kopfschütteln kaum erkennen konnte. Laurenz packte die vom Gel verklebten Haare des zähneklappernden Jeffersons und riss sie nach hinten. »Antworte dem ehrenwerten Herrn«, fauchte er und drückte ihm mit der anderen Hand die Kehle zu. Jefferson gurgelte verzweifelt nach Luft. Im Gegensatz zum Transvestiten stank der Atem von Laurenz nach abgestandenem Wasser aus der Vase eines faulenden Blumenstraußes.

Noah gab seinem Bodyguard ein kurzes Handzeichen und der Kahlschädel lockerte seinen Griff. »Ich spreche vom Tanner-Grab. Thomas, Anna und Maud Tanner.«

Jefferson Augen weiteten sich. Das war das Grab von Colombes Familie! Was wollten diese Verbrecher von Colombe und was hatte das mit ihm und den *Lauener van den Vinattempeln* zu tun?

»Wie mir meine Mitarbeiter berichtet haben, sorgst du besonders gut für die Blumen auf diesem Grab«, quiekte Noah gut gelaunt.

Als Jefferson nicht sofort antwortete, drückte Laurenz wieder zu. »Antworte dem Herrn«, herrschte er ihn beinahe flüsternd an und Jefferson würgte unweigerlich: Der Mann roch wirklich wie gärendes Brackwasser.

Wieder hob Noah seine Hand. »Bitte, Laurenz, wir wollen dem jungen Mann doch keine Schmerzen bereiten. Unser Großmeister Mactus würde das nicht gerne sehen.«

Laurenz ließ los und trat sogar einen Schritt zurück.

»Gib uns die Adresse der Überlebenden«, hauchte Noah dramatisch.

Colombe! Dröhnte es durch Jeffersons Kopf. Was wollten diese brutalen Männer von ihr? Wo war sie da nur hineingeraten? Zuerst dieser widerwärtige Hauswart und jetzt auch noch diese Schläger. Oder hatten die Männer vor, *ihn* zu erpressen? Sie würden sich Colombe schnappen und drohen, sie umzubringen, wenn er nicht zahlte? Jeder wusste, dass er sehr viel für sie übrig hatte. Aber er hatte kein Geld! Warum wurde das niemals in den Zeitungen berichtet? Egal, er wollte seine Liebste keinesfalls diesen ekelhaften Monstern zum Fraß vorwerfen! »Das Tanner-Grab ist ein Auftragsgrab wie viele andere auch hier auf dem Friedhof«, antwortete Jefferson so laut er konnte. Es klang trotzdem nur wie ein heiseres Flüstern. »Ich kenne keine Überlebenden der Familie«, log er.

Noah wich überrascht zurück, ging ein paar Schritte im Raum und setzte sich dann auf die eiserne Bank in der Mitte. »Jetzt lügst du mich aber an, mein hübscher Jefferson.« Mit einem lauten Stöhnen zog er sich die brandschwarzen Stiefeletten aus. »Hach, diese Schuhe bringen mich um!«

Hoffentlich gleich, dachte Jefferson, während er beobachtete, wie Noah einen dicken Handschuh aus rosa gefärbtem Leder aus seiner Handtasche holte und ihn überstreifte. Dann griff er sich in den Ausschnitt, zog ein schneeweißes Samtsäcklein hervor und befreite den Inhalt. Es war eine Art Amulett, nierenförmig, purpurrot und wunderschön anzusehen. Noah bestaunte es, als ob er es noch nie zuvor gesehen hätte. Laurenz und Gerd taten es ihrem Boss gleich. Auch sie streiften sich Handschuhe über und holten ihre Amulette hervor. Laurenz führte das Siegel nah an seinen Mund, als ob er es küssen wollte. Bunte Funken sprühten wie eine zur Faust geballte Hand hervor. Ein elektrisierendes Geräusch erklang. Laurenz zuckte sofort zurück, schien aber nicht überrascht zu sein. Anscheinend hatte er diesen Effekt erwartet.

Beinahe hätten die Amulette Jefferson das Gefühl eines führsorglichen Schutzes geschenkt. Doch dann steckte der Transvestit das Siegel wieder weg und auch die Bodyguards ließen ihre Anhänger ebenfalls verschwinden. Die Geborgenheit löste sich auf und erneut breitete sich panische Angst in ihm aus. Jefferson sah wieder der Realität in die Augen.

Noah atmete tief durch, stützte sich seitlich mit beiden Armen auf der Bank ab und fuhr sich mit der Zunge über die mit Botox aufgespritzten blutroten Lippen. »Wann besucht Colombe Tanner für gewöhnlich das Grab?«, fragte er und begann, sich mit einer Nagelfeile Dreck unter den Fingernägeln hervorzukratzen.

»Nie!«, schoss die Antwort aus Jeffersons Mund. Diesmal stimmte die Antwort. Colombe war seit der Beerdigung nie mehr auf dem Friedhof gewesen. Sie ließ sich immer von ihm erklären, welche Blumen er gepflanzt hatte. Sie wollte immer genau wissen, wann, wie lange und in welchen Farben die Blumen blühten. Er vermutete, dass es ihr zu schwer fiel, selbst das Grab zu bestellen. Ihm war es recht. So konnte er Colombe etwas Gutes tun.

»Hm«, stöhnte Noah und grübelte immer noch an seinen Fingern herum. »Das scheint mir zu bestätigen, was mir meine Mitarbeiter berichtet haben. Wo wohnt sie denn, die Colombe?«, fragte er betont beiläufig.

»Das weiß ich nicht.« Jefferson versuchte dem Blick von Laurenz standzuhalten, doch die moosgrünen Augen stachen wie Messer auf ihn ein.

Noah zog sich seufzend die Stiefeletten wieder an. »Du lügst schon wieder.«

Jefferson musste Zeit gewinnen, er musste diese Typen dazu bringen, mit ihm den Friedhof zu verlassen. Nur dann hätte er eine Chance, irgendwie auf sich aufmerksam zu machen. Er war ein Lauener van den Vinattempeln. Er würde erkannt werden. Und hoffentlich würde auch seine Lage erkannt werden. Er könnte Colombe warnen, bevor die Männer dieses irren Transvestiten sie finden konnten. Er hatte keinen Schlüssel für das Friedhofsbüro in der Innenstadt. Doch er wusste, dass es dort eine Brandmeldeanlage gab. Irgendwie musste er es schaffen, den Alarm auszulösen. Er hatte keine Ahnung, wie er das bewerkstelligen sollte. Aber es ging um Colombe! Niemand durfte ihr etwas antun. Niemand! Eher würde er sterben.

»Könnte der Herr uns bitte antworten?«, forderte Laurenz, als Jefferson nicht reagierte.

»Die Adressen unserer Kunden werden im Hauptbüro in der Innenstadt aufbewahrt. Wir haben hier keine Unterl...«

»Na, na!«, fuhr Noah dazwischen. »Du lügst schon wieder. Das wird mir hier langsam zu blöd. Wir wollen das Ganze abkürzen. Laurenz, übernimm du bitte!«

Jefferson konnte nicht einmal den Gedanken von Flucht in seinem Verstand zurechtlegen, da hatte ihn Laurenz schon wieder gepackt. Diesmal ergriff er ihn im Nacken und zwischen den Beinen, hob ihn hoch und schleuderte ihn mit voller Wucht gegen die Kleiderschränke.

»Aaahhh, nein!«, schrie Jefferson. Dröhnend hallte der Lärm des Aufpralls durch den Raum. Die Metallschränke waren an der Wand verschraubt und hielten der Wucht des Aufpralls stand. Drei Schaufeln in einer Nische neben den Schränken fielen auf Jeffersons Körper. Er raffte sich schwankend und stöhnend auf und suchte verzweifelt nach einem Fluchtweg. Der Plan mit der Brandmeldeanlage verschwand wie der Dunst im Wind.

»Nicht so laut«, murmelte Gerd und schaute genervt zu Laurenz.

»Halt die Schnauze«, fauchte der Glatzköpfige seinen Kollegen an. Er packte den vor Schmerzen wimmernden Jefferson mit beiden Händen am Kragen, hob ihn hoch und schlug ihn mit dem Rücken hart an die Schränke auf der anderen Seite des Raumes. »Gib uns die Adresse von Colombe Tanner.« Der Gestank aus seinem Mund war grässlich.

Mit einem näselnden »Huch!«, sprang Noah auf und brachte sich mit kreisenden Hüften in Sicherheit. Wenn Laurenz Jefferson nochmals im Raum umherzuwerfen gedachte, schien er ihm dabei nicht in die Quere kommen zu wollen.

Jefferson nahm all seinen Mut zusammen. *Diese drei verrückten Mistkerle werden mir mein Date mit Colombe morgen nicht vermiesen!* Er nickte, um dem Typen anzuzeigen, dass er nachgab, schniefte unterdessen genüsslich den Rotz in der Nase zusammen und spuckte dem stinkenden Laurenz eine schleimige Portion Kodder ins Gesicht.

Laurenz ließ überrascht von ihm ab und wischte sich den Rotz weg. Jefferson wurde im selben Moment klar, dass er das besser nicht getan hätte. Starr sah er, wie die Wut in Laurenz überkochte. Er wusste, dass diese Sekunde seine einzige Möglichkeit war, um wegzurennen, doch seine Muskeln waren schlaff wie Gummi. Sein Körper versagte. Bevor seine Beine unter ihm wegsackten, stand Laurenz schon wieder bei ihm und drückte ihn an der Kehle gegen die Schränke.

Gerd und Noah starrten die beiden mit weit geöffneten Mündern an. Laurenz Gesicht lief rot an und dampfte. Er ballte seine Faust und holte aus.

»Zuerst die Adresse von Colombe!«, blökte Noah dazwischen und hob dabei beide Hände bis zur Schulter, als ob jemand *Hände hoch* gerufen hätte.

Laurenz entspannte sich.

Mit einer flinken Handbewegung holte Gerd ein Messer aus seinem Stiefel und reichte es Laurenz. »Mach vorwärts, aber leise«, zischte er.

Der Glatzkopf grinste, als er das Messer packte und es Jefferson an die Kehle drückte.

»Jetzt spielen wir zusammen, Kleiner. Das Spiel heißt *Schmerzen, Schmerzen, Schmerzen.*«

7

Gedankenverloren schlenderte Colombe über den Münsterplatz zum direkt anliegenden Park. Die Verabredung mit Jefferson war unumgänglich. Den Nachmittag hatte sie mit Zlittle verbrachte. Das lenkte sie zwar von dem Date mit Jefferson ab, jedoch nicht von den Gedanken an Tin. Zlittle hatte darauf bestanden, sie zumindest noch zum Matte-Lift zu begleiten. Der Aufzug war über hundert Jahre alt und wurde seinerzeit an der äußeren Stadtmauer errichtet, um bequem in das darunterliegende Matte-Quartier zu gelangen. Auch heute benutzen die Bernerinnen und Berner den Lift immer noch rege und bezeichneten ihn liebevoll als *Senkeltram*.

»Ich verstehe einfach nicht, dass du mit Jefferson ins Kino gehen willst«, meckerte Zlittle und drückte den Knopf, um den Lift zu rufen.

»Tin ist an dir interessiert. Das hat er dir klar und deutlich gezeigt, Süße.« Zlittle bearbeitete Colombe schon den ganzen Nachmittag. Normalerweise ermüdete Colombe bei den Verkupplungsversuchen ihrer Freundin schon nach ein paar Minuten. Doch heute ging es um Tin. Sie liebte es, sich über ihn zu unterhalten. Erst recht, da Zlittle keinerlei Anstalten machte, sich selbst für ihn zu interessieren.

»Jefferson tat mir doch nur leid«, antwortete Colombe und schaute sich ängstlich um. Sie fühlte sich beobachtet. Heute spürte sie ungewöhnlich viele Menschen mit einer unnatürlichen Gewaltbereitschaft. Vielleicht war es die Sonne, die den Leuten langsam, aber sicher zusetzte? Im Juni war man es nicht gewohnt, mit einer mehrwöchigen Hitzewelle konfrontiert zu werden. Erst kurz zuvor hatte ein Mann mit kahlrasiertem Schädel sie angestarrt, als ob er sie gleich an der Kehle packen und solange zudrücken wollte, bis sie sich nicht mehr bewegte. Vielleicht war es aber auch nur die extrem große Narbe an seinem Kopf, die sie erschaudern ließ, oder das purpurrote Tattoo hinter seinem Ohr, das wie drei Sechsen aussah.

An heißen Tagen war der Park hinter dem Münster immer besonders voll. Für Colombe war das nicht verwunderlich. Der Ort befand sich direkt auf den alten Stadtmauern an der Grenze zur Aare. Ein Plateau mitten in der Stadt, das zum Entspannen einlud. Viele alte und knorrige Kastanienbäume spendeten Schatten und wurden schon oft zu Zeugen vieler Küsse, Diskussionen oder Streitereien. Überall standen Bänke, Tische und Stühle, einfach nur, um ein bisschen zu verweilen. Durch den herrlich weiten Ausblick fühlte man sich frei und konnte sich vom Alltagstreiben erholen.

Colombe war froh, als sie die Park-Plattform überquert hatten und über den kleinen Steg zum Häuschen des *Senkeltrams* gelangten. Die Energien der vielen Menschen betäubten sie und drückten auf ihre sowieso schon ausgelaugte Stimmung. Die Passerelle zwischen dem Plateau und dem in den Himmel hinaus gebauten Lift erschien ihr wie eine Grenze zwischen dem Menschsein und dem Nichts. Die Konstruktion der Anlage sah aus wie ein Strandhäuschen, dem das Wasser abhandengekommen war und der Lift wie ein überdimensionierter Korb, der Grubenarbeiter in die Erde verfrachtete.

Zlittle hatte ihrer Freundin vom Vorfall zwischen Tin und Jefferson erzählt. Colombe hatte Tin seither nicht mehr gesehen und wusste auch nicht mehr, wie sie ihre Gefühle einordnen sollte. Hatte sie sich so in ihm getäuscht? Versteckte er hinter der grauen Abschirmung gar die pure Bosheit? Nein, das konnte nicht sein. *Wer eine Spiralenergie von über acht Metern aufweist und mit einer solch starken Empathiefähigkeit gesegnet ist, kann unmöglich ein Schurke sein.*

»Jefferson tat mir leid«, äffte Zlittle ihre Freundin nach. »Das ist genau der Satz, den Männer hören wollen.«

Der Aufzug machte sich mit lautem Ächzen bemerkbar und ein etwas in die Jahre gekommener Lift Boy strahlte sie mit schneeweißen und unechten Zähnen an.

»Grüessech mitenang«, grüßte er freundlich.

Colombe fühlte sich sofort gut. *Was ein Lächeln nicht alles bewirken kann!* Sie bezahlte den Fahrpreis, erwiderte sein Lächeln und stieg ein. »Willst du nicht doch mitkommen?«, frage sie Zlittle und flehte ihre Freundin regelrecht an ihr beim Date mit Jefferson beizustehen. Sie hatte kurz zuvor den glatzköpfigen Muskelprotz in den Lift einsteigen und ihn nach unten fahren sehen. Sie ahnte nichts Gutes. Ihr Bauchgefühl reklamierte jeden Schritt, den sie dem Kino und damit der Verabredung mit Jefferson entgegenschritt.

Der Lift Boy grinste Zlittle mit hochgezogenen Augenbrauen an. Er hätte gegen eine weitere junge Dame als Mitfahrerin sicher nichts einzuwenden gehabt, darum hielt er die Lifttür offen.

»Nein, Süße, da musst du alleine durch. Und ärgere dich recht schön, weil neben dir nicht Tin sitzt, Kleines!« Zlittle winkte ihrer Freundin mit einem aufmunternden Lächeln zu. Der Alte schloss die Lifttüre und bediente laut pfeifend den Startknopf. Das *Senkeltram* glitt sachte nach unten. Der Lift war der einfachste Weg, die 31 Höhen-Meter von der Plattform des Berner Münsters in das Matte-Quartier am Ufer der Aare zu überwinden. Colombe fühlte sich wohl neben dem Lift Boy. Seine Spirale war voller Freude und Liebe. Sie musste sogar aufpassen, dass sie nicht zu viel von seinen angenehmen Kräften tankte, und säuberte zum Ausgleich und ausnahmsweise Mal freiwillig seine von Sorgen geplagten Energien. Ältere Menschen tragen oft viele unnötige Sorgenenergien mit sich. Vor allem, wenn sie Enkelkinder haben. Das *Senkeltram* stoppte. Der Lift Boy machte die Türe auf und verabschiedete sich in breitem Berner Dialekt: »Häbit ä ganz ä schöne Aabe, Fröilein. Uf Wiederluege.«

Colombe huschte so schnell wie möglich über den kleinen, düsteren und von Gemäuern umgebenen Platz zu den Arkaden in der Matte. Sie liebte diese Lauben. Im Sommer spendeten sie kühlen Schatten und im Winter schützten sie vor Wind, Regen oder Schnee. Eigentlich ein idealer Ort, um bei jedem Wetter bummeln zu gehen. Allerdings war Colombe froh, dass sie keine dieser Frauen war, die mit diesem Gen, dem *Einkaufen-Ge(h)n,* geplagt oder gesegnet worden war.

Im Matte-Quartier sahen die Lauben aus wie Miniausgaben der Arkaden in der oberen Altstadt, entsprechend waren auch weniger Menschen unterwegs. Trotzdem konnte Colombe nicht einmal die Blumen genießen, die eine fleißige Bewohnerin entlang einer Fensterfront gepflanzt hatte. *Was ist nur los mit mir?*

Sie sah auf die Uhr. »Zehn Minuten zu früh.« Ihr Bauchgefühl hämmerte wild, doch der Kahlschädel war nirgends zu sehen. Und nur wegen Jefferson musste sie sich wirklich keine Sorgen machen. Höchstens, dass sie ihn vielleicht wieder in seinen Gefühlen verletzen müsste. Das war schon hart genug. Um sich selbst zu beruhigen, überquerte sie die kaum befahrene Straße. Auf der anderen Seite floss die Aare mit beachtlichem Tempo vorbei und der Ort war übersichtlicher als die engen Gassen in der Matte. Sie spazierte ein paar Meter der Aare entlang und kam automatisch ins Grübeln. Vor ein paar Jahren, als der Fluss über die Ufer getreten war und das Matte-Quartier in einen reißenden Strom verwandelt hatte, wäre ihr Spaziergang an dieser Stelle lebensgefährlich gewesen. Heute sah man kaum noch etwas von der damaligen Katastrophe. Aber das war nicht der Grund für ihr immer schneller schlagendes Herz. Sie hatte bisher noch nie Naturkatastrophen vorausgefühlt. Ihre Beklemmung musste mit Menschen zu tun haben, die in unmittelbarer Nähe waren und die in den letzten Minuten mit ihrer Spiralenergie Kontakt hatten und diese mit zähflüssigem Schleim ausfüllten. Dieser Kahlschädel. War er noch in der Nähe? Sie schlenderte besonders wachsam zurück zum verabredeten Treffpunkt, beugte sich für sie ungewohnt waghalsig über das Geländer zum Fluss und sah dem Wasser zu, wie es kraftvoll seiner Bestimmung folgte. Sie konnte nicht schwimmen und fragte sich, wie lange es wohl dauerte, bis sie in einen Strudel gesogen und ertrinken würde. Wie auf Knopfdruck erschien in dem von der Sonne glitzernden Wasser ein Bild von Tin. Er lachte und präsentierte seinen schiefen Zahn. Colombe musste unweigerlich lächeln und versank in der Erinnerung des ersten Zusammentreffens mit ihm. Sie beachtete die vermummten Gestalten nicht, die sich in den Nischen und Gängen der Häuser versteckten.

Als Jefferson bereits zehn Minuten überfällig war, kramte sie ihr Handy aus der Tasche. »Scheiße, Akku leer!«, fluchte sie leise vor sich hin. Sie entschloss sich, beim Schwellenkino nachzufragen, ob Jefferson eine Nachricht für sie hinterlassen habe. Eigenartig, er war noch nie zu spät.

Die Kassiererin schüttelte den Kopf. »Keine Sorge, er wird schon noch auftauchen«, sagte sie aufmunternd.

Colombe wartete und wartete. Doch als die Vorstellung des Films bereits begonnen hatte, machte sie sich auf den Weg nach Hause. Jeffersons Nichterscheinen sorgte für ein dumpfes, nagendes Unbehagen in ihrem Leib. *Ist das Angst? Ist Jefferson etwas zugestoßen? Wenn ich doch nur schon zuhause wäre!* Sicher würde sie dort auf dem Anrufbeantworter seine Stimme hören und verzweifelte Versuche, sich bei ihr zu entschuldigen. Aber sie war ihm nicht böse. Sicher war ihm etwas Wichtiges dazwischengekommen.

Vom Schwellenkino zum *Senkeltram* waren es nur ein paar Meter. Sie freute sich, den Lift Boy so schnell wieder zu sehen. Vielleicht konnte er ja ihre innere Unruhe etwas besänftigen. Sie bog in die dunkle Gasse ein, in der sich die Station des Lifts befand. Ihr Schritt verlangsamte sich. Kein Mensch war zu sehen und die Stille schlängelte sich durch die Gassen. Der Aufzug war ihr vor der Nase abgefahren. Ihr Atem wurde schwer und oberflächlich. »Reiß dich zusammen, Colombe. Was ist nur mit dir los«, ärgerte sie sich.

Da war ein langer Schatten, den die untergehende Sonne warf und der sich, viel zu schnell auf sie zu bewegte. Sie wich aus, wie sie es im Selbstverteidigungsunterricht bei Lusebian gelernt hatte. Flink wie ein Wiesel duckte sie sich und stand im Bruchteil einer Sekunde hinter dem Schatten. Der Angreifer war einen Kopf größer als sie und muskulös. Er stank nach verfaultem Fleisch, gemischt mit einem Hauch ätzendscharfem Müffeln, das in der Nase brannte. *Magengeschwür,* war Colombes Geruchsdiagnose. Sein Schädel war kahl rasiert. Colombe erkannte das 666-Tattoo. *Mist, verdammter, warum habe ich nicht auf mein Bauchgefühl gehört!*

Sie verfiel in die quantenhafte Meditation, die ihr riet, nicht davonzurennen. *»Du bist zu langsam! Verteidige dich! Verpass ihm ein Delirium!«* Doch bevor sie sich bewegen konnte, packte der Kahlschädel sie an beiden Oberarmen. Aber der Griff war nicht hart oder brutal. Eher weich und vorsichtig, als ob er eine zerbrechliche Statue aus hauchdünnem Glas in Händen hielt. Colombe nutzte die Gelegenheit, konzentrierte sich auf ihr rechtes Bein, holte tief Luft und schlug ihm ihr Knie mit voller Wucht in den Unterleib.

Der Angreifer stöhnte auf, hielt sich die Hände an die schmerzende Stelle und wandte sich von Colombe ab. Sie nahm bereits Schwung, um davonzurennen und um Hilfe zu schreien, doch dann hörte sie ihn rufen: »Colombe, ich bin's, Laurenz.«

Colombe blieb sofort stehen und drehte sich zu ihm um. »Laurenz?«, wiederholte sie. »Ich kenne keinen Laurenz.« Der Kahlschädel schaute zu ihr auf wie ein verschreckter Hund. Colombe war verwirrt und musterte das Gesicht des Angreifers. Sie stand etwa vier Meter von ihm entfernt und spürte dabei knapp die äußere Schicht seiner Spiralenergie. Nicht gerade viel, um sich mit einem Menschen und seinen Gefühlen zu verbinden. Aber es reichte, um zu spüren, dass er träge und zähe Energien mit sich trug: Laurenz war kein Mensch, bei dem sich Colombe freiwillig länger als ein paar Sekunden aufgehalten hätte. Ein weiterer Schatten tauchte auf und erst jetzt begriff sie, dass dieser Laurenz sie getäuscht hatte. Als Colombe die Energien des zweiten Schattens spürte, war es schon zu spät. Er packte sie von hinten, umklammerte ihren Oberkörper und drückte zu. Diesmal richtig fest. Doch Colombe wusste, wie sie mit solchen Angriffen umgehen musste. Wie weiche Butter glitt sie ihm aus den Armen und stand kurz davor, ihm einen Fußtritt in die Halsgegend zu setzen, da schmetterte Laurenz seine Faust gegen ihre linke Stirnseite. Sie konnte gerade noch rechtzeitig ausweichen, sonst hätte der Schlag ihre Nase gebrochen. Colombe atmete aus, beugte und wand sich wie eine Schlange und konnte so einem weiteren Schlag knapp ausweichen. Die Faustschläge der Männer rutschten an Colombe ab, als ob sie von oben bis unten voller Öl gewesen wäre. Sie fühlte sich überlegen. Trotzdem war diese Situation um das Tausendfache schlimmer als alle Trainingsrunden *ImPerDi*, in denen Lusebian mit ihr den Ernstfall probte. Ihr gelang ein gezielter Fußtritt auf den Hinterkopf des zweiten Angreifers. Sie schaltete ihn damit aus. Das war ein perfekter Deliriumsschlag. Genug, um dem Gegner ein Black-out zuzufügen, aber nicht so stark, um ihn zu töten. Mit verdrehten Augen fiel der Angreifer zu Boden. Laurenz hatte sie aber schon wieder an der Hand fassen können und zerrte sie mit einem brutalen Ruck zu Boden. Plötzlich sah Colombe sechs, nein, sieben oder gar zehn Männer über sich und jeder hielt sie fest. Sie konnte sich nicht mehr bewegen, roch nur noch Laurenz' stinkenden Mundgeruch und sein Magengeschwür.

Plötzlich fiel einer der Männer über ihr zusammen, als ob er sich an ihr vergehen wollte.

»Nicht jetzt«, befahl Laurenz, »wir genehmigen sie uns, wenn wir sie ins Hauptquartier geschafft haben.«

Der Mann auf Colombes Bauch rührte sich aber nicht mehr. Laurenz runzelte die Stirn. Ein weiterer Angreifer begann plötzlich zu röcheln und fiel stöhnend wie eine Puppe in sich zusammen. Erst jetzt nahm Colombe die Umrisse einer weiteren Gestalt wahr, die um die Bande herum huschte und gezielte Faustschläge verteilte. Einer nach dem anderen kollabierte und fiel zu Boden. Laurenz und Gerd, die Colombe noch festhielten, lockerten (wohl unbeabsichtigt) ihre Umklammerung, sodass sie sich befreien konnte. Doch die übrigen Männer ließen nicht locker, sie traktierten Colombe weiter mit Fußtritten und Faustschlägen. Aber sie hatte jetzt etwas mehr Freiraum als noch zuvor und vollzog ein erfolgreiches Ausweichmanöver nach dem anderen. Durch einen genau gesetzten Tritt traf sie einen der Männer am Knie. Knochen knackten und Blut spritzte ihr ins Gesicht. Der Mann heulte auf und fiel nach Luft schnappend zu Boden. Seine Hände umklammerten den Oberschenkel und drückten so die Wunde ab. Colombe gelang es, noch einen weiteren Angreifer auszuschalten. Der wälzte sich mit ausgerenkter Schulter auf dem Boden. Erst jetzt konnte sie sich eine Sekunde lang erlauben, ihrem Helfer einen Blick zuzuwerfen. Er stand mit dem Rücken zu ihr und schlug gerade Laurenz die Nase platt.

Er beherrscht ImPerDi, erkannte Colombe sofort. Seine Energiespirale war so stark und groß, dass Colombe sie problemlos fühlen konnte. Sie kannte diese Energie, die vom Helfer ausging und die erfühlten Farben entsprachen der gleichen Kombination, wie sie Tin ausstrahlte. Colombe versank einen kurzen Moment in Unachtsamkeit. *Tin? ImPerDi?,* dachte sie und schon wurde sie von einem Gegner gepackt und zu Boden gedrückt. Colombe war noch knapp in der Lage, ihm einen schwachen Schlag an die Gurgel zu setzen. Ihre Hand verhedderte sich in einer Halskette, die der Mann trug. Sie riss sie ihm ab und benutzte das daran befestigte Amulett, um dem Kerl eine Schramme in den Hinterkopf zu schneiden. Das warme Blut tropft Colombe über die Hand.

Der Verletzte reagierte unerwartet. Er ließ von Colombe ab, winselte qualvoll, als ob er an der harmlosen Schramme sterben könnte, und rannte davon. Colombe irritierte sein Verhalten, hatte aber keine Zeit, über das Verhalten des fliehenden Angreifers tiefgründiger nachzudenken. Sie lag immer noch auf dem Boden und wurde längst wieder von zwei Männern festgehalten, die sich von Tins Schlägen erholt hatten. Der Typ mit dem zerfetzten Knie kroch fluchend auf Colombe zu, zückte einen Dolch und hob den Arm zum vernichtenden Stoß. Die Klinge glitzerte im Glanz der untergehenden Sonne.

»Scheiß-Amceps!«, brüllte er und ließ die Hand kraftvoll niederfallen.

»NEEEIN!«, schrie Laurenz, der benommen am Boden hockte und sich die Nase geradebiegen wollte.

Für Colombe, die sich hoffnungsvoll in die quantenhafte Meditation begab, um die Hilfe ihrer inneren Stimme in Anspruch zu nehmen, vollzog sich das Geschehen im Zeitlupentempo. Sie starrte auf den Dolch, der langsam näher kam. Sie erkannte aber auch den Schrecken in den Gesichtern der Angreifer: Niemand wollte, dass sie starb, das wurde ihr spätestens jetzt bewusst. Das erklärte auch, weshalb sie Laurenz zu Beginn des Kampfes nur mit Samthandschuhen angefasst hatte. Einer der Männer hob seinen Arm und versuchte den Dolchstich gegen Colombe abzuwehren. Die Klinge schnitt ihm zwar die Blutadern auf, veränderte die Bahn des Dolches aber um keinen Millimeter. Colombe schloss die Augen. Friede überrieselte sie. Glück. Freude und das Gefühl der absoluten Liebe.

»Wenn das der Tod ist, will ich sterben«, flüsterte sie. Es erschien ihr, als ob sich ihr Sein schon von ihrem Körper getrennt hatte. Sie musste den Einstich des Dolches nicht mehr fürchten. Sie wusste, dass der Schmerz im Körper zurückbleiben und sie nicht mehr quälen würde.

8

Als Colombe wieder zu sich kam, roch sie als Erstes den erfrischenden Körperduft von Tin. Sie lag in seinen Armen, schmiegte ihren Kopf an seine Brust und hörte seinem beruhigenden Herzschlag zu. Jedes Pochen drang wie eine Melodie voller schützender Geborgenheit an ihr Ohr. Eigentlich fühlte sie sich elend. Jeder einzelne Muskel brannte wie Feuer, ihr Kopf schmerzte und ihr war schwindlig. Aber die Energie Tins machte das alles wett.

Langsam realisierte sie, dass Tin sie trug. Er drückte sie an sich und rannte mit ihr die Mattentreppe hoch, die gleich hinter dem Schwellenkino beginnt und in die obere Altstadt führt. Colombe roch das uralte Holz und den Urin der Junkies aus den Nischen. Sie drückte ihre Nase noch mehr an Tin und holte sich bei ihm den betörend duftenden Sauerstoff. Tin war vorsichtig, ging so geschmeidig wie möglich, trotzdem schüttelte es sie durch wie in einer Achterbahn.

»Wir sind gleich da«, sagte er keuchend, als er bemerkte, dass sie aus ihrer Ohnmacht erwachte. »Ich bring dich in Sicherheit. Bis zu meiner Wohnung ist es nicht mehr weit.

Sicherheit?

Erst jetzt erinnerte sie sich wieder an alles. Der Kampf mit den Radaubrüdern. Tin, der sie gerettet hatte, Tin der *ImPerDi* beherrschte? Die brutalen Faustschläge. Knochen, die zertrümmert wurden, Schmerzensschreie, das herumspritzende Blut und die scharfe Klinge des Dolches, der in der Abendsonne glitzerte wie die Vision eines Engels, der sie dem Tode zuführen sollte.

Warum lebe ich noch? Wie ist das möglich? Was ist passiert?

Tin kurvte elegant durch die Gassen, ignorierte fragende Blicke von Passanten und überhörte herablassende Kommentare einer Gruppe mit roten Socken und Nordic-Walking-Stöcken. Die Hauseingangstür öffnete er akrobatisch, indem er sie mit dem Po aufstieß. Er rannte mit geschmeidigen und kraftvollen Schritten zwei Etagen nach oben. Seine Schritte hallten an den kahlen Wänden wider. Vor der Wohnungstür stellte er Colombe ab. Vorsichtig löste er seine Hände von ihren Armen.

»Kannst du stehen?«, fragte er, »du wirkst etwas ... derangiert.«

Colombe nickte. *Ich bin in Sicherheit! Ich lebe!*

Tin kramte den Wohnungsschlüssel aus seiner Hose und öffnete die Tür. Doch dann runzelte er die Stirn, sagte zu Colombe: »Gib mir eine Minute«, und verschwand in der Wohnung. Er schloss die Tür hinter sich und ließ Colombe draußen warten. Als er nach zwei Minuten die Türe wieder öffnete, war er mehr aus der Puste als während des Kampfes. Colombe versuchte, nicht zu lachen, ein leises Schmunzeln konnte sie aber trotzdem nicht unterdrücken. *Wenn er wüsste, wie gut dieses Lachen gerade tut.*

Als ob sie blind und gehbehindert gewesen wäre, führte er sie vorsichtig in die Wohnung und dort direkt zum schwarzen Ledersofa gleich hinter der Wohnungstür. Doch das Sofa war überfüllt mit Umzugskartons.

Tin schnalzte verlegen mit der Zunge und verzog sein Gesicht. »Ich ziehe Ende Monat ins Treieins um«, rechtfertigte er sich für die Unordnung.

»Ich weiß, ich habe deinen Arbeitsvertrag getippt«, antwortet Colombe gleichmütig und erglühte bei dem Gedanken auf, Tin künftig immer in ihrer Nähe zu wissen. Jetzt, da sie wieder auf eigenen Beinen stand, verschwand auch der Schwindel. Tin sah sich um und platzierte sie auf dem Bett, das von der Wand bis in die Mitte des Zimmers ragte.

Es war eine kleine Wohnung, die aus einem Zimmer bestand und mehr einem Hotelzimmer als einem gemütlichen Zuhause ähnelte. Ein Gemälde, gleich über dem Bett, fiel Colombe sofort ins Auge. Es passte so gar nicht zu Tin. Das Bild war in einen dicken, goldenen Rahmen eingefasst, der aussah, wie ineinander verflochtene Rastalocken. Auf den ersten Blick zeigte das Bild zwei alttestamentarische Szenen. Nach längerer Betrachtung verlor es jedoch den sakralen Eindruck. Zu sehen war ein Mann mit schwarzem, schulterlangem Haar und einem Vollbart. Sein Gesicht wurde von einer extrem großen und krummen Nase beherrscht, so einem richtigen Zinken eben. Er trug einfache und raue Kleidung, einen beigefarbenen Baumwollrock, der an der Taille mit einem Hanfseil zusammengebunden war. Colombe vermutete einen Bauern aus der Zeit des Mittelalters. Der Mann umarmte den schlangenhäutigen und gehörnten Lucifer, der weinend in seinen Armen lag. Liebevoll umgarnte das Licht die Dunkelheit, die um den Antichristen kreiste, und ließ sie nach und nach verschwinden. Die zweite Szene vermittelte das pure Gegenteil. Der Teufel war alleine im Bild und umklammerte einen Lichtkegel. Licht und Dunkelheit schienen vom Künstler in ausgeglichener Menge und Größe gemalt worden zu sein. Nur war in der Finsternis keine Bosheit zu erkennen. Nein, Satan weinte. Eines seiner Hörner war abgefallen und das Zweite hing nur noch an einem dünnen Knochenfaden. Der Teufel steckte seinen Arm in die Höhe, als ob er Gott um Hilfe anflehen wolle.

Colombe wusste nicht, was sie von dem Gemälde halten sollte. *Hoffentlich ist Tin kein Mitglied einer Sekte, die den Teufel anbetet!* Sie verwarf den Gedanken jedoch gleich wieder. Dazu waren seine Energien viel zu freundlich und hell.

Während Tin im Bad mit lautem Rumoren den Erste-Hilfe-Kasten holte, schaute sie sich weiter um. Die blaugrün gemusterten Laken auf dem Bett hatte er bestimmt gerade erst zurechtgerückt. Eine Socke, die gemein unter dem Kopfkissen hervorlugte, verriet, dass er einen Teil seiner schmutzigen Wäsche darunter versteckt hielt. Der andere Teil der Schmutzwäsche ragte aus der offenen Schranktür am Fußende des Bettes. Gleich daneben führte die Tür in die Küche. Es war in der Tat eine schlicht eingerichtete Wohnung. Vermutlich wirkte sie jetzt nur etwas kühl, weil er die meisten Sachen schon für den Umzug eingepackt hatte. Da und dort lagen Umzugskartons und anderes Verpackungsmaterial.

Tin breitete den Inhalt seiner Hausapotheke auf dem Bett neben Colombe aus, kniete sich vor sie auf den Boden und begann, die Schürfwunde an ihrer linken Hand zu desinfizieren.

»Autsch!«, ächzte Colombe und zuckte kurz zurück. Das Jammern kam ihr vor wie ein Befreiungsschrei. Wenn man bedachte, was sie in der letzten halben Stunde alles durchgemacht hatte. Ihre bisherige Ruhe und Stille - was Schmerzenslaute betraf - war ein Zeichen für perfektes *ImPerDi*. Der Kampfstil war geräuschlos. Man schrie nicht, bewegte sich in einer Art Schwebezustand und behielt dabei Puls und

Atem so gut unter Kontrolle, dass man bei einer Messung den Eindruck gehabt hätte, der Kämpfer schlafe. Trotzdem gönnte sie sich jetzt ein paar stöhnende Schmerzenslaute. Schließlich befand sie sich jetzt in der Phase, in der sie sich innerlich vom Kampfmodus entfernte und ihr Körper wieder in einen normalen Zustand kam.

Sie hatte ein paar starke Schläge einstecken müssen, wurde zweimal brutal auf den Boden geworfen und ein verrückter Typ hätte sie beinahe mit einem Dolch aufgeschlitzt. Bei all dem hatte sie keinen Schmerz gespürt. Bis jetzt, da sie sich in Sicherheit wähnte und langsam begriff, was eigentlich vorgefallen war. Tin war vorsichtig beim Desinfizieren ihrer Wunden, beinahe zärtlich, aber trotzdem: Die Schrammen brannten wie Feuer.

»Entschuldigung«, murmelte Tin und verzog das Gesicht, als ob er selbst die meisten Schmerzen verspürte.

»Du hast mir den Tod gestohlen«, flüsterte Colombe und biss sich sofort auf die Unterlippe. Habe ich das laut gesagt? Eigentlich wollte sie sich für seine Hilfe bedanken!

Tin schaute nur kurz auf. Sorgsam verband er die Wunde. Colombe spürte genau, was er dachte: Sie ist verwirrt.

Nun ja, irgendwie hat er ja recht. Ich bin verwirrt. Ihr Drang nach der Befreiung vom Leben schlich langsam aber sicher davon. Plötzlich sah sie wieder eine Zukunft. Bevor sie Tin kennengelernt hatte, hatte sie wirklich mit dem Leben abgeschlossen. Vielleicht war das der Grund, weshalb die Schlägertypen sie überhaupt überrumpeln konnten. Nie und nimmer wäre sie sonst auf eine solch banale Nummer wie die »Hey-Colombe-ich-bin's-Laurenz« dieses kahlschädeligen Widerlings hereingefallen. Es war ihr, als ob der Todesengel seine Hand zum Abschied gehoben und sich mit den Worten »Deine Zeit ist noch nicht gekommen« verabschiedet hätte.

»Ich meine ... es ist ... ich wollte sagen ...«, stotterte sie.

»Schon gut«, flüsterte Tin, während er den Verband geschickt mit medizinischem Klebeband fixierte und sich dann ihrer Wunde am Kopf zuwandte.

Sie stöhnte erneut, als Tin sich der Beule an ihrer Stirn annahm.

»Es ist zum Glück nur ein Kratzer«, stellte er sachlich fest und trug etwas kühlende Salbe auf. Er schien es dabei nicht eilig zu haben und massierte die Paste sorgsam ein. Colombe konnte nicht anders, als ihn anstarren. Er war so nah und er roch so gut. Sein Eigenduft war verführerisch, obwohl er mit Schweiß vermischt war. Jetzt, da sie sich nicht mehr im Rausch des *ImPerDi*-Kampfes befanden, war es wieder normal, wenn der Körper schwitzte.

Es schien ihr, als ob der Kampf schon Jahre zurückläge. Sie fühlte sich entspannt, geborgen und... geliebt? Ja, Tins Energiespirale entwickelte eindeutig das, was sie in den vergangenen Jahren als Liebe einstufte. Oder bildete sie sich das nur ein? Wurden ihre eigenen Gefühle wie Echos wieder auf sie zurückgeworfen? Tin streckte seinen Oberkörper, um die Beule besser versorgen zu können. Er war so nah an ihrem Gesicht, dass sie seinen Atem spüren konnte und es beschlich sie das Gefühl, ihn schon ihr ganzes Leben lang zu kennen. Dabei wusste sie nichts über ihn, rein gar nichts.

Sie schaute in seine traurigen, graublauen Augen. Seine Stirn war gerunzelt, weil er wohl hoch konzentriert war. Sie musterte seine leicht knollige Nase, die rosa Haut, die kleine Wölbung über seinem Eckzahn und konnte sich nicht erinnern, jemals etwas Schöneres gesehen zu haben. Als er seinen Mund leicht öffnete, erkannte sie Blut auf seinen Lippen.

»Dieser Laurenz hat mich einmal ein bisschen erwischt«, sagte Tin, als Colombe ihn darauf ansprach, und er schien sich sogar etwas dafür zu schämen. Aber das bisschen Blut war das einzige Anzeichen für den eben ausgefochtenen Kampf gegen eine Gruppe »tollwütiger Randalierer«.

Trotz seiner Entspanntheit fühlte Colombe bei Tin seit einer halben Stunde ein starkes Unbehagen. Es war ihr, als ob sich ein Gürtel um seine Energiespiralen spanne und sich immer weiter zuzöge. Was hinter der grauen Schutzmauer verborgen lag, konnte sie immer noch nicht erkennen. Aber an diesem neuartigen Gefühl des sich stetig enger ziehenden Riemens war sie schuld. Colombe versank eine Sekunde lang in der quantenhaften Meditation. Sie konnte sich nicht mehr an das Ende des Kampfes erinnern. Nur noch daran, wie der Angreifer, dem sie das Knie zerschmettert hatte, in ohnmächtiger Wut auf sie zukroch, den Dolch zückte und auf sie einstach. Automatisch hielt sie ihre Hand schützend auf das dritte Auge. Sie entsann sich auch, wie einer der Täter den tödlichen Dolchstoß verhindern wollte. Eigenartig, dieser Angreifer, der gleichzeitig ein Beschützer war. Aber vielleicht waren es Tins Energien, die alle anderen beherrschten?

Sie konnte sich nicht mehr daran erinnern, ob und wie Tin den Dolch wegschlug oder wie er sich gegen all diese Männer verteidigte. *Was ist geschehen, dass er jetzt so leidet?*

Tin drückte noch einmal etwas Salbe aus der Tube und massierte sie in die Beule ein. Die Wunde war längst versorgt, doch auch er schien ihre Nähe zu genießen.

»Du beherrschst *ImPerDi*«, fragte Colombe, obwohl es eher eine Feststellung war.

Tin stoppte seine Tätigkeit und schaute Colombe in die Augen. Die Hand behielt er immer noch auf der Beule. »Ja, ich beherrsche *ImPerDi*, genau.«

»Witzig, mein Trainer sagte mir, dass *ImPerDi* eine Kampfsportart sei, die nur ein spezieller Mönchsorden praktiziere.« Colombes Mundwinkel zuckten. »Er hat auch erzählt, dass *ImPerDi* ein Geheimnis sei und ich die Einzige, die er außerhalb des Ordens unterrichte.« Tin sah sie immer noch an. Langsam nahm er seine Hand zurück.

»Du willst mich fragen, ob ich ein Mönch der *ImPerDi* bin, nicht wahr?«

Colombe nickte. Es wäre ein Grund für das beklemmende Gefühl gewesen, das Tin seit dem Kampf ausstrahlte. Lusebian hatte den *ImPerDi*-Mönchsorden als sehr friedfertig geschildert. Wenn also Tin ein Mönch war, müsste sie ihn sich aus dem Kopf schlagen. Liebe hin oder her. Dieses verdammte unnütze Zölibat! Es war einer dieser Widersprüche, die aus Kirche und Religion entstanden waren, eine von vielen Möglichkeiten, einen Menschen zu manipulieren und ihm die Angst vor Gott aufzuzwingen. Ein Grund von vielen, warum Colombe sich selbst als metaphysische Agnostikerin bezeichnete. Natürlich gab es da etwas, jenseits der Dimensionen, davon war sie überzeugt. Aber es war kein Wesen, das Angst, Armut und Humorlosigkeit als moralische Reinheit betrachtete.

Tin setzte sein Breitmaulnashornlächeln auf und schüttelte den Kopf. »Nein, ich bin kein Mönch.«

Colombe atmete erleichtert auf, als sie die Wahrheit in Tins Aussage wahrnahm. »Gut, sehr gut«, sagte sie, was das Lächeln in Tins Gesicht sofort noch breiter werden ließ.

»Mir ging es da wie dir«, erklärte er, »mein Trainer hat mich auch als *Einzigen* und hinter verschlossenen Türen ausgebildet.«

Er flunkert! Colombe hob die Augenbrauen. »So ein Zufall! Vielleicht kenne ich ihn, wie heißt er denn?« Colombe vermutete, dass Lusebian sie in diesem Punkt anschwindelte und sich nebenbei mit privaten Selbstverteidigungskursen noch etwas dazuverdiente. Vielleicht war *das* das Geheimnis, das ihr Vaterersatz in seinen Energiespiralen hütete?

Tin schaute sie an, als ob er über eine Brille spähte. »*ImPerD*i ist nicht umsonst eine geheime Verteidigungsart. Wenn ich dir meinen Lehrer verriete, bräche ich den Schwur, den ich abgelegt habe.«

Es gab keinen Schwur. Aber er konnte doch nicht sagen, dass Lusebian der *ImPerDi*-Ausbilder des Amceps-Ordens war und er ihn schon seit seiner Kindheit kannte? Colombe hatte seine Lüge vermutlich längst enttarnt. Er fand die Geheimnistuerei sowieso nicht gut. Colombe sollte alles wissen. Alles! Aber er war an die Weisungen des Consortiums Lucifer und auch an die Befehle des Ordens der Amceps gebunden.

»Es gibt keinen Schwur«, entgegnete sie prompt. »Zumindest hat mir Lusebian niemals von einem derartigen Schwur berichtet. Ehrlich gesagt hätte ich ihn auch niemals geschworen. Schwüre sind der Lüge näher als unausgesprochenes Vertrauen.«

Tin grinste. »Wie wahr. Und: Nein, es gibt keinen Schwur.«

Zu Tins Erleichterung stimmte Colombe in das Lachen ein. Ihr schien es nicht wichtig zu sein, ihn mit weiteren Fragen über ImPerDi und einen nicht existierenden Mönchsorden zu löchern.

»Wie hast du es geschafft, die Schlägertypen zu verscheuchen?«, fragte Colombe plötzlich.

Tin erhob sich ruckartig und kratzte sich nervös am Hinterkopf. *Diese Frage musste ja kommen.* Aber er hatte nicht wirklich Lust, ihr das jetzt zu erzählen. »Möchtest du einen Tee oder einen Kaffee?«, versuchte er abzulenken.

Colombes Verunsicherung wuchs. »Nein, Tin. Ich will wissen, was beim *Senkeltram* noch alles geschehen ist. Wie ist es dir gelungen, u...«

»Oder lieber ein Glas Wasser?«, schnitt er ihr brüsk das Wort ab.

Colombe blinzelte verwirrt, stand auf und stellte sich fordernd vor ihn hin. Ihre bernsteinfarbenen Augen schienen Tin zu hypnotisieren. Er öffnete und schloss den Mund, weil er etwas sagen wollte, es aber nicht über die Lippen brachte. Langsam beugte er sich zu Colombe herunter, und als sie nicht zurückwich und ihn stattdessen anlächelte... so weich, so zärtlich... als ob sie genau wüsste, dass er sie jetzt am liebsten geküsst hätte und ihre Umarmung hätte spüren wollen. Eine Umarmung, die er seit vielen Jahren nicht mehr hatte genießen können... nicht eine, die von Herzen gekommen wäre und ihm das Gefühl gegeben hätte, geliebt zu werden —.

Doch ehe er es sich versah, hob er den Kopf abrupt an, machte einen Schritt zurück und fuhr sich mit beiden Händen durch seine humusfarbenen Haare. *Ich darf sie nicht zu nah an mich heranlassen. Und ich muss ihr jetzt die Wahrheit sagen! Zumindest diese eine.* Er fasste allen Mut zusammen, den er in dieser Situation zusammenraufen konnte.

»Ich habe einen Menschen getötet, Colombe!« Endlich war es ausgesprochen.

Seine traurigen Augen suchten ihr Herz, ihr drittes Auge und schlussendlich ihr Gesicht. Sein Herz drängte ihn, sie in die Arme zu schließen, doch er unterdrückte dieses Verlangen so gut er konnte.

Ein paar Augenblicke standen sie einander gegenüber und versuchten gegenseitig zu ergründen, was der andere gerade dachte.

Colombe schien nicht lange zu überlegen. Sie ging auf ihn zu und umarmte ihn. Er vergrub sein Gesicht auf Colombes Schultern und heulte los, nicht lange, nur ein paar Sekunden, dann beruhigte er sich wieder und genoss vielmehr ihre Anwesenheit. Er drückte sie fest an sich und spürte, wie sie am ganzen Leib zitterte - und fühlte die Kraft ihres dritten Auges, wie sie alle verklebten Energien in ihm löste, ihn reinigte und mit Liebe füllte. Bald fühlte er sich besser.

»Danke«, flüsterte er ihr ins Ohr, »das tut gut.«

»Ich danke dir«, wisperte sie zurück. »Die Menschen sollten sich alle viel öfter umarmen. Jeden Tag mindestens eine herzliche Umarmung... die Welt sähe anders aus«, Colombe stand mittlerweile auf den Zehenspitzen.

Sie dankt mir?, dachte Tin. Das stimmte ihn nachdenklich. Niemals hätte er es für möglich gehalten, dass auch *er* Colombes Energien mit lichtvoller Kraft beschenken konnte - nur durch eine innige Umarmung.

Der Schmerz, einem Menschen das Leben genommen zu haben, blieb. Doch das Leid wurde mit Liebe gefüllt. Das machte den Schmerz erträglich.

9

Colombe fragte sich, warum sie sich nicht geküsst hatten. Er wollte. Sie wollte. Beide wollten. Aber keiner hatte den Mut gefunden, den ersten Schritt zu wagen.

»Kaffee?«, fragte Tin schließlich, nahm Colombe behutsam an der Hand und zog sie, ohne eine Antwort abzuwarten, in die Küche. Die Neonröhre in der Küche ging nicht sofort an. Das Licht flackerte ein paarmal, bevor es sich beruhigte und den Duft von frischem Wasser verbreitete. An der Stirnseite des Raums, gleich beim Eingang, stand ein kleiner Tisch, der Platz für zwei Personen bot. Der Raum war eigentlich zu klein für einen Tisch. Darum kurvte Tin elegant um die Ecke der schwarz-weiß gesprenkelten Küchenabdeckung. Er schaltete die Kaffeemaschine ein, machte eine akrobatisch wirkende 90-Grad-Drehung und holte aus dem Oberschrank zwei große durchsichtige Teetassen heraus.

»Ich hab nur die«, entschuldigte er sich, »die Kaffeetassen sind schon eingepackt.«

»Ich kann sowieso eine extragroße Portion vertragen«, lächelte Colombe. Sie genoss es, dem breitschultrigen Tin beim Hantieren in der Küche zuzusehen.

»Zucker? Milch?«, fragte er.

»Mit ohne alles«, plapperte sie los, verdrehte die Augen, hob die Finger, als ob sie sich selbst dirigieren wollte und sagte: »Ich nehme weder Zucker noch Milch, danke.«

»Genau wie ich«, freute sich Tin, stellte die Tassen auf den Tisch und setzte sich zu ihr hin.

Das Quecksilber im Thermometer stand immer noch bei 25 Grad, trotzdem umschlang Colombe die Kaffeetasse, als ob sie eiskalte Hände hätte. Sie hielt sich regelrecht daran fest. Jetzt, da sie nicht mehr in Tins Armen gewiegt wurde, verspürte sie den Drang, dieses Gefühl mit etwas zu ersetzen. Aber die Tasse war dazu – leider! – völlig ungeeignet. Obwohl sie heute sogar glaubte, regelrecht durch die Spiralwirbel des gläsernen Bechers hindurchfassen und das Leben fühlen zu können, das in dem Gegenstand ruhte. *Soll jemand sagen, Materie sei tot!*

Eine Weile sagten beide nichts. Sie lächelten einander nur verlegen an und nippten an ihren Tassen.

»Ich habe dir also den Tod verscheucht?«, fragte Tin auf einmal und setzte ein unsicheres, aber süßes Lächeln auf.

Colombe hatte sich schon gewundert, warum er zuvor nicht auf ihren Versprecher eingegangen war. Es war nur natürlich, dass er wissen wollte, warum sie sich den Tod wünschte.

»Nein«, Colombe schüttelte den Kopf. »Du hast mir das Leben gerettet, wollte ich sagen.«

Tin schien erleichtert und spielte mit seiner Tasse. »Es war knapp.«

»Ja, so schlimm war es noch nie.«

Tin horchte auf. »So schlimm war es noch nie?«, echote er. »Willst du damit sagen, dass du des Öfteren angegriffen wirst?«

Colombes Schultern sanken zusammen. »Nicht von einer Horde, wie heute. Aber irgendwie ziehe ich Menschen an, bei denen man sich mit Schlägen zur Wehr setzen muss. Erst letzten Monat, mitten am Tag auf dem Bärenplatz. Ich wollte mir beim Bäcker des Front-Cafés ein Brötchen holen, da pöbelten mich drei Besoffene an. Unglaublich, der Bärenplatz war sehr belebt! Vermutlich hatten die Typen untereinander gewettet, dass sie mir an die Brüste fassen könnten.« Colombe hob automatisch die Hand und verdeckte ihr drittes Auge unter der verschmutzten Bluse, als ob sie sich vor dem vergangenen Ereignis immer noch schützen wollte. »Ich hab jedem einen »freundschaftlichen« *ImPerDi*-Klaps gegeben und sie sind jaulend davongerannt.«

Tin schnitt eine Grimasse. »*ImPerDi*-Klapse sind echt schmerzhaft.«

Colombe grinste und zuckte nur mit den Schultern. »Ein paar Wochen zuvor«, erzählte sie weiter, »Zlittle und ich besuchten den Tierpark Dählhölzli, da rempelte uns eine Frau an. Sie war nicht betrunken, schien aber einem Ich-bin-Gott-und-ihr-alle-meine-Untertanen-Wahn verfallen gewesen zu sein.« Colombe schüttelte den Kopf. »Welch ein Widerspruch, nicht wahr? Wir wollten den Park gerade verlassen, da packte die Verrückte mich am Arm und zog mich mit sich. Ich dachte erst, sie wolle mich vor etwas beschützen. Einem herabfallenden Dachziegel vielleicht oder vor einem heranrasenden Auto. Aber dann zerrte sie mich weiter und weiter. Ich trabte einfach mit, warum ich das tat, weiß ich auch nicht. Auf dem Parkplatz des Restaurants stand ein dunkelblauer Kastenwagen. Die Seitentür öffnete sich und ein Mann in weißem Anzug, weißer Krawatte und weißen Gamaschen grinste mich an. Ich hörte Zlittle um Hilfe schreien. Sie hämmerte wie wild auf die komische Frau ein. Diese war von Zlittles Bemühungen aber völlig unbeeindruckt und gab ihr einen Schups mit dem Ellenbogen. Zlittle fiel in die Rosenbüsche. Erst dann habe ich begonnen, mich zu wehren. Es war für mich sehr einfach, ihr zu entkommen. Ich musste sie nicht mal schlagen. Hab' den Schlag nur angedeutet. Die Frau lächelte mich an, als ob ich ihr etwas Gutes getan hätte. Dann rannte sie zum Wagen, schrie ›ich hab's‹, schwang sich auf den Beifahrersitz und der Wagen fuhr davon.«

»Wollte sie deine Tasche stehlen oder hat sie dir eine Kette oder eine Brosche abgerissen?«, fragte Tin.

Colombe schüttelte den Kopf. »Nein. Aber vielleicht habe ich sie auch nicht richtig verstanden. Vielleicht war es eine Fremdsprache, die sich in unserem Dialekt nur so angehört hatte. Und Zlittle hatte selbst auch nichts gehört. Sie war aber zu dem Zeitpunkt hauptsächlich damit beschäftigt, sich aus den Rosenbüschen und den Dornen zu befreien.«

»Und dann?«

»Der Wagen brauste in überhöhtem Tempo davon. Ich wollte mir das Kennzeichen merken, aber da war kein Nummernschild befestigt. Zlittle war überall zerkratzt und schmutzig. Wir gingen zusammen zur Polizei und meldeten den Vorfall. Aber was konnten die schon unternehmen? Mir ging es ja auch nur darum, die Polizei zu warnen. Am nächsten Tag kam auch tatsächlich ein kleiner Artikel in der Zeitung.« Colombe atmete tief durch und setzte sich wieder mit geradem Rücken zum Tisch. »Deshalb gehe ich auch selten in die Stadt und verschanze mich im Treieins. Irgendwie war der Überfall von heute vorprogrammiert, aber dass es gleich so schlimm wird...«

Tin beugte sich vor und sah Colombe eindringlich in die Augen. »Ich kann mir denken, wie sehr dir das alles zu schaffen macht. Du willst stark sein. Aber manchmal ist es gut, einfach zu weinen. Ich würde das verstehen.« Er zeigte auf einen vollbepackten Umzugskarton. »Irgendwo in einer dieser Kisten habe ich eine Menge Papiertaschentücher.« Mit einem Schmollmund kratzte er sich am Hinterkopf. »Ich pack' die alle aus, wenn du willst.«

Colombe schnaubte ein verunsichertes Lächeln hervor und schüttelte sachte den Kopf. »Ich werde jetzt nicht weinen. Erzähl du mir lieber, was genau beim *Senkeltram* passiert ist.«

Tin hakte sofort ein, als ob er auf ein Stichwort gewartet hätte. »Ich war zu weit weg, als der irre Typ den Dolch hob, um dich damit zu töten.«

Colombe nickte stumm und schenkte ihm ein Lächeln. Endlich sprach er darüber.

»Mir blieb nichts anderes übrig... als ...« Tins Stimme hörte sich rau an, trotzdem blieb sein Atem ruhig. Das Sprechen fiel ihm schwer. Ab und zu hielt er inne.

»Ich habe immer ein Taschenmesser bei mir. Ich holte es aus meiner Hosentasche, spickte die Klinge heraus... und warf. Normalerweise hätte ich... tiefer gezielt. Ich glaube auch, dass ich den fallenden Dolch des irren Typen zu 99 Prozent getroffen hätte. Aber... das sind nun einmal nicht 100 Prozent... verstehst du? Die Gefahr war zu groß, dich zu treffen!«

Colombe nickte erneut. Sie wusste, dass sie an Tins Stelle genauso gehandelt hätte. *ImPerDi* war auch das Erfühlen der eigenen Intuition. Sie war nicht sicher, ob Tin die quantenhafte Meditation, die ein Bestandteil von *ImPerDi* war, ebenso beherrschte wie sie. Wenn ja, hätte er genügend Zeit gehabt, seine Entscheidung zu durchdenken und allenfalls zu ändern. Aber Spontanentscheidungen des Bauchgefühls benötigten sowieso keine quantenhafte Meditation. Noch eindeutiger kann die Seele nicht werden.

»Mein Taschenmesser bohrte sich in den Hals des Mannes.« Tin schluckte und atmete tief durch, bevor er gefasst weitersprach. »Er ließ den Dolch der dich töten sollte sofort fallen. Einer seiner Kumpels riss ihn im selben Moment von dir weg, sonst wäre deine Kleidung jetzt sicher voller Blut...«, er sah sie an. »Nun ja, noch mehr durchtränkt von Blut.«

Colombe schaute an sich herunter. Das Blut war bereits eingetrocknet und verlieh der Bluse eine makaber-modische Farbenpracht. Als ob ein Künstler den Stoff blindlings mit purpurroter Farbe bepinselt hätte.

»Ich rannte sofort zu ihm hin und habe die Wunde abgedrückt. Da war aber nichts mehr zu machen. Der Blutverlust war enorm. Zudem waren die anderen Typen dabei, dich wegzutragen. Ich musste mich entscheiden, dem Sterbenden sein Leben um ein paar wenige Sekunden zu verlängern oder dich in Sicherheit zu bringen.« Tin öffnete die Augen und sah Colombe an. »Diese Entscheidung war klar. Ich ging auf sie los. Die Männer waren eingeschüchtert. Vermutlich durch meine Entschlossenheit. Sie gaben dich freiwillig her. Deswegen dachte ich für einen kurzen Moment, du wärst... tot. Das war der schlimmste Augenblick in meinem Leben!« Tin atmete tief durch, bevor er weiter erzählen konnte. »Aber der andere... er starb. Allein – ich hätte ihm nur noch die Hand halten können während seines Übergangs.«

Colombe sah mit müdem Blick auf Tins Hand und streichelte sie tröstend. Ihre Augen schauten zwar einfach nur auf die Hände, trotzdem schien sie in die Tiefe des Universums zu sehen. Sie sah in unbekannte Magnituden, deren Unendlichkeit mit menschlicher Logik nicht zu erfassen war. Sie empfing gleichsam Wahrheit und Trost. Und es war eine Form einer Bitte ihrer Seele, Tin mit Worten zu unterstützen. Dann begann sie zu sprechen, einfach so, ohne zu wissen, was sie sagen würde, allein im Vertrauen darauf, das Richtige zu vermitteln.

»Keine Seele stirbt, wenn sie sich nicht schon längst dazu entschieden hat«, flüsterte sie. »Ich weiß, dass du das verstehst, weil du durch *ImPerDi* bestimmt auch in die Kunst der quantenhaften Meditation eingeführt wurdest. Selbst wenn du die Meditation nicht beherrschst, ist es doch die erste Lektion die besagt: ›Die Seele kennt keine Zeit. Alles ist sowohl gestern als auch heute und morgen.‹ Seine Seele war bereit zu sterben, sonst hätte dein Messer sein Ziel verfehlt.«

Für Tin befand sich Colombe offensichtlich in Trance. Hier sprach soeben ein Engel mit ihm, um ihm Vergebung zu schenken. Obwohl Colombe ihren Kopf gesenkt hielt, spürte er einen Hauch der Kälte in seinem Gesicht. Das konnte nur bedeuten, dass Lucifer anwesend war.

Seine Nase wurde eisig und er wusste, dass die Energieübermittlungen durch die Dimensionen mit Hilfe von Kälte erleichtert wurden. Colombe war ein Amceps. Halb Engel, halb Mensch. Hier sprach der

Engel. Und Colombe hatte keine Ahnung, wie ihr gerade geschah!

»Es ist für eine Seele leichter, den Körper eines Menschen zu verlassen, wenn niemand sonst dabei ist. Angehörige und Freunde verlängern den Übergang nur unnötig. Sie halten die Seele fest und erlauben ihr nicht zu gehen. Schlussendlich ist es jedoch der frei wählbare Entschluss und die Macht der Seele zu sterben und in der Dimension der Leichtigkeit des Lichts und der absoluten *anastuiiten* Liebe wiedergeboren zu werden.«

Jetzt sah Colombe auf. »Frage mich jetzt nicht, was *anastuiit* bedeutet, es ist mir soeben eingefallen. Aber meine Seele hat sich den Tod noch nicht gewünscht. Darum konntest du gar nicht anders, als mir zu Hilfe zu eilen.« Sie lächelte ihren Retter verschmitzt an. »Ich... ich weiß nicht, wie ich dir jemals dafür danken kann«, flüsterte sie und knetete seine Hand.

Tin schüttelte den Kopf. »Du lebst, das ist für mich dein Dank.«

»Was meinst du, sollten wir zur Polizei gehen?«, fragte sie plötzlich, als ob der Vorfall die normalste Sache der Welt gewesen wäre.

Tin schüttelte kurz den Kopf. Eben fühlte er sich noch in tiefer Verbundenheit mit Colombe, aber nun schien es ihm, als ob ihm jemand einen imaginären Schlag ins Gesicht versetzt hätte, was die Nähe zu der mystisch wirkenden Colombe jäh beendete.

»Ich meine«, sagte Colombe, »dass der Tote bestimmt schon gefunden wurde. Die Polizei stellt sicher schon Nachforschungen an. Wir können ihnen unnötige Ermittlungsarbeiten ersparen.«

Wieder schüttelte Tin den Kopf. »Nein, das werden wir nicht tun.«

Colombes Kopf zuckte fragend zurück. »Aber es gab bestimmt Passanten, die den Kampf gesehen haben.«

Tin winkte ab. »Wir würden uns bei der Polizei nur lächerlich machen.« Seine Trauer, den Tod eines Menschen verursacht zu haben, war keineswegs verschwunden. Trotzdem schien der Schmerz darüber, jetzt hinter einem unsichtbaren Kokon weggeschlossen zu sein.

»Lächerlich machen!«, Colombe zeigte auf ihre zerrissene und schmutzige Bluse und das Blut. »Schau mich an! Schau meine Verletzungen an! Okay, ich bin nicht schwer verletzt. Aber der Tote beim *Senkeltram* hat sich sicher auch nicht in Luft aufgelöst. Denk' an die, die kein *ImPerDi* beherrschen. Nicht auszudenken, was die Typen mit einer wehrlosen Frau anstellen!« Ihr schauderte. »Wie kann ein

Mensch nur so tief sinken!«

Tin biss die Zähne zusammen. »Der Tote wurde von den anderen mitgenommen«, sagte er.« Das war die übliche Routine der Mactus-Krieger: Niemals Spuren hinterlassen!

Colombe verschlug es die Sprache. Sie hob ihre Augenbrauen und sah Tin misstrauisch an. »Sie haben was?«

»Der Glatzköpfige hat sich vor den Schaulustigen verbeugt und sie gefragt, ob ihnen die Vorstellung gefallen habe. Der Wikinger, der Typ mit dem roten, geflochtenen Bart, hat sich ebenfalls verbeugt und ist mit einem Hut Geld sammeln gegangen. Zudem würde uns die Polizei niemals abnehmen, dass wir uns gegen zehn oder zwölf Krieg...«, Tin atmete tief durch, »gegen so viele Schläger hätten behaupten können.«

Colombe sah ihn nur an. Tin vermutete, dass sie seine Aura erfühlte und prüfte, ob er die Wahrheit sagte. Er musste sich nicht verstellen. Es war die Wahrheit. Sie brauchte nur etwas Zeit, das Ganze zu verarbeiten.

»Und die Leute haben es geglaubt?«, fragte sie. Eine Träne bahnte sich langsam einen Weg über ihre Wange.

Tin nickte. »Einige haben sogar Geld in den Hut geworfen und applaudiert. Die Leiche wird bestimmt in den nächsten Tagen gefunden und niemand wird einen Bezug zu diesem Abend herstellen können.«

Colombe stand auf und hielt sich am Tisch fest. »Die Polizei ist gut. Sie werden dich finden. Deine Fingerabdrücke sind auf dem Messer.« Sie schwankte, als ob sie gleich in Ohnmacht fiele. Tin sprang auf und wollte sie festhalten, doch sie drehte sich um und ging in den Wohn- und Schlafraum zurück. Vor dem Bild mit den Szenen über Satans Gottesanflehung blieb sie stehen. Während sie es betrachtete, lösten sich immer mehr Tränen aus ihren Augen.

»Vorhin, in der Küche, da fragte ich mich, wie weit die Menschheit noch sinken kann, wenn es einer Gruppe Randalierer möglich ist, derart unwürdig mit einem der Ihren umzugehen«, hauchte sie, als sie bemerkte, dass Tin ihr gefolgt war und ganz nah bei ihr stehen blieb. »Und dabei ist es nur die Spitze des Eisberges.«

Tin konnte nachempfinden, wie ihr zumute war. Ein angenehmes Prickeln durchfuhr ihn, als er sie berührte. Natürlich war da immer noch der Schmerz über die Tatsache, dass er einen Menschen umgebracht hatte. Aber auch die schmerzlichste Erfahrung darüber könnte ihn nicht hindern, unter gleichen Umständen noch einmal dasselbe zu tun. Nur um dieses wundervolle Wesen Colombe zu beschützen. Dass sein Messer bereits auf dem Grund der Aare lag und vermutlich bereits weggespült worden war, verriet er ihr nicht.

Unbemerkt führte er seine andere Hand an seine Brust, dort, wo das Spiralsiegel Lucifers zwischen Unter- und Oberhemd hing. Er griff zwischen den Knöpfen des Hemdes hindurch und erfühlte die energetische Verbindung. Sofort spürte er Colombes inneren Kampf, ihr Unverständnis gegenüber Gewalt und Verbrechen. Es war herzzerreißend. Da war eine einzige Frage, ein einziges Wort, das sie ausfüllte, wie ein viel zu stark aufgeblasener Ballon, der nächstens zu platzen drohte... *Warum?*

Auf einmal drehte sich Colombe zu ihm um und zeigte mit ausgestrecktem Arm zurück auf das Bild. »Woher hast du das Gemälde?«, fragte sie mit ihrer gewohnt piepsenden Stimme, als ob sie niemals geweint hätte.

Tin gab das Siegel wieder frei und tat so, als ob er sich gerade eben auf der Brust gekratzt hätte.

»Das ist ein Erbstück meiner Eltern«, antwortete er. Er befürchtete, dass Colombe ihn jetzt darüber auszufragen begann, was die Szenen zu bedeuten hätten. Er hätte lügen müssen. Andererseits sollte sie langsam, aber sicher aufgeklärt werden. Darüber, wer er war. Aber hauptsächlich, wer sie war und, welcher Bestimmung sie folgen sollte. *In 24 Stunden beginnen die vier Tage des Mittsommers. Sie muss unbedingt alles über die Homullus, Lucifers Fall, Animus und den Orden der Amceps erfahren. Wenn weder Lusebian noch das Consortium und erst recht nicht der Orden der Amceps sich wagen, sie aufzuklären, nur weil sie sich nicht sicher sind, ob sie das Amceps der Prophezeiung ist, dann muss ich es eben tun. Jetzt, sofort! Es muss sein. Was hatte sie eben gesagt? Ihre Seele habe sich den Tod noch nicht gewünscht? Aber sie ist ein Amceps! In fünf Tagen wird sie sterben. Ihre Seele müsste das wissen!* Ein kleiner Hoffnungsschimmer funkte in Tin auf. *Gibt es eine Chance für sie, die Mittsommertage zu überleben?* Durch die Verbindung zum Spiralsiegel erhielt er keine Antwort von Lucifer auf diese Frage. Aber die Verbindung zu Colombe, dieses Urvertrauen, das er in ihrer Nähe fühlte... das bejahte seine Frage.

Wieder berührte er sanft Colombes Schultern und sah in ihre bernsteinfarbenen Augen, die glitzerten wie tausend Edelsteine. »Colombe, ich muss dir etwas sagen.«

10

Colombe platzte fast vor Neugierde. *Was will Tin mit mir besprechen? Vielleicht das Geheimnis, das er unter der grauen Schutzschicht versteckt hält? Oder will er mir seine Liebe gestehen? Um Gottes Willen! Das ist viel zu früh! Zuerst müssen wir uns doch viel besser kennenlernen!*

Er bestand darauf, sie ins Treieins zurückzufahren, ergriff ihre Hand und zog sie mit sich. Colombe kam sich vor wie ein Chihuahua mit zu kurzen Beinen. Bei dem Tempo, das er vorlegte, konnte sie kaum mithalten. Hätte sie nicht die Schwebetechnik der *ImPerDi* angewandt, wäre sie vermutlich zu Boden gefallen und er hätte sie mitgeschleift wie einen Jutesack voller Kartoffeln. Er führte sie zu seinem Citroën Picasso in der Tiefgarage und öffnete ihr elegant die Beifahrertür wie ein Gentleman. Beinahe hätte er sich noch verbeugt.

»Meine Kleider, das Blut ...«, sagte Colombe, »ich werde das Polster ruinieren!«

Tin musterte ihren Rücken und den Po. »Das Blut ist hauptsächlich auf der Vorderseite deiner Bluse und dein hübscher Po ist nur ein bisschen staubig.«

Colombe stieg ein. »Du findest meinen Hintern also hübsch«, rief sie ihm neckend zu, während er um das Auto herum eilte. Die bedrohlichen Ereignisse des Abends schienen nur noch ein böser Traum gewesen zu sein.

Tin stieg lachend ein. Eines der wenigen Male, da Colombe seinen schiefen Eckzahn zu Gesicht bekam. Die lockere verspielte Stimmung gefiel ihr. Obwohl sie Gewissensbisse hatte, weil sie sich ja eigentlich schlecht fühlen sollte. Immerhin hatte Tin die Last eines Tötungsdelikts auf sich geladen ... ihretwegen.

Während der rund zwanzigminütigen Fahrt zum Internat sagten beide kein Wort. Eigentlich mochte Colombe diese Ruhe. Für sie war es nicht nötig, alles auszusprechen. *Manchmal ist es sehr schön, wenn zwei Menschen einfach nur miteinander schweigen können.* Aber Tins Stille irritierte sie: *Will er mir jetzt sein Geheimnis anvertrauen oder nicht?* Konzentriert lenkte er das Fahrzeug durch Bern, dann über die *Halenbrücke* und weiter in Richtung Meikirch. Es war stockfinster. Eine einsame Wolke verdeckte den Halbmond, als ob sie wüsste, dass Colombe sonst geblendet worden wäre.

Als sie den Frienisberg überquert und bereits Aarberg hinter sich gelassen hatten, waren es kaum noch drei Minuten bis zum Treieins. Tin rückte immer noch nicht mit seinem Geheimnis heraus. Sie spürte, dass er das, was er ihr zu sagen hatte, in ihrem vertrauten Umfeld mitteilen wollte. Wirklich schlimm konnte es nicht sein. Sie kannten sich ja erst seit ein paar Tagen. Und was konnte schlimmer sein als der Kampf mit den Randalierern? Kurz überlegte sie, ob ihre Wohnung repräsentabel aufgeräumt und geputzt war oder ob sie Tin besser auch zuerst zwei Minuten vor der Türe stehen lassen sollte, so, wie er es kurz zuvor mit ihr getan hatte. Ihr Herz machte einen Purzelbaum bei diesem Gedanken. Sie und Tin allein in ihrer Wohnung! Ohne dieses eigenartige Bild des verzweifelten Teufels an der Wand! Das Bild ging ihr nicht mehr aus dem Kopf. Es widersprach allem, was Colombe bisher von religiösen Konzepten kannte. Dieses Gemälde beinhaltete mehr Wahrheit, als es auf den ersten Blick preiszugeben schien. Trotzdem konnte sie den Sinn darin nicht erkennen.

Tin setzte den Blinker und bog auf den Parkplatz des Internats ein. Colombe gähnte und streckte sich, als ob sie gerade aus einem langen und tiefen Schlaf erwacht wäre. Wieder wollte Tin seinem Schützling die Tür öffnen, doch sie war schneller und glitt flink aus dem Auto.

»Willst du zu Lusebian?«, fragte Tin, während sie langsam durch den Park und auf das Sportgebäude zugingen, in dem sich Colombes Wohnung befand.

Sie blieb erstaunt stehen. *Woher wusste Tin von Lusebian? Nun gut, er war immerhin der neue Hauswart des Internats. Aber woher wusste Tin, dass sie zu Lusebian eine engere Verbindung hatte?* Eine Mischung aus Scham und Zorn beschlich sie. Wahrscheinlich hatte Zlittle geplaudert. Wenn ja, dann wusste Tin jetzt über einige persönliche Dinge bescheid wie etwa über ihr Lieblingsessen oder ihre Lieblingsfilme, bei denen sie zuweilen Rotz und Wasser heulte. Bestimmt wusste er davon, dass sie Kriegsfilme mied, ob fiktiv oder nach wahrer Begebenheit. Einfach, weil sie wusste, dass irgendwo da draußen in der weiten

Welt, *die Menschen wirklich aufeinander losgehen wie erbärmliche, dumme, unwissende, törichte Kreaturen.* Dann war da auch noch Lusebians Vermutung, dass sie alle negativen Energien in sich aufsaugen würde, um sie nach Möglichkeit ins Positive zu reinigen. War Zlittle so weit gegangen und hatte ihm auch diese Peinlichkeit erzählt? Zu allem Überfluss hatte Colombe in den letzten Wochen tatsächlich das Gefühl, der Trainer könnte recht haben, was ihre Gabenplage betraf. Das wären keine guten Voraussetzungen für eine Freundschaft ... erst recht nicht, für eine Beziehung! Also fragte sie sich: *Ist es wirklich eine gute Idee, jetzt zu Lusebian zu gehen?* Er war ihr Vaterersatz und reagierte darum jeweils sehr emotional, wenn es um sie ging. Sie erinnerte sich an eine Diskussion mit ihm, die tränenreich geendet hatte. Noch heute lief es ihr eiskalt den Rücken hinunter. Sie sagte damals: »*Wenn ich Nachrichten von Krieg und Gewalt höre, von Missgunst und Intrige lese, stelle ich die Realität zum Leben her. Ich habe Angst, ich könnte kein Mitgefühl mehr aufbringen – weder für Opfer noch für Täter.*«

»*Das wäre das Schlimmste, was der Menschheit geschehen könnte*«, hatte Lusebian wispernd geantwortet und zu weinen begonnen. Das war eine Szene, die sich schmerzhaft in ihrem Hirn eingebrannt hatte, wie ein entzündetes und eitriges Tattoo. Sie wollte keinesfalls, dass sich etwas Ähnliches vor Tin abspielte.

»Ich werde heute bestimmt noch zu Lusebian gehen und ihm erzählen, was heute geschehen ist«, antworte Colombe schließlich auf Tins Frage. »Aber du wolltest mir doch auch noch etwas sagen, oder nicht? Zudem muss ich dringend unter die Dusche.«

Wieder öffnete Tin ein paar Mal den Mund und schloss ihn wieder wie ein Fisch, der Plankton frisst. »Ich möchte, dass Lusebian dabei ist und hört, was ich dir zu sagen habe«, sagte er zaghaft, hob die Augenbrauen und setzte sein breites Lächeln auf.

Colombe war sichtlich konfus. »Also ... ähm ... worum geht's genau? Irgendwie hab ich grad eine lange Leitung.«

Tin verzog seinen Mund. »Ich brauche Lusebian dazu.«

»Wozu?«

»Es ist kompliziert. Er sollte dabei sein. Eigentlich ist sogar er es, der dich aufklären sollte.«

Colombe verdrehte die Augen. »Das mit den Bienchen und den Blümchen habe ich verstanden.«

»Es ist ein wenig komplizierter.«

»Habe ich was angestellt? Habe ich mich dir gegenüber irgendwie komisch verhalten? Habe ich dich beleidigt? Wenn es einen Grund gibt, weshalb du mich bei Lusebian verpetzen willst, dann verpetze mich. Aber geh' bitte davon aus, dass ich es nicht willentlich gemacht habe und es mir außerordentlich leid tut.«

Tin antwortete nicht. Stattdessen senkte er den Kopf und spielte verlegen mit einem Knopf an seinem Hemd.

»So schlimm?«, fragte Colombe. Sie war nun endgültig verwirrt. Tins Spiralenergien versprühten immer mehr Schmerz und Trauer.

»Okay, dann ...«. Colombe verschränkte ihre Arme auf der Brust, als ob sie fröre, und ging gemächlich weiter. »Lusebian ist meine Familie«, hauchte sie und zwang sich, nicht zu weinen. Der Schmerz über den noch nicht verarbeiteten Verlust ihrer Mutter, ihres Vaters und der kleinen Schwester Maud war so präsent wie damals, als sie die schreckliche Nachricht erfahren hatte. Sie wusste nicht warum, aber sie verspürte den Drang, Tin von Lusebian zu erzählen. Erst recht, weil Lusebian ganz bestimmt ihr drittes Auge erwähnen würde. Das machte er bei allen jungen Männern, die ein Interesse an ihr zeigten. Da nahm er niemals Rücksicht auf ihre Gefühle. Tin musste vorgewarnt werden.

Eigentlich glaubte Colombe nicht wirklich, dass ihre sensitiven Fähigkeiten von ihrem dritten Auge (wie Lusebian es nannte) ausgelöst wurden. Für sie war es ein gewöhnliches Muttermal. Das Kuriosum befand sich gleich oberhalb ihrer Brust auf Herzhöhe und sah aus wie eine dritte Brustwarze. Das war nicht die Stelle, wo man sich ein zusätzliches Auge vorstellte. Und an der Stirn fühlte sie nichts Außergewöhnliches. Es wuchs nichts, es tat nichts weh und geheimnisvolle Energieaktivitäten verspürte sie dort auch keine. Sie fühlte mit dem Herzen. Manchmal auch mit den Händen. Nun gut, sie musste zugeben, dass die Stelle über dem Herzen eigentlich doch der ideale Ort für ein drittes Auge war. Wenn sie es recht besah, sogar um ein Vielfaches geeigneter als auf der Stirn.

Trotzdem. Tin würde sie vermutlich sofort links liegen lassen. Oder noch schlimmer, sie als Medium bezeichnen und aufsässig seine Zukunft vorausgesagt bekommen wollen. Außerdem würde er Lusebian sicher zum eigenwilligen Esoteriker abstempeln, als total idiosynkratisch eben, und das wollte sie nicht. Tin sollte ihren Vaterersatz so kennenlernen, wie er meistens war. Liebevoll, fürsorglich und stets ängstlich, wenn es um sie ging – obwohl Lusebian seine Besorgnis um sie niemals zugeben würde.

»Ich kenne Lusebian, seit ich denken kann«, begann sie zu erzählen. Inzwischen schlenderten die beiden im Schneckentempo durch den Park. »Ab dem fünften Lebensjahr ging ich regelmäßig zu ihm ins ImPerDi-Training. Er schärfte mir ein, dass nur ich und meine Eltern davon wüssten und dass ich es immer als gut gehütetes Geheimnis in meinem Herzen bewahren solle.«

»Oh ja, ich kenne das. Es war bei mir ähnlich«, erinnerte sich Tin.

Colombe hielt kurz inne. Ihre Lippen zuckten zu einem Lächeln. *Hoffentlich werde ich seinen ImPerDi-Trainer mal kennenlernen.* Dann erzählte sie weiter. »Das war für mich sehr aufregend. Ich hatte ein Geheimnis! Dadurch fühlte ich mich gestärkt. Später, im Kindergarten hatte sich die Heimlichtuerei schon so fest in mir verankert, nicht einmal Zlittle erfuhr davon. Stell' dir vor!«

Tin lächelte. »Eine wahre Meisterleistung«, bemerkte er übertrieben ernst.

Als wir größer wurden, wollte sie natürlich wissen, was ich drei bis viermal die Woche mache. Ich erzählte ihr, ich ginge ins Synchronschwimmen.

»Synchronschwimmen?«, echote Tin verwundert.

Colombe zuckte die Schultern. »Zlittle ist nicht gerade sportbegeistert. Vor allem nicht, wenn *keine* Männer in hautengen Stretch-Hosen und muskelbetonenden Leibchen vor ihr auf und ab hüpfen. Ich schäme mich, weil ich sie immer noch anflunkere. Aber es gibt Lügen, die nicht schaden, wenn sie dem Belogenen keine seelischen Schmerzen zuführen. Ja, ich finde, dass man solche Lügen rechtfertigen kann. Sie zeigen die Empathie im Menschen.« Colombe hob den Zeigefinger: »Sag' jetzt nicht, das sei ein Widerspruch! Es ist nämlich keiner.«

Tin hob die Hände zu einer ausladenden Geste. »Zlittle hätte aber auch keinen seelischen Schmerz davongetragen, wenn sie die Wahrheit erfahren hätte«, folgerte Tin.

Colombe schürzte die Lippen. »Nein, sie nicht, aber Lusebian. Ich respektiere ihn und seine Bitte, das Training geheim zu halten. Ich kenne den Orden der *ImPerDi* nicht wirklich gut. Vielleicht kannst du mir ja einmal ein bisschen mehr davon erzählen. Schließlich sind wir beide *ImPerDi*-Kämpfer, da wird es sicher erlaubt sein. Lusebian redet nicht viel über die Mönche. Aber ich kann fühlen, was ihm das Geheimnis rund um diesen Orden bedeutet.« Colombe räusperte sich und suchte Tins Augenkontakt. Sie wollte sehen, wie er darauf reagierte. Er lächelte. Colombe deutete das als ein gutes Zeichen.

»Du hättest ihr sagen können, dass du Selbstverteidigungskurse besuchst und sie intensivierst, damit du später mal andere darin unterrichten kannst.« Tin zuckte beinahe entschuldigend die Schultern.

»Dann hättest du Zlittle nicht anlügen müssen.«

Colombe nickte eifrig. »Das habe ich mir auch überlegt. Aber dann hätte Zlittle mit mir den Kurs besuchen wollen ... oder sie hätte mich dauernd abholen wollen ... wegen der Männer.« Colombe verdrehte die Augen. Sie konnte es selbst kaum glauben: Noch vor ein paar Stunden war sie von einer Horde wildgewordener Randalierer überfallen worden und nun glaubte sie selbst kaum, wie gut sie sich in diesem Moment fühlte. Sich einfach so mit Tin zu unterhalten und einen Gesprächspartner zu haben, der nicht nur so tat, als ob er aufmerksam zuhörte und doch bei jeder kleinsten Gelegenheit das Thema auf sich lenken wollte. Er schien ernsthaft an ihrer Geschichte interessiert zu sein.

Tin hörte ihr gerne zu, obwohl er schon alles wusste. Seit er das Spiralsiegel des Consortiums Lucifer übernommen und sich damit verbunden hatte, wurde ihm Einblick in ihr Leben und ihr Schicksal gewährt.

»Du musst für Colombe da sein«, hatte ihn der ehrenwerte Lucifer gebeten, »sie wird deine Stärke brauchen.«

Tin fröstelte bei dem Gedanken an das Zwiegespräch. Energieübertragungen zwischen den Dimensionen funktionierten am besten bei eisiger Kälte. Darum bliesen Engel einem vorher immer den Hauch des Frostes ins Gesicht und ins Herz. Bei Lucifer geschah dies noch viel intensiver als bei den Meditationen. Aber Tin mochte den Klang von Colombes leiser, piepsender Stimme, die von den zirpenden Grillen im Park beinahe übertönt wurde. Und so fragte er sie Dinge, die er längst wusste.

»Und wie ist Lusebian für dich so wichtig geworden?« Bestimmt war das eine belastende Frage für sie, er wusste ja durch das Spiralsiegel, dass ihr Eltern tot waren. Aber ihre Erzählung zielte klar in diese Richtung. Sie schien es ihm unbedingt sagen zu wollen. Also tat er ihr den Gefallen.

Colombe sah gedankenverloren auf den Boden. Der Weg war von kniehohen Lichtkandelabern beleuchtet. Trotzdem ging sie vorsichtig, als ob es stockfinster wäre.

»Woher weißt du, dass Lusebian so wichtig für mich ist?«, fragte sie.

»Zlittle«, gestand Tin. Dabei musste er nicht einmal lügen. Zlittle hatte ihm wirklich schon viel über Colombe erzählt.

»Natürlich!«, sagte Colombe mit gespielter Entrüstung, wurde aber gleich wieder nachdenklich.

»Kurz nach meinem 13. Geburtstag, wollten meine Eltern meine kleine Schwester Maud in ein Ferienlager bringen. Zlittle und ich hatten schon länger geplant, an diesem Tag das neue ›Waterworld‹ in Bern zu besuchen.« Colombes Stimme wurde leiser. »Darum saß ich damals nicht im Auto, als in den Wynigenbergen dieser schreckliche Unfall geschah. Laut Polizei war mein Vater zu schnell in eine Kurve gefahren und hatte die Beherrschung über den Wagen verloren. Das Auto stürzte in ein 20 Meter tiefes Tobel. Alle drei starben noch an der Unfallstelle. Manchmal denke ich, es wäre besser gewesen, wenn meine Eltern mich mitgenommen hätten, dann wäre ich jetzt auch tot.«

»Sag' so etwas nicht«, flüsterte Tin. Die beiden blieben stehen. Colombes Kopf war gesenkt. Sie kämpfte gegen die Tränen und gegen den Schmerz, der sich wie tausend rostige Nägel in ihren Körper bohrte. Tin wollte auf sie zugehen, sie in den Arm nehmen und trösten, aber Colombe räusperte sich, wischte sich die Tränen weg und sagte entschlossen: »Gehen wir zu Lusebian, wenn du denkst, er müsse unbedingt dabei sein, wenn du mir dein Geheimnis verrätst.«

***

»Ist das Kino schon aus?«, fragte Lusebian scheinbar beiläufig, obwohl er ahnen musste, welcher Gefahr Colombe an diesem Abend ausgesetzt gewesen war, denn Tin hatte ihn schon warnend auf die Verbindung zwischen Colombe und Jefferson hingewiesen. Natürlich kannte er Colombes Stärke und die Kraft ihres dritten Auges, aber an das Bild von Colombe als Amceps der Prophezeiung konnte er nicht glauben. Dafür war ihm das Mädchen zu unsicher und allzu umgebungsbezogen. Zu oft floh sie vor zwischenmenschlichen Konflikten, Streit und Zankereien oder ignorierte die kriegerischen Geschehen auf der Erde. Natürlich, sie reinigte die schweren und verzweifelten Energien der Menschen, daran gab es keinen Zweifel. Andererseits war sie genau so ein Amceps wie die drei anderen vor ihr auch, die er in seinem Leben persönlich kennengelernt hatte. Seine Vorstellung eines mächtigen Amceps sah anders aus. Männlich, ein Weltenbummler, der auf die Menschen zuging und dorthin reiste, wo Krieg, Missgunst und Katastrophen geschahen. Dass Colombes Begabungen um ein Vielfaches stärker waren als die ihrer Vorgängerinnen, deutete nicht unbedingt die Ankunft des mächtigsten Amceps der Dimensionen an.

Allein die Bezeichnung *Amceps* verhieß die Doppelköpfigkeit des angekündigten Wesens. Der Orden erwartete die Geburt von Zwillingen. Wesen, denen durch die Familienbande, die Gefährtenschaft und die Liebe zum Anderen zu unumstößlicher Macht verholfen würde. Colombe war kein Zwilling. Es gab nirgends eine Schwester, die der Mutter im Kindbett aus den Armen gerissen oder ihr als Totgeburt präsentiert worden war. Ein weiterer Hinweis wäre eine sogenannte *nebensächliche Ankündigung* gewesen, die den Zeitpunkt der Prophezeiung gekennzeichnet hätte. In dieser *nebensächlichen Ankündigung* sollte vom Eintreten der sieben Plagen der Endzeit die Rede sein. Aber auch das traf nicht zu. Der Strom Euphrat in der Türkei floss in seiner gewohnten Bahn und war nicht ausgetrocknet, Meere wurden nicht zu Blut und ein Erdbeben, das den Planeten fast ganz zerstörte, hatte sich zum Glück auch nicht ereignet. Zudem war Colombe eine so zierliche junge Frau. Sie passte – so war Lusebian überzeugt – einfach nicht in das Bild, das er sich von einem Amceps der Prophezeiung machte. Für den Kampf gegen die Mactus-Krieger brauchte es seiner Ansicht nach muskelbepackte Männer, athletische Kampfmaschinen, die problemlos gegen zehn, ja gar zwanzig *ImPerDi*-Gegner vom Format eines Laurenz oder Gerd, zu bestehen vermochten. Colombe war eine exzellente *ImPerDi*-Sportlerin, trotzdem erfüllte sie keine dieser Voraussetzungen. Und das machte Lusebian froh, denn er liebte das Mädchen wie ein Vater seine Tochter.

Bisher hatte sich noch nie ein Mactus-Krieger erkennbar für Colombe interessiert. Daran änderten auch die beiden Betrunkenen nichts, die sie in der Stadt angerempelt hatten, um an ihrem Busen zu grabschen. Colombes Aufenthaltsort war den Mactus-Kriegern bisher nicht bekannt. Also konnte es auch kein Test für Colombes drittes Auge gewesen sein.

Lusebians Analyse der bisherigen Ereignisse bestätigte ihm, was er schon längst zu wissen glaubte. Colombe war nicht in Gefahr. Er musste sogar schmunzeln. Die beiden Busengrabscher hatten sich zu dumm und einfach nur dilettantisch angestellt. Das waren bestimmt keine Mactus-Krieger, sondern Möchtegern-Ganoven, deren einziges Ziel es war, sich die eigenen vier Wände zuzulegen, allerdings in Form einer Gefängniszelle.

Die Krieger des Conigium Mactus beherrschten die Kampfart des *ImPerD*i nicht. Sie waren aber bestimmt über die Ausbildung ihrer jeweiligen Zielpersonen genauestens informiert. Das Conigium Mactus hätte also für das Amceps nicht bloß zwei Krieger ausgesandt.

Colombe über ihre Bestimmung zu informieren, stand ihm noch bevor. Er hatte es für den nächsten Abend geplant, kurz vor Beginn der vier Mitsommertage. Er hätte ihr nicht alles erzählt. Nur das Nötigste, einfach, damit sie die letzten vier Tage ihres Lebens keine Angst zu haben brauchte.

Als Lusebian Tin in Colombes Begleitung erkannte, war sein Entsetzen nicht zu übersehen. Natürlich war Tin vom Orden der Amceps als Colombes Bodyguard abkommandiert. Aber das war auch alles. Er sollte sie beschützen und von liebeskranken Jungen wie Jefferson fernhalten. Oder vor einem desertierten Mactus-Krieger, der die Herrlichkeit der Prophezeiung nicht abwarten konnte und in egozentrischem Alleingang das Vorhaben des Feindes ausführen wollte. Deserteure gab es immer wieder während der vier Mittsommertage. Nicht nur auf der Seite des Conigium Mactus. Auch aus dem Orden der Amceps gab es immer wieder Menschen, die den Glauben an die Möglichkeiten der Prophezeiung verloren hatten. Darum ließ der Amceps-Orden die Wächter im Unklaren. Selbst die quantenhafte Meditation, die allen Wächtern beigebracht wurde, vermittelte nicht das ganze Geheimnis. Zudem waren nur die wenigsten fähig, die Meditation tatsächlich zu beherrschen. Quentin war in diesem Fall eine Ausnahme.

Lusebians Stirn war Dauergastgeber von canyonhaften Falten, die sich bei Tins Anblick sogar noch weiter in die Haut eingruben. Er fuhr sich mit einer Hand über seinen voluminösen Schnurrbart. Zuerst links, dann rechts, als ob es eine Möglichkeit gegeben hätte, die wilden Borsten zu zähmen. Seine weißen Haare, die er wie Albert Einstein mit einem Mittelscheitel trug, streckten sich empor, als ob er sich seit Tagen nicht mehr gekämmt hätte. Er strich sich die viel zu langen Stirnfransen aus dem Gesicht – zuerst links, dann rechts. Sie fielen aber gleich wieder zurück. Er schnappte ein paar Mal nach Luft, als er Colombes schmutzige und blutige Kleidung sah. Ihre Jeans war unterhalb der linken Pobacke zerrissen. Für ein gewöhnliches Mädchen der heutigen Zeit war es normal, mit solchen Hosen herumzulaufen, aber nicht für Colombe. Ihre Kleidung war ihr Schutz. Natürlich dämpfte es ihre Energiespürnase nicht im Geringsten, aber sie fühlte sich trotzdem besser mit geschlossener Kleidung.

»Quentin ...!«, rief Lusebian erzürnt, »was tust du hier!« Sofort bemerkte er Colombes fragenden Blick und besann sich: »Ich meine ... Herr Sebastian ... verzeihen Sie, Herr ... ich meine, Herr Sebastian!«

Tin drückte den Trainer in die Wohnung, packte Colombe bei der Hand und zog sie in den Raum. Hastig schloss er die Tür und atmete tief durch.

Lusebian musterte Colombes verschmutzte Kleidung – immer noch wortlos. Er war es gewohnt, mit Colombe nur das Nötigste sprechen zu müssen, und wusste, dass sie seine Fragen und Sorgen spüren konnte. Sie antwortete ihm jedoch nicht automatisch, so wie er es gewohnt war, sondern atmete schnell und unregelmäßig. Zweifellos konnte sie sich keinen Reim auf das machen, was gerade um sie herum geschah. Sie wirkte ängstlich und sah so aus, als ob sie geweint hätte. Ihr Blick huschte zwischen ihm und Tin hin und her. Vermutlich ahnte sie etwas. Ihr Körper versteifte sich und womöglich schüttete sie gerade eine Menge Adrenalin aus.

Tin fuhr sich derweil nervös durch die Haare. »Schluss mit dem Versteckspiel!«, stieß er forsch hervor, »es ist Zeit, Colombe endlich zu informieren. Die Zeit drängt und sie ist nicht vorbereitet!«

»Woher ... wie ...«, stotterte Lusebian, sprach die Worte aber nicht zu Ende. *Woher weiß Quentin von den Aufgaben Colombes?* Hatte ihn Mara Niederer, die Ordensführerin der Amceps-Wächter, bereits mit den Aufgaben eines Amceps vertraut gemacht? Wohl etwas zu früh, wie sich eben gerade herausstellte. Tins Verhalten bestärkte ihn in seinem

Entschluss, Colombe noch nichts von ihrem Schicksal erzählt zu haben.

»Das ist auch gut so, in der Tat, ja, in der Tat!«, erwiderte der Alte auf Tins fordernden Blick und verschränkte die Hände. Er stellte sich vor Colombe, als ob er sie vor Tin beschützen wollte, und hielt gereizt einen Finger an den Mund, um Tin das Wort zu verbieten.

»Nicht, wenn sie das Amceps der Prophezeiung ist!«, stellte Tin energisch fest. »Warum - zum Teufel! - lasst ihr sie im Unklaren!«

Lusebian ließ die Schultern fallen. Tin war entschlossen genug, um sich über sämtliche Vorschriften des Amceps-Ordens hinwegzusetzen. »Gönne ihr die Ungezwungenheit des Lebens«, sagte er resigniert. Wenigsten die paar Stunden, die ihr noch bleiben.«

Das Wissen um Colombes Schicksal donnerte Tin wieder ins Bewusstsein. Hilflos schnappte er nach Luft. Sein Mund ging auf und zu und auf und zu und auf und zu. Dann schloss er die Augen, um sich wieder zu fassen.

Colombe nutzte die Stille: »Was ist ein Amceps, um welche Prophezeiung geht es und was hat das alles mit mir zu tun?« Fragend lehnte sie ihren Kopf zur Seite. Ihre Augen waren nur noch Schlitze. Sie stand breitbeinig da, und hatte ihre Hände in die Hüfte gestemmt. Wenn es um *ImPerDi* gegangen wäre, hätte Lusebian sie längst gerügt. Es war eine Stellung, die er Colombe schon vor Jahren verboten hatte. Aber sie fühlte sich nicht in Gefahr. Nicht hier, nicht jetzt. Weder in Gegenwart von Tin noch von Lusebian. Das einzige Risiko, das sie zu diesem Zeitpunkt im Raum fühlte, waren die Altersschwäche von Lusebians Katze und der halb verfaulte Apfel in der Früchteschale auf der Anrichte im Flur.

Lusebian wollte ihr antworten. Er holte tief Luft, um sie zu beruhigen und ihr vorzulügen, es gehe nicht um sie, sondern um ein anderes Mädchen im Treieins. Aber Colombe hob die Hand und stoppte ihn, bevor er auch nur einen Ton sagen konnte.

»Antworte nur, wenn es der Wahrheit entspricht«, forderte sie und musterte die beiden Männer abwechselnd.

»Colombe wurde heute von Mactus-Kriegern angegriffen«, legte Tin offen und konnte dabei einen vorwurfsvollen Ton nicht unterdrücken.

»Mactus-Krieger?«, wiederholte Colombe verwirrt. Ihr Mienenspiel verriet, dass sie den beiden längst nicht mehr folgen konnte.

Lusebian winkte ab und schüttelte den Kopf. »Das ist nicht möglich. Colombe wird nicht als das Amceps der Prophezeiung gehandelt. Zudem ist der Orden über jeden ihrer Schritte informiert. Ich wäre schon längst eingeweiht worden, wenn sie es wäre.«

»Du vergisst, dass ich derjenige bin, der im Moment Colombes Schritte überwacht.« Tin zeigte auf Colombe. »Sieh sie dir an!«, forderte er gereizt. »Warum, denkst du, ist ihre Kleidung zerrissen und blutverschmiert? Das Blut stammt übrigens von einem Mactus-Krieger, der mittlerweile das Zeitliche gesegnet hat!«

Lusebian schüttelte den Kopf und schien den letzten Satz überhört zu haben. »Colombe ist alleine geboren worden, verstehst du, Quentin? Sie ist kein Zwilling. Und die Prophezeiung spricht ganz klar von einem Zwilling.«

Tin biss sich auf die Zähne. »Das mit den Zwillingen ist nur eine Vermutung des Ordens. Es steht nirgends geschrieben, dass ein Amceps... dass die Amceps Zwillinge sein müssen!«

»Stellst du die Weisheit des Ordens in Frage?«, zischte Lusebian erzürnt und machte mit erhobenem Zeigefinger einen Schritt auf Tin zu, um seiner Wut stärkeren Ausdruck zu verleihen.

Tin strich sich verärgert durch die Haare, drehte sich ab und atmete tief durch, bevor er sich wieder an Lusebian wandte. »Die Doppelköpfigkeit ist durch die quantenhafte Meditation und die Halb-Mensch-halb-Engel-Tatsache doch schon längst gegeben«.

»Hallo!«, rief Colombe dazwischen und winkte den beiden zu. »Ich bin anwesend! Könnte mich bitte einer von euch aufklären? Halb-Mensch-halb-Engel-Tatsache? Mactus-Krieger? Amc...Dings? Quantenhafte Meditation?« Sie kramte in ihrer Gesäßtasche und holte das purpurrote Amulett hervor, das sie einem der Angreifer beim Kampf abgerissen hatte. Es klebten immer noch Blut und Haare daran, trotzdem schmiss sie es auf das dunkelgrüne Leinentuch, das Lusebians Esstisch bedeckte. »Das hab' ich einem der Kerle von heute Abend abgerissen.«

Lusebian starrte auf den Gegenstand, als ob dieser der Leibhaftige persönlich gewesen wäre. »In der Tat, ja, in der Tat. Ein Spiralsiegel der 666«, flüsterte er und wurde kreideweiß.

»*Halte dich bedeckt!*« hatte die klare Weisung des Consortiums Lucifer gelautet. Tin durfte sich nicht verraten, selbst nicht seinem *Im-PerDi*-Trainer, denn ihm ging es wie Lusebian, als er das Amulett sah. Er war jedoch gezwungen, die gleiche fragende Miene aufzusetzen wie Colombe, sonst hätte er seinen Bezug zum ehrenwerten Lucifer womöglich verraten.

Die Bemühungen, so unerschrocken und unbeeindruckt wie möglich auf das blutige Siegel zu schauen, gelang Tin nur begrenzt. Doch er hatte Glück. Colombe hatte zum jetzigen Zeitpunkt noch keine Ahnung von allem und Lusebian war viel zu sehr damit beschäftigt, sich dem Symbol des Satans zu nähern. Er umkreiste es mit zitternden Händen und war kurz davor, es anzufassen. Es war eindeutig: Der Alte fürchtete sich davor, das Amulett in die Hände zu nehmen.

Warum besitzt ein Mactus-Krieger das Siegel des Lucifer?, fragte sich Tin. Niemand des Consortiums hatte ihm von einem gestohlenen Amulett erzählt. Oder war es wertlos, weil Lucifer sich sowieso nur mit seinesgleichen zu verbinden suchte? Instinktiv fasste er sich unters Hemd und berührte sein Siegel. Er erhoffte sich eine Antwort. Ihm stieg der Duft von gedämpftem Blumenkohl in die Nase. Er liebte diesen Geruch, weil er ihn an seine Kindheit erinnerte. Aber sonst drangen keine Empfindungen oder gar Worte des ehrenwerten Lucifers zu ihm durch. Im Gegenteil. Lucifer schien sich erneut einen Scherz mit ihm zu erlauben und es war Tin, als ob er ihn lauthals lachen hörte.

»Ihr seid beide so still«, holte Colombe gleich beide Männer aus ihren quantenhaften Meditationen zurück.

Lusebian schaute abwechselnd zu dem krampfhaft locker-wirken-wollenden Tin und der unwissenden, aber dafür endlich-Antworten-fordernden Colombe. An ihr blieb sein Blick haften.

»Du wurdest tatsächlich von Mactus-Kriegern überfallen!«, sagte er und schien seine eben ausgesprochenen Worte selbst nicht glauben zu wollen. Unsicher näherte er sich Colombe, seine Augen stets auf ihre Brust gerichtet, dort, wo sich ihr drittes Auge befand. Er deutete Colombe an, dass er es anfassen wollte: »Darf ich?«, fragte er.

Colombe runzelte die Stirn, öffnete die oberen Knöpfe ihrer blutverkrusteten Bluse und legte das dritte Auge frei. Sie kam sich nackt vor, weil sie die rötlich-dunkelviolette Knospe stets als dritte Brustwarze bezeichnete. Sie jetzt auch gleich noch vor Tin zu präsentieren, ließ sie erröten. Lusebians sehnige Hand war schweißnass, aber sanft und zart wie Seide. Colombe überlegte, ob sie zusammenzucken sollte. Einfach nur, um zu sehen, wie die beiden Männer reagieren würden, und um ein bisschen Spaß zu haben. Aber es schien ihr dann doch unpassend.

Lusebian lächelte, als er seine Hand wieder vom dritten Auge entfernte.

»Ich setze Kaffee auf und ihr setzt euch beide aufs Sofa. Es wird eine lange Nacht. In der Tat, ja, in der Tat, es ist an der Zeit, Colombe eine Geschichte zu erzählen.«

11

»Mit ohne alles«, zwinkerte Tin Colombe zu, als Lusebian ihn fragte, wie er seinen Kaffee trinke. Unweigerlich blieb sein Blick an den Fotos hängen, die Lusebian auf der kleinen Nische über dem Wohnzimmerkamin aufgestellt hatte. Auf allen Bildern konnte er Colombe erkennen. Colombe... als Baby mit ihren Eltern. Colombe... im Vorschulalter, wie sie sich an einen Bernhardiner Sennenhund schmiegte, der selbst in Sitzposition noch größer war als das filigrane Amceps. Colombe... als angehender Teenager mit ihrer neugeborenen Schwester auf den Armen. Colombe... mit Mutter und Vater. Colombe... glücklich... überall fröhliche Gesichter. Es musste für das Amceps jedes Mal eine Qual sein, in diesem Raum zu sitzen und mit dem Tod ihrer Familie konfrontiert zu werden. Ein Seitenblick zu Colombe, die steif wie ein Brett neben ihm auf der Couch saß und sich bemühte dem Muster des abgewetzten Parkettbodens zu folgen, bestätigte seine Vermutung. Die gemütliche Stimmung trog, die durch das entspannende Knistern des Kaminfeuers entstanden war. Zudem war es, trotz der vorgerückten Stunde, immer noch über 24 Grad warm. Ein wärmendes Feuer war demzufolge unlogisch. Aber Lusebian war in vielerlei Hinsicht ein unlogisches Exemplar von Mensch. Auch jetzt entsprach sein Verhalten, angesichts der ernsten Situation auf die Colombe da zuschlitterte, keinesfalls den Gegebenheiten. Tin beobachtete, wie sich der Alte auf die Oberschenkel klopfte, als ob er einen Witz erzählt hätte.

Mit einem entspannenden Seufzer glitt er in den schwarzen Ledersitz gegenüber seinen Besuchern. Genüsslich rührte er in seiner Kaffeetasse, die er samt Unterteller an seinem flachen Bauch anstellte. *Wie kann er so locker sein? Noch in dieser Nacht wird Colombe ihr Schicksal erfahren. Ihr Todesurteil!* Tin wurde mulmig bei dem Gedanken. Es war ihm, als ob ein Teil von ihm in ein paar Tagen sterben würde – zusammen mit Colombe. Ohne sie konnte er sich keine Zukunft mehr vorstellen, erst recht nicht, sich auf das nächste Amceps konzentrieren. Das neue Amceps war bereits seit einem Jahr geboren, das wusste er. Es war ein Junge, auch das war ihm durch das Spiralsiegel des Lucifers verraten worden. *Wenn der Amceps-Orden womöglich noch mich zu dessen Schutz abkommandieren wird!* Tag um Tag wäre er an Colombe erinnert. Das würde er nicht aushalten. *Es sei denn, es gibt eine Möglichkeit Colombe am Leben zu erhalten!*

Tin fuhr erschrocken zusammen, als Colombe ihre Hand auf seine Schultern legte. »Ist alles in Ordnung?«, fragte sie.

»Ja, klar, alles bestens«, würgte er mit zuckenden Mundwinkeln hervor. *Nein, rein gar nichts ist in Ordnung! Gleich wird dir Lusebian den Zeitpunkt deines Todes mitteilen. Was lüge ich dich eigentlich an? Du spürst bestimmt, wie mies ich mich gerade fühle!*

Lusebian schlürfte seinen Kaffee zu Ende und stellte die Tasse auf dem gläsernen Salontisch vor ihm ab. Er saß jetzt am äußersten Rand seines Sitzes und hatte die Beine gekreuzt wie ein sehniger und dürrer Meditationsguru. Dann räusperte er sich, faltete seine Hände wie zum Gebet, holte tief Luft und begann zu sprechen:

»Die Geschichte beginnt im wahrsten Sinne des Wortes am Anfang... nun ja... *Anfang* ist das falsche Wort. Wir Menschen hier auf Erden denken linear und in 3-D. Für uns ist es nicht vorstellbar, dass es KEINEN Beginn gab. Aber in der Tat ist es so, dass das Universum schon immer bestanden hat. Es gab keinen Urknall und, KABAWAHWUMMM, entstand aus der Singularität Raum und Zeit.« Lusebian gestikulierte wild fuchtelnd mit den Händen um die kraftstrotzende Urknall-Theorie zu unterstreichen, die gemäß seiner Erzählung ja gar nie stattgefunden hatte. Doch dann wurde er wieder nachdenklich. Er fixierte einen Punkt an der vergilbten Wand gleich neben Colombe, als ob er dort eine Stechmücke erblickt hätte und ihr nächstens den Garaus machen wollte.

»Wer die quantenhafte Meditation beherrscht«, fuhr er fort, »versteht das. Es gibt keine Zeit. Alles ist sowohl gestern als auch heute und morgen. Raum und Zeit existieren nur in unserer Vorstellung, zusammen mit der Dichte der Materie. Versteht ihr? Wir haben schlicht und einfach vergessen, dass wir multidimensionale Wesen sind, die ...«, wieder hielt Lusebian inne, als ob ihm jemand gesagt hätte, dass dieser Teil der Geschichte nicht wichtig sei und Colombe sowieso wisse, wovon er spreche.

»Ich schweife ab«, entschuldigte er sich.

Lusebian räusperte sich und sah Colombe scharf in die Augen. »Aber trotzdem will ich bei einem Anfang beginnen, und ich will ihn so erzählen, wie es für einen Menschen erträglich ist:

Es geschah vor Milliarden von Jahren. Es sind weit mehr als die 13.8 Milliarden Jahre die Wissenschaftler der Geburt des Universums zusprechen. Damals gab es die Erde noch nicht. Nur die Weiten des Raums. Ja, der Raum, er bestand schon immer. Natürlich nicht so, wie wir ihn uns heute vorstellen, mit Zeit und solch linearem Kram, aber damit will ich euch jetzt nicht langweilen. Das Universum war leer, ohne jegliche Materie. Nun ja, leer ist der falsche Ausdruck, denn leer war es keinesfalls. Da war nämlich diese Energie ... diese Spiralenergie, die sich ihrer selbst bewusst war. Wir wollen diese Spiralenergie Animus nennen. Animus war riesengroß, so groß, wie sich ein Mensch die Weiten des Universums vorstellen kann. Wie ihr euch vielleicht jetzt denken könnt, gibt es keine Begrenzung des Kosmos. Wo kein Anfang ist, kann auch kein Ende sein. Also ist die Größe Animus´ undefinierbar.

Wie gesagt: Animus war sich seiner bewusst. Er kannte seine Seele, kannte seine Ewigkeit, kannte seine Schönheit, seinen Zustand als lichterfunkelnde und farbenfrohe Spiralenergie. Und: Er kannte die Liebe zu sich selbst.

Eigenliebe! Stellt euch das einmal vor. Animus würde heute als arroganter, psychopathischer Egozentriker hingestellt werden.

Diese Liebe war *anastulit*. *Anastulit* ist der Ausdruck für ... für ... für die unbeschreibliche Reinheit der Liebe. Für das Neutrale, für die Unbeflecktheit ... die ...«, Lusebian kam ins Schwärmen, aber auch in Erklärungsnotstand: »Wie soll ich etwas erklären, das Millionen Mal der Liebe entspricht? Es gab damals noch keine Dualität. Kein schwarz und weiß, kein heiß und kalt, kein gut und böse. Es war einfach. Und es liebte sich grenzenlos, bedingungslos ... und mit ›bedingungslos‹ meine ich auch bedingungslos. Eben Anastuiit.

Trotzdem erschuf Animus ein Gesetz: die Veränderung. Denn ohne Veränderung war seine Existenz in Frage gestellt. Dadurch geschah es, dass die Singularität der Dichte, oder vereinfacht ausgedrückt, die energetisierte Materie in Form des Animus, durch das Gesetz der Veränderung ein Gefühl erzeugte. Ein Gefühl, das innerhalb der anastuiiten Liebe bestand. Dieses Gefühl war die Einsamkeit und der daraus folgende Drang sich zu entfalten.

Weiter will ich auf diesen Beginn der Geschichte nicht eingehen. Wichtig ist, dass man erkennt, wer oder was Animus war und ist: Die Menschen nennen ihn ihren Gott. Egal in welcher Religion. Sie differenzieren zwar den Herrn ihres Glaubens aber in Tat und Wahrheit geht es immer nur um ihn: um Animus.

Da Animus das Gefühl der Einsamkeit nicht ertragen konnte, begann er mit der Schöpfung. Er erzeugte aus seinem Spiralkörper heraus, Tausende, Millionen, Billionen, Zillionen Abbilder von sich selbst. Kleine farbenfrohe Energiespiralen, die die Seele seines Seins in ihrer Existenz mittrugen und reflektierten.«

Lusebian sah zu Tin, der genau wie Colombe mitten im Bann seiner Erzählung schwelgte.

»Entschuldigt«, wisperte Lusebian, »ich kann es mit menschlichen Worten nicht verständlicher ausdrücken.«

Als er Colombes aufmunterndes Lächeln sah, wurde ihm warm ums Herz. So war es einfacher mit der Geschichte fortzufahren:

»Fazit dieser Schöpfung Animus' war, dass er sich nicht mehr einsam fühlte. Im Gegenteil: Er hatte jetzt etwas außerhalb seiner Daseinsform, das er lieben konnte wie sich selbst. Logische Tatsache war, dass er nach wie vor nur sich selbst liebte. Er hatte ja nur seine Form geändert, nichts sonst. Er war zersplittert in Zillionen Teile und war trotzdem noch voll und ganz sich selbst, versteht ihr?«

Colombe und Tin nickten umgehend, als ob sie wie kleine Kinder einem talentierten Märchenerzähler an den Lippen hängen würden und kaum erwarten konnten, bis der Prinz die Prinzessin küsst.

»Animus nannte seine Kinder *Homullus* und erfreute sich ihrer. Und als Zeichen dafür, dass er nie wieder den Gram der Einsamkeit spüren wollte, erschuf er den Kodex der Homullus. Ein Buch, in dem Animus automatisch sämtliche Bewusstseinsveränderungen, Handlungen, Gefühle, Gedanken und das Empathie-Verständnis seinesgleichen eintrug. Natürlich war der Kodex nicht wirklich ein Buch aus Papier und gedruckten Worten. Stellt es euch wie eine Energieblase vor, die sich mit Bewusstsein füllte.

Doch die Aufzeichnungen des Kodex kamen ins Stocken und blieben schlussendlich stehen. Es wurden keine neuen Bewusstseinsänderungen, keine neuen Gefühle oder Empathie- und Liebesakte mehr erzeugt. Die gesetzlich festgeschriebene Veränderung kam zum Stillstand.

Animus erkannte sofort, woran das lag: Seine Kinder waren wie er selbst, das war das Problem. Alle dachten haargenau gleich wie er, erfreuten sich präzis gleich wie er und empfanden die gleiche anastuite Liebe füreinander.

Darum befreite er die Homullus von sich selbst und gab ihnen das Bewusstsein der Selbstständigkeit und des freien Willens.

Der Kodex der Homullus füllte sich sofort wieder mit neuen Gedanken, Gefühlen und Bewusstseinsbezeugungen. Animus Abbilder entwickelten immer mehr Ideenvielfalt. Animus beschloss sogar, jedem seiner Kinder einen eigenen Namen zu geben. Die Individualität ihrer Gedanken ließ das zu. So nannte er sie zum Beispiel die schöne Amoneitas, der lustige Lusus, der kreative Creaqua und der witzige Mactus. Auch die mütterliche Gaiaihylica gehörte dazu. Sie fand immer die richtige Frequenz, um neue Empathie-Fähigkeiten zu entwickeln. Und da war auch Fessuz, der Beschützer und die Öifgen, die nur in Gruppen auftraten. Ebenso gab es Raphell, Sarahee, Satan, Vegata und wie sie noch alle hießen.« Lusebian machte eine Pause und lächelte, als ob er von guten alten Freunden erzählte, mit denen er die schönste Zeit seines Lebens verbracht hatte.

»In der Tat, ja, in der Tat, natürlich existierte auch Lucifer, der Lichtvolle.

»Animus schenkte Lucifer diesen Namen, weil er als Einziges aller seiner Freie-Willen-Wesen keine Dunkelheit brauchte, um das Licht zu schützen. Lucifer war das vollkommenste Abbild des Vaters. Gedanken, Gefühle und Handlungen waren mit seinem Schöpfer identisch, auch nach der Freigabe des eigenen Willens. Lucifer war der, der dem

Anastuiit die Reinheit einhauchte, wo schon absolute Reinheit bestand.«

Wieder musste Lusebian eine Pause einlegen. Diesmal, damit er aus seiner Hosentasche ein Baumwolltaschentuch herausholen konnte, um sich die Tränen der Rührung zu trocknen. Er atmete tief durch, hüstelte und trank einen Schluck aus Colombes Kaffeetasse, bevor er sich entspannt zurücklehnte, die Augen schloss und weiter erzählte:

»So entstand die Vereinigung zwischen Animus und den Homullus. Und sie existierten lange, sehr lange.

Bis eines Tages ein Homullus das räumliche Bewusstsein entwickelte. Das Homullus fühlte sich plötzlich eingeengt im Körper des Animus und bat seinen Vater nicht nur um die geistige Freiheit, sondern auch um die Energetische.

Es war wie ein Grippevirus, der sich nach und nach heimtückisch im Geiste der Homullus einnistete. So kam es, dass Millionen von Homullus den Wunsch äußerten, ihren Vater verlassen zu dürfen, um nach neuen Abenteuern und nach neuen Existenzformen zu suchen.« Lusebians Stimme wurde ärgerlich. Nervös erhob er sich aus seinem Sessel, drehte vor den Augen von Tin und Colombe eine dampfablassende Runde im Wohnzimmer, tigerte ein paarmal vor dem Kamin auf und ab und setzte sich wieder hin. Entspannt, als ob nichts gewesen wäre, versank er wieder im Sessel, faltete seine Hände, strich sich den Schnurrbart zurecht, einmal links, einmal rechts und sprach weiter:

»Animus liebte seine Kinder so sehr, dass er ihnen diesen Wunsch nicht abschlagen konnte. Er wunderte sich nicht. Schließlich war es sein eigenes Gesetz der Veränderung, das es ermöglichte den Kodex der Homullus immer weiter und weiter zu entwickeln und sich dadurch Zugang zur Allwissenheit zu verschaffen. Die Bitte seiner Abbilder war demnach nur logisch.

In der Tat, ja, in der Tat, Lucifer gehörte zu den 33.123248 Prozent der Zillionen von Homullus, die den Vater nicht verlassen wollten. Doch Animus bat das lichtvolle Abbild seiner selbst, sich dem Tross anzuschließen und die Expedition mit all seiner Liebe zu begleiten und zu unterstützen. Animus hatte gewusst, was auf seine Lieben zukommen würde. Die Expedition startete ... um zu scheitern.

Kaum hatten die Homullus die Hülle ihres Vaters verlassen fühlten sie den Schmerz von Trennung, Verlust, Einsamkeit und unsäglichem Heimweh. Die Wesen beschlossen wieder zum Vater zurückzukehren und klopften an den Toren des Animus an.

Doch die Tore blieben geschlossen. Da nützte alles Klopfen nichts. Kein Schreien, keine Fußtritte, kein Flehen, keine Gebete und keine Drohungen. Die Tore bewegten sich keinen Millimeter. Man versuchte, die Hülle des Vaters zu sprengen, sie mit einer Wucht von tausend Homullus-Spiralenergien zerplatzen zu lassen. Aber auch das nützte nichts.

Die Versuche, die Tore zu öffnen, dauerten lange. Sehr lange. Selbst in der Zeitlosigkeit fühlte es sich an wie viele Jahrtausende!

Ausgelaugt, energielos und qualvoll weinend, klebten die Expeditionsteilnehmer an Vaters Toren und fristeten ein bewegungsloses Dasein. Es entwickelte sich die Frage, die bis heute noch zu den Fragen aller Fragen gehört, die den Homullus zu schaffen machte und sie schier zur Verzweiflung brachte: WARUM?

Je länger die Energien stillstanden, desto schmerzlicher wurde das Bewusstsein des Trennungsgedankens.

Es war Mactus, der diese Existenz satt hatte. Darum erinnerte er sich an ein weiteres Gesetz von Animus: Habt Spaß. Und so geschah es, dass die Homullus zu leben begannen. Sie begannen zu singen, zu tanzen, zu spielen und sich zu vergnügen. Es war herrlich.

Trotzdem. Animus fehlte ihnen und der Gedanke an eine Rückkehr war jedem Homullus tagtäglich schmerzhaft präsent. Nach wie vor versuchten sie alles, um die Gunst des Vaters wieder zu erlangen. Sie begannen die Dimensionen zu durchforschen und entdeckten eine schwere, dichte und matte Magnitude. Es war die trägste und engste Dimension von allen existierenden Daseinsformen. Dualität und zeitabhängiges, lineares 3-D existierten darin. Die Erschaffung einer lichtvollen Homullusheit inmitten dieser Magnitude lag auf der Hand. Wenn die Expeditionsteilnehmer in dieser trägen Magnitude genügend anastuiite Empathie erschaffen könnten, würde sich Animus Hülle von alleine wieder öffnen. Animus würde Erbarmen mit seinen Kindern fühlen und sie umgehend zu sich zurückholen. Das war der Plan.

Mehrmals wurden erdähnliche Planeten erschaffen. Doch man musste sie wieder zerstören oder verwaisen lassen. Die Reinkarnationen der Homullus und die Evolution der Wesen auf den Planeten scheiterten an Trauer und Wut, die auf der Trennung von Animus basierten.

Immer wieder wurde der lichtvolle Lucifer zu Zwistigkeiten zwischen den Homullus gerufen. Er verstand es wie kein Anderer, zu schlichten, zu lieben, zu beruhigen und die aufgebrachten Energien schlussendlich in anastuiiter Liebe zu versenken. Doch auch er war machtlos gegen Mactus´ Wutanfälle, weil der die Trennung zu Animus nicht verkraftete. Da nützte alles gute Zureden nichts. Mactus verletzte durch seine Tobsuchtsanfälle sogar ein paar Spiralenergien seiner Homulluskollegen. Nur, weil er Animus vermisste.

Lucifer musste handeln. Und die Homullus hörten ihm zu, als er der Entwicklung einen Riegel schieben wollte und sagte: »So geht es nicht weiter.« Das gesamte Universum war bereits über- und übervoll mit Galaxien und deren Materie. Keine Frage: Die Homullus liebten jeden Quadratmillimeter dieser Existenzen. Trotzdem. Sie beschlossen, es bei der nächsten Materiekugel anders anzugehen: langsamer, kleiner, übersichtlicher. So, dass den inkarnierten Homullus die Möglichkeit der liebevollen Anpassung an die schwere und dichte Dimension des 3-D gewährt werden konnte. So, dass sie die Dichte überwinden, die Empathie entfalten und die Tore mit der Anastuiität ihres Bewusstseins öffnen könnten.

Unter der Oberaufsicht vom Homullus Gaiaihylica wurde *Terra* erschaffen. Gemächlich, mit Feuer und Wasser. Erst später wurden immer mehr Zutaten beigefügt, bis die perfekte Erdenkugel vollendet war. Und noch bevor die ersten Homullus zum Menschen geformt wurden, um auf Terra zu inkarnieren, wurde ein Kodex erschaffen, ähnlich dem des Animus, damit das Bewusstsein gesammelt werden konnte und dem Animus als Geschenk diente.

Und die Homullus sahen, dass es gut war, denn der Kodex füllte sich mit allem, was war, was ist und was sein wird. Es war die erste Verbindung zu Animus überhaupt. Ihr könnt euch die Freude vorstellen, die jene Wesen damals durchfuhr.

Der Kodex wurde ins Crepererum auf Terra gepflanzt. Das Crepererum war ein quantenhafter Raum. Stellt ihn euch vor wie einen Tempel. Die inkarnierten Menschen auf der neuen Erde konnten sich dorthin zurückziehen, wenn ihr Heimweh nach Zuhause zu schmerzhaft wurde. Es war das Portal zu den Toren Animus und damit der heiligste

Raum der Homullus. Und dort stand auch die Waage, die das Bewusstsein ermittelte. Dort füllte sich die eine Schale immer mehr mit der Empathie des Anastuiits. Die Waage hatte, wie es sich für eine Waage gehört, eine zweite Schale als Gegengewicht. Doch dieser Behälter war leer. Trotzdem und entgegen allen Gesetzen der Schwerkraft, schwebten die Schalen in Balance. In der Quantenhaftigkeit zählten nur die Gesetze des Animus. Die Homullus waren überzeugt, den Behälter des Anastuiits auf die Seite der empathievollen Liebe und ins Licht schwenken zu lassen. Und das, mit Hilfe des Lebens in der Dichte und Schwere der Materie auf Erden.«

Colombe hob ihre rechte Hand, wie im Schulunterricht und wartete, bis Lusebian ihr ein Zeichen gab, sprechen zu dürfen. »Verstehe ich das richtig?«, fragte sie. »Unsere Erde wurde erschaffen, die Homullus inkarnierten als Menschen, und wenn ihnen das alles hier auf unserer Kugel zu viel wurde, konnten sie ins Creposeum?«

»Nein, nein, nein, nein, ins Crepererum.«

»Cre...pe...re...rum?«

Lusebian nickte.

»Sie konnten also ins Crepererum verschwinden, quasi um wieder Energie zu tanken? Wie? Durch quantenhafte Meditation? Durch das Träumen während des Schlafens?«

»So etwas in der Art, ja. Die menschlichen Homullus hatten noch nicht die Körper, wie wir sie heute kennen. Es waren einfache Seelen, die in der Dichte lebten. Aber du kannst dir vorstellen, dass das Crepererum schon bald überfüllt war mit Homullus. Keiner wollte mehr freiwillig in dieser zähen und belastenden Dichte der Erde leben, wenn er mit dem materialisierten Körper auch im Crepererum verweilen konnte.

Darum wurde das Gebiet *Lemuria* erschaffen. Daraufhin nisteten sich die ersten Homullus-Seelen in bereits ausgewachsene Tierkörper ein. Die Übernahme war zuerst ein Jux einer Seele. Doch man bemerkte schnell, dass in einem fleischlichen Körper die belastenden Energien Terras besser auszuhalten waren. Schlussendlich erarbeite man eine eigens entwickelte Spezies mit dem Namen »Mensch«.

Die Seele eines Homullus übernahm den menschlichen Körper zwischen dem zwölften und achtzehnten Lebensjahr. Vorher wuchs der Körper seelenlos im Schutze der Eltern auf. Eigentlich vollzog sich alles genau so wie bei den Tieren. Doch fortan war es ein Gesetz, nur noch durch das Verlassen des Fleisches ins Crepererum gelangen zu können. Man musste sich also gut überlegen, welchen Körper man sich für seine Inkarnation aussuchte.«

»Du meinst, der Mensch musste sterben, um ins Crepererum zu gelangen?«, fragte Colombe.«

»In der Tat, ja, in der Tat. Genau.«

»Ist ja heute nicht anders«, bemerkte Tin.

Lusebians Augenbrauen hoben sich. »Oh, doch, es war vollkommen anders. Der Mensch erinnerte sich nämlich! Er wusste, wer er war, was er war und warum er auf Erden lebte. Das Sterben galt damals als Erlösung vor der dichten Materie. Doch das Problem war, dass sich der Kodex der Homullus keinen Deut weiter entwickelte. Somit füllte sich auch die Waagschale des Lichts nicht. Das Leben war zu öde und unterschied sich kaum von dem in der energetisierten Form. Es gab keine Freude, die so himmelhochjauchzend war: weil sie die Trauer nicht kannten. Es gab keine genüsslichen Glücksgefühle: weil sie das Pech nicht kannten. Kein Miteinander: weil sie um die Einheit ihrer Energien wussten und sich darum als Ganzes betrachteten. Keine hingebungsvollen Gefälligkeiten, aus Freundschaft oder gar Liebe. Sie waren Schöpfer. Nichts davon war notwendig. Alles, was sie wollten und zu brauchen glaubten, wurde erschaffen. Klar, es gab Sex, der in ein paar Sekunden erledigt war und der ausschließlich zur Fortpflanzung diente. Das war aber auch alles. Das hatte nichts mit Liebe zu tun und nichts mit dem prickelnden Gefühl, wenn der Gewählte einem berührt. Es gab keinen Kuss, keine Umarmung und kein verliebtes Lächeln. Sie lebten einfach für den verzweifelten Versuch, anastuiite Empathie zu kreieren. Sie verspürten nur einen einzigen Drang: Sie wollten ins Crepererum gelangen, um nachzusehen, ob sich die Waagschalen bewegt oder sich gar die Tore des Vaters geöffnet hatten.

Allen war klar: Etwas musste sich verändern!

So wurde ein neues Gesetz erschaffen. Das Gesetz der Geburt. Solange die Schädel-Fontanellen eines Neugeborenen Menschen noch nicht geschlossen waren, war eine Homullus-Seele fähig, den Körper zu übernehmen. Nachher war es zu spät und der seelenlose Körper starb. Im Normalfall freundete sich ein Homullus ab der fünften Schwangerschaftswoche mit dem Fötus an, begleitete ihn und nistete sich ein. Ab und zu entschied sich ein Homullus um und verließ den Körper wieder, bevor sämtliche Fontanellen geschlossen waren. Der jetzt seelenlose Körper starb.«

Lusebian strich sich erfolglos die Haare aus der Stirn, einmal links, einmal rechts. »So nebenbei bemerkt: Das ist das ganze Geheimnis über den plötzlichen Kindstod. Unser Orden ist sich nicht einig, ob die Menschen das wissen sollten. Denn es ist kein Trost für Eltern, die ihr Baby verlieren. Aber es würde auch die ewigen Diskussionen über die ganze Abtreiberei von Föten vor dem vierten Schwangerschaftsmonat im Keime ersticken. An diesem Gesetz der Geburt hat sich nämlich bis heute nichts geändert.

Colombe schmunzelte. »Du hast echt 'ne Menge Fantasie Lusebian.«

Lusebian hustete verärgert. »Ich versuche dir zu erklären, warum du heute von Mactus-Kriegern überfallen wurdest! Auch wenn es im Moment aus dem Zusammenhang gerissen scheint, ist es doch wichtig für dich, Colombe!« Er machte eine Pause und sah ihr empört in die Augen. »Wenn du tatsächlich das prophezeite Amceps bist, dann musst du dir die Geschichte mit dem nötigen Respekt anhören.«

Colombe saß bisher die ganze Zeit über steif auf der Couch. Jetzt endlich entspannte sie sich und plumpste zurück. Etwas trotzig verschränkte sie die Arme auf der Brust und schaute Tin und Lusebian abwechselnd in die Augen. »Und was zum Kuckuck ist ein Amc... was... auch...immer?«

12

»Du bist ein Amceps, Colombe! Du bist ein Engel! Nun ja, halb Mensch, halb Engel!«, hörte sie Lusebian sagen und er sprach es aus, als ob es das Selbstverständlichste der Welt sei, nichts Außergewöhnliches, sondern eine Tatsache, die allen bekannt war – außer ihr.

Sollte sie sich Sorgen um den alten Mann und seine Fantasieausschweifungen machen? Erst zog er sie wegen ihrer ›dritten Brustwarze‹ auf und redete ihr ein, sie hätte ein drittes Auge... so lange, bis sie es tatsächlich selbst glaubte, und jetzt das. Natürlich, sie war sensibel. Sie war sogar hochsensibel – *hypersensitiv* – und konnte die Gefühle anderer Menschen wahrnehmen wie sonst niemand. Aber sie dachte, das wären die Synapsen, die in ihrem Hirn anders gepolt waren. Andere Menschen waren talentierte Musiker mit dem absoluten Gehör oder sie waren blitzgescheit und rechneten die kompliziertesten mathematischen Formeln in Sekundenschnelle und ohne Hilfsmittel aus. Nur, weil sie sich mit einem Hirtentätschelkraut über dessen Heilwirkungen unterhalten konnte - auf energetischer Basis natürlich - war sie noch lange kein Engel. Zudem fühlte sie sich alles andere als ein Wesen, das zwischen den Dimensionen hin und her pendelt. *Engel wissen doch auf jede Frage eine Antwort. Sie besitzen die Eigenschaft der Teleportation und können sich in Sekundenschnelle von einem Ort zum anderen begeben. Sie sind auch der Telekinese und der Telepathie fähig. Ich kann das alles nicht.* Das einzige Zeichen, das für sie auf eine gewisse Form von multidimensionaler Existenz hindeutete, war ihre Fähigkeit zur quantenhaften Meditation. *Tin beherrscht diese Form der Meditation doch auch! Aber deswegen wird er weder als Amceps noch als halber Engel gehandelt, verdammt!*

»Ich glaube, wir sollten das Feuer ausmachen, Lusebian«, sagte Colombe, stand auf, verzog das Gesicht und humpelte los, da sich der vom Kampf herrührende Muskelkater bemerkbar machte. Vor dem Kamin ging sie auf die Knie. Sie packte das Cheminée-Eisen und stocherte in der Glut herum, als ob sie eine zuvor hineingelegte Folienkartoffel suchen würde. *Warum bekommt Lusebian bei Jefferson nie solche Illusionsanfälle? Ausgerechnet vor Tin macht er sich lächerlich. Aber warum mach' ich mir überhaupt Sorgen darüber? Tin kennt Lusebian anscheinend schon länger. Was für ein Spiel spielt er mit mir? Scheiße! Scheiße! Scheiße! Was zum Teufel ist hier los! Mist verdammter! Verfluchte Hühnerkacke und stinkende Fäulnis! Ich fluche wie Satan höchstpersönlich und soll ein halber Engel sein?*

Tin erhob sich, ging zu Colombe und kniete sich neben sie hin. »Bitte, Colombe«, bat er sie und berührte dabei sanft ihre Hand. »Lass Lusebian die Geschichte zu Ende erzählen. Dann wirst du begreifen, was mit dir geschehen soll.«

Colombe drehte sich zu ihm um. *Was zum Henker ist hier los!* »Du kennst die Geschichte?«, fragte sie ungläubig. *Wer bist du!*

Tin nickte wortlos.

Sie brauchte eine Weile, bis sie die Spiralenergien der beiden Männer abgetastet hatte. Es war weder Lüge noch Witz zu erkennen. Beide Energien entblößten sich vor ihr und übermittelten ihr Liebe, aber auch Angst und Trauer. Die beiden meinten es wirklich ernst. *Scheiße, Tin, wer bist du und warum fühle ich mich so verdammt gut in deiner Nähe?*

Akzeptanz vertreibt das Übel und öffnet neue Wege! Das war eine ihrer lehrreichsten Lektionen, die sie während den Meditationen erfahren hatte. Also erhob sie sich und ging zurück zur Couch. *Akzeptanz ist Vertrauen,* redete sie sich ein, *also akzeptiere und vertraue!* Sie spannte die Schultern an und setzte sich wieder hin. Tin folgte ihr auf dem Fuße. Und als Colombe beobachtete, wie er Lusebian zuzwinkerte und ihm mit einer Handbewegung aufforderte weiter zu erzählen, wurde ihr bewusst, dass da etwas Mächtiges vor sich ging. Sie war in diesem Spiel entweder das Ziel, das Opfer oder gar der Schlüssel dazu.

Ehrfürchtig räkelte sie sich von einer Pobacke auf die andere. *Akzeptieren! Akzeptieren! Akzeptieren!*

Tin hatte aus der Küche für alle ein Glas Wasser geholt. Lusebian wartete, bis er sich wieder neben Colombe hingesetzt hatte, bevor er weitererzählte:

»Durch das Gesetz der Geburt und das Durchleben von Kindheit begann das Vergessen in den Seelen der menschlichen Körper. Sie wussten zwar immer noch, wer sie waren und woher sie stammten, aber sie konnten sich nicht mehr erinnern, warum sie inkarnierten. So verloren sie einen Teil ihrer Schöpferkraft. Dann geschah eine Art Wunder: Durch die lebenslange Gebundenheit zu einem Körper bekamen die Homullus ein neues Gefühl für ihr Menschsein. Sie mussten ihren Körper beschützen, wenn sie es angenehm in ihm haben wollten. Also entwickelten sie Eigenliebe. Sie liebten ihren Leib wie ihre eigenen Energiespiralen. Sie pflegten ihn und fügten ihm mit genussvoller Hingabe Nahrung zu, nicht einfach nur um satt zu werden, sondern auch der Vielfalt der verschiedenen Geschmackswelten wegen. Sie achteten nun auf die Zeichen, die der Körper ihnen aufzeigte und vergaßen, dass der Schmerz zum Körper gehörte und nicht auch noch zur Seele. Zum Beispiel empfanden sie deutlich höhere Schmerzen bei gewissen Bewegungen. Es entwickelten sich Allergien oder schier unerträgliche Krampfanfälle bei unbekömmlichen Nahrungsmitteln. Andererseits spürten sie aber auch ein angenehmes Kribbeln im Bauch,

wenn ein Mensch in ihrer Nähe war, zu dem sie Zuneigung verspürten. Zudem entwickelten sie Gefallen am Spaß. Damit meine ich den
sorgenlosen und zeitausfüllenden Spaß. Der Kodex füllte sich mit
Anastuiit und die Homullus fühlten sich ihrem Ziel noch nie so nahe.
Leider war Lemuria nicht geeignet für diese Lebensform. Die Tatsache,
dass die Menschen durch das Erkennen von Schmerz und Hunger einen Teil ihrer Schöpferkraft verloren hatten, war schuld an der Misere.
Das Land produzierte plötzlich zu wenig Nahrungsmittel. Das geschah,
weil die Mineralstoffe und Vitamine sich nur noch minimal in den
gegessenen Früchten entfalteten. Das wiederum passierte, weil die
Menschen den Esswaren nicht mehr den notwendigen Respekt und
Dank entgegenbrachten, sondern nur noch - wie selbstverständlich -
forderten. Also wurde die Erde umgeformt. Das Land versank im Wasser, bis nur noch eine Bergspitze hervorlugte. Die Inseln gelten auch
heute noch als Symbole der anastuiiten Möglichkeiten.

»Lass mich raten«, unterbrach Colombe, »diese Bergspitze steht bestimmt für die heutigen Kontinente, die seinerzeit auseinandergeris-
sen wurden und sich auf der ganzen Erdkugel verteilten.« Die Skep-
sis in Colombes Stimme war nicht zu überhören.

»Nein, das war nicht symbolisch gemeint. Diese Vulkanspitze gehört noch heute zum größten Unterwasserberg auf Erden und ragt nur
noch als Inselgruppe aus dem Pazifik. Aber das tut nichts zur Sache,
weil Atlantis entstanden war. Die Lemurianer wanderten aus und wurden zu Atlantern. Atlantis war damals in der Tat, wie du vermutest, ein
einziges gewaltiges Festland. Das war, bevor die Kontinente auseinan-
dergerissen wurden und sich voneinander trennten.

Wie es der Atlantische Ozean schon mit seinem Namen verdeut-
licht, war Atlantis in diesem Gebiet angesiedelt. Das ist auch einer der
Gründe, weshalb der amerikanische Kontinent heute verhältnismäßig
weit von Europa und Afrika entfernt liegt.«

»Verzeihung«, entschuldigte sich Colombe. Es klingt nur alles so …
so … hm …«

»Wahr?«, nahm ihr Lusebian das Wort aus dem Mund.

Sie nickte zögerlich. Lusebian lächelte verschmitzt. Colombes Unsicherheit war ein Anzeichen dafür, dass sie ihm zu glauben begann.
Und jetzt schien sie die Geschichte sogar in sich aufzunehmen und
sie zu analysieren.

»Jetzt, da der Kontinent Atlantis für die Lebensweise der Menschen geeignet war, dachten die Homullus, es daure nicht mehr lange und die Schale des Lichts werde sich schnellstens senken und die Tore des Animus öffnen.

Aber die Homullus hatten nicht mit der Vergessenheit gerechnet, derer die Menschheit immer mehr ausgesetzt war. Die Menschen verloren allmählich ihr gesamtes Wissen um ihre Schöpferkraft. Sie vergaßen den Grund ihres Lebens. Das Crepererum war schon während der Epoche von Atlantis kein Thema mehr. Man hatte es vergessen. Die Menschen wussten nicht mehr, dass sie Abbilder von Animus waren. Der Vater wurde mit den Jahren zur Legende. Schlussendlich gab es nur noch ein paar einzelne Verrückte, die das Wort der Homullus predigten und in Animus ihren Schöpfer priesen.

Damals gab es eine wahre Geburtenexplosion, denn viele Homullus wollten inkarnieren und den Menschen aufzeigen, was sie vergessen hatten. Aber auch sie gerieten in den Strudel der Erinnerungslosigkeit. Sie genossen das Leben als Mensch. Und kaum war ihr Körper alt und starb, suchten sie sich bereits ein neues Kind aus, das in einem Körper einer schwangeren Frau heranwuchs. Totgeburten oder plötzliche Kindstode gab es keine. Die Menschheit kannte keine Krankheiten, keine Kriege, keine Gewalt, Missgunst oder Folter. Die Seelen wollten auf einmal auch nicht mehr inkarnieren, um die Menschheit auf Animus oder die vergessenen Dimensionen aufmerksam zu machen, sondern um die Genüsse des Lebens zu erleben und sich mit den Tücken der Materie auseinanderzusetzen. Denn eine herzliche Umarmung zwischen zwei Menschen, das Fühlen und Spüren energetisierter Haut, war das Maximum, das ein Homullus und seine Seele erleben konnten. Dagegen waren die Energieverbindungen in den Magnituden der Homullus, also außerhalb der dritten und vierten Dimensionen, ein lascher Akt von trockenem Sex.

Es war eine wundervolle Zeit. Heute würde man es Utopia nennen. Die Schönheit des Lebens war eine Tatsache. In der Tat, ja, in der Tat und wahrhaftig: Es war das Paradies. Die Menschen hatten wohl vergessen, wer sie waren, trotzdem gaben sie acht auf sich und Ihresgleichen, ehrten einander, respektierten sich gegenseitig und hörten seinem Gesprächspartner aufmerksam zu, wenn der etwas zu sagen hatte. Meinungen wurden ausgetauscht und niemandem fiel ein Zacken aus der Krone, wenn er erkannte, dass er seine Meinung ändern musste. Kurz: Die Menschen liebten einander. Die lebenslange Monogamie war zwar zwischen zwei Menschen nicht unbekannt. Doch der Partnerwechsel, also der sexuelle Partnerwechsel, wurde nicht verurteilt. Ich spreche hier jetzt nicht von Massenorgien. Die gab es äußerst selten. Es waren, vereinfacht ausgedrückt, monogamische Einheiten mit Zeitbeschränkung. Und ganz wichtig dabei war immer die Zustimmung beider Partner. Niemals gab es Missbrauch, weder sexuell noch in Form von Schlägen oder Gewalt auf seelischer oder geistiger Ebene. Es war auch rundweg egal, wenn sich Paare gleichgeschlechtlicher Natur vergnügten. Hauptsache, es war ehrlich und machte Spaß. Niemand wurde wegen seiner Hautfarbe oder seines Geschlechts diskriminiert. Instinktiv wussten alle, dass ihre Inkarnation im nächsten Leben genau dem entsprechen könnte, was sie in diesem verurteilten. Weshalb sich das nächste Leben also unnötig schwer machen? Es war viel einfacher gemeinsam zu lachen, als seine Energie damit zu verschwenden, sein Gegenüber in den Schmutz zu ziehen.

Die Homullus freuten sich, denn die Entwicklung des Anastuiits schritt voran.

Da existierte aber noch das Homullus Mactus, dem das Prozedere der Anastuiitbildung zu langsam ging. Sein Heimweh nach Animus war so stark, dass er selbst auf die Erde inkarnieren wollte. Sein Wille, die Schale des Lichts rasch zu füllen, war unermesslich groß. So geschah es, dass er das Gesetz der Geburt brach, die Seele eines Menschen in Bedrängnis brachte und ihm den Körper stahl. Er war einer der ersten Menschen seit Jahrtausenden, der sich wieder seiner selbst erinnerte. Zwar verfiel auch er dem Strudel des Vergessens, aber sein Wissen und seine Schöpferkraft reichten aus, um eine Horde Wissenschaftler um sich zu scharen und zu beginnen, mit den Körpern der Menschen zu experimentieren. Mactus menschliche Seite war brutal und machthungrig. Ihm waren die qualvollen Schmerzensschreie der Gefolterten egal. Er wusste, dass der Schmerz des Körpers nur als Illusion in der Seele eines Homullus brannte. Leider nutzte das den Gequälten nichts. In den geschundenen Seelen keimte Wut auf und wuchs langsam vor sich hin. Dessen ungeachtet experimentierten die Forscher weiter. Sie begannen sogar, die DNA zu verändern. Der Samen der »Sünde« wurde gesät.

»Adam biss in den Apfel«, folgerte Tin.

»In der Tat, ja, in der Tat«, stimmte Lusebian zu. »Das war keine schöne Zeit. Mactus misshandelte die Menschen absichtlich. Er forderte Animus richtiggehend heraus und erwartete, dass der Vater sich der gequälten Seelen – ob Opfer oder Täter – erbarmt und sie alle zu sich zurückholen würde. Ja, Mactus war wütend. Er war wie ein quengelndes Kind, das kurz vor dem Mittagessen kein Eis mehr naschen darf. Nur mit dem Unterschied, dass er seine Mutter deswegen folterte – ja, gar tötete.

Zu allem Übel schien sich auf einmal die Dunkelheit auf der anderen Seite der Waagschale einzunisten. Keine gute Voraussetzung für das Öffnen der Tore Animus', denn die Dunkelheit liebte das Licht und beschützte es, indem es sämtliche bösen Schwingungen in sich aufnahm und sie auf ewig verbannte. Das Licht ohne den Schutz der Dunkelheit war wie ein Müsli ohne Milch, wie Sauerstoff ohne Luft, wie ein Meer ohne Wasser, wie Sex ohne Orgasmus. Die Anwesenheit der Dunkelheit zeigte, dass etwas auf Erden ganz und gar nicht in Balance war.

Die nicht inkarnierten Homullus zogen Mactus gewaltsam aus dem Leben zurück und wollten das Projekt *Terra* bereits wieder abbrechen, als dem lichtvollen Lucifer die rettende Idee kam.«

»Jep!«, rief Tin, ballte seine Hände zu Fäusten und hob sie triumphierend, wie ein Sportler, der gerade eine Olympiamedaille gewonnen hat.

Colombe starrte ihn erstaunt an. »Lusebian hat von Lucifer gesprochen!«, insistierte sie entgeistert. »Vom Teufel, dem Höllenfürsten, der die Seelen der Menschen frisst wie wir eine Tafel Schokolade!«

Tin zuckte mit den Schultern und hob entschuldigend die Augenbrauen.

»Oh nein, Colombe«, warf Lusebian ein. »Tin hat ganz recht. Du musst wissen, dass Lucifer damals noch nicht ... «, er hob beide Hände und formte Gänsefüßchen, »... gefallen war.«

»Er war noch nicht gefallen?«, wiederholte Colombe mit gerunzelter Stirn, »spielt das eine Rolle?«

»Natürlich spielt das eine Rolle!«, rief er, nach Atem hechelnd, aus. »Wir sprechen hier schließlich von Lucifer, dem Lichtvollen, dem Animusgleichen!«

»Hei, entschuldige bitte mal und reg' dich deswegen nicht so auf. DU bist es doch, der mir hier erzählt, ICH wäre ein Engel. In diesem Fall ist es doch nur logisch, wenn ich NICHT gut auf Lucifer zu sprechen bin, nicht wahr?« Colombe verschränkte schmollend die Arme auf der Brust. »Außerdem würde wohl jeder normale Mensch so denken wie ich.«

Während Tin sich verlegen am Hinterkopf kratzte, beruhigte sich Lusebian und sagte mit seiner gewohnt sonoren Stimme: »Ich erzähle einfach weiter.«

»Wie gesagt, Atlantis bestand bereits seit vielen tausend Jahren. Auch nach Mactus Rückzug - sein Körper starb und seine Seele wurde wieder zum Homullus - gab es Wissenschaftler, die seine Arbeit fortsetzten. Natürlich wussten sie nicht, was sie da eigentlich taten und verfielen dem grotesken Wahn, ihrem verstorbenen Meister Mactus gefallen zu müssen. Es waren Jahre, in denen mit den Menschen die übelsten Dinge angestellt wurden.

Es war Lucifer - damals noch nicht zum gefallenen Engel geworden - der die Schmerzensschreie seiner inkarnierten Kollegen kaum noch aushielt. Selbst Mactus - der in die Reiche der Homullus zurückgekehrt war und seither nie mehr inkarnierte - schämte sich seiner Taten und wollte die Experimente stoppen.«

»Und was war jetzt Lucifers Idee?«, fragte Colombe gespannt.

Lusebian hob den Zeigefinger. »Geduld, meine Liebe, du musst wissen, dass Mactus sich ebenso an den Qualen der Menschen störte, wie Lucifer. Aber seine Verzweiflung, Animus Gunst verloren zu haben und die Tore immer noch verschlossen zu sehen, war bei ihm um ein Vielfaches stärker. Darum kam es zum Fall Lucifers.«

Die Stille im Zimmer war so laut wie Fingernägel, die über eine Schiefertafel kratzten. Selbst die feurige Glut im Kamin zerstäubte sich mit knallenden Explosionen und wirbelte den Duft von verkohltem Holz im Raum herum. Aber trotz der hochsommerlichen Temperaturen und der Hitze der Glut, die immer noch aus dem knisternden Kamin ausspie, war der Hauch der Homullus zu spüren, wie sie in eisiger Kälte den Raum aufsuchten und sich zu Colombe, Tin und Lusebian setzten.

»Der Grund für Lucifers Fall war seine Empathie für die leidenden Menschen?«, fragte Colombe und zog dabei die Nase kraus. »Das passt irgendwie nicht.«

»Es ist mir nicht gestattet, dir die genauen Abläufe über den sogenannten *Fall* zu schildern.« Wieder hob Lusebian seine Hände und formte Gänsefüßchen.

»Ist es nicht?«, fragte Colombe. »Wer verbietet dir den sowas?«

»Der Orden, meine Liebe, der Orden der Amceps.«

»Der Orden der Amceps!«, echote sie. »Es gibt einen Orden? Gibt es den noch mehr von vermenschlichten Halbengeln, außer mir?«

Wieder hob Lusebian den Finger und bat Colombe um Geduld. »Du bist doch sonst nicht so ungeduldig, meine Liebe. Und da wir uns nun mal nicht alle zusammen in einen quantenhaften Raum begeben können, musst du der Linearität folgen und dir eins nach dem anderen anhören.«

Colombe verdrehte die Augen. »Okay«, sagte sie nur.

»Also: Unter den Homullus waren rege Diskussionen im Gange«, erzählte Lusebian weiter. »Die Frage, ob das Vorgehen des Mactus den richtig war oder nicht, wurde eingehend besprochen. Es stellte sich aber bald heraus, dass Mactus mit seiner Einstellung, Anastuiit durch Brutalität hervorzurufen, alleine blieb. Auch wenn er sich längst für seine menschlichen Taten schämte, so waren diese in der Linearität der Erde nicht mehr rückgängig zu machen.

Lucifer verspürte Sorge um das Mactus-Homullus. Angesichts der verzweifelten und bösartigen Lage, in der sich die Menschen befanden, schlug er Folgendes vor:

»Atlantis zerstören. Den DNA-Code zu seiner ursprünglichen Reinheit zurückstellen. Dann die Menschen sich selbst überlassen, ohne Einmischung. Der inkarnierte Mensch muss es selbst schaffen, das Wissen um Animus' Abbild wieder zu erlangen. Jede einzelne Inkarnation soll fortan im Kodex vermerkt, das Bewusstsein gemessen und in die Schale des Lichts getragen werden. Die inkarnierende Seele darf nur den Erfahrungs- und Wissensstand mitnehmen, den sie bereits auf Erden erlebt und gelernt hat. Nur so besteht die Gewähr, dass kein Homullus - wie Mactus - sich mehr einmischen und Unheil verbreiten kann. Außerdem ist so die Weiterentwicklung des Menschen gewährleistet. Die Zeitspanne für dieses Projekt soll 28'000 Jahre betragen.«

Der Beschluss war einstimmig. Sogar Mactus willigte ein. Mit diesem Entscheid war er vollends zufrieden. 28'000 Jahre waren für ihn ein Fingerschnippen. Zudem war er überzeugt, die Menschen würden früher oder später ohnehin aufeinander losgehen. Er war selbst inkarniert und wusste um die Bedürfnisse der Körper. Zudem waren Wut und Schmerz eines Gequälten gerade zwei dieser Erfahrungen, die jede Seele in die nächsten Inkarnationen mit einbringen durfte. Unheil war vorprogrammiert.

So wurde Gaiaihylica zur Energie der Erde. Sie war zuständig für die stete Veränderung in Form von Materienverschiebungen auf diesem Planeten. Sie schenkte der Materie ein Eigenleben, das sich dem Bewusstsein der Menschen anpasste.

»Das bedeutet«, ergänzte Tin, »dass sämtliche Naturkatastrophen durch das Bewusstsein der Menschen ausgelöst werden«.

Lusebian nickte. Colombe verzog ungläubig den Mund, sagte aber nichts.

»Es war für alle Homullus logisch, Fessuz zum Beschützer Terras zu wählen. Nichts sollte dem Planeten zur Gefahr werden. Zumindest nicht bis zum Ende des 28'000-Jahre-Zyklus.

Es wurde ein Meteorit kreiert, der dem Planeten nach Ablauf dieser Zeit den Garaus machen sollte. Erst nach Ablauf dieser Zeitspanne wollte man sich an die Erschaffung eines neuen Planeten wagen. Außer natürlich ...«, Lusebian hob den Zeigefinger, »... die Tore öffnen sich während dieser Zeitspanne doch noch.

Die Homullus kannten die Menschen inzwischen gut. Sie wussten, dass sie Regeln aufstellen mussten, wenn sie den Erfolg des Projektes nicht gefährden wollten. Also wurde folgende Regel eingeführt: Wenn jemand trotz aller Warnungen die Grenzen überschreitet, um die Waage zu manipulieren, dann solle die Zerstörung der Erde unmittelbar geschehen.

Fessuz hat seine Arbeit bis heute genial erledigt. Niemals hat mehr ein Homullus einen Menschen einfach so übernehmen können. Das nur so nebenbei erwähnt.

Und jetzt kommt das, was für dich, Colombe, am interessantesten sein wird: Noch bevor Atlantis der Zerstörung übergeben wurde – die übrigens 249 Jahre lang dauerte – gab man den Weisen der Zeit ein

Versprechen: Dieses Versprechen war die Geburt der Amceps.

Alle 19 Jahre wird seither ein Wesen geboren, halb Mensch, halb Homullus, das in den vier Monaten vor seinem 20. Lebensjahr das Bewusstsein der Menschen misst. Diesem Wesen wird zu Lebzeiten der Zugang zum Crepererum gewährt, um dort das Bewusstsein der Menschheit im Kodex der Homullus einzutragen und das neu gebildete Anastuiit in die Waagschale des Lichts auszuschütten.« Lusebian machte eine Pause und sah Colombe eindringlich an. Sie schluckte leer und blies sich mehrmals übers Gesicht.

»Noch zu Zeiten von Atlantis wurde das Consortium Lucifer incolumis gegründet, das Consortium des unversehrten Lichtbringers – bestimmt dazu, das Licht während der 19 Jahre zu schützen, so lange, bis es jeweils ausgeschüttet werden kann. Und wie schützt man Licht?«, fragte der Alte.

»Mit Dunkelheit«, folgerte Colombe.

»In der Tat, ja, in der Tat.« Lusebian nickte.

Colombe starrte auf ihr Wasserglas auf dem Salontisch.

Was wohl in ihr vorgeht?, fragte sich der Alte, während er weiter erzählte. »Außerdem wurde der Orden der Amceps gegründet. Sie sollen das Wesen, halber Mensch, halber Engel, beschützen.

Mactus musste natürlich auch seine Vereinigung bekommen. So wurde auch das Conigium Mactus Primordium – die Verbindung des Ursprungs – ins Leben gerufen. Dessen Mitglieder haben dafür zu sorgen, dass die Empathie im Menschen fortschreitet – gewaltlos! – damit die Produktion des Anastuiits niemals versiegt. Leider hat es schon sehr früh einen sehr dummen Großmeister des Mactus-Conigiums gegeben, der das Wort »gewaltlos« nicht verstanden hat.«

»Was hat das jetzt mit Lucifers Fall zu tun?«, fragte Colombe ungeduldig. »In deiner Geschichte ist eher Mactus der Bösewicht.«

Lusebian sog den rauchigen Duft des Feuers ein und blies ihn pfeifend wieder aus. »In der Tat, ja, in der Tat«, antwortete er. »Hör' einfach weiter zu, ja?« Er rieb sich die Augen. Angesichts der vorgerückten Stunde sehnte er sich nach seinem weichen Bett. Aber Colombe und die Geschichte waren jetzt wichtiger:

»Fortan wurde also alle 19 Jahre ein Amc...«

»Warum alle 19 Jahre?«, unterbrach ihn Colombe mit gerunzelter Stirn.

»Das ist nicht so einfach zu erklären. Es hat mit der Zeitrechnung der Homullus zu tun. Nun ja, Zeitrechnung ist das falsche Wort, da es für diese Wesen ja keine Zeit gibt.«

»Es gibt viele Interpretationen, was den Zeitraum von 19 Jahren betrifft«, fügte Tin hinzu. »Wir wissen es nicht genau. Aber es hat nichts mit dem Tor zur Hölle zu tun, das in der islamischen Religion durch 19 Engel bewacht wird, soviel steht fest.«

Lusebian strich sich durch seinen Schnurrbart, einmal links und einmal rechts. »Wie gesagt, wir wissen es nicht. Darf ich jetzt weitererzählen?«

»Klar. Entschuldige.«

»Gut. Fortan wurde also alle 19 Jahre ein Amceps geboren. In den vier Monaten vor der Vollendung seines 20. Lebensjahres sammelt dieses das Bewusstsein der Menschen um dann vier Tage, vor besagtem zwanzigsten Geburtstag, automatisch alle vier Stunden ins Crepererum zu fallen, verstehst du? Vier Monate, vier Tage, alle vier Stunden.«

Colombe hob die Augenbrauen, was Lusebian als ein Nicken interpretierte.

»Während das Amceps im Crepererum vier Stunden lang seine Arbeit verrichtet, schließt es für den Menschen in 3-D für gerade mal vier Sekunden die Augen. Für jede Stunde eine Sekunde. Ich glaube, ich muss dir diesen Vorgang nicht näher erklären, Colombe. Es funktioniert wie bei der quantenhaften Mediation, nur, dass sich nicht die Gedanken allein ins Crepererum mitbewegen, sondern auch der Körper.«

Colombe nickte. »Logisch.«

»Nach Beendigung dieser viertägigen Phase wird dem Amceps nahegelegt… ähm…« Lusebian begann zu stottern und rutschte unruhig auf dem Sessel hin und her. Es waren die Worte, von denen er sich immer am meisten gefürchtet hatte. »Dem Amceps wird nahegelegt… ähm… es kann durch die Ausschüttung des gesammelten Bewusstseins nicht mehr im Körper eines Menschen… verweilen… ähm also wird ihm nahegelegt… ähm… die Erde… ähm… zu… zu… zu verlassen.«

Stille.

»Du meinst, die Amceps-Wesen mussten alle sterben?«, folgerte Colombe. »Die armen Dinger«, fügte sie mitfühlend hinzu.

Lusebian nickte traurig und massierte sich die Schläfen, während

Tin sie einfach nur entgeistert ansah. Erst, als die vor Trauer schmerzverzerrten Gefühle der beiden Männer auf sie einprasselten wie Splitterbomben, wurde es ihr klar: »Ich bin das Amceps!« Alles Blut schien aus ihrem Körper zu weichen.

»Der Tod kommt in fünf Tagen«, wimmerte Lusebian. »An deinem 20. Geburtstag.

»Ich ... ich sterbe?«, stammelte sie, der Ohnmacht nahe.

13

Ich werde sterben? In fünf Tagen schon? Sie schluckte leer, kniff sich mehrmals an den Armen und drückte die Augen fest zusammen. Im Geiste sah sie sich schon in einem panikartigen Atemrhythmus fallen, einen Herzkollaps erleiden und noch vorzeitiger als angekündigt das Zeitliche segnen. Aber nichts davon geschah. Sie blieb die Ruhe selbst, blieb gefasst. Es machten sich auch keine plötzlichen Lebenswellen bemerkbar, die ihrem Geiste mitteilen wollten, sie solle in den letzten fünf Tagen ihres Lebens noch die Sau rauslassen. Es war nicht ihr Todesurteil, das sie nicht glauben konnte, es war ihre gefasste Reaktion darauf.

Sie schaute sich im Zimmer um, als ob die Homullus Creaqua, Fessuz, Gaiaihylica, Lusus und wie sie alle hießen, persönlich im Zimmer anwesend gewesen wären. Sie fragte sich nicht, ob sie den wirklich das Amceps sei oder nicht. Sie brauchte keine Bestätigung. Die quantenhafte Meditation belegte es ihr umgehend. Im Moment war es auch nicht das Sterben, das sie beschäftigte. Dazu befasste sie sich schon zu lange damit. Sie war enttäuscht von der Quantenhaftigkeit. Das erste Mal in ihrem Leben fühlte sie sich von der Herrlichkeit im Stich gelassen. Immerhin praktizierte sie seit ihrer Kindheit die quantenhafte Meditation. Warum hatte sie noch nie etwas von den Amceps vernommen?

»Warum erzählst du mir das erst jetzt, Lusebian? Ich meine ... ich ... ich hätte mein Leben vollkommen anders gestaltet. Scheiße, es gibt gewisse ... Dinge, die ich bestimmt anders gemacht hätte.« Sie verwarf die Hände 'gen Himmel. Warum habe ich es nicht getan? Warum habe ich nicht gelebt?«

»Es war mir strengstens untersagt, dir die Wahrheit vor dem ersten Fall ins Crepererum mitzuteilen«, flüsterte Lusebian peinlich berührt. »Ich habe diesen Befehl befolgt, damit du ein ungezwungenes Leben führen konntest. So wie jeder andere Mensch auch. Ich durfte dir nichts sagen, damit du nichts und niemanden beeinflusst, mit dem, was du weißt. Es hätte Panik gegeben und die wäre mit der Angst vor dem prophezeiten Endzeitdatum der Maya, dem 21. Dezember 2012, nicht zu vergleichen gewesen.

Colombe stand erzürnt auf. »Ich sollte ein ungezwungenes Leben führen? Ich?« Sie tippte sich mit dem Zeigefinger heftig auf ihre Brust. »Ich?«, wiederholte sie etwas erhitzt und ließ die Hände entrüstet auf die Hüfte klatschen. Jetzt fiel es ihr doch schwer, die Fassung zu behalten. »Seit ich ein kleines Kind bin, fühle ich mich anders!« Ihre Lippen bebten. »Ich spüre die Spiralenergien der Menschen, spreche mit Bäumen und Pflanzen und ab und zu sogar mit einer Kaffeetasse! Ich rieche die abscheulichsten Krankheiten ... und kann doch nichts gegen sie unternehmen. Ich weine mich nächtelang in den Schlaf, weil ich nicht verstehen kann, warum ein Mensch einen anderen schlägt und misshandelt. Es treibt mich schier zur Verzweiflung, weil ich nicht erkennen kann, WARUM sich Menschen lieben und wie man den Samen der Empathie wässern und wachsen lassen kann! Die Menschen reden immer mehr von Mitgefühl. Aber sie handeln nicht danach.« Colombe schüttelte den Kopf. Zweifel kamen in ihr hoch. »Du hast gesagt, ein Amceps misst das Bewusstsein in den vier Monaten vor ihrem Tod. Mein Leben war in den vergangenen vier Monaten nicht anders als sonst. Nichts hat sich verändert! Ich bin schon mein ganzes Leben lang ANDERS! Ich habe keine Messungen getätigt, es sind mir keine Waagschalen des Lichts erschienen und erst recht kein Kodex der Homullus!«

Ich habe mich verliebt, ja, das ist anders! Aber Tin interessiert sich nur für das Amceps, nicht für mich. Diesen Gedanken behielt sie jedoch für sich. Aufgebracht glitt sie beinahe schwebend zum Wohnzimmerfenster und öffnete es. Sie brauchte jetzt frische Luft.

Draußen war es etwas kühler, was kein Wunder war, bei einem brennenden Kaminfeuer, mitten im Hochsommer. Eine aufmunternde Brise voller Erfrischung blies Colombe entgegen. Mit verschränkten Armen blickte sie in die Dunkelheit. Grillen zirpten und vom Bauernhof in der Nähe des Internats hörte sie eine Kuh kläglich muhen. Sie erinnerte sich, wie sie sich als Kind immer vor der Finsternis gefürchtet hatte. Aber dann kamen Vater und Mutter jeden Abend an ihr Bett und sangen ein Lied. ›Der Herrgott im Himmel wird immer bei dir sein‹, war die letzte Zeile dieses Liedes. Und sie stellte sich vor, wie ein alter Mann mit Vollbart und einem Heiligenschein neben ihrem Bett stand und einen hauchdünnen, hellblauen Seidenstoff über sie legte. Mit der Gewissheit des Schutzes und den Gutenachtküssen ihrer Eltern fühlte sie sich geborgen, geliebt und ohne Angst.

Und jetzt schaute sie in den Himmel und beobachtete die glitzernden Sterne in der klaren Sommernacht. Es war ihr, als ob die Dunkelheit der Nacht das Licht mit dem Seidenstoff des bärtigen alten Mannes aus dem Liedtext umhüllte und es liebevoll in seinen Armen wog. Es war genauso, wie Lusebian es eben erzählt hatte: Die Dunkelheit beschützt das Licht. Sie nimmt alles auf sich, was der Helligkeit schaden könnte und trägt alles Böse in sich mit. Sie lässt sich beschimpfen, beleidigen und wird für alle Teufeleien verantwortlich gemacht, die alleine auf die Vergesslichkeit der Menschen zurückzuführen sind. Aber kein Mensch denkt daran, dass nur er es ist, der dem Licht mehr Freiheit verschaffen kann. »Die Dunkelheit«, murmelte Colombe plötzlich laut vor sich hin. »Sie ist die Hüterin aller Liebe. Und das ist sie aus lauter Liebe. *Mein Gott! Wie stark muss diese Liebe sein?*«

Colombe hatte nicht vor, Lusebian Vorwürfe zu machen, weil er sie nicht über ihre Bestimmung informiert hatte. Wenn sie auf ihr Leben zurückblickte, hatte er sie sogar sehr oft auf mystische Dinge hingewiesen oder ihr hin und wieder Anhaltspunkte gegeben, denen sie nicht die nötige Aufmerksamkeit geschenkt hatte. Das Geheimnis um *ImPerDi* und die Erzählungen über den Mönchs-Orden, der in Wirklichkeit der Amceps-Orden war. Seine Anmerkungen über ihr Muttermal beziehungsweise ihr drittes Auge. Die Leichtigkeit, mit der sie in die quantenhafte Meditation fallen konnte, und Lusebians Feststellung, dass er sonst niemanden kenne, der so gut mit der Zeitlosigkeit zurechtkäme wie sie. Sie nahm immer an, er vergleiche sie mit den Mönchen, die irgendwo im Himalaya-Gebirge hausten, weit weg vom Menschen und dem, was man *Zivilisation* nennt. Da hatte sie sich wohl geirrt. Fingernägelkauend drehte sie sich zu den Männern um. Die beiden gaben ihr die nötige Zeit zum Nachdenken und warteten geduldig darauf, dass sie sich beruhigte.

Mit einem lauten Schmatzer zog sie ihren Finger aus dem Mund. »Ich bin also ein Amceps.«

Lusebian nickte und strich sich den Schnurrbart zurecht. Einmal links, einmal rechts.

Colombe schaute Tin an. »Und was genau hast du damit zu tun?«

Tin atmete tief durch, bevor er antwortete: »Ich bin ein Wächter der Amceps und für deinen Schutz zuständig. Genau wie Lusebian.«

Colombe hob die Augenbrauen. Das erklärte natürlich einiges. Vor allem seine rasche Hilfe beim Schwellenkino und das Beherrschen von *ImPerDi*. Er hatte sie beobachtet, sie verfolgt und hätte vermutlich vor dem Kino gewartet, während sie mit Jefferson einen Film angeschaut hätte. Ob er etwas unternommen hätte, wenn Jefferson sie hätte küssen wollen? JEFFERSON! *Warum ist er nicht erschienen? Haben ihm die Randalierer etwas angetan? Oder habe ich mich einfach in der Zeit getäuscht oder gar dem Tag? Jefferson ist immer knapp bei Kasse. Am Montag sind die Kinos billiger. Ja klar, deshalb ist er nicht zum Date erschienen! Morgen! Er erwartet mich erst morgen!*

Colombe gab sich mit dieser Möglichkeit zufrieden. Sie hatte jetzt wirklich andere Probleme.

»Deshalb beherrschst du *ImPerDi*?«, lächelte sie Tin verlegen an. Sie war nicht fähig, ihm in irgendeiner Weise böse zu sein. »Ich habe dir die Geschichte vorhin abgekauft, ist dir das klar?« *Er mag mich trotzdem*, dachte sie, *auch wenn ihm befohlen wurde mich zu beschützen und er dazu in meiner Nähe sein MUSS.*

Tins Mundwinkel zuckten. »Ja, Lusebian hat mich ausgebildet, genau wie dich.«

Sie sah den alten Mann an, dem sie nach dem Tod ihrer Familie so vertraut hatte – es immer noch tat. »Es gibt keinen *ImPerDi*-Mönchsorden, der geheim bleiben möchte, nicht wahr?« Sie wusste die Antwort, musste das aber fragen. Ein Hauch von Wehmut klang in ihren Worten mit.

Als Lusebian sich mit der Antwort schwer tat und nach Worten suchte, redete sie weiter. »Nein, natürlich nicht. Wie dumm von mir, die ganze Zeit daran geglaubt zu haben. Ich hätte es eigentlich besser wissen müssen, nicht wahr?« Colombe fühlte sich so naiv. Wie eine Marionette, die man mit geschickter Führung in die gewünschte Richtung lenkte. Erst vor ein paar Stunden hatte sie Tin voller stolz anvertraut, wie sie das Geheimnis um *ImPerDi* vor Zlittle verbergen konnte. Und jetzt das. Sie ärgerte sich. Warum konnte sie nicht einfach die Klappe halten. Ein Grund mehr, nicht viel zu sprechen.

»Ich besitze ja angeblich ein drittes Auge«, referierte Colombe aufgebracht weiter und ließ dabei immer wieder die Hände auf die Hüfte klatschen, »da hätte ich doch in die Zukunft sehen sollen und... und...«

»Das dritte Auge ist nicht geschaffen, um in die Zukunft zu sehen«, klärte Tin sie auf. »Die Zukunft ist eine Ansammlung von Potenzialen, die sich aus der immerwährenden Wahl des Menschen ergibt und daher nur bedingt voraussehbar ist. Das Auge ist eine Art Portal zu den Magnituden der Homullus. Es sieht nicht die Möglichkeit des stärksten Potenzials der Zukunft, sondern tastet die Realisierung von Liebe ab. Es erkennt den Bewusstseinsstand eines Menschen. Dein Auge ist stark, sehr stark sogar.«

»Und was bedeutet das für mich? Bin ich deswegen anders als all die Amceps vor mir?«

Lusebian sah zuerst zu Tin und dann zum 666-Spiralsiegel, das immer noch unangetastet auf dem Tisch lag.

»Tin glaubt *ja*«, antwortete Lusebian. »Ich war überzeugt davon, dass du es nicht bist, bis ich das Siegel gesehen habe, das du heute einem Mactus-Krieger entrissen hast. Die Krieger hätten dich niemals angegriffen, wenn du nicht etwas Spezielles wärst. Nicht mit so vielen Männern. Das waren keine Abtrünnigen.«

Colombe sah zu Tin, der nervös mit seinem Kopf kreiste, um damit seine Anspannung zu vertuschen. Sie spürte bei ihm etwas, das er bei der Erwähnung des Spiralsiegels zu verbergen versuchte. Und der Ursprung dieses Gefühls stammte aus der durchsichtigen und erfrischenden Energie, die Tin noch vor ein paar Tagen mit einem unüberwindbaren grauen Schutz umhüllt hatte, und der jetzt plötzlich weg war. Sie konnte dieses Unbekannte nirgends zuordnen. Das Wissen um ihren kurz bevorstehenden Tod machte ihn zwar rasend und schien ihn weit mehr zu belasten als sie, aber damit hatte seine Reaktion nichts zu tun. *Er weiß etwas, das Lusebian nicht weiß. Warum schweigt er?*

»Colombe, bitte setz' dich wieder hin. Die Geschichte ist noch nicht zu Ende«, bat Lusebian und zeigte auf den freien Platz neben Tin auf der Couch.

»Noch mehr Geschichte!«, rief sie aus. Das passte ihr überhaupt nicht. Mürrisch ging sie zurück zur Couch, ließ sich erschöpft fallen und blies sich einige Male übers Gesicht. Aber auch ein Ultradruckgebläse hätte ihr die Last nicht wegfegen können, die sich immer mehr auf ihren Schultern ausbreitete.

Seit sie sich aus dem *ImPerDi*-Kampfmodus ausgeklinkt hatte, schwitzte sie stark. Die blutverkrustete Bluse klebte an ihr und allmählich ekelte sie sich davor. Sie schämte sich vor Tin. Aber sie war hundemüde und zu schlapp, sich wegen ihres Körpergeruchs zu ärgern. Sie wünschte sich nur noch ihr kuscheliges Bett... und Schlaf, eine menge Schlaf.

Trotz Hitze und Schweiß fühlte sich ihre Nase eiskalt an. Das war bei ihr oft so. Also tat sie das, was sie immer tat und wärmte sich die Nase mit dem Handgelenk. Lusebian lächelte sie an. Er lächelte immer, wenn sie ihre Nase wärmte.

Tin legte Colombes andere Hand in seine und streichelte tröstend mit dem Daumen über ihre Handoberfläche. Colombe sah ihn an. Ihr Herz machte einen Purzelbaum, als sie in seine traurigen Augen schaute und sich an der Eigenheit seines tröstenden Lächelns erfreute. Warum durfte sie ihm nicht schon viel früher begegnen? Hätte er sie nicht schon viel früher beschützen sollen? Sie sehnte sich danach, Zeit mit ihm zu verbringen, ihn kennenzulernen und über sein störrisches Haar zu streicheln. Er hätte für sie ein Grund werden können, das Leben wieder anzunehmen, statt sich der Sehnsucht nach dem Tod zuzuwenden.

Für Lusebian war die kalte Nase des Amceps ein eindeutiges Anzeichen dafür, dass Colombe im Moment unbewusst regen Kontakt mit den Dimensionen der Homullus pflegte. Vermutlich wurde sie mit allen nötigen Informationen vollgepackt, die sie für ihre Aufgabe benötigte. Also erzählte Lusebian ohne große Umschweife weiter:

»Es gibt also einen Grund, weshalb dich heute ...« er schaute auf die Uhr, »... gestern Mactus-Krieger angegriffen haben. Sie wollten dich entführen.«

»Das waren also Mactus-Krieger?«, nuschelte Colombe. »Das verwundert mich nicht. Mactus will das Anastuiit mit Gewalt fördern. So ein Blödsinn!«

»Um das Anastuiit zu fördern, wollten sie dich nicht entführen, sondern weil du... speziell... bist. Aber ich will der Reihe nach erzählen.

Colombe zuckte mit den Schultern. »Ich hör dir zu, ich hör dir ganz bestimmt zu.«

»Viele – die meisten – Atlanter starben beim Untergang ihres Heimatkontinents. Die wenigen Überlebenden suchten sich eine neue Heimat und verteilten sich auf dem, was vom Festland übrigblieb. Nachdem Atlantis, in der Tat, untergegangen war, verschoben sich auch die anderen Landmassen zu den Kontinenten und Inseln, wie wir sie heute kennen. Die Menschen passten sich den neuen Gegebenheiten an, wechselten ihre Hautfarbe oder die Verträglichkeit von Lebensmitteln. Die Evolution funktionierte einwandfrei und unterstrich die Einzigartigkeit des Menschen. Immer, wenn ein Homullus inkarnierte, nahm es das Wissen und das Bewusstsein der bisher gelebten Leben mit. Nur so war gewährleistet, dass das Anastuiit gefördert wurde. Die Seele im Menschen veränderte sich nicht. Egal, ob er abwechslungsweise den Körper mit einer weißen, roten, braunen, schwarzen oder gelben Hautfarbe wählte. Egal ob Männlein oder Weiblein. Das war einfach nicht wichtig, verstehst du? Sie alle waren gleich.« Lusebian stoppte und wartete auf Colombes Zustimmung.

Colombe zeigte auf sich, als ob Lusebian ihr soeben Rassendiskriminierung vorgeworfen hätte. »Klar versteh ich das. Mir musst du das nicht erklären.«

»Gewiss nicht, meine Liebe. Ich dachte nur, falls du in dieser Hinsicht noch irgendwelche Zweifel gehegt hättest?«

»Das stand für mich nie zur Diskussion, das weißt du doch!«

»In der Tat, ja, in der Tat.« Lusebian nickte schmunzelnd. »Gut, ich fahre fort: Durch die Experimente, die Mactus während seiner Inkarnation durchgeführt hatte, wurden tatsächlich sieben andere Spezies erschaffen. Es waren Gattungen, die dem Menschen sehr ähnlich waren. Sie starben jedoch alle aus. Wundere dich also nicht, wenn dereinst Knochen gefunden werden die denen eines Menschen nur ähneln.«

Colombe seufzte schwer. »Ich sterbe in fünf Tagen! Ich glaube kaum, dass ich das noch erleben werde!«

Sie spürte, wie diese Aussage Lusebian einen schmerzhaften Stich ins Herz versetzte. Er schluckte krampfhaft und knirschte mit den Zähnen. Auch Tin atmete schwer. Die beiden schienen mit Colombes Schicksal weit mehr zu hadern als sie selbst.

»Nun gut«, erzählte Lusebian weiter. »Die Homullus erfreuten sich an der Evolution. Die Evolution entsprach dem Gesetz der Veränderung, das Animus so sehr liebte. Selbstverständlich wurde das Wissen um das Consortium Lucifer, den Orden der Amceps und das Conigium Mactus mit den Legenden der Überlebenden weitergetragen. Die Menschen bildeten eine religionsähnliche Einheit, deren Anführer als Vertreter Animus' bezeichnet wurde. Beinahe so, wie der Papst heute für die römisch-katholische Kirche als Stellvertretung Gottes dient. Aber wie es so ist mit der Zeit – und wie es so ist mit den Menschen, die ihren freien Willen benutzen: Die Geschichten um Animus wurden von Generation zu Generation unterschiedlich weitererzählt. Hier wurde etwas mehr dazugetan, dort etwas weggelassen. Das Versprechen der Homullus vernebelte sich. Es mutierte regelrecht. Schlussendlich, etwa 1650 Jahre vor Christi Geburt, trennten sich die drei Vereinigungen und gingen fortan eigene Wege.

Während das Consortium Lucifer dem Orden der Amceps half, seine Schützlinge zu bewachen, unternahm das Conigium Mactus jegliche Anstrengung, das Anastuiit im Menschen durch Gewalt hervorzurufen.

Mactus' Gefolge wurde zur Kriegsmaschinerie. Sie handelten ähnlich grausam wie die Hetzer während der Inquisition zwischen dem 13. und 18. Jahrhundert. Sie waren brutal, gewalttätig und dachten doch tatsächlich, sie könnten mit Gewalt und Krieg den Menschen den Glauben zu Animus aufzwingen. Sie taten es im Namen Lucifers, was dem Lichtbringenden keinesfalls diente und auch nicht der üblichen Vorgehensweise des Consortiums Lucifer entsprach. Lucifer hätte nie Gewalt oder Manipulation befohlen. Nie!«

»Entschuldigung, Lusebian«, piepste Colombe, »aber ich begreife nicht. War Lucifer damals noch nicht gefallen?«

»Warum ist es für dich so wichtig, wie und wann Lucifer gefallen ist?«

Colombe zuckte mit den Schultern und schüttelte den Kopf. »Keine Ahnung. Es interessiert mich halt eben.«

Verständnislos verdrehte Lusebian die Augen und schüttelte den

Kopf. Ohne auf die Frage einzugehen, erzählte er weiter.

»Wir wissen nicht, ob das Leben und die Kreuzigung Christi Einfluss darauf hatte. Aber dem Conigium Mactus war das Consortium Lucifer plötzlich ein Dorn im Auge. Sie zerstörten die Lucifer-Vereinigung und töteten alle, die sie mit dieser in Verbindung brachten. Diesmal missbrauchten sie dazu den Namen Animus. Was für die Templer der *Freitag der 13.* bedeutete, war für das Consortium der erste Tag der Mittsommertage: der 19. Juni. Dieses Ereignis, Colombe, findet man nirgends in den Geschichtsbüchern.«

»Dann gab es diesen Jesus wirklich?«, fragte Colombe.

»Kind!«, sagte Lusebian grimmig, »wir wollen nicht abschweifen bitte!«

»Nur eine kurze Geschichte über ihn, bitte.«

»Nein!«, ärgerte sich der Alte und wirkte aufgebracht. »Viel wichtiger ist, dass das Gefolge Lucifers keine menschlichen Vertreter mehr auf Erden hatte.«

»Also jetzt ... weil Jesus gekreuzigt wurde?«

»Nein, Colombe, bitte, bleib bei der Sache! Das Consortium Lucifer war nicht mehr vertreten!«

»Bitte«, flehte Colombe, »erzähl mir von Jesus, ich sag´s auch keinem weiter. Zudem find ich´s wichtig. Jesus soll doch Gottes Sohn gewesen sein. Und Animus ist doch Gott, oder nicht?«

Lusebian sah zu Tin. »Dieses Mädchen!«

Tin zuckte mit den Schultern. »Sie ist *nur* ein halber Engel. Gib ihrer menschlichen Seite die Kurzversion.«

Lusebian blieb lange still und beäugte das Amceps wie es gespannt an seinen Lippen hing. Er schniefte und eine Träne löste sich aus seinem Augenwinkel. »Gut, die Kurzversion: Ja, es gab ihn: Jesus. Und er ist heute sehr traurig darüber, dass die Menschen ihn immer noch an diesem elenden Kreuz hängen lassen. Das Symbol seiner Existenz ist sein qualvoller Tod. Verehrt wird sein beinahe nackter und geschundener Körper und nur am Rande das, was er gelebt hat. Ja, er war ein Heiler. Ja, er war verheiratet. Ja, er war sogar mehrmals verheiratet. Denn er liebte das Leben, die Menschen und den Spaß. Erst dadurch fand er heraus, wer er war, verstehst du? Darum wurden viele seiner Worte und Parabeln missverstanden und ihm beinahe noch zu Lebzeiten im Munde umgedreht. Nein, er hatte die Sünden der Menschen nicht auf sich genommen. Im Gegenteil: Er hat sie uns allen unter die Nase gerieben, um uns vom Schlaf der Vergesslichkeit wachzurütteln. In der Tat, ja, in der Tat, Jesus wusste, wer er war, als er ins Reich der Homullus zurückkehrte. Und wenn etwas auferstanden war, dann war es die Einsicht, dass das Leben nicht darin besteht, sich von Mensch zu Mensch zu verachten, sondern sich zu respektieren und zu lieben. In der Tat, die Ausschüttung des Heiligen Geistes bedeutete Einsicht, Rückbesinnung und Empathie. Das, meine Liebe, war die wahre Botschaft vom Homullus mit Menschennamen Jesus.«

Stille. Diesmal fühlte sie sich nicht laut an. Selbst das Zirpen der Grillen war verstummt.

»Das ist... wunderschön auf seine ganz eigene Art und Weise«, wisperte Colombe. »Und es entspricht dem, was ich schon mein Leben lang fühle.«

»In der Tat, ja, in der Tat: Ich hätte dir gerne die ganze Geschichte erzählt. Aber die Zeit drängt, mein Liebling.«

»Wir sind alles Homullus, nicht wahr? Wir sind alle Engel«, flüsterte Colombe. Warum soll ich ein halber Engel sein wenn die Menschen... bin ich weniger?«

Lusebian schmunzelte. Lass' mich nun bitte weitererzählen, ja?«

»Okay erzähl weiter«, forderte Colombe, »also... die Homullus-Geschichte meine ich.«

Lusebian atmete erleichtert aus. »Nun gut. Vor 440 Jahren wurde dem damaligen Amceps - Benedikt hieß er und wuchs im Süden der Mongolei auf - im Crepererum eine Schriftrolle überreicht. Also, wir vermuten, dass Benedikt den Rotulus im Raum der Bewusstseinswaage gefunden hatte. Darüber gibt es leider keine genauen Informationen mehr. Aber die damaligen Wächter des Amceps-Ordens waren überzeugt davon, dass es sich um die Tagebücher des Consortium Lucifer handelte. Dies, weil man auf dem Papyrus ein winzigkleines 666er-Spiralsiegel entdeckte. Die Rolle war mit Zeichen beschrieben, die niemand entziffern konnte. Bis sich eines Tages die Schrift zu verändern begann. Plötzlich gaben die Kritzeleien einen Sinn. Unter anderem wurden die folgenden Zeilen zum Hauptbestandteil unseres Schaffens:

›Machtvoll sei das Amceps geboren, zu prüfen des Engels Gunst. Der Kelch soll schwenken zur Wahl, im Fühlen des Lebens

Gang.‹«

»Hä?«, Colombe verzog ihr Gesicht. »Ich versteh' die Worte, aber nicht den Zusammenhang.«

»Es ist eine Prophezeiung. Sie kündigt ein machtvolles Amceps an und besagt, dass die Waage des anastuiiten Bewusstseins endlich schwingen wird. Die Menschen haben begonnen, Empathie zu fühlen. Sie scheinen langsam dem Strudel des Vergessens zu entfliehen. Aber die 28'000 Jahre, die dem Experiment zugeschrieben wurden, sind schon bald vorbei. Angesichts der positiven Veränderungen im Bewusstsein der Menschen wird das prophezeite Amceps die Macht haben, den Inhalt des Homullus-Kodex in die Schale des Lichts zu füllen und damit die Zerstörung der Erde zu verhindern. Das bedeutet: Der Komet, der die Erde nach Ablauf der 28'000 Jahren zerstören soll, wird umgeleitet werden. Das ist die Prophezeiung –.

Du musst wissen: Der Kodex der Homullus ist ein Konstrukt, das sich nicht einfach herumtragen lässt wie ein Stapel Papiere. Es ist reine Energie und nicht mal durch Gedanken zu erfassen. Doch schon allein durch die Anwesenheit dieses prophezeiten Amceps wird sich der Kodex materialisieren. Aus diesem Grund braucht es ein mächtiges Amceps ... dich.« Lusebian rutschte aufgeregt an den äußeren Rand seines Sessels und beugte sich zu Colombe vor. »Weißt du, was das bedeutet?«

Colombe schien konsterniert. Ihre Mundwinkel bewegten sich nach unten.

Lusebian war zu aufgeregt, um auf eine Antwort zu warten: »Es bedeutet, dass die Menschheit ihrem Ziel nahe ist, sehr nahe, verstehst du? Wir Menschen haben so viel Empathie für das Leben entwickelt, dass wir von den Homullus die Chance bekommen haben, auch nach Ablauf des 28'000-Jahre-Experiments weiterzumachen. Die Erde würde in diesem Fall nicht zerstört. Und wenn der Mensch sich immer und immer weiterentwickelt ... dann endlich werden sich die Tore des Animus öffnen!«

»28'000 Jahre. Das ist also die Vorgabe der Homullus den Menschen die Chance zur Bewusstseinserweiterung zu geben«, stellte Colombe nachdenklich fest.

»In der Tat, ja in der Tat. Gut aufgepasst.«

»Wann laufen diese 28'000 Jahre den genau ab?«

»Viele in unserem Orden dachten an den 21.12.2012. Aber da wir dieses Jahr bereits ohne merkliche Veränderung überstanden haben, nehmen wir an, dass es sich um das aktuelle Jahr handelt. Genauer: Die Vollendung wird an deinem Todestag zu exakt deinem Übergang ins Reich der Homullus passieren, Colombe.«

Colombe schloss ihren staunenden Mund. »Ihr seid euch nicht sicher was mich und die Prophezeiung betrifft, nicht wahr? Ihr habt keine Ahnung, wann diese 28'000 Jahre in Wirklichkeit vorbei sind!«

»In der Tat, ja in der Tat.« Lusebian nickte verlegen und strich sich durch seinen Schnurrbart, einmal links, einmal rechts. »Zu Beginn des Jahres 2013 ist ein Komet sehr nah an der Erde vorbeigesaust. Wir glauben nicht an Zufälle. Vermutlich hat das Homullus Fessuz – also das Wesen, das die Erde beschützt – deine Stärke erkannt und den Kometen umgeleitet. Nun, das sind alles nur Vermutungen.« Lusebian starrte lange auf den Boden und knabberte an seinen Lippen, bevor er seine Erzählung fortsetzte.

»Noch vor der Zerstörung von Atlantis war allen Mitgliedern der Vereinigungen Lucifers, Amceps und Mactus, ein Spiralsiegel überreicht worden«. Lusebian zeigte auf das Amulett auf dem Wohnzimmertisch. »Die Siegel dienten dem direkten Kontakt zu Lucifer und durften nur im Notfall verwendet werden. Man sagt, kein Mensch, der das Siegel mit bloßen Händen berühre, könne die daraus hervorgehende Informationsflut überleben, wenn er nicht dem Consortium Lucifer angehöre. Du hast das Amulett vorhin ohne Schaden in Händen gehalten, Colombe. Ich war vor 38 Jahren selbst dabei, als Klara, das damalige Amceps das Siegel nur kurz berührte. Es erlitt einen Schock.«

Tin atmete laut durch die Nase. »Wie kommt es, dass ein Mactus-Krieger ein solches Siegel besitzt und es anfassen kann?«

»Erstens, sie haben die Amulette gestohlen, damals, als sie die Mitglieder des Consortiums Lucifer ermordeten. Zweitens, glaube ich nicht, dass der Krieger es auf nackter Haut getragen hat. Die gefahrlose Verbindung war nur den Mitgliedern der Lucifer-Vereinigung vorenthalten. Zudem stand in den von Benedikt gefundenen Tagebüchern Lucifers auch, dass die Spiralsiegel nur zu einem bestimmten Zweck dienen: der Verbindung Lucifers mit dem Amceps der Prophezeiung. Es gibt Hinweise dafür, dass sich die Siegel kurz vor Erfüllung der Verbindung abschwächen, damit Lucifer genügend Leute für seine Zwecke rekrutieren kann. Das wäre ein Grund, warum die Mactus-Krieger in der Lage sind, damit herumlaufen zu können.«

Tin schürzte nachdenklich die Lippen, während Colombe die Arme hinter ihrem Kopf verschränkte und sich ins weiche Couchkissen fallen ließ. »Langsam wird es mir echt zu viel. Soll ich jetzt auch noch diesen Lucifer heiraten!«

»Keine Sorge wegen Lucifer«, versuchte Lusebian seinen Schützling zu beruhigen. »Die Verbindung Lucifers mit dir ist lediglich eine Metapher und ein Anzeichen dafür, dass der Kodex der Homullus tatsächlich genügend Empathie gesammelt hat und bereit dazu ist, sich auf die Waagschale des Lichts zu begeben. Sozusagen um Lucifers Fall rückgängig zu machen.«

Tin presste die Lippen aufeinander und drückte kurz die Augen zusammen. »Es gibt nur noch ein Problem«. Er stand auf, ging nervös im Zimmer auf und ab, kratzte sich am Hinterkopf und verzog seinen Mund. »Die Mactus-Krieger interpretieren die Prophezeiung anders als wir. Sie sind sicher, den Kodex auf die dunkle Seite der Waage legen zu können. Sie wollen damit der Finsternis zeigen, dass ihr Schutz nicht mehr notwendig ist, verstehst du?«

Colombe zuckte mit den Schultern. »Ich glaub schon, ja... ähm... nicht wirklich, nein.«

»Mactus' Gefolge ist überzeugt davon, dass sich die Tore des Animus unmittelbar danach öffnen werden. Wir im Amceps-Orden wissen, dass der Menschheit durch eine solch dumme Tat keine zusätzliche Zeit nach Ablauf der 28'000 Jahre mehr gegeben werden kann. Die Erde, und alles Leben auf ihr, werden zu Staub verfallen.«

»Ooookay«, raunte Colombe und schob ihr Kinn vor. Das wird kein Problem sein. Ich bin ja die Einzige, die ins Crepererum fällt. Ich verspreche euch, den Kodex NICHT auf die dunkle Seite zu legen. Punkt. Alle Aufregung umsonst.«

»Eben nicht«, insistierte Tin. Er wirkte erschöpft. »In der Prophezeiung steht: ›Der Kelch soll schwenken ZUR WAHL, im Fühlen des Lebens Gang.‹ ›ZUR WAHL‹, verstehst du?«

»Ja, ich verstehe schon. Aber meine Wahl ist das Licht. Ihr braucht euch deswegen also keine Sorgen zu machen. Ich werde den Kodex weder auf die dunkle noch die lichtvolle Seite werfen, sondern nur das

Anastuiit walten lassen.«

»Deswegen machen wir uns keine Sorgen, Colombe«, bemerkte Lusebian mit sanfter Stimme. »In den Tagebüchern Lucifers wandelte sich vor ein paar Wochen eine weitere Textpassage und wurde lesbar. Darin steht, dass das Amceps der Prophezeiung die Möglichkeit besitze, Menschen zu markieren und mit ins Crepererum zu nehmen. Deshalb, Colombe, fürchten wir die Mactus-Krieger. Vermutlich hast du beim Kampf bereits ein paar markiert. Vermutlich hast du auch bereits die Frau markiert, die dich vor ein paar Wochen in ein Auto zerren wollte. Und vermutlich hast du auch die beiden Busengrapscher markiert, von denen du mir erzählt hast.«

»Wie das?«

»Du hinterlegst durch dein drittes Auge eine Art Magnetpunkt an der Stelle, wo alle Menschen ihr drittes Auge haben. Einfach nur, indem du dort während vier Sekunden hinschaust und dir den Namen der Seele merkst.«

»Dann kann ich dich beruhigen. Ich schaue den Menschen nicht auf die Stirn und merke mir dabei ihre Seelennamen. Ich weiß gar nicht, was Seelennamen sind.«

»Der Markierungspunkt befindet sich nicht auf der Stirn. Wieso denken nur immer alle, ihr drittes Auge befände sich am Kopf?«

Colombe legte ihre Hand auf Herzhöhe und bedeckte ihr drittes Auge. »Okay, dann hier. Auch da kann ich dich beruhigen. Ich schaue den Menschen nicht auf die Brust u...«

»Nein, Colombe«, unterbrach Tin sie lächelnd. »Du als Amceps hast das dritte Auge dort. Wir alle anderen führen es etwa 60 Zentimeter über unserem Scheitel.« Mit kreisender Handbewegung zeigte er auf besagten Punkt über seinem Kopf. »Ich weiß aus eigener Erfahrung, dass du dir nicht nur den fleischlichen Körper eines Menschen betrachtest, sondern auch alles, was sich drumherum befindet. Bei mir war es zumindest so.«

Colombe atmete erleichtert auf. »Also, auch da kann ich dich beruhigen. Ich schau mir die Teile oberhalb des Scheitels nur an, wenn ich einen Menschen besonders mag. Wie dich ... ähm ... also ... wie Zlittle und Lusebian.« Colombe errötete und verdrehte die Augen.

»Gut, ich glaube dir«, schmunzelte Tin. »Trotzdem ist da noch etwas, da...«

»Wo ist das Problem?« Colombe hob die Schultern und drehte ihre Hände mit den Innenflächen nach oben. »Ich markiere einfach niemanden. Punkt.«

»Das Spiralsiegel ist ein Problem.« Tin rieb sich die Augen und konnte ein Gähnen nicht mehr unterdrücken. »Dein Fall ins Crepererum dauert für uns hier in der Linearität vier Sekunden. Du schließt während dieser Zeit automatisch die Augen. Während der ersten zwei Sekunden fällst du ins Crepererum, die anderen zwei kehrst du zurück. Soweit klar?«

»Klar.«

»In der Tat«, murmelte Lusebian, sichtlich froh, dass Tin Colombe den Vorgang schilderte.

»Man kann auch ohne Markierung, zusammen mit dir, ins Crepererum fallen. Dazu sind nur folgende Punkte nötig. Erstens, man muss einen Abstand von höchstens vier Metern zu dir einhalten. Zweitens, dabei muss man das Siegel in seinen Händen halten oder auf nackter Haut am Körper tragen. Drittens: Man muss die ersten beiden Punkte genau zwei Sekunden lang aushalten. Nämlich währenddessen du die Augen schließt und ins Crepererum fällst. Es ist eine bisher noch nie dagewesene Möglichkeit, mit dem Amceps ins Crepererum zu fallen. Derjenige braucht dann keine Markierung durch das Amceps mehr, wie es bisher der Fall war. Im Crepererum können sie sich dann genauso frei bewegen wie du. Allein deine Anwesenheit – und nur die – wird den Kodex materialisieren lassen. Der Eindringling hat dann die Möglichkeit, das Buch zu packen und auf die dunkle Seite der Waagschale zu werfen. Der Kodex wird die Wahl akzeptieren. Egal, wer ihn in Händen gehalten hat. Ein solcher Zeitpunkt kann den Bewusstseinsgrad der Menschen widerspiegeln, verstehst du? Dann wäre die Erde endgültig futsch.«

Colombe starrte Tin mit offenem Mund an. »Scheiße«, flüsterte sie.« Darum wollten mich die Mactus-Krieger also entführen, und darum waren sie trotz aller Gewalt dazu bemüht, mich nicht zu töten.«

»Sie wollen so viele Krieger wie möglich ins Crepererum schaffen. Es ist das Portal zu den Toren des Vaters, Animus. Sie glauben, dass nur die Seelen die wirklich durch die Tore schreiten Erlösung erlangen werden. Alle anderen Seelen werden der ewigen Verdammnis verfallen. Manchmal kommt mir das Conigium vor wie eine wahnsinnige

Sekte.«

Bedrückende Stille schwebte über den Dreien.

»Ich bin bereit mich meiner Aufgabe zu stellen«, flüsterte Colombe schließlich und sah Tin sehnsüchtig in die Augen. Als ob sie ihn eben aufgegeben hätte –.

Lusebian stand auf, ging zu Colombe hin und umarmte sie. Er drückte sie fest an sich, so lange, bis sie endlich weinen konnte. Es schüttelte sie regelrecht durch. Ihr Tränenstrom schien nicht versiegen zu wollen. Aber es war nicht der bevorstehende Tod, der sie zum Weinen brachte: Vielmehr war es die Erlösung vor der quälenden Ungewissheit darüber, weshalb sie anders war als alle Anderen. Sie war kein schüchterner Freak, der nahe am Verrücktsein lebte. Sie war so feinfühlig, weil sie ein halber Engel war und der Sprache nicht bedurfte. Sie fühlte die Menschen und war dadurch in der Lage, während der vier Monate vor ihrem Tod die Bewusstseinsmessung vorzunehmen. Darum fühlte sie sich so voll, so träge und schwer und trotzdem so leicht wie eine Feder, voller Licht, Glück und Spaß.

Lusebian sah zu Tin, der den beiden mitgenommen zusah. Er deutete ihm mit einem Kopfnicken an, ihn abzulösen. »Sie braucht jetzt jemanden, der ihr sehr nahe steht«, flüsterte er Tin zu.

Colombe hörte Lusebians Worte und fragte sich, was er damit meinte. Lusebian kannte sie schon ihr ganzes Leben lang, Tin erst seit ein paar Tagen. Aber als sie spürte, wie Tins Energiespirale näher auf sie zukam, war ihr, als ob ihr eine Last abgenommen wurde. Als er sie dann endlich in den Arm nahm, ganz zärtlich und vorsichtig, als ob er sie sonst zerdrücken würde und trotzdem so stark, dass sie sich behütet fühlte, fühlte sie sich frei, schwerelos und unsagbar glücklich. Es war so, wie Lusebian in der Geschichte erzählte und was sie unbewusst seit Jahren wusste: Nichts war stärker als eine gefühlvolle Umarmung. Keine verliebten Blicke, kein Kuss und kein Liebesakt. Sie spürte ein unsichtbares Band zwischen Tin und ihr. Uralt, voller Vertrauen, voller Respekt und voller anastuiiter Liebe.

Es gab für sie nichts Intimeres als diesen Moment.

***

Es war 04.44 Uhr, als sämtliche Amceps-Wächter aus ihrem Schlaf erweckt wurden. Wie in Trance kleideten sie sich an und begaben sich zum Treffpunkt.

14

Nach einer ausgiebigen Dusche weinte sich Colombe in den Schlaf. Als am Morgen der Wecker klingelte, dachte sie, erst eben eingeschlafen zu sein. Sie gönnte sich nochmals eine erfrischende Dusche mit ausschließlich kaltem Wasser. Sofort fühlte sie sich besser. Tin holte sie ab und brachte sie ins Berner Wylerquartier zur Zentrale des Amceps-Ordens. Dort wollte er sie mit der Priesterin des Ordens, Mara Niederer, bekannt machen. Zu Colombes Verblüffung fand dieses Treffen im Wohnzimmer von Maras Wohnung statt. Colombe verspürte einen Hauch Enttäuschung. Sie hatte ein Schloss erwartet oder eine freistehende Villa mit großzügigem Park und Swimming-Pool, eventuell sogar eine unterirdische Burg, die über Jahre hinweg im Verborgenen gehalten worden war. Aber nichts vom dem bot sich ihr dar. Stattdessen standen sie in Mara Niederers schmuddeliger Wohnung, die über ein Wohnraum, ein Schlafzimmer und ein mit Kartons überstelltes Büro verfügte, und atmeten stickige Luft ein. Luft, die wie Nebelschwaden im Raum hing. Man war versucht, sich mit den Händen einen Weg durch Staub und miefigen Gestank zu bahnen.

Das Antlitz der Priesterin war reizlos. Ihre hellblonden und schulterlangen Haare waren fettig und zu dicken Schnüren verklebt. Die Augen versteckte sie hinter einer stark getönten Brille, die seitlich mit Lederbändern abgedeckt war. Ihre Haut war pickelig und vom Alkohol gerötet. Mit dem vorgeschobenen Kinn und der geduckten Haltung sah sie aus wie ein unterwürfiger Hund. Es fehlte nur noch, dass sie sich auf den Rücken legte und alle viere von sich streckte, entweder um sich am Bauch kraulen zu lassen oder um ihre demütige Rolle zu verstärken. Ihre Mundwinkel hingen schlaff nach unten, als ob auf beiden Seiten tonnenschwere Gewichte angehängt wären und das Leben ihr verboten hätte, jemals zu lachen. Aber als sie die verwuschelten, rostroten Haare von Colombe hinter Tins Rücken ausmachen konnte, erfuhr ihr Gesicht eine unglaubliche Veränderung. Ihre Lippen formten ein Herz aus strahlendem Glück. Seitlich ihrer Brille bildeten sich kleine Lachfältchen und Colombe meinte, Maras Haut knacken zu hören – weil wahrscheinlich das erste Mal Freudenfalten entstanden waren.

»Hm, Colombe, hm!«, schrie die Priesterin, klatschte eine Hand auf ihren Mund und verlor das Bewusstsein.

Tin reagierte schnell und packte sie, bevor ihr Kopf am Türrahmen aufschlug. Mit besorgter Miene trug er sie auf das Sofa im Wohnzimmer.

»Ist nicht schlimm, Tin«, beruhigte ihn Colombe sofort, »sie erwacht gleich wieder, das kann ich in ihrer Spiralenergie erkennen.« Damit Tin die Frau ablegen konnte, rannte Colombe schnell zum Sofa, um dort Maras schlafenden Hund, ein imposantes Exemplar einer Deutschen Dogge, vom Sitz zu ziehen. Dem Hund schien das egal zu sein. Er reagierte nicht auf die fremden Besucher. Mit eingezogenem Schwanz ließ er sich von seinem Platz zerren.

»Ohnmächtige Frauen herumtragen ist wohl ein Hobby von dir?«, feixte Colombe. Sie hatte sich in der vergangenen Nacht vorgenommen, jede Sekunde mit Tin zu genießen und ihre letzten vier »Arbeitstage« als Amceps so locker wie möglich zu gestalten. Sie ärgerte sich sogar, weil sie in den letzten Monaten dem Tod entgegengeeifert hatte, statt das Leben zu leben, mit all seinen schönen Seiten. Vielleicht hätte sie dabei nicht so gelitten und – wer weiß – vielleicht hätte sie sich auch verlieben können. Obwohl – jetzt, da sie Tin kannte, konnte sie sich keinen anderen Mann als ihn an ihrer Seite vorstellen. Sie konnte seine Gefühle spüren. Das war natürlich ein Vorteil. Er mochte sie genauso wie sie ihn, und das nicht nur, weil sie das Amceps war. Alleine bei dieser Feststellung durchfuhr sie ein angenehmes Kribbeln. Die unmittelbare Nähe zu seiner inneren Energiespirale und seinem fleischlichen Körper verursachten ihr weiche Beine. Trotzdem war sie nicht nervös. Nein. Das Gefühl des uralten Vertrauens zwischen ihm und ihr beruhigte sie und ließ alle trüben Gedanken verblassen.

Mit einem befreienden Ächzer legte Tin Mara auf das Sofa und schmunzelte. »Das letzte Mal, als ich eine ohnmächtige Frau getragen habe, fühlte es sich besser an«. Er streckte einen Zeigefinger 'gen Himmel und neigte seinen Kopf, »es hat sich sehr viel besser angefühlt!«, betonte er kichernd.

Die Dogge wackelte zögerlich zu seinem Frauchen und begann sofort das Gesicht der Priesterin zu lecken. Mara erwachte hüstelnd. Sie räkelte sich auf und freute sich an der schleimigen Geste ihres Haustieres. »Ach, du mein, hm, lieber, süßer Herbertli, trällerte sie dem Hund zu, als ob sie mit einem Baby reden würde. Sie küsste ihn ab und kuschelte ihr Gesicht in sein Fell, ohne Rücksicht auf die Gefahr von Keimen, Zecken oder anderem Getier. »Du mein lieber, treuer Herbertli.«

Der Ausschlag in ihrem Gesicht war also nicht vom Alkohol, das hatte Colombe falsch interpretiert. Das war auch schwierig zu beurteilen, denn die meisten harmlosen Hautausschläge deuteten vorerst auf Alkohol hin. Maras Körper reagierte also allergisch auf das Tier. Trotzdem liebte sie Herbertli abgöttisch, das konnte Colombe deutlich erkennen. Der Hund war Maras Partner und füllte einen breiten Teil ihrer Einsamkeit aus.

Colombe empfand die Energiespirale der Priesterin als wunderschön, überraschenderweise aber auch sehr klein. Dass sie aber Herbertli dazu nutzte, sich ihrem Leben nicht stellen zu müssen, war weniger schön. Mit etwas Eigeninitiative hätte sie bestimmt einen Weg aus ihrem Einsamkeitsdilemma gefunden, aber das wollte Mara offensichtlich gar nicht. Die Priesterin war keine vierzig, doch die Erfahrung der Seele war groß und Millionen Jahre alt. Eben ein inkarniertes Homullus.

Colombe war in den letzten Stunden vermehrt von unbekannten Gedankenströmen erfasst worden. Vielleicht waren es die Homullus, die sich mit ihr unterhielten? Vielleicht war es aber auch darum, weil sie akzeptierte, wer und was sie war und daher dem Zugang zur Allwissenheit keine Grenzen mehr gesetzt waren?

Wie gesagt, Maras Energiespirale war eher klein. Das irritierte Colombe vor allem, weil sie die Chefin des Amceps-Ordens war. Es war jedoch auch deutlich zu fühlen, dass sie nicht alles in dieses Leben einfügte, was sie an Wissen aus früheren Leben in diese Inkarnation hätte mit einbringen können. Maras Energie musste ursprünglich viel größer gewesen sein. Es war, als ob sie sich entschieden hätte, die Hälfte ihres Körpers in den Dimensionen der Homullus zurückzulassen und sich in der Dichte des 3-D den Gefühlen und Erfahrungen der Einsamkeit hinzugeben. Colombe schaute in Maras drittes Auge über ihrem Kopf. Nochmals etwa zwölf Meter weiter oben, weit über den Dachziegeln des Hauses, erkannte Colombe eine purpurrote Schicht, die sie als eine Art Tür bezeichnet hätte. Sie sah die Farbe natürlich nicht wirklich, sie visualisierte sie nur. Die purpurrote Schicht war ein Wahl-Portal, das war Colombe sofort klar. Ein solches Portal reflektierte das, was die Quantenhaftigkeit immer predigte: *Es stellt ein Potenzial dar, das durch Wille und Entscheidung erscheint und sich durch Handlung öffnen lässt.*

Automatisch scannte Colombe Tins Energie. Auch er war weitaus größer als die neun Meter, von denen sie vor ein paar Tagen ausgegangen war. Jetzt spürte sie bereits über zwanzig Meter. Colombe war sich sogar sicher, dass da noch viel mehr war. Er hatte gleich mehrere purpurrote Türen um sich herum eingerichtet – Wahl-Portale. Alle waren sie erfüllt mit dem Willen Tins. Er musste nur noch handeln, um die Tür seiner Wahl zu öffnen und den Weg zu beschreiten, für den er sich entschieden hatte. Das war die freie Wahl, die Animus seinen Homullus geschenkt hatte.

»Bitte entschuldige mein Auftreten, hm, von vorhin, Amceps«, riss Mara Colombe aus ihren Gedanken. Sie redete, ohne den Blick von Herbertli zu nehmen. »Hm, ich kann einfach noch nicht glauben, dass wir alle bald sterben werden. Lusebian hat mich heute Vormittag angerufen und euren Besuch angekündigt. Hm, er hat mir auch definitiv bestätigt, dass du dich der Prophezeiung stellen willst.«

»Moment mal. Colombe wird die Zerstörung der Erde nicht zulassen«, herrschte Tin sie an. Ab seiner Ausgelassenheit selbst erschrocken, zuckte er zusammen. In ruhigerem Tonfall wiederholte er: »Sie wird es nicht zulassen.«

Endlich stand Mara auf und reichte Colombe die Hand zum Gruß. Als Colombe nicht sofort reagierte, zog Mara den Arm zurück. »Hm, natürlich, du fasst fremde Leute nicht so gerne an, entschuldige, das hätte ich wissen müssen.«

Colombe wollte es richtigstellen und Mara erklären, dass sie den energetischen Körperkontakt mit ihr längst vollzogen habe, doch sie bemerkte schnell, dass die Priesterin ihr gar nicht zugehört hätte. Mara verteilte lieber wieder Küsse auf Herbertlis braungrau gesprenkeltem Fell.

»Die Mactus-Krieger sind hinter ihr her«, füllte Tin die peinliche

Stille aus.

»Ja, ich weiß – hm – Lusebian hat mir alles berichtet. Er hat mir auch mitgeteilt, dass du den Mactus-Krieger David getötet hast.«

Colombe spürte sofort, wie ein brennender Schmerz Tins Spirale durchstach. Sein Körper versteifte sich. Sie stand näher an ihn heran, bis sich ihre Schultern berührten, nahm seine Hand und drückte sie. Dankbar sah er in ihre kraftspendenden Augen.

Mara löste sich von der Dogge und stellte sich vor Tin hin. Erst jetzt fiel Colombe auf, wie groß Mara war. Sie überragte Tin sogar noch um ein paar Zentimeter. »Ich habe keine Ahnung, was ein Homullus dazu sagen würde«, sagte sie mit finsterem Blick. »Es ist nicht richtig einen Menschen umzubringen – hm – egal, ob er ein Mactus-Krieger war oder nicht.«

»Ja, ehrwürdige Priesterin«, antwortete Tin beschämt, neigte den Kopf und drückte Colombes Hand noch fester, als ob er Schutz von ihr erhoffte.

Mara sprach weiter: »Das hier ist kein Actionfilm, bei dem es der Sache dient, die Gegner in Scharen umzubringen. Die Mactus-Krieger sind ein Teil von uns – hm –, sie sin...«

»Was reden sie da?«, schnitt Colombe der Priesterin mit ruhiger Stimme das Wort ab. Sie wollte Tin unbedingt verteidigen. Egal, ob sie dabei nur dummes Zeugs plapperte oder nicht. »Tin leidet schon genug. Zudem hat er den Krieger David töten *müssen*, um die Prophezeiung nicht zu gefährden. Sie verschlimmern sein Leiden mit ihrer unnützen Verurteilung nur noch mehr. Er hatte keine andere Wahl. Oder hätte er mich sterben lassen sollen?«

Jetzt neigte Mara beschämt den Kopf, genau wie Tin zuvor. »Selbstverständlich nicht, Amceps«, murmelte sie. Das war ein Knatsch, den die Priesterin von dem Amceps kaum erwartet hatte. Ihre Mundwinkel klappten nach unten und die kleinen Lachfältchen, die durch die Ledereinfassungen seitlich der Brille nicht verdeckt wurden, lösten sich wieder in Nichts auf. Colombe fragte sich, weshalb Mara ihr Sichtfeld so stark verdunkelte. Sie konnte keine Augenkrankheit riechen. Vermutlich bildete sich Mara ein, sich damit behüteter zu fühlen. *Vielleicht fühlt sie sich dabei von der schützenden Dunkelheit umgarnt?*

»Hm, wir sprechen später darüber«, murmelte die Priesterin Tin zu. Beleidigt ging sie an Colombe und Tin vorbei, als ob die beiden Luft gewesen wären, und holte aus einer Schublade die Leine für Herbertli hervor. Der Hund wich nicht von ihrer Seite und jaulte seine Vorfreude auf einen Spaziergang lustvoll heraus.

Wortlos öffnete Mara die Wohnungstür, trat in den Korridor und rief den beiden zu: »Kommt ihr? Und lasst bitte die Tür offen, damit Christ rein kann!«

»Christ?«, fragte Colombe überrascht.

»Die Katze«, antwortete Tin.

»Wo gehen wir hin?«, erkundigte sich Colombe.

»Gleich neben der Kirche gibt es eine Schule. Vermutlich gehen wir in die Sporthalle. Wir trainieren dort oft.«

Als Colombe die Halle betrat, prallten ihr tsunamiartige Flutwellen voller angsterfüllter Energiespiralen entgegen. Mindestens fünfzig Augenpaare starrten sie an, als ob sie eine Außerirdische gewesen wäre, mit grüner Hautfarbe und Ohren in Form von Schneckenhörnern. Die Angst der Menschen wirkte bedrohlich auf sie. Sofort zog sie den Kopf ein, fixierte den Boden und studierte das Muster des mintgefärbten Gummibodens.

Mara führte die beiden langsam durch eine Allee der Versammelten hindurch auf eine extra angefertigte Holzbühne. Mara trat ans Rednerpult und schaltete das Mikrofon ein. Ihr mürrisches Gesicht passte perfekt zu ihren Energiewellen, die sie ausstrahlte. Die Verstärkerboxen seitlich der Bühne verbreiteten knackendes Rauschen und nährten Colombes Anspannung nur noch mehr.

Tin, der Colombe die ganze Zeit festgehalten hatte, bemerkte am Druck ihrer Hand, wie eingeschüchtert sie war. »Keine Angst«, flüsterte er ihr zu, »das sind alles Wächter der Amceps. Sie alle haben heute erst von der Prophezeiung erfahren und haben noch einiges zu verdauen. Schau sie dir an. Viele wirst du kennen.«

Colombe wagte einen Blick. Tatsächlich. Da waren Philipp, Lars und Frieda, sie besuchten mit ihr die Schule. Der Pfarrer, bei dem sie am Konfirmationsunterricht teilgenommen hatte, schielte an ihr vorbei und lächelte. Colombe war nicht sicher, ob er wirklich sie anlächelte oder ob er eher ein Auge auf Mara hielt.

Sie erkannte viele Gesichter aus der Nachbarschaft von damals, als sie noch bei ihren Eltern gelebt hatte. Die lispelnde Frau vom Kiosk, die schöne Nachbarin mit ihrem schüchternen Mann, der freundliche Buschauffeur der immer auf sie wartete, wenn sie morgens spät dran war und rennen musste, um den Kurs noch zu erwischen. Da stand der Riese, wie sie den großgewachsenen Mann mit dem schreiendgelben Béret stets nannte. Er saß jeden Tag an der Ecke beim Schulhaus. Mit seinem Cello spielte er jeweils melancholische Melodien, die Colombe manchmal sogar zum Weinen brachten. Ihre ehemalige Geschichtslehrerin zwinkerte ihr aufmunternd zu, wie immer, wenn sie vor der Klasse einen Vortrag halten musste.

Moment mal. Warum zwinkert sie mir zu! Muss ich etwas sagen? Vor all diesen Leuten hier?

Wieder drückte Tin ihre Hand. »Vergiss nicht, du hast sämtliche Homullus an deiner Seite.«

»Alle?«, grummelte Colombe zurück. »Hoffentlich nicht. Auf Lucifer kann ich getrost verzichten.«

Tin wollte ihr antworten, doch Mara prüfte das Mikrofon, indem sie draufklopfte. Das Grollen aus den Lautsprechern schien sich in Colombes Magen festzusetzen. Es war ihr, als ob die Schallwellen sich darin verfangen hätten und voller Panik einen Weg nach draußen suchten. Dann begann Mara, zu den versammelten Leuten zu sprechen.

»Liebe Wächter der Amceps. Ihr alle kennt - hm - unsere Colombe hier.« Sie berührte Colombe kurz am Oberarm und zog ihre Hand sofort wieder zurück, als ob Colombes Arm glühend heiß gewesen wäre. »Ihr habt sie in den letzten zwanzig Jahren begleitet, sie beschützt und geholfen, sie auf ihre Aufgabe vorzubereiten.«

Ein lautes Gemurmel durchbrach Maras Worte. Die versammelten Menschen schauten sich fragend um. Viele zuckten mit den Schultern.

Mara hob eine Hand. »Bitte, liebe Wächter, seid euch gewiss, dass ihr Colombe unbewusst beschützt habt. Hm - ihr habt alle intuitiv richtig gehandelt und ihr habt Colombe alle automatisch in eure Herzen geschlossen, ohne zu wissen, wer sie in Wirklichkeit ist.«

Wieder durchbrach das Geschwätz der Anwesenden Maras Rede. Colombe erkannte ihren Deutschlehrer, Herr Matthys, aus der siebten Klasse. Elefäntchen nannten ihn ihre Mitschüler, weil er so große Ohren hatte. Das Unterrichten musste für den jungen Lehrer eine Qual gewesen sein. Alle störten die Schulstunde, lachten, spielten und ignorierten ihn. Nur sie saß jeweils ruhig an ihrem Platz und wartete auf ein energisches Eingreifen des Lehrers, das aber nie kam. Heute wusste sie, dass sie damals ein Machtwort hätte sprechen sollen, und nicht einfach nur zusehen, wie ihre Kameraden den Mann verspotteten. Als sie in die Augen von Herrn Matthys blickte, sah sie Zorn. *Sicher denkt er, warum ausgerechnet ein feiges Mädchen wie ich als Amceps geboren werden konnte. Das denken doch alle hier.* Wo sie auch hinsah, erntete sie düstere Blicke.

Die Priesterin winkte Colombe ans Rednerpult. Colombe schüttelte abwehrend den Kopf und verschränkte die Arme auf ihrer Brust. »Ich? Sicher nicht! Was soll ich den sagen?«

»Ich mach' das für dich«, flüsterte Tin ihr ins Ohr, schob sie auf die Seite und trat ans Mikrofon.

Er referierte nicht lange über die Aufgaben eines Amceps. Die Wächter waren bereits während des ganzen Vormittags über die Gefahren informiert worden, die die Prophezeiung mit sich brachte. Er trat aus einem anderen Grund vor die Menge. Verzweifelt bat er seine Kollegen, sich der quantenhaften Meditation hinzugeben: »Wir müssen Colombes Leben retten! Helft uns! Sucht nach einer Lösung!«

Die meisten schüttelten ratlos den Kopf. Sie waren der Meditation längst nicht so mächtig, wie Tin es war. Für sie war der Zustand der Quantenhaftigkeit ein Schimmer von Glückseligkeit, der zwar tief in ihrem Innern funkelte, aber doch niemals zur Gänze gefunden wurde. Ihre Verbindung zu den Homullus geschah durch die Informationen, die ihnen von der Priesterin der Amceps und Lusebian übermittelt wurden. Wie sollte es also auf einmal für sie möglich sein, die Allwissenheit anzuzapfen? Ihre Aufgabe war es, das Amceps bis zu ihrem Tod zu beschützen. Was nach den vier Mitsommertagen geschehen sollte, interessierte sie nicht. Hauptsache, die Erde würde von der Zerstörung verschont. Nur dafür wollten sie kämpfen. Aber selbst dazu standen die Aussichten auf Erfolg mehr als schlecht. Nicht mit der zerbrechlichen Colombe als Amceps. Niemand schenkte Tin einen hoffnungsvollen Blick. Den Tod eines Amceps konnte noch nie jemand verhindern.

Colombe spürte, wie sich in Tin das lodernde Feuer der Zuversicht zu einer kleinen Flamme zurückbildete. Enttäuscht ließ er die Schultern fallen und blickte zu Colombe. Seine Augen waren noch trauriger als zuvor. Sein Schmerz noch intensiver.

Mara sprach ein paar Befehle ins Mikrofon. Die Menge begann langsam den Saal zu verlassen. Die Halle füllte sich mit Hoffnungslosigkeit. Colombe glaubte sogar, die Gedanken der Wächter zu hören. ›Warum ausgerechnet Colombe?‹ Niemand glaubte an ihre Macht. Colombe spürte die Verzweiflung in ihren Herzen. Also überlegte sie nicht lange, eilte zum Mikrofon und versuchte die Menge zurückzuhalten. Niemand reagierte. Das Mikrofon war ausgeschaltet und die Amceps-Mitglieder zu sehr damit beschäftigt, sich auf die letzten Tage ihres Lebens vorzubereiten. Das Ende der Erde stand bevor. Niemand versprühte auch nur einen Funken Zuversicht, der Bedrohung entkommen zu können. Niemand dachte daran, wenigstens zu versuchen, Colombe den Rücken zu stärken.

Mara reagierte sofort, drückte einen Knopf am Verstärker und nickte Colombe zu.

Colombe gab alles. Sie schrie ins Mikrofon. Die Lautstärke der Anlage überschlug sich. Als ob Animus höchstpersönlich mit der Faust auf das Rednerpult eingeschlagen hätte, grollte, polterte, knallte und pfiff es aus den Lautsprechern. Einige der Anwesenden hielten sich die Ohren zu, blieben aber stehen und schauten zurück. Colombe zitterte vor Aufregung. Dann begann sie zu sprechen: »Ich beherrsche perfekt ImPerDi und bin der quantenhaften Mediation fähig!« Erneut überschlugen sich ihre Worte und hallten an den Wänden wider. Die Wächter horchten auf und wendeten sich endlich dem Amceps zu. Colombe sah sich ängstlich um. Ihr war erst jetzt gewahr, dass sie sich in der Sporthalle des Schulhauses befanden, in dem sie die erste Klasse besucht hatte. Sie sah die farbigen Spielfeldmarkierungen auf dem mintgrünen punktelastischen Boden und die lackierten und glänzenden Sprossenwände gleich neben dem Haupteingang. Der Geruch von Schweiß stieg ihr in die Nase. Herr Matthys, das Elefäntchen, stand direkt vor zwei Turnerringe, die von der Decke herunterhingen. Colombe musste unweigerlich lächeln. Es wirkte wie eine überdimensionale Vergrößerung seiner Ohren. Dumbo, der fliegende Elefant!

Herr Matthys lächelte zurück. Er hatte ja keine Ahnung! Aber sein Lachen war echt, der Zorn war verschwunden. Vielleicht war es das, was er damals im Schulzimmer von ihr gebraucht hätte, um die johlende Klasse in Griff zu bekommen. Ein Lächeln, versteckt mit dem

Hinweis, dass er nicht alleine war und sie ihm hätte zu Hilfe eilen können, wenn es den hätte sein müssen.

Colombe nahm einen tiefen Atemzug, bevor sie mit gemäßigter Stimme weitersprach. »Ich weiß, ich entspreche nicht euren Erwartungen ... ähm ... und ... die Mactus-Krieger mögen mich mit ein paar Mann vielleicht überwältigen können. Aber wenn ihr alle an meiner Seite kämpft, haben die Krieger keine Chance, mich in ihre Gewalt zu bringen. Kein Krieger wird das Crepererum betreten und kein Krieger wird den Kodex auf die dunkle Seite der Waagschale werfen können. Der Angriff gestern Abend ist der klare Beweis dafür, dass ich euch alle brauche. Nur dank der Hilfe von Tin bin ich den Kriegern entkommen. Stellt euch vor, wie stark mein Schutz sein wird, wenn ihr alle an meiner Seite seid!

Die Wächter tauschten Blicke aus und nickten sich gegenseitig zu.

»Ich werde in viereinhalb Tagen sterben. Ja, das ist eine Tatsache.«

Ein Raunen ging durch die Halle. Colombe versuchte den Schmerz aus Tins Energiespirale zu ignorieren, nun ja, so gut sie solche Gefühle eben ausklammern konnte. Eine Träne löste sich aus ihren Augenwinkeln. »Aber ihr, liebe Wächter, liebe Menschen«, würgte sie mit all ihrer Kraft aus ihrer piepsenden Kehle hervor, »ihr werdet leben. Das verspreche ich euch!«

Beinahe hätte sie den Alle-für-einen-und-einer-für-alle-Spruch der drei Musketiere losgelassen, ließ es aber bleiben. Es war auch nicht notwendig. Die Wächter jubelten ihr bereits zu. Colombe schloss die Augen und dankte den Homullus für ihre Hilfe. Dass sie die Amceps-Versammlung so schnell auf ihre Seite ziehen konnte, war eindeutig deren Verdienst.

Die Priesterin führte Colombe, Tin und einen weiteren Amceps-Vertreter zurück in die stickige Wohnung. »Wir müssen, hm, reden«, murrte sie Tin zu und wies ihn an, im Korridor stehen zu bleiben, während sie Colombe ins Wohnzimmer begleitete. »Setz' dich aufs Sofa und warte kurz! Hm, ich bin gleich wieder da. Dann besprechen wir das weitere Vorgehen, ja? Mara streichelte Colombe mitleidvoll über die Wange und versuchte zu lächeln. »Hm«, schnaubte sie und verließ das Zimmer.

Das Sofa war voller Tierhaare. Colombe setzte sich an den äußeren

Rand, um möglichst wenig davon abzubekommen. Irgendwie war sie froh, ein paar Minuten allein zu sein. Die Energien der Menschen aus der Sporthalle lasteten schwer auf ihr. Entspannen konnte sie sich dann aber doch nicht. Seit sie Tin an diesem Morgen getroffen hatte, war er nicht mehr von ihrer Seite gewichen, und jetzt, da er sich nicht mehr im gleichen Zimmer aufhielt, kamen ihr die paar Meter Abstand vor, wie ein tiefer, dunkler Abgrund. Sie hätte niemals gedacht, dass die Anwesenheit eines anderen Menschen sie dermaßen beruhigen konnte.

Jetzt saß sie kerzengerade da und streichelte Herbertli, der sich mit wedelndem Schwanz an sie schmiegte. Seinen Kopf legte er auf ihrem Oberschenkel ab. Treuherzig blickte er zu ihr auf. Auf dem anderen Bein kuschelte sich Maras Katze, *Christ,* ein, die eine Miniausgabe der Dogge hätte sein können. Sie schnurrte wie ein alter Traktor vor sich hin.

Mara, Tin und ein unbekannter Mann standen im Flur und diskutierten angeregt miteinander. Colombe beobachtete das hässige Gespräch. Sie kam sich vor wie ein vernachlässigtes Kind, das seine unaufmerksamen Eltern beim Streiten zusah. Tins Energie spie Wut, Frustration, Unverständnis und Verbitterung aus. Trotzdem, irgendwo da drin glühte immer noch eine kleine Flamme der Hoffnung. Hoffnung nach einer Möglichkeit, ihr Leben zu retten. Colombe spielte mit dem Gedanken, zusammen mit Tin aus dieser verdreckten Wohnung zu fliehen, sich irgendwo zu verstecken und den Rest ihrer kurzen Lebzeit mit ihm zu verbringen. Dazu fehlte ihr aber einerseits der Mut, andererseits hatte ihr Mara klar gemacht, dass die Mactus-Krieger über Leichen gehen würden, um sie zu finden. Das konnte sie nicht riskieren. Zudem überwogen die Gedanken an das Crepererum und ihre Arbeit darin. Sie durfte die Wächter jetzt nicht davon ausschließen. Nicht, nachdem sie flehend um ihre Hilfe gebeten hatte.

Plötzlich wurde es still im Flur. Mara streckte eine Hand Richtung Tin aus, als ob sie Geld von ihm erwartete. Tin griff in die Gesäßtasche seiner Jeans und holte eine Art Amulett hervor.

Colombe glaubte ein 666-Spiralsiegel zu erkennen, verwarf jedoch den Gedanken wieder. Mara hätte es nicht anfassen können. Nicht mit bloßen Händen. Es war also nur ein gewöhnliches Amulett. Kein Siegel des Lucifer. Wie auch, es war immerhin Tin, der das Amulett bei sich trug. Und Tin hatte bestimmt nichts mit Satan zu tun. Warum aber forderte es Mara ein? Hatte der Amceps-Orden eigene Siegel?

Demoralisiert legte Tin den Gegenstand in Maras Hände, schüttelte den Kopf und ging auf Colombe zu.

Bevor er jedoch etwas zu ihr sagen konnte, rannte Mara bereits hinter ihm her. »Kein Kontakt mehr zu Colombe!«, befahl sie ihm in herrischem Ton.

»Wenigstens verabschieden darf ich mich doch wohl noch von ihr!«, fauchte Tin zurück. Ratlos blieb er stehen.

»Verabschieden?«, murmelte Colombe fragend. Ein unheimliches Gefühl von aufkommendem Schmerz durchfuhr sie. Es lief ihr eiskalt den Rücken runter. »Verabschieden?«, echote sie entgeistert.

Maras Brille war verrutscht. Blutunterlaufene Augen fixierten Tin. »Du bist der Wächterehre - hm - enthoben. Otto wird ab sofort zum unmittelbaren Schutz Colombes bereitstehen.« Mara zeigte kurz auf den fremden Mann im Flur, bevor sie wieder Tin angaffte. »Du wirst den Orden per sofort verlassen und dich nicht mehr in Colombes Nähe blicken lassen, verstanden!«

Stille. Nur Tins knirschende Zähne waren zu hören.

»Was ist denn ... warum?«, stotterte Colombe. Sie schüttelte Herbertli und Christ ab, stand auf und hielt sich an Tins Arm fest.

Tin streichelte zuerst ihre Hand, dann zärtlich ihre Wange. »Ich habe einen Menschen getötet, Colombe. Ich habe die Wächter-Ehre nicht verdient.«

»Sagt wer?«, piepste Colombe.

»Hm - es ist eine Weisung des Ordens«, klärte Mara sie auf. Seit dem Gemetzel am Lucifer-Orden darf kein Mensch das Amceps beschützen, der die Last eines gestohlenen Lebens in sich trägt.«

Colombes Kopf schnellte zu Mara. »Sagt wer?«, wiederholte sie ihre Frage.

Die Priesterin wirkte verunsichert und platzierte ihre verrutschte Brille wieder auf der Nase. »Es steht seit Jahrhunderten in den Weisungen ... steht es.« Mara besann sich ihrer Position, drückte ihre Schultern durch und wurde sofort wieder die befehlende Priesterin. »Auch du, Amceps, hast dich daran zu halten - hm. Ab sofort wird Otto für deinen Nahschutz besorgt sein. »Otto, kommst du bitte!«, rief sie in den Flur.

Der fremde Mann gesellte sich dazu. Er war breitschultrig, wie Tin, hatte einen treuen Blick und graublaue Augen, die perfekt zu seinen haselnussbraunen und kurzen Haaren passten. Sein Lächeln erwärmte Colombes Herz und seine Energiespirale sprühte mindestens sieben Meter weit. Seine Spirale war, wie fast bei allen Menschen, wunderschön. Doch eine schwere Last machte seine Energie träge. Colombe folgerte sofort, dass er erst kürzlich einen geliebten Menschen verloren haben musste.

Er begrüßte sie mit einem zurückhaltend sanften Händedruck. »Es freut mich, dich kennenzulernen«, sagte er und setzte ein mitfühlendes Lächeln auf. Ihr bevorstehender Tod war so präsent wie Herbertlis schleimiges Mundsekret.

Otto blinzelte immer wieder zu Tin, so, als erhoffte er sich von ihm Verständnis. Es schien, als ob er sich bewusst war, wie sehr Tin unter dem Entzug seiner Wächter-Ehre litt.

Colombe war irritiert. Ottos Gefühle für Tin überstrahlten die einer gewöhnlichen Freundschaft um ein Vielfaches. War er heimlich in Tin verliebt? Natürlich war er das. Wenn sie sich auf den ersten Blick in ihn verguckt hatte, dann konnte das auch einem anderen passieren. Ob Mann oder Frau, das war doch egal.

Colombe blieb Tins gehässiger Blick Richtung Otto nicht verborgen. Vielleicht fühlte er sich bedrängt, weil Otto ihm seine Gefühle bereits gestanden hatte und Tin sich zu dieser Reaktion veranlasst fühlte? So richtig auszumachen war es für Colombe nicht, in welcher Beziehung die beiden zueinander standen. Sicher waren sie einmal die besten Freunde und sicher war Tin enttäuscht darüber, dass ausgerechnet Otto Colombes Schutz übernehmen sollte. Einen kurzen Augenblick überlegte sie, ob Otto eine Bedrohung für die Freundschaft zwischen Tin und ihr werden könnte. Sie verwarf den Gedanken schnell wieder. Selbst wenn – *in einer Woche liege ich bereits in einem Sarg!* Am liebsten hätte sie losgeheult. Aber etwas hinderte sie daran, ihr bevorstehendes Schicksal zu beweinen. Vielleicht waren es die Homullus, die heimlich Trost spendeten.

»Otto hat bereits das letzte Amceps erfolgreich bewacht«, informierte Mara voller stolz. Zu Tin gewandt sagte sie lasch: »Und du entfernst dich, bitte, hm.«

Tin drückte ein letztes Mal Colombes Hand, drehte sich um und verließ die Wohnung.

»Tin! Tin!«, schrie Colombe und wollte ihm nachrennen. Doch Otto packte sie von hinten und hob sie hoch.

»Was soll das!« wehrte sich Colombe und zappelte in Ottos Armen. Sie wagte nicht, einen *ImPerDi*-Schlag anzusetzen, sie hätte Otto damit schwer verletzen können. Also strampelte sie weiter wie ein quengelndes Kind, bis ihre Kräfte sie verließen und sie nur noch schlapp in Ottos Armen hing. Sie fühlte sich leer und verlassen. Ihr Selbstvertrauen war auf null gesunken, als ob ein Staubsauger all ihre Willenskraft und Liebe aus ihr herausgesaugt hätte.

»Lass sie runter!«, hörte sie plötzlich die vertraute Stimme Tins.

Er ist zurück! Er lässt mich nicht im Stich. Nicht Tin!

Otto löste den Griff und stellte Colombe auf den Boden zurück. Sie rannte sofort in Tins Arme.

»Verschwinde!«, befahl Mara und zeigte zur Tür. »Du bist kein Wächter mehr – hm!«

»Genau, ich bin kein Wächter mehr!«, konterte Tin. »Ich bin ein Freund, einfach nur ein guter Freund, der sich mit Colombe treffen wird, wann immer es ihm passt.«

»Das funktioniert so nicht Quentin«, schritt Otto ein. Du gefährdest die Prophezeiung.«

»Das tut er nicht!«, fauchte Colombe gehässig. »Und jetzt möchte ich mit meinem guten Freund hier ein paar Worte wechseln. Allein! Wenn ich also bitten darf?« Colombe, überrascht ab ihrer Standfestigkeit, wies die beiden aus dem Zimmer.

Maras Kopf wurde tomatenrot. Sie setzte gerade zu einer neuen Befehlswelle an, als Otto sie nuschelnd zu beruhigen versuchte und sie mit sich hinaus in den Flur zog. »Sie sollen sich in aller Ruhe verabschieden können, geben wir ihnen die Zeit.« Er beförderte Mara schupsend aus dem Raum und drehte sich nochmals um. »Verabschiede dich, Tin, dann bleibst du fern von ihr, klar?«

Tin beachtete ihn nicht. Er umschlang Colombes Hände und sah ihr atemlos in die Augen. »Ich lass dich nicht im Stich, Colombe. Ich verspreche dir, eine Lösung zu finden. Du MUSST leben, hörst du?«

Colombe nickte. »Ich bin froh, bist du bei mir«, wisperte sie, im elend der Gedanken. Sie wusste nicht, ob sie das Richtige tat, wenn sie Tin, entgegen der Ordensregel, an ihrer Seite haben wollte. Aber sie war nicht freiwillig ein Amceps. Regeln konnten gut und nützlich sein. Aber Tin von ihr zu trennen ... diese Regel war sowas von bescheuerte. Sie war genau so manipulierend, wie viele Regeln anderer Religionen auch.

»Ich bleibe in deiner Nähe«, flüsterte er.

»Was kann ich tun, damit du wieder mein Wächter wirst?«

Tin schüttelte den Kopf. »Nichts.«

»Aber ...«

»Schsch...«, machte Tin und hielt Colombe einen Finger auf den Mund.

»Aber es muss doch eine Möglichkeit geben, dich wieder zu meiner persönlichen Leibwache zu machen?«

Er grinste sie an und setzte sein süßes Breitmaulnashorn-Lächeln auf. »Ja, diese Möglichkeit gibt es tatsächlich.«

»Und die wäre? Ich tue alles!«

»Geh' mit mir aus.«

Colombes Augenbrauen hoben sich und ihr Gesicht begann zu strahlen. Sie hätte niemals gedacht, dass ihr Herz vor Freude hüpfen könnte. Aber das tat es gerade. Sie bemerkte nicht, wie Mara, wie vom Teufel getrieben, ins Zimmer stürzte. Otto packte aber ihren Arm und riss sie zurück.

»Was soll das!«, heischte sie ihn an. »Ich kann das nicht zulass...«

»Doch, das kannst du«, schnitt ihr Otto das Wort ab.

Die beiden begannen lautstark zu diskutieren, während Tin und Colombe nur noch Augen für sich hatten und sich verliebte Blicke schenkten.

»Du willst mit mir ausgehen?«, flüsterte Colombe. »Trotz allem? Ich meine ... die Wächter werden ... ich sterbe ... ich ...«

Tin streichelte Colombes Hände, worauf sie sich umgehend beruhigte. »Geh' mit mir aus«, wiederholte er seine Bitte und entblößte seinen schiefen Zahn. »Solange die Prophezeiung nicht gefährdet ist, wird kein Wächter es versuchen, die letzten viereinhalb Tage deines Lebens zu bestimmen. Du bist diejenige, die das Bewusstsein misst. Sie wollen dir keinen Grund geben, dich anders zu entscheiden oder womöglich noch das Lager zu wechseln. Sie wollen dich beschützen. Genau wie ich. Und jetzt, da ich kein Wächter mehr bin, kann ich das tun, was mir sonst verboten wäre. Also geh' mit mir aus ... ähm ... quasi als dein persönlicher Leibwächter.«

Colombe tapste aufgeregt von einem Fuß auf den anderen. »Okay.« »Okay?«

»Ich meine, sehr gerne.«

Tin strahlte. »Okay, dann bring ich dich jetzt zurück ins Internat.«

15

Jefferson kamen die Sekunden vor wie Stunden. Seine Augen waren zugeschwollen, die Nase mehrfach gebrochen, ebenso seine Rippen Hände und Beine. Bei jedem Atemzug dachte er, seine Lunge explodiere jeden Augenblick.

Ja, er hatte lange ausgehalten – viel zu lange. Er hätte den Namen des Internats schon in der Friedhofsgärtnerei verraten sollen. Bevor sie ihm die Augen verbanden, ihn fesselten, knebelten und in einem engen Kofferraum eines neongrellen Mini Coopers (den konnte er trotz Augenbinde erkennen) an diesen finstern Ort schafften, wo sie ihn ungestört und bestialisch quälten.

Niemand hörte seine Schreie. Niemand eilte ihm zu Hilfe. Niemand hörte sein Flehen und Wimmern, endlich mit der Folter aufzuhören. Laurenz blieb gnadenlos und schlug immer wieder zu, ebenso wie Gerd, Noah und all die anderen, die sich noch in dem feuchten Loch befanden. In diesem eiskalten und nach Scheiße stinkenden Drecksloch. Jefferson hing schlaff in Handschellen, die mitten im Raum mit einer eisernen Kette an der Decke befestigt worden waren. Seine Beine trugen sein Gewicht längst nicht mehr. Die Schultern waren beide ausgerenkt. Die Haut seiner Arme drohte zu zerreißen. Sein Körper war zerschunden, verbeult und voller Blut. Fünf Männer droschen unaufhörlich auf ihn ein, als ob er ein Boxsack gewesen wäre, in den sie ihre lebenslang aufgestaute Wut hineinschlagen konnten. Wenn die Männer zwischendurch müde wurden und eine Pause einlegten, hörte Jefferson die Wände weinen. Sachte tröpfelte Wasser über die steinernen Mauern und versickerte im vermoosten Kiesboden.

Trotz seiner ausweglosen Situation versuchte er sich Merkmale der Örtlichkeit einzuprägen, die er vielleicht später gegen seine Peiniger hätte verwenden können. Aber da war nicht mehr als ein graues

Bistrotischchen, das er in sein Gedächtnis aufzunehmen vermochte. Auf dem Tischchen stand eine rosarote Kerze, dessen Flamme bei jedem Faustschlag zu flackern begann, als ob sie nicht einverstanden wäre, mit dem, was da eben geschah.

Colombe.

Alle Fragen drehten sich nur um sie. Es ging nicht um ihn, seine Familie oder deren Geld, so viel hatte er verstanden. Colombe war auch nicht in Gefahr, weil sie mit ihm befreundet war. Was hatte sie bloß angestellt, dass diese kaltblütigen Scheißkerle hinter ihr her waren?

Colombe, seine süße, zarte, kleine Colombe. Diese abscheulichen Mistkerle durften sie keinesfalls kriegen. Nicht auszudenken, was sie mit ihr anstellen würden.

Jefferson nannte den Namen des Internats und die Misshandlungen wurden unmittelbar beendet. Laurenz und Gerd stützten ihn, als sie ihn aus der Folterkammer brachten. Sie schleiften ihn durch schmale und grottenähnliche Steintunnel, die nur spärlich mit vereinzelten Fackeln beleuchtet waren. Es stank nach Ruß. Jeffersons Nase war zugeschwollen, aber er roch es durch den offenen Mund. Es erschwerte ihm das Atmen noch zusätzlich. Seine Peiniger hievten ihn mehrere Treppenstufen hoch in einen mittelalterlich aussehenden Saal. Überall standen Rüstungen, antike Möbel oder es hingen Beile, Lanzen, Schutzschilder, Morgensterne, Pfeile und Bogen an den Wänden.

»Verschmutzt mir nicht die Teppiche mit seinem Blut«, hörte er Noah, den kleinen Transvestiten, näselnd reklamieren, bevor er durch ein nach Rosen duftendes Zimmer mit goldfarbenen, weichen Langhaarteppichen weitergeschleift wurde. Durch eine mächtige Holzpforte, die beim Öffnen kläglich quietschte, gelangte die Gruppe nach draußen. Jefferson hatte kein Zeitgefühl mehr. Ihm schien es, als ob er seit Wochen in dem Verlies gehalten worden wäre. Dem Sonnenstand nach musste es kurz nach Mittag gewesen sein. Die Helligkeit der wärmenden Strahlen schmerzte in seinen Augen. Doch dieser Schmerz war bei weitem nicht so schlimm, wie die klaffenden Verletzungen an seinem Körper. Geschweige den die Wunden, die seiner Seele zugeführt worden waren. Vielleicht war es sein starker Überlebenswille, der ihn nicht in Ohnmacht fallen lies.

Jefferson wurde wieder in den kleinen Kofferraum des Mini Coopers gepfercht. Nach einer ewig dauernden Autofahrt zerrte man ihn aus dem Auto und anschließend durch lange Korridore eines Gebäudes. Er war nicht sicher, wo genau sie ihn hinbrachten, konnte es sich aber denken. Schließlich hatte er den Folterknechten den Namen des Internats verraten. Laurenz warf ihn auf einen Tisch, als ob er ein toter Hirsch gewesen wäre, bereit für den Fleischer. Im Raum wummerten die Schritte der Männer, als ob sie durch eine leere Halle stapfen würden. Es roch nach allerlei Essen. Vermutlich befand er sich in der Kantine des Internats. Das Klirren von Besteck und Tellern einer eifrig arbeitenden Küchenmannschaft war ganz nah zu hören.

Dann war er plötzlich allein. Nirgends mehr ein Laurenz oder ein Gerd. Die sprichwörtliche Ruhe vor dem Sturm kehrte ein. Jefferson hielt den Atem an. Dann erklang eine Melodie, zumindest war es ein Akkord. Des-Dur. Das war die Tonfolge, die durch die Korridore des Internats hallte und den Schülern und Lehrern die große Nachmittagspause anzeigte. Die Türen der Schulzimmer öffneten sich. Schüler strömten in die Gänge.

»Hei, was ist den mit dir los, bist zu verprügelt worden?«, hörte Jefferson eine spottende Stimme, die einem Schüler des Internats gehören musste.

Seine Entführer hatten ihn auf einen Tisch in der Mitte der Kantine gelegt, wo er jetzt von allen begafft werden konnte wie ein uraltes Museumsstück. Jefferson versuchte seine Augen zu öffnen und erkannte verschwommene Silhouetten von mehreren Kindern im Teenager-Alter. Ein Junge schien in Ohnmacht zu fallen, weil er kein Blut sehen konnte. Ein Mädchen hielt sich geschockt die Hand vor den Mund, beugte sich vor und kotzte sich die Seele aus dem Leib. Ihr Mageninhalt brannte wie Feuer auf Jeffersons offenem Handgelenkbruch.

»Igitt«, hörte er immer wieder flüstern.

»Jemand muss einen Krankenwagen rufen«, kreischte endlich ein Mädchen.

Die Anwesenheit der Kinder beruhigte Jefferson. *Ich muss furchtbar aussehen,* dachte er. Beinahe vergaß er die Schmerzen, die wie tausend Messerstiche seinen Körper peinigten. Er war frei, gerettet, nirgends war mehr ein Schläger auszumachen. Kein fauliger Gestank aus der Schnauze von Ekelpaket Laurenz war mehr zu riechen. Seine Entführer hatten von ihm bekommen was sie wollten: den Namen des Internats.

Plötzlich hörte Jefferson Schreie. Sie waren zu weit weg, um von einem der Kinder zu sein, die um ihn herum versammelt waren. Die Rufe stammten eindeutig von Erwachsenen. Aus dem Lehrerzimmer vielleicht oder den Büros des Direktors.

»HILFE«, kreischte jemand panisch.

»FLIEHT!«, brüllte ein anderer. Er schrie so laut, dass seine Stimme brach.

Den Kindern, und auch Jefferson, stockte der Atem. Angst breitete sich aus, während sie starr den Schreien horchten.

»FLIEHT!«, schrie der Mann in der Ferne wieder.

»Das ist der Direktor«, sagte der Junge, der dachte, Jefferson sei verprügelt worden.

»Meint ihr es brennt?«, fragte eine wispernde Stimme, »Ich rieche keinen Rauch.«

Keiner antwortete. Niemand wagte zu atmen. Alle horchten den Schreien.

Dann knallte es mehrmals. Wie aus einer Maschinenpistole.

»Da dreht einer durch!«, hechelte ein Mädchen und wurde von einer Sekunde auf die andere kreideweiß, genau wie alle anderen, die panisch zusammenzuckten.

Donnernd hallten die Schüsse durch die Flure des Internats.

Panik. Durcheinander. Angst. Chaos. Verwirrung. Schreie.

Der Tisch, auf dem Jefferson lag, wurde durchgeschüttelt, sein geschundener Körper von keinem mehr beachtet. Ein paar Sekunden später war die Kantine leergefegt. Zurück blieb ein Nebel voller Fragen. Zurück blieb das Warum.

Jefferson versuchte aufzustehen und hob den Kopf an. Aber seine ausgerenkten Schultern gehorchten ihm nicht. Jede kleinste Bewegung erzeugte starke Schmerzen. Er war nicht einmal mehr in der Lage, seine Qual herauszuschreien. Röchelnd sank sein Kopf auf die Tischplatte zurück. *Ob der Amokschütze auch hier in die Kantine eindringt?* Jefferson war sich natürlich bewusst, dass die Schüsse nicht von einem durchgedrehten Amokläufer stammen konnten. Er wusste, dass Laurenz und Gerd Waffen trugen. Laurenz hatten ihm ein paar Zehen damit weggeschossen und ihm einen nach Öl riechenden Lauf eines Gewehrs in den Mund geschoben. Das alles nur, um endlich Colombes Aufenthaltsort aus ihm herauszupressen. Trotzdem verlor sich Jefferson in dem Gedanken, es könnte sich um einen Amokschützen handeln. Solch ein Zufall konnte doch sicher mal vorkommen.

Vielleicht hätte der ausgetickte Täter sogar erbarmen mit ihm? Wer weiß, beim Anblick seines geschundenen Körpers würde er ihn sogar als Mitstreiter ansehen? *Ich: mit meinen äußeren Verletzungen. Der Amoktäter: mit seinen inneren, schmerzlichen Wunden. Aber fühlen würden wir uns beide gleich.* Verlassen, angerempelt, verspottet, angewidert, angekotzt, vom Gram zerfressen, und von nirgends Hilfe zu erwarten.

Bei Jefferson hätte vielleicht ein Anruf gereicht, um einen Krankenwagen zu rufen, schon wäre ihm geholfen gewesen. Beim Amokschützen wäre es vielleicht ein Lächeln gewesen, ein bisschen Aufwendung von Zeit einer vertrauten Person. Eine Person, die einfach nur zugehört und Verständnis gezeigt hätte. Eine Person, die keine Vorwürfe gemacht hätte und die sich empathievoll für einen Augenblick in seine Lage versetzt hätte.

Vielleicht. Vielleicht. Vielleicht.

Vielleicht hätte auch einfach nur ein mitfühlendes Schulterklopfen gereicht, oder wie Colombe immer sagte: »Eine ehrliche Umarmung und du bist gestärkt, um die Handlung zu vollbringen, die deinem Leben Glück verschafft.«

Colombe, meine geliebte Colombe! Wo bist du? Hast du mich verlassen?

Dann musste er in Ohnmacht gefallen sein, denn als er aufwachte, befand er sich wieder im Folterverlies, hörte das Tropfen der weinenden Wände, spürte jedes Korn des vermoosten und kalten Kiesbodens auf seinem Gesicht und roch den faulen Gestank aus Laurenz' Mund.

16

Tin hatte in Bern noch etwas zu erledigen, bevor er Colombe am Abend zum Rendezvous abholen wollte, also brachte Otto sie an seiner Stelle ins Internat zurück. Colombe hatte nichts dagegen. Otto schien ein ehrlicher und gutmütiger Mann zu sein. Auf energetischer Basis hielt Tin den neuen Wächter auf Distanz und war aus irgendeinem Grund sogar wütend auf ihn. Tin schien aber vollstes Vertrauen in Otto zu haben, wenn es um ihren Schutz ging.

»Ich hol' dich um sieben ab«, haucht Tin Colombe ins Ohr und reichte ihr die Hand zum Abschied.

Ich will, er will, warum küssen wir uns nicht einfach? Colombe viel es schwer, sich von seiner Berührung zu lösen. Sie konnte es selbst fast nicht glauben. Die Vorfreude auf den Abend ließ für einen Augenblick sämtliche Sorgen um das Ende der Erde verblassen. So verabschiedete sie sich von ihm, mit dem Blick der unausgesprochenen Liebe, mit dem Atem der quälenden Sehnsucht und dem Gefühl, ohne Tin der einsamste Mensch auf Erden zu sein.

Colombe konnte nicht anders. Sie musste Zlittle die ganze Geschichte der Amceps brühheiß weitererzählen. Sie hatte keine Lust, ihre beste Freundin noch länger anzulügen und beichtete auch alles über *ImPerDi* und das nie absolvierte Synchronschwimm-Training. Sie hätte sowieso keine plausible Ausrede für die Anwesenheit Ottos gefunden, der ihr auf Schritt und Tritt folgte und sich wie eine undurchdringbare Bleimauer vor ihrer Wohnungstüre postiert hatte. Auch Zlittle wollte er zuerst den Zugang zu Colombes Wohnung verweigern. »Sie ist ganz bestimmt keine Gefahr«, beharrte Colombe vehement aber freundlich auf dem Besuch ihrer Freundin. Otto konnte ihr diesen Wunsch nicht abschlagen und ließ Zlittle vor.

Also knieten die beiden Frauen auf weichen purpurroten Kissen auf dem Wohnzimmerboden und plauderten. Ausnahmsweise redete Colombe, nicht Zlittle. Sie ließ kein Detail aus, kam sogar etwas ins Schwärmen. Nur die Aussicht auf den sicheren Tod, den verschwieg sie.

Zlittle zweifelte keine Sekunde am Wahrheitsgehalt der Geschichte. »Ich glaube dir jedes Wort«, versicherte sie ihr mit staunendem Gesichtsausdruck. »Irgendwie ist das alles sogar logisch. Habe ich dir nicht schon immer gesagt, du seist für etwas ganz Bestimmtes geboren?« Sie zuckte mit den Schultern. »Wala«, sagte sie mit breitem Berner Dialekt, was sie vom französischen *Voilà* ableitete und eine ihrer Redefloskeln war. »Und wann schwappst du jetzt das erste Mal in besagtes Crepererum?«, fragte Zlittle aufgeregt. »Da will ich unbedingt dabei sein.«

»Heute Nacht, zur Zeit meiner Geburtsstunde um 23.22 Uhr. Und nein, Zlittle, du wirst nicht dabei sein. Es ist zu gefährlich... die Mactus Krieger.« Sie sah ihre Freundin an, als ob sie über eine Brille äugen würde, »schon vergessen?«

»Ach«, Zlittle winkte ab, »die haben doch keine Ahnung, wo du wohnst. Die Amceps-Leute haben dich gut versteckt. Denkst du nicht, die Krieger hätten dich schon längst geholt?«

Colombe nickte. Mit nachdenklicher Stimme antwortete sie: »Ich habe keine Ahnung, warum, aber ich vertraue meinen Wächtern. Trotzdem ist es zu gefährlich für dich. Du beherrschst kein *ImPerDi* und eigentlich...«, sie knetete ein Kissen, als ob sie ihre Finger trainieren müsste, »ähm, eigentlich wollte Tin dabei sein und mir helfen.«

»Tin? Ist nicht wahr!«, grinste Zlittle mit gespieltem Entsetzen. Ihre Zähne blitzten am Strahl des durchs Fenster einfallenden Sonnenscheins. »Aber du hast doch gerade eben erzählt, er dürfe nicht mehr dein Wächter sein? Dafür ist doch der flotte Otto vor der Tür jetzt zuständig, oder nicht?«

Colombe biss sich vor Aufregung auf die Lippen. »Du weißt noch nicht alles. Das Beste hab ich mir zum Schluss aufgehoben.«

Zlittle hielt den Atem an. »Du und Tin... ist da was passiert?«

Colombe nickte. Sie konnte nicht mehr aufhören zu lächeln.

Mit offenem Mund starrte Zlittle ihre Freundin an. »Wala, dass ich das noch erleben darf«, flüsterte sie und schüttelte im Zeitlupentempo den Kopf. Beinahe hätte sie vor Freude geweint. Aufgeregt verschränkte sie ihre Beine zum Schneidersitz, packte Colombes Hände und beugte sich zu ihr vor. Sie strahlte, als ob sie gerade vor dem Altar stehen würde, um ihrem Liebsten das Ja-Wort zu geben. »Wann, wo und wie war der erste Kuss? Was hat er gesagt? Erzähl mir alles! Alles, hörst du! Und bitte, bitte mit ALLEN Details, ja?«

Colombe löste Zlittles Händedruck und kratzte sich verlegen am Hinterkopf. »Nun ja, geküsst haben wir uns nicht.«

»Nicht!«, blökte Zlittle. Diesmal war ihr Entsetzen echt. »Dann ist also nichts passiert zwischen euch? Warum sagst du dann ...?« Sie schaute in die unschuldigen Augen Colombes. Sie schien hilflos wie ein Neugeborenes. »Das kann ja noch heiter werden, wenn ihr beide so schüchtern seid, aber das kommt schon noch«, winkte Zlittle ab, »erzähl' weiter.«

»Es gibt kein weiter. Noch nicht. Aber wir sind heute Abend verabredet, gehen in Bern etwas Essen. Er wird mir alles beibringen, was ich über das Crepererum wissen muss. Dann bringt er mich wieder hierher. Bis zu den vier Sekunden, die ich ins Crepererum flutsche, wird er bei mir bleiben.

»Vier Sekunden? Ich dachte, du wirst vier Stunden weg sein?«

»Ja ... ich meine ... nein. Für Tin werde ich meine Augen vier Sekunden lang geschlossen haben. Aber in Wirklichkeit werde ich vier Stunden lang ins Crepererum amceptieren. Das ist ähnlich wie bei der quantenhaften Meditation. Bei der Meditation reisen aber nur die Gedanken. Beim Flutschen wird jedoch auch mein fleischlicher Körper ins Crepererum mitgetragen werden.«

Zlittle hob die Augenbrauen und starrte Colombe, einmal mehr, mit offenem Mund an. »Muss ich das verstehen?«

Colombe verdrehte die Augen. »Nein. In vier Tagen ist sowieso alles vorbei«. Nachdenklich kratzte Colombe sich an der Nase, senkte den Kopf und formte ihre Lippen zu einem schmalen Strich. »In vier Tagen ist alles vorbei«, wiederholte sie flüsternd.

Jetzt war es definitiv geschehen. Tins sehnsüchtiger Wunsch, sie am Leben zu erhalten, war auf sie übergeschwappt. Genauso, wie sie es bei Tin während des ganzen Vormittages beobachten konnte, verfiel sie immer wieder in die Meditation und suchte nach einer Lösung, ihr Leben retten zu können. Das Gefühl, schon bald sterben zu müssen, tat weh. Aber seit Lusebian ihr die Geschichte der Homullus erzählt hatte, schien es ihr, als ob die engelhaften Wesen die Last dieses Gefühls mittragen halfen. So konnte sie immer noch klar denken. Sie war dadurch nicht abgelenkt, jede Sekunde daran zu denken, was sie in ihrem Leben alles verpasst hatte. Natürlich war es nicht normal, wie sie mit dieser Nachricht umging. Dieser Umstand machte es ihr deutlich, wie wichtig ihre Mission als prophezeites Amceps war. Bereits seit ein paar Stunden fühlte sie, dass die Herrlichkeit der quantenhaften Mediation sich verändert hatte. Sie spürte die Macht der Homullus in ihrem Rücken. Zu jeder Frage auf Erden erhielt sie die Antwort ... auf alles. Den wahren Grund der Erderwärmung zum Beispiel oder die Wahrheit über das Attentat auf Präsident John F. Kennedy, die Geheimnisse der Pyramiden, der Kornkreise und nicht zuletzt die Erklärung über die Mysterien von Area 51. Der Ursprung aller Religionen wurde ihr bewusst - bei dieser Erfahrung musste sie unweiglich weinen. Zlittle reichte ihr wortlos ein Taschentuch. Für Colombe lief diese nette Geste in Zeitlupe ab.

Colombes menschliches Gehirn war nicht fähig, die Datenflut der Homullus im Wachzustand zu bewältigen. Es wäre vermutlich zerplatzt. Darum war ihr der Zugang zu diesen Informationen nur während wenigen Sekunden und auch nur in den Meditationen gewährt. Vielleicht war das der Grund, weshalb sie den Ernst der Lage nicht mit der erwarteten Panik anging. Sie war sich bewusst, dass die Existenz der Erde und die der Menschheit bedroht waren. Flora und Fauna, alles würde zu Staub verfallen – als hätte niemals etwas dergleichen existiert. Trotzdem fand sie es nicht schlimm. Nur, wenn sie jetzt ehrlich zu sich selbst war, hätte sie schon gerne mit Tin noch ein paar ungezwungene Jahre erlebt. Das heißt, wenn er den auch wollte.

Colombe nutzte die Gelegenheit und befragte die Quantenhaftigkeit nach einer Lösung, um ihr Überleben zu sichern. Doch ausgerechnet bei dieser Frage blieb die Herrlichkeit stur.

Es gibt für alles eine Lösung. Das war die Antwort, die sie erhielt. Es war eine Antwort, die sie schon selbst tausendmal verwendet hatte, wenn jemand sie um Rat ersuchte. Auch Tin erzählte ihr, er höre immer nur die Worte *Wille, Akzeptanz, Handlung, Vertrauen,* wenn er in der Meditation verweilte. Tin war wütend, weil es die Grundregeln der quantenhaften Meditation waren. Und diese glaubte er eigentlich zu beherrschen. Colombe wusste, dass beide Antworten, die aus der Meditation Tins und der ihrigen, das Gleiche zu bedeuten hatten.

Plötzlich wurde ihr warm ums Herz. Wie aus heiterem Himmel leuchtete in ihrem Kopf die Glühbirne der Erkenntnis auf, wie ein Blitz in dunkler Nacht. Es war die simpelste und klarste Antwort, die das Crepererum geben konnte, ohne Animus' Gesetz des freien Willens zu brechen, das da hieß: *keine Einmischung.* Die Erkenntnis war ein schlicht und einfaches Ja. Ja, es gibt eine Möglichkeit zu überleben!

Es war ein Ja, das einzig und allein dem Willen folgte und dem man vertrauen schenken musste. Colombes Herz hüpfte und die Schmetterlinge im Bauch vollbrachten himmelhochjauchzende Tänze. *Ich muss nur weiter auf mein Bauchgefühl hören. Und wenn die Gelegenheit kommt, werde ich sie packen. Ohne zu zögern, ohne Hemmungen und ohne die Tür des Potenzials ungeöffnet zu lassen. Ich werde dieses Portal regelrecht einrennen! Es ist in mir. Nur in mir! Tin kann mir zwar helfen, aber er kann nicht für mich entscheiden!*

Colombe erwachte aus der Meditation und nahm das Taschentuch, das Zlittle ihr entgegenstreckte, dankbar entgegen. Sie fühlte sich wieder fröhlich, entspannt und voller Vorfreude auf die Begegnung mit Tin. Sie konnte es kaum erwarten, ihr eben erlebtes Aha-Erlebnis mit ihm zu teilen.

Zlittle bemerkte wie gewöhnlich nichts von Colombes geistiger Abwesenheit. Für sie waren gerademal fünf Sekunden vergangen. Dass Colombe weinte, war für sie schon fast normal. Zlittle plapperte ohne Unterbruch. Colombe hörte irgendetwas von Hochzeitskleid und Tischkärtchen, als ihr plötzlich ein kalter Schauer über den Rücken lief.

»Jefferson!«, gurgelte sie, hüpfte unvermittelt auf und jagte zum Telefon.

»Ja, der Junge tut mir allerdings leid«, schwätzte Zlittle weiter, »ich würde ihn trotzdem zur Hochzeit einladen. Das könnte für ihn, rein psychisch, das definitive Zeichen sein, dass er dich vergessen muss. Er sieht dich glücklich und wird Tin hinter deinem Rücken die Hölle heißmachen, falls er dir jemals wehtut und...«

»Scheiße, hab' vergessen den Akku aufzuladen«, fluchte Colombe. Konsequent ignorierte sie Zlittles Hochzeitspläne. Unter dem fragenden Blick ihrer Freundin suchte sie nach dem Ladekabel, steckte es in die Stromdose und schaltete das Telefon ein. »Mach' schon«, raunte sie ungeduldig, während sie auf ein Lebenszeichen des Handys wartete.

»Was ist den mit Jefferson?«, fragte Zlittle, »Hat er was angestellt? Oder hast du etwas mit ihm angestellt, was du jetzt bereust, weil Tin in dein Leben getreten ist?«

»Nein«, antwortet Colombe, als sie den Anrufbeantworter abhörte. »Ich will nur nicht, dass er denkt, ich würde ihn versetzen. Er ist gestern nicht zu unserer Verabredung erschienen. Oh Gott, zum Glück ist er nicht erschienen!« Sie machte eine dankende Geste Richtung Himmel. »Ich bin mir nicht sicher, aber ich glaube, ich hab mich im Tag geirrt. Er wollte bestimmt heute mit mir ins Kino, nicht schon gestern. Und heute kann ich ja nicht.«

Zlittle schob ihre Unterlippe vor und schaute auf die Uhr. »Also, wenn man es ganz genau nimmt, wirst du ihn heute Abend tatsächlich versetzen. Was willst du ihm den sagen? Sorry, Jefferson, aber ich gehe lieber mit Tin aus als mit dir? Zudem ist es noch nicht mal halb vier. Ich glaube nicht, dass Jefferson schon vor dem Kino wartet. Sicher wird er zu früh sein, aber nicht gleich vier Stunden. Apropos halb vier. Warum bist du nicht im Büro? Du arbeitest doch sonst bis fünf Uhr?«

Colombe streckte ihren Zeigefinger und bat Zlittle still zu sein, während sie ihre Nachrichten abhörte. Erleichtert ließ sie die Schultern fallen. »Er hat nicht draufgesprochen. Also hab ich mich wirklich im Tag geirrt, sonst wär da bestimmt eine Predigt drauf über Integrität, Enttäuschung und die Versicherung, dass er mir noch ein letztes Mal verzeihen werde. Und nein, ich muss nicht arbeiten. Lusebian hat dafür gesorgt, dass ich diese Woche Urlaub kriege.«

Zlittle runzelte die Stirn und kaute auf ihren Lippen herum. »Wenn du mich fragst, stimmt hier 'was nicht. Die Mactus-Krieger haben dich doch gestern angegriffen. Warum waren sie dort? Woher wussten sie, dass du eine Verabredung beim Schwellenkino hattest? GESTERN! Dann wiederum sollen sie keine Ahnung haben, dass du hier im Treieins wohnst? Nein Süße. Du hast dich nicht im Tag geirrt. Ich glaube, dein hartnäckiger Jefferson ist ein Mactus-Krieger. Er hat dich dorthin gelockt! Aber sie haben nicht bedacht, dass Tin dich so gut beschützt. Wala.«

Colombe verneinte sofort. »Dann wär' ich hier schon längst nicht mehr sicher. Die Mactus-Krieger hätten mich schon vor Jahren entführt.« Bei dem Gedanken schauderte es Colombe.

Zlittle schürzte die Lippen und schaute an Colombe hoch, die immer noch mit dem Telefon in der Hand dastand. »Mhm, das stimmt allerdings.«

Colombe sprach Jefferson eine Absage auf seine Sprachbox, legte das Handy beiseite, stemmte die Hände in die Hüften und ging in der Wohnung auf und ab. »Glaubst du, es ist ihm etwas passiert?«

»Jefferson?«, fragte Zlittle, als ob sie nicht genau wüsste, wovon Colombe sprach.

»Ja, Jefferson.«

Zlittle schüttelte den Kopf. »Kann ich mir nicht vorstellen. Jefferson ist ein viel zu drolliger Kerl. Dem tut niemand etwas.«

Colombe rieb sich mit Daumen und Zeigefinger in den Augen. »Die Mactus-Krieger gehen über Leichen, Zlittle. Ihre Sehnsucht nach Animus hat ihre Seelen geblendet. Sie haben vergessen, wie man Anastuiit wirklich erlangt und glauben, es könne nur Hoffnung durch Manipulation, Gewalt und Krieg geben. Aber das funktioniert so nicht. Animus erbarmt sich nicht an den Taten seiner Kinder, die aus freiem Willen vollbracht wurden. Das klingt hart, ist aber so.« Colombe verwarf aufgewühlt die Hände, schluckte und starrte ihre Freundin an. »Jefferson arbeitet auf dem Friedhof, auf dem meine Familie begraben liegt. Ich kam in Kontakt mit ihm, weil er mir am Tag der Beerdigung positiv aufgefallen war. Ich habe ihn seinerzeit gebeten, das Grab für mich zu pflegen, weil ich damals schon wusste, dass ich den Ort niemals wieder besuchen würde, verstehst du? Ich dachte, es wäre zu schmerzhaft für mich und gab mich zufrieden, mit dem täglichen Andenken an meine Familie. Beim Duschen, auf der Toilette, im Bus, vor dem Einschlafen, beim Kochen, beim Musik hören. Aber jetzt weiß ich, dass es ein Instinkt war. Ein Schutz. Bestimmt haben die Mactus-Krieger das Grab überwacht. Bestimmt haben sie bemerkt, dass Jefferson es pflegt, als ob es seiner eigenen Familie gehöre. Was, wenn sie ihn abgefangen haben, bevor er mich gestern treffen konnte?«

Zlittle massierte sich den Nacken. »Möglich ist es, das kann ich nicht bestreiten«. Sie stand auf und legte Colombe eine Hand auf die Schultern. »Aber es ist trotz aller Logik unwahrscheinlich«. Colombe spürte, wie Zlittle versuchte, so beruhigend wie möglich zu wirken. Aber auch ihre Sorge um Jefferson war so stark wie ein doppelter Espresso mit Zitronensaft.

»Die Mactus-Krieger hätten Jefferson schon vor Jahren folgen können«, überlegte Zlittle weiter. »Sie hätten sein Handy anzapfen können. Oder ihn auf dem Friedhof besuchen und deinen Aufenthaltsort von ihm erzwingen... äh, allein bei dem Gedanken daran wird mir schon schlecht. Ich glaube nicht, dass sie so blöd sind und dich all die Jahre nicht ausfindig machen konnten. Erst recht nicht, wenn sie über Leichen gehen. Zum Teufel! Warum haben sie dich dann nicht schon längst geschnappt?«

Colombe begann nervös an den Fingernägeln zu kauen. »Tatsache ist, dass selbst der Amceps-Orden bis vor wenigen Stunden keine Ahnung hatte, dass ich das prophezeite Amceps bin. Was, wenn die Mactus-Krieger auch erst vor ein paar Stunden das Interesse an mir gewonnen haben?«

Zlittle erstarrte. Mit zitternden Fingern fuhr sie sich durch ihre pechschwarze Mähne. Ihre vollen Lippen bebten. »Mein Gott«, flüsterte sie. »Glaubst du ... glaubst du, sie haben ihm etwas angetan?«

Mit einem lauten Seufzer ließ sich Colombe wieder auf die Kissen fallen. »Ich hoffe nicht. Aber es könnte sein.« Sie schüttelte energisch den Kopf. »Nein, es ist, wie du sagst: Er ist zu drollig.« Colombe spürte tief in ihrem Herzen, dass sie sich selbst überlisten wollte.

»Kannst du ihn den nicht spüren?«, fragte Zlittle, »mit deiner Spiralenergie? Ich meine, du kannst doch die Menschen fühlen, oder nicht?«

»Nur, wenn sie in meiner Nähe sind.«

»Aber du bist doch ein halber Engel, Süße! Engel können sowas!«

Colombe schaute an sich runter und breitete die Arme aus. »Sieht so ein Engel aus? Zudem hilft mir die Meditation auch nicht weiter. Die Allwissenheit wird durch den Schutz des freien Willens geblockt. Wahrscheinlich ein Schutzmechanismus, damit ich nicht wahnsinnig werde.«

»Tin würde ›ja‹ sagen.« mischte sich plötzlich eine tiefe Stimme ein. Die beiden Frauen schreckten auf.

Otto stand in der Tür. »Entschuldigt, dass ich einfach so herein-platze. Ich hörte nur, wie Colombe den Namen Jefferson herausschrie, da musste ich nachsehen. Aber Tin würde ›ja‹ sagen, Colombe. Du siehst wie ein Engel aus.«

Colombe musste unweigerlich lächeln. Schnell besann sie sich wie-der. »Entschuldige Otto, ich hätte dich nicht einfach draußen stehen lassen sollen ... komm herein und setz dich. Möchtest du etwas trin-ken?«

»Nein, danke. Ich verzieh' mich gleich wieder. Und macht euch keine Sorgen wegen Jefferson. Der Junge ist wirklich zu drollig, als dass ihm etwas zustoßen könnte.«

Leise schloss Otto die Tür hinter sich zu.

»Wala. Weise Worte vom flotten Otto«, stimmte ihm Zlittle zu, »Wenn das schon ein Wächter sagt, wird es wohl stimmen, meinst du nicht?«

»Es bleibt uns nichts anderes übrig. Sorgen mach' ich mir trotz-dem.«

»Du solltest dir vielmehr Sorgen darüber machen, was du heute Abend anziehen willst«, flötete Zlittle übertrieben fröhlich und über-spielte ihre Unruhe mit dem Gang zu Colombes Kleiderschrank. »Um

Himmelswillen, Süße, ich muss dir was von mir leihen!«

Colombe hatte gute Lust, in den gespielt fröhlichen Enthusiasmus ihrer Freundin einzuhaken, als Zlittle plötzlich wieder nachdenklich wurde. »Was, wenn die Erde in vier Tagen tatsächlich zerstört wird?« Sie drehte sich zu Colombe um und hob beschwichtigend die Hände. »Denk jetzt bitte nicht, dass ich dir die Aufgabe nicht zutraue ... aber ... hm«, sie tigerte fingernagelkauend vor Colombe auf und ab. »Steht nicht irgendwo geschrieben, es gebe Zeichen?«

»Zeichen?«, fragte Colombe und zog die Nase kraus.

»Endzeitzeichen meine ich. Du sagtest, Lusebian hätte davon berichtet. Von den sieben Plagen der Endzeit!«

»Ja, das soll so 'ne Verheißung sein, die quasi die echte Prophezeiung ankündigt. Aber damit kenn' ich mich nicht aus. Scheint auch nicht wichtig zu sein. Niemand hat mehr davon gesprochen. Auch Tin nicht.«

Zlittle hastete zu Colombes Computer, löste den Bildschirmschoner und tippte in der Internet-Suchmaschine ein paar Schlüsselworte ein. Schnell erschienen auf dem Bildschirm viele Links zum gesuchten Begriff. Sie winkte Colombe zu sich. Ihr Zeigefinger wanderte über den Bildschirm und hinterließ einen dünnen Fettfilm.

»Sieh' hier, Süße. Die Sieben Plagen der Endzeit werden auch oft als *die Schalen des Zorns* bezeichnet. Wala, das passt doch zu den Waagschalen des Lichts und der Dunkelheit im Crepererum, oder nicht?«

Colombe las konzentriert, was das Internet preisgab. »Und wer soll dann die Wiederkunft Christi darstellen und was soll das mit dem Endzeitkampf im Harmagedon?«

»Das Harmagedon ist das Crepererum, logisch, oder nicht?«

»Und wer ist die Wiederkunft Christi? Ich glaube kaum, dass in den nächsten vier Tagen noch jemand weltweit als Gottes Sohn verschrien werden kann. Dazu ist die Zeit zu knapp. Zudem war Jesus nicht weniger Mensch als alle anderen. Er hat sich nur seiner selbst erinnert. Das war alles.«

»Du!« Zlittle schaute sie stoisch an.

»Was, du?«

»Du wirst die Wiederkunft Christi sein.«

»Ich?« Colombe zeigte auf sich und schnaubte einen Lachversuch hervor. »Ich bin nur ein halber Engel, mit der Betonung auf HALB, verstehst du? Zudem werde ich es nicht zulassen, dass im Crepererum ein Kampf stattfindet. Ich werde immer brav alleine dorthin schwuppsen und in aller Ruhe meine Arbeit erledigen. Was immer das auch sein wird. Ich werde niemanden markieren und mich in großem Abstand zu Typen mit Spiralsiegeln halten«

Zlittle zuckte die Schultern. »Es ist wie mit der Drolligkeit von Jefferson. Die Möglichkeit, dass die Erde in vier Tagen untergeht, ist doch auch unglaublich. Trotzdem steht unser aller Leben auf der Kippe«. Sie runzelte die Stirn, tippte dem Computer einen Befehl zum Ruhezustand ein und schlenderte nachdenklich zurück zum Kleiderschrank. Grüblerisch begutachtete sie jedes Kleidungsstück aufs Genauste. »Hast du nicht gesagt, dass auch Tin ein Spiralsiegel besaß und es gestern dieser Priesterin, Mara, zurückgeben musste?«

»Mhm.«

»Was, wenn alle Amceps-Wächter ein solches Siegel tragen? Wie willst du genügend Abstand zu all den Muskelpaketen halten?«

»Das hab ich Lusebian auch gefragt. Die Amulette der Wächter sind nicht echt. Es sind alles Nachbildungen und sind nicht mehr wert als ein Militär-Abzeichen.«

Colombe konzentrierte ihre Gedanken wieder auf Tin. Sie schlenderte gelangweilt zum Fenster des Wohnzimmers und schaute auf den Pausenplatz des Internats.

»Was ist den da los?«, sagte sie aufgeregt, als sie eine Horde Schüler panisch schreiend in alle Richtungen wegrennen sah.

17

Er sprach wie Laurenz, er bewegte sich wie Laurenz und er stank wie Laurenz. Als Jefferson seine Augen öffnete und die Silhouette des Kahlschädels erblickte, wollte er auf der Stelle sterben. Er wünschte sich Erlösung, Freiheit, ein Sein ohne Schläge, ohne Schmerzen und ohne Colombe. Ja, das erste Mal in seinem Leben wünschte er sich, dem hübschen und mystisch wirkenden Mädchen – damals, vor sieben Jahren auf dem Friedhof – nicht begegnet zu sein.

Als die Urnen ihrer verunfallten Eltern und der kleinen Schwester, Maud, beigesetzt wurden, war Colombe nicht dabei. Erst am Abend, nach der Friedhofsschließung, wurde sie von einer Gruppe Männer zum Grab begleitet. Alle Männer waren breitschultrig, schwarz gekleidet und offensichtlich muskulös. Jefferson hatte Überstunden geleistet und wollte Feierabend machen, als er Colombe zum ersten Mal sah. Beim frischen Familiengrab trat sie langsam aus der Männergruppe heraus, fast wie ein Wurm aus einem Apfel. Sie trug ein karminrotes Sommerkleid und wirkte älter als sie in Wirklichkeit war. Ihre Erscheinung erzeugte in Jefferson eine Resonanz wie ein Sonnenstrahl, der den Nebel durchbricht – das, obwohl sie ängstlich schien und leidvoll weinte. Die großgewachsenen Bodyguards wirkten vertraut mit dem Mädchen und trauerten offenbar mit ihr. Colombe legte drei orange Moosrosen auf dem Familiengrab ab. Dann wurde sie sofort wieder von der Gruppe verschluckt und ins Haus der Gärtnerei gebracht. Als Friedhofsgärtner hatte Jefferson vorgängig erfahren, dass Colombe als Einzige der Familie überlebt hatte. Um am Grab von ihrer Familie Abschied zu nehmen, gestanden die Muskelpakete dem Kind aber nur ein paar Sekunden zu. Das machte Jefferson derart wütend, dass er der Gruppe folgte, um den unsensiblen Halunken seine Meinung zu geigen. Erstaunt stellte er fest, dass die Bodyguards über einen Schlüssel zum Totenraum verfügten und bis ins Büro des Chefs vordrangen. Trotzdem folgte er ihnen. Entschlossen riss er die Bürotüre auf. Die Männer zuckten erschrocken zusammen und wollten auf ihn losgehen. Doch Lusebian hielt sie auf. Damals kannte Jefferson Lusebian natürlich noch nicht, doch der kauzige Mann machte schon damals einen ehrfürchtigen Eindruck auf ihn. Die Männer entspannten sich, machten einen Scherz über ihre Schreckhaftigkeit und begrüßten Jefferson freundlich. Sie stellten sich ihm als die Gebrüder Tanner vor. Alles Onkel väterlicherseits, die ihrer Nichte den Gang zum Grab erleichtern wollten. Jefferson fühlte sich sofort wohl in der Gruppe, trotzdem verschaffte er seiner Wut etwas Luft. »Wie könnt ihr einem dreizehnjährigen Mädchen nur ein paar Sekunden am Grab ihrer Familie gewähren. Sie muss sich verabschieden können, sonst wird sie nie darüber hinwegkommen!«

»Ich wollte nicht länger«, hörte er plötzlich Colombes piepsende Stimme. »Ich brauche kein Grab, um mich an meine Lieben zu erinnern. Ich trage sie in meinem Herzen.« Das Kind hatte sich hinter Lusebian versteckt und lugte schüchtern hervor. Dann lächelte sie ihn dankbar an und um Jefferson war es geschehen.

Rückblickend betrachtet hätte er es schon damals ahnen müssen. Die Männer waren bestimmt keine Onkel von Colombe. Sie wurde beschützt. Das wurde ihm erst jetzt klar, jetzt, da er halb tot im Dreck lag und sich selbst angepisst hatte. *Wer ist sie? Was macht sie so interessant für gewalttätige Verbrecher wie Noah Bitterer?*

Jemand drehte ihn auf den Rücken und wusch ihm das Blut aus dem Gesicht. Die Hand war zärtlich, samtweich und warm. Doch selbst die sanfteste Berührung brannte wie Feuer auf seiner Haut und fühlte sich an wie grobes Schleifpapier. Es roch nach Rosen. Als er die Augen öffnete, erkannte er schemenhaft eine Frau mit langen, gewellten Haaren. *Endlich jemand, der mir hilft,* dachte er zuerst. Doch dann registrierte er, dass er die Stimme schon kannte.

»Hängt ihn wieder an die Kette, aber geschlagen wird nicht mehr, klar!«

Es war die näselnde Stimme von Noah Bitterer.

Als man ihn vom Boden aufhob und wieder an die Ketten hängte, war Jefferson nicht mehr fähig, seinen Schmerz herauszuschreien. Seine Kraft reichte dazu einfach nicht mehr aus.

Noah stellte sich breitbeinig vor ihn hin und bohrte seine langen Fingernägel in seinen Bauch. »Dir ist klar, dass du das Leben von drei unschuldigen Menschen auf dem Gewissen hast?«, quakte der Transvestit verärgert. »Zuerst lockst du uns in einen geplanten Hinterhalt beim Schwellenkino und dann gibst du uns auch noch ein falsches Internat an. Wie dumm ist das den! Was hast du dir nur dabei gedacht? Wolltest du Colombe damit einen Vorsprung verschaffen?«

Der Gestank von Laurenz stieg Jefferson wieder in die Nase. Mit einer Eisenstange schlug er ihm auf den Oberschenkel. Jefferson würgte vor Schmerzen. *Ich kann nicht mehr, ich will nicht mehr,* dachte er. Damit befreite er sich selbst von der Last des Missbrauchs. Er spürte nur einen kurzen Schwindel, dann wurde es endgültig schwarz vor seinen Augen. Der Schmerz verschwand. Doch er fiel nicht in einen Strudel aus liebevollem Licht, wie er es sich erhofft hatte. Seine Seele trennte sich auch nicht von seinem geschundenen Körper. Denn selbst während der Ohnmacht war er ein Gefangener der Gewalt.

***

»Die Schüler haben das Hornissennest in der alten Eiche zerstört«, ärgerte sich Colombe. »Ich mag ja die Dinger auch nicht besonders, aber man stochert einfach nicht in einem Hornissennest herum!«

»Das sind Kinder, die müssen es auf eigene schmerzvolle Weise erfahren«, verkündete Zlittle und eilte zum Fenster. »Du bist es doch, die immer sagt: ›Jeder muss selbst zur Einsicht kommen, da nützt alles gute Zureden nichts.‹«

»Hornissen sind nicht ungefährlich«, sorgte sich Colombe. »Martin, zum Beispiel, ist allergisch gegen Bienenstiche. Ausgerechnet ihn scheint es erwischt zu haben. Zum Glück ist der Internatsdoktor schon bei ihm.«

Zlittle seufzte. »Oh ja, der süße Internatsdoktor. Da muss ich gleich runter und helfen«. Sie hatte den Satz kaum ausgesprochen, war sie schon zur Tür hinaus.

Typisch Zlittle, dachte Colombe und musste sich sofort eingestehen, dass auch sie längst auf dem Weg zum Pausenhof gewesen wäre, wenn sie Tin dort erblickt hätte. Aber jetzt sah sie keinen Grund. Es waren schon mehr Helfer auf dem Platz als Opfer. Zudem hatte Lusebian einer der Hydranten der Feuerwehr angezapft. Das kühlende Nass spritzte wie eine Fontäne aus der Wasserzapfstelle. Viele überhitzte Schüler gönnten sich die Erfrischung und hüpften fröhlich johlend unter dem künstlichen Regen hindurch.

Otto öffnete die Tür, spähte durch den offenen Spalt, klopfte an und trat herein. Er äugte über Colombes Schulter und beobachtete das Geschehen auf dem Schulhof. »Tin hätte das Hornissennest entfernen sollen«, sagte er vorwurfsvoll.

»Es ist nicht Tins Schuld«, verteidigte ihn Colombe, »Lusebian wollte das übernehmen. Aber irgendwie war er wohl etwas abgelenkt heute; was durchaus verständlich ist, oder nicht?«

»Solche Sachen sollte Tin nicht einem alten Mann wie Lusebian überlassen«, fügte Otto hinzu.

Colombe drehte sich um und verschränkte ihre Arme auf der Brust. »Soviel ich weiß, bildet Lusebian immer noch alle Wächter in *ImPerDi* aus. Er ist für sein Alter also noch extrem fit!«

Otto blieb bei seiner Meinung. »Ich bin enttäuscht von Tin. Er sollte nicht so nachlässig sein, wenn es um den Schutz von anderen geht. Jetzt erst recht, da er nicht mehr dein Wächter ist. Er sollte sich um seinen Job kümmern.«

»Du bist nicht wirklich von Tin enttäuscht, Otto«, sagte Colombe, während sie das Energiefeld ihres Wächters scannte. »Du sagst das aus einer Hoffnung heraus. Du wünschst dir, dass er auch schwul ist, nicht wahr?«

Otto fiel die Kinnlade runter. Genau wie Tin immer, öffnete er ein paar Mal den Mund, um ihn ohne ein Wort wieder zu schließen.

Colombe drehte sich wieder von ihm ab und sah aus dem Fenster.

»Ich ... ich bin ...«, stammelte Otto.

»Schon okay«, winkte Colombe ab. »Du magst ihn, das erkenne ich in deiner Energie. Du magst ihn sogar sehr. Ich würde es schon fast als Liebe bezeichnen. Nein, nicht nur fast, es ist Liebe. Ich muss sogar behaupten, dass es eine sehr starke Liebe ist. Aber ich muss dich auch enttäuschen. Bei Tin spüre ich nichts dergleichen.«

Für Otto schienen die Worte Colombes ein Schock zu sein. »Keine Liebe?«, fragte er mit zitternder Stimme.

Colombe spürte den Schmerz, der sich in Otto, wie ein loderndes Steppenfeuer, ausbreitete. Sofort empfand sie Mitleid mit ihm. Sie überlegte kurz, was genau sie in Tins Energiespirale gefühlt hatte, als Otto in der Nähe stand. Sie musste sich eingestehen, sich hauptsächlich auf die Wut und die Ablehnung konzentriert gehabt zu haben und darauf, was Tin für *sie* fühlte. Ergo entschuldigte sie sich bei Otto und legte ihm mitfühlend eine Hand auf den Arm. Sie war zu voreilig, hätte ihm nicht ihr unvollständiges Wissen auf die Nase binden sollen. *Warum muss ich sowas auch laut sagen! Es gibt doch immer Missverständnisse, wenn ich mehr als einen Satz auf einmal von mir gebe. Ich dummes Hirn!*

»Entschuldige, Otto, ich ... ich wollte dir einfach nur keine Hoffnungen machen. Ich ... ich glaube nicht, dass Tin ... schwul ist. Verstehst du, was ich meine? Sicher mag er dich.«

Otto schüttelte den Kopf. »Keine Sorge. Ich nehm' ihn dir nicht weg. Tin ist in dich verliebt. Und glaub' mir. Es ist nicht so, wie du denkst. Ich gönn' euch beiden sogar eure Verabredung heute Abend. Obwohl es gefährlich ist, die Mactus-Krieger sind überall.«

»Du weißt von der Verabredung?« Colombe errötete.

»Es ist meine Aufgabe, dich zu belauschen.« Genervt schüttelte er den Kopf. »Es ist unverantwortlich. Trotzdem gestatte ich es. Tin mag nicht der beste Hauswart sein, aber um die Sicherheit des Amceps sorgt er sich hervorragend. Ich hätte nämlich nicht lauschen müssen. Tin hat mir euer Treffen auch so verraten.«

Colombe ging zu ihrem Kleiderschrank und starrte hinein. »Tin glaubt, dass die Krieger mich überall suchen werden, aber ganz bestimmt nicht in der Öffentlichkeit, mitten in der Stadt Bern.«

»Da könnte er sogar recht haben«, stimmte Otto zu. »Trotzdem. Es ist unverantwortlich. Ich habe keine Ahnung, warum ich es zulasse!«

»Ich schon«, flüsterte sie. »Einer Sterbenden schlägt man keinen solchen Wunsch aus, nicht wahr?«

Otto neigte den Kopf zur Seite, was Colombe als Zustimmung deutete.

»Tatsache ist«, durchbrach Otto die traurige Stille, »dass ich dich nicht wirklich als das prophezeite Amceps sehe. Das letzte Amceps, Rose, war ebenso stark wie du.« Ottos Stimme wurde leise. »Nur darum lass' ich dir diesen Freiraum.«

Colombe schirmte sich so gut wie möglich von Ottos innerem Druck ab. Er war immer noch traurig über Roses Tod. *Wird er auch bald an meinem Grab stehen und um mich trauern?*

»Was zieh' ich heute bloß an?«, murmelte sie, um das Gespräch zu beenden, das sie nie hätte beginnen sollen. Sie atmete nachdenklich und laut durch die Nase. Zweifelnd begutachtete sie das Sommerkleid, das sie aus dem Schrank geholt hatte. Es war ihr bestes Stück, war ziemlich abgewetzt und sah älter aus, als es tatsächlich war.

Otto räusperte sich. »Ähm, Zlittle hat mir vorhin noch aufgetragen, dir zu sagen, dass sie nachher rasch nach Hause fährt, um ein paar Kleider für dich zu besorgen«. Seine Energie fühlte sich für Colombe wieder etwas leichter an.

»Oh, nein! Sie will doch nicht etwa eine Modeschau veranstalten!«, rief Colombe entsetzt. »Andererseits habe ich wirklich nichts Passendes zum Anziehen.«

»Egal, welches hübsche Sommerkleid du dir anziehst«, lächelte Otto auf den Stockzähnen. »Tin wird dich bestaunen, dich mit seinen Blicken auffressen und dich danach bitten, eine Jeans anzuziehen. Nur für den Fall, dass ihr angegriffen werdet.«

Colombe verzog den Mund. »Du hast recht. Also, ich meine, wegen der Bequemlichkeit von Jeans bei einem Kampf.«

»Das Andere stimmt auch, glaub mir. Er wird dich bewundern. Doch die Vernunft geht vor. Und normalerweise ist er sehr vernünftig. Schick anziehen kannst du dich nachher immer noch.«

»Nachher?«, fragte Colombe mit gerunzelter Stirn. »Wann nachher.«

Otto schürzte die Lippen. »Nachher, wenn alles vorbei ist. Nach den vier Mittsommertagen.«

Colombe steckte das Kleid zurück in den Schrank und ließ sich in die weichen Kissen auf dem Boden fallen. »Du glaubst also auch, dass es eine Möglichkeit gibt, mein Leben zu retten.« Nachdenklich umklammerte sie eines der Kissen. »Hast du das während einer quantenhaften Meditation erfahren?«

Otto kauerte sich hin und legte Colombe eine Hand auf die Schulter. »Wenn jemand das Rätsel löst, dann Tin.«

»Das Rätsel?«, horchte Colombe auf.

Otto erschrak ab sich selbst. Er hob die Hände, als ob ihn jemand mit einer Waffe bedrohen würde. »Ich habe nichts gesagt!«

Hat er gerade ein Geheimnis ausgeplaudert? »Doch, hast du!«, hakte Colombe nach.

Ottos Handy klingelte, bevor er antworten konnte. Er hob den Finger, stand wieder auf und nahm den Anruf entgegen.

Ottos Miene verfinsterte sich zunehmend. Als er das Handy zuklappte, schien er verstört.

»Ist etwas passiert?«, fragte Colombe besorgt.

»Ja... ähm... es ist... es gibt...«. Nervös schaute er sich im Zimmer um. Hektisch kontrollierte er alle Fenster, ob sie auch wirklich alle gut verschlossen waren. Er zog überall die Vorhänge, eilte zur Tür und knipste das Licht an. »Ich denke... es ist besser, ähm, ich wache draußen. Hier drin kann ich den Korridor nicht im Auge behalten. Schrei, wenn du etwas Ungewöhnliches bemerkst, ja?« Eiligst öffnete er die Tür und schlüpfte hinaus. »Und schließ hinter mir ab, ja«, sagte er, bevor er die Tür leise ins Schloss fallen ließ.

Colombe ging zur Tür und drehte folgsam den Schlüssel. »Was ist passiert!«, fragte sie durch die Tür hindurch, die Stirn auf den Türrahmen gelegt.

Otto antwortet nicht.

»Was ist mit dem Rätsel? Es gibt doch ein Rätsel, oder nicht?«

»Ruh' dich aus, Colombe. Leg dich etwas hin. Ich wecke dich, wenn

Tin da ist.«

»Aber das Rätsel! Was ist das für ein Rätsel. Wie lautet es oder wo kann ich es finden?«

Keine Antwort.

»Verdammt, Otto! Hilf mir!« Sie hämmerte mit der Faust gegen die Tür. Otto blieb stumm.

Selbst durch die Tür hindurch konnte Colombe die aufkommende Trauer spüren, die Otto auf einmal überkam. Unruhig ging er im Flur auf und ab. Am liebsten hätte Colombe die Tür wieder geöffnet und Otto so lange bearbeitet, bis er alles verriet, was sie wissen wollte. Aber sie ließ es bleiben. Er würde ohnehin nichts sagen.

Müdigkeit übernahm sie. Otto hatte recht. Sie musste sich unbedingt ausruhen. In dieser Nacht sollte sie das erste Mal ins Crepererum fallen. Und sie hatte keine Ahnung, was auf sie zukommen wird.

18

Das Treffen mit Tin ließ Colombe für eine Weile vergessen, wer sie war und was sie war. Otto saß gleich am Tisch nebenan und belauschte jedes Wort. Er versuchte sich in Diskretion, was ihm aber nicht gelang. Colombe kam es vor, als ob sie nicht nur mit Tin ein Date hätte, sondern auch mit Otto. Eine romantische Stimmung kam so keine auf. Aus Otto wurde sie sowieso nicht schlau. Seit dem Telefongespräch in ihrer Wohnung versprühte seine Energie das Dreifache an Trauer, Freude, Liebe, Hoffnung und Wut. Eigentlich wäre das eine typische Aura für einen pubertären Jungen gewesen, der von seiner ersten echten Freundin auf ein Nebengeleise abgestellt wurde. Aber Otto war mindestens vierzig und dem Teenager-Alter längst entwachsen. Die vielsagenden Blicke, die Tin und Otto wechselten, blieben ihr nicht verborgen. Nur waren Tins Blicke wütend und bedeuteten das pure Gegenteil von Ottos liebeshungriger Hoffnung auf Zuwendung.

Tin war es nicht möglich seine ablehnenden und wütenden Gefühle gegen Otto zu verheimlichen - zumindest nicht vor Colombe. Der einzige Reim, den sich das Amceps auf die angespannte Lage zwischen den beiden Männern machen konnte, war Tins Unverständnis zu Ottos Homosexualität. Bisher der einzige Makel, den Colombe an

Tin erkennen konnte. Vielleicht würde sie ihn einmal in den nächsten vier Tagen alleine sprechen können, ohne Otto in Hörweite. Dann würde sie ihn fragen, wovor er eigentlich Angst habe, vor Ottos sexuellen Neigungen oder dessen Mut zur Ehrlichkeit. Und sie würde ihm sagen, was ihr die quantenhafte Herrlichkeit bereits seit Jahren predigte: *Was ist krank daran, einen Menschen zu lieben?*

Colombes anschließende Frage an die Quantenhaftigkeit war: »Warum gibt es Menschen, die Homosexualität als pervers empfinden?« Und die Herrlichkeit antwortete: *Sexualität ist niemals abnormal, wenn sie dem Missbrauch entsagt. Die Dummen, die andere Menschen beschuldigen, tun dies meist aus Angst. Das ist eine allgemeine Weisheit.*

»Du bist so nachdenklich«, sagte Tin, als sie nach dem Essen gemütlich durch die Lauben der Marktgasse von Bern spazierten.

Colombe konnte sich nicht vorstellen: *Tin und Probleme mit der Sexualität anderer Menschen?* Es passte nicht zu ihm, und es passte vor allem nicht zu ihr. Zudem wollte Colombe die nächsten vier Tage nicht durch eine solch nebensächliche Frage belastet sein. Das ging sie ja eigentlich gar nichts an. Doch die beiden waren ihre Beschützer. Darum konnte sie die Spannung zwischen den Zweien nicht ganz ignorieren. Unstimmigkeiten wegen einer dummen Nicht-Akzeptanz konnte sie nicht gebrauchen. Schon seit je her lehnte sie das ab. Also wollte sie sich auch während ihrer letzten Lebenstage nicht mit sowas rumquälen – wenn es denn wirklich die letzten Tage ihres Lebens sein sollten. Sie musste Tins Einstellung definitiv kennen lernen. Darum wollte sie ihn zur Rede stellen. Also packte sie ihn und schupste ihn ein paar Meter von Otto weg. Dem Wächter streckte sie die Hand entgegen, damit er stoppte. »Ich muss Tin was Persönliches fragen. Bitte warte und lausche nicht!«

Otto verstand und drehte sich ab, während Tin mit hochgezogenen Augenbrauen sein süßes Breitmaulnashorn-Lächeln aufsetzte.

Colombe drückte ihn an die Wand, legte ihre rechte Hand auf seine Brust und fragte ihn flüsternd: »Hast du etwas gegen Homosexualität?«

Tin hatte eindeutig nicht mit einer solchen Frage gerechnet. Er öffnete ein paar Mal den Mund, um ihn ohne ein Wort zu sagen wieder zu schließen. »Nein, warum fragst du mich das?«, sagte er mit gerunzelter Stirn.

Colombe scannte seine Energie, um seine Lüge zu enttarnen. Aber Tin sagte die Wahrheit.

»Ähm ... es ist wegen Otto«, flüsterte sie verunsichert und blinzelte in die Richtung des Wächters. »Du entwickelst starke Ablehnung gegen ihn. Da dachte ich ... ähm ...« *Gott, ist das peinlich!*

Tin fasste ihre Hand und drückte sie noch fester an seine Brust. »Otto ist doch nicht schwul, Colombe. Wie kommst du darauf?«

»Er liebt dich und du lehnst ihn auf eine beängstigende Art und Weise ab, deshalb.« Sie starrte in seine traurigen Augen, glitt mit ihrem Blick auf seine Lippen und hätte ihn am liebsten geküsst. Sein Atem roch nach einem Pfefferminzbonbon, das er sich kurz zuvor in den Mund gesteckt hatte. Wie konnte sie nur denken, Tin sei einer dieser Trottel, der die Neigungen anderer als *krank* verschreit. Die Herrlichkeit hatte es gepredigt: *Sexualität ist niemals abnormal, wenn sie dem Missbrauch entsagt.* Tin hatte auch Zugang zu solchen Fragen und Antworten. Warum also dachte sie nur, er könnte anders denken? War das etwa ein Wink ihres Unterbewusstseins, das sie vor einer Beziehung mit ihm warnen wollte? Oder war es das letzte Abchecken von Fakten und das Abwägen von Vor- und Nachteilen, die eine Freundschaft mit ihm mit sich bringen würde?

Nachdenklich sah Tin zu Otto, der im Schaufenster die Leckereien einer Bäckerei begutachtete. »Er liebt mich?«, wiederholte er seine Frage.

»Mhm ... du hast also, ähm, nichts gegen Schwule?«, fragte Colombe, und die Frage kam ihr so befremdend vor, wie ein paar wirr und unkontrolliert aneinandergefügte Worte einer fremden Sprache.

Tin schüttelte den Kopf. »Nein, ich beherrsche die quantenhafte Meditation vielleicht nicht so gut wie du, doch über dieses Thema weiß ich bescheid, glaube mir.«

Colombe verdrehte die Augen. Ihre Hand verweilte auf Tins Brust, als ob sie dort angewachsen wäre. *Das war ja voll peinlich, trotzdem bin ich froh, habe ich gefragt.* Aber dieses Thema konnte sie nun getrost abhaken. »Natürlich, entschuldige, hab' ich vergessen«, nuschelte sie und verzog den Mund. »Ich glaube, ich verliere meine Fähigkeit, die Spiralen von anderen Menschen zu lesen«, fügte sie an, »in letzter Zeit deute ich die Energien falsch. Was denkst du, ist das eine Amceps-Nebenwirkung?«

»Keine Ahnung. Ich denke eher nicht. Vermutlich hat sich deine Macht sogar noch verstärkt und du weißt noch nicht mit ihr umzugehen.« Er legte seine Hand auf ihre. Sie hätte ewig so nah bei ihm stehen können.

Die beiden sahen sich noch eine Weile wortlos in die Augen, bevor sie das Räuspern Ottos auseinandergehen ließ. Still spazierten sie weiter. In einem Punkt wirkte sich Colombes eigenartiger Fragenkatalog vorteilhaft aus, denn die Distanz zu Otto hatte sich vergrößert. Sie konnten endlich über Dinge sprechen, die sie vorher, in seiner Gegenwart, nicht anzusprechen gewagt hatten. Persönliche Dinge eben, die man sich fragt, wenn man sich kennenlernen will. Es stellte sich heraus, dass Tin gerne Witze erzählte. So blieb auch das Lachen nicht aus.

Sie bummelten über die Nydeggbrücke am Bärenpark vorbei und links den Aargauerstalden empor. Auf der Anhöhe angekommen, bogen sie rechts in den Rosengarten ein. »Ich mag den Ort«, sagte Tin, »er bietet den schönsten Ausblick auf die Stadt Bern.«

»Mhm«, seufzte Colombe verträumt. Sie fand die Aussicht an ihrer Seite im Moment gerade viel schöner.

Die Sonne verschwand am Horizont. Langsam brach die Nacht herein. Die Hitze des Tages drückte leichten Dunst auf die Häuser, was die Stadt zu einer leuchtenden Quelle einer pulsierenden Aura machte.

»Dass Smog so schön sein kann«, witzelte Tin.

Colombe nickte wortlos. Sie trat näher an Tin heran, hakte sich bei ihm ein und legte ihren Kopf an seine Schulter.

Er legte seinen Arm um sie und drückte ihr einen Kuss auf die Stirn, bevor sie sich wieder der Schönheit eines zur Nacht neigenden Tages widmeten. Otto murrte etwas Unverständliches. Doch er schien den beiden nochmals mehr Freiraum zu gewähren. Das Geräusch seiner Schritte auf dem Kiesweg wurde immer leiser. Auf einmal war auch seine Energiespirale für Colombe nicht mehr zu spüren.

»Erzählst du mir von den Homullus?«, fragte Colombe und schmiegte sich an Tin. »Gibt es unter ihnen Liebespaare oder fühlen sie sich alle in gleicher Weise zueinander hingezogen?«

»Hm, nein«, hauchte Tin. »Tatsächlich gibt es die sogenannten Homullusgefährten. Zwei Homulluswesen sind immer auf eine besondere Weise miteinander verbunden. Zwischen ihnen besteht ein unsichtbares Band, das niemals reißen kann. Hier auf der Erde würde man es Zwillingsseelen nennen. Doch das ist nicht der richtige Ausdruck. Ein Homullusgefährte kann während der Reinkarnation als Mensch auch mal der Feind sein, verstehst du? Die Homullusgefährten sind dazu da, ihrem Liebsten in allem beizustehen, was sie gerne erleben möchten. Deswegen sind die Seelen nicht immer Liebende. Sie töten, vergewaltigen oder missachten einander oft. Manchmal sind sie aber auch einfach nur Nachbarn, die sich alle paar Monate einmal im Aufzug treffen und ein paar Worte wechseln. Manchmal ist es der Verkäufer im Laden oder die Kundin, ein Kind oder dessen Mutter, Arbeitskollegen oder Coiffure. Und trotzdem lieben sie sich auf anastuiite Art und Weise.

»Warum tun sie das. Warum leben sie nur nebeneinander her, wenn es doch verbundene Seelen sind?«

»Aus Liebe. Manchmal ist es das Lächeln der Gefährtin, das sie als Kundin im Supermarkt ihrem Gefährten an der Kasse schenkt. Man glaubt nicht, wie viel so ein Augenblick wert sein kann. Das sind dann die Momente, in welchen Anastuiit erzeugt wird.«

»Und eine Vergewaltigung, was ist damit«, fragte Colombe, »da ist keine Liebe im Spiel. Es ist Missbrauch im höchsten Maße.«

»Du kennst die Geschichte und die Überzeugung der Mactus-Krieger. Ein inkarnierter Mensch verfällt automatisch dem Vergessen, was automatisch dazu führt, dass viele immer noch denken, das Anastuiit entstehe durch Gewalt. Der Gefährte dieses Menschen, selbst inkarniert und der Vergessenheit ausgeliefert, hilft seiner verbundenen Seele, ohne auch nur eine Sekunde zu hinterfragen, ob es den wirklich zu Animus zurückführt oder nicht. Er übernimmt die Rolle des Opfers oder auch des Täters. Beide in vollkommener Unwissenheit darüber, dass sie genau das Gegenteil vom dem erreichen, was sie gemeinsam anstreben. Und obwohl es seit Jahrtausenden bekannt ist, dass das Anastuiit durch Missbrauch und Gewalt keine Chance kriegt, wird es immer wieder versucht. Aus Verzweiflung, aus Sehnsucht, aus Liebe zu Animus. Und leider auch in seinem Namen.«

»Das kann nicht Animus' Wille sein.«

»Nein, ganz bestimmt nicht. Doch Animus scheint dem Menschen und den Homullus immer noch zu vertrauen. Scheinbar denkt er immer noch, wir Menschen seien in der Lage, das Bewusstsein zu steigern und so den wahren Kern des Bösen zu erfahren.«

»Und Lucifer?«, fragte Colombe.

Tin stockte. »Ähm ... Lucifer ist ein überdurchschnittliches Homullus. Man kann ihn nicht mit anderen Wesen vergleichen.«

»Hat er auch einen Gefährten?«

Tin nickte. »Hm, das Wesen heißt Satan ... zumindest steht es so in den Chroniken des Amceps-Ordens.«

»Wie passend«, zischte Colombe. Sie fühlte, wie sich in Tin etwas regte, was ihm unangenehm war, wie immer, wenn von Lucifer die Rede war. Also lenkte sie ihn von diesem Thema weg. »Wenn sich Gefährten als Menschen bekriegen, ist wohl die Chance klein, dass wir beide miteinander verbunden sind?«

Prompt lächelte Tin. »Genau. Die Chance besteht zwar, ist in der Tat aber klein. Oft reinkarnieren die Gefährten auch nicht gemeinsam, weil sie ihren Liebsten aus den Magnituden der Quantenhaftigkeit besser helfen können. Aber wenn sie zusammen inkarnieren, dann treffen sie sich bestimmt auf die eine oder andere Weise. Es ist durchaus auch möglich, dass sich die beiden in Liebe finden. Dein Gefährte zum Beispiel ist mit großer Wahrscheinlichkeit in den Weiten der Dimensionen zurückgeblieben.«

»Hm, eigentlich ein schöner Gedanke, nicht wahr? Jemanden zu haben, der immer bei einem ist. Ob als Mensch oder als Homullus. Nur mit der Gewalt zwischen den beiden, da hab ich so meine Probleme damit.«

Tin nickte nachdenklich. »Ich verstehe es auch nicht.«

Eine Weile blieb es still. Dann begann Colombe, von ihrem neu erlangten Willen zu erzählen, ihrem Entschluss, auch nach den vier Mittsommertagen ein Leben als Colombe Tanner zu führen. Sie erzählte ihm von dem Ja, das sie während der Meditation ganz klar gefühlt hatte. Dabei ging sie mit wehenden Armen vor Tin auf und ab. Sie zermahlte sich den Kopf, um herauszufinden, welches Rätsel nun wohl auf sie zukommen könnte.

»Vielleicht ist das Crepererum der Schlüssel«, sagte Tin. »Vielleicht findest du dort den Hauch des Lebens. Ein Elixier, das du trinken musst oder eine Art Zauberspruch, den du bei Bedarf anwenden kannst.«

Colombe bemerkte, dass Tin mehr darüber wusste, ließ sich aber nichts anmerken. Sie grinste und blieb mit hängenden Armen stehen.

»Ein Ritual meinst du? Wohl eher nicht, da kenn ich die Quantenhaftigkeit zu gut. Rituale basieren auf einem Zwang und symbolisieren das Gegenteil von Veränderung. Nicht wirklich etwas, das aus Animus Feder stammt, oder nicht?«

»Du hast recht«, Tin tippte sich mit dem Zeigefinger auf die Lippen. »Wobei das Ritual das ich praktiziere, um in die quantenhafte Meditation zu versinken, ziemlich nützlich ist.«

»Okay, nützlich, aber nicht notwendig«, stimmte Colombe zu.

»Für dich vielleicht nicht, kleiner Engel«, feixte Tin, legte seinen Arm wieder über Colombes Schulter und drückte sie näher an sich heran.

Colombe neigte den Kopf und roch an Tins Hals, wie ein Vampir der jeden Augenblick zubeißen wollte. Er hatte etwas Parfum aufgetragen, was seinen Eigenduft verscheuchte. Trotzdem genoss Colombe jeden Atemzug seines Odems.

»Eins steht fest«, sagte sie zufrieden, »es wird kein Ritual sein, sondern ein Rätsel.«

»Ein Rätsel? Woher weißt du das?«

Colombe schaute sich um, um sicherzugehen, dass sich Otto nicht in Hörweite befand. Ihr Mund war jetzt ganz nah an seinem Ohr. »Otto hat sich heute Nachmittag verplappert. Er hat von einem Rätsel gesprochen. Mara Niederer hat zudem heute bestätigt, dass er bereits das letzte Amceps, Rose O'Connell, bewacht hat. Rose hatte es vermutlich ganz knapp nicht geschafft, das Rätsel zu lösen.« Colombe stockte. »Nicht nur vermutlich. Rose ist ja nach dem letzten Schwups ins Crepererum gestorben.«

Kaum hatte Colombe die Worte ausgesprochen, spürte sie Wut in Tins Energie aufkommen. Wäre sie ihm nicht so nah gewesen, hätte sie ihm nichts angemerkt, denn er blieb für einen Außenstehenden die Ruhe selbst. Seine Selbstbeherrschung forderte jedoch einiges von ihm ab. Mit den Fingern seiner rechten Hand kratzte er sich auf der Brust, schloss die Augen und nickte kaum merklich. »Ja, es ist ein Rätsel«, formten seine Lippen tonlos. Wenn Colombe es nicht besser gewusst hätte, hätte sie gewettet, Tin würde mit seinem dritten Auge Kontakt aufnehmen. Aber er trug es ja 60 Zentimeter über dem Kopf, nicht wie sie, auf Herzhöhe. Also wurde Tins häufiges Kratzen an der Brust wohl schlicht und einfach durch ein einfaches Jucken ausgelöst. Und dieser Juckreiz schien ihn sogar zu beruhigen!

Langsam beugte sich Tin runter, um Colombe ins Ohr zu flüstern. »Ich darf dir das jetzt eigentlich nicht sagen, aus welchen Gründen auch immer. Aber wenn Otto sich schon verplappert hat ... ja, es ist ein Rätsel.«

»Der Amceps-Orden und seine Geheimnisse – die machen doch alles nur noch komplizierter.« Colombe hätte normalerweise die Hände verworfen und sich über diese Heimlichtuereien aufgeregt. Aber Tin stand immer noch nah bei ihr und schien ihr noch mehr verraten zu wollen.

»Also«, flüsterte er ihr kichernd ins Ohr. »Es heißt nicht ins Crepererum schwuppsen, es heißt amceptieren. Und ja, ich glaube auch, Rose wurde vom Amceps-Orden im Stich gelassen.«

»Das hab ich nicht gesagt«, platzte es aus Colombe heraus. Sie blieb aber leise, damit Otto sie nicht belauschen konnte.

»Es war aber so. Allen vorab ihr persönlicher Wächter.« Tin nickte in Richtung Otto.

»Ist es das, was dich so wütend macht? Dass er Rose nicht helfen konnte? Hast du schon einmal bedacht, dass er vielleicht gar keine Chance gehabt hat, ihr zu helfen? Ich meine, du bist im Moment auch ziemlich hilflos, was das betrifft.«

Tin löste sich von Colombe, drehte sich ab und fuhr sich nervös durch sein unzähmbares Haar. »Es sind neunzehn Jahre vergangen und er steht da drüben und tut so, als ob er von allem keine Ahnung hätte.« Mit einer vorwurfsvollen Armbewegung deutete er wieder in Ottos Richtung. »Neunzehn verdammte Jahre sind vergangen! Glaubst du nicht, dass er in dieser Zeit etwas hätte unternehmen können? Zumindest, um das nächste Amceps zu retten? DICH zu retten? Neunzehn Jahre, Colombe! Ich gebe ihm nicht die Schuld an Roses Tod. Aber ich gebe ihm die Schuld an deinem.«

Colombe starrte ihn entgeistert an.

»Ich sterbe nicht, Tin«, wisperte sie, »ich werde leben, das verspreche ich dir.« Kaum waren die Worte gesprochen, spürte sie, wie sich in ihr eine der purpurroten Türen eines Erlebnispotenzials öffnete. Das Potenzial reichte viel weiter in die Zukunft, als nur die nächsten vier Mittsommertage. Auch in der Energie Tins erschien, wie aus dem Nichts, eine purpurrote Pforte und öffnete sich wie eine Schiebetüre im Supermarkt.

Sie nahm seine Hände und lächelte ihn an. Ihr Herz schlug ihr bis zum Hals und die Schmetterlinge im Bauch führten wahre Freudentänze auf. Da war es wieder, dieses uralte Gefühl der Verbundenheit mit Tin. Ruhe, Ausgeglichenheit, Freiheit und Frieden.

»Ich werde dich markieren, damit du heute Abend mit mir ins Crepererum schwuppsen... ähm... amceptieren kannst. Du hilfst mir bei der Suche nach dem Rätsel. Vier Augen sehen mehr als zwei. Wer weiß, wie gut die vier Stunden berechnet sind. Vielleicht habe ich keine Zeit, mich um mein Leben zu sorgen, weil ich mich um jenes aller anderen Menschen auf dieser Erde kümmern muss. Ich habe nämlich keine Ahnung, wie ich das gesammelte Bewusstsein, in diesen Homullus-Kodex reinbringen soll.«

Tin schloss die Augen und verneinte sofort. »Tu' das bitte nicht, Colombe. Markiere mich nicht!«

»Aber warum sonst habe ich die Möglichkeit, eine Markierung zu setzen, wenn nicht, um Hilfe mit mir zu nehmen?«

»Die Option einer Markierung besteht nur darum, weil Animus uns den freien Willen geschenkt hat. Sein Wunsch war es niemals, die Menschen einander bekriegen zu sehen oder zu beobachten, wie sie einander auf das übelste Missbrauchen. Ich weiß, aus der Tiefe meines Herzens, dass es ihn vor Schmerz zerreißt. Aber da wir Menschen es nun leider einmal tun, bleibt ihm nichts anderes übrig, als dabei zuzusehen und es auf schmerzliche Weise zu akzeptieren und zu hoffen, dass wir den Weg zurück zu ihm finden. Deshalb entwickelt sich ja auch das Anastuiit. Es ist der freie Wille, Colombe. Der freie Wille, der diese Möglichkeit erschafft. Nur darum kannst du andere markieren. Weil Animus uns die vollkommene Freiheit gewährt.«

Colombe bedeckte sofort ihr drittes Auge. »Damit nicht nur das Überleben der Erde gesichert ist, sondern auch ihre Zerstörung?«, fragte sie konsterniert.

»Genau. Darum misst du ja auch das Anastuiit. Weil es die Bewusstseinsveränderung und damit den Willen zum Überleben darstellt.«

»Aber deswegen kannst du ja trotzdem mit ins Crepererum amceptieren, oder nicht?«

Wieder schüttelte Tin den Kopf, ging einen Schritt auf Colombe zu und drückte ihr erneut einen zärtlichen Kuss auf die Stirn. Ein Kuss auf die Lippen wäre ihr mindestens ebenso recht gewesen, doch sie spürte, wie er um Worte rang, um ihr zu sagen, warum er nicht mit ihr ins Crepererum amceptieren durfte.

»Für ein Amceps ist der Fall in die Quantenhaftigkeit kein Problem«, begann er und legte seine Stirn auf die Stelle, die er eben geküsst hatte, gerade so, als ob er ein Portal in Colombes Kopf öffnen könnte. Sein Atem roch immer noch nach Pfefferminze.

»Dein Körper wurde während der zwanzig Jahre deines Lebens darauf vorbereitet«, fuhr er fort. »Doch alle anderen Menschen würden bei ihrer Rückkehr in einen Schlaf von vier Tagen fallen.«

Colombe neigte ihren Kopf, um Tin in die Augen sehen zu können. »Vier Tage Schlaf?«, fragte sie zweiflerisch.

Tin löste sich von ihr. Diesmal fuhr er sich mit der Hand unter dem Kinn hindurch, als ob er die Länge seiner Bartstoppeln prüfen wollte. »Wenn du mich markierst, werde ich für vier Tage einschlafen. Ich könnte dir nicht mehr helfen, das Rätsel zu lösen. Im schlimmsten Fall würden wir uns nie wieder sehen, verstehst du? Vielleicht wärst du schon tot, wenn ich wieder aufwachen würde.« Mit verzweifelter Miene stellte sich Tin wieder vor Colombe hin. Er legte seine Hände auf ihre Oberarme und sah sie flehend an. »Lass mir wenigstens die paar Tage mit dir.«

Colombe blies sich übers Gesicht. Nicht, weil sie Tin verscheuchen wollte, sondern weil er immer noch ihren baldigen Tod vor Augen hatte. »Ich sterbe nicht«, hauchte sie ihm zu. »Und jetzt, da ich das mit dem Vier-Tage-Schlaf weiß, werde ich dich bestimmt nicht markieren. Ich bitte dich nur, mir zu vertrauen – ich vertraue dir nämlich auch. Ich weiß, dass wir zusammen das Rätsel lösen können!«

Erleichtert schnaubte Tin auf. Er machte einen Schritt auf Colombe zu, legte seine Stirn wieder auf ihre und schloss die Augen.

Colombe schob ihren Mund sachte zum Kuss vor. Ihr Atem ging schneller. Tin tat es ihr gleich. Behutsam … schüchtern … aber unaufhaltsam … dann raschelte es, gefolgt von einem lauten Räuspern. Die beiden schreckten auseinander.

»Es wird Zeit«, hörten sie Otto rufen. »Wir müssen ins Treieins zurück. Die Amceptierphase sollte an einem gesicherten Ort stattfinden.«

»Ich fühle mich aber gerade sehr sicher«, hauchte Colombe.

***

Laurenz umfasste die lederne Peitsche mit seinen verschwitzen Händen und schlug zu. Jefferson war wieder aus der Ohnmacht erwacht und kniff Augen und Zähne zusammen, als er das zischende Geräusch hörte, das auf nackte Haut traf. Er wollte Schreien, sein ganzes Wesen aus sich herausbrüllen. Doch er spürte den Schmerz des Aufpralls nicht. Sein Körper zuckte nicht vom Schlag zusammen. War seine Seele bereits nicht mehr im Körper? Nein, dazu waren alle anderen Schmerzen noch zu real.

Mit jaulendem Pfeifen zischten die Riemen der Peitsche erneut durch die Luft und prallten auf nackte Haut.

Erst jetzt hörte er Laurenz stöhnen. Mit letzter Kraft hob Jefferson seinen Kopf und schaute in die Richtung, woher die Klagelaute kamen und schon surrte die Peitsche wieder durch die Luft und klatschte auf Laurenz Schulter auf.

»Hmpf«, jammerte Laurenz. »Vergib mir meine Sünden, oh Animus, und führe mich zu deinen Toren«, stöhnte er und versetzte sich erneut einen harten Peitschenhieb.

Der Scheißkerl kasteit sich selbst, dachte Jefferson und zuckte kurz zusammen, als die Riemen erneut auf Laurenz Schulter aufschlugen. Beinahe hätte er gelacht. Doch er war zu erschöpft, die Schmerzen zu groß, die Hoffnungslosigkeit zu präsent, als dass er sich ab dem Schmerz eines anderen hätte erlaben können.

Jefferson erinnerte sich zurück an einen Thriller, in dem sich ein Priester selbst marterte. Colombe hatten sich den Film auch angesehen und sagte darüber: »Ich glaube nicht, dass Gott dem Menschen seine Sünden vorwirft, es gibt also nichts zu vergeben. Wenn jemand sich kasteit, tritt er Gott mit Füssen, und wenn er jemand anderem Gewalt antut, zerquetscht er sein Herz. Trotzdem liebt Gott den Menschen. Warum also, sollte ich mich vor ihm fürchten?«

Jetzt musste Jefferson erst recht lachen. Doch der brennende Schmerz in seiner Brust ließ nur ein gurgelndes Geräusch zu. Das reichte jedoch, um Laurenz wieder auf ihn aufmerksam zu machen. Der Kahlschädel zog sich ein Shirt über, das sofort das Blut seiner Wunden aufsog. Dann trat er auf den schlaff und immer noch an den Händen aufgehängten Körper Jeffersons heran. Er drückte ihm den Griff der Peitsche unters Kinn und hob seinen Kopf an. Jefferson viel sofort auf, dass er seinen stinkenden Atem nicht mehr riechen konnte.

Zumindest das war ihm vergönnt.

»Was meinst du, du reicher Schnösel, wie viele Peitschenhiebe verpass ich dir, bevor du mir endlich Colombes richtiges Versteck verrätst?«

<h1 style="text-align:center">19</h1>

»Ich verstehe nicht, warum ihr mich ins Treieins zurückgebracht habt«, ärgerte sich Colombe und lief fingernagelkauend auf und ab. »Was ist, wenn die Mactus-Krieger herausfinden, wo ich wohne. Ihr bringt die Schüler in Gefahr. Warum kann ich nicht bei Mara Niederer amceptieren oder sonst wo!«

»Für die Amceptierphasen ist deine Wohnung am besten geeignet«, versuchte Otto sie zu beruhigen. Deine Position ist beim Esstisch neben der Küche. Wenn du dort sitzt, kann niemand, der sich außerhalb der Wohnung befindet, in den vier Meter großen Amceptierradius eindringen. Wir können dir hier im Raum beistehen und allfällige Angreifer abhalten. Wichtig ist, dass niemand mit einem Siegel in deine Nähe gelangt. Die Umgebung ist perfekt abgesichert. Keiner der Campusbewohner ist in Gefahr. Das Gebäude wurde extra dafür gebaut.«

Colombe schaute sich in ihrer Wohnung um, als ob sie in einem Raum stand, den sie noch nie zuvor gesehen hatte. Es sah aus, als ob sie mit offenem Mund Deckenfresken, Wandteppiche und glitzernde Kronleuchter bestaunen würde. Doch die Wohnung war kahl. Weiße Decke, weiße Wände und ein billiger Laminatboden aus Nussbaumimitat. Lediglich die Wand, die zum Schlafzimmer führte, war purpurrot gestrichen worden. Das Wohnzimmer war quadratisch und bot mit knapp 40 Quadratmetern viel Platz. Die Wohnungstür war schwer. So schwer, dass Colombe sie oft nur mit viel Schwung und unter Einsatz ihres Körpergewichtes öffnen konnte. Sie verfügte nur über wenige Möbel. Mehrheitlich waren es Erbstücke ihrer Eltern. Eine Glasvitrine in Form einer Pyramide, eine von Holzwürmern gelöcherte Anrichte und einen Esstisch mit der dazugehörenden, angeschraubten Sitzbank aus Ahornholz. Das war's dann auch schon. Ihre Wohlfühlecke bestand nicht aus einem Sofa, einem Fernseher oder einem teuren

Massagestuhl, sondern aus einer farbenfrohen, kuscheligen Kissenecke mit zusammengefalteten Wolldecken für kalte Tage. Einen Kamin hätte sich Colombe gewünscht, so wie in Lusebians Wohnung. Aber das wäre wohl ein Risikofaktor gewesen, für die Tage, die nun folgten. Colombe fand es unverständlich, dass das Gebäude nur für sie erbaut worden sein soll. Eigenartig, sie hatte sich niemals gefragt, weshalb die Fenster vergittert waren, obwohl sich die Wohnung in der 3. Etage befand. Ein sicheres Gefühl vermittelte dieser nutzlos scheinende Schutz allemal.

»Aber die anderen Wohnungen!«, insistierte Colombe plötzlich. »Frau Huber, die Biologielehrerin, wohnt gleich nebenan und Herr Schmid, der Englischlehrer, lebt während der Woche in der Mansarde oben.« Colombe zeigte mit dem Finger in die Luft und sah flehend zu Tin, der auf der anderen Seite der Wohnung stand und immer wieder den Vorhang des Fensters zum Baldachin des Schwimmbeckens zurückschlug, um die Gegend zu überwachen. »Bitte, Tin«, flehte sie, »bring mich weg hier. Es ist zu gefährlich für die Bewohner des Internats.«

Tin verzog seinen Mund. Bevor er antwortete, streifte er Ottos festgefrorenen Blick. »Otto hat recht, Colombe. Hier ist der sicherste Ort. Sämtliche Lehrer hier im Treieins sind Wächter. Ein paar der älteren Schüler auch. Sie sind alle auf ihren Posten. Niemand ist in Gefahr.«

Wieder räusperte sich Otto, wie schon oft an diesem Abend. Er stand an der offenen Wohnungstür und spähte im Sekundentakt nach draußen. Sein Kopf drehte sich unermüdlich, als ob er ein Pingpong-Spiel verfolgte. Er schien sich über etwas aufzuregen. Eine Welle der Erzürnung breitete sich in seiner Energiespirale aus. Zwischendurch drückte er die Augen fest zu und atmete tief durch, so, als ob er die aufkommende Rage im Keime ersticken wolle. Solche unterdrückten Wutanfälle hatte Otto schon seit dem eigenartigen Telefongespräch am Nachmittag. Ab dem Zeitpunkt, da er Colombe das Rätsel erklären wollte, beziehungsweise, sich verplappert hatte.

Colombe ließ sich müde auf die weichen Kissen fallen, die am Boden vor dem großen Fenster zum Baldachin lagen. Sie gab es auf, Ottos Gefühle verstehen zu wollen.

»Es ist alles so unwirklich«, sagte sie in Gedanken versunken. »So ... so ... weit weg, als ob es in einer anderen Welt geschehen würde, in einer anderen Dimension. Als ob mich das eigentlich gar nichts anginge.« Sie hielt ihre Hand an ihr drittes Auge, während sie sich mit der anderen Hand zwischen den Augen an der Stirn massierte. »Mein ganzes Leben habe ich mir um meine Mitmenschen sorgen gemacht, mit ihnen gelitten, geweint und ihre Lasten mitgetragen. Ich begann sogar, mich von ihnen abzuschotten und keine Nachrichten mehr zu hören oder zu lesen. Und das alles nur, weil ich nicht verstehen konnte – es immer noch nicht verstehe – warum die Menschen aufeinander losgehen wie tollwütige Hunde. Die Frage nach dem *Warum* hat mich fertig gemacht. Und kaum habe ich nicht mehr auf das Weltgeschehen geachtet, wurden mir die kleinen zwischenmenschlichen Kriege bewusst die tagtäglich und überall herrschen. Die Eifersucht mit ihren Folgen, die Unfähigkeit Fehler einzugestehen, aber andere im Gegenzug zu malträtieren oder ihnen die Worte noch im Munde umzudrehen.« Colombe sah, wie Tin augenscheinlich in ihre Gefühle eingetaucht war. Er litt mit ihr. Aus ihren Augen lösten sich Tränen. »Ich verstehe es nicht. Warum denkt der Mensch, er dürfe keine Schwäche zeigen? Warum strebt er nach Berühmtheit und Macht? Warum will er beliebt sein aber diskriminiert gleichzeitig andere? Warum gönnt man sich gegenseitig nichts? Warum reklamiert man erst lauthals, anstatt freundlich zu fragen. Warum macht man es dem Gegenüber nicht so angenehm wie möglich? Ist das nicht viel sympathischer? Sind das nicht Gelegenheiten, sich besser zu fühlen? Warum handelt man immer nach dem Prinzip wie-du-mir-so-ich-dir? Warum unterbricht man diesen Teufelskreis nicht einfach und sieht sein Gegenüber als das, was er ist: ein Mensch mit Gefühlen, mit Sehnsüchten und dem einzigen Streben, das es auf der Welt gibt: glücklich sein?«

»Glücklich sein?«, wiederholte Otto zynisch fragend und wischte sich eine Träne aus dem Gesicht.

Colombe packte ein Kissen und umschlang es, als ob es ihr Teddy aus Kinderjahren gewesen wäre. »Es wäre doch eigentlich einfach, nicht wahr?«, sprach sie weiter und starrte ins Leere. »Das Zusammenleben, das Miteinander, es wäre eigentlich einfach. Ich weiß, ich stelle mir Utopia vor. Aber ist es den falsch, sich das zu wünschen? Ich beobachte es immer mehr. Es wird zuerst reklamiert, jemand wird kaputt gemacht oder an den Pranger gestellt, bevor man ein Problem angeht. Seht mich an. Ich habe mich gerade eben auch erst beschwert, weil ihr mich ins Internat zurückgebracht habt. Ich hätte zuerst nett fragen sollen. Euer Grund, mich hierher zu bringen, ist ja mehr als verständlich.«

»Wir hätten es dir auch vorher sagen können. Aber wir haben nicht daran gedacht«, entschuldigte sich Tin und zuckte mit den Schultern.

»Deswegen hätte ich trotzdem lieb fragen können!«

»Im Anbetracht der momentanen Situation war es verständlich«, winkte Otto ab.

»Ihr wollt mich bei Laune halten, nicht wahr?« Colombe grinste, obwohl ihr zum Heulen zumute war. »Das ist lieb von euch. Trotzdem. Es scheint mir, die Menschen hätten nicht nur vergessen, wer sie sind und wie allmächtig sie in Tat und Wahrheit sind. Sie haben offenbar auch vergessen, was Empathie bedeutet – aber ist es nicht das, was ich in ein paar Minuten im Crepererum messen muss? Ist Anastuiit nicht gleich Empathie?«

Beide Männer sahen sie nachdenklich an.

»Du bist verständlicherweise sehr emotional, Colombe«, sagte Tin sanft. Er tat einen letzten Blick aus dem Fenster, bevor er an Colombe herantrat und sich zu ihr niederkniete. Er nahm ihre Hände und lächelte sein liebevolles Lächeln. »Nehmen wir als Beispiel: Jefferson«, begann er zu erklären. »Er hat, seit er dich das erste Mal gesehen hat, alles für dich gemacht, stimmt's? Er hat das Grab deiner Familie gepflegt und war auch sonst immer für dich da.«

Colombe nickte.

»Das ist Liebe«, sagte Tin und befreite einen klitzekleinen Moment seinen schiefen Zahn. »Liebe trägt immer ein bisschen Eigennutz mit sich.«

»Schau Otto an«, sprach er gefühlvoll weiter. »Er lässt mich bei dir sein, obwohl ich keine Wächterehre mehr trage und nicht mehr in deiner Nähe sein dürfte.«

Colombe drückte Tins Hände noch fester und symbolisierte damit, ihn festhalten zu wollen. »Ich brauche dich!«, schoss es aus ihr heraus.

»Genau *das* weiß Otto«, nickte Tin, »darum hat er auch noch keinen einzigen Versuch unternommen, mich von dir fernzuhalten. Das ist Emphatie.«

Colombe nickte Otto dankbar zu und schenkte ihm ein Lächeln.

Doch der tat keinen Wank und starrte in die Leere des hell beleuchteten Korridors.

»Zlittle«, fuhr Tin fort. »Ihr seid zusammen in den Kindergarten gegangen. Du hast jeden Tag gezeichnet und dich von den anderen Kindern abgeschirmt. Du wolltest für dich sein, weil du damals nicht mit deiner Fähigkeit der Energieerkennung umgehen konntest. Die Gefühle der anderen Kinder sind in dich hineingeprasselt und haben dir starke seelische Schmerzen bereitet. Doch Zlittle hat sich eines Tages neben dich an den Maltisch gesetzt und mit dir zusammen geschwiegen, mehrere Tage lang. Auf einmal tauschtet ihr untereinander die Bilder aus und lachtet zusammen. Zlittle hat sich nicht um die herablassenden Kommentare der anderen geschert, weil sie sich mit der komischen Colombe unterhielt oder sogar Zeit mit ihr verbrachte. Es war ihr egal. Sie war es auch, die dich an der Hand nahm und dich beschützte, als sie dich zum Spielen mit den anderen Kindern aufforderte. Das, Colombe, ist Anastuiit. Das Durchbrechen von Mauern, das Erkennen der Seele im Menschen, das Wissen, dass der Mensch, der gerade vor dir steht, Gefühle hat und sein einziges Ziel die Rückkehr zu Animus ist. Trotzdem macht man anastuiite Dinge nicht aus Eigennutz und der Hoffnung, deswegen zu Animus zurückkehren zu können. Man macht es, weil man ein Homullus ist, weil man wie Animus ist: ursprünglich aus reinem Anastuiit bestehend.«

»Das Erkennen der Seele im Menschen«, wiederholte Colombe, »das ist Anastuiit?«

Tin nickte. »Das Erkennen der Seele im Menschen, um sich mit ihr in Freundschaft zu vereinen ... ja. Du hattest vorhin sogar ein bisschen recht. Die Fähigkeit zur Empathie ist Voraussetzung, um überhaupt Anastuiit erzeugen zu können.«

Colombe knetete Tins Hände und suhlte sich in der Energie seiner unmittelbaren Nähe. Sie hatte den Kopf gesenkt und kaute an ihrer Unterlippe.

»Siehe«, sprach Tin weiter, »Irgendwo auf der Welt geschieht eine Naturkatastrophe. Wir werden im Minutentakt darüber informiert, durch die Medien, durch das schnelle Internet. Wir sehen schreckliche Bilder, Tod, Verwüstung, Trauer. Viele dieser unbeteiligten und sich in Sicherheit wissenden Menschen durchfährt dabei ein Schauer des Anastuiits. Sie empathieren mit den Verletzten und den Zurückgebliebenen, die einen geliebten Menschen verloren haben. Sie fühlen die Trauer und fragen nach dem Warum.«

»Das hört sich an, als ob die Homullus der Erde absichtlich schreckliche Naturkatastrophen antäten. Nur, damit die Menschen Anastuiit entwickeln?« Colombe schüttelte sachte den Kopf. »Sie mischen sich ein? Geht das nicht gegen das Gesetz des freien Willens?«

Tin neigte den Kopf und lächelte Colombe noch liebevoller an, als er es eh schon tat. »Es sind nicht die Homullus. Und es ist auch nicht die tragende Energie der Erde, Gaiaihylica, die diese Katastrophen verursachen.«

»Lucifer!«, warf Colombe ein und kniff die Augen zusammen.

»Diesmal war es Tin, der sich räusperte.

»Nein, nicht Lucifer.«

»Mactus!«, folgerte Colombe schnell.

Tin schwenkte seinen Kopf hin und her. »Nein, Colombe. Erinnere dich an das, was Lusebian dir gestern erzählt hat: Es sind die Menschen.«

»Die Menschen?«, wiederholte Colombe und verzog das Gesicht, als ob sie eben an einem vergammelten Stück Fleisch gerochen hätte.

»Mhm, die Menschen. Die Seelen spüren immer und immer wieder, dass sich etwas ändern muss. Sie opfern sich, damit die Menschheit eine Chance kriegt, überhaupt Anastuiit entwickeln zu können.«

»Sie hätten genügend Chancen, etwas ohne Katastrophen zu ändern, wenn schon nur diese kleinen zwischenmenschlichen Kriege im Alltag nicht wären«, murrte Colombe. »Von den politischen Kriegen ganz zu schweigen.«

»Wie wahr«, stimmte Tin zu und hob seine Augenbrauen. »Genau deswegen braucht die Menschheit dich. Jemanden, der ihnen zeigt, wie es in Tat und Wahrheit funktioniert. Jemanden, der den Kern der Sache angeht und nicht nur die Folgen bekämpft.«

Colombe rollte die Augen. »Ich habe vorhin selbst gemeckert – und es kämen mir noch viele andere Dinge in den Sinn, da bin ich keinen Deut besser als all die Anderen. Ich ärgere mich lieber, als mir die Zeit zu nehmen, die Seele meines Gegenübers zu erkunden. Bei mir läuft das ja normalerweise automatisch ab. Und wenn ich ehrlich bin, kenne ich echt viele Menschen, die sehr wohl sehr viel Anastuiit erzeugen … glaube ich jedenfalls.«

Tin hüstelte sein Lachen weg. »Es geht nicht darum, die Heiligkeit in Person zu sein, oder besser gesagt, die Scheinheiligkeit zu verkörpern. Es geht darum, auf seine Intuition zu hören. Es ist doch scheißegal, wenn man ab und zu flucht.« Tin wedelte wild gestikulierend mit den Händen herum.

Colombe schürzte die Lippen und runzelte die Stirn. »Was ist mit dem Krieg? Können der Krieg und seine Gräueltaten auch Anastuiit bewirken? Ist das, was die Mactus-Krieger denken, doch wahr? Produzieren sie deshalb Gewalt!«

»Nein, Colombe. Krieg, Missgunst und Misshandlungen lösen das Gegenteil aus. Wer in einem Land wohnt, indem kein Krieg herrscht, nimmt zwar das Leid wahr, das der Kampf auslöst und es wird möglicherweise auch Empathie für die Leidenden empfunden, aber niemals, wirklich NIEMALS, entwickelt sich Anastuiit. Wenn ein Mann seine vergewaltigte und anschließend totgequälte Frau beweint, dann werden weder vom Opfer noch vom Täter noch von trauernden Familienangehörigen oder Freunden Anastuiit entwickelt. Dann, Colombe, entsteht Dunkelheit. Dunkelheit, die das Licht beschützen will. Dann bildet sich Hass, dann entwickelt sich das Wie-du-mir-so-ich-dir, und das, Colombe, stammt nicht von Animus. Das hat der Mensch ganz alleine erschaffen. Denn Animus kennt das, was wir das Böse nennen nicht.«

»Das ist ja alles schön und gut, Tin«, sagte Colombe. Deshalb habe ich trotzdem das Gefühl, die Menschheit hat mehr Böses hervorgebracht als Anastuiit.«

Energisch schüttelte Tin den Kopf. »Die Tatsache, dass du das prophezeite Amceps bist, zeigt mir, dass sich eine Wende im Bewusstsein der Menschheit abzeichnet. Die Menschen sind es leid, Dunkelheit zu produzieren. Sie bemerken, dass sie das nicht weiterbringt. Sie wollen sich ins Licht verändern, sie wollen emphatisch sein, sie wollen Anastuiit produzieren. Sie wollen glücklich sein.«

»Verdammt nochmal!«, stöhnte Colombe missmutig, »warum tun sie es dann nicht einfach?«

»Die Menschen brauchen jemanden, der sie führt, der sie aus dem Teufelskreis herauszieht und ihnen zeigt, dass es auch anders geht. Einen Pionier, der den Weg freimacht.« Zärtlich streichelte Tin über Colombes widerspenstiges Haar. »Sie brauchen dich!«, fügte er hauchend hinzu.

»Mich? Scheiße«, sie ließ die Schultern fallen. »Wir wissen ja, wie wir Menschen mit Pionieren umgehen. Jesus ist das beste Beispiel dafür! Außerdem. Was kann ich in diesen vier Tagen schon anstellen, was die ganze Menschheit dazu bewegen könnte, sich der Seele im Menschen bewusst zu werden?« Colombe kamen bei diesem Gedanken erneut die Tränen. Sie tropften auf Tins Hände. *Warum sieht den niemand das Offensichtliche? Das Miteinander wäre so einfach! Niemand sollte gegen etwas oder jemanden kämpfen müssen, sondern sich mit ganzem Herzen FÜR etwas einsetzen können.*

Tin lächelte sein breites Lächeln. »Du lebst schon längst nach den Prinzipien der Homullus«, sagte er und wischte mit dem Daumen das salzige Nass aus Colombes Gesicht. »Du weißt um die Bedeutung einer herzlichen Umarmung. Du weißt um die Größe eines echten Lächelns. Du erkennst die Angst und die Sehnsucht in der Seele, die sich in deiner Nähe befindet. Und du handelst als Engel.«

Colombe hob einen Finger. »Als halber Engel, bitteschön«, sagte sie matt und zog die Nase kraus.

Otto schnippte mit den Fingern und zeigte auf die Uhr. »Du solltest dich entweder in die Mitte des Raumes stellen, oder dich auf die Bank bei der Tischecke setzen. Es ist gleich soweit.«

Colombe vergaß einen kurzen Augenblick das Atmen, bevor sie aufstand und sich in die Mitte des Raumes stellte. »Oh-mein-Gott-oh-mein-Gott-oh-mein-Gott«, murmelte sie und krümmte die Finger, bis sie knackten. »Oder sollte ich besser sagen Oh-Animus-oh-Animus-oh-Animus!«; und obwohl ihr so gar nicht nach Lachen zumute war, strahlte sie übers ganze Gesicht. Langsam spürte sie, wie Tin sich von ihr entfernte. Aufgeregt tapste sie auf der Stelle und blies sich mehrmals übers Gesicht. Ihre roten Haare glänzten im Schein der Deckenlampe, die sich direkt über ihr befand. Ihre Hände ballten sich zu Fäusten. Sie drückte so fest zu, dass die Sehnen erneut knackten. »Ich habe keine Ahnung, was ich tun muss! Wir haben vergessen, darüber zu sprechen! Scheiße! Mist verdammter, elender! Scheiße! Scheiße! Scheiße!«

»Keine Sorge, es soll wunderschön sein«, hörte sie Otto rufen, bevor eine unbekannte Macht sie zwang, ihre Augen zu schließen.

20

Es war wie im Traum, wenn man das Gefühl hat, zu fallen. Oder wie im Flugzeug, wenn die Maschine in ein Luftloch fällt. Ein kurzer Augenblick der Schwerelosigkeit, die den fleischlichen Körper in Panik versetzt.

Colombes Magen verkrampfte sich. Doch bevor sie überhaupt an Übelkeit denken konnte, schien alles schon wieder vorbei zu sein – aber da hatte sie falsch gedacht, es war noch nicht vorbei. Jetzt fing es erst an!

Endlich konnte sie sehen, was sie schon ihr Leben lang gespürt hatte. Sie erkannte ihre eigene Energiespirale, die Farben, die Wirbel, das Glitzern und das Anastuiit. Es war wunderschön. Genauso, wie sie es sich immer vorgestellt hatte. Nein, es war sogar noch viel schöner. Tausendmal leichter, fröhlicher und liebevoller. Selbst in ihrer optimistischsten Vorstellung hätte sie nicht gedacht, dass man sich so gut fühlen kann. Überall um sie herum leuchteten Farben, die sie noch nie zuvor gesehen hatte und von denen sie genau wusste, dass sie diese als Mensch niemals würde beschreiben könnte. Betörende Melodien erklangen, die ihr Herz erwärmten und ihr Tränen der Freude in die Augen drückten. Der Duft, der ihr in die Nase stieg, kam ihr bekannt vor. Tin roch sehr ähnlich. Frisch, gesund, fröhlich, energiegeladen. Ihr Körper löste sich auf, verschmolz mit den rotierenden Wirbeln und fügte sich langsam in die Spirale ein, wie Öl in Mayonnaise. Schwerelosigkeit, Leichtigkeit, Freiheit, Schmerzlosigkeit, in vollkommener Harmonie mit ihrer Seele... uralt. Geboren durch die Liebe Animus. Die Liebe war kaum auszuhalten und kam auf sie nieder, wie feinster Staub, der es auch durch die kleinsten Ritzen schaffte. Ihre Spirale strahlte hellstes Licht und wurde dabei von der Dunkelheit zärtlich umgarnt. Sie leuchtete faszinierend hell, und doch blendete es sie nicht. Colombe wäre am liebsten in sich selbst hineingeschlüpft und fühlte sich, als ob sie auf das Licht am Ende des Tunnels zugehen würde. Sehnsüchtig... nach der Perfektion des Seins und voller Begehren sich in die Arme Animus zu schmiegen.

Dann schwupste sie, wie durch eine Vakuumpumpe gesogen, in ihren fleischlichen Körper zurück und öffnete die Augen.

Sie dachte, es wäre ihr schwindlig, aber das stimmte nicht. Sie fühlte sich gut. So richtig ausgeruht und frisch, als ob sie das Wort *Müdigkeit* noch nie zuvor gehört hätte.

Als sie sich umsah, blieb ihr der Mund vor Staunen offen. Sie befand sich mitten in einer uralt wirkenden Bibliothek. Überall standen Regale voller Bücher aus glänzendem, karminrot schimmerndem Alabaster. Sie roch verstaubtes Papier, obwohl nirgends Staub auszumachen war. Der Raum war riesengroß, die Buchkorridore verwinkelt. Trotzdem schien alles übersichtlich zu sein. Nah und greifbar. Colombe breitete ihre Arme aus, legte ihren Kopf in den Nacken und drehte sich im Kreis. Die Wände waren unermesslich hoch. Sie sah in die Unendlichkeit, als ob sie in einer klaren Sternennacht in den Himmel schauen würde, ohne zu erahnen, wie undenkbar endlos das Universum ist. Als sie wieder auf den Boden sah, dachte sie zuerst, sie stünde auf einem gewaltigen Spiegel, der die Regale und die Bücher reflektierte. Doch als sie sich ehrfürchtig duckte und die glatte Fläche berührte, erkannte sie, dass sie auf einem gläsernen Zwischengeschoss stand. Unter ihr bauten sich weitere unzählige Regale voller Bücher auf. Auch hier war kein Ende zu erkennen.

Colombe wollte zu den vielen Regalen gehen, die mindestens zehn Meter von ihr entfernt standen. Kaum hatte sie die Idee zu Ende gedacht, rutschten die Gestelle innert eines Wimpernschlages zu ihr heran. Die Bibliothek war zusammengeschrumpft, wie ein Wollpullover, der in der Waschmaschine zu heiß gewaschen worden war und sich alsdann viel zu eng an den Körper schmiegte. Colombe hatte kaum noch Platz, sich in dem - jetzt bedrohlich wirkenden - engen Raum umzudrehen. Sie erschrak und zuckte zusammen. Erst als sie sich wieder den ursprünglichen Zustand herbeiwünschte, glitten die Alabasterregale in eine angemessene Entfernung zurück. Die Bibliothek präsentierte sich wieder als weitläufige Halle.

Colombe wagte kaum zu atmen. Ihr Herz klopfte wild und ihre Beine zitterten. »Jetzt stell dich mal nicht so an«, murmelte sie laut vor sich hin«, beruhige dich!«

Sofort entspannte sich ihr Körper. Das Zittern in den Beinen verschwand und ihr Herzschlag normalisierte sich.

»Wow«, kommentierte sie die schnelle körperliche Veränderung und fragte sich sofort, ob es hier im Crepererum mit allem so funktionierte. Sie sah auf die Verletzung an ihrem Handgelenk, die sie aus dem Kampf mit den Mactus-Kriegern davongetragen hatte, und stellte sich vor, wie sich die Wunde vor ihren Augen schließt.

Tatsächlich heilte der Schrammen mit einem Geräusch, das von einem Haufen schleimiger Würmer hätte stammen können, die sich genüsslich auf einem Aas tummelten. Es fehlte nur noch der Gestank von verfaultem Fleisch.

»Cool«, rief sie begeistert aus.

Sofort startete sie noch einmal den Versuch, sich eines der Bücherregale genauer anzusehen. Und tatsächlich: Nicht mehr die gesamte Bibliothek stürzte auf sie zu, sondern nur noch das speziell anvisierte Möbel.

Die Einbände der Bücher sahen alt aus, schlicht und ohne Schnörkel. Sie zeigten keinen Makel. Nirgends war eine zerknitterte Seite zu erkennen, kein Staub oder mürber Leim. Colombe kam es vor, als ob ein richtiges Tohuwabohu in den Regalen herrschte. Die Bücher schienen nicht speziell eingeordnet worden zu sein. Große standen neben Kleinen, dicke neben dünnen und blaue neben gelben. An keinem der Buchrücken war ein Titel zu lesen, so zog Colombe ein beliebiges Exemplar heraus. Natürlich entschied sie sich für ein purpurrotes Stück. Vorsichtig streichelte sie über den handgroßen Band aus seidenzartem Baumwollstoff. Der Titel des Buches war mit goldenen Buchstaben eingraviert, jedoch bis zur Unleserlichkeit verschwommen. Bei näherer Betrachtung bewegten sich die verwaschenen Buchstaben wie die Energiespiralen der Menschen hin und her, auf und ab. Sie hüpften herum oder wiegten sich sanft im pulsierenden Nebel des Wortes.

Als Colombe mit den Fingern über die Buchstaben glitt, hörte sie eine liebliche Melodie und musste unweigerlich lächeln. Sie schob das Buch behutsam an seine Stelle zurück und zog ein anderes, etwas größeres limettenfarbenes Exemplar heraus. Auch dort erkannte sie unlesbare Schriftzeichen. Als sie mit den Fingerkuppen den Linien entlang tastete, hörte sie auch da eine Melodie. Der Klang war anders als vorher, die Schwingungen heller und trotz der Fröhlichkeit verbarg sich ein Hauch Melancholie darin.

Colombes Bauchgefühl verriet ihr die Bedeutung dieser Bücher. Es waren die aufgezeichneten Lebensgeschichten der Menschen. Jede Sekunde wurde sorgsam eingetragen. Jedes Gefühl, jeder Gedanke, jede Bewegung. Alte Seelen, mit vielen menschlichen Inkarnationen, besaßen große oder dicke Wälzer. Wer sich noch nicht so viele Leben auf Erden gegönnt hatte, begnügte sich mit dünnen und kleinen Einbänden. Die verschwommenen Buchstaben, die dem jeweiligen Buch den Titel gaben, bestanden aus den Namen der Seelen, niedergeschrieben in einem Gemisch von Sprache und Melodie. Sie waren nur durch Gedanken erfassbar.

Colombe blätterte gespannt in dem Buch. Obwohl sie die Schrift nicht entziffern konnte, wusste sie, dass sie eine Lebensgeschichte in Händen hielt. Sie blätterte weiter, bis zu einer Seite, die nur zur Hälfte beschrieben war. Eine unsichtbare Feder schrieb stetig Buchstabe um Buchstabe nieder und notierte sämtliche Erinnerungen des Menschen. Als die Seite voll war, blätterte das Buch zur nächsten leeren Seite weiter, wie durch eine unsichtbare Zauberhand geführt.

Colombe stellte auch dieses Buch wieder an seinen Platz zurück und blickte sich weiter in der Bibliothek um. Genau so hatte sie sich das Crepererum vorgestellt: als eine weiträumige Bibliothek. Verwinkelt, mit hunderten von kleinen Nebenräumen und vielen offenen Korridoren zu allen möglichen Abteilungen der Zeitgeschichte. Die Regale und Schränke waren mit spiralförmigen Holzrosen aus Mahagoni verziert. Colombe gefiel das. Obwohl es im Leben als Mensch wohl eher als Geschmacksverstauchung verschrien worden wäre, karminroter Alabaster mit Mahagoniholz zu kombinieren.

Über ihr formte sich geräuschlos ein Deckengewölbe, das mit bunten Fresken geschmückt war, die vom Großmeister Leonardo da Vinci persönlich hätten stammen können. Die Bilder zeigten aber keine Engel oder biblische Szenen, sondern farbenfrohe Energiespiralen, welche die Seelen der Homullus darstellten. Colombe hätte stundenlang den Pinselstrichen folgen können, die weitaus mehr zu zeigen hatten, als eine 3-D-Collage. Sie dachte, in tiefere Dimensionen blicken zu können. Aber ihr Vorstellungsvermögen gelangte an seine Grenzen. Als auch der Boden nicht mehr durchsichtig wirkte, sondern wie staubiger und abgewetzter Parkett, fühlte sie sich restlos wohl im Crepererum.

Aber sie war nicht da, um sich mit der Kunst der Quantenhaftigkeit auseinanderzusetzen. Ihre Aufgabe war, das Bewusstsein der Menschen zu messen. Wie sie das anstellen sollte, entzog sich ihren Kenntnissen. Aber irgendwie vertraute sie darauf, automatisch das Richtige zu tun. »Ich muss nur auf meine Intuition hören«, sprach sie sich Mut zu.

Wie auf Befehl öffnete sich neben ihr eine hölzerne Tür. Diesen Zugang hatte sie zuvor gar nicht bemerkt.

»Raum der Gedanken«, stand in goldener Schrift (ausnahmsweise Mal lesbar) über dem Eingang und blinkte wie die Leuchtreklame eines Schnellimbisses. Als Colombe durch den Zugang schritt, glaubte sie, es schneie. Aber es war kein Schnee, der vom Himmel rieselte. Es sah vielmehr aus wie Konfetti, die mit farbenfrohen Lichtschimmern umgeben waren – wie Regentropfen mit einer Aura. Sachte wirbelten sie herum. Von oben nach unten und von unten nach oben; seitwärts, schräg oder purzelnd wie eine Feder im Wind. »Das sind die Gedanken der Menschen!«, wusste Colombe sofort und freute sich. Erneut streckte sie ihre Arme seitlich aus, legte den Kopf in den Nacken und drehte sich im Kreis. Die Versuchung war groß, den Mund zu öffnen und sich einen der Gedanken, wie eine Schneeflocke, auf der Zunge zergehen zu lassen. Doch sie ließ es bleiben. Sie sah auf den Boden und wieder stand sie auf Glas. Diesmal erschienen unter ihr keine Bücher. Es waren Millionen von Spiralenergien der Menschen, die ihre Gedanken und Gefühle in den Raum entließen. Wie es möglich war, eine solche Unmenge von Energien an einem Ort zu vereinen, überstieg ihr Vorstellungsvermögen. Doch das war ihr eigentlich egal. Die Dinge im Crepererum funktionierten eben nach eigenen Regeln und machten Unmögliches möglich.

Erst jetzt hörte Colombe das leise Säuseln und Flüstern der Menschen. Zillionen von Ideen flogen himmelwärts. Diese Ideen schienen nur ein einziges Ziel zu haben: wieder zu dem Menschen zurückzukehren, der sie ausgesandt hatte. Bei einzelnen Konfetti spürte Colombe Enttäuschung. Ihre Betrübtheit stammte von Menschen, die entweder gestorben waren oder keine Anstalten machten, ihre Ideen umzusetzen. Also gab es Konfetti, die sich einen anderen Menschen suchten. Einen, dem sie ihre Existenz einpflanzen konnten. Weil die Idee so gut war, dass man sie einfach ausführen MUSSTE!

Colombe ging vorsichtig weiter. Wie abgeschnitten hörte es plötzlich auf, Gedanken zu schneien. Sie trat in eine konfettifreie Zone. Dieser Bereich war hell und düster zugleich. Eine feine Schicht aus Dunst schwebte spiralförmig nach oben. In der Mitte des schneeweißen Nebels, der trotz seiner weißen Farbe so durchsichtig war wie Glas, stand ein Altar aus karminrotem Alabaster. Er war nicht größer, als ein Bistrotisch. Er glänzte und versprühte Weisheit und Ehrfurcht. Auf dem kleinen Altar stand eine filigrane, hölzerne Waage und machte den Eindruck, beim kleinsten Windhauch umzufallen.

Eine Spielzeugwaage!, dachte Colombe und erinnerte sich an ihre Vorschulzeit zurück, als sie ein ähnliches Gebilde aus gelbem Plastik zu ihren Spielsachen zählte.

In einem kleinen Loch, in der Mitte des Altars, steckte ein 20 Zentimeter hoher Holzstab. Auf der Spitze dieses Stabes balancierte ein Holzstück, an dessen Enden die Waagschalen angehängt waren. Eine einfache aber zweckdienliche Konstruktion. Die Waagschalen hingen an hauchdünnen Fäden, als ob sie von einer Spinne gewoben worden wären. Die Waage schwebte in perfekter Balance, genau, wie Lusebian es vorausgesagt hatte. Auf der einen Seite schimmerte eine durchsichtige Masse. Es sah aus wie Wasser. Doch bei näherer Betrachtung erkannte Colombe Licht darin. Demnach gehörte die andere Seite der Dunkelheit. Diese Masse war etwas dickflüssiger und sah aus wie dunkelrot eingefärbtes Öl.

»Wow, die Waage, mit der ich das Bewusstsein der Menschen messen soll«, rief Colombe erstaunt aus, »dich habe ich mir größer vorgestellt!« Sie schaute sich sofort nach dem Kodex der Homullus um, in den sie das Ergebnis der Messung eintragen musste. Sie hatte immer noch keine Ahnung, wie sie das anstellen sollte. Lusebian hatte gesagt, der Kodex werde sich durch ihre Anwesenheit automatisch materialisieren. Vielleicht musste sie einfach einen Eintrag in ein Buch vornehmen. Wie ein Lehrer, der einen Schüler beurteilt. Obwohl... sie hatte keine Ahnung, was sie in diesem Fall schreiben sollte! Vielleicht: *Die Menschen sind ja sowas von Lieb!* Oder: *Es gibt fortschrittliche Operationsmethoden, die vielen Menschen das Leben erleichtern oder gar retten können. Aber nur für die Reichen –.* Bei diesen Gedanken verspürte Colombe plötzlich Wut. Ihr Sarkasmus stieg. *Oder sollte ich schreiben: Es gibt in vielen Ländern so extrem viele Lebensmittel, dass man diese sogar wegwerfen muss. Man vermag sie einfach nicht alle aufzuessen, bevor sie schlecht werden. Oder macht man das absichtlich, damit die Armen, die ihr Essen auf den Müllkippen zusammensuchen, auch was davon abbekommen?* Oder: *Die Leute sind immer sehr betroffen, wenn es einen schwarzen Tag an*

der Börse gibt. Das ist deswegen, weil dadurch Rattenschwänze von schlech-
ten Dingen passieren , die ganze viele unbeteiligte Menschen in den Ruin
treiben können –. Oder soll ich schreiben: Liebes Crepererum, lieber Animus,
versteht mich bitte nicht falsch: Ich mag Geld. Deswegen muss ich keinen
Hunger leiden. Deswegen kann ich mir immer genügend warme Sachen kau-
fen. Deswegen kann ich mir ab und zu sogar Urlaub gönnen, einen Compu-
ter kaufen, ein Handy, Zahnpasta, einen Fernseher. Dadurch habe ich
fließend Wasser im Haus, kann mich waschen und das WC spült meine
Fäkalien von mir weg. Aber, liebes Crepererum, lieber Animus, könntet ihr
es nicht einrichten, dass man ab sofort nur noch Geld aus dem Bancomaten
ziehen kann, wenn man genügend Anastuiit erschaffen hat? Kann man ein
Glas Bier nicht mit einem Lächeln bezahlen? Ja, klar, kein Wirt kann von
einem Lächeln leben, kein Bauarbeiter von einem Schulterklopfen und kein
Buchhalter von einem Dank. Ich verlange ja auch nicht, dass das Geld ver-
schwinden soll. Es ist ein tolles Tauschmittel, keine Frage. Der Wirt soll sein
Geld bekommen. Der Gast zahlt einfach mit dem Geld, das er verdiente, in-
dem er einem Straßenmusikanten ein Lächeln geschenkt hat. Also, Animus.
Anstatt das Bewusstsein in eine Waagschale zu werfen, sollte man es auf die
Bankkonti des jeweiligen Menschen einzahlen. Dann macht jeder die Arbeit,
die er gerne mag. Toiletten zu putzen, zum Beispiel, wäre längst nicht mehr
so schlimm, weil die Menschen voller Achtung wären vor denen, die diese
Reinigungsarbeiten durchführen. Es gibt Menschen, die sehr gerne putzen,
oder nicht? Manipulation, Gewalt und Mobbing hätten keine Chance mehr.

Colombe schüttelte ihren Kopf und holte sich selbst aus ihren
Träumen. »Verdammt, ich stell mir wieder einmal Utopia vor!«

Aufmerksam suchte sie weiter nach dem Kodex. Auf den ersten
Blick konnte sie ihn nicht entdecken. »Wenn die Waage schon so klein
ist, wird dieses Buch auch nicht gerade ein Riesenschmöker sein«,
dachte sie laut. Sie umrundete den Altar, beäugte ihn von oben bis
unten, konnte nirgends ein Buch finden. Colombe ließ die Schultern
hängen, schürzte abwechselnd die Lippen und zog sie wieder zusammen. »Wo ist der Kodex der Homullus?«, seufzte sie nachdenklich.

Da hörte sie ein Zischen. Das Geräusch erinnerte sie an die Film-
serie »Raumschiff-Enterprise« (die Originale), wenn sich die Schiebe-
türen automatisch öffneten.

Colombe drehte sich um und stand vor einem mächtigen hölzernen Tor. Es war mindestens fünf Meter hoch aber nur einen Meter

breit. Senkrecht angebrachte Bretter waren mit eisernen Schrauben befestigt. Zwei schwere Balken zogen sich waagrecht über das Tor und dienten als unbezwingbare Verriegelung. Colombe suchte vergebens nach einem Handknauf oder einem eisernen Türdrücker. *Das muss das Animus-Portal sein,* dachte sie.

Bei dem Gedanken wich ihr das Blut aus den Adern. Voller Ehrfurcht stolperte sie ein paar Schritte zurück. Kurz vor dem karminroten Altar plumpste sie auf den Hintern. Eine gefühlte Ewigkeit saß sie nur da und starrte auf das Tor. Sie fragte sich, ob sie einfach mal anklopfen solle. Der Gedanke brachte sie zum Lachen. Warum sollte ausgerechnet sie dieses Tor öffnen können, wenn es selbst die Homullus nicht schafften. Schmunzelnd schüttelte sie den Kopf. Trotzdem war es ihr, als ob für einen Augenblick eine höhere Macht die Herrschaft über ihren Körper übernommen hatte. Langsam erhob sie sich, ging auf das Tor zu, ballte die Faust und holte Schwung. Noch bevor sie den Schlag ausführte, erfüllte plötzlich der Duft von Tin ihre Nase, als ob er gleich neben ihr gestanden wäre. Wärme stieg in ihr empor. Die Schmetterlinge im Bauch begannen wieder zu flattern und das Gefühl nach Hause zu kommen breitete sich in ihr aus. Was würde geschehen, wenn sich das Tor tatsächlich öffnete? Immerhin war sie ein Amceps. Und das prophezeite noch dazu. Colombe atmete tief durch, die Faust über ihrer Schulter immer noch geballt. Der Geruch Tins erfüllte sie mit einem Verlangen, das sie bisher nur aus schnulzigen Liebesfilmen kannte. Wenn ihr Klopfen sich jetzt als erfolgreich herausstellen sollte und das Tor sich öffnete, dann könnte sie nicht zurück zu Tin. Sie könnte seine graublauen und traurigen Augen nie mehr wiedersehen. Das schmale Gesicht, die leicht knollige Nase, den langen Hals, den kleinen Mund mit dem schiefen Eckzahn und seine humusfarbenen Haare. Sie könnte niemals herausfinden, wie ein Kuss von im schmeckt. *Ob es wirklich so schön ist, wie ich es mir vorstellte?* So intensiv, so tief und so atemlos, dass sie sich wünschte, mit ihm zu verschmelzen?

Langsam öffnete sie die Faust und ließ die Hand sinken. Sie legte ihre Stirn an das Tor und schloss die Augen. Genauso, wie Tin es vor ein paar Stunden noch bei ihr gemacht hatte. Doch aus Angst davor, das Tor könnte sich selbst durch diese kleine Geste öffnen, wich sie schnell wieder zurück. Sie hob eine Hand, um ihre Stirn mit dem

Handballen zu bedecken. Kein Wunder dachten die Menschen, das dritte Auge befände sich zwischen den Augen: *Das Abdecken der Stirn unterstützt die Bemühung, seine Gedanken nach innen zu richten, sich besser konzentrieren zu können und seine Aufmerksamkeit voll und ganz der jeweiligen Frage zu widmen.*

Colombe war ab sich selbst entsetzt. *Erde und Menschheit wurden nur erschaffen, um ein einziges Ziel zu erreichen: die Tore des Animus zu öffnen. Und ich würde lieber mit Tin schmusen, als die Sehnsucht der Allgemeinheit zu erfüllen und die Homullus zurück zu Animus zu führen! Was bin ich bloß für ein Engel? Kann man noch egoistischer sein!*

Colombe hatte keine Ahnung, wie lange sie so dort stand, bis sie sich entschied, während ihrer letzten Amceptierphase an das Tor zu klopfen. So lange würde die Welt wohl auch noch warten können.

Das Gesäusel der Gedankenkonfetti drang jetzt wieder lauter an ihre Ohren. Schnell beschäftigte sie sich mit der Waage. Sie umrundete den Altar noch einmal, um sicher zu sein, dass der Kodex sich doch nicht irgendwo versteckt hielt. Seitlich des Altars erkannte Colombe eine Wölbung. Es sah aus wie eine Wokpfanne, nur viel kleiner. Vermutlich war das der Platz des Kodex. Der Wölbung zufolge musste dieses Buch aus einer Kugel bestehen, nicht größer als eine Clownnase.

Plötzlich entwickelte sich ohrenbetäubender Lärm. Als sie sich umdrehte, strömten die Konfetti wie Kamikazeflieger auf sie zu. Schallendes Stimmengewirr drang an Colombes Trommelfell. Ihr Kopf schien zu explodieren. Sie dachte, sämtliche Zellen ihres Körpers seien am zerplatzen. Sie sank zu Boden und hielt sich die Ohren zu. Schmerzgeplagt und kläglich jammernd.

»Aufhören«, schrie sie.

Dann wurde es still. Die Schmerzen verschwanden so schnell, wie sie aufgetaucht waren.

Colombe sah verwundert auf. Die Verwunderung wechselt aber schnell zu einer logischen Erklärung: Natürlich hatten Lärm und Schmerz unmittelbar nach ihrer Bitte aufgehört. Immerhin befand sie sich im Crepererum, der Bibliothek der Quantenhaftigkeit und der unmittelbaren Erschaffung ihrer Gedanken. Langsam stand sie auf, stellte sich vor die Waage und stützte sich mit beiden Armen auf dem Altar ab, als ob sie eine Rede halten wollte.

»Kodex der Homullus, zeige dich!«, befahl sie. »zeig dich ... *bitte*«, fügte sie nach kurzem Zögern hinzu.

Kaum hatte sie die Worte ausgesprochen, zischte aus der Mitte der herumwirbelnden Gedankenkonfetti eine gläserne Kugel hervor und schwebte in die Wölbung neben der Waage. Die Kugel war durchsichtig, schimmerte aber in schwachen Regenbogenfarben. Wie ein kreisrund geschliffener Diamant ohne Fehler... perfekt.

»Bist du der Kodex der Homullus?«, fragte Colombe die Kugel. Sofort pustete sie stark aus, sodass ihre Lippen vibrierten. »Oh Gott! Jetzt sprech ich schon mit Glaskugeln, wie eine Wahrsagerin. Fehlen nur noch knielange Haare, sehnige Finger und eine haarige Warze auf meiner Nase.«

Die Kugel glühte kurz auf, als ob sich ein Funke entzündet hätte, wurde aber gleich wieder kühl und durchsichtig.

»Ich werte das jetzt Mal als ja. Du bist also der Kodex«, murmelte Colombe, kratzte sich am Hinterkopf und wünschte, Tin wäre an ihrer Seite, um ihr zu sagen, was sie als Nächstes tun muss.

»Zeigst du mir, wie ich das Bewusstsein der Menschheit messen kann?«, fragte Colombe schließlich den Kodex.

Es war, als ob die Gedankenkonfetti nur auf diese Frage gewartet hätten. Binnen weniger Sekunden wirbelten sie mit Überschallgeschwindigkeit an Colombe vorbei und wurden vom Kodex verschluckt. Augenscheinlich hätten nicht mehr als zwanzig Konfetti in der Kugel platz gehabt. Rein theoretisch war das also ein Ding der Unmöglichkeit.

Ehe Colombe »cool«, sagen konnte, hustete der Kodex die Farbenpracht wieder aus. Colombe spürte, wie einige Gedanken ihren Kopf streiften und sich an ihr zu verankern versuchten. Sie verscheuchte die Konfetti mit der Hand und pustete sie weg wie lästige Wespen. Als sie ihren Blick auf die Waage richtete, erkannte sie kreisrunde Wellen in der leuchtenden Flüssigkeit, als ob ein Tropfen Wasser in die Mitte der Schale gefallen wäre. Der Inhalt der dunklen Schale vibrierte nur ein bisschen. Ihre Intuition sagte ihr, dass das bereits die ganze Messung war.

»Das bedeutet wohl, wir Menschen haben in den letzten 19 Jahren mehr Anastuiit als Dunkelheit erschaffen«, dachte sie wieder laut. »Ich kann mir echt nicht vorstellen, wie das möglich ist. Aber es scheint doch mehr friedliebende und lichtversprühende Menschen zu geben, als ich gedacht habe.«

Zufrieden stemmte sie die Hände in die Hüfte und begutachtete ihr Werk. Das Crepererum war schon ein spezieller Ort. So wunderschön. Hier konnte man es sich gut gehen lassen. Colombe tippte sich mit zwei Fingern an die Stirn und verabschiedete sich von der Waage und dem Kodex. Dem Tor winkte sie zu. »Ich werde während meiner letzten Amceptierung in vier Tagen an dich klopfen. Aber zuerst will ich Tin noch etwas genießen. Das verstehst du hoffentlich.«

Fröhlich durchquerte sie die Gedankenkonfetti und betrat wieder die Bibliothek. Den Rest ihrer Zeit wollte sie damit verbringen, den Ort weiter zu erkunden und nach dem Rätsel des Lebens – *ihres Überlebens!* – zu suchen.

Konzentriert durchstreifte sie die Regale, fuhr mit den Händen über die Buchrücken und tat so, als ob sie die Menschen, denen die Worte in den Büchern gehörten, grüßen würde.

Als sie einen Raum betrat, den sie nur erreichen konnte, indem sie wie eine Schlange hineinkroch, breitete sich vor ihr eine Halle voller Pergamentrollen auf. Es waren alles alte Rollen, das war ihnen anzusehen, und alle verfügten sie über ein rotes Wachsiegel. Die Schnittstellen an den Rändern waren ausgefranst oder sahen aus, als ob sie von Mäusen angeknabbert worden wären. Ausnahmslos alle schimmerten wie von der Sonne gebräunt. Dünne Falten zogen sich wie Adern durch das Papier. Es bescherte den Rollen etwas Würdevolles. Der Raum enthielt keine Regale. Die Schriftrollen türmten sich meterhoch vor ihr auf. Als ob sie jemand absichtlich zu einem Haufen geschichtet hätte, um diesen nächstens anzuzünden.

»Ich suche nach dem Rätsel, dessen Lösung mir das Leben nach der Amceptierphase schenkt«, sprach Colombe. Sie kam sich etwas albern vor, weil sie noch nervöser wirkte, als noch am gleichen Vormittag, als sie zu den Wächtern der Amceps sprach und um deren Hilfe flehte.

Als sich in dem Raum nichts Spezielles tat und sie auch keine Eingabe ihrer Intuition spürte, robbte Colombe wieder aus dem Raum hinaus. Als Nächstes kraxelte sie über eine schmale Sprossentreppe in ein weiteres Zimmer. Dort lagerten lauter Comics. Von Micky Maus über Donald Duck bis Superman. Auch hier fragte Colombe die gleiche Frage. Als sich auch dort nichts tat, nahm sie sich den nächsten Raum vor. Immer wieder stellte sie die gleiche Frage, wartete auf Antwort, und als sie keine bekam, ging sie weiter.

Sie hatte keine Ahnung, wie viel Zeit inzwischen vergangen war. Eigentlich hatte Otto ihr extra eine Stoppuhr mitgegeben. Aber sie hatte vergessen, diese gleich zu Beginn der Amceptierung einzuschalten. Und ihre Uhr am Handgelenk war stehengeblieben. Die Uhr war nicht kaputt. Colombe vermutete, dass der Sekundenzeiger einfach jede Stunde einmal vorrückte.

Sie hatte gerade einen Raum voller beschrifteten Steinplatten verlassen, als eine Glocke erklang. Vier Sekunden später hörte sie einen weiteren Schlag und wieder vier Sekunden später ertönte ein Dritter. Colombe drehte sich irritiert im Kreis, bemerkte zu ihren Füßen einen Gegenstand, bückte sich und hob ihn auf... eine Pergamentrolle. *Wie kommt die plötzlich hierher?*

Und schon erklang ein vierter Schlag. Ein Vakuum riss Colombes Seele wieder aus ihrem Körper.

21

Vier Sekunden! Dieser kurze Zeitraum dauerte für Tin eine Ewigkeit. Er hatte genügend Abstand genommen, um nicht mit Colombe ins Crepererum gerissen zu werden. Er war nicht sicher, ob das dünne Unterhemd genügend Schutz vor dem Fall bieten würde. Immerhin trug er immer noch das Lucifer-Spiralsiegel auf sich. Dadurch hatte er die Möglichkeit, auch ohne Colombes Markierung mitzuamceptieren. Das wollte er auf keinen Fall. Ein winziger Kontakt des Amuletts mit seiner Haut im Abstand von vier Metern zu Colombe und er wäre mitgerissen worden.

Sicher ist sicher, dachte er, denn das Siegel des Lucifer hätte ihm die viertägige Schlafphase nach seiner Rückkehr nicht erlassen. Er wäre ins Koma gefallen und hätte Colombe nicht helfen können, das Rätsel zu lösen. Im schlimmsten Fall hätte er sie nie wieder gesehen. Als ihm heute Morgen Mara Niederer das Siegel des Amceps-Ordens zurückverlangt hatte, befürchtete er schon, die Priesterin bemerke das zweite Siegel. Die Stärke, die von dem Lucifer-Amulett ausging, war deutlich zu spüren. Mara nahm entweder keine Notiz davon, weil sie zu sehr mit ihrer Einsamkeit beschäftigt war oder sie war eine sehr gute Schauspielerin.

Die Spiralsiegel des Amceps-Ordens waren ursprünglich dieselben. Drei 6er-Ziffern, leicht versetzt aufeinander geklebt. Doch die Siegel der Amceps schwächten mit den Jahren ab, weil man vergessen hatte, wie man sie benutzt. Irgendwann vernichtete man sie. Später bereute man es und bastelte sich neue Symbole, die die Zugehörigkeit zum Amceps-Orden unterstrichen. Aber es waren nur noch Requisiten und bildeten keine Verbindungen mehr mit den Magnituden der Homullus und erst recht nicht mit Lucifer. Deshalb hatte Lusebian am Vorabend auch sofort reagiert, als Colombe ihm das Amulett vorlegte, das sie einem Mactus-Krieger entrissen hatte. Lucifers Siegel blieben über Jahre aktiv und stark. Die Mactus-Krieger waren seit der Vernichtung des Consortiums Lucifer im Besitz von funktionierenden Amuletten. Dadurch wurde das Conigium Mactus noch gefährlicher als es sonst schon war.

Als Colombe die Augen schloss um zu amceptieren, spürte Tin den eiskalten Wind des Crepererums. Hoffentlich fror Colombe nicht. Hätte er ihr eine wärmende Jacke mitgeben sollen? *Warum, zum Henker, ist mir das nicht eingefallen! Hoffentlich denkt sie daran, dass sie selbst die Temperatur des Raumes bestimmen kann.* Das letzte Amceps, Rose O'Connell, stellte sich das Crepererum als eine saftige Wiese vor. Sonnenschein, Rehe, die grasten und der Duft von frischem Thymian. Genau das fand sie dann auch vor. Natürlich hatte Tin niemals selbst mit Rose darüber gesprochen. Doch Otto war damals ihr Wächter. Von ihm wusste er so viel darüber. Er hätte Colombe vorwarnen sollen. *Warum hat das niemand gemacht?* Was, wenn sie sich die Hölle vorgestellt hatte? Sie musste ganze vier Stunden in diesem unwirklichen Raum ausharren!

Mist, warum habe ich sie nicht besser darauf vorbereitet! Lusebian hat es bestimmt nicht getan. Er ist gestern vollkommen übermüdet ins Bett gefallen und hatte seither keinen Kontakt mehr mit dem Amceps.

Kurz bevor Colombe die Augen wieder öffnete, beugte sich ihr Körper leicht vor, so, als ob sie eben etwas vom Boden aufgehoben hätte. Die Rück-Amceptierungs-Phase musste recht schwungvoll vonstattengegangen sein, denn sie verlor das Gleichgewicht, stolperte ein paar

Schritte nach vorn und konnte sich an Tin festhalten, noch bevor sie sich die Nase am Boden aufschlug.

»Hoppla«, sagte sie und grinste Tin an.

»Alles in Ordnung mit dir?«, fragte Tin, »frierst du? Hast du Angst? War es schön? Konntest du die Messung durchführen?«

»Alles Okay«, versuchte Colombe zu beruhigen und genoss Tins unmittelbare Gegenwart. Ich glaube, ich hab' was«, nuschelte sie ihm in seine Schulter.

Tin wirkte sofort beunruhigt »Du hast was? Hast du dich verletzt? War es schlimm?«

Colombe löste sich von ihm und hielt ihm die Pergamentrolle unter die Nase, die ihr im Crepererum in letzter Sekunde zugefallen war. »Mit mir ist alles in bester Ordnung. Es war ... aaah ... ich kann's nicht erklären ... wunderschön ... eine Bibliothek. Genau, wie ich es mir vorgestellt hatte. Sieh hier.«

»Was ist das?«

»Ich hoffe doch sehr, da steht das Rätsel drin, das wir lösenmüssen.«

Otto stand immer noch zwischen Tür und Angel. Erfreut beobachtete er die beiden und hüstelte. »Das kann ich nur bestätigen. Bei Rose war es ähnlich. Sie kam nach der ersten Phase auch mit einer Pergamentrolle zurück. Nur, dass ich am falschen Ort stand, um sie vor dem Sturz zu retten. Sie hat sich die Nase gebrochen. Zum Glück hat sie das Crepererum während des nächsten Falls geheilt. Du musst schauen, dass du deinen Körper zum Schluss des letzten Glockenschlags in die gleiche Position begibst, in der du hier in 3-D standest, Colombe.«

An Otto hatte Colombe nicht mehr gedacht. Erschrocken löste sie sich aus Tins Umarmung. »Okay, danke, Otto«. Fröhlich hüpfend schwenkte sie die Pergamentrolle herum. »Wir haben das Rätsel!«

Tin stimmte in ihre Fröhlichkeit ein und atmete erleichtert auf.

»Ihr habt es noch nicht gelöst«, unterbrach Otto den Jubeltanz. »Vergesst nicht, Rose und ich haben es damals ... nicht ...«, er stockte und biss die Zähne zusammen. »Wir haben es ... nicht geschafft, das Rätsel zu ... zu lösen«.

»Er hat recht«, sagte Tin und streckte die Hand aus. Zeig her. Wir wollen gleich beginnen.«

»Vergiss nicht, dass Colombe in vier Stunden wieder ins Crepererum fällt, Tin. Sie sollte unbedingt schlafen und sich ausruhen. In übermüdetem Zustand werdet ihr das Rätsel niemals lösen. Glaub mir. Ich weiß, wovon ich spreche.

»Ich habe heute Nachmittag bereits etwas geschlafen und bin noch gar nicht müde. Außerdem dauert die Messung nur ein paar Minuten. Ich könnte also auch im Crepererum schlafen, wenn es denn sein müsste.«

»Otto hat recht«, musste Tin erneut eingestehen. Du hast erst die Erste von 20 Phasen hinter dir. Du wirst dich zwischendurch ausruhen müssen. Deine Tage dauern nun doppelt so lang.«

»Aber...«

»Nein, Colombe«, unterbrach Otto mit barscher Stimme. »Die quantenhafte Meditation schenkt deinem Körper nicht die Ruhe, die er braucht, um hier im 3-D richtig zu funktionieren. Das weiß ich zufälligerweise sehr gut. Ich habe den Fehler bei Rose gemacht. Bei dir werde ich das nicht zulassen!« Otto wirkte auf einmal väterlich, blieb aber bestimmt.

Colombe hielt die Hände hoch. »Gut. Ich weiß, dass es nichts nützt, euch vom Gegenteil zu überzeugen. Aber ich will zumindest wissen, welches Rätsel in der Pergamentrolle geschrieben steht. Vielleicht träume ich ja etwas, das uns hilft, es zu lösen. Obwohl... ich habe noch nie etwas geträumt, das nachher eingetroffen ist. Aber... einmal ist das erste Mal.«

Otto griff an seinen Gurt auf der rechten Seite und holte schwungvoll ein Funkgerät aus einem Halfter. Fast wie ein Cowboy seinen Revolver. »Erste Phase erfolgreich beendet«, sprach er in das Gerät. Es knackte. Eine vom Rauschen verzerrte Stimme antwortete: »Verstanden. Danke. Hier ist alles ruhig.«

Tin und Colombe machten es sich unterdessen am Tisch gemütlich. »Kommst du auch?«, fragte Colombe und strahlte Otto an.

Diesmal schüttelte Otto den Kopf. »Äh, Colombe?«, sagte er stattdessen. »Du hast die Messung doch vollziehen können? Ich meine, das, was ich eben mit dem Walkie-Talkie mitgeteilt habe, das stimmt doch?«, gespannt sah er sie an.«

»Klar«, nickte Colombe, als ob die Messung nichts Außergewöhnliches gewesen wäre, und widmete sich sofort wieder der knapp 20 Zentimeter großen Pergamentrolle.

»Colombe, bitte«, seufzte Otto, »du brauchst deinen Schlaf.«

»Ja, gleich«, winkte Colombe ab, »zumindest einen kurzen Blick werde ich schon auf das Papier werfen dürfen, oder nicht?«

Otto schnaubte nur. Colombe wertete das als Zustimmung.

Eigentlich hätte es Tin brennend interessiert, wie sich das Crepererum anfühlte. Colombe sah ausgeruht und energiegeladen aus. Die Schrammen an ihrem Kopf und dem Handgelenk waren verschwunden. So wie sie strahlte, musste es tatsächlich wunderschön gewesen sein. Es freute ihn, dass sie sich genauso stark dem Rätsel widmen wollte wie er. Für ihn stellte sich jedoch ein neues Problem dar, das er mit Lucifer in einer ruhigen Minute würde klären müssen: Was geschieht, wenn Colombe sich während der letzten Amceptierung mit Lucifer verbindet? Würde die Verbindung gefährlich werden... gar lebensgefährlich? Warum dann das Rätsel? Um sie beide abzulenken? *Nein*, antwortete Tin sich selbst. *Lucifer ist kein Wesen, das einem so auf die Schippe nimmt. Lucifer geht frontal und offen auf einem zu.* Soviel hatte er während seiner Verbindungszeit mit dem Spiralsiegel gelernt. Also verdrängte er diesen Gedanken wieder und widmete sich voll und ganz dem Rätsel.

Colombe begutachtete den Rotulus lange. »Sie sieht wie all die anderen Rollen im Crepererum aus«, sagte sie mehr zu sich selbst. In der Mitte wurde die Schriftrolle mit einem schwarzen Lederband zusammengehalten. Knallroter Wachs hielt die beiden Endstücke zusammen. Das Wachs war mit einem Stempelsymbol der 666 versiegelt worden.

Nachdenklich strich Colombe mit dem Daumen über das Siegel »Das ist das Zeichen von Mactus«, murmelte sie, »ob das gut ist?«

»Die 666 ist nicht nur das Zeichen des Mactus. Es gilt als Symbol der drei Vereinigungen«, beruhigte Tin. »Es repräsentiert das Consortium Lucifer, das Conigium Mactus und den Orden der Amceps. Ich werte das als ein gutes Zeichen.«

Diese Antwort schien Colombe zu genügen. Aufgeregt brach sie das Wachssiegel entzwei.

Tin passte es gar nicht, dass Otto sich nicht zu ihnen an den Tisch setzte. Immerhin kannte er das Rätsel. Er hätte helfen können, Lösungsansätze auszuschließen, die schon vor 19 Jahren nicht geklappt hatten. Warum war er so störrisch? Der Amceps-Orden hatte verboten, über das Rätsel zu sprechen, bevor das Amceps die Pergamentrolle in

Händen hielt. Das war vermutlich eine Vorsichtsmaßnahme, damit sich Colombe keine unnötigen Hoffnungen machte, falls sie kein Rätsel aus der ersten Amceptierphase mitbringen sollte. Aber es gab keine Weisung, die einem verbot, dem Amceps nachher bei der Entschlüsselung des Rätsels zu helfen. Ja, Otto hatte sich vorgängig verplappert. Das war aber kein Grund, jetzt seine Hilfe zu verweigern.

Tin wagte kaum zu atmen, als Colombe das Pergament vorsichtig aufrollte.

»Ach nein! Verdammter Mist!« rief sie aus.

»Was ist? Steht nichts drin?« Tins Blut wich augenblicklich aus seinem Gesicht. Auch Otto verharrte starr vor Schreck.

»Nein, es steht schon was drin. Nur sind das dieselben Schriftzeichen, wie sie die Lebensbücher im Crepererum tragen. Die kann ich nicht lesen!« Enttäuscht legte sie das Pergament auf den Tisch und ließ sich in die Sitzbank fallen. »Ich kann das nicht lesen«, wiederholte sie und kämpfte augenscheinlich gegen einen Kloß im Hals.

Tin nahm den Rotulus und begutachtete die goldenen Lettern. Die Buchstaben sahen aus, als ob sie mit Wasserfarbe übermalt worden wären. Automatisch fuhr er mit der Hand darüber. Sofort hörte er eine Melodie. »Otto!«, rief er dem Wächter zu. »Hilf uns bitte!«

Otto machte einen Kontrollblick in den Korridor und ging zum Tisch. Einer seiner Mundwinkel zuckte, als er die Zeichen musterte. Mit gerunzelter Stirn schüttelte er den Kopf. »Bei Rose stand ein Reim in Deutsch und schwarzer Tinte. Tut mir leid. Ich kann euch nicht helfen.« Als ob die Pergamentrolle vergiftet gewesen wäre, schmiss er sie auf den Tisch. Colombe presste die Lippen zusammen. Sie schien genau zu spüren, was in Otto vorging. Aber auf Ottos Gefühle konnte Tin jetzt keine Rücksicht nehmen. Noch bevor er ihn weiter befragen konnte, eilte Otto wieder zur Tür zurück und kontrollierte mit wachsamen Augen den Korridor.

Tins Wut stieg. »Wenn du dich damals für Rose genauso wenig eingesetzt hast wie heute für Colombe, dann überrascht es mich nicht, dass ihr das Rätsel nicht lösen konntet!«

»Sei still!«, schrie Otto. Seine Augen funkelten wütend.

Tins Stuhl schliff laut über den Boden. Er hielt sich am Tischrand fest und atmete tief durch, um seine Beherrschung nicht zu verlieren. »Du hast sie im Stich gelassen!« warf er Otto an den Kopf. Seine

Stimme war leise, beherrscht und überzeugend. Tins Körper zitterte, seine Augen waren nur noch Schlitze. Am liebsten wäre er auf Otto losgegangen und hätte ihm eine reingehauen.

Colombe legte ihre Hand auf Tins Arm. »Bitte nicht streiten«, flüsterte sie und wirkte erschrocken. »Ich leg' mich jetzt ein paar Stunden hin. Und nach der nächsten Amceptierung lösen wir das Rätsel.«

Tin war zu aufgebracht, um sich einfach so zu beruhigen. Er starrte Otto immer noch mit funkelnden Augen an. »Du hast 19 Jahre auf der faulen Haut gelegen«, sprach er in gespielter Ruhe weiter. »Du hattest verdammte 19 Jahre Zeit, dieses Scheißrätsel zu lösen! Colombe könnte sich heute voll und ganz auf die Mittsommertage konzentrieren und nachher ein normales Leben führen. WEIL DAS RÄTSEL SCHON GELÖST WÄRE. Sie müsste sich nicht auch noch mit solchem Kram beschäftigen!«

Otto machte ein paar Schritte auf Tin zu. Sein Gesicht war rot angelaufen. Immer wieder schüttelte er den Kopf. Aber er schrie nicht, sondern beherrschte sich und versuchte seine Stimme in einem angemessen Ton zu halten. »Hast du gehört, was sie gesagt hat, Tin«, fauchte Otto und zeigte auf Colombe. »Sie hat gesagt ›wir lösen das Rätsel‹. Sie hat nicht gesagt, ›wir VERSUCHEN das Rätsel zu lösen‹. Sie ist überzeugt vom Erfolg. Das solltest du auch sein, mein Lieber.« Otto hob drohend den Finger. »Nicht ich muss dem Amceps helfen, das ist allein DEINE Aufgabe. Ich habe mein Amceps bereits verloren - glaube mir, niemand leidet mehr darunter als ich. Ich sehe keinen Grund, mich nochmals mit diesem Leid zu belasten. KEINEN EINZIGEN GRUND! Verstehst du!«

Stille.

Der letzte Satz traf Tin wie ein vergifteter Pfeil. Mehrmals öffnete und schloss er den Mund, ohne etwas zu sagen. Sein Brustkorb bebte. Doch die Hand auf seinem Arm beruhigte ihn. Colombe musste gar nichts sagen. Er streichelte ihren Arm, lächelte und strich ihr eine Haarsträhne hinter ein Ohr, die widerspenstig in die Ausgangsposition zurückschnellte. »Entschuldige«, hauchte er und rieb sich mit einem Daumen über die Stirn. »Ich weiß doch, wie sehr dich Streitereien belasten. Ähm, es ist jetzt wirklich das Beste, du legst dich etwas hin. Ich versuche das Rätsel zu lösen, okay?«

»Du gehst ebenfalls schlafen, Tin!«, befahl Otto und zeigte auf die

Schlafzimmertür. »Colombes Bett ist groß genug für euch beide. Und wenn ich sage schlafen, dann meine ich auch schlafen. Ihr diskutiert nicht miteinander und macht euch auch keinen Kopf darüber, wie es nun weitergehen soll.« Otto ging zur Schlafzimmertür und öffnete sie. »Tin, du bleibst nur bei Colombe, damit sie beschützt ist, verstehst du? Kein Händchenhalten und erst recht kein Versuch, sie zu küssen, verstanden! Ihr schlaft beide in Kleidung und haltet mindestens eine Armlänge Abstand voneinander, klar? Ich werde regelmäßig nachsehen.« Er wies die beiden ins Zimmer, sie trotteten gehorsam hinein und setzten sich, unter den beobachtenden Augen Ottos, auf das Bett. Tin kam sich vor wie ein kleiner Junge, der vom Vater in die Schranken gewiesen wurde.

»Darf ich mir die Schuhe ausziehen?«, fragte Colombe mit gespielter Verunsicherung und lächelte Otto freundlich an. Diese Geste schien die Lage tatsächlich zu entspannen. Otto verdrehte die Augen. Kurz zuckte sein Mundwinkel. Er spielte aber weiter den strengen Wächter. Er packte die Tür und schloss sie schwungvoll.

»Ihr schlaft jetzt!«, hörten sie ihn durch die Tür hindurch befehlen, »sonst bringt das alles nichts.«

»Er hat ja recht«, flüsterte Tin und legte sich auf seine Bettseite, während Colombe es ihm, auf ihrer Seite, gleichtat.

»Schlaf gut, Tin.«

»Schlaf du auch gut, kleiner Engel.«

»Halber Engel, bitteschön!«, witzelte sie, während sie sich in die weiche Matratze kuschelte. Sie verschränkte die Hände auf der Brust und starrte an die Decke. Selbst wenn sie wollte, könnte sie jetzt nicht schlafen. Die Energie des Crepererums war noch zu allgegenwärtig. Sie verstand, dass Tins Abneigung gegen Otto nichts mit dessen Sexualität zu tun hatte. *Sie* war der Grund. Sie und das Rätsel, das Otto in den vergangenen 19 Jahren hätte lösen sollen... können... müssen. Sie hatte bisher gar nicht daran gedacht, dass Tin leiden könnte, wenn sie in vier Tagen sterben würde. Natürlich wollte er das verhindern. Natürlich war er wütend. Aber war es berechtigt? Vielleicht gab es im Amceps-Orden eine dieser vielen unerklärlichen Regeln, die absolutes Stillschweigen in allen Bereichen forderte? Vielleicht wusste Otto aber auch von Beginn weg, dass sie ein anderes Rätsel erhalten sollte als Rose? Roses Pergamentrolle zeigte einen Reim in deutscher Schrift und schwarzer Tinte. Ihr Rätsel war aus goldenen Lettern und mit einer Melodie versehen, die mit hundertprozentiger Gewissheit eine Bedeutung hatte. Nur, wie konnte man den Code dechiffrieren?

Jetzt ruh dich aus, Colombe! Schalt sie sich selbst. Beharrlich versuchte sie, ihren Kopf freizukriegen. *Tin! Tin! Tin! Ich kann gar nicht anders, als an ihn denken! Jetzt bloß nicht zu ihm hinsehen, sonst kann ich für nichts garantieren!*

Sie hatte es sich weitaus romantischer vorgestellt, mit Tin in einem Bett zu liegen. Zlittle hatte recht. In Wirklichkeit war noch gar nichts zwischen ihnen geschehen. Nicht körperlich. Bei keinem ihrer vielen Verehrer der vergangenen Jahre konnte Colombe sich vorstellen, jemals intim zu werden ... mit Tin wünschte sie es sich. Es war, als ob sie genau wüsste, dass sie diese Gefühle nach ihrem Tod und im Reich der Homullus nicht mehr spüren könnte. Keinen Kuss, keine Berührung, keine Umarmung, kein Einander-in-die-Augen-sehen oder händchen-haltend-an-einem-See-entlang-spazieren-gehen, niemals mehr lächeln, niemals mehr weinen, ohne den Genuss einer leckeren Mahlzeit, ohne die Bewegung, ohne Erfolg, ohne Glücksgefühle erleben zu können, ohne das Kribbeln im Bauch, wenn man sich verliebte. Um all das zu erleben, musste man Mensch sein –. Wenn sie in vier Tagen wirklich sterben sollte, dann wäre sie eine farbenfrohe Energiespirale. Ihr wäre vermutlich langweilig. Sie würde eifrig nach einem menschlichen Körper suchen, der sich in einer schwangeren Frau entwickelte. Sie müsste wieder inkarnieren, um all die wunderschönen Gefühle erleben zu können. Oder auch, um all die Probleme zu lösen, die sie in ihren vorhergehenden Leben nicht zu meistern vermochte. Sie müsste nochmals eine anstrengende Kindheit durchleben, nochmals zur Schule gehen und sich nochmals all das Wissen aneignen, das sie sich so hart erarbeitet hatte. Vermutlich würde sie das nächste Mal in eine starke Pubertät verfallen und herumzicken, wo sie nur konnte. Darauf hatte sie keine Lust. Nein, sie wollte nicht nochmal von vorne beginnen. Sie stand vier Tage vor ihrem 20. Geburtstag. Sie hatte das Leben noch vor sich – mit Tin.

Sie nahm all ihren Mut zusammen und begann zu flüstern. »Warum sagt Otto, wir sollen uns nicht küssen?«, fragte sie voller Entschlossenheit, den ersten Schritt zu wagen. Sie sah zu Tin, der seinen Kopf schon zur Seite gelegt hatte und schlief.

»Natürlich«, ärgerte sie sich, »ich verpasse die beste Gelegenheit!«

Sie drehte sich zu ihm und bettete ihren Kopf auf ihre Hände. So konnte sie ihn besser beobachten. Sein Brustkorb hob sich entspannt auf und ab. Colombe stieg schnell auf den Rhythmus ein. Tin hatte die rechte Hand auf die Brust gelegt. Der Ringfinger wurde von seinem Hemd bedeckt, als ob er sich gekratzt hätte, kurz bevor er eingeschlafen war. Colombe lächelte. Diese Eigenart hatte sie schon oft an ihm beobachtet. Vielleicht spürte er dabei das Gleiche wie sie, wenn sie sich ihr drittes Auge verdeckte und damit glaubte, besser mit ihrer Intuition Kontakt aufnehmen zu können?

Mit diesem Gedanken siegte ihre Erschöpfung, die sie bisher so gut verdrängt hatte. Tins Spiralenergie pulsierte mit ihrem Herzen und sein Eigenduft gab ihr das Gefühl, zuhause zu sein. Endlich schlief auch sie ein. Sie träumte von einem Kuss Tins. Zumindest das konnte ihr Otto nicht verbieten.

***

»Der ist hin«, sagte Laurenz, obwohl er Jeffersons Puls noch schwach fühlen konnte.

»Du bist ein verdammtes Arschloch, Laurenz!«, brüllte Gerd verärgert. »Er hat uns den richtigen Aufenthaltsort von Colombe schon vor einer halben Stunde verraten. Aber du musst dich ja unbedingt austoben, nicht wahr! Du verdammter Sadist.«

»Das sagst ausgerechnet du, Wikinger? Du warst doch damals der dumme Hund, der Colombes Spur verloren hat. Wenn du ein bisschen besser aufgepasst hättest, wäre das hier alles nicht nötig gewesen. Aber nein, du hirnverbrannter Zöpfchenbinder musst ja auf den ältesten Trick des Amceps-Ordens hereinfallen. Dass die Friedhofsgärtnerei einen unterirdischen Zugang hat, war jedem Anfänger bekannt. Hast wohl deine Bartzöpfchen im Spiegel betrachtet, als sie dir vor der Nase entwischt sind, du bescheuerter Wichser!«

Gerd antwortete nicht, murrte nur etwas in seinen Bart. Laurenz hatte recht. Sie hatten Colombe längst im Visier. Der Plan für den Überfall und die Entführung des Amceps stand fest. An dem Tag, als das Vorhaben umgesetzt werden sollte, geschah dieser tragische Unfall mit Colombes Familie. Ein Zufall, mit dem niemand hatte rechnen können. Zum Glück war das Amceps nicht im Unfall-Auto mitgefahren. Aber dieses Ereignis hatte natürlich zur Folge, das Colombe besser beschützt und in ein neues Versteck gebracht worden war. Es war seine Schuld, dass die Mactus-Krieger ihre Spur bei der Friedhofsgärtnerei Clementina verloren hatten.

»Du schwachsinniger Dummarsch«, fluchte Laurenz weiter auf Gerd ein.

»Na na na, meine lieben Krieger«, näselte Noah Bitterer dazwischen. Er stand vor dem geschundenen Körper Jeffersons und begutachtete sein aufgeschwollenes Gesicht. »Eigentlich hätte ich mich noch etwas mit unserem Jefferson hier vergnügen wollen, sehr verehrter Laurenz. Leider ekelt mich aber jetzt das Blut.«

Laurenz' Augenlider hoben sich ehrfürchtig. »Entschuldigung, mein Herr.« Die Abbitte kam ihm schwer über die Lippen.

»Egal. Hauptsache ist, wir haben den Aufenthaltsort von Colombe. Ich muss zugeben, ich hätte nicht gedacht, dass der Orden das Amceps so nah bei Bern versteckt hält. Aber das Treieins scheint der ideale Ort zu sein.« Noah umrundete Jefferson, der immer noch in der Mitte des Raumes baumelte. »Gerd wird seinen Fehler heute bei Colombe wieder gut machen und sie mir holen, selbst wenn er dafür ins Crepererum amceptieren muss, nicht wahr, mein verehrter Gerd?« Der Wikinger senkte den Kopf. »Ich handle nach euren Wünschen, mein Herr.«

»Natürlich wirst du das, verehrter Gerd.« Noah strich Jefferson eine Augenwimper von der Schläfe. Dabei verzog er angeekelt das Gesicht, da die Wimper sich nicht einfach so aus dem Blut wischen lassen wollte. Den schmutzigen Finger rieb er sich an Gerds Hemd sauber. »Hach, Jefferson muss weg hier. Laurenz! Lege ihn dort ab, wo wir ihn gefunden haben!«

»In der Friedhofsgärtnerei Clementina?«, fragte Laurenz kritisch.

»Genau. Der Amceps-Orden soll sich um seine Leiche kümmern.« Er schaute auf Jefferson und verzog streng den Mund. »Denn das wird er sein, wenn man ihn auffindet. Tot.«

»Aber dann verraten wir uns. Der Amceps-Orden wiegt sich in Sicherheit. Wir sollten das Überraschungsmoment als Vorteil nutzen. Zudem sollte ich Gerd bei der Entführung von Colombe helfen und nicht denn »Abfall« entsorgen müssen.«

»Welches Überraschungsmoment?«, zischte Gerd schadenfreudig. »Seit du die Sache verbockt hast, gestern beim Schwellenkino, sind die Wächter auf uns sensibilisiert.«

Noah tapste mit seinen Highheels unbeholfen durch den Kies und stellte sich nah vor Laurenz hin. »Du wirst es bestimmt noch rechtzeitig zum Zugriff schaffen, verehrter Laurenz. »Er legte seine Hand auf Laurenz' verschwitztes Shirt. »Ich weiß doch, was du mit dem Mädchen vorhast. Aber bedenke, dass sie so lange leben muss, bis wir den Kodex auf die dunkle Seite der Waagschale geworfen haben.«

Laurenz grinste. »Selbstverständlich, ehrenwerter Herr.«

Noah wendete sich ab, aber tätschelte immer noch auf Laurenz' Brust. »Und wirf dir ein Pfefferminz ein, schöner Mann.«

Laurenz brummte etwas Unverständliches.

»Und helft mir gefälligst ihr unaufmerksame Kerle, helft mir!, befahl Noah, als er mit einem Schuhabsatz im Kies stecken blieb. Die beiden Bodyguards nahmen Noah in die Mitte und trugen ihn aus dem Verlies, als wäre er ein Federgewicht.

»Ach, ja, noch etwas ihr beiden«, sagte der Transvestit, als er wieder auf festem Boden stand. »Diesen jungen Mann, der das Amceps beschützt. Bringt ihn mir ebenfalls. Ich muss gestehen, sein Kampfstil, den ich vorgestern beim Kino beobachten durfte, hat es mir angetan. Er muss einen Wahnsinns-Körper haben.«

»Sehr wohl«, antworteten die beiden Männer synchron.

»Aber unversehrt hört ihr? Ich will auch meinen Spaß.«

22

Kurz vor der nächsten Amceptierphase um 03.22 Uhr, weckte Otto die tief schlafende Colombe. Leise schlichen die beiden in die Mitte des Wohnzimmers. Tin machte keinen Mucks. Die letzten 24 Stunden hatten auch an seinen Kräften gezerrt. Otto blieb in unmittelbarer Nähe zu Colombe stehen. Er streckte beide Arme aus, als ob er sie gleich umarmen wollte. Wie ein Stein verharrte er in dieser Position. So nah hatte Colombe Otto noch nie gespürt. Die Trauer in seiner Energiespirale wechselte sich ab mit Wut und dem schmerzenden Gefühl der Machtlosigkeit. In seinem Innern rumorte ein totales Gefühlswirrwar, das einem verknoteten Wollknäuel glich.

»Keine Sorge Colombe«, flüsterte er, »ich halte dich, falls du bei deiner Rückkehr wieder stolpern solltest.«

»Du kannst ja kaum vier Stunden so stehen bleiben«, wisperte sie ihm schlaftrunken ins Ohr.«

Otto hob eine Augenbraue. »Für mich sind es nur vier Sekunden, schon vergessen?«

Colombe verdrehte die Augen und schaute auf die Uhr. »Es dauert noch mindestens drei Minuten, bis es passiert.«

»Egal, ich will vorbereitet sein.«

Ein paar Augenblicke blieb es still. Otto starrte Colombe an, als ob er ihre Konturen auswendig lernen wollte, um sie später zeichnen zu können. Ihr war das unangenehm und sie senkte den Kopf, um sich seinem Blick entziehen zu können.

»Wachse dem Jungen nicht zu sehr ans Herz«, flüsterte Otto plötzlich. Es klang wie ein forderndes Flehen. »Er leidet nachher nur länger.«

»Nachher?« Colombe fühlte sich schlagartig hellwach. Ihr Kopf schnellte nach oben und suchte den Blickkontakt. »Ich werde nicht sterben, Otto.«

»Das Rätsel ist nicht lösbar«, drückte Otto stöhnend und schwermütig hervor. Sein Blick blieb jedoch standhaft, wohl um Colombe den Ernst der Lage zu verdeutlichen. »Jedes Amceps hat die Pergamentrolle bisher vom Crepererum erhalten. Keines hat jemals das Rätsel gelöst.«

Colombe biss sich auf die Unterlippe und wippte zuckend mit einem Bein. Warum die plötzliche Wende? Heute Nachmittag warst du noch anderer Meinung.«

»Keine Ahnung. Mach dir einfach nicht zu viele Hoffnungen.«

»Es ist also jedes Mal ein neues Rätsel? Darum hast du es nicht zu lösen versucht, stimmt's? Warum weiß Tin nichts davon?«

»Weil es immer das gleiche Rätsel ist.«

Colombes Atemrhythmus wurde jäh unterbrochen. Die Eindringlichkeit, mit der Otto sie immer noch anstarrte, verunsicherte sie immer mehr. »Du ... du meinst«, stotterte sie, »du meinst, Tins Wut ist berechtigt?«

Otto schüttelte den Kopf. »Nein, das ist sie nicht. Es ist nur so, dass es jetzt dein Rätsel ist, verstehst du? DU musst es lösen.«

»Dann hatte Tin recht, als er sagte, du hättest all die Jahre keinen Versuch unternommen, es dem nächsten Amceps - mir - leichter zu machen?« Colombe hob die Hände. »Versteh mich nicht falsch. Das soll kein Vorwurf sein. Ich verstehe Tin, aber ich will dich auch verstehen können.«

Otto drehte seinen Kopf, um seine Anspannung zu lösen. »Glaub mir, ich habe gesucht. In den vergangenen 19 Jahren hat es nicht viele Tage gegeben, in denen ich nicht auf der Suche war. Aber ich hatte auch andere Verpflichtungen, Colombe. Ich hatte mein Leben, meine Arbeit, mei...«, Otto atmete tief durch. »Irgendwann schwächte sich der Drang ab, dieses Rätsel zu lösen. Rose war tot und das nächste Amceps, du, warst mir egal. Bis ich dich einmal getroffen hatte. Du warst damals drei Jahre alt und hast mich angelächelt. Dieser Blick hat mir ein Stück vom Schmerz über Roses Tod genommen. Ab diesem Tag habe ich wieder ernsthaft weitergesucht. Leider ohne Erfolg.«

»Das mit Rose ... das tut mir leid«, flüsterte Colombe. »Trotzdem. Ich verstehe nicht, warum du uns jetzt nicht hilfst.«

»Oh, ich werde euch helfen. Ich war vorhin nur etwas enttäuscht über Tins Reaktion. Leider glaube ich, keinen großen Beitrag dazu leisten zu können. Wichtig ist, dass du nach deiner nächsten Amceptierung nochmals ein paar Stunden schläfst. Dir muss ich ja nicht erzählen, wie wichtig die Ruhephasen für den Körper sind. Er ist nun mal fleischlich. Man sollte ihn lieben, hegen und pflegen, nicht wahr?« Er lächelte.

Colombe sog sein Lächeln regelrecht ein. »Warst du in Rose verliebt?«, fragte sie und spürte, wie sie bei der Frage rot wurde. »Ich meine, ähm, es hat sich so angehört, so wie du ihren Namen ausgesprochen hast. So ... so liebevoll und sehnsüchtig.«

Otto nickte und presste die Lippen zusammen. »Oh ja. Wir haben uns geliebt. Es waren die schönsten zwei Jahre meines Lebens.«

»Zwei Jahre? Ihr hattet zwei Jahre zusammen?« Colombe wusste nicht, ob sie glücklich oder ärgerlich sein sollte. Glücklich für Otto, weil er diese Zeit mit seiner Liebe verbringen konnte oder ärgerlich, weil sie Tin noch nicht einmal eine Woche kannte.«

Wieder nickte Otto. Er schloss die Augen und kämpfte erfolglos gegen die Tränen. »Bitte mach' es Tin nicht so schwer. Halt ihn auf Abstand, dann wird es leichter für ihn.« Er ließ die Hände auf Colombes Schultern fallen und flehte sie regelrecht an. Doch bevor sie antworten konnte, schloss sie die Augen und amceptierte.

Vier Sekunden später schwupste sie wieder zurück. Otto hielt sie immer noch fest und starrte sie beschwörend an.

»Huch, das war ein Trip«, waren ihre ersten Worte. Sie blinzelte ein paarmal, um wieder so richtig in 3-D anzukommen. »Du kannst mich jetzt loslassen, Otto«, bat sie ihren Wächter.

Otto zog seine Arme sofort zurück. »Alles gut gegangen?«

»Ja, soweit ich das beurteilen kann.« Für Colombe waren vier Stunden vergangen. Sie spürte sofort, dass Otto glaubte, sie erinnere sie sich nicht mehr an die Bitte, die er bezüglich Tin an sie gerichtet hatte. Sie war froh darüber, da sie sich nicht vorstellen konnte, Tin auf Abstand zu halten.

»Dann geh› wieder schlafen. Ich wecke dich und Tin vor der nächsten Phase. Dann brüten wir über das Rätsel, okay?«

Colombe hatte nichts dagegen, so schnell wie möglich wieder in Tins Nähe zu kommen. Sie hatte ihn in den vergangenen vier Stunden so sehr vermisst, dass sie wieder glaubte, im Crepererum seinen Eigenduft riechen zu können.

Etwas schwankend schwebte sie Richtung Schlafzimmer. Bevor sie die Tür öffnete, drehte sie sich nochmals um. »Warum fragt ihr mich eigentlich nicht über das Crepererum aus. Ich meine du und Tin. Ihr tut so, als ob ihr genau wüsstet, was drüben geschieht.«

Otto zuckte mit den Schultern. »Die Erfahrungen im Crepererum sind sehr persönlich. Ich weiß das und Tin weiß es auch. Rose hat mir damals stundenlang davon erzählt. Für dich wird sich vermutlich alles vollkommen anders abspielen. Nach deinen Vorstellungen eben. Es liegt an dir, ob du Tin auch daran teilhaben lassen willst. Wenn ich, während den zwei Jahren mit Rose, etwas gelernt habe, dann das: Man darf nicht allzu nah an die Persönlichkeit eines Amceps herantreten. Außer, sie gestattet es ausdrücklich. Tin weiß das intuitiv. Wer mit einem Geschöpf wie dir einen Dialog aufnimmt, muss damit rechnen, dass sein ganzes Wesen erspürt wird. Sein wahrer Kern wird erkannt. Es gibt Menschen, die das nicht verstehen. Sie fühlen sich in deiner

Nähe unwohl und fürchten sich vor dem Unbekannten, das dich umgibt. Das Einzige, was mich an deinen Amceptierungen wirklich interessiert ist, ob die Waage sich immer noch in Balance befindet, oder ob sich da was tut. Immerhin bist du das prophezeite Amceps. Die Waage wird sich höchstwahrscheinlich nicht bewegen, das weiß ich sehr wohl. Es geht ja nur darum, eine zweite Phase von 28'000 Jahren zu kriegen. Darum lass ich dich mit der Fragerei auch in Ruhe.«

»Nett von dir«, grinste Colombe und ging weiter zur Schlafzimmertür.

»Ach, Colombe«, sagte Otto etwas verlegen.

»Ja?« Sie drehte sich wieder um. Diesmal hielt die Energie des Crepererums nicht lange an. Ihr vielen die Augen schon im Stehen zu.

»Wegen Tin - er soll nicht das Gleiche durchmachen müssen wie ich. Liebe kann sehr schmerzhaft sein. Ich hätte euch beiden gestern euer Date nicht erlauben dürfen. Ihr seid euch näher gekommen. Viel zu nah. Ich hätte dazwischen gehen sollen.«

Colombes Herz schnürte sich zusammen, als ob Otto ihr mit einer eiskalten Kette die Flammen der Liebe auslöschen wollte. Sie verfiel sofort in eine quantenhafte Meditation:

Eigentlich verstand sie Otto. Sie fühlte den Schmerz, den der Tod von Rose in ihm verursacht hatte. Aber was war mit ihr? Sollte sie auf das Schönste verzichten, was ihr dieses Leben zu bieten hatte? Andererseits war sie überzeugt davon, das Rätsel zu lösen und sich noch ein langes Leben mit Tin gönnen zu können. Also wäre es nicht so schlimm, Otto zu besänftigen und Tin bis zum Ende der Mittsommertage tatsächlich auf Abstand zu halten.

Während der eben beendeten Amceptierphase dauerte die Bewusstseinsmessung nur wenige Minuten. Danach verlangte sie in der Bibliothek des Crepererums nach einem Buch, das ihr helfen sollte, die Schriftzeichen und die Melodie der Pergamentrolle zu enthüllen. Sofort rauschte ihr ein Regal entgegen und ein Buch stand so weit vor, dass es nahezu heruntergefallen wäre. Colombe nahm den Wälzer, der fast halb so groß war wie sie selbst und legte ihn auf den Boden. Sie kniete sich hin und beugte sich über das Buch. Der Umschlag sah aus wie graues Rollblech. Doch als sie mit den Händen darüberfuhr, fühlte es sich an wie samtweiches Kaschmir. Colombe war froh, als sie den Buchtitel ausnahmsweise entziffern konnte. ›*In Sprache Animus*‹ stand da in schneeweißer Blockschrift. Als sie das Buch öffnete, überkam sie sofort Enttäuschung. Schon das erste Wort war mit diesen unleserlich goldenen Zeichen beschrieben. Als sie weiterblätterte, erkannte sie, dass das ganze Buch nur aus diesem Schriftsatz bestand. Also blieb ihr nichts anderes übrig, als von vorne zu beginnen. Die erste Zeichenkette war nur kurz. Vermutlich nicht mehr als drei dieser verzierten, geschwungen und nebligen Zeichen. Sie legte beide Zeigefinger auf die goldenen Lettern und fuhr darüber. Sie erwartet eine Melodie. Und diese Melodie erklang tatsächlich. Sie kannte die Tonfolge, konnte sich jedoch nicht erinnern, woher. Es war ihr auch nicht möglich, das Instrument zu erraten, das so sanft erschall und ihr ganzes Sein in ein angenehmes Vibrieren versetzte. Sie schloss die Augen. Sofort erschien ein Bild, das sie selbst während ihrer Geburt zeigte. Dann ein weiteres Bild, worauf sie das Gehen erlernte. Binnen weniger Sekunden durchlebte sie ihr ganzes Leben noch einmal. Sämtliche Gefühle und Erinnerungen kamen alle auf einmal in ihr hoch. Glück, Trauer, Wut und das Schlimmste von allen: Das Gefühl von Unverständnis im Einklang mit der Frage nach dem Warum: Warum gibt es das Böse?

Das war zu viel für Colombe. Den Tod ihrer Eltern und der kleinen Maud noch einmal erleben zu müssen, löste bei ihr eine starke Übelkeit aus. Es blieb ihr nichts anderes übrig, als sich zu übergeben. Sie beugte sich zur Seite und kotzte den ganzen Schmerz der sich in den vergangenen 20 Jahren angesammelt hatte schreiend aus sich heraus. Erst die Erinnerungen an die glücklichen Tage stoppten den Würgereflex. Ganz zum Schluss sah sie das Bild von Tin. Er lachte sie an und legte seine Stirn an die ihre. Erst diese Imagination beruhigte sie endgültig. Es stärkte sie in ihrem Vorhaben, das Rätsel zu lösen und die vier Mittsommertage zu überleben. *Egal, ob ich dabei einer Dauerkotzerei verfalle oder nicht.*

Entschlossen befahl sie dem Crepererum, die Sauerei wegzuwischen. Es dauerte nicht lange, und das Erbrochene löste sich ins Nichts auf. Sogar der ätzende Gestank verschwand und Colombe roch wieder Tins Eigenduft.

Mutig blätterte sie die Seite um. Ab dieser Stelle waren die Seiten vollkommen mit goldenen Lettern beschrieben. Colombe schloss die Augen, atmete tief durch und fuhr mit den Händen über die Zeichen, als ob sie Blindenschrift lesen würde. Wieder erklang diese Melodie,

die ihr bekannt vorkam und wieder erschienen ihr Bilder. Doch diesmal prasselte nicht alles auf einmal auf sie ein. Diesmal ging alles schön der Reihe nach. Sie erlebte, wie sie sich als Homullus in den Körper des ungeborenen Kindes, Colombe, einnistete. Jedes Detail fiel ihr auf. Jedes Gefühl, jeder Gedanke, jede Bewegung. Sie fuhr immer weiter den Zeichen im Buch entlang und sah ihre Geburt, die Freudentränen ihres Vaters und ihre erschöpfte, aber glückliche Mutter, wie sie die Hände ausstreckte, um ihr Baby endlich in den Armen wiegen zu können.

Colombe las und las, Seite um Seite. Besondere Aufmerksamkeit schenkte sie der Stelle, an der sie Tin zum ersten Mal begegnete. Diese Zeilen las, hörte und fühlte sie immer und immer wieder und schließlich zeigten ihr die Bilder diese Colombe Tanner, die im Crepererum sitzt und mit den Fingern der Sprache Animus folgte. Als Colombe die Augen öffnete, erkannte sie, dass die weiteren Seiten des Buches noch leer waren. »Meine Zukunft steht noch nirgends geschrieben«, murmelte sie im Selbstgespräch.

Eiligst blätterte sie weiter und zählte viele leere Seiten. Sie riss sich ein paar Haare aus, legte diese an die Stelle, wo die Zeichen aufhörten und schloss das Buch. Die Haare sollten als Buchzeichen dienen. Sie wollte unbedingt sehen, wie viele leere Seiten sie noch zur Verfügung hatte. Der Wälzer war noch nicht einmal zu einem Viertel beschrieben.

»Ich sehe das jetzt als ein gutes Zeichen«, freute sich Colombe. »Mein Schicksal ist also noch längstens nicht besiegelt. Es besteht durchaus die Möglichkeit, das Rätsel lösen zu können! VERDAMMT NOCH MAL!«, schrie sie so laut sie konnte und ihre Stimme hallte durch die Weiten des Crepererums. »Ich werde dieses Rätsel lösen! Hörst du Animus!«, brüllte sie weiter und Tränen schossen ihr aus den Augen. »Es gibt für alles eine Lösung. Das ist DEIN Gesetz!«

Dieser Anfall strapazierte ihr ganzes Wesen. Sie ließ die Schultern hängen und weinte Rotz und Wasser.

Es dauerte eine Weile, bis sie sich wieder erholte. Ihre Entschlossenheit stand ihr auf die Stirn geschrieben. »Ich löse dieses Rätsel!«, triumphierte sie, als ob sie den Sieg schon in der Tasche hätte. Sie war vollkommen erschöpft. Trotzdem stand sie auf und tanzte jubelnd um das Buch herum. »Tin wird sich freuen! Jetzt weiß ich sogar, wie ich die Schrift lesen kann!«

Das Lesen ihrer Lebensgeschichte musste recht lange gedauert haben. Denn der erste Glockenschlag erklang, der Zweite, der Dritte, der Vierte und schon spürte sie die starken Hände Ottos an ihrer Schulter.

Colombe sah ihren Wächter an, der davon überzeugt war, dass sie Tin das Herz brechen würde. Einerseits war das ja echt nett von ihm. Andererseits mischte er sich in Dinge ein, die ihn nun einmal nichts angingen. Sie wünschte Otto eine gute Nacht und fiel erschöpft ins Bett.

Beim nächsten Mal war es Tin, der Colombe aufweckte und sie in die Mitte des Wohnzimmers führte. Und diesmal war es Otto, der auf dem Sofa leise vor sich hin schnarchte und von den beiden keine Notiz nahm. Colombe wollte Tin unbedingt von ihrem Erfolg erzählen und verlangte nach der Pergamentrolle, um das Rätsel endlich entziffern zu können. Doch die Zeit war knapp und schon zwang sie eine unbekannte Macht, die Augen zu schließen.

Während dieser Crepererums-Phase, übte sie das Lesen der Sprache Animus und nahm sich auch andere Lebensgeschichten vor. Sie suchte nach bekannten Namen. Tin, Lusebian, Otto, Maud oder Jefferson. Doch das Crepererum verweigerte ihr die Bücher. Sie bekam ausschließlich Literatur aus der Zeit des Mittelalters vorgesetzt. Zuerst zog Colombe deswegen die Nase kraus. Doch dann vertiefte sie sich in die Lektüre und übte fleißig. Nur immer die erste Seite, auf der der Namen des jeweiligen Inhabers stand, überflog sie. Sie hatte keine Lust, nochmals zu erbrechen, weil sie die Zusammenfassung eines Lebensbuches in sich aufnahm, erst recht nicht, wenn es sich nicht um ihr eigenes Leben handelte.

Colombe öffnete nach ihrer Rückamceptierung gerade wieder die Augen, als Zlittle, in einem hauchdünnen Sommerkleid, leise an den Türrahmen der immer noch offenen Wohnungstür klopfte. Tin stand wachend bereit und bat sie mit sorgenvollem Blick, die Wohnung noch nicht zu betreten. Zlittle gehorchte und lauschte gespannt, als das Funkgerät knackte und sich eine verzerrte Stimme nach dem Stand der Dinge erkundigte.

Da Otto friedlich weiter schnarchte, rannte Tin zu dem Walkitalki.

Zlittle war durch Colombe eingeweiht und das Amceps hatte die Amceptierphase hinter sich gebracht. Also durfte Zlittle jetzt die Wohnung wieder betreten. Tin winkte sie herein. Er betätigte den Antwortknopf des Funkgerätes. »Alles Okay, alles ruhig, wie stehst bei euch?«, sprach er mit bestimmter Stimme und wartete auf eine Bestätigung.

»Alles ruhig. Hat sich die Waage bewegt?«, fragte die Stimme.

Tin schaute zu Colombe, die wortlos den Kopf schüttelte. »Nein, keinen Wank. Ende.«

»Das ist ja total aufregend!«, schwärmte Zlittle und klatschte sich in die Hände. Sie rannte zu Colombe, packte sie an den Händen und schleifte sie zur Kissenecke. Sie drückte sie an den Schultern auf den Boden, setzte sich im Schneidersitz vor sie hin und rieb sich die Hände. »Also erzähl, wie war's.«

Tin schwenkte mit der Pergamentrolle. »Dafür haben wir leider keine Zeit, Zlittle, wir haben einen Text zu dechiffrieren und anschließend ein Rätsel zu lösen.

Zlittles Augen leuchteten. »Ein Rätsel? Wow, ich bin so was von gut im Rätsellösen, nicht wahr, Süße? Wenn meine Eltern genügend Kohle hätten, wäre ich bestimmt auf so eine Eliteschule gegangen. Spätestens nach dem ersten Jahr hätte man mir einen Job beim Geheimdienst angeboten, um Codes zu entschlüsseln, nicht wahr Süße?« Sie legte ihre Hände auf Colombes Knie und wartete auf Bestätigung.

Bevor Colombe etwas sagen konnte, hüpfte Zlittle auf und hastete zu Tin. Sie wagte es dann doch nicht, ihm gleich die Pergamentrolle aus der Hand zu reißen und hopste stattdessen vor ihm herum, wie ein Hund der ein »Gudi« erwartet.

Tin holte sich bei Colombe ein wortloses Okay und händigte der übermotivierten Freundin die Pergamentrolle aus.

»Was ist das den für 'ne Sprache!«, rief Zlittle aus, als sie die Schriftzeichen erblickte. »Marsmenschenvenusenglisch?«. Die Enttäuschung über das frühe Ende ihrer Hilfe brach über sie ein wie ein starker Regenguss.

»Das ist die Sprache Animus«, antwortete Colombe grinsend, stand auf und gesellte sich zu Zlittle an den Tisch.

Tin sah sie verwundert an. »Die Sprache Animus?«, wiederholte er. Hat das Crepererum dir das verraten?«

Colombe nickte stolz. »Ich kann die Zeichen jetzt sogar lesen.«

23

Colombe erfühlte die Zeilen auf dem Pergament mit geschlossenen Augen. Zlittle und Tin saßen ihr gegenüber. Sie stützten beide ihre Ellenbogen auf dem Tisch ab und beobachteten Colombe gespannt. Otto schnarchte friedlich vor sich hin und schien einen fröhlichen Traum zu träumen.

Unbemerkt war Lusebian in die Wohnung geschlichen. Er stellte sich breitbeinig vor den Tisch und stemmte die Hände in die Hüften. »Ein Mactus-Krieger hätte sein Ziel ohne große Anstrengung erreicht«, sagte er und machte keinen Hehl daraus, wie überrascht er über die Unaufmerksamkeit Tins war. Zlittles schreckhaftes Wesen hingegen machte sich durch einen ohrenbetäubenden Schrei bemerkbar. Tin zuckte vielmehr ab ihrem Gekreische zusammen, als ab Lusebians plötzlichem Erscheinen.

»Ein Mactus-Krieger wäre nicht unbeobachtet bis hierher gekommen«, antwortete Tin unbeeindruckt. Er deutete mit dem Kopf auf Ottos Funkgerät, das sich mit den Atembewegungen des Wächters auf und ab bewegte. »Wir wären schon längst mittels Funk informiert worden, wenn ein Mactus-Krieger auch nur daran denken würde, das Treieins könnte Colombes Versteck sein.

Lusebian nickte zustimmend und äugte zu Otto. »Er scheint einen gesegneten Schlaf zu haben, unser Otto. Zlittles Schrei war mindestens zehn Kilometer weit zu hören und er zuckt nicht mal mit der Wimper.«

Zlittle klatschte sich verlegen eine Hand vor den Mund. »Sorry«, raunte sie mit unschuldiger Miene. »Ich bin schrecklich schreckhaft.«

Als Lusebian zu Otto ging und an ihm zu rütteln begann, unterbrach Colombe erstmals das Studieren des Pergaments. »Lass ihn bitte schlafen, Lusebian. Tin ist ja bei mir«. Sie schenkte ihrem Beschützer ein warmes Lächeln, das er liebevoll erwiderte.

Zlittle hob einen Zeigefinger. »Ich bin ja auch noch da, nicht wahr? So ein bisschen Schutz kann ich auch bieten. An meine Süße lass ich doch keinen Verbrecher ran.«

Lusebian zockelte mit seinen hölzernen Sandalen zum Tisch zurück. Er trug bunte, knielange Bermudashorts und ein schwarzes Kragenhemd, was ihn wie ein pensionierter Professor aussehen ließ, der sich seinen Ruhestand mit lockerer Bekleidung aufzuzwingen versuchte. Er blickte das Amceps vorwurfsvoll an. »War ja klar, dass du sie einweihst.«

Colombe zuckte nur mit den Schultern. Die Energiespiralen ihrer Freundin waren unverändert enthusiastisch, lebensfröhlich und unbändig. Keine Spur von bösen Gedanken. Erst rech nicht von übermäßiger Dunkelheit, die sich gebildet hätte, um ihr Licht zu beschützen. Von ihr ging keine Gefahr aus.

Das gab Colombe einen guten Grund, Tin zu scannen. Einmal mehr. Auch bei ihm war alles unverändert. Seine Empathiefähigkeit war nach wie vor beeindruckend. Am liebsten spürte sie die hingebungsvollen Wellen, die er in ihre Richtung ausstrahlte. Was diese durchsichtige Energie bedeuten sollte, die bis vor kurzem noch durch eine graue Schutzhülle umgeben war, konnte sie immer noch nicht einordnen. War es wirklich Anastuiit, wie sie angenommen hatte? Auf alle Fälle zog es sie an wie der Honig einen Bären. Und da dieses Unbekannte nicht einmal ansatzmäßig mit Dunkelheit umgeben war, konnte es nur etwas Gutes und Schönes sein.

»Ach, Lusebian, wo ist eigentlich das Siegel, das Colombe am Sonntag dem Mactus-Krieger entrissen hat?«, fragte Tin wie aus heiterem Himmel. »Du weißt ja selbst am besten, was alles damit passieren kann.«

»Das habe ich letzte Nacht, mit Hilfe meiner Backofenhandschuhe, in mindestens fünf Mülltüten gepackt«, verkündete er etwas überheblich. Er machte keinen Hehl daraus, wie viel Mut ihn das Prozedere gekostet hatte. »Dann habe ich es mit einem Bettleinentuch umwickelt und in Mara Niederers Tresor gebracht«. Er war sogar ein bisschen stolz darauf, wie viel Angstschweiß ihn diese Aktion gefordert hatte. »Es ist sicher«, fügte er hinzu. »Mara hat die Schließung des Tresors so programmiert, dass er sich erst nach den Mittsommertagen wieder öffnen lässt. Etwas Gutes hast du uns schon beschert, Colombe. Ab sofort sind auch wir wieder im Besitz eines funktionierenden 666er-Amuletts.«

»Haben die Mactus-Krieger noch mehr von den Dingern?«, fragte Colombe.

»In der Tat, ja, in der Tat, davon müssen wir leider ausgehen«, antwortete er und strich sich über den bauschigen Schnurrbart, einmal links und einmal rechts. »Wenn die Krieger – auf eine mir unverständliche Weise – alle aktiven Spiralsiegel des Lucifers in ihrem Besitz haben, dann Gnade uns Animus.«

Colombe bemerkte Tins Sorge. Es war ihr, als ob er bemüht war, diese so gut wie möglich zu verstecken. Tat er das etwa wegen ihr, damit sie sich keine Sorgen machte? Nein. Er wusste doch, dass seine Energien sie nicht anzulügen vermochten. Sie konnte die Zeichen vielleicht falsch deuten. Aber ein Gefühl wie Sorge zu vertuschen, war ein Ding der Unmöglichkeit.

Als Lusebian die Pergamentrolle bemerkte, die Colombe vor sich aufgerollt hatte, breitete sich in ihm Nervosität aus. Für Colombe war es ein erstmaliges Ereignis, ihren Mentor auf eine solch außergewöhnliche Art aufgeregt zu sehen.

»Du hast sie also auch bekommen«, sagte er erleichtert. »Ich dachte schon, du würdest diese Chance nicht erhalten, weil du das prophezeite Amceps bist.« Als er die Zeichen auf dem Rotulus deutete, strich er sich abwechslungsweise durch seine Haare, murrte Unverständliches oder strich sich durch den Schnurrbart, mehrmals links, mehrmals rechts. »Das ist neu, in der Tat, ja, in der Tat«, schnaufte er, »die Zeichen des Animus konnte noch niemand enträtseln. Aber das macht nichts, ich kenne den Reim auswendig.«

»Ich auch«, ächzte Otto, den Zlittles Schrei wohl doch geweckt hatte. Er rieb sich den Schlaf aus den Augen und setzte sich auf. Dabei fiel ihm das Funkgerät zu Boden. Mit leisem Fluchen hob er es auf und ließ es in das Gürtelhalfter gleiten. Er machte den Eindruck eines besoffenen Revolverhelden. Schlaftrunken stand er auf und taumelte zum Tisch. Nach ein paar tiefen Atemzügen rieb er sich die Schläfen, bauschte die Brust und begann, den Reim vorzutragen:

›In Raurica dem Lichte, in reiner Dunkelheit, auf zwölf gezählt zur Findung des Trägers Duft.‹

Lusebian nickte bei jedem Wort.

Zlittle hing an Ottos Lippen, als er den Reim darbot. »Hä«, war ihre Reaktion, als er den kurzen Vortrag beendet hatte. »Komischer Reim. Das ist doch kein Reim. Ein Reim reimt sich, oder nicht? Darum heißt es doch Reim, damit es sich reimt!«

»Es hat niemand gesagt, dass es ein guter oder gar schöner Vers sei«, bemerkte Tin. Grinsend sah er zu Colombe, die Otto mit gerunzelter Stirn anstarrte. »Stimmt was nicht, Colombe?«, fragte er sofort.

»Ja«, antwortete Colombe nachdenklich. »Es gibt da eine echt große Abweichung zwischen eurem Reim und dem, was ich hier lese«. Sie zog damit sämtliche Augenpaare auf sich.

»Du hast ein neues Rätsel?«, fragten Otto und Lusebian im Chor.

»Du kannst das Geschmiere lesen?«, fügte Lusebian ungläubig hinzu.

»Ja, ähm, ich habe die Zeichen schon mindestens fünfmal durchgelesen. Ich fühle, höre und sehe immer die gleichen Bilder… Melodien… was-auch-immer.«

Lusebian hob seine Arme theatralisch in die Höhe. »Oh, mein Herr, mein Vater, Animus. Ich danke dir. Colombe wird mir die Tagebücher des Lucifer übersetzen können.«

Tin beachtete Lusebians Ausschweifungen nicht. »Lies vor«, bat er.

Colombe stand auf, ging um den Tisch, rückte einen Stuhl zurecht und setzte sich neben ihn. Sein Oberarm berührte ihre Schulter, was ihr ein angenehmes Prickeln in der Magengegend verursachte. Mit einer Handbewegung forderte Tin Otto und Lusebian auf, sich auch an den Tisch zu setzen.

Die beiden Herren gehorchten sofort. Aufgeregt quetschten sie sich in die kleine Sitzbank neben Zlittle.

»Okay«, begann Colombe. Und schwebte mit den Fingern erneut über die Lettern. »Hier steht:

Zu Raurica, zur Reinigung, zur Heilung.
Komm aus dem Lichte und zähle der Töne düstre Schritte.
Erkenne zwei Fenster, die reichen 'gen Himmel.
Und finde in des Lebens Nass, des Trägers Duft.
Siehe die Größe in Dir, die da quillt bis zum Rande des Himmels.
Drei Nischen nur, zur Wahrung deiner Gunst.

»Das ist ja auch nicht grad ein Vers von Shakespeare«, bemängelte Zlittle erneut. Sie hatte die Worte Colombes mitgeschrieben und las den Text noch einmal laut vor. »Vielleicht interpretierst du die Zeichen falsch, Süße.«

Tin sah Zlittle leicht genervt an. »Das ist auch kein Gedichtband von Schiller«, sagte er etwas schroff. »Hier geht es um das Leben

Colombes. Da ist es mir echt egal, ob sich ein Gleichklang bildet oder nicht. Hauptsache, wir kriegen brauchbare Hinweise, lösen das Rätsel und retten Colombes Leb...«

»Stopp!«, unterbrach Colombe und packte Tins Arm, als ob sie von einer plötzlichen Schmerzattacke geplagt gewesen wäre. Zischend atmete sie ein und aus. »Sie weiß nicht alles«, brummelte sie zwischen den Zähnen hervor.

Zlittle erstarrte. Sie war eine intelligente junge Frau, deren Kombinationsfähigkeit einwandfrei funktionierte. »Wie jetzt...? Das Leben von Colombe ist von der Lösung dieses Rätsels abhängig?«

»Nein«, schüttelte Colombe eifrig den Kopf. »Das heißt, ja... aber...«

»Das ist jetzt nicht wahr«, funkte Zlittle dazwischen. »Hast du den mit den Mactus-Kriegern nicht schon genug Ärger am Hals!« Zlittle zitterte am ganzen Leib. Tränen kullerten über ihre Wangen. Sie schluchzte hemmungslos und ließ wüste Schimpftiraden über Gott und die Welt los. Colombe stand auf, ging um den Tisch und nahm ihre Freundin in den Arm. »Keine Sorge. Das Rätsel ist sehr einfach zu lösen. Das Schwerste war, die Zeichen auf der Pergamentrolle zu entziffern. Hör' dir doch den Reim an. Er beginnt ja schon so einfach, nicht wahr? Und mit Hilfe deines feinen Spürnäschens werden wir es sogar noch viel schneller lösen.«

Otto und Lusebian hielten es im Sitzen nicht mehr aus. Otto bugsierte Lusebian aus der Sitzbank. Die beiden gingen im Zimmer auf und ab. »Was erzählt sie da«, flüsterte Lusebian dem Wächter zu. »Die neuen Hinweise sind nicht wirklich der Hammer! Sie wird sterben - genauso wie alle Amceps vor ihr, verdammt!«

Colombe hatte das viel zu laute Getuschel der Männer gehört. Sie löste die Umarmung ihrer Freundin, packte den Rotulus und las die Zeilen noch einmal durch. »Es ist doch einfach: ›Zu Raurica‹ ist der erste Hinweis. Das kann doch nur die Römerstadt von Augusta Raurica in Basel sein, oder nicht?«

»Soweit sind wir auch schon gekommen«, sagte Otto, stemmte seine Hände in die Hüften und schüttelte den Kopf.

»Dann ab nach Augusta Raurica. Da fahren wir doch Maximum eine Stunde.«

»So einfach ist das nicht«, versicherte ihr Otto. Wir müssen uns doch noch etwas mehr Gedanken darüber machen, bevor wir diese

Reise unternehmen.«

»Warum denn? Vor Ort können wir den anderen Hinweisen folgen. Ihr vergesst, dass wir jetzt viel mehr Informationen zur Verfügung haben, als ihr sie bisher hattet.«

»Die Mactus-Krieger, Colombe«, sagte Tin nachdenklich und steckte seine Finger unter sein Hemd.

Obwohl Colombe genau wusste, dass Tin recht hatte, sah sie zu Lusebian, um von ihm den gewünschten Widerspruch zu hören. Doch dieser nickte. »Die Krieger warten bestimmt schon auf uns. Wir müssen uns gut überlegen, wie wir uns auf dem Museumsgelände bewegen wollen, ohne erkannt zu werden.«

»Woher und warum wissen die Mactus-Krieger von dem Reim?«

»Weil die Pergamentrolle jedem Amceps zugetragen wird, das weiterleben will«, antwortete Lusebian. »Zumindest ist es so, seit kurz nach Christi Kreuzigung die Vertreter des Consortium Lucifer ausgerottet wurden. Die letzten acht Amceps starben sogar auf dem Gelände von Augusta Raurica. Es ist ein kleines Wunder, dass die Presse das noch nicht aufgeschnappt hat.«

»Rose ist auch dort gestorben, vor 19 Jahren«, hauchte Otto und sah Colombe in die Augen. Aber es war nicht ihr Wesen, das er fixierte. Er sah durch sie hindurch. Seine Gedanken verbanden sich mit der Zeit von damals. »Ich musste sie zurücklassen«, zwang er sich weiterzusprechen. »Ich konnte ihr nicht helfen … ich … ich.« Qualvoll schwebte sein Blick zu Tin. »Ich musste … ich konnte nicht …«

Lusebian legte eine Hand auf Ottos Schulter. »Du hast alles getan, was in deiner Macht stand.«

Colombe bemerkte, wie sie ihren Schutzschild hochfuhr. Diesen grauen Schutz, der sie mehr Energie kostete, um ihn zu aktivieren, als sich einer Situation zu stellen. Ihre Kraft reichte dann auch nicht aus, um ihn länger als ein paar Sekunden zu halten. So wie immer prallte er zurück und schlug die Masse der schmerzlichen Energie, die von Otto ausging, in sie hinein. Nun hatte sie es gleich mit zwei trauernden Energiespiralen zu tun, die Reinigung und Trost forderten. Otto und Zlittle. Aber auch Tin war auf Sendung. Obwohl er alles daran setzte, seine Gefühle so gut wie möglich zurückzuhalten, knallten sie auf Colombes Inneres ein. Sie fühlte wieder dieses Geheimnis, das Tin seit ihrem ersten Treffen umhüllte. Zumindest das fühlte sich gut an.

Tin öffnete mehrmals den Mund und schloss ihn wieder, ohne ein Wort zu sagen. Aber er entwickelte eine sanfte Welle von Mitgefühl für Otto. *Endlich*, dachte Colombe.

Otto schüttelte Lusebians Hand ab. »Ich habe die Mactus-Krieger nach Raurica geführt. Ich habe nicht aufgepasst, habe nicht bemerkt, dass sie uns folgen. Ich war viel zu sehr mit mir und meiner Angst beschäftigt. Meiner Angst, das zu verlieren, was ich am meisten liebte. Wenigsten griffen die Krieger nicht an. Ich habe keine Ahnung, warum nicht. Vermutlich, weil Rose nicht das prophezeite Amceps und demnach für das Conigium Mactus nicht interessant war. Trotzdem war der Ort verraten.« Otto sah zu Colombe. »Das war ein weiterer Grund, weshalb ich das Rätsel unbedingt lösen wollte. Mir war klar, dass das nächste Amceps nur unter größter Gefahr nach der Lösung suchen kann. Ich mache mir die größten Vorwürfe. Ich habe nicht nur Roses Leben nicht retten können, ich werde unter Umständen auch an deinem Ableben mitschuldig sein.«

Colombe wusste zuerst nicht, was sie sagen sollte. Ottos flehender Blick ihm zu verzeihen war allerdings nicht nötig. »Weißt du, was Animus dazu sagen würde?«, hörte sie sich plötzlich sagen. »Er würde sagen: ›Ich kann dir nicht vergeben ...‹

»Was?«, fauchte Lusebian, »was sagst du da! Das ist nicht die Colombe, die ich kenne!«

Auch Tin schien verwirrt und hob die Brauen.

Otto schnaubte verbittert und nickte.

Colombe hob den Zeigefinger. »Ich bin noch nicht fertig. Ihr zieht wieder einmal viel zu voreilige Schlüsse. Animus würde sagen: ›Ich kann dir nicht vergeben, weil ich dich gar nicht verurteilt habe – dich nie verurteilen werde.‹«

Tin lächelte erleichtert, beugte sich über den Tisch und streichelte Colombes Hand, während Lusebian »ach so«, in den Schnurrbart brummelte.

Zlittle machte wieder auf sich aufmerksam, indem sie Colombe packte und sie umarmte. Sie klammerte sich regelrecht an ihr fest. Von dem Gespräch hatte sie nicht viel mitbekommen und weinte immer noch Rotz und Wasser. »Versprich mir, dass du nicht stirbst«, schluchzte sie. »Wen soll ich den mit Verkupplungsversuchen überhäufen ... äh ... jetzt ja nicht mehr ... äh ... beziehungsweise ...«, sie wedelte mit einer

Hand Richtung Tin, »entschuldige Süßer, aber eure Hochzeit will ICH planen... das steht mir zu.«

»Zlittle, sei still!«, befahl Colombe und bemerkte, wie ihr die Röte ins Gesicht stieg. Sie schämte sich, Tin ins Gesicht zu schauen. Das musste sie sowieso nicht. Sie fühlte auch so sein vergnügliches Grinsen... und seine liebevollen und herzerfüllenden Gedanken.

Was für eine ausgesprochen eigenartige Situation!, dachte sie. War es den nicht genug, dass sie die Gefühle aller spüren konnte? Musste es auch noch eine solch verzwickte Situation sein, in der Angst, Traurigkeit, Hoffnungslosigkeit, Überlebenswillen und Liebe ineinanderfließen?

»Okay, das reicht«, sagte Otto gereizt. »Colombe, du hast recht. Animus hätte das gesagt. Es hilft mir aber gerade nicht weiter.« Er hob beschwichtigend die Hände. »Ich weiß, du meinst es gut, Colombe. Du willst mich trösten. Aber Rose ist tot und... und«, jetzt sah er wütend zu Tin, »und du, verschwinde!«

Alle sahen den Wächter überrascht an. Tin schüttelte verblüfft den Kopf und zuckte mit dem Kopf nach hinten.

Otto streckte den Arm und zeigte ihm unmissverständlich die Tür. »Raus! Du bist kein Wächter mehr, schon vergessen? Deine Anwesenheit ist weder erwünscht noch wird sie benötigt.«

Colombes Stuhl kippte zu Boden, als sie wie von einer Hornisse gestochen aufhüpfte. Entschlossen baute sie sich vor Otto auf. »Oh doch, Tins Anwesenheit ist sehr wohl erwünscht! Und du brauchst ihn auch nicht vor dem zu beschützen, was nach den Mittsommertagen kommen wird. Ich werde nicht sterben. Warum will das nicht in deinen Schädel? Was ist nur mit dir los! Tin ist nicht schuld an dem ganzen Scheiß!«

»Scheiß!«, schoss es aus Lusebian heraus. »Ich höre wohl nicht richtig. Sag sowas nicht. Ein Amceps zu sein ist die größte Ehre, die einem zuteil werden kann.«

»Ist doch wahr!«, pfiff Colombe gereizt. Sie schloss die Augen und atmete tief durch.

Ein paar Sekunden blieb es unangenehm still.

»Seht doch, was gerade geschieht«, durchbrach Colombe die Stille. Sie breitete die Arme aus, als ob sie den Segen verteilen wollte. »Wir streben viel zu verbissen nach dem Guten und bemerken nicht, wie sehr wir uns in unseren Emotionen verheddern.«

»Du sprichst von uns allen, meinst aber eigentlich nur mich«, grämte sich Otto.

Colombe drehte sich zu ihrem Wächter um. Ihr Gesichtsausdruck wurde mitfühlend, sie legte den Kopf zur Seite und zwang sich ein Lächeln auf. »Du verteidigst dich, indem du einem anderen Menschen eine Last anhängst. Das machst du nur, um von dir abzulenken.« Ist das wirklich die einzige Möglichkeit, dich von deinen Selbstvorwürfen zu befreien?« Sie schüttelte den Kopf. »Nein, bestimmt nicht. Du weitest das Problem nur aus, anstatt dich deinen Herausforderungen und dir selbst zu stellen. Aber sei deswegen nicht beleidigt. Es ist eine typische menschliche Reaktion ... leider.«

Ottos angespannte Schultern sanken herunter.

Zlittle schnäuzte lautstark in ein Taschentuch. »Eigentlich haben wir uns alle doch lieb«, sagte sie zwischen zwei Schnäuzern.

Otto nickte nachdenklich. Er schlenderte zum Sofa und ließ sich schnaubend sinken. »Du hast eine intelligente Freundin«, lächelte er entschuldigend.

»Ich weiß«, antworteten Colombe und Tin im Chor, worauf Tin die Hände verwarf und sich zu Otto wandte. »Du hast Zlittle gemeint, schon klar.« Diesmal war er es, dem die Röte ins Gesicht schlug.

Tins Handy klingelte. Als er auf dem Display erkannte, wer der Anrufer war, entschuldigte er sich, »Sorry, da muss ich ran«, und verließ die Wohnung.

Colombe dachte sich nichts dabei und ließ ihre Hände auf die Hüften klatschen. »Okay, und was tun wir jetzt?«

»Internetrecherche«, schniefte Zlittle, setzte sich an Colombes Laptop, der gleich neben der Kuschelecke auf einem kleinen Möbel stand, und fuhr ihn hoch.

Lusebian kaute grüblerisch an seiner Unterlippe. »Ich kenne einen Archäologen, der lange Zeit in Augusta Raurica Ausgrabungen gemacht hat«, verkündete er mit erhobenem Zeigefinger. »Seit ein paar Jahren arbeitet und lebt er wieder in Bern. Vielleicht kann er uns weiterhelfen«.

»Cool! Er lebt in Bern«, freute sich Colombe, »was für ein Zufall. Besuchen wir ihn«. Sie schnappte sich die Pergamentrolle, eilte zum Eingang und schlüpfte in ihre Sneakers.

»Ich glaube ja nicht an Zufälle! Das ist doch echt ein weiterer Beweis dafür, dass wir das Rätsel lösen werden.«

»In der Tat, ja, in der Tat. Ich rufe gleich Fred Stern an und frage ihn, auf welcher Grabungsstätte er heute arbeitet. Aber du und Tin werdet das alleine machen müssen«. Lusebian zeigte auf das Sofa, auf dem Otto bereits wieder einem rhythmischen Schnärcheln erlegen war. »Auch er braucht seinen Schlaf und ich muss hier die Stellung halten.«

Zlittle war so vertieft in ihre Internetrecherche, dass sie abwechselnd an ihren Fingernägeln und dem Bleistift kaute. »Bis später Süße«, sagte sie, ohne vom Bildschirm aufzusehen. »Ich melde mich, sobald ich was rausgefunden habe. Gib Tin einen Kuss von mir«, grinste sie und zwinkerte Colombe lausbübisch zu.

24

Tin und Colombe fanden den archäologischen Grabungstechniker, Fred Stern, auf einer Grabungsstätte eines römischen Gutsgebäudes, nur zwanzig Minuten vom Treieins entfernt. Colombe kam die Begegnung bekannt vor, weil Fred ihr zur Begrüßung seinen Hintern entgegenstreckte. Das war aber auch alles, was er mit Tin gemeinsam hatte. Seine Energiespirale entsprach der Norm und war mit Wissen angefüllt. Als Colombe darin die vielen Potenzials-Tore erkannte, begann sie erst gar nicht zu zählen. Er hatte so viele, dass er sie in drei Leben nicht hätte ausnützen können. *Er scheint häufig unentschlossen zu sein,* folgerte Colombe daraus.

Konzentriert kauerte Fred am Boden und kratzte mit einer kleinen Kelle in loser leicht verdunkelter Erde herum. Colombe beugte sich etwas vor und sah ihm über die Schulter. *Er pinselt an einem uralten Fundgegenstand herum, vielleicht einem Knochen oder sogar einem Schmuckstück.* Aber außer Lehm und Dreck konnte sie nichts Bedeutungsvolles erkennen.

Die Ausgrabungsstelle war durch ein 15x20 Meter großes Zelt vor wetterbedingten Einflüssen geschützt. Seit Wochen hatte es nicht mehr geregnet und auch an diesem Tag stellte der Wetterfrosch keine Abkühlung in Aussicht. Überall wirbelte Staub auf und verwandelte das

Zelt in eine stickige Höhle. Der Schweiß tat den Rest, verklebte die Staubpartikel und perlte in braunen Rinnsalen an Kopf und Armen ab. Colombe bekam kaum Luft. Es roch nach Katzenpisse.

Fred begrüßte die beiden zurückhaltend, aber freundlich, als wären sie Touristen. Doch als Tin Lusebians Namen erwähnte, führte er sie mitten durch die uralten kaum einen Meter hohen Ruinen eines römischen Gutshofes, raus aus dem Zelt. Colombe balancierte mit ausgebreiteten Armen auf den extra ausgelegten Holzbrettern. Die Bretter kennzeichneten, wo man sich zu bewegen hatte, damit man nicht auf uralten Artefakten herumtrampelte. Sie war nicht der Typ Mensch, der gerne über enge Holzladen balancierte, erst recht nicht, wenn es rechts und links steil nach unten ging. (Es war nur ein Meter Höhendifferenz, kam Colombe aber vor wie zehn). Aber sie wollte sich vor Tin keine Blöße geben und watschelte Fred hinterher. Dessen Hintern benutzte sie dabei als Fixpunkt. Sie hätte in den *ImPerDi*-Modus fallen können. Das kam ihr aber erst in den Sinn, als sie schon wieder festen Boden unter den Füßen hatte. Im Schatten einer mächtigen Sequoia stand ein Bürocontainer. Zielstrebig führte Fred die beiden herein.

Fred war um die Fünfzig, sein Gesicht kantig und runzelig. Sein kleines Bierbäuchlein förderte Colombes Eindruck seiner Trägheit und Unentschlossenheit. Doch seine wachsamen Augen beobachteten jede Bewegung in der Umgebung. Er trug kurze und verstaubte Jeans, dicke Wollsocken und schwere Wanderschuhe. Sein Oberkörper war nackt, haarig, verschwitzt und auf der linken Schulter zeugte eine Narbe von einem kürzlich entfernten Tattoo. *Er hat was von Indiana Jones,* dachte Colombe, *es fehlt nur noch der Hut und die Peitsche.*

Im Container war es angenehm kühl. Das Atmen fiel auch wieder leichter. Fred wies seinen Besuchern dreibeinige Hocker an, die zwischen Kleiderständern standen und sich unter verdreckter Arbeitskleidung versteckten. Er wischte den Kleiderbündel einfach auf den Boden. Gleich neben Colombe türmten sich offene Kisten mit Fundgegenständen auf. Neugierig äugte sie hinein. Viele kleine Kartonbehälter, fein säuberlich beschriftet, trennten die Trouvaillen. Auf den ersten Blick sahen die Fundgegenstände wie ungewaschene, mit Lehm verklebte Steine aus ... und Knochen!

»Römische Keramik in der linken Kiste, Knochensplitter eines Hundes in der rechten«, sagte Fred, als er Colombes Stirnrunzeln erkannte. »Wir haben auch menschliche Skelette gefunden. Wollen sie sie sehen?«

Colombe schüttelte energisch den Kopf. »Ähm, nein, danke.«

Auf den Stockzähnen lächelnd setzte sich Fred neben einen Klapptisch, der ihm wohl als Bürotisch diente.

»Lusebian erzählte mir etwas von einem Rätsel, bei dem ich euch vielleicht behilflich sein kann?«

Tin und Colombe nickten synchron wie ein Wackeldackel auf der Hutablage eines Autos.

»Dann gib mal her den Wisch«.

Tin überreichte ihm wortlos den Zettel mit dem Rätsel. Während Fred die Zeilen las, schnäuzte er sich den Staub der Grabungsstätte aus der Nase. Schnell begann er zu lächeln. Dann wurde sein Lächeln zu einem strahlenden Grinsen. Mit einem Handtuch wischte er sich den Schweiß aus dem Gesicht und fuhr sich über die kurzen graumelierten Haare. »Lusebian hat mir am Telefon von einem Wettbewerb erzählt, der in Augusta Raurica ausgetragen werden soll?«, fragte Fred beiläufig und las gleichzeitig den Reim noch einmal durch.

Colombes Anspannung stieg. Sie hatten sich vor dem Treffen eine simple Geschichte zurechtgelegt, die sie dem Grabungstechniker als Grund ihres Besuches vorgaukeln wollten. Doch jetzt wusste sie vor lauter Aufregung nicht mehr, was sie sagen sollte. Glücklicherweise blieb Tin ruhig.

»Ja genau«, antwortete er, »Ein Club reicher Industrieller sammelt Geld, um es einem guten Zweck zu spenden. Dieses Jahr haben sie sich für unsere Stiftung entschieden. Da sie aber auch ihren Spaß haben wollen, muss man ein Rätsel lösen, bevor man an das Geld rankommt.«

»Für welche Stiftung arbeitet ihr?«

»Theodora. Spitalclowns gehen zu Kranken Kindern und bringen sie zum Lachen.«

»Ah ja«, hob Fred den Kopf, »kenn ich. Gute Sache.«

»Und ich muss einen Dia-Abend veranstalten«, bot Colombe ihren auswendig gelernten Satz dar, »damit die Spender auch sehen, wie wir das Rätsel gelöst haben.« Colombe hob eine Fotokamera in die Höhe. »Wenn sie nichts dagegen haben, würde ich nachher noch gerne ein paar Bilder von ihnen und der Grabungsstätte machen.«

Fred sah auf und nickte zustimmend. »Wasser?«, fragte er und deutete auf einen weißen Kasten auf dem Boden, der sich als Kühlschrank entpuppte.

Beide waren durstig und nickten dankbar. Während Fred mit der Wasserflasche hantierte, las er Zlittles Abschrift von dem Rätsel erneut durch. (Das war einwandfreies Multitasking.) »Ich bin ja nicht der Typ, der sich selbst in den Himmel lobt«, triumphierte er, »aber das hier ist sowas von einfach. Da hätten sich die Herren schon ein bisschen mehr Mühe geben können.«

Tin und Colombe warfen sich einen verdutzen Blick zu. »Sie wissen, was es zu bedeuten hat?« Colombe musste sich zusammennehmen, um nicht gleich einen Jubelschrei loszulassen. Sie hatte das Crepererum gebeten, die Findung des Rätsels einfach zu machen. Aber... dass es gleich so einfach würde, hätte sie nicht gedacht. Eins war sicher: Die Homullus waren bestimmt nicht unbeteiligt an dieser glücklichen Fügung.

Fred nickte, beugte sich mit dem Wisch vor und fuhr mit dem Finger dem Text nach. »*Zu Raurica, zur Reinigung, zur Heilung*›. *Raurica* ist, wie ihr ja selbst auch herausgefunden habt, die Museumsanlage mit dem Amphitheater Augusta Raurica in Basel. Ich habe lange dort gearbeitet, darum ist das Rätsel für mich vielleicht so einfach. ›*Zur Reinigung und zur Heilung*‹. Damit kann nur die römische Badeanlage gemeint sein, die 1998 freigelegt worden ist.«

Tin klopfte sich nachdenklich auf die Lippen. »Jetzt, da sie es sagen, klingt es logisch. Und weiter?«

»Kekse?«, fragte Fred, langte über seinen Kopf und holte ab einem Regal eine Packung Schokowaffeln.

Colombe langte zu. Sie hatte seit dem Vortag nichts mehr gegessen. Bei dem Anblick lief ihr das Wasser im Munde zusammen. Zudem würde sie in einer Stunde wieder ins Crepererum amceptieren und hoffte, das Treffen mit Fred Stern würde nicht allzu lange dauern. Sie musste vorher unbedingt noch etwas anderes als Kekse in den Magen bekommen.

»Ich war damals bei den Freilegungsarbeiten der Badeanlage dabei«, erzählte Fred stolz weiter. Das war vielleicht ein interessanter Job. Vor allem, weil ich der Kleinbaggerführer bin, der damals in den Hohlraum einbrach.«

»Hohlraum?«, mampfte Colombe. »Eingebrochen?«

»Ja, grinste Fred, »in der Zeitung stand damals ›*Erde verschluckt Kleinbagger*‹.« Er hob seine rechte Hand und deutete die Größe der Überschrift mit einer ausfallenden Bewegung an.

»Wurden sie dabei verletzt?«, fragte Colombe besorgt.

Fred verneinte sofort. Dieser Augenblick schien ihm – immer noch – ein kribbelndes Glücksgefühl zu bescheren.

»Der Hohlraum erwies sich als ein vier Meter hoher Kuppelraum mit einem direkten unterirdischen Anschluss an einen Sodbrunnen«, erzählte Fred weiter. Er schüttelte breit lächelnd den Kopf, als ob er es selbst immer noch nicht glauben konnte. »Versteht ihr? Es war ein vollständig erhaltener unterirdischer Kuppelraum. Aufwändig gebaut, inmitten einer Badeanlage von Augusta Raurica. Eine Sensation!« Fred kam so richtig ins Schwärmen, schloss die Augen und atmete tief durch. »Man hat bis heute nicht herausgefunden, wofür der Bau diente und warum man damals diesen Aufwand betrieben hat. Das Konstrukt ist auch für heutige Verhältnisse eine architektonische Meisterleistung.«

»Und was hat das jetzt mit unserem Rätsel zu tun?«, fragte Tin unbeeindruckt.

»Was das mit eurem Rätsel zu tun hat!« Fred klatschte mit der Hand auf das Papier, auf dem der Reim geschrieben stand. »Euer Rätsel beschreibt genau diesen unterirdischen Kuppelraum mit dem Sodbrunnen. Die Formulierung des Reimes ist zwar etwas umständlich, aber auf seine eigene Art und Weise sehr schön.«

Während Colombe unbeteiligt wirkend zuhörte und sich stoisch eine Schokowaffel nach der anderen genehmigte, rutschte Tin nervös auf seinem Hocker hin und her. »Das Rätsel deutet also zum Sodbrunnen? Die erste Zeile leuchtet ein. Aber was ist mit all den anderen Hinweisen?«

Fred rutschte mit seinem Hocker näher zu Tin. »Ich zeige es euch.« Wieder fuhr Fred mit dem Finger den Textzeilen entlang. »*Komm aus dem Lichte und zähle der Töne düstre Schritte*‹. Der Zugang zum Sodbrunnen besteht aus einem unterirdischen, zwölf Meter langen, lichtlosen Tunnel. ›*Der Töne düstre Schritte*‹. Zufälligerweise spiele ich selbst Klavier. Die Musik kennt zwölf Grundtöne in einer Tonleiter. *Et voilà*. Zwölf Meter, das sind die verlangten zwölf Schritte der zwölf Töne unserer Tonleiter. Und das alles in vollkommener Dunkelheit. Die Bedingungen im Rätsel sind erfüllt.«

»Sie sind gut«, lobte Tin. Langsam deutete sich auch in seinem Gesicht etwas Entspannung ab. »Und weiter?«

»›Erkenn zwei Fenster, die reichen 'gen Himmel›. Auf der linken Seite des Kuppelraumes gibt es einen einwandfrei erhaltenen Zugang zum Sodbrunnen. Und dieser Zugang besteht aus einer Öffnung in der Mauer, die in der Mitte durch einen schmalen Stützpfeiler getrennt wird. *Et voilà*: die zwei verlangten Fenster des Rätsels.«

»Sie sind wirklich der Hammer!«, prustete Colombe los. Dabei verschluckte sie sich beinahe an einem Krümel.

Fred genoss seinen Erfolg. Er goss Colombe Wasser nach und holte eine neue Packung Schokowaffeln aus dem oberen Regal.

Colombe schüttelte den Kopf und wurde rot. »Nein danke. Ich glaube, ich hatte genug.«

»Gut, dann weiter«, Fred setzte sich wieder hin. »Jetzt wird es mystisch«, grinste er. »›Und finde in des Lebens Nass, des Trägers Duft›. Das kann man auf viele Weisen interpretieren. Ich für meinen Teil deute den ›Träger‹ als das Dunkle. Also, die Dunkelheit trägt den Raum. Dazu gekommen bin ich, weil das Wasser des Sodbrunnens stark schwefelhaltig war. Ich gebe zu, es ist etwas weit hergeholt. Aber wenn der Rätselsteller an einer meiner Führungen war, die ich während dem Römerfest in Raurica, damals, anno 2000, gehalten habe, dann hat er die Idee zum Rätsel von mir!« Er grinste breit. »Und wessen Duft wird mit Schwefel in Verbindung gebracht?« Er machte eine künstliche Pause, damit sein Besuch darauf antworten konnte.

»Lucifer«, würgte Colombe hervor. Ihre Gesichtsfarbe wechselte unmittelbar von Tomatenrot auf Kreideweiß. »Bitte sagen sie jetzt nicht, dass dieses Rätsel mit Lucifer zu tun hat.« Zitternd hielt sich Colombe an Tins Arm fest und sah sich ängstlich um, als ob das Böse höchstpersönlich im Container hauste.

Fred runzelte die Stirn. Ihn verunsicherte die übermäßige Reaktion Colombes. »Warum so aufgebracht, kleines Fräulein? Es ist doch nur ein Spiel, oder nicht?«

Es klopfte an der Tür und ein Teammitglied der Ausgrabungsmannschaft betrat den Container.

»Moment«, entschuldigte sich Fred, stand auf und stellte sich vor seinen Mitarbeiter. Die beiden diskutierten angeregt miteinander. Unentwegt wanderten ihre Finger auf einem Grabungsplan hin und her.

»Keine Sorge«, flüsterte Tin Colombe währenddessen ins Ohr. »dem schwefelhaltigen Wasser wurde schon damals Heilkraft zugesprochen. Wenn irgendwie möglich, zeige Fred nicht, wie sehr dich das aufwühlt, ja? Wir sammeln hier angeblich für Spitalclowns. Das Ganze sollte eher witzig sein. Ich muss zugeben, seine Deutung ist etwas weit hergeholt. Aber sie gibt unserem Rätsel einen Sinn. Ich will jetzt nicht sagen, dass Animus' Wege unergründlich sind … aber irgendwie trifft das in diesem Fall zu.«

»Wenn das Rätsel aber mit Lucifer zu tun hat!«, tuschelte Colombe. Ihre Knie zitterten. Sie war froh, sitzen zu können. »Das könnte doch der Grund sein, weshalb bisher kein Amceps es gelöst hat. Weil sie es nicht lösen *wollten!* Lusebian hat von einer Verbindung zwischen dem Amceps und Lucifer gesprochen. Was, wenn das Rätsel nicht vom Crepererum stammt, sondern vom Satan höchstpersönlich. Wenn sich das als wahr herausstellt, dann werde ich diese Verbindung ganz bestimmt nicht eingehen. Sicher nicht! Lieber sterbe ich!«

Tin zuckte zusammen, was Colombe sofort verunsicherte.

»Was ist, habe ich etwas Falsches gesagt?«

»Das Rätsel soll dein Leben retten, Colombe. Darum sind wir hier!«

»Aber zu welchem Preis?«

Tin öffnete den Mund und schloss ihn wieder.

Du weißt mehr zu diesem Thema, als du sagst, dachte Colombe. *Was verheimlichst du?*

Tin beugte sich wieder zu Colombe vor. »Du vergisst, dass alle anderen Amceps nie den ganzen Reim erhalten haben. Ich glaube, es war früher gar nicht lösbar. Also gab es kein Amceps, das sein Leben freiwillig hergegeben hat.«

»Da hast du auch wieder recht«.

Der Mitarbeiter verließ den Container und Fred gesellte sich zurück zu seinen Gästen. Er klatschte in die Hände und sah zu Colombe. »Alles klar bei ihnen?«

»Alles klar«, winkte sie ab. Schnell schoss sie ein paar Bilder. »Macht nur weiter, während ich hier knipse«, sagte sie und war froh, als sich Fred mehr an Tin wandte und somit ihre zitternden Hände nicht bemerkte.

Angespornt von der positiven Reaktion seiner Zuhörer, stand Fred auf und breitete seine Arme aus. Als ob er der Papst höchstpersönlich gewesen wäre und den Segensspruch ausrufen wollte. Colombe hätte im Normalfall ab der Gebärde Freds lachen müssen, wäre da nicht der Name des Teufels aufgetaucht. Zudem war es ihr bei Tin schon aufgefallen: Wann immer die Rede von Lucifer war, sprühte sein Herz wärmende Sympathie für den Dunklen aus. Sie vermutete bisher, es hänge mit seiner enormen Empathiefähigkeit zusammen. Sie selbst reagierte unbewusst ähnlich. Trotzdem würde sie sich immer für das Gute entscheiden. Dann war da noch das Bild des Schlangenhäutigen in Tins Wohnung. Sie beschloss, ihn bei nächster Gelegenheit darauf anzusprechen.

Fred begann, die nächste Zeile des Reims zu rezitieren. »*Siehe die Größe deiner selbst, die da quillt bis zum Rande des Himmels*›. Die Metaphysiker gehen davon aus, der Mensch werde von einer Art Energieschicht umgeben, die mehrere Meter erreicht.« Er ließ die Arme fallen und hob die Schultern fragend an. »Wenn nun der schwefelige Duft tatsächlich dem Lucifer gehört, warum sollte man angesichts des Bösen nicht davon ausgehen, dass man die Aura seiner selbst erkennen kann?«

Colombe war für Freds Fantasie dankbar. *Wenn er wüsste, wie recht er hat.* »Das glaube ich ihnen aufs Wort«, stimmte sie ihm zu und fragte sich eindringlich, weshalb sie nicht selbst darauf gekommen war. »Wobei vier Meter etwas wenig sind, für einen Menschen, der es schafft, seine eigene Energie zu erkennen«.

Tin atmete seufzend und verzog den Mund. *Ach, Mist! Das mit den vier Metern hätte ich nicht laut sagen sollen,* dachte Colombe und äugte wieder und wieder durch die Linse der Fotokamera, um Tins mahnendem Blick auszuweichen. Für sie war die Existenz von Sprialenergien nun einmal so normal, wie die täglichen Mahlzeiten oder der Gang zur Toilette. Zudem fand sie es ganz süß, wie Tin sie so gespielt böse anschaute, aber in Wirklichkeit das Gegenteil fühlte.

Fred bemerkte von alledem nichts. Er freute sich ab Colombes Zustimmung seiner Aura-Theorie. »Nun«, fuhr er fort, »der Kuppelraum mag vielleicht nur vier Meter hoch sein, das stimmt schon. Aber es gibt ja noch diese zwei Fenster, die zum Sodbrunnen führen. Und ein Brunnen streckt sich im Normalfall Richtung Tageslicht. Richtung Himmel. Ergo ist die Größe einer Aura nicht auf diese vier Meter beschränkt.

Vielmehr ist sie unbegrenzt.

Colombe ließ die Kamera sinken. Sie wusste, dass sich eine Energiespirale nicht durch Materie verdrängen ließ. In dieser Hinsicht täuschte sich Fred also gewaltig. Trotzdem sagte sie: »Leuchtet ein.«

Ihr Blick zu Tin verriet ihr, dass er zufrieden mit ihrer Antwort war und Colombes Herzklopfen stolperte sogleich ein paarmal. Da war er wieder, dieser liebevolle Blick. Die stetigen Wellen der Sympathie, der Liebe, der Geborgenheit, des Nachhause-Kommens. Das Gefühl verursachte ihr angenehmes Herzrasen, wärmendes Kribbeln im Bauch und den Drang, ihre Lippen auf seine zu drücken und ihn endlich im Kuss zu fühlen. *Konzentrier dich auf Fred und das Rätsel, Colombe! Konzentrier dich! Konzentrier dich! Konzentrier dich!*

»Und was können sie uns zur letzten Zeile des Reims sagen?«, fragte sie Fred.

»›*Drei Nischen nur, zur Wahrung deiner Gunst*‹. Im Kuppelraum wurden drei Nischen in der Mauer ausgespart. Ich nehme an, diese sollten die Heilige Dreifaltigkeit darstellen: Gott-Vater, Gott-Sohn und der Heilige Geist.«

Colombe war nun doch aufmerksamer, als angenommen. Sie verzog den Mund. »Was, wenn es nicht die Dreifaltigkeit ist, sondern die Trinität des Menschen und seinem Streben nach Empathie, Humor und Schöpferkraft?«

Tins Räuspern ließ Colombe sofort wieder innehalten.

Fred grinste. »Diesen Teil des Rätsels werde ich ihnen überlassen müssen. Aber eines weiß ich bestimmt.« Er hob den Zeigefinger und war sich dadurch der vollen aufmerksam seines Besuches sicher. »Es handelt sich nicht um das Grab von Jesus Christus«. Fred gluckste selbst am Lautesten ab seinem Witz.

Tin und Colombe zwangen sich ein Lachen ab. Sie verabschiedeten sich mit großen Dankesbekundungen und spazierten wortlos zum Auto zurück.

»Wäre da nicht Lucifers Namen gefallen, würde ich unbedingt zum Sodbrunnen fahren wollen«, brach Colombe die Stille, als sie in das Auto eingestiegen waren.

Tin startete den Motor und sah seinen Schützling mit fragender Miene an. »Du willst also nicht nach Augusta Raurica fahren?«

»Nein, das heißt, doch. Ach, ich weiß nicht. Ich will mich zuerst im

Crepererum darüber informieren.«

Vorsichtig lenkte Tin den Citroën über einen holprigen Feldweg zur Hauptstraße. »Gute Idee«, sagte er ohne sie anzusehen.

»Was denkst du, was uns in Raurica erwartet?«

Tin schüttelte nachdenklich den Kopf. »Keine Ahnung. Vielleicht ein weiterer Hinweis. Ich frage mich sowieso, was genau von dir verlangt wird. Alle Amceps vor dir sind zum Zeitpunkt der letzten Amceptierphase gestorben.« Er schnippte mit dem Finger. »Einfach so. Ich kann mir nicht vorstellen, was wir tun müssen, um das zu verhindern. Vielleicht musst du von dem schwefelhaltigen Wasser trinken, das irgendwo ganz weit unten im Sodbrunnen hoffentlich noch vorhanden ist.« Tin begann leise zu fluchen, weil er das Auto nur mit Mühe in den Verkehr der Hauptstraße einfügen konnte.

»Apropos Crepererum«, ärgerte er sich, »bis zu deiner nächsten Amceptierphase schaffen wir es nicht zurück ins Treieins. Otto wird mich umbringen.«

»Und ich muss vorher unbedingt etwas anständiges Essen ... also ... nicht, bevor Otto dich umbringt ... ähm ... bevor ich ins Crepererum falle, meine ich.«

Tin öffnete ein integriertes Kühlfach unter dem Armaturenbrett des Fahrzeuges. »Ich lass dich doch nicht verhungern!« Grinsend deutete er auf zwei Sandwiches. »Käse oder Schinken?«

»Beides!«, schoss es aus ihr heraus. »Also, ich meine, Käse ist okay, ich will dich ja auch nicht verhungern lassen.«

»Greif nur zu, bei mir dauert es nur noch eine Stunde bis Mittag und du bist zuerst noch vier Stunden im Crepererum.« Ich fahr jetzt übrigens auf die Autobahn und werde kurz vor der Amceptierung auf dem Pannenstreifen anhalten. Nach deiner Rückkehr fahre ich gleich wieder los. Nur, damit du Bescheid weißt. Auf der Autobahn ist es am sichersten. Wer weiß, ob uns Mactus-Krieger folgen.«

»Warum fährst du nicht einfach weiter?«

»Das ist mir zu riskant. Ich habe keine Ahnung, wie dein Körper auf die Geschwindigkeit reagiert. Im schlimmsten Fall findest du nicht mehr zurück und bleibst im Crepererum gefangen.«

Colombe verdrehte die Augen. »Okay. Überredet. Aber wir sollten Otto oder Lusebian anrufen, damit sie Bescheid wissen.«

Tin rollte die Augen und atmete schwer durch. Er betätigte die Freisprechanlage des Autos und bat Colombe, die Nummer zu wählen.

»Otto schläft noch«, meldete sich Lusebians Stimme. Die Verbindung war schlecht und es knackte mehr, als dass man etwas verstand.

Tin pfiff erleichtert auf und erklärte Lusebian die Situation.

»Die Autobahn? Hervorragende Idee«, lobte ihn Lusebian. »Wie ist es bei Fred Stern gelaufen?«

Tin erzählte von den Fantasiegebilden des Grabungstechnikers, bevor die Handyverbindung endgültig abbrach. Tin war das egal. Es war gesagt, was gesagt werden musste.

»Musik?«, fragte er und schaltete, ohne eine Antwort abzuwarten, das Radio ein. Anstelle der Musik wurde eine Nachrichten-Sondersendung ausgestrahlt. Eine monotone Stimme leierte stockend Satz um Satz herunter. Es war nicht nur für Colombe klar, dass dem Sprecher die Worte schwer über die Lippen kamen:

»Der Amokläufer hat drei Lehrer und eine Auszubildende der Internatsverwaltung regelrecht hingerichtet. Zwei fünfzehnjährige Schulkinder wurden schwer verletzt und befinden sich auf der Intensiv-Station des Berner Inselspitals. Vom Täter fehlt jede Spur.«

Als Tin bemerkte, wie sich Colombe im Sitz wand und nervös ihre Finger knacken ließ. Stellte er das Radio wieder ab.

»Alles in Ordnung?«, fragte er.

Colombe nickte und starrte auf einen Vogeldreck, der sich auf der Windschutzscheibe festgeklebt hatte. »Das fördert kein Anastuiit«, sagte sie bekümmert. »Ich frage mich, warum eine Seele ihr Leben hergibt, wenn sie doch genau weiß, dass Krieg, Gewalt, Neid und Missbrauch kein Anastuiit produziert, sondern nur noch mehr Dunkelheit, die sich um den Schutz des Lichts kümmern muss. Ich meine, eine Seele weiß doch haargenau, dass sie sich für das Leben entscheiden kann.«

»Karma?«, fragte Tin, streckte seinen Arm und streichelte mitfühlend Colombes Hand.

Sie sah ihn an und lächelte dankbar. »Vielleicht.«

Kurz bevor Colombe amceptierte, empfing Tins Handy eine SMS. Er streckte ihr das Handy entgegen. »Liest du es mir vor, bitte? Ich muss mich auf den Verkehr konzentrieren.«

Sie freute sich ab dem Vertrauensbeweis, der Tin ihr entgegenbrachte. Hatte sie sich einmal mehr getäuscht? Verbarg er gar kein Geheimnis? Aber was zum Teufel war es dann, was sie fühlte? Zuerst die durchsichtige und unglaublich angenehme Energie. Dann seine unerklärbare Sympathie zu Lucifer, von der er vermutlich selbst nichts ahnte und die er vehement bestreiten würde, wenn sie ihn darauf anspräche.

»Quentin Lou Sebastian«, las Colombe laut vor. »Da steht nur dein Name.«

Tin steuerte den Citroën auf den Pannenstreifen und betätigte den Warnblinker. Wieder kratzte er an seiner Brust, wie schon so oft. Besorgt nahm er das Handy und tippte daran herum. Da schloss Colombe die Augen und amceptierte.

Das Crepererum zeigte sich im bereits gewohnten Kleid. Mit der Ausnahme, dass Colombe kurz nach der Bewusstseinswägung einem Erschöpfungszustand verfiel. Sie wünschte sich ein gemütliches Zimmer mit einem weichen Bett herbei, was sich auch prompt materialisierte. Sie konnte die Augen kaum noch offen halten, als sie sich in die Decken kuschelte und sofort einschlief.

Traumlos.

Sie erwachte erst wieder, als Tin sie auf das Bett in ihrer Wohnung legte, ihr vorsichtig die Schuhe abstreifte und sie zudeckte. Zärtlich haucht er ihr einen Kuss auf die Stirn. »Ich bin gleich wieder zurück«, flüsterte er ihr zu und verließ die Wohnung.

Sie hätte ihn zu gerne gefragt, was geschehen sei, denn er wirkte nervös und seine Energie warf Wut und Unverständnis aus. *Was, um Himmels willen, ist passiert?*

25

Tin passte es ausgezeichnet, dass der Erstsprecher des Consortiums Lucifer ihn rufen ließ. Er hatte sowieso vor, sich mit Jonathan Nahzuel zu treffen.

Als er den Altstadtkeller betrat, erwartete er, einen süßen Apfelduft zu riechen. Er bereute es schnell, gleich als Erstes einen tiefen Atemzug genommen zu haben, denn es roch nach verbranntem Fleisch, nach Blut, Urin und Schweiß. Vermischt wurde der Gestank mit dem lieblichen, nach Rosen duftenden Parfum, das Tin an seine Großmutter erinnerte.

»Makabrer Scherz, Lucifer«, raunte Tin, als er durch die sandsteinernen Säulen ging und die Treppe betrat, die zum Keller führte. Die farblosen Fresken an den Wänden waren noch ausdrucksloser als beim letzten Mal und die Engelsbüsten mit den gehörnten Köpfen wirkten diesmal kaum mehr bedrohlich. Die Skulpturen weinten, suchten flehend Trost und versuchten angestrengt, ihre Hörner abzustoßen. Sobald Tin ihre Bewegungen genauer betrachten wollte, erstarrten sie zu Stein. Sie regten sich erst wieder, als er einen anderen Punkt fixierte. War alles nur Einbildung? Hervorgerufen durch den sinnbetäubenden Gestank?

Vorerst wurde Tins Erscheinen von keinem beachtet. Das gesamte Consortium stand um den Tisch versammelt und beugte sich über die Tischplatte. Irgendetwas war dort, was die ganze Aufmerksamkeit der Mitglieder erforderte. Der Gestank des Blut-Schweiß-Urin-Cocktails wurde intensiver. Tin musste mehrmals würgen.

Als Jonathan Nahzuel Tin bemerkte, kam er auf ihn zu und streckte ihm einen Kaugummi entgegen. »Das hilft ein bisschen«, sagte er matt. Er sah müde aus. Seine Augen waren aufgeschwollen und quetschten das Monokel noch weiter in die Augenhöhle.

Tin lehnte dankend ab. Das hätte ihn endgültig zum Kotzen gebracht. Als er durch die Lücke schaute, die Jonathan im Kreis geöffnet hatte, stockte ihm der Atem.

Auf dem Tisch lag ein menschlicher Körper aufgebahrt. Der Leib war auf das Übelste zugerichtet. Überall klafften tiefe Schnittwunden. Das Gesicht war aufgeschwollen, voller Blutergüsse, die Nase nur noch Brei. Die kleinen Stummel an den Bein-Enden, eingebunden mit dicken von blutdurchtränkten Bandagen, waren einmal Füße … Tin sah weg und hielt sich die Hand vor den Mund. Jetzt wurde ihm definitiv übel. Noch mehr wollte er gar nicht sehen. Ehe er die Treppe hinauf rennen konnte, hielt ihm jemand einen Becher unter den Mund. Tin erbrach sich sofort.

»Mir ging es gleich wie dir, Alter«, sagte ein Mitglied des Consortiums. Es war ein junger Typ, in Tins Alter, mit pink gefärbtem Irokesenschnitt und einer vernieteten Lederjacke.

Tin wischte sich den Mund ab. Die alte Frau mit dem hochgesteckten Dutt, Claudia, brachte ihm ein Glas Wasser und tätschelte mitfühlend seine Schulter.

»Wer ist das?«, fragte Tin und wagte nicht, sich den geschundenen Körper nochmals anzusehen.

»Das ist Jefferson Lauener van den Vinattempeln«, flüsterte der Glatzkopf mit dem Rüschenhemd und begrüßte ihn mit einem Nicken.

»Jefferson!« Tins Kopf schnellte nun doch zu dem blutüberströmten Körper. Er war nicht wieder zu erkennen. Man konnte nur schwerlich sehen, dass er blonde Haare hatte, denn sie waren schwarz von verkrustetem Blut.

Jeffersons Mund öffnete sich mit einem wasserplätschernden Geräusch. »Er lebt noch!«, schrie Tin und rannte zum Tisch, um ihm zu helfen. Wie er das anstellen sollte, wusste er selbst nicht. Unbeholfen stand er da und wagte nicht, den geschundenen Körper anzufassen.

Die Krankenschwester hielt Tin zurück, als er Jeffersons Gesicht leicht anhob und ihn fragte, ob er ihm etwas Wasser auf die Lippen - die zerfetzten Lippen - träufeln sollte.

»Lass ihn. Ich habe im Morphium gegeben«, sagte sie mit fester Stimme. »Er wird den Tag nicht überleben.«

»Dann ist er ein Wächter der Amceps? Warum hat man mir das nicht gesagt?«

»Weil er kein Wächter ist«, antwortete Jonathan.

Tin legte seinen Kopf in den Nacken, um dem Erstsprecher in die Augen sehen zu können. »Dann war er ein Mitglied des Consortiums?«

Wieder verneinte Jonathan. »Nein, du weißt, wir sind nur zwölf, die Lucifer dienen. Er war auch kein Mactus-Krieger, der seinem Herrn abtrünnig geworden ist. Er war einfach Jefferson. Geboren mit der Seele des Homullus Lusus.«

»Lusus?«, wiederholte Tin. »Ist das nicht Mactus Gefährte?«

Jonathan hielt sich die Hand vor den Mund, um sein Kichern zu verbergen. »Oh, ja. Lusus ist in den Gefilden der Homullus der Gefährte des Mactus. Er ist ein wundervolles Wesen und war niemals einverstanden mit den Methoden seines Gefährten. Als uns die Tagebücher des Lucifer Jeffersons wahren Seelennamen bekannt gaben, war uns klar, dass er keine Gefahr für Colombe darstellen würde.«

»Ihr habt nur vergessen, dass Jefferson ein Mensch ist, der nicht weiß, dass er in Wirklichkeit die Seele eines Homullus in sich trägt. Das war sehr unverantwortlich von euch.«

»Im Grunde hast du recht, Tin. Nur: Geht es nicht allen Menschen gleich? Sie alle haben vergessen, wer sie einmal waren. Zudem ist ja alles gut gegangen. Es zeigt uns, dass wir unserem Herrn, Lucifer, vertrauen können. Vertrauen, mein lieber Tin, ist eine starke Macht.«

»Gut gegangen!«, rief Tin empört. Er zeigte auf Jefferson. »Dem sagt ihr, es sei gut gegangen?«

Der Erstsprecher kam näher zu Tin und legte ihm eine Hand auf die Schulter. »Beruhige dich. Jeffersons Rolle in diesem Spiel ist ehrenhaft. Wir wollten uns gerade von ihm verabschieden. Schön, dass du es auch noch geschafft hast, dann können wir ihm die letzte Ehre mit dem vollzähligen Consortium erbieten.«

Tin schloss ein paar Sekunden die Augen. »Du sagst, es sei alles gut gegangen. Das würde Jefferson wohl nicht unterschreiben. Was ist mit ihm passiert? Wer hat ihn so zugerichtet?«

»Die Mactus-Krieger haben das Grab der Tanners schon seit dessen Bestehen beobachtet. Es ist unserem ehrenwerten Lucifer zu verdanken, dass sie die Verbindung zwischen Jefferson und Colombe nicht schon früher bemerkt haben. Selbstverständlich halfen auch unsere geschickten Irreführungen. Die Mactus-Leute dachten lange, Colombe lebe im Bündnerland.«

»Die Mactus-Krieger haben ihn also derart zugerichtet?« Tin beantwortete sich die Frage gleich selbst: »Klar, wer sonst!«

Jonathan nickte. »Wir haben Jefferson viel zu verdanken. Er hat Colombes Versteck nicht preisgegeben. Leider hat er seinen Peinigern den Namen eines anderen Internates genannt. Was dann geschah, ist seit gestern das Hauptthema in den Medien.

»Der Amoklauf?«

»Ja.« Jonathan holte ein Brillenputztuch aus seinem braunen Frackanzug und wischte es über das Monokel. »Als Noah Bitterer vor fünfzehn Jahren zum Erstsprecher des Conigium Mactus gewählt wurde, war ich erleichtert. Noah ist im Grunde ein sehr feinfühliger Mensch. Als aber neue Krieger im Conigium eingeführt wurden, befand sich darunter leider auch einer der Gewalttätigsten, die das Conigium bisher hervorgebracht hat: Laurenz. Noah hört auf ihn. Vermutlich ist er in ihn verliebt.« Jonathan deutete mit dem Tuch auf Jefferson. »Das ist seine Handschrift.« Ergriffen schüttelte er den Kopf. Dann schaute er Tin tief in die Augen.« Du konntest uns ja auch noch nicht definitiv bestätigen, ob Colombe das prophezeite Amceps ist. Leider lässt uns Lucifer im Unklaren. Also, wie weit bist du mit ihr?«

»Natürlich ist sie es«, antwortete Tin. »Und sie wird sich mit Lucifer verbinden, das ist so sicher wie das Amen in der Kirche.«

Jonathan hob eine Augenbraue und bleckte lüstern seine gelben Zähne. »So überzeugt? Du konntest ihr drittes Auge also sehen? Hat es die geforderte Form?«

Tins Kopf zuckte zurück. »Welche geforderte Form? Ich habe noch nie etwas davon gehört, dass ihr drittes Aug...«

Der Erstsprecher winkte ab. »Ich meine nicht wirklich die Form des Mals. Ich spreche von der Form der Energie, die daraus entweicht. Ist sie spiralförmig oder nicht?«

Tin zuckte mit den Schultern. Er hatte keine Ahnung. Colombe war diejenige, die die Energien der Menschen fühlen konnte, nicht er. Er öffnete den Mund und schloss ihn wieder. Der kalte Hauch Lucifers machte sich auf seiner Nasenspitze bemerkbar. »Ja«, log er sogleich, »die Energie ist spiralförmig.« Nun ja, so richtig gelogen war es nicht. Es lag auf der Hand. Viele Anzeichen sprachen für die Prophezeiung. Colombes Stärke, das um ein Vielfaches erweiterte Rätsel des Crepererums sowie der Zufall, in Fred Stern einen ahnungslosen Wahrheitsfinder getroffen zu haben, der sein Wissen in phantasievolle Geschichten verpacken musste, um nicht als verrückt abgestempelt zu werden. Und nicht zuletzt Laurenz, der bösartigste Krieger aller Zeiten. War es nicht logisch, dass sich die dunklen und beschützenden Energien zu wehren begannen, gegen das, was das Conigium Mactus vorhatte? War es nicht einleuchtend, wenn die Dunkelheit die Gewalt im Keime zu ersticken hoffte? Es war das Bewusstsein der Menschen, das die Geburt von Colombe förderte. Laurenz war nur ein letzter kläglicher Versuch der Dummheit, in Krieg und Gewalt doch noch das Anastuiit zu finden. Der Bewusstseinswandel war nicht mehr aufzuhalten. Die Verbindung des Amceps mit Lucifer nur noch eine Frage von knappen dreieinhalb Tagen.

»Es ist soweit«, rief die Krankenschwester, »Jefferson stirbt.«

Tin und Jonathan quetschten sich zwischen dem Glatzköpfigen und dem Irokesen an den Tisch. Alle hielten ihre Hände schwebend über den sterbenden Körper. Jefferson saugte Luft an. Seine Brust schwoll an, als ob er nicht mehr wüsste, wie man ausatmet.

»Colombe hat mir gesagt, eine Seele solle nicht zurückgehalten werden, wenn sie dem Tod nicht mehr entfliehen kann«, erklärte Tin. »Man erschwere damit den Übergang.« Er zog seine Hände zurück. »Danke Kumpel für dein Schweigen. Colombe hat dich geliebt. Auf ihre ganz spezielle Art und Weise.«

Auch die anderen Mitglieder zogen ihre Hände zurück.

»Mach's gut«, murmelte der Glatzkopf.

»Grüß mir die Mutter der Erde, Gaiaihylica, ja?«, bat die Krankenschwester.

Die alte Frau mit dem Dutt beugte sich an Jeffersons Ohr. »Wenn du dich beeilst und gleich wieder reinkarnierst, wirst du vielleicht als Colombes Baby auf die Welt kommen.« Sie äugte über ihre kleine Brille zu Tin und zwinkerte ihm zu. »Das Rätsel ist noch nicht gelöst«, schien sie ihm telephatisch zu übermitteln, »ihr müsst zum Sodbrunnen fahren und euch weitere Hinweise beschaffen.«

Tin schüttelte den Kopf, als er bemerkte, wie er zusammen mit der alten Frau in einer quantenhaften Meditation versunken war. Niemand sonst nahm Notiz davon, wie sie das zu ihm sagte. Für ihn war es Neuland, gemeinsam mit jemandem in der Mediation zu versinken, geschweige denn zu sprechen. Doch seine eiskalte Nase ließ ihn keine Sekunde an ihren Worten zweifeln. Vielleicht war es auch nicht die Frau, die da gerade mit ihm sprach, sondern Lucifer höchstpersönlich.

Alle verabschiedeten sich mit einem letzten Gruß an Jefferson. Jonathan war als Letzter an der Reihe. »Vielleicht ist es ganz gut, wenn du jetzt wieder zum Homullus wirst. Wir brauchen jemanden wie dich dort drüben.«

Jeffersons aufgeblähte Brust senkte sich mit einem gurgelnden Geräusch. Doch zu aller Verwunderung holte er noch einmal einen tiefen Atemzug. »Lau... Lau...z ...«, drückte er kaum hörbar hervor.

»Er will noch etwas sagen«, folgerte die Krankenschwester, beugte sich zu ihm runter und hielt ihr Ohr an seinen Mund.«

»...enz... we...i... Trei...es... Coloooo...«, das war alles, was Tin hören konnte.

Die Krankenschwester erhob sich, legte ihre Hand auf seine Schulter und nickte.

Einen nächsten Atemzug tat Jefferson nicht mehr. Es war ihm anzusehen, wie die Schmerzen schwanden und sein Körper sich entspannte. Brodelnd entwich die Last des Lebens aus seinem Körper.

Der Erstsprecher holte sein kleines rotes Buch aus der Innentasche seines Anzuges und blätterte die letzte Seite auf. »Siehe«, las er vor, »Siehe die Hülle des Menschen. Sie ist leer und soll fortan der Erde dienen. Denn seine Seele ist zurückgekehrt zum Leben. Traure nicht um den Körper, sondern lobe sein Tun. Ehre nicht die Hülle, sondern erkenne das Licht im Angesicht seiner Erfahrungen und nimm es dankbar an.«

»Wie wahr«, raunten alle im Chor und verließen den Keller mit hoch erhobenen Häuptern.

Tin und Jonathan blieben mit der Krankenschwester bei dem Leichnam. »Ich kann nicht einmal seine Augen schließen, weinte die Frau, »sie sind viel zu sehr geschwollen.

Tin hätte die Frau am liebsten in den Arm genommen und sie getröstet. Sie wandte sich jedoch von ihm ab, als er sich einen Schritt auf sie zubewegte.

»Was hat er gesagt«, fragte Tin. »Soll ich Colombe etwas von ihm ausrichten? Bestimmt galten seine letzten Gedanken ihr.«

Der Kopf der Krankenschwester zitterte unkontrolliert. Tin fürchtete, sie würde jeden Augenblick in Ohnmacht fallen. Die Worte, die sie sprach, waren kraftlos und gefüllt mit dem Verlust von Hoffnung. Mit angstverzerrtem Gesicht starrte sie den Erstsprecher an. »Er hat dem Krieger Laurenz Colombes Versteck verraten. Die Mactus-Krieger wissen vom Treieins.«

26

Colombe konnte es kaum glauben, dass sie erst kurz vor Ende der nächsten Amceptierphase wieder aufwachte. Eingekuschelt in flauschige Decken, inmitten ihres privaten Gemachs im Crepererum! Elf Stunden gesegneter Schlaf war für sie ein Novum. Etwas sagte ihr, dass ihr nicht mehr viel Zeit übrigblieb, um die Bewusstseinswägung durchzuführen. Also raste sie in den Raum der Gedanken, beobachtete schlaftrunken die Messung und schon schlug die Glocke viermal zum Rückgang. Sie war heilfroh, war für die Messung nur ihre Anwesenheit erforderlich. Alles andere geschah automatisch.

Zurück in 3-D, fühlte sie sich noch etwas sperrig. Aber nach einer ausgiebigen Dusche und frischen Klamotten - sie entschied sich für eine schwarze Jeans und eine kurzärmlige schwarz-rot-karierte Bluse - fühlte sie sich wieder fit. Sie kochte für sich, Otto und Lusebian gebratene Pouletstücke an einer Süßsauren-Sauce mit Basmati-Reis. Eigentlich kochte sie absichtlich für vier Personen, da sie hoffte, Tin werde bis zum Abendessen zurück sein. Aber sie schlugen sich die Bäuche ohne ihn voll. So drapierte sie, in Gedanken versunken und leise vor sich hinsummend, die Reste des Essens hübsch auf einen Teller und stellte ihn in den Kühlschrank. *Wenn Tin noch nichts gegessen hat, kann ich ihm das Gericht in der Mikrowelle aufwärmen.* Inzwischen war es 20.00 Uhr. Sie war um 19.22 Uhr ein weiteres Mal amceptiert und vermisste Tin jede Minute mehr. »Was hat Tin gesagt, müsse er erledigen?«, fragte sie Otto.

Der Wächter las Zeitung. Eigentlich wollte er sich an Colombes Computer die Nachrichten und die neusten Erkenntnisse über den Amoklauf ansehen, aber er nahm Rücksicht auf das sensible Amceps und begnügte sich mit der schriftlichen Form der Fülle von Medienmitteilungen. Er spähte über die Zeitung hinweg und überlegte kurz. »Vermutlich ist er mit seinem Umzug beschäftigt«.

»Umzug? Während meiner Crepererumsphasen?«, misstrauisch starrte sie ihn an.

Lusebian, der Colombe in der Küche half, hängte ein nasses Geschirrtuch über den Heizkörper. »Das kann ich auch kaum glauben«, brummelte er in seinen Schnurrbart.

»Er war doch als mein Wächter vorgesehen, warum zieht er ausgerechnet während der vier Mittsommertage um?« Enttäuscht reinigte

Colombe die Armatur.

»Er ist nicht mehr dein Wächter«, murmelte Lusebian. »Zumindest nicht mehr offiziell.«

Colombe kam es so vor, als ob ihr jemand einen Holzpflock ins Herz gerammt hätte. »Ich dachte nur ... ich wollte ihm sagen ...« Sie versank ausnahmsweise nicht in einer Meditation. Vielmehr überlegte sie, wie sie Tin verscheucht haben könnte. Hatte sie etwas gesagt, was ihn beleidigte? War die SMS, die nur seinen Namen beinhaltete, eine Art Code von einem Groß-Groß-Großmeister der Amceps, dessen Befehl, von ihr fernzubleiben, Tin unmöglich verweigern konnte? *Aber aus welchem Grund? Verdammt!*

Plötzlich kam in ihr eine unangenehme Ahnung auf. *Tin denkt, ich wolle nicht zum Sodbrunnen fahren! Er denkt, ich opfere mein Leben, nur weil ein archäologischer Grabungstechniker mit einer blühenden Phantasie von der Gegenwart Lucifers gesprochen hat! Bestimmt hat Otto ihn bearbeitet, während ich geschlafen habe. Tin will sich von mir fernhalten. Damit er sich nicht in mich verliebt. Damit er nicht leidet, wenn ich dann tot bin. Scheiße, ich werde nicht sterben. Warum will das Tin nicht in seinen süßen Kopf. Dieser Lucifer hat keine Chance gegen mich! Ich bin das prophezeite Amceps. Wenn ich mich nicht mit dem Teufel verbinden will, dann werde ich es auch nicht tun! Scheiße, Scheiße, Scheiße! Ich muss Tin anrufen. Morgen will ich zu diesem blöden Sodbrunnen fahren und endlich erfahren, wie ich mir mein Leben retten kann! Mist! Mist! Mist! Ich muss ihn sofort anrufen!*

Colombe hastete zu ihrem Handy, das seit dem Vortag immer noch an dem Ladekabel hing. Sofort musste sie an Jefferson denken. Der süßliche Duft seiner aufkommenden Zuckerkrankheit stieg ihr in die Nase. Es war ihr, als ob er wirklich vor ihr stehen würde und sie anhimmelte wie ein verliebter Teenager, der schmachtend auf den ersten Kuss seines Lebens wartet. Colombe lächelte. In Gedanken streichelte sie über Jeffersons Mund und über die kleine weiße Narbe über seinen Lippen, die von einer Hasenscharten-Operation stammte. Ein kühler Luftzug durchfuhr sie und umlullte sie mit einem friedlichen Gefühl. Es war ein Gefühl, das sie Jefferson immer wünschte, wenn sie ihn wieder einmal zurückgewiesen hatte. Sein Herz brach immer und immer wieder in tausend Stücke. Sein Verstand ließ ihn trauern und drückte ihn immer tiefer in seine Krankheit. Colombe hatte das Gefühl, Jeffersons Seele komme soeben zu ihr, um sie loszulassen. Vielleicht hatte er sich deswegen nicht mehr bei ihr gemeldet; weil er spürte, dass jetzt Tin da war, der sie beschützte, sie liebte und sie glücklich machte. Sie schloss die Augen und drückte ihm einen imaginären Kuss auf die Lippen. Dann verpuffte die Vision. Alles, was Colombe noch von Jefferson spüren konnte, war seine Dankbarkeit. Dankbarkeit dafür, dass er sie einen kleinen Teil ihres Lebens begleiten durfte. *Meine Gefühle spielen wieder Achterbahn!*

Bevor Colombe Tins Nummer wählen konnte, klingelte Ottos Telefon. »Das ist Tin«, informierte er mit gerunzelter Stirn, bevor er den Anruf entgegen nahm.

Warum ruft er nicht mich an?, dachte Colombe.

Otto horchte den Worten Tins. Wie von einer Giftschlange gebissen, wurde er plötzlich kreideweiß. Er schluckte leer und ließ die Zeitung fallen.

»Ist etwas passiert?«, fragte Lusebian, der gemächlich die abgewaschenen Gläser des Abendessens versorgte.

Otto lauschte weiter Tins Worten. »Verstanden«, beendete er das Gespräch und klappte das Handy zu.

Während einiger Sekunden blieb er regungslos.

Dann sprang er auf, stürmte zu Colombe und zerrte sie in die Mitte des Raumes. »Du bleibst hier stehen«.

Colombe sah auf die Uhr. »Es dauert noch drei Stunden bis zur nächsten Phase.«

»Keine Widerrede!«, sagte Otto barsch, lief zur Wohnungstür, knipste das Licht im Korridor an und starrte angespannt in die Leere.

»Würdest du uns bitte aufklären?«, forderte Lusebian mit fragendem Blick.

Otto reagierte nicht. Stattdessen griff er nach dem Funkgerät und gab die Meldung an alle Wächter des Treieins durch. »Höchste Alarmstufe, Colombe ist enttarnt! Ich wiederhole: Höchste Alarmstufe, Colombe ist enttarnt.«

Lusebian ließ vor Schreck ein Glas fallen. Lautlos und wie in Zeitlupe glitt es zu Boden. Mit schallendem Krach zerbarst es in tausend Stücke.

Otto sah mit kreideweißem Gesicht zu Colombe. »Die Mactus-Krieger sind auf dem Weg hierher.«

»Wie das?«, brüllte Lusebian aufgeregt.

»Jefferson Lauener van den Vinattempeln«, fauchte Otto.

»Jefferson!« echote Colombe. Ist er ein Krieger? Nein, das kann nicht sein!«

»Nein, er ist kein Krieger, er ist die Schwachstelle, die der Orden ignoriert hat.«

»Jefferson würde niemals ...«

»Er ist tot, Colombe«, fuhr Otto ihr harsch ins Wort. »Die Krieger haben ihn gefoltert, bist du deinen Aufenthaltsort preisgegeben hat.« Seine Stimme wurde sanfter. »Allerdings hat er die Krieger zuerst in die Irre geführt. Der Amceps-Orden gewann dadurch Zeit und konnte sich auf das prophezeite Amceps sensibilisieren.«

»Jefferson«, hauchte Colombe benommen. Ein tonnenschwerer Kloß bildete sich in ihrem Hals. Eine warme Träne bahnte sich ihren Weg über die bleiche Wange und tropfte zu Boden. Colombe wurde schwindlig. Ihre Muskeln drohten jeden Augenblick zu versagen. Aber es war ihr egal, sogar wenn sie dabei ihren Kopf hart am Boden aufgeschlagen hätte. Dieses Wehwehchen wäre nichts im Vergleich zu dem gewesen, was sie in diesem Moment fühlte. *Jefferson ist tot.*

»Ich frag mich nur, wie Tin das herausgefunden hat«. Otto sah zu Lusebian, der sich nachdenklich durch den Schnurrbart strich. Einmal links und einmal rechts. »In der Tat, ja, in der Tat. Vielleicht hat er sich in die Höhle des Löwen gewagt und ist in das Hauptquartier des Conigium Mactus eingedrungen?«

»Nicht möglich«, schüttelte Otto energisch den Kopf. »Tin ist intelligent. Sowas Dummes würde er nicht tun. Nicht ohne Hilfe von anderen Wächtern.«

»Dann bleibt nur noch eine Möglichkeit«, flüsterte Lusebian. »Tin ist ein Krieger.«

»Nein!« verteidigte ihn Colombe. »Hätte er uns sonst gewarnt?«

»Sie hat recht«, stimmte ihr Otto zu. Er wirkte beunruhigt, als ob er seinen Worten selbst nicht glauben konnte.

Ab diesem Zeitpunkt war das Funkgerät im Dauereinsatz. Colombe bekam nur Bruchteile des Verteidigungsplanes mit. Mit zitternden Knien und feuchten Händen stand sie in der Mitte des Raumes und wagte nicht, sich zu bewegen. Lusebian wischte die Scherben des zerbrochenen Glases weg, kontrollierte die Fenster, zog die Vorhänge zu, rückte Möbel und Kissen zur Seite und schob den Tisch in die Kochnische. Danach zeichnete er mit gelber Kreide einen Kreis um Colombe herum. »Das ist die Vier-Meter-Zone. In die darf kein Mactus-Krieger kommen, der ein Siegel des Lucifer trägt«. Lusebian keuchte und wischte sich den Schweiß von der Stirn. »Jetzt weißt du, weshalb das Zimmer so großzügig bemessen ist, Colombe-Liebling.«

Colombe hörte nicht zu. Ihre Anspannung wurde unerträglich. Sie versuchte, sich durch quantenhafte Meditation zu beruhigen, doch der Körper verlangte etwas anderes. Automatisch verfiel sie in den Modus des *ImPerDi*. Als ob man ihr Gehirn in einen Kampfroboter eingepflanzt hätte, schwanden Angst, Zittern und der Gedanke an Schmerz.

Tin kam zurück. Colombe spürte seine Energien schon, bevor ihn Otto ankündigte. Und Tin tat das, was Colombe am meisten brauchte. Er rannte zu ihr hin und umarmte sie zärtlich. Otto und Lusebian verhielten sich unschlüssig, ob sie das verhindern sollten. Mit kritischem Blick beobachteten sie die beiden.

Wenn sie nicht im *ImPerDi*-Modus gewesen wäre, hätte Colombe losgeheult. Aber so war es viel besser. So konnte sie seine Nähe in sich aufnehmen und sich mit seinen Energien verbinden. »Jefferson ist tot«, flüsterte Colombe Tin ins Ohr. Tin streichelte ihr durchs Haar. »Ich weiß«, sagte er mit beruhigender Stimme. »Ich weiß.«

Lusebian stellte einen Stuhl hinter Colombe. »Setz' dich hin. Es dauert noch ein Weilchen bis zur nächsten Amceptierung.« Er kniff seine Augen zu Schlitzen und sah Tin böse an. »Und du lieferst Erklärungen.«

»Das kann ich nicht«. Tin löste die Umarmung, damit sich Colombe hinsetzen konnte.

»Es ist nicht eine Frage des Nicht-Könnens«, erwiderte Lusebian. »Ich glaube, es ist eine Frage des Nicht-Wollens.«

Tin atmete tief durch und ließ eine Hand auf die Hüfte fallen. »Ihr müsst mir einfach vertrauen, ja?«

»Alaaarm!«, schrie plötzlich eine verzerrte Stimme aus dem Funkgerät. »Krieger gesichtet! Die Mistkerle denken doch tatsächlich, wir hätten sie noch nicht bemerkt!« Das Gerät knackste. Totenstille trat ein.

Wider Erwarten blieben alle die Ruhe selbst. Alle schienen ihre Bewegungen gut zu überlegen.

»Was geschieht jetzt?«, fragte Colombe mit zitternder Stimme. Doch niemand antwortete. Auch Tin nicht. Für Colombe war die Lautstärke der Stille eine Qual. Bald schon versammelten sich noch mehr Amceps-Wächter in ihrer Wohnung und postierten sich in und um den gelben Kreis herum. Alle Wächter trugen Freizeitkleidung. Von geblümten Bermudashorts bis hin zu grünbraun getigerten Militärhosen. Von noblen Seidenhemden bis zu verschwitzen Baumwollunterhemden. Keiner trug eine Waffe. Entschlossen verschränkten sie ihre Arme auf geschwollener Brust. Ihr Körper war ihre Waffe.

»Kein Krieger darf den Kreis betreten«, befahl Otto den versammelten Wächtern, »nicht einmal mit den Zehenspitzen, klar!«

»Wie wahr!«, antworteten die Wächter im Chor.

Colombe bemerkte, wie auch Tin in den *ImPerDi*-Modus wechselte. Überrascht beobachtete sie, wie er sich aus dem Kreis zurückzog und das Fenster auf der Seite des Baldachins kontrollierte. »Bleibst du nicht in meiner Nähe?«, rief sie ihm über zwei hochgewachsene Zwillinge hinweg zu. Die Zwillinge starrten unentwegt auf ihr drittes Auge, als ob sie es durch die Bluse hindurch hätten sehen können.

Tin schüttelte den Kopf. Automatisch kontrollierte er das 666-Siegel des Lucifer. Er war kurz zuhause vorbeigegangen, bevor er heute in den Keller des Consortiums ging, und gönnte sich eine erfrischende Dusche, eine nötige Rasur und frische Klamotten. Er hatte das Unterhemd durch ein doppelbündiges Sportleibchen aus Tricot vertauscht und sich darüber ein dunkelblaues Viskosehemd gezogen. Das Siegel saß sicher zwischen Stoff und Haut. Zudem war er heute schon einmal in Colombes amcepiterfähigen Nähe, als sie im Auto ins Crepererum gefallen war. Die Gefahr eines Mitzugs war also minimal. Trotzdem entschied er sich dagegen. »Ich kann dir außerhalb des Kreises viel besser helfen«, antwortete er ihr.

Otto und Lusebian schienen erleichtert ab Tins Abstand zu dem Amceps und nickten ihm anerkennend zu.

Schreie von verängstigten Kindern waren zu hören.

»Ist die Schule nicht evakuiert worden?«, fragte Tin aufgeschreckt.

Colombe spürte durch all die Wächter hindurch, dass Panik in Tin hochkam. Lusebian hob beruhigend die Hände. »Die Kinder sind heute

Morgen alle in ein Abenteuerlager gebracht worden. Das müssen die Nachbarskinder sein, die hier oft zum Schwimmen kommen.«

Wieder knackste und rauschte das Funkgerät, wie schon so oft in den letzten Minuten. »Wir haben zwei Krieger ausgeschaltet«, meldete eine atemlose Stimme durch das Walkie-Talkie.

Otto bestätigte die Meldung. »Gut gemacht. Aber die Schreie stammten nicht von den Kriegern, oder?«

»Nein, das waren Nina und Sandra, die Nachbarskinder. Sie haben beobachtet, wie wir die Bewusstlosen weggetragen haben.«

»Okay. Schnappt euch die Schreihälse und bringt sie nach Hause. Erzählt den Eltern irgendwas von einer Feuerwehrübung mit Schauspielern, die verletzte Brandopfer gespielt haben. Wir können hier weder eine Anti-Terror-Einheit der Polizei noch eine Horde Übertragungswagen von Presseleuten gebrauchen.« Kaum hatte Otto die Durchsage beendet, ging er in die Verteidigungsposition des *ImPerDi* über. Er stellte sich gerade hin, setzte einen Fuß etwas weiter nach vorne und spannte die Schultern an. Colombe konnte nur Ottos Füße erkennen. Aber es kam ihr vor, als ob er zu schweben begänne.

»Es geht los«, schrie er und schon hörte Colombe den dumpfen Klang eines Faustschlages. Der Gegner musste sofort k.o. gegangen sein, denn sie hörte den Körper auf den Boden klatschen.

»Nur einer!«, informierte Otto brüllend.

Alle begannen, sich wieder zu entspannen.

»Das war bestimmt ein Kundschafter«, sagte Lusebian genervt. »Durchsucht ihn! Hat er einen Sender dabei?«

Otto kniete sich laut fluchend neben den ohnmächtigen Krieger und zerrte an seinem schwarzen Overall. Nach wenigen Sekunden hielt er etwas in die Luft. Colombe späte durch den Kreis hindurch und sah ein glänzendes graues Ding, das aussah, wie eine Silbermünze, die mit einem dünnen Draht versehen war. Zuerst dachte sie, er halte eine Einfädelhilfe hoch, wie sie im Nähunterricht verwendet wird. Aber es musste ein Sender sein.

»Sie wissen jetzt, wo genau wir sind«, mutmaßte Tin. »Vermutlich werden sie erst kurz vor Colombes nächster Phase angreifen.«

Lusebian hob einen Zeigefinger. »Die Krieger haben keine Ahnung, wann Colombe amceptiert«.

»Dann wird es wohl schon bald losgehen«, freute sich einer der

Zwillingswächter. »Die sollen nur kommen, die Hurenböcke!«

Es dauerte.

Colombe kamen die Minuten vor wie Stunden. Abwechslungsweise sah sie zu Tin und auf die Uhr. Sie hatte sich die Zeit mit Tin anders vorgestellt. Er war zwar im gleichen Raum, der Abstand fühlte sich aber endlos an. Ab und zu schenkte er ihr ein aufmunterndes Lächeln. Diese Augenblicke erinnerten sie daran, dass sie unbedingt mit ihm zum Sodbrunnen fahren wollte. Irgendwie wünschte sie sich, die Krieger würden bald angreifen. Dann könnte sie sich auf den Trip nach Augusta Raurica vorbereiten. Das Rätsel war zwar gelöst. Aber was erwartete sie beim Brunnen? Irgendwie hatte sie das Gefühl, dass die Zeilen des Reims noch mehr zu verbergen hatten, als nur den Standort des Sodbrunnens.

Zehn Minuten vor der nächsten Amceptier-Einheit griffen die Krieger an.

Wie eine Horde aufgeschreckter Bisons hörte man sie durch den Internatseingang stampfen. Mit lautem Kampfgeschrei rannten sie die Treppe hoch, durchquerten den Korridor und trafen dort erstmals auf mächtigen Widerstand. Die Amceps-Wächter kesselten die Angreifer ein und schlugen einen nach dem anderen k.o. –. Bald lagen überall Krieger mit schwarzen Overalls und schmerzverzerrten Fratzen. Doch immer wieder tauchten neue Krieger auf und fielen mit blutrünstigen Visagen über die Wächter her. Tin und Lusebian eilten aus der Wohnung und kämpften tapfer mit, während Colombe fingernagelkauend auf dem Stuhl in der Mitte des Raumes saß und ihren *ImPerDi*-Modus auf hundert Prozent hochfuhr.

Langsam verschoben sich die Kampfhandlungen in die Wohnung. Von den Kreiswächtern wurden erste Schläge ausgeteilt. Colombe erkannte Laurenz und Gerd. Die beiden Krieger rissen die Kreiswächter geschickt aus der Mauer und machten so den Weg zur Mitte frei. Colombe wurde gleich von mehreren Kriegern gleichzeitig angegriffen. Sie wehrte sich, so gut sie konnte. Schnell bemerkte sie, wie überlegen sie den Männern war. Keiner vermochte sie zu packen oder gar zu schlagen. Ihre Ausweichmanöver waren zu schnell und jeder ihrer Faustschläge war ein Volltreffer. Aber Laurenz und Gerd leisteten Übermenschliches. Ein Kreiswächter nach dem anderen viel bewusstlos zu Boden. Der gelbe Kreis öffnete sich immer mehr. Die Linie war vom

Feind längst überschritten.

Als Colombes Augen sich zwanghaft zur Amceptierung schlossen, konnte sie nur hoffen, dass der Amceps-Orden sich getäuscht hatte und keiner der Krieger sich mit dem Siegel des Lucifer verband.

Doch die Hoffnung belehrte sie eines Besseren. Als sie die Augen wieder öffnete, stand sie fünf pechschwarz gekleideten Gestalten gegenüber.

27

Der Fall ins Crepererum verwirrte die fünf Krieger wohl mehr, als sie erwartet hatten. Torkelnd hielten sie sich aneinander fest und suchten festen Boden unter den Füßen. Colombe hatte während der letzten Amceptierphasen gelernt, sich noch vier Sekunden ruhig zu verhalten, bevor sie sich bewegte. In diesem Zeitraum gewöhnte sich der Körper an den quantenhaften Raum. Sie nutzte die Verwirrung der Krieger, um sich in der Bibliothek zu verstecken. Absichtlich rannte sie in die entgegengesetzte Richtung als sonst, weg vom Raum mit der Bewusstseinswaage und dem materialisierten Kodex der Homullus. Sie kroch durch den tiefen Durchgang, der zu den hunderten von Pergamentrollen führte, die alle an einem Haufen lagen. Dank dem *ImPerDi*-Modus, indem sie sich glücklicherweise immer noch befand, ging ihr Atem tief und in einer angenehmen Geschwindigkeit. Ihr Herz raste nicht und schüttete kein überflüssiges Adrenalin aus. Sie war sich sicher, dass Ihr Körper sonst nicht mit der zusätzlichen Hormonbelastung fertig geworden wäre. So hatte sie einen klaren Kopf, hüpfte nach dem Passieren des tiefen Durchgangs wieder auf die Beine und stürmte links einen schmalen Steg empor, hinauf auf eine Galerie. Die Wände waren aus weißgrauem Marmor, kahl und kühl. Sie erhellten den Ort trotzdem mit wärmendem Licht. Der Marmor glitzerte wie silbriges Christbaumlametta und leuchtete wie tausend Spotlampen auf den Pergamenthügel. Wozu die hölzerne Empore diente, auf die sie eben gekraxelt war, konnte Colombe nicht eruieren. Wie in einem Amphitheater umrundete die Tribüne den Raum. Als ob die Pergamentansammlung bald zu einem Schauspiel einladen würde. Das Holz unter ihren Füßen ächzte bei jedem Schritt, als ob es die Last des Amceps reklamierte, die es plötzlich zu tragen hatte. Außer den Schriftrollen gab es nichts in dem Raum. Nur die Unendlichkeit, wenn man versehentlich in den Himmel blickte. Sie raubte einem den Verstand.

Hilf mir bitte!, verlangte Colombe vom Crepererum. Die Antwort kam schneller, als sie den Gedanken zu Ende denken konnte. Leise zischte ein feuriger Lichtblitz aus dem Nichts des unendlichen Himmels. Colombe kam sich vor wie in einem Comic. Der gezackte Lichtblitz erstarrte zu brennendem Eis und zeigte in die Mitte des pyramidenförmigen Pergamenthaufens. Dann verpuffte er wieder wie Asche im Wind.

Colombe wusste sofort, was zu tun war. Der Rotulushaufen war etwa viermal größer als sie selbst. Er würde sie verschlucken und sie vor den Kriegern verstecken. Sie nahm all ihren Mut zusammen, holte zwei Schritte Anlauf - für mehr war auf der Empore nicht Platz - und hüpfte beherzt in die aufgestapelten Pergamentrollen. Die Schriftrollen verschluckten sie wie Wasser einen Stein. Es schien ihr, als ob die Rollen lebendig würden. Als ob sie Arme und Beine ausstreckten, um den Fall des Amceps zu dämpfen. Leise raschelnd glitt sie durch den Haufen hindurch und landete bäuchlings, aber sanft, auf dem Boden.

»Colooombe!«, hörte sie die Mactus-Krieger nach ihr rufen, kaum hatte sich der Hügel beruhigt. »Colooombe!« Der Lautstärke nach bewegten sie sich immer näher auf sie zu.

In ihrem Versteck war es stockdunkel. Colombe schwirrten absurde Gedanken durch den Kopf. Einerseits kam sie sich vor, wie lebendig begraben, über ihr ein tonnenschwerer Grabhügel, überwuchert mit saftigem Gras und duftenden Lavendelsträuchern, andererseits kitzelte der Eigenduft Tins ihre Nase. Es war ihr, als ob er direkt hinter ihr sitzen würde, sie umarmte und seine Nase auf ihre Schultern drückte.

Hier bin ich erst mal sicher!, dachte sie, machte sich aber sogleich Sorgen. *Wie soll ich die Bewusstseinswägung durchführen?* Der Raum mit dem Kodex und der Waage befand sich genau auf der anderen Seite der Bibliothek. Wie sollte sie dorthin gelangen, ohne den Kriegern in die Arme zu laufen oder sie gar zum Kodex zu führen? Je mehr sie darüber nachdachte, desto weiter schien sie sich von der Lösung zu entfernen.

Crepererum, hilf mir, bitte!, sagte sie erneut, schloss die Augen und wartete auf eine Antwort.

Die Imagination Tins küsste sie auf den Hals. »Hilf dir selbst«, flüsterte er und kuschelte sich noch näher an ihren Körper.

Super Hilfe, danke! Soll ich mir etwa eine Falltür herbeidenken und dann durch einen unterirdischen Gang zum Raum der Gedanken schleichen?

Tin nahm ihre Hand und führte sie im Zeitlupentempo auf den Boden, damit die Pergamentrollen nicht in Bewegung kamen. Etwas Kaltes erhob sich aus dem Boden. Flach und in Form eines Ahornblatts. Colombe tastete vorsichtig weiter. Sie blinzelte immer und immer wieder, weil sie hoffte, die Augen würden sich an die Dunkelheit gewöhnen. Doch es nützte nichts. Und jetzt den Kopf zu senken hätte zu großen Lärm gemacht.

»Colooombe!« Die Stimmen der Krieger kamen immer näher.

»Noch etwas weiter vorne«, hauchte Tin ihr ins Ohr. Colombe bekam eine Gänsehaut ab der betörenden Stimme und beugte sich langsam vor. Da fühlte sie es. Eine eisigkalte Murmel, an der ein schwerer Eisenring befestigt war. Als sie den Boden weiter abtastete, fühlte sie auch nicht mehr den kalten Marmor, sondern sprödes Holz.

Heiliges Kanonenrohr, das ist tatsächlich eine Falltür! Danke Tin!, freute sie sich. Doch da hörte Colombe, wie die Mactus-Krieger durch die kleine Öffnung am Boden des Raumes krochen. Ihr Kopf zuckte erschrocken zurück, worauf sich ein paar der Pergamentrollen knisternd in Bewegung setzten.

»Ich hab vorhin etwas gehört, sie ist sicher hier drin«, hörte Colombe einen der Verfolger sagen.

Halt still!, befahl sie sich selbst und wagte nicht einmal mehr zu atmen. Sie überlegte, ob sie es riskieren sollte, die Falltür mit ihrem schnellsten *ImPerDi* zu öffnen, hineinzuspringen, hinter sich zu schießen und zum Raum der Gedanken zu rennen. Dort könnte sie sich bestimmt einen undurchdringbaren Schutzwall erstellen und auf die vier Glockenschläge warten. Sie wusste, dass die fünf Krieger nach der Amceptierphase in eine viertägige Ohnmacht fallen würden. Das hätte ihr in 3-D die Gelegenheit und genügend Freiraum gegeben, sich aus dem gelben Kreis zu entfernen und zu fliehen. Sie würde das Überraschungsmoment ausnutzen. Alle Krieger wären mit Kämpfen beschäftigt und würden sie vielleicht nicht einmal als das Amceps erkennen. Sie wollte einfach weg von allen und allem. Nur Tin würde sie über ihren Aufenthaltsort informieren. Für die nächsten Amceptierphasen würde sie ihn bitten, sie wieder auf die Autobahn zu fahren und für die vier fraglichen Sekunden nur kurz anzuhalten. Das war viel sicherer als ihre Wohnung.

Sie war verwundert über die schlechte Vorbereitung des Ordens. Vielleicht hatte sie zu viele Hollywood-Filme gesehen, denn sie war überzeugt davon, dass der gelbe Schutzkreis, den Lusebian um sie herum gemalt hatte, eine Art magische Macht in sich tragen und zusammen mit den Kreiswächtern zur undurchdringbaren Schutzmauer würde. Aber da hatte sie wohl falsch gedacht. Keine unsichtbare Energie versetzte den Eindringlingen Stromschläge oder spie gar Feuer. Der Kreis war nichts anderes als gelbe Farbe, welche die Mactus-Krieger direkt zum Ziel führte. *Vielleicht ist der Amceps-Orden aus der Übung, was das Bewachen ihrer Schützlinge betrifft? Sie warten schon viel zu lange auf das prophezeite Amceps. Aber jetzt, da ich endlich geboren bin, kann es niemand glauben. Der Orden hat tatsächlich gedacht, eine Wohnung mit Gittern vor dem Fenster und einem übergroßen Wohnzimmer, würde die Mactus-Krieger von dem amceptiermöglichen Kreis abhalten. Wie naiv ist das denn!*

»Cooolombe...!« Jetzt stand die Stimme unmittelbar vor dem Pergamenthaufen. Beinahe wäre sie zusammengezuckt. Das hätte sie sogleich verraten. Nur noch wenige Meter trennten sie von dem Feind.

»Komm raus Colombe«, sülzte eine piepsende weibliche Stimme mit übertriebener Freundlichkeit. »Wir wissen, wo du bist.«

Colombe verharrte mucksmäuschenstill. Glücklicherweise war ihr *ImPerDi*-Modus immer noch bei hundert Prozent. So viel es ihr leicht, der Starre standzuhalten. Ihr Magen krampfte sich trotzdem zusammen, als die Kriegerin mit einer Reiterpeitsche begann, im Pergamenthügel herumzustochern. Einzelne Rollen kugelten zu Boden. Licht drang in Colombes Versteck und eröffnete ihr einen Blick nach draußen.

Die Kriegerin trug hochhackige giftgrüne Schuhe. Ihre Beine schienen endlos zu sein. Der zu den Schuhen passende olivfarbene Minijupe konnte nicht mehr kürzer sein. Ihre schmale Taille war mit einem silbernen Bauchnabelpiercing geschmückt, das wie ein Delfin aussah, aber eigentlich ein Hai darstellte. Colombe wagte nicht, ihren Kopf noch mehr zu heben. So war es ihr nicht möglich, das Gesicht der Frau zu erkennen. Beinahe hatte sie gedacht, sie stehe oben ohne vor ihr. Doch ein neongrünes Bikinioberteil umhüllte ihren kleinen Busen. Die Frau erinnerte Colombe an die Venus-Statue im Louvre. In der linken Hand hielt die Langbeinige den rabenschwarzen Kampfoverall, den sie noch kurz zuvor während des Kampfes in 3-D getragen hatte. In der gleichen Hand baumelten, an den Schnürsenkeln zusammengebundene, Kampfschuhe. Es waren ähnliche Sneakers, wie sie Colombe während eines *ImPerDi*-Trainings bevorzugte.

Erst jetzt bemerkte Colombe, warum sich die Frau ihres Kampfanzuges entledigt hatte. Es war heiß geworden im Crepererum. Die aderähnlichen Linien der weißen Marmorwände glühten auf einmal wie die Heizstäbe eines Backofens. Das Crepererum musste sich auf über 40 Grad aufgeheizt haben. Tendenz steigend.

Für Colombe spielte die Hitze während ihres ImPerDi-Modus keine Rolle. Sie fragte sich, ob ihr das Crepererum mit der ansteigenden Temperatur helfen wollte. *Aber warum mit Hitze? Was sollte das bezwecken?*

Auch die Männer schwitzten. Sie zogen die Oberteile der Overalls aus und ließen sie lässig über die Hüften fallen. Als Colombe die entblößten Körper sah, kam sie sich schon wieder vor, wie in einem Hollywood-Film. Die Krieger waren allesamt Prachtkerle von Männern. Muskulöse, braungebrannte und sixpacktragende Schönlinge, die es problemlos mit einem hüfteschwingenden Chippendale hätten aufnehmen können. Alle waren mindestens 1.90 groß und bauschten stolz ihre Brust; auch die Frau. Sie alle wussten um ihre Schönheit und es schien, als ob sie vergeblich nach einem Publikum suchten, das ihre Attraktivität mit bewundernden Blicken würdigte. Die Augen des einen Kriegers leuchteten wie ein hellblauer Schein eines Leuchtturms. Er trug schulterlange, teerschwarze Haare, die er alle paar Sekunden aus dem Gesicht wischte. Bei seinem Kumpel fiel Colombe gleich das viereckige Gesicht ins Auge. Die breiten Kieferknochen wirkten, als ob sie jemand mit einer Zange auseinandergepresst hätte. Sein langes, blondes Haar hatte er zusammengebunden. Colombe musste sogar etwas schmunzeln, da es so aussah, wie bei einem Pferd, das den Schweif zur Darmentleerung hob.

Ich habe Hunger«, knurrte der dritte Krieger. Dieser hatte violettgefärbtes Haar, das er mit einer Menge Gel zu einer Igelfrisur geformt hatte. Seine spitzige Nase unterstützte sein stacheliges Aussehen nur noch mehr.

»Ich auch«, antwortete der letzte Krieger im Bunde. »Aber auf was Süßes«. Wie eine Schlange, die nach Beute sucht, züngelte er seine Kollegin an. Der schöne Körper seiner Kollegin erregte ihn ganz klar. Beinahe hätte er gesabbert. Sein Schädel war kahl rasiert mit einem 666er-Tattoo hinter dem rechten Ohr, genau wie bei Laurenz. Dieser hier trug aber einen filzigen Bart, worin noch die Reste des Abendessens zu erkennen waren. Tomatenketchup vermutlich. Oder vielleicht war es Blut, das ihm während des Kampfes von einem Amceps-Wächter entgegengespritzt war. Colombe streckte symbolisch die Zunge heraus und würgte lautlos. Aber nicht wegen dem ekligen Bart oder der eingetrockneten Sauce. Einerseits war es die züngelnde, lüsterne Geste, die Colombe ganz klar die Gewaltbereitschaft und Dummheit des Kriegers zeigte, andererseits konnte sie eine Krankheit an ihm riechen. Es roch nach verfaulten Eiern in Zitronensauce. *Zungenkrebs im Anfangsstadium.*

Die Männer standen hinter der Frau, starrten sie an und schienen Colombe für einen kurzen Augenblick zu vergessen. Sie glotzten ihrer Kollegin auf den Hintern, als ob es dort was gratis gegeben hätte. Als die Langbeinige den Raum bereits wieder verlassen wollte, stellte sich der violette Igel in Pose, wie bei einem Bodybuilder-Wettbewerb, und begann mit seinen Brustmuskeln zu zucken. Colombe erkannte einen hohen Intelligenzquotienten in seiner Energiespirale. Er unterdrückte seine Cleverness jedoch mit Faulheit. Es war leichter, einem Schreihals vorne auf dem Podium zu folgen, als seine grauen Zellen selbst zu aktivieren und die Dinge in Ruhe zu betrachten. Mit dem Herzen. Und wenn es sein musste, mit Hilfe des dritten Auges. *Aber die Menschen haben vergessen, dass sie alle dieses dritte Auge besitzen.*

Die Frau schien Gefallen an dem Werben zu haben. Sie trat zu dem sich lächerlich machenden Igel und streichelte über seinen schweißnassen Körper, was bei Colombe gleich nochmals einen Würgreiz verursachte. Diesmal im sarkastischen Sinne.

Jetzt konnte Colombe auch das Gesicht der Kriegerin erkennen. Sie war wunderschön. Ihr Ausdruck wie der eines unschuldigen Kindes. Perfekte tiefschwarze Augen, perfekte Stupsnase, perfekte Wangenknochen, perfekte haselnussbraune Haare zu einem perfekten Pony

frisiert. Lippen wie... nun ja... die waren von einem Schönheits-
chirurgen bestimmt perfekt gespritzt worden. Der künstliche Schmollmund verunstaltete die natürliche Schönheit des Gesichts. Colombe
öffnete wieder ihren Mund, um sich eines erneuten ironischen
Brechreizes zu entledigen... doch anstelle eines Würgens, kam in ihr
Mitleid auf. Mitleid für die perfekte Frau. Da brauchte Colombe keine
Energiespiralen zu fühlen. Sie konnte auch so erkennen, wie sehr die
Seele dieses Menschen litt. Nirgends war eine Tür eines Potenzials zu
erkennen. Nur ein langer, kerzengerader und endlos scheinender Weg
ins Unbekannte. Die Kriegerin wünschte sich, am Ende dieses Weges
die Rückkehr zu Animus zu verdienen, das war Colombe klar. Damit
war auch die Gefahr, die von dieser Frau ausging, so groß wie zwanzig
Mactus-Krieger gemeinsam. Genau aus dem Grund startete Colombe
keinen Gegenangriff.

Der Pferdeschweif fühlte sich hintergangen. *Die beiden waren einmal ein Paar,* erkannte Colombe. *Das ist gut, dann können die jetzt
aufeinander losgehen und vergessen, nach mir zu suchen.* Leider war die
eifersüchtige Reaktion des Pferdeschweifs nicht das, was sich Colombe
erhofft hatte. Er riss der Kriegerin die Peitsche aus der Hand und begann im Pergamenthaufen herumzustochern wie ein quengelnder
Junge in einem Ameisenhaufen. Colombe stockte der Atem. Das Einzige, was sie zu bewegen wagte, waren ihre Augen, die sie so weit öffnete,
dass sie schon befürchtete, sie könnten herausflutschen. Hilflos
musste sie mit anhören, wie das schützende Konstrukt über ihr
zusammenfiel.

Was hatte sich das Crepererum nur dabei gedacht, ihr ausgerechnet dieses Versteck anzubieten? Nur noch ein paar Peitschenhiebe
und sie wäre enttarnt. Schnell griff sie nach dem eisernen Ring an der
Falltüre. Natürlich blieben ihre Bewegungen nicht unerkannt. Der Krieger mit den Augen eines Leuchtturms erkannte sofort, dass das laute
Rascheln aus der Mitte des Hügels nicht von seinem frustrierten
Kumpel stammen konnte.

»Sie ist im Haufen«, brüllte er und deutete auf den Wulst von auf-
bauschenden Pergamentrollen, unter der sich Colombe versteckte.

Für Colombe war klar, dass sie schnellstens verschwinden musste.
Natürlich war sie nicht chancenlos und hätte es auch mit fünf Mactus-Kriegern gleichzeitig aufnehmen können. Aber da war noch die

Frau. Auch noch gegen sie anzukämpfen war zu riskant. Die Schöne hatte sich darauf programmiert, das Ziel am Ende ihres Weges, ohne Rücksicht auf Verluste, zu erreichen. Sie war die Gefährlichste von allen. Sie war wie Laurenz. Die Sehnsucht nach Animus fraß sie auf wie eine Raupe ein Blatt. Nur das Gerippe und die Schmerzen blieben übrig.

Wie Zigarettenrauch im Wind verpuffte die Imagination Tins. Mit aller Kraft versuchte Colombe, die Luke zu öffnen. Sie ärgerte sich, weil sie sich keine automatische Schiebetüre kreiert hatte. Zudem schien das Holz der Falltür verzogen zu sein. Sie ließ sich nicht öffnen.

Die fünf Spiralenergien der Krieger brauchten ein paar Sekunden der Genugtuung, ihre Beute schon so früh gefunden zu haben und starteten gemächlich aus ihren Startlöchern. Sie hatten es nicht eilig. Colombe saß in der Falle. Langsam gingen die fünf Kontrahenten auf sie zu.

Sie musste handeln. *Jetzt!*

Mit einem lauten Schrei zog sie mit aller Kraft an dem eisernen Ring. Der Deckel hob sich und klatsche wie ein erschöpftes Rhinozeros in die Verankerung zurück. Doch Colombe gab nicht so schnell auf. Die Krieger waren nur noch ein paar Schritte von ihr entfernt. Sie biss die Zähne zusammen und rupfte die Falltür stoßweise auf. Pulsierend, wie sie es von Lusebian gelernt hatte. Jeder Muskel brannte wie Feuer ab der enormen Belastung. Diesmal funktionierte es. Der Deckel schlug auf der anderen Seite hinunter und wirbelte feinste Holzstaubpartikel auf. Eine Sekunde zögerte Colombe, sich in das gähnend schwarze Loch hineinfallen zu lassen. Es war eine Sekunde zu lang. Eine kräftige Hand packte sie am Unterschenkel und riss sie zurück. Colombe umklammerte bäuchlings das ausgefranste Holz seitlich der Falltür und versuchte sich verzweifelt festzuhalten. Holzsplitter bohrten sich in ihre Hände. Sie schrie vor Schmerz. Da nützte auch *ImPerDi* nichts. Sie hatte sowieso das Gefühl, der Kampfmodus schwäche sich immer mehr ab. Meter um Meter entfernte sie sich vor der rettenden Tiefe und zog zwei blutverschmierte Striemen hinter sich her. Colombe kam es vor, als ob sie soeben das Wertvollste losgelassen hatte, was sie besaß: ihr Leben.

»Wen haben wir den da?«, trällerte die Frau und verpasste Colombe einen brutalen Schlag in den Bauch. Colombe stöhnte auf, zog die Knie an und hielt sich die schmerzende Stelle. Die Pergamentrollen wirbelten wie bei einem Hurrikan im Raum herum, bauschten sich auf und bildeten ein paar Meter weiter entfernt einen neuen pyramidenförmigen Kegel. Als ob sie ängstlich vor dem Feind zurückweichen und Colombe im Stich lassen wollten.

»Aufgeräumt ist auch schon«, pfiff die Frau unbeeindruckt durch die Zähne und holte zu einem weiteren Faustschlag aus.

»Scheiße Silvia, wir dürfen sie nicht schlagen!«, schrie der Leuchtturm. Zusammen mit dem Pferdeschweif verhinderte er einen weiteren brutalen Hieb und hielt seine Kollegin fest.

Colombe reagierte sofort, als ob sie losfliegen wollte, sprang sie auf und setzte zum Sprint an. Doch der violette Igel und der Züngler packten sie an den Armen und warfen sie mit voller Wucht auf den Boden. Colombe blieb von der Härte des Aufpralles die Luft weg. Auch dieser Schmerz wurde durch die Magie des *ImPerDi* kaum gedämpft. Eh sie kontern konnte, verpasste ihr der Züngler einen Faustschlag auf die Nase. Es knackte. Warmes Blut rann ihr über den Mund. Sie spürte ein leichtes Brennen. Sie war eindeutig nicht mehr im hundertprozentigen Kampfmodus. Lag es am Crepererum, dass sie nicht im vollen *ImPerDi* bleiben konnte? *Konzentrier dich Colombe, sonst verlierst du!*

Silvia riss sich von ihren Kumpels los. »Lasst mich. Niemand hat gesagt, wir dürften nicht mit ihr spielen.«

»Das stimmt«, quakte der Züngler. »Wir müssen sie nur am Leben lassen.«

Colombe wand sich, beugte ihren Körper auf die Seite und verpasste dem Igel einen beherzten Schlag in die Seite. Der Krieger heulte auf und lockerte die Umklammerung. Aber seine Kumpels waren schnell. Eine Sekunde Später knieten alle vier Krieger auf ihr drauf und drückten sie stoßweise nach unten. Der Igel würgte sie, der Leuchtturm drückte ihr das Blut im linken Arm ab, der Pferdeschweif kniete auf ihren Oberschenkeln und der Züngler renkte ihr mit einem Knieschlag die rechte Schulter aus. Colombe konnte es selbst nicht glauben. Die vier Krieger waren schwach, das spürte sie. Warum konnte sie sich nicht gegen sie behaupten? Sie dachte, die Frau wäre das größte Problem. Und jetzt ließ sie sich von ein paar Schaumschlägern überwältigen, als ob sie die Schönlinge absichtlich gewinnen lassen wollte.

»Wo ist der Kodex«, fauchte der Züngler, hielt sein Gesicht nah an Colombes Ohr und leckte es ab. Der filzige Bart kratze an ihrer zarten Haut wie Schmirgelpapier.

Colombe verzog angewidert ihr Gesicht. »Das Crepererum wird nicht zulassen, dass ihr ihn bekommt«, stöhnte sie, kurz bevor ihr wieder die Kehle zugequetscht wurde. Sie spürte ihre linke Hand nicht mehr, die Oberschenkel brannten und die ausgerenkte Schulter verursachte ihr Übelkeit. Die Schmerzen wurden stärker. Ihr Kampfmodus verlor immer mehr Energie, wie bei einem Computerspiel. Es war ihr, als ob sie auf einmal alles vergessen hatte, was ihr Lusebian über *ImPerDi* beigebracht hatte. Genau solche Situationen hatte sie tausendmal geübt. Damals wusste sie nicht, warum sie dieselben Bewegungen immer und immer wieder ausführen musste. Zudem konnte sie es sich nicht vorstellen, überhaupt jemals in eine solch entsetzliche Lage geraten zu können. Krampfhaft versuchte sie sich an die Worte zu erinnern, die Lusebian ihr am Schluss jeder Trainingseinheit zugeflüstert hatte. Sie konnte den Satz schon nicht mehr hören. Und jetzt, da sie sich eine letzte Wiederholung wünschte, gab ihr Verstand nur ein Brummen preis. So sehr sie sich auch bemühte. Die Worte kamen ihr nicht mehr in den Sinn.

»Ich brauche deine Hilfe nicht, Amcepsschätzchen«, trällerte Silvia, »Ich finde den Kodex auch so.« Sie machte auf dem Absatz kehrt, stapfte zum Ausgang und glitt zu Boden, um durch den schmalen Durchgang zu robben. »Viel Vergnügen mit ihr«, hallte es durch die Bibliothek. Es hörte sich an wie das Gejammer eines heulenden Geistes.

»Oh jaaa«, sang der Züngler mit wahnhafter Stimme. Wieder leckte er an Colombes Ohr, lutschte an ihrer Nase und steckte anschließend seine Zunge in ihren blutverschmierten Mund. Wollte er sie wirklich küssen? Colombe biss zu. Jaulend wie ein Hund setzte er sich auf sie drauf und prüfte mit den Händen, ob seine Zunge noch dran sei. Er zahlte es ihr unmittelbar heim: mit einem harten Schlag ins linke Auge. Colombes Auge fühlte sich an, als ob Feuer darin ausgebrochen wäre. Sie wand sich, zappelte, schrie. Immer wieder bündelte sie ihre Kraft um die Krieger von sich zu schleudern, sie abzurütteln wie lästige Fliegen. Doch jede Anstrengung rächte sich mit Schmerz, wie hundert Schnitte eines Dolchs.

»Jaaa ... wehr dich nur, ich mag das!«, grölte der Pferdeschweif oder war es der Züngler? Colombe konnte die Stimmen nicht mehr auseinanderhalten. Jede Bewegung heimste ihr weitere Malträtierungen ihrer Peiniger ein. Irgendwann gehorchte ihr Körper nicht mehr. Erschöpft löste ihr Leib die Spannung in den brennenden Muskeln. Ihr Hirn gab weiterhin Befehle der Gegenwehr ab, doch ihr Körper verhielt sich wie ein renitenter, pubertierender Jugendlicher: er trotzte.

Überall waren Hände, die über ihren Körper strichen oder sich an den Knöpfen ihrer Jeans zu schaffen machten. Dämonisches Stöhnen hallte in ihr Inneres und riss ihr allen Lebenswillen heraus.

28

Colombe schloss die Augen. Verzweifelt versuchte sie, sich an Tins Gesicht zu erinnern. Aber sie konnte nicht einmal mehr die Züge seines breiten Lächelns erkennen. Der Gestank von Zitronensäure und faulen Eiern, der von der krebskranken Zunge des Zünglers ausging, verbannte Tins Aroma. Tins Geruch war der letzte Grashalm, an den sich Colombe noch gehalten hatte. Er löste sich auf wie Salz in heißem Wasser.

Sie hatte den Kampf gegen die Krieger aufgegeben. Die Knöpfe, der zerrissenen Bluse, spickten auf den Boden wie dicke Regentropfen eines Sommerregens. Sie spürte, wie ihr die Jeans ausgezogen wurde. Es war ihr, als ob sich ihre Seele aus dem Körper entferne, beinahe so wie vor zwei Tagen, als sie ein Mactus-Krieger mit dem Dolch aufschlitzen wollte. Nur fühlte sie sich jetzt nicht dem Tode nah, sondern dem Leben. Die pochenden Schmerzen waren die besten Beweise dafür. Ebenso die Angst, die Verzweiflung und die flehenden Gedanken an einen Gott, der sie aus dieser miesen Lage befreien sollte.

Wahnhaft, wie auf übler Droge, traktierten die Krieger Colombes Körper weiter. Sie brüllte laut auf, als der Pferdeschweif ein Messer zückte und ihr an die Kehle hielt. Sachte drückte er zu. Blut drang aus der Ritze.

»Nicht töten, nur spielen!«, flüsterte er mit teuflisch wahnhaften Augen.

»WARUM!«, schrie Colombe. Das Messer brannte sich noch tiefer in ihre Haut. Dann kamen endlich auch die Tränen. Als ob jemand bei einem dampfenden Kochtopf den Deckel gehoben hätte und die aufgestaute Energie entweichen konnte.

Als Antwort erhielt Colombe nur lüsternes Stöhnen.

Nein, bitte nicht. Ich werde vergewaltigt! Bitte nicht! Bitte nicht! NEIN!

Sie fragte sich, ob es ein Fehler war, bisher noch keinen Mann an sich gelassen zu haben. So wäre die erste Erfahrung mit dem schönsten Gefühl auf Erden kein solch Schreckliches. Vielleicht wäre es nicht Liebe gewesen, zwischen ihr und einem ihrer Verehrer, aber es wäre gewaltlos gewesen. Angstfrei, zärtlich und freiwillig. Und es hätte auch keine Fragen nach dem Warum gegeben. Nach diesem elenden Warum.

Liebe.

Was war sie, die Liebe? War sie wirklich so gut, wie alle es immer behaupteten? Gab es sie tatsächlich? Oder war sie nur ein Wunsch der Menschen, ein Hoffnungsschimmer auf ein freies Leben ohne Bedingungen oder unendlicher Sehnsucht nach Geborgenheit, nach Sicherheit und überschäumendem Glück?

Die Liebe zu finden, war das einzige Ziel der Menschen. Geld häufte man nur an, um sich damit Liebe zu erkaufen. Macht forderte man sich nur ein, weil man damit die Liebe beherrschen wollte. Gewalttätig war man nur, weil man sich dadurch Liebe erzwingen wollte – doch wessen Liebe? Die von Animus? Oder die von einem Vorgesetzten, einem Ehegemahl oder einer von Nächstenliebe predigenden Religion?

Liebe. Welch Hohn durch dich dem Leid versessen zu sein.

Wie viele Tränen, wie viele Sorgen, wie viele Schmerzen, wie viel Eifersucht, wie viel Gewalt, wie viel Tyrannei hatte sie schon ausgelöst. *Und trotzdem ist sie das einzige Ziel des Menschen.*

Liebe.

Was war sie. War sie Gott-Animus, der bei der Erschaffung der Liebe ein klitzekleiner Fehler unterlaufen war? Wurde sie dem freien Willen, der freien Handlung und den freien Gedanken der Menschen vielmehr irrtümlich in die Hände gegeben? Oder war es eine Erfindung von Lucifer, dem Bösen höchstpersönlich. Vielleicht hatte er die Liebe erschaffen, um sich ergötzen zu könne. Einfach nur, um mit erquickendem Vergnügen zu beobachten, mit welchem Eifer, mit welcher Manipulation, mit welcher Tyrannei und mit welchem Machthunger die Menschen der Liebe verfallen? Colombe konnte den gefallenen Engel direkt vor sich sehen, wie er auf seinem Thron aus glühender Kohle saß, mit Schlangenhaut und gerollten Hörnern. Sie konnte sich vorstellen, wie er seine Anhänger um sich versammelte und zu ihnen sprach: ›Ab und zu gibt man den Menschen ein Glücksgefühl, damit sie nicht aufhören, nach der Liebe zu suchen. Damit sie nicht aufhören, sich nach ihr zu sehnen, damit sie die Hoffnung niemals aufgeben, jemals wieder zu Animus zurückkehren zu können. Gib ihnen Brot und Spiele, damit sie sich zwischen der Erfahrung von Leid und Sehnsucht auf etwas Unbedeutendes freuen können –.‹ Früher waren es die grausigen Gladiatorenkämpfe in den Amphitheatern. Heute war es... was? Der Fußball? Weltmeisterschaften oder die Olympischen Spiele?

Die Gräuel der Vergewaltigung hinderten Colombe nicht daran, sich an das Anastuiit zu erinnern. Jedes Mal, wenn sie die Bewusstseinsmessung durchgeführt hatte, bekam sie ansatzweise mit, wie die Gesetze der Quantenhaftigkeit funktionierten. Vor ihr tat sich eine Welt auf, die sie weder mit Worten noch Bildern beschreiben konnte. Alles Schöne, alles Gute, alles Lachen und alles Glück wurde vereint im Geiste Animus. Alles war EINS. Jede Seele war Gott-Animus. Unvorstellbar, dass Mutter Teresa und Adolf Hitler Seelenverwandte waren. Unvorstellbar, dass ein Mörder EINS war, mit einem gottesfürchtigen Amisch.

War die Liebe nur für die Quantenhaftigkeit gedacht und der Raum des 3-D auf Erden stellte das Gegenstück dazu dar?

Für Colombe war klar, dass Gewalt, in welcher Form auch immer, nicht im Herzen Animus' entstand. Sie wusste, warum ihr die Krieger das Schlimmste antaten. Sie missbrauchten die Liebe. Sie missbrauchten das Anastuiit. Sie missbrauchten die Hoffnung... nur aus ihrer *Sehnsucht nach Animus. Nur, um seine Aufmerksamkeit zu erregen, um ihn herauszufordern, um ihn zu zwingen, endlich seine Tore zu öffnen.*

Dieser Gedanke schlängelte sich durch Colombes ganzes Wesen und füllte sie mit dem Glauben an die Allmacht. Wie tief ist ein Mensch gesunken, der durch den Missbrauch seiner Intelligenz seinen freien Willen dermaßen in die Dunkelheit zwingt?

Colombe war klar, dass die Männer niemals ihr Ziel erreichen würden. Nicht so. Ja, sie würden sie jetzt vergewaltigen. Aber die Gewalt, die ihr angetan wurde, nistete sich in der Seele der Männer ein, nicht in ihrer. Ihre Seele würde rein bleiben, wie das Anastuiit. Paradoxerweise suchten die Krieger mit ihrer Tat genau dieses Anastuiit.

Hass kroch in ihr hoch und das Verlangen nach Rache. Es war ihr aber klar, dass niemals ein göttliches Gericht tagen würde, indem Animus als Richter agierte. *Animus lässt sich nicht abbitten. Er wird niemals auf Menschen zeigen, sie verurteilen und nur denjenigen in sein Reich führen, der seine Seele rein gehalten hat. Er wird alle eintreten lassen, alle lieben, wie sich selbst und sich über ihre Rückkehr freuen ... ausnahmslos. Warum erkennen das die Menschen nicht? WARUM?*

Warum... warum... warum... das Wort hallte in ihrem Kopf wider wie eingesperrte Ping-Pong-Bälle.

Aber viel wichtiger war Colombes Einsicht in die Tatsache, dass es so etwas wie Karma tatsächlich gab. Das Leben bestand nicht nur aus Entscheidungen oder der Wahl nach dem richtigen Potenzial. So hatten ihre Peiniger keine Ahnung, was sie sich selbst gerade antaten. Selbstkasteiung in höchster Form. Wofür? Um sich noch weiter vom Ziel zu entfernen? Für ein winzigkleines Machtgefühl, das anschließend in sich zusammenfällt wie ein labiles Kartenhaus beim kleinsten Windstoß; nur damit die Sehnsucht nach dem Ziel noch weiter in die Ferne rückt? *Je mehr Gewalt sie ausführen, desto mehr Qual entwickelt sich in ihrer Seele und zwingt sie nach mehr. Immer mehr. Immer mehr. Immer mehr. Verfangen im klebrigen Netz der Spinne. Ein Band, das sich immer mehr zusammenzieht und das Glücksgefühl nach jeder dunklen Tat, nach jedem Hassgedanken mehr und mehr verdrängt. Bis es zur Entledigung von aufgestautem Frust kommt, weil es einfacher ist, einem anderen ein Leid zuzufügen, als sich selbst seiner Sehnsucht zu stellen? Unbestreitbar: Die Ausübung von Gewalt am Feind ist das Dümmste, was man sich selbst antun kann.*

Der Gedanke zauberte Colombe sogar ein Lächeln auf den Mund. Sie schnaubte verächtlich. Egal, wie geschunden ihr Körper war. Der Sieg gehörte ihr. Der Züngler, der seine Zunge immer wieder in ihren Mund steckte, als ob er dadurch ihre Seele anzapfen wollte, um sie auszusaugen, bemerkte ihre Veränderung und hob seinen Kopf. Colombe öffnete ihre Augen und entspannte, ihre vom Schmerz verzehrten, Gesichtszüge.

Dann erinnerte sie sich wieder an die Worte, die Lusebian immer zu ihr gesprochen hatte: »Nur weil sich Zucker in kochendem Wasser auflöst, verschwindet er nicht, es liegt an dir, ob du ihn schmecken willst oder nicht.«

Manchmal änderte er die Worte ab und sagte: »Ein Vogel sieht die Luft auch nicht, auf der er durch den Himmel segelt, trotzdem ist sie da und trägt ihn.«

»Was grinst du so blöd?«, schnaubte der Züngler und verzog seinen Mund in plötzlicher Verunsicherung.

Der Pferdeschweif horchte auf. »Was ist?«, fragte er. Er hatte Colombes Slip gefasst und wollte ihn gerade zerreißen.

Auch die beiden anderen Krieger stoppten die Drangsalierung und schauten auf Colombes Gesicht.

Sie lachte –.

Sie brüllte vor Lachen und es schüttelte sie durch. Auch als der Igel ihr einen Faustschlag auf die bereits gebrochene Nase knallte, hörte sie nicht auf. Rasselnd schnappte sie kurz nach Atem und verspottete ihre Peiniger mit dem Lachen eines übermächtigen Gegners. Sie hatte höllische Schmerzen, doch durch das Lachen schwebten diese in den Hintergrund, als ob ihnen jemand einen Knebel in den Mund gestoßen hätte.

»Ihr seid so was von blöd!«, wieherte Colombe. Wenn sie gekonnt hätte, hätte sie sich den Bauch gehalten vor Lachen.

Während der Leuchtturm von ihr abließ und sich mit gerunzelter Stirn nach hinten auf den Po fallen ließ, hielten die anderen Colombe immer noch fest. »Scheiße, was tun wir da?«, murmelte er kaum hörbar und fuhr sich mit der Hand übers schweißnasse Gesicht.

»Wir vergnügen uns!«, antwortete der Züngler und riss Colombe den BH vom Leib. Wie eine Trophäe hielt er den Stofffetzen in die Höhe, setzte sich rittlings auf sie und spuckte ihr ins Gesicht.

Colombes Stimme klang kehlig, als ob sie stark erkältet wäre. Trotzdem schwang ein Lächeln mit. »Ihr habt vergessen, dass ihr euch im Crepererum befindet«, sagte sie mit leiser Stimme, gerade so laut, dass die Krieger sich ruhig verhalten mussten, wenn sie ihr zuhören wollten.

»Na und!«, murrte es aus dem verfilzten Bart.

»Ihr habt doch bestimmt schon einmal gehört, dass alles, was man dem Geringsten antut, auch Animus antut.«

Die Krieger schauten sich gegenseitig an. »Willst du uns jetzt mit Sprüchen aus Schriften menschlicher Religionen kommen?«, quakte der Züngler.

»Nein, bestimmt nicht. Aber ich kenne die Geschichte des Schöpfers. Ich weiß, dass Animus einen Teil von sich hergegeben hat, um die Homullus zu erschaffen. Die Homullus wiederum haben die Menschen geschaffen. Unsere Seelen bestehen demnach aus den Energien unseres Schöpfers Animus. Wenn ihr mir jetzt schmerzen bereitet und mich vergewaltigt, dann tut ihr das auch Animus an und somit auch allen Homullus, allen Menschen und allen euren Liebsten gleichzeitig. So funktioniert die Energie des Schöpfers. So funktioniert die Liebe. So funktioniert das Anastuiit.«

Der Züngler warf seinen Kopf in den Nacken und lachte laut los. »Du denkst tatsächlich, dass ich darauf reinfalle, Amceps? Du willst verhindern, dass ich es dir besorge. Aber da kannst du lange labern. Ich kenne den Inhalt des Kodex. Ich weiß, wie Karma funktioniert.«

»Nun, es ist nicht direkt Karma«, erwiderte Colombe krächzend, »es ist vielmehr das Gesetz Animus, das uns alle miteinander verbindet. Und da wir uns im Crepererum befinden, muss sich die Energie des Gesetzes keinen Weg mehr suchen, um zur dieser Seele zurückzukehren, die eine Handlung vollbracht hat. Denn, wer eine Handlung vollbringt, vollbringt sie nur für sich alleine und weiß, dass sie irgendwann zu ihm zurückkehren wird, um sich dem Gesetz des eigenen Willens zu beugen. Der Handlung ist es egal, ob sie böse ist, gewalttätig oder freundlich und liebevoll. Sie kann das nicht unterscheiden, genauso, wie Animus es nicht unterscheiden kann. Sie ist das Anastuiit des Lebens und will zu dem zurück, der sie erschaffen hat. Das ist ein Gesetz von Animus.

Der Züngler entledigte sich seines Overalls, indem er ihn leichthändig von sich riss, wie ein hauchdünnes Seidenpapier. »Ich zeig dir jetzt, was ich von deinem Geschwafel halte, Amceps-Weib.«

»Deine Zunge stinkt nach Krebs, Züngler. Und das tut mir leid.«

Der Züngler schien Colombes Worte zu ignorieren. Er beugte sich nach vorne und leckte über Colombes Gesicht. »Meine Zunge kann noch was ganz anderes, außer dir Angst zu machen, ich zeig es dir gleich.«

Colombe nickte. »Genau. Hier im Crepererum kann sich die Energie der Gewalt sofort auflösen, die du mir antust. Und das, mein lieber, wird dir Schmerzen bereiten. Nicht mir.«

Die anderen Krieger hatten längst von Colombe Abstand genommen. »Scheiße, Salomon, hör auf. Die verflucht dich gerade!«

»Oh, nein, sagte Colombe. Ich verfluche dich nicht. Ich fordere nur dein Bewusstsein heraus. Bist du so intelligent und erinnerst dich an das, was du bist? Oder machst du weiter und folterst dich selbst.«

»Das ist zum Teufel noch einmal ein FLUCH!«, schrie der Leuchtturm, »Salomon, hör jetzt endlich auf damit!«

Der Züngler schob seine rabenschwarzen Boxershorts nach unten und versuchte erneut Colombes Höschen zu zerreißen.

Colombe öffnete ihren Mund, damit der Züngler keinen Widerstand in ihr fühlte. *Nein, das ist kein Fluch,* dachte sie. *Es ist nur der Beginn der Rückkehr eurer Handlungen.*

»Salomon! Hör auf!« blökten die anderen immer und immer wieder. Ihre Angst vor einem Fluch hinderte sie, ihren Kumpel von seinem Vorhaben - das, bis vor Kurzem, auch ihr eigenes war - abzuhalten.

»Für MAAACTUS!«, brüllte der Züngler. Doch bevor er Colombes Höschen richtig in die Finger bekam, kamen seine Kumpels doch noch in die Gänge. Sie schnappten ihn und zogen ihn von ihr weg. Colombe sprang sofort auf, doch ihre Beine versagten und sie plumpste wieder zu Boden.

»Crepererum, hilf mir bitte!«, röchelte sie, während sie auf die Falltür zukroch.

Nur, weil sich Zucker in heißem Wasser auflöst, ist er noch nicht verschwunden, bekam sie als Antwort. *Hilf dir selbst! Wir bieten dir unsere Hand.*

Salomon wurde inzwischen von seinen Leuten auf den Boden geworfen. Sie drückten ihn nach unten, genau wie kurz zuvor noch Colombe. Der Züngler tobte, schrie und schlug, soweit es im möglich war, auf seine Kumpels ein.

»Verdammt noch mal! Was ist den hier los!«, brüllte Silvia, die gerade durch den Eingang gekrochen kam und sich den nicht vorhandenen Staub vom Minijupe strich. »Kann man den nicht einmal in Ruhe nach dem Kodex suchen, ihr hirnverbrannten ...!«

»Sie haut ab!«, unterbrach Salomon den beginnenden Lästerschwall der Kriegerin.

Colombes Arm an der ausgerenkten Schulter hing wie ein Fremdkörper an ihr herunter. Wie ein Baby rutschte sie auf den Pobacken immer näher zu der Falltüre. Mit dem anderen Arm stieß sie sich dem Boden ab, als ob sie auf Wasser rudern würde. Die Holzspäne in ihrer Hand schienen noch tiefer in das Fleisch einzudringen und stachen wie Nähnadeln auf sie ein.

»Stopp Mädchen!«, befahl Silvia.

Colombe hörte, wie die Kriegerin zum Spurt ansetzte. Wegen der hochhackigen Schuhe rannte sie nicht wie eine durchtrainierte Leichtathletin, sondern hüpfte heran, als ob sie beim Sackhüpfen kurz vor dem Umkippen sei. Colombe hätte niemals gedacht, dass sie Schuhe mit übernatürlich großen Absätzen jemals als eine positive Modeerscheinung gutheißen würde. Aber jetzt dankte sie Animus, und dessen Erfinder, für diese unpraktische Idee, die sie bisher immer nur mit einem Kopfschütteln abtat. Denn wenn Silvia ein paar Sekunden schneller gewesen wäre, hätte es Colombe bestimmt nicht geschafft. Sie spürte, wie die Hand der Kriegerin ihre Armhaare streifte, bevor sie in den Schlund der Falltüre und damit ins Unbekannte fiel. *Niemand überlebt einen solchen Sturz.*

Der Fall schien endlos. Der Wind blies ihr durch die Haare und pfiff ein fröhliches Lied. Colombe war nicht nach Fröhlichkeit zumute. Sie weinte und erwartete jeden Moment den Aufprall auf den Boden. Egal, was es war, was sie auf dem Grund erwartete, es würde sie töten. Ob jetzt, oder zum Ende der Amceptierphase, das spielte keine Rolle mehr.

Aber die Geschwindigkeit des Sturzes wurde immer langsamer. Plötzlich schwebte sie im Wind, wie ein Blatt, das sich seelenruhig der Erde übergab. Etwas Weiches, Schaumstoffartiges fing sie auf und plötzlich lag sie in einem kuscheligen Bett, zugedeckt mit einer flauschig weichen Decke aus purpurrotem Gewebe. Gedankenkonfetti schwirrten um sie herum. Sie war im Raum der Gedanken. Gleich neben ihr erkannte sie die konfettifreie Zone mit der Waage und gleich dahinter die Tore des Animus.

»Warum!«, schrie sie dem Crepererum zu. Obwohl sie beinahe nackt war, fror sie nicht. Also darum hatte die Bibliothek die Temperatur so stark gehoben. Natürlich. Sie befand sich in der Quantenhaftigkeit. Da geschah alles gestern heute und morgen. Das Crepererum wusste, dass sie sich vor der endgültigen Vergewaltigung würde retten können, es wusste genau, dass sie die Wärme brauchte, um nicht halb erfroren in den Tod zu fallen. War das ein Abschiedsgeschenk des Crepererums? Ein bisschen Hitze vor dem definitiven Ende?

Leben. Wollte sie das überhaupt noch?

Immer wenn sie die Augen schloss, sah sie das schlängelnde Züngeln von Salomon. Dabei wünschte sie sich den Duft und das lächelnde Gesicht Tins. Aber er war nicht hier. Sie fühlte sich alleine und von den Homullus im Stich gelassen. Einen Augenblick lang überlegte sie, ob sie sich den Kodex packen und diesen auf die dunkle Seite der Waage werfen sollte. Die Mactus-Krieger hätten gesiegt. Die Welt wäre zerstört. Was war besser? Das Leiden der Menschen auf Erden zu beenden oder mit der Bewusstseinsmessung fortzufahren und abzuwarten, ob die 28'000-Jahre-Grenze überschritten werden konnte? *Wie viel Leid werden die Menschen noch aushalten, bevor auch die letzte Seele zur Einsicht kommt, dem Missbrauch zu entsagen und sich den Zucker in heißem Wasser wieder ersichtlich machen?*

Kaum hatte sie den Gedanken zu Ende gedacht, ertönte der erste Glockenschlag, der das Ende der Amceptierphase einläutete.

Verdammt!, dachte Colombe. *Ich habe die Messung noch nicht durchgeführt.* Sie schlug die Bettdecke zurück und stand auf. Der zweite Glockenschlag erklang. Nach dem ersten Schritt bemerkte sie es erst. Sie schaute an sich herunter. Sie trug noch genau die Kleidung, mit der sie ins Crepererum amceptiert war, nur dass nichts zerrissen war. Schwarze Jeans und die purpurrot karierte Bluse. Ihre Jeans, die ihr die Krieger ausgezogen hatten, umhüllte ihre Beine und boten ihr den Schutz, den sie brauchte. Sie trug ihren BH, unzerrissen und auch die Knöpfe der Bluse waren alle angenäht und verschlossen das Kleidungsstück bis zum Hals. Sie hob ihre Hände. Nirgends war mehr Blut zu erkennen, keine Holzspäne in ihrem Fleisch und auch die zuvor noch ausgekugelte Schulter war am richtigen Platz. Sie fasste mit der flachen Hand daran und kreiste den Oberarm. Alles tipptopp, keine Schmerzen, kein Blut, kein Angstschweiß. Die Nase war ganz, das Atmen ging wie von selbst und sogar der Geschmack der Zunge Salomons war aus ihrem Mund verschwunden. Erst recht das reibende Gefühl seines verfilzten Bartes an ihrer zarten Haut.

Der dritte Glockenschlag ertönte und mit ihm die Stimme des Crepererums: »Du hast dich entschieden.«

Colombe ging eine Welle des Schauders durch Mark und Bein. Ihre letzten Gedanken über die Menschheit waren nicht wirklich zuversichtlich. Zudem hatte sie das Weiterbestehen der Erde schon fast aufgegeben. Dachte das Crepererum tatsächlich, sie wolle den Kodex auf die dunkle Seite der Waagschale werfen?

»NEEEIIIN!«, schrie sie und rannte los. Die Bewusstseinsmessung würde nur erfolgen, wenn sie Kontakt mit dem Kodex aufnahm.

Der vierte Glockenschlag hallte durch die Bibliothek wie eine Woge aus zähflüssigem Stahl. Es war zu spät.

Colombes Augen schlossen sich, kurz bevor sie den Altar erreichte. »Das ist das Todesurteil für die Erde«, sagte sie resignierend.

29

Als Colombe nach der Rückamceptierung wieder fähig war, ihre Augen zu öffnen, sah sie als Erstes Salomons Gesicht. Aber es war nicht Panik, die in ihr hochkam, wie man es hätte erwarten können.

Es war Mitleid.

Sie war selbst überrascht ab ihren Gefühlen. Eigentlich hatte sie Hass erwartet. Auch wenn Salomon die Vergewaltigung nicht vollenden konnte, so hatte er sie doch auf brutale Weise missbraucht. Doch ihr Wissen um die Gesetze Animus und die Verbundenheit einer Handlung mit dem Menschen, der sie vollbringt, versetzten sie in die Stimmung einer weisen alten Dame, die nur dann etwas von sich preisgibt, wenn sie aus tiefstem Herzen danach gefragt wird. Zusätzlich musste sie sich eingestehen, eine gewisse Genugtuung zu verspüren, als sie sah, wie der Züngler verzweifelt versuchte, seine Augen zu öffnen, dann aber den Kopf senkte und schlafend zu Boden fiel wie ein hirnloses Unfall-Dummy. *Deine Odyssee wird erst beginnen, wenn du wieder aufwachst und vom Arzt die Diagnose »Zungenkrebs« erhalten hast. Dem Anschein nach hat das nichts mit der versuchten Vergewaltigung zu tun, und doch: Es hängt alles Miteinander zusammen. Ich bin nur froh, deinen Leidensweg nicht miterleben zu müssen, denn dann hätte ich bestimmt großes Mitleid mit dir, du verdammter Scheißkerl!*

Auch die anderen Peiniger sanken in sich zusammen und fielen in den viertägigen Schlaf.

Der Kampf zwischen Mactus-Kriegern und den Amceps-Wächtern war immer noch in vollem Gange. Immerhin waren in 3-D erst vier Sekunden vergangen. Aber jetzt war alles anders. Colombes Leben hatte sich verändert. Sie wusste plötzlich nicht mehr, auf welcher Seite sie steht. Was hatte das Crepererum gesagt?

Du hast dich entschieden.

Es gab einen kurzen Augenblick, da sie die Welt tatsächlich zum Teufel hätte schicken können. Sie war es, die die Zerstörung des Planeten in Händen hielt. Das wurde ihr jetzt so richtig bewusst.

Du hast dich entschieden, hämmerte es ihr wieder und wieder in den Kopf. Wofür? Für das Licht oder die Dunkelheit? Die Welt war noch nicht zu Schutt und Asche zerfallen, das war schon mal gut.

Was ist das Beste für die Erde und die Menschheit? Nochmals von vorne beginnen oder um jeden Preis den Zenit der 28'000 Jahre überschreiten? Aber was geschieht danach? Wird sich das gesammelte Bewusstsein tatsächlich über den Menschen ausschütten und sich in allen verankern? Wie wirkt sich die Öffnung der Tore aus? Wird die Energie des Vaters die Menschen mit Anastuiit einlullen? Was wäre die Konsequenz davon? Eine bessere Welt ohne Krieg, ohne Gewalt? Würde das überhaupt funktionieren? Da hätten doch diverse Leute etwas dagegen, weil sie am Krieg und am Leid anderer viel Geld verdienen. Dieses Profitdenken wirkt sich ja auch negativ auf die ökologischen Bemühungen aus. So gäbe es schon längst umweltfreundliche Autos, wenn da nicht eine starke Lobby dahinter wäre, die mit der alten und belastenden Energie ihre Milliarden scheffelte. Colombe wusste viel darüber. Der Raum der Gedanken gab so manche Idee von Wissenschaftlern preis. Ideen, dessen Verwirklichung die Energieversorgung der Erde hundertfach abdecken würde. Der serbische Physiker, Nikola Tesla, war nah dran. Es fehlte nicht mehr viel. Aber niemand war und ist so nah dran, wie die Forscher, die dem Gewinnen von Energie mit Hilfe der Mondphasen auf der Spur sind. Der Mond ist ein Tor zur unendlichen Energie des Universums. Die Sonne war von den Homullus nie als Energielieferant vorgesehen gewesen. Sie ist einzig zuständig für das Leben, das Licht und den Tod. *Der Mond ist der Schlüssel. Eigentlich logisch. Die Menschheit bewundert die gewaltige Kraft, die hinter den Gezeiten steckt. Allein schon hinter diesem Naturvorgang ist eine unglaubliche Energie ver-*

borgen. Aber was nützt das, wenn es immer wieder Menschen gibt und gab, die solche Ideen unterdrücken und sie im Keime ersticken, indem sie der aufblühenden Pflanze den Kopf abschneiden?

Erst vor kurzem war Colombe überrascht darüber, wie viele Menschen ihr Leben der Empathie verschrieben hatten. Doch nach den letzten Erlebnissen im Crepererum zweifelte sie an der Möglichkeit der Bewusstseinsveränderung.

Dem allem zum Trotz erinnerte sie sich an ihren Egoismus, den sie entwickelte, weil sie sich – erst gestern noch – vorgenommen hatte, erst während der letzten Amceptierphase an die Tore Animus zu klopfen, nur um die restlichen Tage noch mit Tin verbringen zu können ... glücklich ... in Vertrautheit mit einem lieben Menschen. Ihr war die Öffnung zu den Toren nicht wichtig, nur die zu ihrem Herzen, ihrer Seele. Sie fragte sich, ob die Tore Animus und die Tore ihrer Seele nicht das Gleiche sein könnten.

Andererseits war sie überzeugt davon, das Rätsel lösen zu können und weiterzuleben.

Wenn selbst sie so dachte, gab es da nicht Millionen von Menschen, die die gleiche Chance verdienten? *Sind sie nicht gar in der Überzahl gegenüber denen, die am lautesten schreien, am heftigstens tyrannisieren oder am geschicktesten intrigieren? Trotzdem bleibt der Empathie-Mensch still, tut das, was von ihm verlangt wird, entweder aus Angst, aus Gemütlichkeit oder Resignation. Oder ist es gerade die Stille eines Menschen, die am mächtigsten wirkt?*

Warum machte sie sich überhaupt Gedanken darüber, ob die Welt noch einmal von vorne beginnen sollte. Sie selbst wollte ja leben. Sie hatte keine Lust, dieses Leben aufzugeben und wieder neu zu reinkarnieren. Geschweige denn, auf einer neu erschaffenen Erde wiedergeboren zu werden, nur um wieder und wieder die gleichen Fehler zu begehen! Irgendwann musste der Mensch weiterkommen. Irgendwann musste er die Vergessenheit besiegen und sich daran erinnern, was er einmal war, was er ist und was er sein wird. *Und wenn dafür 28'000 Jahre nicht ausreichen, dann zum Teufel, sollte die Menschheit die Chance auf weitere 28'000 Jahre erhalten.*

Jetzt wusste sie, was das Crepererum damit gemeint hatte, die Entscheidung sei gefallen. Der Kodex gehörte auf die Seite des Lichts. Wie konnte sie nur jemals etwas anderes denken.

Nachdenklich kratzte sie sich an der Nase. Da war kein Blut, keine gebrochenen Knochen, keine Schmerzen. Als ob niemand jemals brutal auf sie eingeschlagen hätte.

Plötzlich spürte sie eine Spiralenergie, die ihr nur zu gut bekannt war. Der miefige Gestank eines Magengeschwürs flog ihr in die Nase.

Laurenz!

Er griff sie von der Seite an und war kurz davor, sie mit einem gezielten Fußschlag außer Gefecht zu setzen. Aber Colombe war schneller. Sie packte sein linkes Bein, drehte es um, bis Laurenz vor Schmerzen aufschrie. Sie versetzte ihm dann mit dem Ellenbogen einen Schlag auf die Schläfe. Laurenz Pupillen drehten nach oben. Ohnmächtig kippte er zu Boden.

»Entschuldigung«, hauchte Colombe und verzog das Gesicht, als ob es ihre Schmerzen gewesen wären.

»Bist du schon wieder zurück aus dem Crepererum?«, fragte einer der Zwillingswächter, der dabei war auf Salomon einzuschlagen, obwohl der bereits am Boden lag und sogar schnarchte.

Colombe nickte. »Hör auf damit«, befal sie, da der Kreiswächter, keine Anstalten machte, von Salomon abzulassen. »Sie schlafen, merkst du das nicht!«

Der Kreiswächter schaute verdutzt, da auch die anderen vier Krieger, die im gelben Kreis gekämpft hatten, dem viertägigen Koma verfallen waren. Erst jetzt dämmerte es ihm.

»Scheiße, du warst nicht alleine im Crepererum? Konntest du die Messung durchführen?«, fragte er. Es schien ihn nicht zu interessieren, wie es Colombe ergangen war. *Das Einzige, was ihm wichtig ist, ist diese bescheuerte Messung!*

Als sie ihn nur mit ungläubigen Augen anstarrte, wiederholte der Kreiswächter seine Frage. Doch sie hörte ihm nicht mehr zu.

Der Drang, die Wohnung zu verlassen und damit von allen belastenden, drängelnden, verklebten und gewalttätigen Hassenergien zu fliehen, wurde immer stärker. Wie eine kochendheiße Teermasse übergossen sich die dichten Energien über sie, drangen in sie ein und flehten um Erlösung.

Ich muss weg hier! Sofort. Das hält kein Mensch aus. Das würde nicht einmal ein ganzer Engel aushalten!

Sie kraxelte über die fünf Krieger, die aufeinandergestapelt dalagen

wie Mikadostäbe. Sie alle trugen wieder ihre Overalls. Bis oben zuge-
knöpft, als ob sie im Crepererum niemals ihren muskulösen Körper
zur Schau gestellt hätten. Alles war noch gleich, wie vor dem Amceptieren. Auch an Silvia war nichts mehr von ihrer aufreizenden Kleidung zu sehen. Genau wie vor dem Fall, trug sie den schwarzen Overall und die Sportsneakers. Ihre hochhackigen Schuhe und den Jupe
hatte sie vermutlich in der Tasche verstaut, die sie um die Taille gebunden hatte. Als ob sie gewusst hätte, dass es im Crepererum heiß
werden würde.

Auch bei Colombe war alles so, wie vor der Amceptierphase. Sie befand sich überraschenderweise im *ImPerDi*-Modus. Er verhinderte,
dass sie sich nicht aufgab. Die Gewalt, die an ihr ausgeübt wurde, fraß
sich jedoch durch sämtliche Schutzschichten hindurch. Genau wie die
Energien der Menschen.

Warum! Warum! Warum!, geisterte ihr pausenlos durch den Kopf.
Obwohl sie die Antwort wusste, konnte sie es nicht verstehen. Das erste
Mal in ihrem Leben fragte sie sich, warum der Mensch sich vor der
Hölle fürchtet, wo er doch schon längst darin lebt.

Ohne Schläge zu verteilen, schlängelte sie sich, wie ferngesteuert,
durch das Kampfgewirr. Ihre Wohnung war zum Schlachtfeld geworden. Die Energien darin wurden von der Dunkelheit regelrecht zerquetscht. Das Einzige, was ihr Egoismus von ihr forderte, war zu verschwinden – weit weg von allem Geschehen. Weg von Menschen, die
dem Zwang verfallen waren, ihr Gewalt anzutun.

Sie erreichte ihr Schlafzimmer mit der Leichtigkeit eines schweben-
den Engels. Dort hörte sie das Kampfgeschrei kaum und hatte Ruhe.
Es blieben aber die feuerspeienden Energien, die wie elektrisierende
Fäden an ihr andockten. Sie holte ihre Sporttasche unter dem Bett her-
vor, zerrte ihre Trainingskleidung heraus und packte die Tasche mit
Unterwäsche, Socken, einer pechschwarzen Jeans, einem grauen
Sweater mit Kapuze, einer rotweißkarierten Bluse (ja, Colombe besaß
mehrere rotweißkarierte Blusen) und einem dunkelblauen Shirt. Zum
Glück hatte sie in der Sporttasche immer einen vollbepackten Kultur-
beutel drin, so blieb ihr der Gang zum Bad erspart. Sie warf die Tasche
über die Schulter und spazierte durch das Gemenge hinaus auf den
Korridor, ohne auch nur einmal angerempelt zu werden.

Die Mactus-Krieger waren zwar stärker, doch die Wächter hatten eine bessere Kondition und konnten den erschlappten Angreiffern immer mehr entgegenhalten ... ja, sie wurden gar übermächtig. Lange würde der Kampf nicht mehr dauern. Trotzdem war Colombe gezwungen, ab und zu auch ein paar Faustschläge auszuteilen. Sie nickte Otto zu, der sie fragend anschaute, während er mühelos den Schlägen von gleich drei Kriegern auswich. Kurz vor der Treppe traf Colombe auf Tin, der gerade die Köpfe zweier Krieger zusammenschlug. Als sich ihre Blicke trafen, glaubte sie, er sende seine Energie nach ihr aus. Aber vermutlich bildete sie sich das nur ein. Er befand sich im Kampf. Wie konnte er dabei friedliche Energien aussenden. Aber sein strahlendes Lächeln tat ihr gut. Endlich ein Gesicht, zu dem sie vollstes Vertrauen hatte. Da war ein Mensch, der ihr bestimmt nicht die Kleider vom Leib reißen wollte, um sie zu vergewaltigen.

Sie spreizte Daumen und den kleinen Finger und deutet ihm an, ihn anzurufen. Doch dann spürte sie, wie sie jemand zurückhielt. Blitzschnell drehte sie sich um und holte zum Schlag aus. Glücklicherweise sagten ihre Gefühle ihr sofort, dass es sich um Lusebian handle, sonst hätte sie ihm womöglich noch die Hand gebrochen.

»Wo willst du hin?«, fragte er verwundert, »warte, wir sind gleich fertig hier. Du kannst mir danach noch ein paar Seiten aus Luzifer Tagebüchern übersetzen.«

Colombe wusste nicht, warum sie stehen blieb. Erschöpft schaute sie der Brutalität zu, mit der die Kämpfenden zur Sache gingen. Es widerte sie an. Erst recht, weil sie in den letzten zwei Tagen selbst dazu gezwungen war, ihren Körper und ihren Willen mit Schlägen zu verteidigen.

Allmählich wurde der Kampflärm um sie herum leiser, bis auch der letzte Mactus-Krieger ohnmächtig zu Boden fiel. Der Korridor war übersät mit reglosen Körpern. Überall floss Blut aus klaffenden Wunden und vermutlich hatte jeder Zweite seine Nase gebrochen. Es sah aus wie ein Gemetzel. Doch es war ihr auch klar, dass der Kampf weder auf Seiten Mactus, noch auf der des Amceps-Ordens Leben gefordert hatte. Wenigstens vor dem Leben hatten die meisten Mactus-Krieger Ehrfurcht, wenn auch nicht vor den Gefühlen. Die Verletzungen galten als Gräuel genug, die Seelen waren genug belastet.

»Alles gut gegangen?«, fragte Lusebian und lächelte sie an. Auch Tin kam zu ihr geeilt und legte eine Hand auf ihre Schultern. Die beiden Männer hatten keine Ahnung, was sie in den letzten vier Stunden durchmachen musste. Lusebian wusste, dass er Colombe zum Antworten Zeit geben musste. Darum reagierte er nicht sofort, als sie ihn mit ausdruckslosem Gesicht anstarrte. Doch Tin schien zu fühlen, wie sie am ganzen Leib zitterte. Es war vermutlich ihr *ImPerDi*-Modus, der einen Zusammenbruch verhinderte.

»Was ist passiert!«, sagte Tin in harschem Ton. Sie zuckte zusammen. Aber sie wusste, diese Schroffheit galt nicht ihr. Es war der Zwang des Kampfes, der ihm trotz *ImPerDi* die Wut hochdrückte.

Die Zwillingswächter des gelben Kreises stürmten heran. »Sie war nicht allein im Crepererum!«, hechelten sie außer Atem. Sie beherrschten die Atemtechnik des *ImPerDi* längst nicht so gut wie Tin, Lusebian oder Otto.

Jetzt kam auch Otto herbeigeeilt, kreidebleich von der schlechten Nachricht der Zwillinge. »Was ist passiert!«, fragte er gehässig, als ob er die Information nicht verstanden hätte.

»Fünf Krieger sind soeben in den viertägigen Schlaf gefallen!«, informierten die Zwillinge perfekt synchron. Sie sahen Colombe mit ausdruckslosen Gesichtern an, als ob sie von einem Computer gesteuert würden. »Tut uns leid, Mädchen. Es waren zu viele. Wir konnten es nicht verhindern. Hoffentlich konntest du die Messung trotzdem durchführen?«

Jetzt legte Tin seinen Arm um Colombe und drückte sie fest an sich. Er küsste sie auf die Stirn und strich eine imaginäre Haarsträhne über ihr Ohr.

»Alles Okay?«, fragte er flüsternd und ohne auf die Frage der Zwillinge einzugehen.

Langsam klinkte sie sich aus dem *ImPerDi*-Modus aus. Jetzt war sie bei Tin. Bei ihm fühlte sie sich sicher und konnte wieder in die Natürlichkeit zurückfallen. »Bring mich hier weg, bitte«, piepste sie ihm kaum hörbar zu. Ihre Beine wurden immer weicher. Schwindel überkam sie. Aber das machte nichts. Sie konnte sich an Tin festhalten.

»Um Himmels willen, Animus!«, sagte Tin aufgebracht, »was ist passiert. Haben sie dir etwas angetan?« Tin handelte sofort. Er schnappte sich Colombes Tasche, beugte sich vor und legte seinen Arm unter ihre Knie. Bevor ihre Beine vollends versagten, hob er sie hoch. In seinen Armen fühlte sie sich wohl. Sie schmiegte ihren Kopf an seine Brust und hörte seinem ruhig pulsierenden Herzschlag zu. Die durchsichtige Schicht in seiner Energie breitete sich aus und füllte ihr Herz mit Unschuld. Alles andere war ihr egal.

»Ich bring dich weg«, flüsterte Tin ihr ins Ohr und rannte los.

Zwei starke Hände packten den Rucksack und rissen die beiden zurück.

»Nichts da! Ihr bleibt beide hier«, befahl Lusebian. Bring Colombe bitte ins Schlafzimmer, sie muss sich ausruhen«.

»Nein, ich bringe sie hier weg«, weigerte sich Tin.

»Du hast hier nichts zu entscheiden«, mischte sich Otto ein.

Tin fluchte irgendwelche Abscheulichkeiten und drückte Colombe noch mehr an sich. »Sie ist hier nicht sicher!«, wiederholte er mehrmals und stritt sich immer lauter mit den Wächtern.

»Du bist kein Wächter mehr!«, schrien Otto und Lusebian im Chor. Und wie du eben gesehen hast, braucht sie den Schutz des Ordens.«

Die vom Kampf erschöpften Wächter starrten auf die Streitenden und warteten auf Befehle Lusebians.

»Ha, das ich nicht lache«, erwiderte Tin. »Fünf Krieger konnten praktisch problemlos mit an Bord steigen!« Er deutete mit dem Kopf auf Colombe, die er wie eine verängstigte kleine Katze in den Armen wog, »ich kann mir gut vorstellen, dass die vergangenen vier Stunden die Hölle für sie gewesen sein mussten. Seht sie euch an. Habt ihr sie schon jemals in einem solchen Zustand gesehen? Sie ist total gehemmt und verängstigt!«

»Sie ist immer so!«, brüllte Lusebian. »Sie ist ein halber Engel, vergiss das nicht. Das Leben hier in der Dichte des 3-D macht sie fertig! Erst recht, wenn gestritten oder gar gekämpft wird!«

»Nein, sie ist NICHT immer so. Aber irgendwann wird es auch einem halben Engel zu viel.« Tins Stimme wurde leise, aber bestimmt. Er beugte sich leicht vor und sah Lusebian eindringlich in die Augen. »Vor der Last der Naturenergien kann ich sie nicht beschützen. Aber vor den Mactus-Kriegern und vor eurer Uneinsichtigkeit. Sie hat genug damit zu tun, die Brutalitäten der Menschen in sich aufzunehmen und zu reinigen. Da braucht sie nicht auch noch Mactus-Krieger im Crepererum. Wie wir soeben erlebt haben, kann der Orden sie nicht davor beschützen –. Sie kommt mit mir.«

Auf ein Zeichen Lusebians postierten sich vier Amceps-Wächter vor dem Durchgang zur Treppe und versperrten Tin den einzigen Ausgang. Otto schüttelte unmissverständlich den Kopf. »Tin – es geht hier um das Überleben der Menschheit!« Seine Stimme wurde ruhig. Du wirst Colombe in drei Tagen sowieso verlieren. Also mache es dir und uns nicht noch schwerer, als es sonst schon ist. Trage Colombe ins Schlafzimmer. Wenn du willst, kannst du bei uns bleiben, in ihrer Nähe. Aber Colombe wird dieses Gebäude nicht mehr verlassen. Nie mehr.«

»Und das Rätsel? Was ist mit dem Sodbrunnen und dem Erhalt ihres Lebens? Wir müssen uns dort neue Hinweise beschaffen. Der Reim auf der Pergamentrolle kann noch nicht das ganze Rätsel gewesen sein!«

»Das ist zu riskant«, antwortete Lusebian. »Es geht hier um das Leben von Milliarden von Menschen. Es geht um den Erhalt der Erde überhaupt. Im Fokus steht die Öffnung der Tore Animus. Es geht um die Überschreitung der 28'000 Jahre. Colombe wird ihr Leben dafür opfern. Ihr Schicksal ist prophezeit und bestimmt.«

Tin schüttelte ungläubig den Kopf. »Ich verstehe ja Ottos Einstellung dazu, er kennt Colombe nicht länger als ich. Aber du, Lusebian, du solltest es besser wissen. Colombe ist praktisch deine Tochter. Du bist ihre Bezugsperson. Sie vertraut dir, verdammt nochmal! Außerdem will ich sie bestimmt nicht an der Messung des Bewusstseins hindern. Aber wie gesagt: Sie ist hier nicht sicher.«

Otto verwarf aufgebracht die Hände! »Natürlich! Es ist ja alles so einfach, nicht wahr? Schon vergessen, dass das gesamte Gelände von Augusta Raurica von den Mactus-Kriegern eingekreist ist? Diejenigen, die hier am Boden liegen, sind nur ein Teil von denen, die das Conigium Mactus zur Verfügung hat!«

Ein paar Sekunden blieb es still. Tin fragte Colombe, ob sie selbst stehen könne. Sie nickte und er stellte sie auf ihre Füße. Sie klammerte sich aber immer noch an im fest und er legte wieder seinen Arm um ihre Schultern. Sie hatte das Gefühl, ihm helfen zu müssen und suchte nach den richtigen Worten, um Lusebian zu überzeugen, dass sie mit Tin am besten dran sei. Hauptsache weg von diesem grauenhaften Ort. Aber anstelle von Worten würgte sie nur dumpfe Laute aus.

Mehrmals öffnete Tin den Mund und schloss ihn wieder. »Ihr quält *und* tötet sie, wenn ihr uns nicht vorbei lasst«, sagte er schließlich. »Das lass' ich nicht zu.«

Die Wächter, die mit verschränkten Armen den Zugang zur Treppe versperrten, bauschten sich auf und stellten sich in Kampfposition.

Lusebian senkte beschämend den Kopf. »Animus ist wichtiger«. Mit tränenden Augen sah er Colombe an. »Es tut mir leid, mein Liebling. Das Leben als Mensch ist nur ein Spiel, das zum Ziel hat, zu Animus zurückzukehren. In diesem Spiel bist du die Figur, die verlieren wird. Aber du wirst wiedergeboren werden. Als Homullus. Denk daran: Der Tod ist gleichzeitig auch die Geburt eines neuen Lebens. Vielleicht verlierst du dieses Spiel in diesem Leben als Colombe. Das Nächste jedoch wird dich in die Herrlichkeit führen, da bin ich mir sicher.«

Tin schniefte und biss die Zähne zusammen. »Ihr habt euch ja ganz schön verrannt in eurem Amceps-Orden. Wo bleibt die Lehre des Lebens, die wir in der quantenhaften Mediation so wunderbar erfahren? Habt ihr vergessen, dass selbst die Prophezeiung immer noch von einer Wahl spricht? Colombe ist hier nicht sicher. Sie selbst hat mich gerade erst gebeten, sie hier wegzubringen. Es ist IHRE Wahl und die solltet ihr akzeptieren.«

»Niemals! Es geht um das Überleben des Planeten. Colombes Leben ist der Preis dafür. Es ist die Pflicht des Ordens sie zu beschützen. Bis zum Ende der Messung. Bis zu ihrem Tod. Seit der Ausrottung des Consortiums Lucifer tragen wir diese Pflicht mit uns. Das Amceps bleibt hier in unserer Obhut. Hier ist sie beschützt. So schnell werden die Mactus-Krieger nicht wieder angreifen.«

»Okay, ihr wolltet es ja nicht anders«, sagte Tin und atmete tief durch. Sein Kopf zuckte unweigerlich zur Seite. Es war allen klar, dass er gleich zuschlagen würde.

Aber er ballte weder Faust noch Muskeln. Vielmehr öffnete er die obersten Knöpfe seines Hemdes und entblößte das Spiralsiegel der 666. Er nahm es am unteren Ende in die Hand, stülpte das lederne Band über seinen Kopf. Mit ausgestrecktem Arm hielt er den Wächtern das Siegel regelrecht unter die Nase. Langsam drehte er sich im Kreis, damit alle einen Blick auf das Amulett erhaschen konnten.

Die Wächter spürten die Macht des Spiralsiegels sofort und machten allesamt ehrfürchtig einen Schritt zurück. Es war kein gewöhnliches Siegel, wie es im Orden der Amceps sonst getragen wurde, das spürte Colombe sofort. Warum sie es erst jetzt bemerkte, war ihr ein Rätsel. Sie hätte die Stärke längst entdecken sollen, wo sie ihren Kopf doch schon mehrmals nahe an das Zeichen gedrückt hatte.

»Di... di... dieses Siegel ist noch viel mächtiger als jenes, das Colombe einem Mactus-Krieger entrissen hat!«, wisperte Lusebian ehrfürchtig. Er senkte seinen Kopf, als ob er sich vor Tin verneigen wolle. »Wie kannst du es in Händen halten!«, fragte er mit schockiertem Gesichtsausdruck.

Tin hob eine Augenbraue. »Was denkst du wohl, warum ich das kann?«

Lusebian spreizte einen Arm und zeigte anklagend mit dem Zeigefinger auf Tin. »Duuu... duuu... du bis einer von denen. Hab' ich es mir doch gedacht. Du bist ein Mactus-Krieger!«

»Das kann nicht sein«, meldete sich Colombe zu Wort. »Er hat den Krieger David umgebracht, Sonntagabend, vor dem Schwellenkino, wisst ihr noch? Darum habt ihr ihm die Wächter-Ehre entzogen.«

Ihr war das Siegel egal. Die Energie, die davon ausging, war liebevoll, zärtlich und mit einem Gefühl des unendlichen Vertrauens bestückt. Das war genau die Energie, die sie im Moment am meisten brauchte. Ihre Einstellung zum Leben näherte sich wieder der Euphorie und rückte die unlängst erlebten Abscheulichkeiten ein bisschen zur Seite. Das war es, was das Crepererum kurz vor der Rückamceptierung gemeint hatte, als es sagte, sie hätte sich entschieden. Darum stand sie neben Tin und fühlte seinen Lebenswillen. Ihre Entscheidung war das Leben. *Verdammt noch mal, wie oft muss ich mir dieser Wahl noch bewusst werden!* Es war nicht nur ihre Wahl, dem Leben zuzustimmen, es war auch der Wille des Crepererums, trotz allen Übels. Die Menschen auf Erden hatten es ebenfalls verdient, im Bewusstsein endlich einen Schritt vorwärts zu kommen, egal wie viele dumme und gewalttätige Seelen es immer noch gab.

»Natürlich hat er den Krieger David umgebracht«, konterte Lusebian. David war total ausgeflippt, dachte nur noch an sich und wollte dich mit dem Dolch erstechen. Er hätte damit nicht nur die Überschreitung der 28'000 Jahre verhindert, sondern auch die Mission des Conigium Mactus gefährdet! Du weißt ja, die Mactus-Krieger sind überzeugt davon, der Kodex müsse auf die dunkle Seite der Waagschale geworfen werden, damit sich die Tore Animus augenblicklich öffnen können.

»Das glaube ich nicht«, schnaubte Colombe und scannte Tins Energien. »Du bist kein Mactus-Krieger, nicht wahr?«

Tin schüttelte den Kopf. »Nein, das bin ich nicht. Im Gegenteil«

Colombe drehte ihren Kopf zu Lusebian. Sie war plötzlich so müde, so unsagbar erschöpft, dass sie schwankte, als ob sie zu viel Alkohol getrunken hätte. Doch das hinderte sie nicht daran, Tins Energien zu lesen. »Er sagt die Wahrheit, Lusebian. Ich hab ihn mit meinem mächtigen dritten Auge geprüft.« Sie zeichnete mit einer Hand einen großen Kreis in die Luft, bevor sie ihren Kopf kraftlos an Tins Brust drückte. »Bring mich hier weg, bitte, Tin«, wisperte sie und schlief beinahe im Stehen ein.

Tin stülpte sich das Lederband des Siegels wieder über den Kopf und platzierte es zwischen Unter- und Oberhemd. »Ihr wisst genau, wessen Siegel das ist«, sagte er, während er Colombe erneut auf den Arm nahm, um sie zu tragen. Niemand sagte ein Wort. Die Wächter tauschten untereinander Blicke aus. Ausnahmslos alle legten ihre Stirn in Falten und schienen das Gleiche zu denken: *Das kann nicht sein!*

So gut es mit Colombe auf dem Arm möglich war, rückte Tin die Tasche auf seiner Schulter zurecht und ging auf die Treppe zu, die immer noch von Wächtern versperrt wurde.

»Im Namen des Consortiums bitte ich euch: Gebt den Weg frei!«, Tin schien entschlossen und bereit zu kämpfen, falls seine Bitte nicht gewährt würde. Trotzdem schwang eine Welle der Empathie in seiner Stimme mit.

»*Consortium?,* dachte Colombe, *was ist das nun wieder für ein neuer Orden?* Sie war zu müde, um weiter darüber nachzudenken.

Otto wirkte eingeschüchtert. Er befahl den Wächtern mit einem Nicken, den Weg freizugeben. Tin wartete keine Sekunde und lief los.

Lusebian starrte den beiden mit offenem Mund hinterher. »Das ist nicht möglich. Das ist nicht möglich«, würgte er immer wieder hervor.

Auf der letzten Treppenstufe hielt Tin inne und schaute nochmals zurück. »Haltet die Stellung. Eure Mission ist in keiner Weise gefährdet. Wartet auf weitere Befehle!«

Ein paar der Wächter knieten nieder »Wie wahr«, murmelten sie und konnten vor lauter Ehrfurcht kaum noch atmen. Tin schüttelte den Kopf. »Hört auf, in Demut und auf Knien vor dem Consortium rumzukriechen, entscheidet euch besser dafür, euer Leben lebenswert zu machen!«

30

»Esch kommt mi vo, alsxh ob mi jemand eine Slafdroge eingeflööt hätte«, sagte Colombe wie im Delirium, als sie endlich neben Tin im Citroën saß und die belastenden Energien langsam von ihr abflossen. Ihre Zunge fühlte sich schwer an. Sie hörte sich lallen, was ihr peinlich war. »Ich habe ja son immer vi Slaf benötigt. Aber seit ich insch Crep...Dings falle, is es extrem.« Ihr Kopf glühte vor Scham. Sie beschloss, ab sofort kein Wort mehr zu sagen, wollte nicht, dass Tin sie so sah. Hilflos, ängstlich, brabbelnd, und wenn sie nächstens einschlafen würde, sicher auch noch sabbernd.

Tin konzentrierte sich auf die Straße, blickte aber kurz lächelnd zur Seite. Colombe konnte trotz ihres Zustandes seine Energien unzensiert lesen. *Er hätte mich gerne nach dem Geschehen im Crepererum ausgefragt, will mich aber nicht drängen. Er weiß, dass ich fünf Mactus-Kriegern ausgesetzt gewesen bin. Allein schon der Gedanke daran macht ihn fast wahnsinnig.*

Er presste die Lippen aufeinander und versuchte so ruhig wie möglich zu bleiben. »Bei jedem Amceps verstärken sich gewisse Dinge«, sagte er schließlich. »Otto hat erzählt, dass Rose andauernd Hunger hatte. Er soll nur noch unterwegs gewesen sein, um sie mit Fräsalien einzudecken.«

Colombe lächelte, hütete sich jedoch, einen lallenden Mucks von sich zu geben. Seit dem Abendessen waren für sie zwölf Stunden vergangen. Trotzdem hatte sie keinen Hunger. Ob sie jemals wieder etwas essen konnte, ohne an die lüsterne Zunge von Salomon in ihrem Mund zu denken?

»Ein männlicher Amceps wurde Kettenraucher«, erzählte Tin weiter, »obwohl er zuvor noch nie eine Zigarette angerührt hatte. Einige begannen zu singen, andere tanzten, fabulierten Witze oder verspürten den Drang, einen Marathon zu laufen. Im 14. Jahrhundert soll es ein weibliches Amceps gegeben haben, das in einem Kloster aufgewachsen und zur Nymphomanin geworden war. Im Umkreis von fünf Kilometern war kein Mann mehr vor ihr sicher... so erzählt man sich.«

Colombe prustete los. »Wow, da hab ich ja... Glück gehabt, wenn ich... Haupt...schächlich dem Nichtstun fön...frrrönen will.« Eigenartigerweise fühlte sich Colombe plötzlich wieder besser. Das Lachen half. Zudem schien ihr Tin unbewusst Energien von sich abzugeben.

Sie nahm sie dankbar an. Die Schlafkrise wich allmählich ihrem Interesse und der Neugierde über die Amceps vor ihr. Trotzdem verdeckte sie mit einer Hand den Mund und mit der anderen ihr drittes Auge. Die schwere Zunge machte ihr immer noch zu schaffen.

Tin streckte seinen Arm aus und legte seine Hand auf Colombes Unterarm. »Das Schlafen ist ein weiteres Zeichen für die Stärke deines dritten Auges. Die Informationsflut, die der Körper verarbeiten muss, ist im höchsten Maße anstrengend. Du brauchst dich deswegen nicht zu genieren. Nicht vor mir.«

Colombe atmete tief durch, lockerte ihre Zunge und rieb die Augen. »Hm, das mit der Informationsflut kann ich besch...stätigen. Ich fühle mich wie ein Computer, bei dem im Hintergrund ein Programm insch... stalliert wurde und man als Laienanwender keine Ahnung hat, was da wirklich vor sch...ich geht.« Sie schürzte die Lippen und musste wieder laut loslachen.

»Was ist?«, fragte Tin. »Warum lachst du?«

»Die Nymphomanin«, quiekte Colombe, »sch...ie hat damals sch... icher eine Menge Unruhe in das Kloster gebracht.«

Tin kicherte breit, was seinen schiefen Zahn freilegte. »Ja, es soll unter den Glücklichen auch ein paar Priester gegeben haben, die plötzlich, und aus unverständlichen Gründen, in einen viertägigen Schlaf gefallen sein sollen.« Er hob dramatisch einen Zeigefinger in die Luft. »Aber der Bruch des Zölibats forderte Konsequenzen, denn der Abt des Klosters hatte zur Verteidigung seiner Lämmchen nichts dienliches vorzubringen. Leider hatte die Geschichte dann einen traurigen Ausgang.«

Colombe starrte auf die Straße, als ob sie gewusst hätte, was Tin als Nächstes erzählen würde. »Ich bin mir nicht schi...sicher, ob ich das hören will.«

»Du hast die Ereignisse von damals schon in dir, nicht wahr?«

Sie nickte langsam, während sie gedankenversunken einen Vogeldreck auf der Windschutzscheibe fixierte. »Als Engel ist man eins mit allem und jedem. Ich bin fo...rrroh, bin ich nur ein halbe...rrr Engel.«

Tin kratzte sich auf der Brust, doch Colombe bemerkte, dass es ihn nicht juckte. Er nahm schlicht und einfach mit dem Amulett Kontakt auf, das er um den Hals trug. Colombe wunderte das nicht. Das Siegel schien ihm gut zu tun.

»Es gab auch ein paar Männer, die keine Priester waren und nichts von dem viertägigen Schlaf wussten«, erzählte Tin weiter. »Darum wurden sie bei lebendigem Leib begraben.«

Eine Träne bahnte sich einen Weg über Colombes Wange. Sie schloss die Augen und konnte die Panik der irrtümlich begrabenen Männer regelrecht spüren.

Tin setzte den Blinker und bog in die Einfahrt der Einstellhalle ein, die sich direkt unter seiner Berner Wohnung in Bern befand. Er parkte das Auto, zog die Handbremse und setzte sich auf die rechte Pobacke, damit er sich Colombe besser zuwenden konnte. »Tu das nicht bitte«, sagte er.

Verwundert starrte sie in seine traurigen Augen. »Was soll ich nicht tun?«

»Nimm nicht noch mehr Last in dich auf, indem du sogar Energien aus der Vergangenheit zu reinigen versuchst.« Er lächelte breit. In seinen schlechtwettergrauen Augen blitzte der Glanz der Sonne durch.

»Irgendjemand muss es ja tun, wenn die Tore des Animus sich wirklich einmal öffnen sollen.«

Tin schüttelte sachte den Kopf. »Nein, das ist nicht erforderlich. Wenn die Menschheit schon so weit wäre, die Tore zu öffnen, dann wäre die Verlängerung der Zeitspanne von 28'000 Jahren nicht notwendig, verstehst du?«

Colombe zuckte das Kinn nach oben. »Aber jemand muss doch den Anfang machen. Was nützt uns die Reinheit der Gegenwart, wenn die Vergangenheit immer noch Schmerzen bereitet?«

Tin nahm Colombes Hand, die sie immer noch auf ihrem dritten Auge platziert hatte. Ihre wurstigen Finger wirkten noch viel aufgeschwollener als sonst. Aber als Tin ihre Finger mit seinen Händen umschloss, so zärtlich und tröstend, da hätte sie denken können, es seien die schönsten Finger der Welt.

»Entschuldige, wenn ich das jetzt einfach so sage«, begann er und rang nach Worten. »Aber ... ich dachte, du hättest die Gesetze der Quantenhaftigkeit intus. Jetzt sprach gerade der Mensch aus dir und nicht der Engel.«

Colombe klatschte sich eine Hand auf die Stirn. »Ich bin ja so was von schwer von Begriff. Natürlich ... gestern heute und morgen ... das alles geschieht jetzt.«

Tin zog seine Hand wieder zurück und grinste. »Okay, die Gestik ist jetzt vielleicht nicht gerade engelhaft. Aber ich glaube, du bist wieder im richtigen Modus. Ehrlich gesagt bin ich jetzt noch viel gespannter auf das Crepererum, als ich es bisher schon war. Muss echt super sein dort. Erzählst du mir davon? Ich meine, nicht jetzt... ich weiß ja, wie persönlich dieser Raum für dich ist... ich würde aber weiß was geben, damit ich auch einmal dabei sein könnte.«

Colombe presste die Lippen zusammen. Sie konnte sich nichts Schöneres vorstellen, als mit Tin die Bibliothek des Crepererums zu durchforsten, im Raum der Gedanken zu tanzen und mit ihm an ihrer Seite an die Tore Animus zu poltern.

Tin kam so richtig ins Schwärmen. »Ich bin ja gespannt, ob du nachher, wenn das alles vorbei ist, auch noch amceptieren wirst. Wäre ja cool. Dann könnte ich vier Tage Urlaub nehmen und mit dir hinüberfliegen. Ich glaube, das wäre vier Tage Schlaf wert, meinst du nicht auch? Würdest du mich mitnehmen? Es muss wahnsinnig schön sein dort!«

Am liebsten wäre Colombe in Tins Enthusiasmus mit eingestiegen, doch ihr letzter Besuch im Crepererum war alles andere als schön. Sie schluckte angestrengt und lächelte leer. Sie wollte Tins Schwärmerei nicht unterbrechen. Bilder von Salomon und seinen Kumpanen kamen ihr hoch. Schmerz, Wut, Hass und Angst überwältigten sie so stark, als ob alle Widrigkeiten gerade noch einmal geschehen würden. Die negativen Energien versuchten alles Animusgleiche aus ihr herauszusaugen. Aber es gelang nicht. Colombes Abwehrreaktion war gleich stark wie immer. Automatisch begann sie die verkorksten Energien zu reinigen und entließ sie in die Atmosphäre. Trotz Schmerz, trotz Panik, trotz der unmenschlichen Gewalt, die ihr angetan wurde. Es war Salomon und Konsorten überlassen, ob sie ihre Energien zurückhaben wollten.

»Alles in Ordnung?«, fragte Tin. Colombe spürte seine Verunsicherung. Er dachte, ihr mit seiner Begeisterung für das Crepererum zu nah getreten zu sein. Aber das war es nicht. Ihre Gedanken kreisten einzig um Salomon und um die Frage, ob diese Banditen sich der Energiereinigungsaktion, die sie ihnen soeben schenkte, überhaupt bewusst waren. *Vermutlich nicht... höchstwahrscheinlich nicht... bestimmt nicht.*

»Ja, alles gut«, antworte sie mit einem erzwungenen Lächeln. Dann erkannte sie, wohin Tin sie gefahren hatte. Beklemmung und Angst kamen in ihr hoch. »Du bringst mich in deine Wohnung! Glaubst du nicht, die Mactus-Krieger wüssten, wo du wohnst?« Dass Lusebian Tin angeschuldigt hatte, ein Mactus-Krieger zu sein, ging ihr nicht mehr aus dem Kopf. Dieser Verdacht stieg in ihr hoch, wie saure Galle beim Schluckauf. Ihr Ersatz-Vater war in sämtlichen Angelegenheiten ein Vorbild für sie. Besonnen, intelligent, fürsorglich, stark, humorvoll, manchmal etwas verwirrt und was die Mode betraf, war er sogar noch uninteressierter, als sie es war. Aber dank ihm war sie nicht in Depressionen versunken und womöglich war es auch sein Verdienst, dass sie sich nicht längst das Leben genommen hatte. Sie konnte sich immer auf ihn verlassen. Er wusste auf beinahe alle Fragen eine Antwort. Er gab ihr Rückendeckung, wenn sie sich wieder einmal aus dem Strudel der Verwirrtheit befreien musste und ein paar Tage nicht zur Arbeit erscheinen konnte. Lusebian und Zlittle waren die einzigen Menschen, auf die sich Colombe verlassen konnte. Bis Tin auftauchte. Und jetzt war es ausgerechnet Lusebian, der in Tin den Feind sah. Colombes Bauchgefühl schenkte Tin nach wie vor vollstes Vertrauen. Seine Spiralenergie stimmte mit dem überein, was er sagte und es widerspiegelte seine Taten. Klar, er verbarg ein Geheimnis. Zwar war es nicht mehr mit einer Schutzhülle umgeben. Aber es war immer noch durchsichtig. Unlesbar. Aber auch Lusebian hütete immer noch ein Geheimnis in seinem Innern. Selbst jetzt, da er ihr angeblich alles über den Amceps-Orden preisgegeben hatte und sie durch die Allmacht des Crepererums Zugang zur machtvollsten quantenhaften Meditation erhielt, die einem Amceps jemals vergönnt war.

Natürlich war jeder Mensch fähig, vor ihr ein Geheimnis zu hüten und die Lesbarkeit seiner Spiralenergie mit einem Schutz zu umhüllen. Colombe akzeptierte das. *Jeder Mensch hat und braucht seine Geheimnisse. Oft sind es doch genau diese Heimlichkeiten, die einen Menschen am Leben erhalten, ihn in Hoffnung und in Träumerei wiegen, bis der Traum zur Wirklichkeit wird und dadurch ein neues Geheimnis entstehen kann, ein neuer Wunsch, ein neuer Traum, eine neue Hoffnung.*

Tin holte Colombe aus ihrer Gedankenspielerei zurück. »Nein, ich bin mir ziemlich sicher, dass die Mactus-Krieger nicht wissen, wo ich wohne. Wenn uns am letzten Sonntagabend, nach dem Kampf beim Schwellenkino, jemand gefolgt wäre, hätte man meine Wohnung längst auf den Kopf gestellt. Ich glaube, in solchen Sachen ist das Mactus-Gefolge genauso eingerostet wie der Amceps-Orden.« Er holte sein Handy hervor und hielt es Colombe unter die Nase. Auf dem kleinen Bildschirm erkannte sie Tins Wohnung. Sein Bett, die Umzugskartons und das absonderliche Bild mit dem schlangenhäutigen Satan, der Jesus um Gnade anfleht.

»Ich habe mir vorsorglich eine Überwachungskamera eingebaut. Wie du siehst, ist alles in Ordnung.«

»Ooookay«, sagte Colombe erleichtert.

»Aber keine Sorge«, sprach Tin weiter, »Wir gehen nicht in meine Wohnung.«

»Ach nicht?« Ehe Colombe weiter fragen konnte, war Tin schon aus dem Auto gestiegen, umrundete den Citroën und öffnete die Beifahrertür. Er streckte ihr die Hand entgegen, um ihr beim Aussteigen zu helfen, zog sie jedoch zurück, weil er es für albern hielt. Als Colombe ihn nur mit offenem Mund anstarrte, zeigte er auf eine Tür, die sich auf der anderen Seite der Einstellhalle befand. »Die Tür dort hinten führt in den Keller des Nebengebäudes. Wir gehen eine Etage tiefer und kommen problemlos in einen gut begehbaren Versorgungstunnel aus dem späten Mittelalter. Der Tunnel führt direkt unter die Einstellhalle eines Hotels. Ich habe mir dort heute ein Zimmer reserviert, weil ich meine Wohnung ehrlich gesagt auch nicht mehr als sicher bezeichnen würde.« Er zuckte mit den Schultern. Leider habe ich nur ein Zimmer reserviert. Ich konnte ja nicht wissen, dass das Ganze heute Nacht so ausartet. Aber das Hotel wird bestimmt noch ein zweites Zimmer frei haben.«

»Nein«, schoss es aus Colombe. »Kein zweites Zimmer. Ich will jetzt nicht alleine sein.« Selbst vor einem Traum mit Salomons ekliger Zunge fürchtete sie sich.

Tin nickte wortlos. Er war erleichtert. Das war für sie gut spürbar. Er wollte sie bei sich haben. Nur so konnte er sie beschützen.

Die beiden machten sich auf den Weg. Der Abstieg in den mittelalterlichen Versorgungstunnel entwickelte sich zur Mutprobe, denn sie musste in die Tiefe springen. Aus drei Metern Höhe, in einen matschigen Sumpf aus stinkenden Algen und... irgendwas... Colombe hatte nicht vor, es herauszufinden. Tin sprang als Erster.

»Heiliger Kuhmist!«, hörte sie ihn fluchen.

»Alles gut?«, rief sie in die Dunkelheit.

»Ja, alles klar«, antwortete er. »Ich glaube, ich habe eine Ratte erwischt.«

Tin leuchtete mit der Taschenlampen-App seines Handys nach oben. »Jetzt du.«

Obwohl Tin ihr den Boden ausleuchtete, empfand sie den Sprung in die Tiefe als ein Déjà-vu ihrer Flucht vor Salomon. Aber sie wollte sich vor Tin keine Blöße geben. Mutig ließ sie sich fallen. Tin fing sie auf. Sie klammerte sich sofort an ihm fest. Sie klebte regelrecht an ihm, als ob ihre Kleider mit starken Magneten versehen gewesen wären.

»Alles gut. Ich hab dich«, flüsterte Tin und streichelte ihr übers Haar. »Werde deine Angst los. Erzähle mir, was im Crepererum geschehen ist. Es sind doch fünf Krieger mit dir gefallen. Haben sie dir etwas angetan?«

»Was?«

Es stank nach frischen Fäkalien, ganz in der Nähe hörte man Ratten piepsen und Colombe zitterte vor Kälte. Es gab keinen unpassenderen Ort, sie danach zu fragen. Tin drückte die Augen zusammen und biss sich auf die Zähne. Er unterdrückte den Gedanken an die Hilflosigkeit, die er gerade verspürte. »Wehe dem, der dir Schmerz zugefügt hat«, murmelte er und drückte sie noch mehr an seine Brust. Colombe las seine Gefühle. Worte waren überflüssig.

»Ja ... sie haben es versucht«, piepste sie. Einmal mehr legte sie ihr Ohr an seine Brust und lauschte seinem Herzschlag. Er war nicht im *ImPerDi*-Modus. Sein Herz hämmerte schnell, stark und ... wütend. Aber da war wieder sein Eigenduft, der gegen Schweiß und Deodorant siegte und Colombe in die Stimmung der Geborgenheit fallen ließ. Aber er machte sich Selbstvorwürfe, sie nicht besser beschützt zu haben, das war Colombe sofort klar.

»Nicht«, sagte sie. »Du bist nicht schuld, hörst du?« Sie hob ihren Kopf und sah Tin in die Augen, die sich bei ihrem Anblick langsam entspannten. Im schwachen Licht der Taschenlampe wirkte seine Haut bleich und seine Augen trugen tiefe Schatten. »Sie haben es versucht ... aber ... Es ist nichts passiert im Crepererum«, log sie. Sie wollte ihm nicht noch mehr Last auferlegen.

Tin drückte Colombe von sich weg, hielt ihre Schultern und sah ihr noch eindringlicher in die Augen, als er es sonst schon tat. »Das glaube ich dir nicht. Du bist total verstört zurückgekommen. *ImPerDi*-Modus hin oder her. Ich habe es gespürt und das eben war auch nicht normal. Nicht, dass ich es nicht mag, wenn du dich an mich drückst...«, er räusperte sich verlegen.

Colombe schluckte. Aber sie wollte jetzt nicht weinen. Die Kälte des Tunnels drang bis tief unter ihre Haut. Zitternd schlang sie ihre Arme um sich. Eigentlich hatte sie keine Lust, an Salomon, Silvia oder den Leuchtturm zu denken. Aber es war Tin, der vor ihr stand und ab der Ungewissheit beinahe verzweifelte. »Sie... sie waren kurz davor, mir etwas anzutun«, wisperte sie. »Sie haben es aber nicht geschafft. Das Crepererum hat mir geholfen.« Sie sah ihn an und hoffte, er würde mit der Fragerei aufhören. Tin drückte sie fest an sich, gab ihr einen Kuss auf die Haare und murmelte etwas Unverständliches. Aber Colombe fühlte sich in Sicherheit. Es wäre ihr sogar egal gewesen, mit Tin hier unten zu übernachten. Sie war so müde, dass sie sofort hätte einschlafen können. Hauptsache, er würde sie niemals mehr loslassen. Irgendwann würde sie ihm alles erzählen. Von ihrer Angst, und von ihrem Versagen, den *ImPerDi*-Modus nicht aufrechterhalten zu können. Und vielleicht würde sie ihm sogar von ihrem Sieg über den Missbrauch erzählen. Einem Sieg, der sich alles andere als erfolgreich anfühlte.

Tin sah sie noch ein paar Sekunden an, bevor er erleichtert aufatmete und sie erneut an sich drückte.

»Komm«, flüsterte er. »Gehen wir ins Hotel.« Er nahm sie bei der Hand und führte sie durch den Tunnel.

Der Ausstieg aus dem Versorgungstunnel war nur durch eine schmale, schmutzige, nasse, stinkende und enge Fallleiter zu bewältigen. Tin hatte die Leiter schon vor Wochen dort angebracht. Als er das Aufgebot des Consortiums Lucifer in Händen hielt, überfiel ihn der wohlige Übermut eines abenteuerfreudigen kleinen Jungen, der sich diese Vorsichtsmaßnahme aus reiner Spielerei einrichtete. Ohne zu ahnen ob, wann und warum er den Weg jemals benutzen würde. Und wenn, dann nicht mit dem Amceps im Schlepptau.

Die beiden waren total verdeckt.

Tin hatte den Schlüssel des Zimmers schon in seiner Tasche. So konnten sie das Hotel durch einen Nebeneingang betreten. Colombe war froh darüber, so blieben ihr die fragenden Blicke des Concierge erspart.

Glücklicherweise verfügte das Hotelzimmer über ein Doppelbett. Ansonsten war es einfach nur eng. Das Holz der Nachttische war dermaßen verzogen, dass man die Schubladen nicht einmal ansatzweise öffnen konnte. Als ob man sie mit Gewalt in die Nischen zwischen Bett und Seitenwand gequetscht hätte. Hinter dem schmalen Durchgang am Fußende des Bettes ragte ein überdimensionierter schwarzgestrichener Kleiderschrank empor. Der Durchgang zwischen Schrank und Bett war nur seitwärts zu begehen. Schwere graue Plastikvorhänge hingen neben dem Fenster und engten das Zimmer noch mehr ein. Das Bad bot den gleichen Stil. Die Dusche hätte einem etwas fülligeren Menschen keinen Platz gelassen. *Hier kann man wenigstens nicht hinfallen,* dachte Colombe.

Das heiße Wasser der Dusche war wohltuend. Es wusch ihr Dreck und klebrige Spinnenfäden weg. Sie wusste aber, dass erst das kalte Wasser auch die Erinnerungen und die boshaften Energien von Salomon und Konsorten wegschwemmen würde. Lange hielt sie den eiskalten Schauer nicht aus. Aber er tat das, was sie sich von ihm erhofft hatte; nun ja, ganz weggewischt waren die Erlebnisse an den Züngler nicht, aber wenigstens fühlte sie sich etwas munterer.

Natürlich hatte sie vergessen, ihren Pyjama einzupacken, so zog sie ihr Kapuzensweater über und stieg in ihre verwaschenen Ersatzjeans. Ihre Haare waren noch triefend nass, als sie das Bad für Tin freigab, damit auch er sich von dem Gestank des Versorgungstunnels befreien konnte.

»Leg dich ruhig hin«, flüsterte Tin ihr zu. »Ich mache so leise wie möglich. Schlaf gut«. Er stand mit nacktem Oberkörper und schmutzigen Jeans vor ihr, bereit für die Dusche. Colombe verschlug es für einen Augenblick den Atem, als sie sich nebeneinander hindurchzwängten und er mit einem Augenzwinkern die Badezimmertüre schloss.

Sie war auf einmal nicht mehr müde. Ob es die Warm-Kalt-Dusche gewesen war, oder die Anwesenheit Tins. Sie wusste es nicht. Aber sie fühlte sich gut. Alle bedrückenden Ereignisse der letzten Tage waren in den Hintergrund gerückt. Sie wickelte sich ein Frottiertuch um den Kopf und fühlte Tins Energiespirale durch die Badezimmerwand hindurch. Sie lehnte sich an die Wand und suhlte sich regelrecht in seinen Spiralen. Sie spürte, wie auch er sich immer sicherer und besser fühlte.

Colombe bemerkte erst jetzt, dass das Zimmer über einen kleinen Balkon verfügte. Also zwängte sie sich durch die enge Gasse zwischen Bett und Schrank, öffnete die Schiebetür und trat auf einen knapp 1x1 Meter großen mit Gittern eingefassten Balkon. Die Aussicht zeigte in den Innenhof des Hotels. Außer überfüllten Abfallcontainern und einem Stadtfuchs, der sich an die »Leckereien« in den aufgerissenen Säcken machte, war nichts zu erkennen. Es war etwas kühler, als die Tage zuvor. Schwere Wolken versperrten die Sicht zu den Sternen. Eine leichte Brise strich über Colombes Gesicht und es dünkte sie, es puste ihr jemand das Gefühl der Geborgenheit in den Nacken.

»Wäre gut, wenn es endlich wieder einmal regnen würde«, sagte Tin, der ihr lautlos auf den Balkon gefolgt war und plötzlich neben ihr stand. Seine Energiespirale war so groß und stark, dass sie zwar seine Bewegung, jedoch nicht sein Näherkommen registriert hatte. Der Geruch der Hotelseife streifte Colombes Nase.

Er trug kurze schwarze Sportshorts und ein eisblaues T-Shirt. Mit einem Handtuch rieb er sich die Haare trocken. Sie sah ihm zu und war einfach nur glücklich. Er warf sich das Handtuch über die Schultern und fuhr sich mit beiden Händen durch das halbtrockene Haar.

»Gehen wir morgen zum Sodbrunnen?«, fragte sie schüchtern. Sanft touchierte ihr Arm seine Hand. Die Nackenhaare standen ihr sprichwörtlich zu Berge. Aber es war ein schönes Gefühl. Kribbelnd, warm, gelassen, beschützend. »Irgendwie werden wir die Mactus-Krieger bestimmt überlisten können«, fügte sie hinzu.

Tin nickte. »Genau, irgendwie werden wir es schaffen.« Er drehte sich zu ihr um, nahm ihre Hände und führte sie zu seinem Mund. Zärtlich küsste er ihre Finger. »Das Rätsel ist noch nicht gelöst«, hauchte er vorsichtig, als ob er befürchte, diese Nachricht werde sie beunruhigen. »Ich frage mich, ob wir vorher noch einmal zu Fred Stern, dem Archäologen, fahren sollten. Ich glaube, er ... oder wir haben etwas falsch interpretiert. Zwölf Schritte der Tonleiter wären zwölf Meter. Das müssten echt große Schritte sein, selbst für einen großgewachsenen Mann. Das Rätsel ist aber doch auf das Amceps abgestimmt, also auf Dich. Du müsstest schon zwölf Sprünge machen, anstelle von normalen

Schritten. Ich glaube, dass nur die ersten beiden Zeilen nach Augusta Raurica und zum Sodbrunnen führen. ›*Zu Raurica, zur Reinigung, zur Heilung. Komm aus dem Lichte und zähle der Töne düstre Schritte.*‹ Der Rest ist noch offen.«

»Vermutlich schon«, antwortete Colombe. »Ich bin deiner Meinung. Den nächsten Hinweis werden wir erst beim Sodbrunnen finden oder erhalten. Und dann werden wir das Rätsel definitiv lösen.« sie wagte nicht, ihm noch weiter in die Augen zu sehen, sonst hätte sie sich gleich auf ihn gestürzt. Obwohl sie sich in seiner Gegenwart ruhig und gelassen fühlte, biss sie sich nervös auf die Unterlippe. Sie sehnte sich nach einer Berührung von ihm, nach einer zärtlichen Umarmung, nach einem Kuss.

Tin hob eine Augenbraue und ließ Colombes Hände wieder los. »Ich hatte schon befürchtet, diese Nachricht lasse dich resignieren. Er atmete tief durch. »Nicht mehr müde?

Colombe zuckte mit den Schultern. »Das kann von Sekunde zu Sekunde ändern.« Sie scannte Tins Energie. Ihr Gefühl blieb an einem stark pumpenden Potenzial-Tor neben seinem drittem Auge hängen. Sie kannte dieses Tor an ihm. Es hatte sich während ihres ersten Gespräches gebildet, damals, als er sich den Kopf an der Türklinke stieß. Das Tor pulsierte schnell und wölbte sich unter dem Druck, der sich dahinter entfaltenden Energie. Colombe befürchtete schon, es könne zerplatzen. Soweit das überhaupt möglich gewesen wäre. Dann, ausgerechnet als Colombe bemerkte, wie sich auch neben ihrem dritten Auge ein haargenau gleiches pulsierendes Portal bildete, ausgerechnet dann, als sie die Initiative ergreifen wollte, sich auf die Zehenspitzen stellen und ihm einen Kuss auf die Lippen drücken wollte, ausgerechnet dann drehte sich Tin von ihr weg, nahm das nasse Handtuch von seinen Schultern und wies sie mit einer Handbewegung ins Zimmer zurück. »Gehen wir rein?«, fragte er sanft. »Bis zur nächsten Amceptierphase sind es knapp drei Stunden. Du... wir sollten bis dahin etwas schlafen.«

Colombe hatte das Gefühl, ihr werde der Boden unter den Füßen weggezogen. Als ob man ihr Salz statt Zucker in den Tee geworfen hätte. Einmal mehr fragte sie sich, ob sie sich beim Lesen seiner Energien dermaßen täuschen konnte. Fühlte er nicht das Gleiche für sie wie sie für ihn? War es vielleicht die durchsichtige aber unzugängliche Energie, die ihr dieses Gefühlswirrwarr bescherte? Sie drückte ihre Lippen zusammen und lächelte breit und verlegen. Leicht verstört trat sie ins Zimmer zurück und blieb vor dem Bett stehen.

»Auf welcher Seite willst du schlafen?«, fragte sie gedankenverloren. Das erste Mal in ihrem Leben war sie es, die ein Verlangen spürte, einem Mann die Hand zu reichen. Aus Zuneigung. Aus hingebungsvoller Sympathie. Und wenn sie sich nicht täuschte, sogar aus Liebe.

»Egal«, sagte Tin, schloss die Schiebetür und zog die Vorhänge zu.

»Okay, dann …«, fiepte sie und begann die Bettdecke zurückzuschlagen.

Da spürte sie die Hand Tins, wie er sie vorsichtig auf ihre Schultern legte. »Ach, Colombe, ähm … da ist noch etwas«, flüsterte er. Seine Stimme klang atemlos und unsicher.

Colombe drehte sich zu ihm um. Und alles Schöne, was sie bisher erlebt hatte, schien unbedeutend gegenüber dem Gefühl, das sie erlebte, als er einen Schritt auf sie zumachte, sich langsam zu ihr hinunter beugte und mit seinem Mund kurz vor ihren Lippen stoppte. Seine Augen durchsuchten die ihren nach Zustimmung. Sein nach Pfefferminz riechender Atem stockte und als sie die Augen schloss, spürte sie zuerst seine Nasenspitze, heiß wie Feuer, seine Stirn, perfekt wie ein passendes Puzzleteil … und seine Lippen, sanft, einfühlsam, zärtlich, behutsam. Der erste Kuss war noch zittrig, unsicher und ein Antasten der Sinne. Sie öffnete die Augen und sah in seine. Automatisch legte sie ihre Hände auf seine Brust, fühlte das pulsierende Herz, erkannte, wie sich Tins pochende Potenzials-Tür öffnete und die zurückgehaltene Energie entweichen konnte wie ein mit Liebe gefüllter Ballon, der zerplatzt ab dem Willen nach Erfüllung und Freiheit. Sie fasste sein T-Shirt und zog ihn noch näher an sich heran, bevor sie endlich beide die Augen schlossen und sich einem langen, intensiven, fordernden aber zärtlichen Kuss hingaben.

Colombe erwachte, als sie ins Crepererum amceptierte. Sie wunderte sich, dass sie überhaupt eingeschlafen war. Irgendwann hatte Tins Verstand an seine Zuverlässigkeit, Loyalität, Integrität oder was auch immer appelliert.

»Wir müssen vernünftig sein«, hatte er zwischen zwei Küssen gehaucht. »Wir müssen uns ausruhen, damit wir morgen fit sind … für

Augusta Raurica.«

»Du hast recht«, hatte sie atemlos geflötet.

Sie hatten sich hingelegt. Und noch bevor Colombe einen Gedanken an Salomon oder Laurenz verschwenden konnte, waren sie eng aneinander gekuschelt eingeschlafen.

Jetzt stand sie allein im Crepererum und vermisste Tin schon mehr, als sie es jemals für möglich gehalten hätte. Ihr Blick schweifte zu dem niederen Durchgang, der zum Raum mit den Pergamentrollen führte. Ein dunkles Gefühl kroch ihr über den Rücken, als ob sie jemand mit einer glühenden Zange aufspießen wollte. Die Erinnerungen an die letzte Amceptierphase stiegen hoch. Ihr Magen krampfte sich zusammen. Sie beugte sich vor und übergab sich. Vielleicht lag es am Fall, vielleicht war es die Aufregung der letzten Stunden, vielleicht aber auch einfach nur die Abscheu vor dem Züngler.

Mit tränenden Augen wischte sie sich den Mund ab und bat das Crepererum um ein Glas Wasser, was sie auch prompt erhielt. Sie spülte sich die Säure aus dem Mund, atmete tief durch, ballte die Fäuste und holte den Kuss Tins in ihre Erinnerung.

»Ich lasse mir dieses Gefühl von niemandem verderben!«, schrie sie laut hinaus. »Erst recht nicht von Salomon!«

Es dauerte einen Moment, bis die Imagination Tins erschien wie ein Hologramm, und sie umarmte. Wieder stieg ihr sein Eigenduft in die Nase. Seit dem Kuss roch er noch viel süßer als bisher.

Fröhlich, als ob nie etwas Schlimmes geschehen wäre, hüpfte sie in den Raum der Gedanken, begrüßte die wild wirbelnden Gedankenkonfetti und tänzelte mit ausgestreckten Armen zum Altar mit der Waage des Bewusstseins. Ja, wenn sie all das Übel verdrängte, war sie unendlich glücklich. Tin und sie. Sie und Tin! Konnte es etwas Schöneres geben? »Salomon soll doch in seiner Dummheit verrecken!«, schrie sie hinaus, hielt sofort inne und klatschte sich eine Hand auf den Mund. »Nein Colombe!«, schalt sie sich selbst, »Wenn ich das sage, bin ich keinen Deut besser als die Mactus-Krieger!« Wieder hüpfte sie fröhlich herum. Der Blick zur kleinen rundlichen Einbuchtung ließ sie erstarren. »

Wo ist der Kodex der Homullus?«

31

»Nur noch eine Woche, dann werde ich endlich pensioniert!«, seufzte Kommissar Roberto Keller und beobachtete gedankenversunken die flackernde Glühbirne seiner Schreibtischlampe. Es roch nach Zitrusfrüchten und uralten Waschlappen, weil die Reinigungsequipe am Tag zuvor das schmale Fenster seines kleinen Büros gereinigt hatte. Vermutlich nahm er diesen Geruch heute das letzte Mal in sich auf. *Endlich pensioniert!*

Seinen letzten Fall hatte er bereits abgeschlossen. Er hatte das letzte Mal vor Gericht aussagen müssen und das letzte Mal der Büroangestellten scherzhaft eine gute Nacht gewünscht, obwohl sie immer nur dienstagvormittags arbeitete. Bald würde er das letzte Mal auf diesem Bürostuhl sitzen, den letzten Kaffee aus dem Automaten am Ende des Ganges holen und das letzte Mal in der Kantine einen saftigen Hefenussgipfel vertilgen.

Seit langer Zeit sehnte er sich diesen Tag herbei. Jetzt, da es endlich so weit war, saß er in seinem Büro, wie ein Knastbruder der seiner Entlassung entgegenfieberte. Ihm waren keine neuen Fälle mehr zugeteilt worden. Er hätte auch gut einfach zuhause bleiben können. Trotzdem saß er jetzt mitten in der Nacht an seinem Arbeitsplatz und studierte Akten – 19 Jahre alte Akten.

Der Todesfall Rose O'Connell beschäftigte ihn noch genauso stark, wie vor 19 Jahren. Zu seiner Vorfreude auf den Ruhestand mischte sich eine ätzende Unzufriedenheit bezüglich dieses ungelösten Falles.

Da hatte ihm doch damals dieser sehnige Greis die Idee von einer aktiven Teufelssekte zugeflüstert. Noch immer lief ihm ein eiskalter Schauer den Rücken runter, wenn er an die trübe Stimmung des Tages im Amphitheater dachte. Seither fühlte er sich beobachtet, tagein, tagaus. Jede Sekunde durchbohrte ihn das Gefühl, bei Big Brother der Hauptdarsteller zu sein.

Er hatte den Fall trotz intensiven Ermittlungen nicht lösen können. Schließlich wurde die Akte abgelegt. Offiziell unter der Rubrik *Suizide*. Damit wurde Rose O'Connell in die Vergessenheit verbannt.

Vor Kellers innerem Auge lief zum gefühlt tausendsten Mal derselbe Erinnerungsfilm ab und löste bei ihm ein resignierendes Kopfschütteln aus.

Er glaubte nie an einen Selbstmord der jungen Frau. Das Bild ihres fried-

lichen Gesichts, mit dem erlösenden Lächeln auf ihren Lippen, erschien ihm jede Nacht im Traum. Es schien ihn regelrecht anzuschreien: »Ich bin ermordet worden!« Es flehte ihn an: »Finde den Täter!«

Seine Nachforschungen waren alle im Sand verlaufen. Niemand wollte Rose O'Connell gekannt haben. Rose wohnte in einer 3-Zimmer-Wohnung, im fünften Stock eines Hochhauses im Gäbelbach-Quartier in Bern. Alle Nachbarn runzelten die Stirn, als ihnen der Kommissar das Foto von Rose entgegenstreckte.

»Kenn' ich nicht«, sagten alle.

Wie ist es möglich, dass sich niemand an die junge Frau erinnert?, dachte Keller. Da hat der Teufel seine Hände im Spiel.

Der Fall verlief so mysteriös, wie er begonnen hatte. Wovon Rose lebte, blieb ein Rätsel. Sie arbeitete nicht, besaß kein Bankkonto oder andere Wertsachen. Die Miete wurde immer bar am Postschalter einbezahlt. Ihre Wohnung zeigte keine Besonderheiten, war aufgeräumt, sauber und einfach eingerichtet. Bekannt war nur, was auf ihrem Personalausweis stand und was man über ihre Familie recherchieren konnte. Ihre Eltern waren kurz nach ihrer Geburt aus Irland in die Schweiz eingewandert und starben fünf Jahre später unter mysteriösen Umständen. Mysteriös auch, weil die eigenartigen Todesfälle niemals untersucht wurden.

Roberto Keller gab nie auf. Er suchte weiter nach Indizien, ging jeder kleinsten Spur nach und befragte die gesamte Nachbarschaft im Gäbelbach-Quartier. Dem Quartier mit dem dichtesten Wohn-Hochhausaufkommen der Stadt Bern. Es kam ihm vor, als ob sich alle gegen ihn verschworen hätten. Als ob alle, die jemals etwas mit Rose zu tun hatten, die Aufklärung des Falls verhindern wollten.

14 Monate nach Roses Tod glaubte Keller, der Lösung nahe zu sein. Der Fall war ihm längst entzogen worden, trotzdem ermittelte er weiter. Die Berner Kollegen duldeten ihn nur noch als Privatperson in ihrem Kanton.

An einem Samstag fuhr Keller, wie schon so oft, von Basel nach Bern und spazierte durchs Gäbelbach-Quartier. Wie immer streckte er allen, die ihm in die Nähe kamen, das Foto der toten Rose O'Connell entgegen und hoffte, endlich auf jemanden zu stoßen, der sich an sie erinnerte. Als er sich auf einer Bank beim Spielplatz ausruhte, holte er seinen Asthmaspray aus der Tasche. Dabei viel das Foto von Rose auf den Boden. Der Kommissar hätte viel gegeben, Rose bereits vor ihrem Tod kennengelernt zu haben. Selbst mit starrem und schneeweißem Gesicht sah sie hübsch aus. Und ihr Lächeln ... es war bezaubernd, liebevoll, hingebungsvoll. Hatte die Teufelssekte sie deswegen ausgesucht, weil sie mit ihrem Lächeln die Herzen der Menschen erwärmen konnte und ihnen Zuversicht schenkte?

Ein kleines Mädchen mit blonden Zöpfen, spitzer Nase und einem himmelblauen Röckchen hüpfte zu ihm hin und hob das Foto auf. Neugierig warf die Kleine einen Blick auf das Bild.

»Oooh«, rundeten sich ihre Lippen. Augenblicklich machte sie einen traurigen Schmollmund. Sie streckte Roberto das Bild entgegen. »Ist das Baby von Rose auch im Himmel?«, fragte das Mädchen. Vertrauensvoll legte sie ihren Kopf auf die Seite und wartete auf eine Antwort.

Roberto erstarrte. Seine Kehle schnürte sich zu. Sofort forderte seine Lunge Sauerstoff. Schnell führte er seinen Spray an den Mund und pumpte sich zwei Stöße in den Rachen. »Du kennst die Frau auf dem Foto?«, fragte er nach Atem hechelnd und mit immer höher werdender Stimme. Er versuchte so ruhig und freundlich wie möglich zu bleiben, um das Kind mit seiner nervösen Überreaktion nicht zu verscheuchen. Doch sein Herz hämmerte wild und es dauerte nicht lange, bildeten sich erste Schweißtropfen auf seiner Stirn.

Das Kind nickte.

»Diese Frau«, hakte Keller nach, »hatte sie ein Baby?«

Das Mädchen nickte erneut und beäugte den Kommissar mit großen, fragenden Augen. »Ist es jetzt im Himmel oder nicht?«

Der Kommissar hätte am liebsten einen Jubelschrei losgelassen. Sein Bauchgefühl hatte ihn nicht getäuscht. An dem ganzen Fall Rose O'Connell war etwas faul. Das war der Beweis! Sein Chef musste ihm die Freigabe für weitere Ermittlungen bewilligen und die Arbeitskollegen in Bern würden mit heruntergefallenen Kinnladen dastehen und sich eingestehen müssen, dass er schon immer recht hatte.

Das Mädchen streckte ihm immer noch, mit durchgebogenem Ellenbogen, das Foto entgegen. Roberto nahm das Bild jedoch noch nicht zurück. Er tippte mit seinem Zeigefinger mehrmals auf die Aufnahme. »Du bist dir sicher, dass die Frau auf diesem Bild die Mami von dem Baby ist?«

Das Mädchen wich einen Schritt zurück, runzelte verärgert die Stirn, machte eine wütende Schippe und setzte ihren dunkelsten Blick auf. »Ich habe dich zuerst etwas gefragt! Meine Mami haut mich immer, wenn ich ihr eine Frage nicht beantworte. Ich hole gleich Mami, damit sie dich auch haut.« Sie stampfte mit ihren grasgrünen Sandalen auf den Boden. Wütend warf sie ihm das Bild vor die Füße. »Ich darf dir sowieso nichts sagen«, schrie sie, »du bist der arme dicke Schnüffler, der nur seine Arbeit tut, hat Mami gesagt.« Sie machte auf dem Absatz kehrt und düste leichtfüßig davon.

Roberto wusste, dass er dem Kind nicht folgen konnte. Sein Asthma, und die paar Kilo zu viel auf den Rippen, verhinderten es. Verzweifelt streckte er den Arm nach ihr aus. »Wie heißt du«, rief er ihr hinterher. Doch das Mädchen verschwand zwischen den Büschen und ward nie mehr gesehen.

Roberto eilte schweißgebadet und so schnell als möglich zur nächsten Telefonzelle. Glücklicherweise hatte er sich erst am Vortag eine neue Geldkarte gekauft. Mobile Telefonapparate waren damals nur in den Dienstfahrzeugen der Polizei eingebaut. Und da Roberto privat recherchierte, musste er sich mit einer Telefonkabine begnügen. Er steckte die Geldkarte in den Kasten und tippte eine Nummer ein. Nach Atem ringend lehnte er sich an die Glasscheibe, als ob er in einem Massagesessel liegen und sich entspannen würde.

Rose hatte ein Baby bei sich? Im Autopsie-Bericht stand aber nichts davon, dass sie schon einmal ein Kind geboren haben soll! Roberto konnte den Bericht beinahe auswendig. Hatte er etwas übersehen? Hatte der Gerichtsmediziner gepfuscht? War es ein einfacher Fehler, dieses wichtige Detail in der Akte zu notieren oder stand Miggu, der Gerichtsmediziner, von Beginn weg mit all dem Mysteriösen im Bunde? Hatte er die Information absichtlich verschwinden lassen, um ihn von der Fährte des Kindes abzubringen? Was, wenn sich das kleine Mädchen getäuscht hatte und sie gar nicht Rose auf dem Foto erkannte? Immerhin war Rose zu diesem Zeitpunkt schon über ein Jahr lang tot. Zudem waren in der Wohnung von Rose nirgends Anzeichen eines Kleinkindes zu sehen. Keine Windeln, keine Fläschchen, keine Babykleidung, kein Bettchen, keine Spielsachen, keine Fotos. Robertos Begeisterung schwand wie Wasser, das in der Wüste versiegt. Er überlegte kurz, ob er den Anruf wirklich tätigen soll oder nicht. Doch es klingelte bereits und in diesem Augenblick wurde die Verbindung angenommen.

»Altersresidenz zum Himmel, guten Tag«, antwortete eine gestresste Frauenstimme am anderen Ende der Leitung.

»Verbinden sie mich mit Miggu Buchschacher«, fauchte Roberto in den Hörer. Er wollte nicht frech klingen, aber die unfreundliche Stimme der Telefonistin verhexte ihn binnen einer Nanosekunde in den übellaunigen Kommissar.

»Mit wem spreche ich?«, zischte die Frau zurück.

»Ja, entschuldigen sie,«, versuchte sich der Kommissar zu beruhigen. Behandle andre so, wie du selbst behandelt werden willst, *hämmerte er sich ein.* »Mein Name ist Roberto Keller, Kriminalpolizei Basel. Verbinden sie mich bitte mit Miggu Buchschacher.«

»Wen?«

»Emil, ich meine Emil Buchschacher. Er ist seit ein paar Wochen in ihrer Residenz wohnhaft. Verbinden sie mich bitte mit ihm.«

Die Frau murmelte ein paar unverständliche Worte, dann knackste es. Musik erklang und berieselte Roberto mit sanften Klavierklängen. Es dauerte eine Minute, bis es endlich wieder knackste.

»Hallo, wer stört«, meldete sich die leicht zittrige Stimme von Emil Buchschacher.

»Roobi hier, hallo Miggu. Ich rufe wegen dem O'Connell-Fall an.« Robertos Atem hatte sich inzwischen etwas beruhigt. Trotzdem hämmerte sein Herz immer noch mit über hundert Schlägen in der Minute.

Es blieb ein paar Sekunden still. »Warum würdest du mich auch sonst anrufen«, erwiderte Miggu und wirkte enttäuscht.

»Hatte Rose schon einmal ein Kind geboren?« Roberto hatte nicht vor, mit dem ehemaligen Gerichtsmediziner Freundschaft zu schließen und machte das, was er immer tat. Er übersprang das Begrüßungsgeplänkel. Wenn es Miggu schlecht ging, wollte er es nicht wissen, und wenn es ihm gut ging, erst recht nicht.

»Mann, Roobi, du bist ja vollkommen besessen von dem Fall. Aber danke der Nachfrage, es geht mir gut. Ich krieg drei Mahlzeiten am Tag, muss die Wäsche nicht mehr selbst waschen und die Schwestern sind jung und knackig. Meine Kinder und Enkelkinder besuchen mich regelmä...«

»Verdammt, Miggu«, fauchte Roberto dazwischen, »ich habe keine Zeit für unnützes Geplänkel. War sie schon einmal schwanger oder nicht!« All die guten Vorsätze von wegen nett sein, verpufften wie eine Seifenblase.

Wieder blieb es ein paar Sekunden still »Vielleicht würde der Herr sich mal bemühen und den Autopsie-Bericht lesen. Oder kannst du nicht lesen«, zischte Miggu in gleicher Härte zurück.

Roberto knurrte verächtlich. »Dort steht nichts dergleichen«.

»Dann stimmt meine Vermutung.«

»Welche Vermutung.«

Miggu grinste. »Du kannst nicht lesen.«

Roberto hätte den Hörer am liebsten gegen den Telefonkasten gehäm-

mert. Er kramte seinen Asthmaspray aus der Hosentasche und pumpte sich
eine Portion Medizin in den Rachen.

»Ja, sie hat ein Kind geboren«, sagte Miggu versöhnlich. »Vermutlich steht
ein Vermerk in Latein im Bericht. Nur weil du kein Latein beherrschst, heißt
das noch lange nicht, dass die Information nicht drin steht oder ich bei mei-
ner Arbeit gepfuscht habe. In solchen Dingen war ich immer sehr gewis-
senha...«

Das Gespräch endete an dieser Stelle. Roberto knallte den Hörer zurück
auf die Gabel.

Rose hatte ein Baby!

Das war vor knapp 18 Jahren. Die Information des Gerichtsmedi-
ziners hatte dem Kommissar nicht weitergeholfen.

Der arme dicke Mann, hatte das störrische Mädchen gesagt. Heute
war er schlank. Doch das änderte nichts an der Tatsache, dass er, nebst
der Aufklärung des Todesfalles Rose O'Connell, auch noch ein Baby
suchen musste. Er hatte gehofft, das Kind lebend zu finden. Doch seine
Hoffnung schwand mit jedem Jahr, wie Farbe, die grellem Sonnenlicht
und stürmischer Witterung ausgesetzt ist. Er wollte sich nicht eingestehen, dass Rose ihr Baby nach der Geburt zur Adoption frei gegeben
hatte. Im schlimmsten Fall hätte sie es verkauft. Aber das traute er der
schönen Rose nicht zu. *Wer so lächelt, verkauft nicht sein eigenes Kind.*

Er suchte nach dem kleinen Mädchen aus dem Park. Es war verschwunden und mit ihr jeder Lichtblick auf weitere Hinweise. Ohne
den Namen des Kindes hatte er keine Chance, es ausfindig zu machen.

Roberto blickte versonnen auf die Aktenstapel, in denen er sämtliche Dossiers über die Todesfälle beim Podiumstempel in Augusta
Raurica gesammelt hatte. Alle 19 Jahre fand man einen Toten Menschen auf dem heutigen Gelände der Anlage. Die ersten Aufzeichnungen führten ins Jahr 1786 zurück. Es waren alles junge Männer und
Frauen, die am Tag ihres Todes den 20. Geburtstag feiern sollten.
Roberto war es ein Rätsel, weshalb diese Todesserie bisher noch niemandem aufgefallen war. Aber wenn der Teufel tatsächlich seine
Hände im Spiel hatte, dann war es nicht verwunderlich.

Die flackernde Glühbirne seiner Schreibtischlampe erlosch mit einem leisen Knacken. Roberto nahm sich nicht die Mühe, die Birne
auszuwechseln. Das wollte er seinem Nachfolger überlassen. Das Licht

der Straßenlaterne erhellte den Raum mit einem neonblauen Touch. Das genügte. Er wollte sowieso gerade gehen. Roberto öffnete seine Schreibtischschublade, holte Latexhandschuhe hervor und streifte sie sich über die Hände. Er wühlte in den Unterlagen und zog zwischen den Dossiers einen weißen Briefumschlag hervor. Den Inhalt des Briefes hatte er vor ein paar Wochen Zuhause vorbereitet. Fein säuberlich hatte er einzelne Buchstaben aus verschiedensten Zeitungen geschnitten und mit einem gewöhnlichen Kleber auf ein Blatt Papier geklebt. Er hasste es, diese Maßnahmen treffen zu müssen. Aber es blieb ihm nichts anderes übrig. Die gesamte Kollegschaft lachte ihn hinter vorgehaltener Hand aus. Der Verrückte mit dem Satans-Spleen, sagten sie ihm nach. Der, der überzeugt von der Existenz einer Teufelssekte war. Einer Sekte, die alle 19 Jahre ein menschliches Opfer forderte. Sie alle waren froh, dass er bald in Pension ging.

Roberto starrte den Umschlag noch eine Weile an, bevor er ihn in seine Arbeitsmappe legte. Er würde ihn gleich auf den Schreibtisch seines Chefs legen, damit dieser ihn am Morgen als Erstes öffnet. Es war mitten in der Nacht. Um diese Zeit wird ihn niemand in das Büro seines Chefs gehen sehen. Aber eigentlich war das egal. Jeder wird wissen, dass der Brief von ihm stammt. Er hätte die Handschuhe gar nicht erst anziehen müssen.

Der Kommissar zögerte, bevor er aufstand. Er ging seinen Plan nochmals grob durch. Während der nächsten drei Tage musste das Gelände von Augusta Raurica pausenlos überwacht werden. Mehrere solcher vorbereiteten Umschläge würden genügen, seinen gewissenhaften Chef in Angst und Schrecken zu versetzen.

Wie sonst würde Roberto ein Einsatzkommando der Polizei auf das Areal des Amphitheaters von Augusta Raurica bekommen, wenn nicht durch eine Bombendrohung?

32

Colombe hatte sich ihre Rückkehr aus dem Crepererum anders vorgestellt. Sie dachte, sich auf Tin freuen zu können und auf seine Energie, die sie stets beruhigte und ihr Sicherheit bot. Sie wollte sich noch näher an ihn herankuscheln, seine Energien genießen, ihn küssen, über seine widerspenstigen Haare streicheln und seinen schiefen Zahn genauestens unter die Lupe nehmen. Aber jetzt war sie gezwungen, ihn aufzuwecken und ihm vom Diebstahl des Kodex zu berichten.

Tin rieb sich die Augen, als er das Licht der Nachttischlampe anknipste und auf die Uhr an seinem Handgelenk schaute. »Oh, schon bald halb vier. Alles gut gegangen bei dir?«

»Der Kodex ist weg«, schnellte es regelrecht aus ihr heraus. Atemlos versuchte sie durch die Schlitze seiner vom Licht geblendeten Augen zu sehen.

Er war auf der Stelle hellwach. Mehrmals öffnete er den Mund und schloss ihn wieder. Nach außen hin blieb er die Ruhe selbst. Doch seine Energiespiralen zeigten große Besorgnis. Tausende kleine Energiepunkte explodierten und füllten seine gesamte Aura aus. Winzige Lichtspiralen putschten immer wieder brutal zusammen wie bei einem Autoscooter. Colombe zuckte zusammen. Sie war über sich selbst verwundert, da sie sich die Energien mit jedem Tag besser bildlich vorstellen konnte. Zudem meinte sie, die zusammenprallenden Spiralen vor Schmerz aufschreien zu hören.

»Bist du dir sicher, dass der Kodex weg ist und sich nicht einfach irgendwo im Crepererum amüsiert?«, fragte Tin. Er war aufgestanden und tigerte neben dem Fenster auf und ab. Er wischte sich den Schlaf aus den Augen und atmete tief durch, bevor er sich wieder auf das Bett setzte und Colombes Hände forsch umfasste. Er versuchte sich mit dieser saloppen Aussage selbst beruhigen zu wollen, das bemerkte Colombe sofort. Aber auch sie fasste den Strohhalm, der Tin ihr entgegenhielt. Es wäre eine beruhigende Vorstellung gewesen, wenn das Crepererum wirklich nur Spaß gemacht hätte. Obwohl diese These so glitschig war wie Seifenwasser und viel zu wenig Hoffnung versprühte.

»Ähm ... wenn du sagst, dass der Kodex sich amüsiert, dann meinst du, dass er ...«

»Verstecken mit dir spielt, ja.«

Colombe schüttelte den Kopf und zuckte gleichzeitig die Schultern. »Daran habe ich noch gar nicht gedacht.« Angesichts der Gewalt, die ihr angetan wurde, hätte es gut sein können, dass das Crepererum sie etwas aufheitern wollte. Sie öffnete schon den Mund, um Tin zu antworten, doch die ekelerregenden Gedanken an Salomons Zunge, die lüsternen Blicke und ... die Berührungen beanspruchten sie voll und ganz! Tin holte sie aus diesem Sog heraus, indem er sanft ihre Wange streichelte. »Alles in Ordnung mit dir?«, fragte er besorgt.

Colombe zuckte erneut zusammen. Es war direkt unheimlich, wie er ihre wechselnden Gemütsverfassungen in Sekundenschnelle wahrnahm. Sie schloss die Augen und rieb sich mit dem rechten Handballen die Stirn. »Ich ... ich habe nur mitbekommen, dass die Mactus-Kriegerin, Silvia, den Kodex gesucht hat. Ob sie ihn tatsächlich gefunden hat ... weiß ich nicht ... ich glaube nicht ... jedenfalls hat es sich nicht so angehört« Sie packte Tins Hände und drückte sie fest zusammen. »Ich habe das gesamte Crepererum abgesucht. Nun ja, soweit es überhaupt möglich ist, die Unendlichkeit abzusuchen. Aber ich habe die Quantehaftigkeit dazu aufgefordert, mir den Kodex zu zeigen. Ich kann mir nicht vorstellen ...« Am liebsten hätte sie ihre Faust geballt und voller Wut an die Wand geschlagen. Aber Tin streichelte mit dem Daumen über ihren Handrücken und vermittelte ihr damit unendliches Vertrauen. »Verdammt, was machen wir jetzt?«, schoss es trotzdem aus ihr heraus.

Tin nagte an seiner Unterlippe. »Ich schlage vor, wir warten deine nächste Amceptierphase ab. Vielleicht ist der Kodex zurück und alles ist in Ordnung. Wenn nicht ...«

»Haben ihn die Mactus-Krieger«, beendete Colombe schleifend den Satz. Müdigkeit übernahm sie so schnell und überraschend, wie ein Blitz aus einem trockenen Gewitter. Wie immer, wenn sie nicht mehr weiter wusste.

Tin lächelte. Doch auf seiner Stirn bildeten sich tiefe Sorgenfalten. »Wir sollten noch ein bisschen schlafen. Deine nächste Phase ist um 07.22 Uhr. Sobald du zurück bist, entscheiden wir, was wir tun wollen.«

»Ich glaube nicht, dass ich jetzt schlafen kann.«

Tin lächelte nicht mehr. Er nahm ihr Gesicht in beide Hände und küsste sie zärtlich, während er sie sachte hinlegte und sie zudeckte. Nun ja, das mit dem Zudecken bekam sie nicht mehr mit. Sie schlief sofort ein.

Colombe erwachte eine halbe Stunde vor der nächsten Amceptierphase. Schweißgebadet, weil sie von Salomon geträumt hatte. Zumindest glaubte sie, es wäre Salomon gewesen. Eigentlich war es nur ein Schemen eines Menschen, den sie sah. Schattenhaft, dunkel, durch und durch böse und brutal.

Tin schlief noch tief und fest. Sie gönnte sich nochmals eine Dusche und beschloss zu amceptieren, während sie sich den wärmenden Strahl des Wassers über ihr Gesicht laufen ließ. Sie spürte durch die Wand hindurch, wie Tin erwachte und sich seine Energien wieder dem Menschen in 3-D zuwandten. Es ging nicht lange, klopfte er an die Tür.

»Sei vorsichtig bei der Rückkehr!«, rief er durch die Badezimmertür hindurch, »bleib beim letzten Glockenschlag ganz ruhig stehen, dann wird es dich auch nicht umhauen.«

Sie schaffte es noch knapp, ihm ein *Okay* zuzurufen, bevor sie der Sog in die Unendlichkeit katapultierte.

Sie befürchtete schon, nackt in der Bibliothek nach dem Kodex suchen zu müssen. Wie blöd war das den, ausgerechnet während einer Dusche und nackt zu amceptieren! Doch das Crepererum hielt Unterwäsche, eine lange blaue Tricothose und einen flauschig-grasgrünen Sweater mit Kapuze für sie parat. Sie schlüpfte in die Häschenform-Pantoffeln und schmunzelte leer. Solche Pantoffeln trug sie früher oft. Damals, als ihre Familie noch lebte –.

Sie schüttelte den Kopf, um den Gedankengang zu unterbrechen und machte sich sofort auf die Suche nach dem Kodex. Sie hatte jetzt keine Zeit zum Trübsalblasen. Die Kugel musste zurück zur Bewusstseinsmessung. Es war nicht auszudenken, welche Konsequenzen sonst drohten. Ein flaues Bauchgefühl sagte ihr, dass es nichts Gutes zu bedeuten hatte. Eigentlich dachte sie, die Mactus Krieger würden den Kodex gerne auf die dunkle Seite der Waagschale werfen. *Aber wenn Silvia das energetische Buch wirklich gefunden hat, warum wirft sie es dann nicht auf die dunkle Seite? Vielleicht, weil sie dazu nicht berechtigt ist? Bedeutet das nicht, dass die Krieger sich noch einmal gewaltsamen Zugang zu ihr und dem Crepererum verschaffen müssen? Es schauderte sie bei dem Gedanken.*

Ihre Hoffnung, das Crepererum habe den Kodex tatsächlich vor ihr versteckt, um zu spielen, schwand mit jeder Minute, die sie nach ihm suchte. Als sie nach ihrer Rückkehr wieder nackt unter der Dusche stand und das erfrischende Wasser auf ihrem Gesicht spürte, wusch es ihr auch gleich die Tränen weg. Sie hatte den Kodex nicht gefunden. Ihre Verzweiflung wuchs und damit auch die Angst vor dem was nun folgen würde.

Schnell trocknete sie sich ab, wickelte sich ein Tuch um ihren zitternden Körper und teilte Tin schnell die schlechte Nachricht mit. »Ich habe den Kodex leider nicht gefunden«, rief sie ihm zu, verkroch sich aber gleich wieder ins Bad wie eine Schnecke, die bei Gefahr den Kopf einzieht. Sie schaute in den Spiegel und musterte ihr schiefes Gesicht. Sie hatte dunkle Augenringe erwartet, eine müde Erscheinung, die man auch mit einer Tonne Schminke nicht hätte wegmalen können. Aber ihre Augen glitzerten wie Sterne, ihre Haut schimmerte wie Seide und das Rückgrat hielt ihren Schwanenhals aufrecht. Während sie sich die Haare trocken föhnte, konnte sie nicht anders, als sich anlächeln. Sie lächelte immer, wenn sie sich leer fühlte. Glück, Angst, Enttäuschung, Entspanntsein, Verliebtsein ... das alles schien so weit weg, als ob sie niemals ein Amceps gewesen und gerade aus einem komischen Traum erwacht wäre. Es war ihr klar, dass sie soeben sehr viel verdrängte. Zum Beispiel Salomon ... oder den gestohlenen Kodex. Eigentlich hätte sie weinend zusammenbrechen sollen. Aber etwas gab ihr Mut. Und aufgrund ihrer eisig kalten Nasenspitze wusste sie auch was, respektive wer das war: die Homullus. Ihr Körper war stark und hielt die Anstrengungen der Verdrängung mit leichtem Zittern aufrecht. Sie fragte sich, ob Tin ihr insgeheim Vorwürfe machte, weil sie sich den Kodex hatte stehlen lassen. Aber selbst als sie die hintersten Winkel seiner Energie durchforstet hatte, konnte sie nichts in dieser Richtung finden. Sie stieß nur immer wieder auf die unsichtbare Energie, die sich so gut anfühlte, so sanft, zärtlich, beschwingend und fröhlich. Im Rausch des Verliebtseins schlüpfte sie in Jeans, die rotweißkarierte Bluse und stülpte den Sweater über ihren Kopf. Als sie die Badezimmer öffnete, hörte sie Tin telefonieren. Träumerisch legte sie ihren Kopf an die Wand und beobachtete, wie er die Vorhänge zurückzog. Die Morgensonne stach herein und füllte das kleine Zimmer mit strahlendem Licht. Tin schaute aus dem Fenster, während er das Handy an sein Ohr presste. Er trug nur Jeans, keine Socken, kein Hemd. Colombe hätte nie gedacht, dass ein männlicher Körper so reizend und anziehend auf sie wirken könnte. Seine Muskeln waren ausgeprägt, jedoch nicht zu sehr. Sie erkannte die gespannten Sehnen an den Unterarmen, die so typisch für einen *ImPerDi* trainierten Körper waren. Unauffällig aber effizient. Seine Haut war hell, er war nicht der Typ, der stundenlang in der Sonne lag. Allerdings war er mit einem goldbraunen Schimmer umgeben, vermutlich der Ansatz seiner Aura. Es war das Einzige, was Colombe bei idealem Lichteinfall an einem Menschen sehen konnte. Alles andere fühlte sie nur. Tin kratzte sich immer wieder am Hinterkopf und spielte abwechselnd mit der Vorhangkordel.

Das Spiralsiegel lag auf dem Nachttisch. Es strömte eine friedliche Energie aus, die Tins Aura vollkommen umgarnte. Aber Colombe kümmerte sich nicht um das Siegel. Der Gedanke, es könnte Tins Energien manipulieren oder gar ihre Möglichkeit, diese zu fühlen, verwarf sie sofort. Erst recht, als die Nasenspitze kälter wurde und ihr Bauchgefühl sich meldete: *Tins Energien sind echt.*

Tin bemerkte Colombe nicht, starrte aus dem Fenster und telefonierte. Zuerst unterhielt er sich mit einem Jonathan. Colombe konnte sich nicht erinnern, im Amceps Orden einen solchen Namen gehört zu haben. Aber sie kannte sowieso praktisch niemanden vom Orden.

Vermutlich hatte dieser Jonathan etwas mit dem Sodbrunnen in Augusta Raurica zu tun, denn sie konnte Wortbrocken des Gesprächs aufschnappen, die den Sodbrunnen betrafen. Danach telefonierte er mit Otto und vereinbarte mit ihm ein Treffen in 45 Minuten. Tin kratzte sich jetzt praktisch nur noch am Hinterkopf und schien nervös zu sein. Doch die Stimmung änderte sich während des kurzen Gespräches. Er wurde ruhiger, bestimmter und zum Schluss versprühte er sogar eine Welle der Akzeptanz und der Genugtuung. Es musste etwas mit diesem Consortium zu tun haben soviel verstand sie. Was immer auch zwischen ihm und Otto vorgefallen war. Dieses Telefongespräch war der Beginn einer Versöhnung.

Als Tin das Handy zuklappte, stand er noch ein Weilchen gedankenversunken vor dem Fenster und wickelte die Vorhangkordel um seinen Finger. Colombe spürte plötzlich Trauer in seiner Spirale. Er vermisste etwas. Sie kannte dieses Gefühl. Es umschlang sie, wenn sie an ihre Eltern und ihre kleine Schwester dachte. Sie wusste noch so wenig von Tin. Er hatte ihr zwar von seiner Vergangenheit erzählt, dabei jedoch seine Familie vollkommen außer Acht gelassen. *Vielleicht, weil seine Eltern auch tot sind?*

Oft hatte sie sich gewünscht, dass jemand sie in den Arm nimmt, wenn sie sich genauso fühlte wie er jetzt. Eine simple und ehrliche

Umarmung hätte gereicht... einfach nur halten. Also ging sie zu Tin
hin, presste ihre Brust an seinen Rücken und wickelte ihre Arme um
ihn. Ihr Kopf reichte knapp über seine Schulter. Sie schmiegte sich an
ihn und küsste sein Schulterblatt. Dankbarkeit sprühte ihr entgegen.
Er nahm ihre Hände, streichelte sie und neigte den Kopf zu ihr hinunter. Nach einer Weile drehte er sich um, legte seine Stirn auf die
ihre und streichelte eine nicht vorhandene Haarsträhne hinter ihr Ohr.
Er hatte etwas Schlaf im Atem und die Anstrengung des Kampfes vom
Vorabend war ihm anzusehen. Trotzdem strahlte er Zuversicht aus.
Seine Trauer sperrte er in der hintersten Ecke seiner Energie weg.
Colombes verdrängtes und ängstliches Zittern wich einer kribbelnden
Entspannung und dem immer wiederkehrenden Gefühl, Tin schon
ewig zu kennen. Die Vermischung mit seiner körpernahen Energie-
spirale versetzte sie in einen Zustand der unbekümmerten Euphorie.
Nichts war mehr wichtig. Nur noch die Vereinigung ihrer Energien.
Wie seidene Fäden einer Spinne glitzerten die Linien der Spirale in
farbenfroher Pracht.

Er lächelte, erkundete ihr Gesicht und streichelte immer wieder
über ihre Wangen. »Es kommt alles in Ordnung«, brummelte er sanft,
»meine Leute haben einen Plan, wie wir den Kodex zurückerobern können.«

»Mhm«, seufzte sie nur. Im Augenblick, da sie in seinen Armen lag,
konnte sie nur noch daran denken, ihn immer und immer wieder zu
küssen. Dass er von *seinen* Leuten gesprochen hatte, irritierte sie nicht.

Beinahe schüchtern presste sie ihre Lippen auf die seinen, als ob
es der erste Kuss gewesen wäre. Doch dann wurden die Liebkosungen
leidenschaftlicher, die Küsse fordernder, der Atem schneller. Tin
drückte sie gefühlvoll gegen die Bettkante. Colombe ließ sich fallen,
zog ihn mit sich. Er glitt mit seinen Lippen über ihren Hals, ihre Schultern, ihr Schlüsselbein. Ihre Energiespiralen verwickelten sich ineinander, wie zwei perfekt abgestimmte Zahnräder einer Schweizer
Uhr. Colombe schluckte vor Aufregung, als er den Reißverschluss ihres
Sweaters zu öffnen begann. Plötzlich vermischte sich Tins Gesicht mit
der lüsternen Fratze von Salomon. Panik überflutete ihre Seele, Verwirrung und Angst, versetzt mit Glück und Zärtlichkeit. Mit einem
lauten Schrei schob sie Tin von sich. Doch das war nicht mehr notwendig. Tin hatte Colombes Veränderung längst bemerkt und nahm

bereits abstand. Er lag über ihr, stütze seine Hände neben ihrem Kopf ab und drückte die Arme durch. »Alles in Ordnung?«, fragte er besorgt und schüttelte sogleich den Kopf. »Nein, ist es nicht«.

Als ob ihr jemand einen Eimer voller eiskalten Wassers über das Gesicht geschüttet hätte, kam Colombe zu sich. Die schrecklichen Bilder von Salomon waren weg. Ihr Brustkorb bauschte sich rasch auf und ab. »Alles gut«, flüsterte sie und zwang sich ein Lächeln auf.

Tin stand auf und half Colombe ebenfalls hoch. Er nahm ihre Hände und legte seine Stirn sanft an die ihre. »Wirst du mir jemals erzählen, was im Crepererum geschehen ist?« Er versuchte, seine Wut über die fünf mitamceptierten Krieger so gut wie möglich im Zaum zu halten. Colombe war ihm dankbar dafür. Sie rollte den Kopf, als ob sie eine Nackenverspannung lösen wolle. »Ich will jetzt nicht darüber sprechen.«

Sie spürte Tins Enttäuschung über ihr Schweigen. Ließ sich jedoch nichts anmerken. Peinliche Stille herrschte im Raum, während Tin sich Socken, Schuhe, Unterhemd, das 666er-Siegel und das hellblaue Oberhemd anzog.

»Wir sollten jetzt gehen«, sagte er nach einem Blick auf die Uhr. Wortlos packten sie ihre Sachen zusammen.

Bevor sie das Zimmer verließen, zog Tin Colombe an sich und nahm sie in den Arm. Sie drückte sofort ihren Kopf auf seine Schulter. Er schaukelte sie sachte hin und her, als ob sie sich im Winde wiegen würden. Ihre Gedanken, ihre Gefühle, ihre Seelen und ihre Herzschläge, begannen den gleichen Rhythmus anzunehmen.

33

Colombe war überrascht, weil nicht nur Otto vor dem Straßencafé in der Aarbergergasse auf sie wartete, sondern auch Zlittle. Die schwarze Mähne ihrer besten Freundin hüpfte ihr wie ein aufgewirbelter Heuballen entgegen. Doch Zlittles Umarmung war heute nicht so, wie Colombe es sonst von ihr gewohnt war. Eine tiefschürfende Beklemmung breitete sich in ihr aus.

»Was ist los mit dir?«, fragte Colombe sofort, »du zitterst ja am ganzen Leib.«

Zlittle konnte vor lauter Aufregung nicht sofort sprechen. Sie hob beide Hände, um sich Zeit zu verschaffen und atmete einige Male tief durch.

Derweilen begrüßte Otto Tin mit einem reumütigen Nicken. So kam es Colombe auf alle Fälle vor. Irgendetwas war an ihm anders. *Er hat seine Meinung über Tin geändert. Er ist stolz auf ihn. Ob es etwas mit dem Siegel zu tun hat? Verdammt, Colombe, warum fragst du ihn nicht einfach? – Scheiße, irgendwie ist der Zeitpunkt unpassend. Scheiße! Scheiße! Scheiße!* Sie hatte so viele Fragen. Aber eine unsichtbare Barriere schien sie zu hindern, diese zu stellen. Als ob sie genau wüsste, dass sie keine zufriedenstellenden Antworten erhalten würde.

Otto legte Zlittle seine Hände auf die Schultern und führte sie an den Tisch zurück. Sie ließ sich führen wie ein kleines Kind, das man in die Schäm-dich-Ecke stellt. Normalerweise hätte sich Zlittle niemals auf einen verschmutzten Riemenstuhl und erst recht nicht an einen verrosteten Tisch mit einem verknitterten Plastik-Tischtuch gesetzt. Aber sie tat es, ohne zu meckern. Und als sie auch den hübschen Kellner nicht beachtete, der mit verschmitztem Lächeln, topgestylten Gelhaaren und unschuldigen Rehaugen die Bestellung aufnahm, befürchtete Colombe schon das Schlimmste. *Was ist mit ihr geschehen? Hat man ihr etwas angetan? Salomon! – Nein, das kann nicht sein, der schläft. Aber leider gibt es noch viel mehr Mactus-Krieger, die Zlittle etwas hätten antun können! Laurenz zum Beispiel!*

Zlittle fühlte sich immer noch nicht fähig, einen Ton zu sagen. Ihre Emotionen platzten regelrecht aus ihrer Energiespirale heraus, was Colombe zunehmend mehr Sorge bereitete.

»Sie denkt, dass die Welt untergeht«, klärte Otto auf. »Was ja nicht ganz an den Haaren herbeigezogen ist, wie ich finde«, raunte er Colombe zu. Der vorwurfsvolle Ton in seiner Stimme war nicht zu überhören.

»Blödsinn«, schoss es sogleich aus ihr. Doch ein weiterer Blick zu Otto rief ihr in Erinnerung, dass sie selbst nicht mit hundertprozentiger Sicherheit sagen konnte, ob die Welt in ein paar Tagen zu Staub verfalle oder nicht. Sie setzte sich neben ihre Freundin und legte ihr beruhigend eine Hand auf den Oberschenkel.

Der Rehaugenkellner, der die ganze Zeit über neben dem Tisch gestanden hatte, tat so, als ob er Ottos Bemerkung nicht gehört hätte und wiederholte übertrieben freundlich die Bestellungen der beiden Männer.

»Einmal Milchkaffee und einmal Espresso mit einem Glas Wasser, sehr wohl. Und was möchten die hübschen Damen?«

Colombe orderte ein extragroßes Frühstück, da sich doch allmählich ein Hungergefühl entwickelte. Immerhin hatte sie seit über 24 Stunden nichts mehr gegessen.

Zlittle sah den Kellner nicht einmal an, als sie eine kalte Schokolade mit extra Schlagsahne bestellte. »Was soll's, sagte sie mit einer abwertenden Handbewegung. »Die Welt geht ja eh bald unter.«

Der Kellner hob seine pechschwarzen Augenbrauen. Seine Nasenflügel blähten sich auf und er war bemüht, nicht zu lachen. »Irgendwann wird das bestimmt passieren Fräulein, hüstelte er hinter vorgehaltener Hand.«

Colombe wartete, bis der Rehaugenmann außer Hörweite war. »Was passiert eigentlich, wenn wir es nicht schaffen, den Kodex zurückzubringen?«, fragte sie und schaute abwechselnd Otto und Tin in die Augen, die sich vis-à-vis der beiden Frauen hingesetzt hatten.

Tin atmete tief durch, presste die Lippen aufeinander. Seine Augenbrauen hoben sich. »Ich glaube, dann sind die 28'000 Jahre hinfällig.«

»Oh mein Gott!«, plärrte Zlittle atemlos und zerquetschte dabei beinahe Colombes Hand. »Ich hab's ja gesagt.«

»Aber das ist es doch nicht, was das Conigium Mactus will?«, hakte Colombe nach, »So würde die Erde zerstört und die Homullus müssten sich eine neue Menschheit in der Dichte von 3-D erschaffen. Ich dachte, es gehe darum, die Tore des Animus so schnell wie möglich zu öffnen? Das Conigium braucht doch dazu eine funktionierende Erde, oder nicht?«

Tin nickte. »Schon ja. Aber vergiss nicht, woran die Krieger glauben. Sie werden den Kodex auf die dunkle Seite werfen wollen, was ihrer Meinung nach die Tore des Vaters öffnet und die Erde zerstört. Außerdem glauben sie daran, dass man sich im Crepererum aufhalten muss, damit man die Tore des Vaters überhaupt passieren kann. Sie brauchen dich also, um so viele Krieger wie möglich ins Crepererum zu schaffen. Wir müssen den Kodex unbedingt wieder in unsere Hände kriegen. Denn sonst bleibt in jedem Fall die Zerstörung der

Erde.«

»Das Conigium wird also weiterhin versuchen, an mir dran zu bleiben?« Colombe kannte die Antwort auf die Frage. Doch der Gedanke, noch einmal mit einem Krieger wie Salomon zu amceptieren, ließ sie einmal mehr erschaudern.

»Ich werde sterben!«, jammerte Zlittle. »Ich hoffe, es geht ganz schnell und schmerzlos.« Ihre Knie flatterten unkontrolliert auf und ab.

»Keine Angst, Zlittle«, versuchte Colombe zu beruhigen. »Die Welt wird nicht untergehen. Wir werden das zu verhindern wissen. Deswegen sitzen wir ja jetzt hier beisammen. Um einen Plan auszuarbeiten, wie wir den Kodex zurückholen können.« Zu Tin gewandt sagte Colombe »Wir haben sogar schon einen Plan, nicht wahr?«

Tin nickte zustimmend.

Otto lächelte. »Oh ja, ich bin sicher, das Consortium hat schon einen Plan«. Ironie schwang in seinen Worten mit, aber auch Stolz, Freude und Unmengen von Zuversicht. Colombe wurde einmal mehr nicht schlau aus Ottos Spiralenergien. Sie hatte an diesem Vormittag übermäßig gegen verwirrende Energien zu kämpfen, also versuchte sie, nicht näher darauf einzugehen – soweit das überhaupt möglich war. *Er ist stolz auf Tin und wütend auf mich, das ist wohl die beste Deutung seiner Spiralen.*

»Apropos Consortium?«, setzte Colombe an, inzwischen von den vielen konfusen Eindrücken benebelt. »Das wollte ich dich schon lange fragen, Tin, was genau ist das Consort...«. Doch wie auf Kommando, brachte der Kellner die Bestellungen und sie schwieg. Zlittle hatte schon genug Aufmerksamkeit erregt.

Als Colombe die kross gebratene Rösti und die Spiegeleier sah, vergaß sie ihre Frage und begann eifrig, die geraffelten Kartoffeln in sich hineinzustopfen.

Zlittle nahm einen tollen Schluck ihrer sahnigen Schokolade, wischte sich Nase und Mund ab und schniefte betrübt. »Ihr werdet es nicht verhindern können. Die Zeichen sind eindeutig.«

Wortlos und mit erstaunten Gesichtern schauten Tin und Colombe zu, wie sich Zlittle mit einem Löffel die extra Sahne zu Munde führte. Nur Otto verdrehte die Augen.

Es spricht...! Hätte Colombe am liebsten ausgerufen, um ihre

Freundin etwas zu veräppeln. Doch es schien unpassend. Zlittle hatte wirklich Todesangst. Dass sie bisher kaum gesprochen hatte, war der beste Beweis dafür.

»Du hast nicht gerade großes Vertrauen in deine beste Freundin«, bemerkte Otto.

Colombe biss einen Brocken vom herrlich duftenden Buttercroissant ab und runzelte die Stirn. Sie kannte keinen lebensfroheren Menschen als Zlittle. Für alles gab es eine Lösung. Selbst wenn es bei Liebeskummer bedeutete, sich während Wochen jeden Morgen ein Schokocroissant zu gönnen. Einfach nur, damit man den Tag mit glücklichmachenden Substanzen beginnen konnte. *Was hat sie so umstimmen können?*

»Wurm denktdu dasmpf...«, fragte sie mit vollem Mund, kaute schnell zu Ende und schluckte würgend. »Warum denkst du, dass wir es nicht schaffen werden? Was für Zeichen sind so eindeutig?«

»Die sieben Plagen der Endzeit. Sie sind eingetroffen«, sagte Zlittle. Ihre Stimme wirkte auf einmal ruhig und entspannt.

Otto verschluckte sich an seinem Kaffee und lachte grunzend durch die Nase. »Entschuldige, aber das ist... wie soll ich sagen... wir haben doch während der Fahrt hierher bereits darüber gesprochen.«

»Lass es gut sein Otto«, bat Colombe. »Wir wollen jetzt keinen Vortrag über Religionen und ihre Spielchen hören. Wenn ich in den letzten Tagen etwas gelernt habe, dann an Unglaubliches zu glauben. Erzähl Zlittle! Warum denkst du, die sieben Plagen der Endzeit seien eingetroffen?«

Otto hüstelte immer noch hinter vorgehaltener Hand. »Wenn die Plagen eingetroffen wären, würden wir wohl kaum so friedlich hier beisammensitzen und uns überlegen, wie wir den Kodex zurückholen könnten. Ich habe auch noch nichts von dem größten Erdbeben seit Menschengedenken gehört, das ja angeblich zu den sieben Plagen gehören soll. Das Harmagedon ist meines Wissens auch nicht eingetroffen.« Er hob einen Zeigefinger. »Apropos Kodex, ich finde, wir sollten uns jetzt hauptsächlich diesem widmen.«

Jetzt war es Zlittle, die lachte wie ein schnaubendes Pferd. Sie hob den rechten Daumen, als ob sie Autostopp machen wollte. »Nummer eins: Ich hatte das gräuliche Vergnügen, letzte Nacht, nach dem Kampf, bei der Versorgung von verletzten Amceps-Priestern und Mactus-Kriegern anwesend zu sein.«

»Amceps-Wächter, nicht Priester«, korrigierte Tin.

»Du warst da, während des Kampfes?«, unterbrach Colombe entsetzt.

Zlittle winkte ab. »Ja, aber erst, als alles vorbei war. Du und Tin, ihr ward schon auf und davon. Keine Sorge, die Krieger waren alle lammfromm und man hat mich auch nicht in ihre Nähe gelassen. Zudem haben sie sich ziemlich schnell aus dem Staub gemacht, als sie wieder einigermaßen gerade gehen konnten. Ich habe mich um die Priester...«, sie sah zu Tin und hob eine Augenbraue, »Wächter gekümmert. Aber trotzdem ist mir aufgefallen, dass praktisch alle Krieger an Hals oder Armen dreimal die Ziffer sechs eintätowiert hatten. 666 ist bekanntlich das Zeichen des Tieres.«

»Du sprichst die erste Plage an, nicht wahr?«, fuhr Otto dazwischen. »Diese besagt jedoch, dass schlimme Geschwüre an denjenigen Menschen wachsen, die das Zeichen des Tieres tragen.«

Zlittle klopfte mit ihrem Zeigefinger auf den Tisch. »Genau. Wenn Schnitt- und Platzwunden keine schlimmen Geschwüre sind, dann will ich nicht Zlittle heißen. Ein Wunder, dass niemand umgekommen ist! Colombe weiß, dass ich sämtliche Verletzungen, die durch Gewalt und Krieg entstanden sind, als *Geschwüre des Teufels* bezeichne.«

»Ja, schon«, nickte Colombe. »Das heißt aber noch gar nichts. Also... nicht wirklich«. Sie wollte damit die Emotionen ihrer Freundin etwas drosseln.

»Ich weiß, ich weiß.« Zlittle gab Colombe einen freundschaftlichen Klaps auf den Hinterkopf. »Zlittle ist nur mein Rufname und die Berner Dialektfassung vom englischen Wort *little*. Ich mag vielleicht klein sein, aber ich renn nackt durch den Bärenpark, wenn das keine Geschwüre sind.«

Otto rieb sich über die Stirn, um sein Lachen zu verbergen. »Ich kann mit dieser Argumentation leben und bin gespannt auf deine weiteren Erklärungen über die restlichen sechs Plagen.«

Colombes Blick zu Tin verriet ihr, dass er den Ausführungen Zlittles ernsthaft folgte. Eine kleine Sorgenfalte zwischen seinen Augen war nicht zu übersehen.

Zlittle verschränkte die Arme auf der Brust und ließ sich nach hinten in den Stuhl fallen. Sie hob Zeige- und Mittelfinger der rechten

Hand. »Nummer zwei: *Meerwasser wird zu Blut und führt zum Tod aller Meereslebewesen.* Ich habe heute Morgen im Internet eine Live-Web-Kamera aus Lanzarote angeklickt. Ihr hättet das Morgenrot sehen sollen. Wunderschön!«, schwärmte sie. Ihre Miene wurde abrupt finster: »Es hat das Meer in Blut verwandelt.«

Otto biss sich auf die Zähne. »Und die Meereslebewesen sind alle gestorben. Wegen dem bösen, bösen Morgenrot.«

»Ha, lach' mich nur aus. Aber erst gestern habe ich wieder von Walstrandungen gehört. Das ist der Anfang, sag ich euch.« Sie schlug mit der flachen Hand auf den Tisch. Tassen und Teller wackelten und drohten umzufallen.

Colombe versuchte ihre Freundin zu beruhigen und tätschelte ihr wieder auf den Oberschenkel. »Zlittle, wir müssen uns um den Kodex kümmern.«

»Lasst mich bitte zu Ende erzählen.« Sie hob beide Hände, als ob sie gleich ein Klassikorchester dirigieren wollte. »*Flüsse und Quellen werden zu Blut*«. Vor ein paar Tagen hast du dich in den Finger geschnitten, Colombe, weißt du noch? Wir waren unten an der Aare zum Abendessen.«

Colombe nickte und zuckte mit den Schultern. »Und?«

»Dein Blut tröpfelte in die Aare. Verstehst du. Es war DEIN Blut. Und du bist das Amceps!«

Otto schnaubte laut aus. Doch Tin wirkte ernst. »Das leuchtet ein, Zlittle«, sagte er interessiert, »und weiter?« Seine Sorgenfalte wurde immer tiefer. Colombe wusste nicht, was sie davon halten sollte. *Glaubt er ihr?*

»Plage Nummer vier«, referierte Zlittle weiter. *Die Sonne wird die Menschen mit großer Hitze versengen.*« Sie klopfte erneut mit der flachen Hand auf den Tisch. »Ja, zum Teufel nochmal! Wird den nicht seit Jahren von Ärzten gewarnt, man solle sich nicht der sengenden Sonne aussetzen? Und was machen wir Menschen. Wir legen uns stundenlang hin und lassen uns braten wie ein Hähnchen auf glühender Kohle.« Sie legte ihre Hand auf ihre Brust. »Ich mit eingeschlossen. Nur du nicht, Colombe. Du bist die Einzige, die ich kenne, die sich auch ab Regenwetter freut.«

Colombe rollte die Augen, was ihr ein verliebtes Lächeln von Tin einbrachte.

»Plage Nummer fünf«, Zlittle streckte alle Finger der linken Hand aus. »*Das Reich des Tieres wird verfinstert.* Hier habe ich zwei Auslegungen: Erstens, es ist die Erblindung von Tante Marthas Hund vor zwei Wochen. Zweitens, es bedeutet, dass allen Mactus-Kriegern gestern während des Kampfes für ein Weilchen finster vor Augen geworden ist, als sie in Ohnmacht fielen. Die 666 ist ja das Zeichen des Tieres. Also kann mit dem *Reich der Tiere* auch gut die Schar der Mactus-Krieger gemeint sein.«

Tin nickte kaum merkbar, während Otto mit gespieltem Entsetzen durchatmete. »Bin ja gespannt, wie du die Austrocknung des Euphrat erklärst«, murrte er gelangweilt.

Zlittle kramte in ihrer Tasche und holte ein zusammengefaltetes Blatt Papier hervor. Sie öffnete es und legte es in die Mitte des Tisches.

»Eine Kinderzeichnung«, folgerte Tin.

»Ist die von Rüyet?«, fragte Colombe.

»Ja, genau. Rüyet stammt aus der Türkei und lebt erst seit kurzem in der Schweiz.«

»Du kennst sie, Tin«, sagte Colombe. »Sie war damals dabei, als wir uns im Internatspark trafen. Damals, als Jefferson ... als ... Jefferson.« *Ich will jetzt nicht an Jefferson denken! Ich will jetzt nicht daran denken, dass er wegen mir gestorben ist!*

Tin beugte sich vor und streichelte Colombes Hand. »Es geht ihm jetzt gut«, flüsterte er beruhigend.

»Was ist mit Jefferson«, fragte Zlittle und nahm den letzten Schluck ihrer kalten Schokolade.

»Es geht ihm gut«, funkte Otto dazwischen und blinzelte Colombe zu.

Zlittle tippte auf das Bild, ohne weiter auf Jefferson einzugehen. »Rüyet hat ihr Zuhause in der Türkei gemalt. Haus, Eltern, Geschwister und ein paar Umgebungshinweise.« Das Bild zeigte eine pralle Sonne, die mit ihren gelben Strahlen auf ein kleines Häuschen schien, das inmitten einer kargen, braungebrannten Umgebung eingebettet war. Daneben hatte Rüyet ihre Eltern und ihre sechs Geschwister gezeichnet. Hinter dem Haus zog sie einen zwei Millimeter breiten Strich, der sich durch die ganze Zeichnung hindurchschlängelte. »Das hier ist der Strom Euphrat«, Zlittle tippte auf den schwarzen Strich. »Ich habe nachgeforscht. Das Elternhaus von Rüyets Familie befindet sich tatsächlich irgendwo am Ufer des Euphrats. Wie ihr seht, führt er kein Wasser. Vollkommen trocken.«

»Oh, nein, muss ich mir das anhören!«, beklagte sich Otto. »Entweder ist die kleine Rüyet farbenblind oder sie hat den blauen Farbstift verloren. Oder vielleicht war sogar nur die Spitze abgebrochen. Der Euphrat ist nicht versiegt, Zlittle.«

Zlittle tippte mehrmals auf das Bild. »Hier auf der Zeichnung schon. Und die sechste Plage besagt, dass der Strom Euphrat austrocknen wird.«

»Sie hat recht«, sagte Tin. »Bisher sind alle Plagen eingetroffen.«

»Mhm«, seufzte Otto und schien ab Tins zustimmender Reaktion verunsichert. »Und das größte Erdbeben seit Menschengedenken?«, fragte er nachdenklich.

Zlittle packte Colombes Oberarm. »Kannst du dich noch erinnern, vor sieben oder acht Wochen, als der Geographielehrer des Internats, Herr Luginbühl, seinen Unterricht im freien durchführen wollte. Er zügelte seinen selbst gebastelten Papierglobus auf den Pausenplatz und präsentierte sein Werk, als ob er den Oscar fürs Basteln gewonnen hätte. Die Kinder reklamierten, weil ein Gewitter am Aufziehen war. Und tatsächlich, zwanzig Minuten nach Unterrichtsbeginn, begann es haselnussgroße Eisbrocken zu hageln. Der Globus wurde in seiner Verankerung herumgeschüttelt und vom Hagel regelrecht zerbombt. Wala, das widerspiegelt das Erdbeben der siebten Plage.«

Colombe wischte mit einem letzten Bissen Brot das Eigelb in ihrem Teller auf und schob es genüsslich in den Mund. »Mhmja, ich kannmpf mpfich erinnern.«

»Wala, that's it! Alle sieben Plagen der Endzeit.« Zlittle verschränkte die Arme und ließ sich in den Stuhl zurückfallen.

»Und wo ist das Harmagedon«, schnaufte Otto erleichtert auf, da sich Zlittles Vortrag endlich dem Ende näherte. Trotzdem schien es ihn zu interessieren, was sie *zur letzten Schlacht der Menschheit mit Gott* zu berichten hatte.

Zlittle zuckte die Schultern. »Ich glaube, es hat etwas mit dem Crepererum zu tun, in das Colombe immer hineinfällt.«

Tin und Otto schauten sich an.

»Ist es so?«, fragte Otto.

»Vermutlich«, antwortete Tin.

»Ihr glaubt mir!«, freute sich Zlittle, klatschte in die Hände und räkelte sich tänzelnd, mit angezogenen Armen und geballten Fäusten, auf ihrem Stuhl herum. Scheinbar hatte sie vergessen, dass sie eben die Vernichtung der Erde bewiesen hatte.

Colombe zog die Nase kraus und schüttelte ungläubig den Kopf. »Ihr verheimlicht mir etwas«. Sie beugte sich über den Tisch und fasste Tins Hand. »Tin. Du sagtest, deine Leute hätten einen Plan, wie wir den Kodex zurückgewinnen könnten. Wie sieht dieser Plan aus und was hat das alles mit den sieben Plagen zu tun?«

Diesmal war es Zlittle, die beherrscht wirkte und Colombe beruhigend eine Hand auf die Schultern legte. »Es wird einen Kampf im Crepererum geben, dessen Ausgang über Leben oder Tod der Menschheit entscheidet.«

34

Erstmals seit Wochen schoben sich schwere Regenwolken vor die Sonne und verdunkelten die Stadt. Colombe befürchtete, es seien die Vorboten eines gewaltigen Unwetters, das binnen Sekunden alles wegfegen würde, was nicht niet- und nagelfest war. Ihre Nase wurde eiskalt, obwohl die Wolken die Hitze auf den Boden drückten und eine zähe und schwüle Luftschicht den Menschen Schweiß aus den Poren presste. Sie fröstelte.

»Ist das der Plan, von dem du gesprochen hast, Tin? Ein Kampf im Crepererum?«

Tin nickte. »Ja, bitte entschuldige, ich hätte es dir sagen sollen. Aber als mir Otto heute Morgen am Telefon von Zlittles hysterischen Ausbrüchen über das Eintreffen der sieben Plagen der Endzeit berichtete, wollte ich mir das erst anhören.«

»Hysterisch!«, beschwerte sich Zlittle. »Ich darf doch wohl bitten. Es geht hier ums nackte Überleben!«

»Wir haben uns hier also nur getroffen, um uns Zlittles Referat anzuhören?«, fragte Colombe verwundert und ohne ihre Freundin zu beachten.

»Hey, mach' mal halblang, Süße. Ich sitze gleich neben dir.«

»Sorry, Zlittle. Aber es klingt alles so ... so an den Haaren herbeigezogen.«

»Seit dem Diebstahl des Kodex steht die Erde wirklich vor der entscheidenden Schlacht«, sagte Tin. »Das ist leider eine Tatsache.«

Colombe lachte leer. »Seit wann verlässt sich der Amceps-Orden auf so was wie die sieben Plagen der Endzeit? Ich dachte, man bezieht sich nicht auf andere Religionen?«

»Es geht nicht um die Plagen selbst. Es geht vielmehr darum, dass sie jemand ausspricht.«

»Und dieser Jemand ist Zlittle?«

»Dieser Jemand bin ich«, sagte Zlittle stolz, drückte ihr Rückgrat durch, schwellte die Brust und sah mit langgezogenem Hals in die Runde. Wie ein Schwan, der majestätisch im Wasser schwimmt.

Tin hielt sich die Hand vor den Mund, um sein Lächeln vor Zlittle zu verbergen. »Sieht so aus, ja. Der Prophezeiung des machtvollen Amceps geht eine Ankündigung voran, die den Zeitpunkt der Verheißung kundgibt und ihr Eintreffen als unwiderruflich belegt.«

»Noch eine Prophezeiung!«

Tin zuckte mit den Schultern. »Es geht nicht wirklich um die sieben Plagen der Endzeit. Es ist nicht wichtig, wie sie ausgelegt werden oder ob sie tatsächlich eingetroffen sind. Es geht lediglich darum, dass sie jemand aussagt. Ich muss ehrlich gestehen, dass ich mir diese Ankündigung um ein Vielfaches dramatischer vorgestellt habe.«

Otto hustete, als ob er sich verschluckt hätte. »Du warst nicht dabei heute Morgen, mein Lieber, als Zlittle mir im Internat vom bevorstehenden Ende der Welt berichtet hat.«

Zlittles Schultern sackten zusammen. »Soll das heißen, die Welt geht nicht unter? Also versteht mich nicht falsch, ich bin ja froh, wenn nicht... aber meine Ausführungen sind doch korrekt, oder nicht, ich mei...«

Colombe legte ihrer Freundin einen Arm um die Schultern und drückte sie an sich. »Ich denke, es ist, wie du gesagt hast: Die Entscheidung wird beim Kampf im Crepererum fallen.« Sie sah, wie sich auf Tins Stirn wieder die tiefe Sorgenfalte bildete.

»Ich bin Teil einer Prophezeiung!«, posaunte Zlittle glücklich hervor. Viele Passanten schauten sie knapp an und vergaßen sie gleich wieder.

»Jetzt bin ich mir sicher, dass das sogenannte *Harmagedon* im

Crepererum stattfinden wird«, sagte Tin an Colombe gewandt. »Ich hatte bisher gehofft, die Schlacht finde nicht statt.« An Otto gerichtet hob er beschwichtigend die Hand. »Ich weiß, es war blöd von mir zu denken, Colombe sei vielleicht doch nicht das Amceps der Prophezeiung, aber... «, er sprach den Satz nicht zu Ende, sah Colombe in die Augen, schloss kurz die Augen und wandte sich wieder Otto zu. »Du wirst Zlittle zurück ins Internat bringen und Mara und Lusebian über das Eintreffen der Prophezeiung berichten.«

»Und wie sieht jetzt dieser Plan genau aus, von dem du gesprochen hast?«, fragte Colombe.

»Ja, genau das würde mich auch interessieren«, sagte Otto und benutzte erneut seinen verwirrend-ironisch-freudvollen Ton.

»*Das,* Otto, sei dir überlassen.«

»Mir? Ich dachte das Consort...«

»Es ist *dein* Plan«, unterbrach ihn Tin. »Du wirst ihn zusammen mit dem Amceps-Orden ausarbeiten und uns heute Abend die genauen Details vorlegen. Und sag jetzt nicht, du wüsstest nicht, wovon ich spreche.«

»Ich?«, Otto hämmerte mit der Faust auf den Tisch. Diesmal fiel eine Tasse um. Sie war aber glücklicherweise leer. »Verdammt noch mal. Ich find es ja schon saublöd, dass man denkt, Zlittles blühende Phantasie sei tatsächlich die Erfüllung der *nebensächlichen Ankündigung.* Und jetzt soll ich uns auch noch in die Schlacht führen!«

»Hey, ich bin immer noch anwesend und ich hör dich!«, rief Zlittle dazwischen. »Ich mag ja vielleicht eine blühende Phantasie haben. Aber hey! Ich bin trotzdem die Erfüllung einer eurer doofen Prophezeiungen.«

»Ich werde niemanden in eine Schlacht führen«, sagte Otto trotzend, verschränkte die Arme und ließ sich resignierend in den Stuhl zurückfallen.

Tin stand auf und rief den Kellner zu sich, damit er die Rechnung bezahlen konnte. »Ich habe keine Zeit für die Vorbereitungen. Ich muss mit Colombe zum Sodbrunnen fahren.« Er sah Otto beschwörend in die Augen. »Das verstehst du doch, oder nicht?«

Otto schloss die Augen und atmete tief durch.

»Natürlich versteht er das«, antwortete Zlittle für den plötzlich nachdenklich gewordenen Wächter.

»Du bist der Einzige, dem ich diese Aufgabe zutraue«, fügte Tin leise hinzu.

Otto rieb sich die Augen. Eine beklemmende Stille entstand, als alle drei auf die Antwort des Wächters warteten.

Der Rehaugenkellner durchbrach die reservierte Stimmung und bedankte sich überschwänglich für das spendable Trinkgeld, das Tin ihm gegeben hatte. »22 Franken, wow, danke Mann!«

(Tins Großzügigkeit geschah aus Irrtum und nicht Angeberei, wie Colombe erfühlte).

Zlittle hüpfte aus ihrem Stuhl, umrundete den Tisch und stellte sich hinter Otto. Sie massierte ihm die Schultern, als ob sie ein altes Ehepaar gewesen wären, und quasselte unentwegt auf ihn ein. Niemand hörte genau hin, was die unbändige Zlittle zu erzählen hatte. Doch Otto willigte in Tins Bitte ein. Vermutlich, damit Zlittles Gequassel endlich aufhörte. »Natürlich verstehe ich das«, flüsterte er Tin zu. Es fiel ihm sichtlich schwer, seine Tränen zurückzuhalten.

Rose, dachte Colombe, *er vermisst sie noch wie am ersten Tag.*

Ein paar Minuten später saß Colombe neben Tin im Citroën. Eine knappe Stunde Autofahrt lag vor ihnen. Colombe hatte jede Menge Fragen. Erstens, das Siegel, das Tin den Amceps-Wächtern unter die Nase gehalten hatte. Sie konnte kaum glauben, wie ehrfürchtig die Wächter des Ordens darauf reagierten. Zweitens, wollte sie unbedingt mehr über dieses mystische Consortium wissen, das sie unweigerlich mit dem Consortium Lucifer in Verbindung brachte. Obwohl sie immer noch nicht wusste, warum und wie Lucifer zum gefallenen Engel wurde, ordnete sie es als böse ein. Denn die Existenz eines friedlebenden Consortiums, wie es Lusebian in seiner Geschichte geschildert hatte, war gar nicht möglich. Diese Vereinigung war längst ausgestorben. Also musste es eine neue Gruppierung sein, von der Tin das Siegel hatte. Eine, die man ihr absichtlich verschwieg. *Warum verschweigt man mir dauernd irgendwelche wichtigen Dinge?* Drittens, wie sah der Plan um die Schlacht im Crepererum aus? Was würde sie tun müssen, um den Kodex zurückzubringen? Sie konnte es immer noch nicht fassen, dass die Existenz der Erde auf dem Spiel stehen sollte. Es war so unwirklich, so unecht wie die fiktive Geschichte eines Spielfilms oder wie ein spannendes Buch, in das man eintauchen konnte.

Sie schloss die Lider und rieb sich mit dem Handballen die Stirn. *Was mich wohl in einer knappen Stunde in Augusta Raurica erwarten wird? Ist das schwefelhaltige Wasser im Sodbrunnen vielleicht doch ein Anzeichen für die Anwesenheit Lucifers? Was dann? Will man mich vielleicht auf die Probe stellen? Will man in Erfahrung bringen, ob ich wirklich auf der Seite des Lichts stehe, bevor man sich der Schlacht im Crepererum stellt?* Eine Frage folgte der nächsten. In Colombes Kopf schoben sich schleifende Bausteine hin und her und suchten den passenden Platz. Ihr Kopf pochte. Schmerzen strahlten in ihre Augen und lösten Tränen aus. Ihre Synapsen reklamierten und schaukelten den Lärm der Autobahn in die Höhe. Donnernd grollten die Reifen der vorbeidüsenden Autos über den Asphalt und hallten in Colombes Kopf wider. Sie beugte sich nach vorn und massierte sich die Schläfen. *So viele Fragen! Aber keine Kraft, sie zu stellen!*

Erste Regentropfen prasselten auf die Windschutzscheibe. Colombe konnte sich etwas beruhigen, wie immer, wenn sie dem Regen zuhörte. Es war, als ob nicht nur die Erde, sondern auch sie selbst mit dem erfrischenden Lebenselixier versorgt würde. Trotzdem gelang es ihr nicht, Tin auch nur eine einzige Frage zu stellen. Das Begehren nach Antworten wich dem Drang nach Ruhe, nach Schlaf, nach der Einfachheit des Seins, ohne zu sprechen, ohne zu hören, ohne zu sehen oder zu fühlen.

»Du brauchst keine Angst zu haben«, sagte Tin, als ob er ihre Gedanken gelesen hätte. »Es wird dir nichts geschehen beim Sodbrunnen.« Er fasste ihre Hand und streichelte mit dem Daumen über ihre wulstigen Finger.

Colombe genoss Tins Berührung und konzentrierte sich vollends darauf. Ihre rechte Hand hatte sie, wie so oft, auf ihr drittes Auge gelegt. Trotz des Regens war es drückend schwül im Auto. Aber es kam ihr vor, als ob ihr Atem einen kaum sichtbaren Kältenebel entfaltete. Ihre Nase war eiskalt. Colombe führte ihre Hand ans Gesicht und blies hinein. Das wärmte ein bisschen.

»Das sind die Homullus«, sagte Tin.

Colombe löste ihre Hand vom Gesicht. »Was?«

Tin zeigte auf ihre Nase. »Die Kälte, du weißt, das sind die Homullus. Deine Aura fördert die Kälte instinktiv, wenn deine Seele bemerkt, dass sie die Verbindung zu den Bereichen außerhalb den Magnituden des 3-D sucht.«

Colombes Mundwinkel zuckten und ihre Lippen formten sich schließlich zu einem Lächeln.

Ein schöner Gedanke.

»Erzähl' mir von den Homullus«, bat sie und war froh, ihrem sich androhenden Zusammenbruch entkommen zu sein, ohne einem wasserfallähnlichen Heulausbruch zu erliegen.

Um Tins Augen entwickelten sich glückliche Lachfältchen und die tiefe Sorgenfurche zwischen seinen Augen verschwand. »Was willst du wissen?«

»Sind es Engel? Ich meine, ist *Homullus* nur ein anderer Ausdruck, ein anderer Name für *Engel*? Und warum sagt man im Amcpes-Orden, ich sei ein halber Engel? Bin ich den kein Homullus? Bin ich weniger, bin ich mächtiger. Irgendwie verwirrt mich das.«

»Es gibt keine Hierarchien in der Welt der Homullus, wenn du das meinst. Und *ja*, Homullus und Engel sind in Tat und Wahrheit das Gleiche.«

»Ich bin also nur ein *halber* Engel?«, fragte Colombe enttäuscht, »bin ich deswegen so anfällig auf die Gefühle und Handlungen der Menschen?«

Tin hob eine Augenbraue. »Oh nein, das verstehst du falsch. Jeder Mensch lässt den größten Teil als Homullus in den Dimensionen zurück, wenn er geboren wird. Er nimmt nur zwischen fünf und fünfzehn Prozent dessen mit, was er in Wirklichkeit ist. Das meiste bleibt also zurück und dient zum Schutz seiner selbst. Jeder ist sein eigener Schutzengel, verstehst Du? Du selbst bringst mindestens die Hälfte deiner Homullus-Energien als Mensch ein. Darum wirst du als halber Engel bezeichnet. Darum bist du so feinfühlig und sensibel. Wenn alle Menschen so viel ihrer Energie einbringen würden wie du, gäbe es keine Kriege mehr.«

Colombe atmete tief durch. »Das bedeutet aber auch, dass ich mich in der Quantenhaftigkeit viel weniger selbst beschützen kann? Habe ich nur einen halben Schutzengel? Dieser Teil fehlt mir doch ... irgendwie?«

»Ich glaube nicht, dass man in den anderen Dimensionen etwas beschützen müsste. Aber wenn doch, dann wird das von deinem Gefährten ausgeglichen. Davon geht der Amceps-Orden zumindest aus.«

»Gefährte? Mein Gefährte?« Colombe errötete. *Ich dachte, das bist du!*

»Alle Homullus haben einen Gefährten. Sie sind ein Symbol der Einheit. Stell es dir so vor, wie ein Ehepaar, das in untrennbarer Liebe miteinander verbunden ist. Sie gehen miteinander durch dick und dünn und sind füreinander da. Viele nennen das die Zwillingsseele. Das ist aber nicht der richtige Ausdruck. Die zusammengehörenden Homullus sind keine Zwillinge und sie spiegeln einander auch nicht. Es sind zwei eigenständige Geschöpfe, die sich der Liebe des anderen sicher sind. Der anastuiiten Liebe, versteht sich. Wie gesagt, sie stehen für das Symbol der Einheit. Dafür, den anderen niemals alleine zu lassen und immer für ihn da zu sein. Die Gefährtenschaft vertritt die Gewissheit, ein Teil des Ganzen zu sein.«

»Und jedes Homullus hat also einen solchen Gefährten?«

»Es gibt ein paar wenige, die ihren Gefährten in den Reichen des Animus zurückgelassen haben. Diese Wesen inkarnieren jedoch nie als Mensch. Sie unterstützen andere Homullus während ihren Inkarnationsphasen. Dann gibt es noch die Öifgen. Das sind Gruppen von drei bis zwölf Homullus, die alle untereinander Gefährten sind.«

Colombe wurde es plötzlich warm ums Herz. Ihre Hoffnung, Tin könnte ihr Gefährte sein, entfachte in ihr ein unumstößliches Verlangen nach dem Wenn's-doch-nur-so-wäre. »Und wie groß ist die Wahrscheinlichkeit, dass man seinen Gefährten während seiner Inkarnation trifft?«, fragte sie prompt.

Tin war abgelenkt und überholte fluchend einen weißen Kastenwagen, dessen Fahrer entweder telefonierte oder besoffen war, da das Fahrzeug unsicher in der Spur hin und her schwenkte.

»Die Chance liegt bei hundert Prozent«, antwortete er, während er den weißen Kastenwagen im Rückspiegel beobachtete. »Aber wie ich dir bereits gesagt habe, können die Homullusgefährten ...«

»... einander echt großes Leid zufügen«, beendete Colombe den Satz. »Ich kann mich gut erinnern.« Diesmal war es Colombe, die ein paar Mal den Mund öffnete und dann doch kein Wort sagte.

Tin machte mehrere Seitenblicke und lächelte. »Ich weiß, was du denkst. Du fragst dich, wer dein Homullusgefährte sein könnte, nicht wahr?«

Du! Schrie es in Colombes Herz, *warum kannst nicht du mein Ge-*

fährte sein!

»Es besteht durchaus die Möglichkeit, dass dir dein Gefährte erst in vierzig Jahren begegnet.«

»Oh, das glaube ich nicht«, verneinte Colombe überzeugt.

Tin schaute verwundert. »Du bist dir da aber ganz sicher.«

»Klar. Ich bin ein Amceps. Mein Gefährte wird mich, hier unten auf der Erde, ganz bestimmt nicht alleine lassen. Erst recht nicht, weil ich ja eigentlich …«, sie hob die Finger und zeichnete Gänsefüßchen in die Luft, »in zweieinhalb Tagen sterben soll. Bestimmt wurde mir ein Homullus zur Seite gestellt, das Gefährtenlos ist und als zusätzlicher Schutzengel funktioniert.«

»Die Chancen, dass einer der Mactus-Krieger dein Gefährte ist, ist in diesem Fall sehr groß, das ist dir bewusst, oder?«

Colombe versank im Sitz. Ein eiskalter Schauder lief ihr den Rücken hinunter, als ihr wieder Salomons ekelhafte Zunge in den Sinn kam. »Vielleicht ist es Laurenz oder die Kriegerin Silvia, die mit mir ins Crepererum amceptiert ist«, sagte sie mit einem gezwungenen Lächeln und versuchte damit, das Schlimmste zu überspielen.

»Silvia war bestimmt nicht deine Gefährtin. Sie ist in den viertägigen Schlaf gefallen, nachdem ihr zurückamceptiert seid. Dein Gefährte wäre diesem Schlaf nicht verfallen.«

Animusseidank, Salomon ist auch dem Schlaf verfallen.

»Ist das die einzige Möglichkeit, um herauszufinden, wer es sein könnte?«

Tin nickte. »Ich glaube schon. Hochsensible Menschen erkennen es vermutlich an ihren Gefühlen, sind aber nicht in der Lage, diese einzuordnen. Aber ansonsten bleibt der Mensch im Unwissen.«

»Ich bin hypermegaultrahochsensibel, wie du weißt.«

Tin setzte den Blinker und lenkte den Citroën durch die Ausfahrt zu einer Autobahnraststätte, wo er schwungvoll in eine Parklücke einbog und den Motor des Autos abstellte. Der Regen musizierte plätschernd mit dem Autodach. Tin beugte sich zu Colombe und küsste sie. »Ich weiß«, hauchte er und grinste sie an.

»Was sind das für Gefühle, die mir meinen Gefährten verraten könnten?«, fragte Colombe und konnte es selbst nicht glauben, dass sie das mehr interessierte, als seine Lippen auf ihren zu spüren. Tin stoppte den Kuss abrupt. »Keine Ahnung«, sagte er und strich Colombe erneut eine nicht vorhandene Haarlocke hinter die Ohren, »Lusebian hat einmal von einer uralten Verbindung gesprochen, die man fühlt, wenn sich die beiden Gefährten in unmittelbarer Nähe zueinander aufhalten.«

»Das Gefühl, sich ewig zu kennen?«

»So was in der Art, ja.« Tin deutete auf Colombes Handschuhfach. »Dort ist ein Schirm drin, wir holen uns besser noch ein paar Sandwichs.«

Das fühle ich, wenn ich mit dir zusammen bin!

»Ich hab grad gegessen«, antwortete sie ihm automatisch.

»Ja, aber ich will etwas im Vorrat haben.«

Das Gefühl, sich ewig zu kennen.

Colombe nahm ihren ganzen Mut zusammen und atmete tief durch. »Das fühle ich, wenn ich mit dir zusammen bin«, murmelte sie jetzt laut und sah ihn mit zusammengekniffen Augen an.

»Was?«

»Dieses Gefühl, dich schon lange zu kennen.«

Tin schnaubte verlegen. »Das hab ich bei dir auch. Aber ich glaube, das ist normal, wenn man sich verliebt, meinst du nicht?«

Er will es nicht wahrhaben! Zudem ist es das erste Mal, dass ich mich wirklich verliebt habe. Vermutlich hat Tin da schon etwas mehr Erfahrung.

»Vielleicht bist du mein Gefährte«, flüsterte Colombe. Sie wagte nicht zu atmen, um Tins Reaktion genauestens analysieren zu können.

Er schien abgelenkt zu sein und starrte unentwegt in den Rückspiegel. Colombe schaute kurz über ihre Schulter nach hinten. Tin schien den weißen Kastenwagen zu beobachten, den er kurz zuvor laut fluchend überholt hatte. Das Fahrzeug parkte unweit vom Citroën. Niemand stieg aus.

Colombes Körper versteifte sich. »Hast du mir zugehört? Ich denke, *du* könntest mein Gefährte sein. Das mag ja für unser Vorhaben und das ganze Prophezeiungs-Zeugs nicht gerade von Belang sein, aber für mich is...«

»Was?«, fragte Tin, er war immer noch abgelenkt. Wortlos beugte er sich über Colombe hinweg, drückte das Handschuhfach auf und holte einen schwarzen Regenschirm heraus. Colombe wurde klar, dass er gedanklich anderswo war. Sie konnte nicht verhindern, ein wenig beleidigt zu sein. Mit verschränkten Armen ließ sie sich in den Sitz fallen.

»Du musst leider mit mir kommen«, verlangte Tin. »Ich will nicht, dass du alleine im Auto wartest. Wenn ich mich nicht täusche, sitzen in dem weißen Kastenwagen ein paar Mactus-Krieger ... dort hinten.« Er deutete mit dem Kopf in die Richtung des verdächtigen Fahrzeuges.

Ach darum hat er mir nicht zugehört.

Ihr beleidigtes Herz regenerierte sich sofort wieder. Als sie den Kastenwagen genauer unter die Lupe nahm, begann sie unweigerlich zu zittern. Sie glaubte, den kahlen Schädel von Laurenz schemenhaft zu erblicken. Zum Glück bot ihr die verregnete Windschutzscheibe keinen klareren Blick. Krampfhaft hielt sie sich mit beiden Händen am Sitz fest. Ihre Fingernägel bohrten sich in das weiche Leder.

»Geh' in den *ImPerDi*-Modus, wenn du unsicher bist«, sagte Tin mit beruhigender Stimme. »Ich lasse nicht zu, dass sie dir nochmals in die Nähe kommen.«

35

»Sie verfolgen uns nicht«, bemerkte Colombe, als sie unter dem kleinen Regenschirm Richtung Raststätten-Eingang sprinteten. Tin hatte seinen Arm um ihre Schultern gelegt und sie fest an sich gedrückt. Der Regen wirkte erfrischend, im Gegensatz zur abgestandenen und sauerstoffarmen Luft im Auto. Colombe war froh, trug sie einen Langarmsweater. Sie fuhr ihren *ImPerDi*-Modus hoch und hoffte eindringlich, die Kraft der angeforderten Energie nicht einsetzen zu müssen.

Unter dem Vordach des Eingangs angekommen, schloss Tin den Schirm und schüttelte ihn aus. Wachsam suchte er die Umgebung nach verdächtigen Personen ab. An diesem Tag lud die Raststätte viele müde und hungrige Reisende zum Verweilen ein. Eigentlich hatte die Ferienzeit noch nicht begonnen. Trotzdem strömten Scharen von fröhlichen Urlaubern, gestressten Geschäftsleuten und wild durcheinander plappernden Schulklassen durch die Einkaufsläden des Gebäudes. Colombe beobachtete die Menschen ... die Unwissenden. Ihre Spiralenergien strahlten das aus, was sie immer taten. Das, was Colombe immer spürte, wenn sie in Supermärkten, Kinos, Dorfplatzfesten oder anderen Ansammlungen die Menschen scannte: die Leute versprühten Lebenswillen und den Drang nach Harmonie. Vor lauter Sehnsucht nach Glück und Liebe begaben sie sich in den Schlund des Vergessens und erhofften sich unbewusst die Gunst Animus. Auge um Auge, Zahn um Zahn. Das war ihr Gesetz; voll und ganz damit beschäftigt, sich von allem Transzendentalen abzukapseln. Colombe spürte so viel Lüge, so viel Zwang und in jeder Ecke eine Flut von Manipulation. Selbst diejenigen, die sich dem metaphysisch Unbekannten nicht verschlossen, manövrierten sich auf direktem Weg in den nächsten Zwang, in ein nächstes Ritual. Sie unterbanden damit den keimenden Samen der Allmacht.

Colombe hätte jedes Mal würgen können, wenn sie Menschenansammlungen scannte. Sie fragte sich, warum sie sich das antat. *Warum sehe ich mir solch abscheuliche Suggestionen immer und immer wieder an? Suggestionen, die von ein paar skrupellosen Elementen auf dieser Erde verursacht werden? Hinterhältig und manipulativ wird ein Großteil der Menschen für die Interessen dieser zweifelhaften Gestalten ausgenützt. Mich mit eingenommen!*

Hm, dachte Colombe. *Eins steht fest: Die paar wenigen Gurus an der Spitze des Weltgeschehens machen die Rechnung ohne die Kraft der Gedanken und der Bewusstseinssteigerung der Menschen. Sie machen die Rechnung auch ohne die tief in jedem schlummernde Sehnsucht nach zu Hause, nach Liebe, nach einer Umarmung, nach Freiheit und nach der Sicherheit, dem Nachbarn in die Augen sehen zu können, ohne die Wiederspiegelung von Eifersucht, Zorn oder Hochmut.*

Wenn die Menschheit wüsste, dass die Welt am Abgrund steht ... würde sich dann das Bewusstsein auch automatisch entwickeln, sich gar verstärken, ohne Crepererum, ohne Kodex, ohne Lichtwaage?

Was wäre, wenn die Menschen wüssten, dass das Schicksal der Welt im Moment von einem einzigen Wesen abhängt. Nämlich von mir, dem Amceps der Prophezeiung?

Werde ich dem Druck von Gewalt und Zukunftsängsten standhalten? Oder werde ich zerbrechen wie ein rohes Ei, das man mit voller Wucht auf pickelharten Steinboden schleudert?

So viele Fragen und keine Antworten. So viele Fragen und keinen Mut, sie zu stellen.

Was wird geschehen, wenn wir den Kodex zurückholen und die Messung seinen Lauf nimmt? Wird die Welt sich verändern oder bleibt sie im selben Trott wie bisher? Wird die Menschheit fähig sein, sich all den Manipulationen der brüllenden Anführer zu entziehen und das Paradies zu erschaffen?

Ja, schrie ihr Herz.

»Die Krieger wissen, wohin wir fahren wollen«, vermutete Tin und holte Colombe aus ihrer quantenhaften Meditation zurück. »Otto war vor 19 Jahren unvorsichtig. Er führte das Conigium direkt nach Augusta Raurica. Zudem war Otto vermutlich auch heute Morgen unvorsichtig und hat die Krieger direkt auf unsere Spur geführt.« Tin ärgerte sich. Er musste sich auf die Zähne beißen, um nicht seiner Wut freien Lauf zu lassen.

»Er hat es bestimmt nicht absichtlich getan«, versuchte Colombe die aufkeimende Woge zu glätten. »Zudem ist das Treeins sicher von Kriegern umzingelt. Da wären wir heute Morgen wohl auch nicht unbemerkt weggekommen. Warum geht ihr beiden nur so hart miteinander ins Gericht? Ändern kann man es ja doch nicht mehr. Konzentrieren wir uns lieber auf die Gegenwart und die Zukunft. Die haben wir noch in unserer Hand.«

Tin atmete tief durch und drückte ihre Hand. »Du hast recht. Aber wir müssen vorsichtig sein. Das Conigium wird jede Möglichkeit ausnutzen, dich in seine Gewalt zu bringen. Ohne Vorbereitungen wäre das fatal.«

Ja, es wäre fatal. Aber was meint Tin mit Vorbereitungen? Verlangen die von mir, dass ich kämpfe?

»Wann klärst du mich über euren Plan und die damit zusammenhängenden Vorbereitungen auf?«, fragte sie. Aber die Antwort musste, einmal mehr, warten, denn plötzlich konnte sie die Anwesenheit von Laurenz regelrecht spüren, selbst über diese lange Distanz von mindestens vierzig Metern, die zwischen dem Kastenwagen und ihr lag. Wie war das möglich? Abrupt blieb sie stehen. Sie schaute sich nervös um. Vielleicht war er ihnen doch gefolgt? *Nö, nicht möglich. Laurenz' Spirale ist viel zu klein. Jetzt bloß nicht auch noch verrückt werden, Colombe!*

»Wenn sie schon wissen, dass wir nach Augusta Raurica fahren«, begann Colombe zu fragen, »warum verfolgen sie uns dann? Wollen sie einfach nur sicher sein, dass wir auch wirklich zum Sodbrunnen fahren? Und warum greifen sie nicht einfach an?«

Tin zuckte mit den Schultern. »Hm... weiß nicht. Sie haben den Kodex und sind damit im Vorteil. Vielleicht warten sie darauf, dass wir dich freiwillig ausliefern. Vielleicht müssen sie sich nach dem gestrigen Kampf zuerst wieder sammeln. Vielleicht war es sogar Zufall, dass ich ausgerechnet deren Wagen auf der Autobahn überholt habe. Vielleicht sind sie auch einfach nur schlecht organisiert. Vielleicht, vielleicht, vielleicht.« Tin atmete tief durch. »Aber wir haben einen Vorteil.«

»Und der wäre?«

»Die Krieger werden ihr Augenmerk hauptsächlich auf das Szenen-Theater richten. Wenn ich mich nicht täusche, sind alle Amceps der letzten Bewusstseinsmessungen entweder im Szenen-Theater selbst oder in der Nähe des gegenüberliegenden Podiumstempels gestorben. Das ist selbst für einen Mactus-Krieger einfach zu recherchieren. Unser Ziel ist aber der Sodbrunnen. Und der befindet sich ein kleines Stück abseits des Theaters.«

»Okay. Ich weiß gerade nicht, ob mich das wirklich beruhigt.«

»Keine Sorge. Ich bin bei dir.«

Hand in Hand marschierten sie zielstrebig zum Selbstbedienungskiosk und deckten sich mit Sandwiches, Chips, Schokolade und Getränken ein.

»Wie stellen wir das an?«, flüsterte Colombe, als sie sich in eine der Kassenschlangen einreihten und darauf warteten, ihre Fräsalien bezahlen zu können. »Ich meine, wie hängen wir die Krieger da draußen ab und wie täuschen wir die Mactus-Meute, die dort bereits auf uns wartet?«

»Schsch«, surrte Tin, »sprich etwas leiser.«

Colombe trat nervös auf der Stelle. Tin beugte sich nah an ihr Ohr. »Ein bisschen musst du der Quantenhaftigkeit schon vertrauen«, flüsterte er. »Wir werden einen Weg finden.«

»Die Quantenhaftigkeit wird mir wohl ewig ein Rätsel bleiben«, raunte sie zurück.«

Tin verdrehte die Augen. »Und das sagt ein halber Engel.«

Für Tin war klar: Die ganze Informationsflut, die in den letzten

Tagen auf Colombe niederprasselte, konnte zu einer unbewussten Verweigerungsreaktion führen. Das Schlimmste wäre, wenn sie die Schotten dichtmachen und sich von allem abschirmen würde. Er befürchtete, es sei bereits geschehen. Sie hatte noch keinen Versuch unternommen, das Siegel des Consortiums zu berühren. Nicht mal annähernd. Vielleicht lag es am Amulett selbst. Vielleicht schirmte es alles ab, was der Vereinigung hätte schädlich sein können. Es war, wie Jonathan Nahzuel versichert hatte: »Sie wird dich erst über das Siegel des Consortiums ausfragen, wenn sie den Herrn längst im Herzen aufgenommen hat.«

Und es stimmte. Selbst letzte Nacht, als es auf dem Nachttisch neben seinem Bett lag, beachtete sie es nicht. Natürlich war das gut so. Wenn sie den Ursprung und die Energien des Siegels erkannt hätte, wäre sie geflohen. Vor ihm, vor dem Consortium und auch vor dem Leben. Lucifer wartete längst auf sie. Endlich bestand die Chance, dass er sich mit einem Amceps verband und so dem Fall in die Dunkelheit Ehre erwies. Natürlich war Lucifer nicht auf Ehre aus. Sein Antrieb war ein anderer.

»Also, wie sieht dein vertrauenerweckender Plan aus?«, fragte Colombe, als sie ihren Einkauf bezahlt hatten und bereits wieder Richtung Ausgang marschierten.«

»Ich bin nicht ganz unvorbereitet«, antwortete er. »Ich hatte über Fred Stern Kontakt mit den zuständigen Archäologen auf Augusta Raurica. Er hat mir so einiges über den Ort erzählt. Außerdem hat mir Otto auch viele Details über die Anlage berichten können. Dann habe ich noch einen kleinen Joker in der Tasche. Ich verspreche dir, wir werden die Mactus-Krieger täuschen und dich sicher in den Sodbrunnen führen. Wenn du dann mal drin bist…«

»Wenn ich dann mal drin bin?«, echote Colombe, zum Teufel, Tin, was erwartet mich dort?

Mist, dachte Tin, sie darf wegen Lucifer nicht noch mehr Verdacht schöpfen, sonst krieg ich sie dort nie rein. Dann wird sie den Tod des Amceps sterben.

Tin legte sich eine Antwort zurecht. Lügen musste er nicht; er hatte ja selbst nicht wirklich eine Ahnung, was genau im Sodbrunnen geschehen wird. Vermutlich hielt ihn der Herr absichtlich im Unklaren. Colombe hätte sein Geheimnis sofort erfühlt. Sie hätte erkannt, was er schon immer mit sich trug. Es war ein Wunder, dass sie die durchsichtigen, aber gut geschützten Energien, worin er alles verborgen hielt, nicht längst durchbrochen hatte. Aber es wäre nicht Colombe gewesen, wenn sie die Schicht geknackt hätte. Sie respektierte den Menschen und nahm nichts von ihm, was dieser ihr nicht freiwillig geben wollte. Tin war noch nie einem solch wunderbaren Menschen begegnet. Die Liebe für die Menschheit, ja, für jeden einzelnen Menschen, war in ihr so stark verankert wie ein einbetonierter und verschweißter Pfeiler einer Zugbrücke.

Im Moment sah es aus, als ob sie sich dem Licht der Zenitüberschreitung von 28'000 Jahren ergeben hätte, um die Rückkehr in Frieden und ohne Zerstörung zu vollziehen. Aber es war immer noch möglich, dass die Mactus-Krieger ihr die Variante der Dunkelheit schmackhaft machen könnten. Sein Herr, Lucifer, hatte es Tin eindringlich erklärt: »Der Kodex der Homullus darf nicht auf die dunkle Seite der Waagschale gelegt werden.« Die Mactus-Krieger eiferten einem Hirngespinst nach. Zudem war es nicht der Kodex, der das Anastuiit in sich trug. Es war die Schale des Lichts, die ihre Veränderung einzig und alleine durch den Bewusstseinswandel der Menschheit vollziehen musste.

»Die Menschen sind noch nicht so weit. Noch nicht«, hatte Lucifer gesagt. Die Chance, den Zenit der 28'000 Jahre zu überschreiten, lag auf der Hand. Die Menschheit wird dann wieder auf sich selbst gestellt sein. Die Hand Lucifers wird wachsam über ihr schweben, vereint mit Colombe und ihrem Gefährten. Genau darum musste Colombe leben. Um zusammen mit ihrem Gefährten an Lucifers Seite zu wachen. Der Gedanke versetzte Tin einen schmerzhaften Stich in die Magengrube. *Colombe wird mich fallen lassen wie eine brühendheiße Kartoffel, sobald sie ihren Gefährten erkannt hat.* Der einzige kleine Hoffnungsschimmer bestand darin, sie glücklich zu sehen und immer daran zu denken, dass sie seine erste große Liebe war.

Er zuckte zusammen, als er aus der quantenhaften Meditation erwachte, und erwartete schon eine fürsorgliche Bemerkung von Colombe. Doch sie war verschwunden.

36

Erschrocken blickte Tin auf seine leere Hand, die kurz zuvor noch die wulstigen Finger des Amceps umschloss. Er schaute zurück, konnte Colombe aber im Menschengetümmel nicht finden. Doch dann erkannte er ihre rostroten Haare, die in die Höhe ragten wie lauter kleine Markierungspfeile.

All die Menschen, die an Colombe vorbeigingen, hielten einen sicheren Abstand von mindestens einem Meter auf sie ein. Es bildete sich eine Art unsichtbare Glaskuppe um Colombe herum. Es fehlte nur noch ein blinkender Richtungsweiser, der wie ein Blitz auf Colombes Kopf zeigte und sie den Mactus-Kriegern auf dem Präsentierteller servierte: *Seht! Hier ist das Amceps, das ihr sucht!*

Aber es waren keine Mactus-Krieger in der Nähe. Trotzdem wich das Blut aus Colombes Gesicht. Starr stand sie da, als ob sie schockgefroren wäre.

Tin ahnte nichts Gutes. Er rannte zu ihr hin, dachte jedoch nicht an Colombes *ImPerDi*-Modus, der sich auf dem Maximum eines Amceps befand. Unvorbereitet prallte er an der unsichtbaren Schutzschicht ab. Seine Nase brannte. Automatisch führte er seine Hand an die schmerzende Stelle und prüfte abtastend die Verletzung. *Nichts gebrochen. Glück gehabt!* Verdattert schaute er Colombe an. Sie machte keinen Wank. Auch nicht, als er gerade mit ihrer Schutzkuppe kollidierte. *Der Kokon der Homullus,* dachte Tin vollkommen perplex.

Dass starke Amceps in der Lage sind, diesen Kokon aufzubauen, hatte er in den Schriften des Lucifer gelesen. Bisher war jedoch keines der auserwählten Wesen in der Lage, diese Energien aufzubringen. *Vermutlich weiß Colombe selbst nicht, dass sie diese Fähigkeit besitzt.*

Das vereinfacht natürlich alles! Keine Waffe wird den Kokon durchdringen können. Kein Messer, kein Schwert, kein automatisches Maschinengewehr, keine Kanone, keine Bombe, auch nicht eine Atombombe ... weder Kälte noch Hitze, weder Wasser, noch Sonne. Dieser Schutzschild ist wie die Hülle Animus': Undurchdringbar.

Aus Tins Nase rann warmes Blut. Metallener Geschmack breitete sich in seinem Mund aus. Aber das war ihm egal. Soeben schwand all seine Angst. Die Mactus-Krieger konnten Colombe zwar in ihre Gewalt zwingen, ihr jedoch nichts mehr antun. Das war jetzt einfach nicht mehr möglich!

Beinahe hätte er vor Freude laut losgelacht. Aber schnell wurde ihm wieder klar, dass der Kokon den Amceptierkreis um Colombe herum nicht abdeckte. Der Amceptierkreis für Mactus-Krieger mit dem 666-Spiralsiegel war vier Meter groß. Die Schutzhülle von Colombe einen knappen halben Meter. Er konnte sich vorstellen, dass sich ein solcher Schutz im Crepererum nicht manifestieren könnte. In der Quantenhaftigkeit herrschten andere Bedingungen als in 3-D.

Zudem stand Colombe immer noch starr wie eine Salzsäule da und blickte mit weit aufgerissenen Augen in die Menschenmenge. Er folgte ihrem festbetonierten Blick, konnte aber nirgends etwas Auffälliges erkennen. Kein Mactus-Krieger und erst recht keinen Laurenz. Er begann an die Hülle zu klopfen und rief ihren Namen.

»Lerne zuerst richtig Pantomime!«, schrillte eine hohe Männerstimme an Tins Ohr. Tin fuhr herum. Viele Leute waren stehengeblieben, um ihm zuzuschauen. Die Leute dachten vermutlich, es handle sich um eine spontane Vorführung eines Künstlerpaares.

Tin drehte sich um, öffnete die Arme und entschuldigte sich bei der gelangweilt dreinblickenden Menschenansammlung. »Tut mir leid, keine Vorstellung heute, nur ein kurzer Test unter uns.«

Kopfschüttelnd gingen die Menschen weiter. Sofort widmete Tin sich wieder Colombe. Was hatte sie veranlasst, ihren Kokon hochzufahren?

Erfreut konnte er beobachten, wie Colombe ihren Kopf langsam in seine Richtung drehte. Er wollte sich abstützen und dazu eine Hand auf die Schutzschicht legen, doch diese war plötzlich wieder weg. Beinahe wäre er hingefallen. Aber Colombe hielt ihn mit ganzem Körpereinsatz fest.

»Was ist mit dir los?«, fragte Tin, als er wieder festen Stand hatte. Immer noch tropfte Blut aus seiner Nase und tränkte sein Hemd. Colombe sagte nichts. Verstört hob sie einen Arm und zeigte mit dem Zeigefinger in die Menschenmenge. Tin folgte ihrem Finger. Er konnte nichts Außergewöhnliches erkennen. Sofort legte er seine Hände auf ihre Wangen und versuchte ihren Blick wieder auf sich zu lenken. Sie war verwirrt. Irgendetwas hatte ihr einen riesigen Schreck eingejagt. Wieder folgte er ihrem Finger. »Was ist dort? Ich sehe nichts.«

»Ma...«, flüsterte sie, Tin verstand den Rest des Wortes nicht.

»Was? Was meinst du? Mactus-Krieger? Ich kann keine erkennen.

Alles friedlich. Nirgends ein Laurenz, der dich angreifen will. Der sitzt bestimmt im Auto und wartet auf uns.«

»Ma...«, wiederholte Colombe, dann verpuffte ihr *ImPerDi*-Modus endgültig. Sie verlor alle Kraft in den Beinen. Zwischen Ohnmacht und Erschöpfung taumelte sie in Tins Arme.

Was hat sie! Ist das die Nebenwirkung für das Hochfahren des Kokons?

Er sah sich hektisch um und erblickte eine leere Stoffbank, die zu einem Café gehörte. Schnell hob er sie hoch und trug sie im Laufschritt zum Sitzplatz. Während er Colombe trug, drehte er sich einmal um die eigene Achse, um nach Mactus-Kriegern Ausschau zu halten. Wäre Colombe nicht so schlapp in seinen Armen gelegen, hätte man meinen können, sie seien ein frisch verheiratetes Paar, das den Schwellentritt am Hochzeitstag übte. Vorsichtig legte er den schwachen Körper auf das knallrote und harte Polster und schob den dreibeinigen Tisch etwas zur Seite. Besorgt kniete er mit dem rechten Knie auf den Boden. Das Linke blieb angewinkelt in Startposition, falls die Mactus-Krieger angreifen sollten. Da das Conigium Mactus bereits im Besitz des Kodex war, würden sie sich bestimmt nicht mehr zurückhalten, und sich Colombe bei der erstbesten Gelegenheit schnappen. Jetzt erst recht, da sie kraftlos schien und sich bestimmt nicht verteidigen könnte. Ohne die Umgebung aus seinem Blickfeld zu lassen, streichelte Tin über Colombes Kopf. »Hast du einen Müdigkeitsanfall?«, fragte er und schon tastete er wieder mit zwei schnellen Seitenblicken die Umgebung ab. Er fühlte sich so hilflos, wie noch nie zuvor. »Ist es wegen der Schutzschicht? Hast du sie noch nicht unter Kontrolle?«

»Schon am Vormittag hagelvoll. Das kann ja heiter werden«, kreischte eine zahnlose Alte mit Halbglatze und bösem Blick. Sie saß am Tisch nebenan und kaute an einem Croissant-Bissen. Sie wippte mit dem Kinn nach vorn und zeigte auf Tins geschwollene Nase. »Die Kleine hat ihnen aber echt was verpasst«, sagte sie und ihr Blick verriet Schadenfreude.

Aus Tins Nase tropfte immer noch Blut. Er setzte sich neben Colombe und legte einen Arm um ihre Schultern. In dieser Position wirkten sie nicht mehr so auffällig und Tin konnte die Umgebung besser überblicken. Noch mehr solche Schaulustige wie die alte Croissant-Esserin konnte er nicht brauchen. Erst recht nicht so blöde Kommentare. Aus seiner Jeans kramte er ein Papiertaschentuch und drückte es sich auf die Nase. Er ließ den Kopf in den Nacken fallen und blinzelte die Umgebung ab. Colombes Kopf sank sofort auf seine Schultern. Sie weinte. Ihre Tränen tropften auf Tins Hemd und vermischten sich mit seinem Blut.

Die Blutung an Tins Nase stoppte und auch der Schmerz pochte nicht mehr allzu fest. Er versorgte das blutdurchtränkte Tuch in seiner Hose und überlegte, was er nun tun sollte. Seine Begeisterung für Colombes aufkeimende Fähigkeit, den Kokon der Homullus hochfahren zu können, schwand wie Zigarettenrauch im Wind.

Tin drückte Colombe näher an sich. Sämtliche Eindrücke der letzten Tage prasselten auf ihn ein. Zum ersten Mal fühlte er sich leer, ausgelaugt und seiner Aufgabe nicht gewachsen. Zudem lag ihm sehr viel daran, Colombes Leben zu retten. Dieses Gefühl erwachte in ihm schon beim ersten Blick in ihre glänzenden Augen. Lange bevor der ehrenwerte Lucifer ihn gebeten hatte, Colombe unbedingt zum Sodbrunnen zu führen.

Colombe atmete schwer. So konnte er nicht mit ihr nach Augusta Raurica fahren. Sie war zu erschöpft. Hier bleiben konnte er auch nicht. Zurückfahren kam nicht in Frage. Also, was tun?

»Maud«, murmelte Colombe plötzlich.

»Maud?« echote Tin und schenkte ihr wieder seine vollste Aufmerksamkeit. »Du meinst deine kleine Schwester Maud?«

Colombe nickte langsam. »Dort«. Sie hob einen Arm und zeigte kraftlos in die Richtung, in die sie zuvor so lange gestarrt hatte. Schlaff viel ihr Arm wieder zurück.

Tin drückte sie vorsichtig von sich und legte seine Hände auf ihre Wangen, schaute ihr eindringlich in die Augen und küsste sie zärtlich auf den Mund. Wieder vermischte sich Blut mit den Tränen Colombes.

Jetzt ist mir klar, was mit ihr los ist: Sie glaubt, ihre Schwester gesehen zu haben, darum ist sie in diesem Zustand!

»Maud ist tot. Du kannst sie nicht gesehen haben, sagte Tin mit sanfter Stimme.

»Ich weiß«. Sie atmete tief durch. »Es war blöd von mir, zu denken...«

»Nein, war es nicht.«, du vermisst sie. Das zeugt nur von deiner

Liebe.«

»Die Jungen von heute«, meckerte die Alte am Tisch nebenan. »Keinen Anstand, kein Gefühl für die Umwelt und das Arbeiten lernen sie auch nicht mehr.« Die Alte säuberte ihre Zahnzwischenräume mit dem langen Fingernagel ihres Daumens. Dabei schnalzte sie dauernd mit der Zunge. Dieses Geräusch machte Colombe rasend. Ihre Nerven lagen innert kürzester Zeit blank. Sie versuchte sich zu beherrschen, wurde aber zunehmend nervöser.

»Junges Saupack«, murrte die alte Kratzbürste.

»Seien sie still«, herrschte Colombe die Frau plötzlich an. Vermutlich erschrak Colombe ab sich selbst viel mehr, als Tin es tat. Tief durchatmend wandte sie sich wieder an ihn: »Doch, es war dumm von mir, mich wegen Maud runterziehen zu lassen. Immerhin haben wir die Welt zu retten.«

»Frech werden auch noch!«, zischte die Alte.

»Dann ist wieder alles in Ordnung mit dir?«, fragte Tin, ohne das Gemecker zu achten und nahm Colombe zärtlich in den Arm.

»Ja, alles gut. Es ist nur ... ich habe mir immer vorzustellen versucht, wie Maud wohl heute aussehen würde ... und dann habe ich dieses Mädchen gesehen ... die blonden Haare, die Augen, den Mund, ihre Art zu gehen.

Wieder wollte Tin sie an sich drücken. Doch Colombe begann, seine Nase zu begutachten. Ihre Hände schwebten ängstlich über die geschwollene Stelle. »Tut's sehr weh? Das tut mir leid. Ist sie gebrochen?«

»Ist nicht so schlimm, vermutlich ist nur eine kleine Ader geplatzt. In einer Stunde spür ich nichts mehr.«

Colombe rieb sich die Augen. »Was war das?«, fragte sie. »Dieser Wall, der mich plötzlich umgeben hat. War das meine zurückgelassene Hälfte, also mein Pendant in den Homullusreichen oder vielleicht sogar mein Gefährte, der mich damit halten wollte?«

Tin schüttelte den Kopf und nickte gleichzeitig. »Ja und nein. Du warst es. Du als Mensch hast dich entschieden, dich vor allem zu schützen und dein Homulluspendant hat dir dabei geholfen. Du kennst das Gesetz der Schöpfung. Du entscheidest und handelst. Die Homullus helfen dir dabei. Genauso wie alle Schöpfungen auf dieser Erde sich kreieren lassen. Hast du den nicht gewusst, dass du dazu fähig bist?«

»Nein«, wieder rieb sich Colombe die Augen. »Wenn ich das gewusst hätte ...«, sie stockte und verzog das Gesicht zu einer gequälten Fratze, »Wär Salomon niemals ...«

»Ich lasse mir doch von einer besoffenen Göre nicht den Mund verbieten«, krächzte das zänkische Weib so laut, dass es durch die Korridore der Raststätte hallte. Sie hatte ihre Hände auf die Tischplatte gestemmt. »Ich sag's ja, keinen Respekt, keinen Anstand, kein Gefühl für die Umwelt. Alles lassen sie liegen, wie die Hühner den Dreck!«

Colombe stand auf und schaute sich die Spiralen der Frau genauer an. Die kratzbürstige Alte wurde durch das Verhalten des Amceps verunsichert und reagierte noch aggressiver. »Komm nur her und schlag mich. Das ist es doch, was du willst!«

Colombe lag einiges auf der Zunge. Sie wollte der Frau ihre Meinung geigen. Wie konnte sie ihr Anstandslosigkeit vorwerfen, wenn sie selbst die Respektlosigkeit in Person war. Wie konnte sie ihr Gefühlslosigkeit vorhalten, ohne sie zu kennen. Wer oder was gab ihr das Recht, ein Urteil zu fällen, ohne die Wahrheit zu wissen?

»Ich sage dir, freche Göre«, wetterte die Militantin weiter und spie dabei Croissant-Krumen aus, »wenn du mir auch nur zu nahe kommst, zerre ich dich vor Gericht. Dann ist dein Leben vollends verdorben.«

Je mehr Colombe in die Energien der Frau eintauchte, umso mehr Bedauern fühlte sie für sie. Unwillkürlich begann sie, deren verkorkste Energien zu reinigen. Die Persönlichkeit der alten Frau lehnte jedoch den guten Willen von Colombe ab. Sie wollte diese Liebe nicht, wollte griesgrämig sein, traurig, unzufrieden und provokant. Offensichtlich war sie zu sehr damit beschäftigt, andere schlecht hinzustellen, nur um ihr eigenes vermurkstes Leben in ein besseres Licht zu rücken. Ein Spiegel wäre jetzt gut gewesen, um ihr zu zeigen, wer der Umwelt mehr Schaden zufügte.

Aber Colombe wusste, dass man ein Vorbild sein musste, um Empathie im Anderen zu erwecken. Sie nahm Tins Hand, der ebenfalls aufgestanden war, packte die Papiertüte, mit den zuvor eingekauften Fräsalien, und schenkte der Frau ein mitleidvolles Lächeln. Es war ein Lächeln, bei dem man die Lippen zu einem schmalen Strich zusammenpresst, sich danach auf die Unterlippe beißt und mit dem Augenkontakt alles sagt, was es zu sagen gibt. *Es ist deine Entscheidung, wie du dein Leben leben willst.*

Colombe drehte sich demonstrativ um und glänzte bei der Alten mit ihrem zierlichen Rücken. Sie deutete Tin zum Ausgang. »Komm, auf nach Augusta Raurica, mich und die Welt retten. Zudem hast du mir noch einiges über den Kokon und die Pläne zur Wiederbeschaffung eines gewissen Kodex zu berichten.

Colombe würdigte die Ausgeburt einer Zicke keines Blickes mehr. *Wo kein Zünder ist, kann auch kein Sprengstoff detonieren.*

Ihre Gedanken um die seelengequälte Alte verschwanden, als Colombe die Energien von Laurenz immer deutlicher zu spüren bekam. Irgendetwas war anders an Laurenz. Einmal abgesehen davon, dass er sich nicht in ihrer unmittelbaren Nähe befand und sie ihn eigentlich gar nicht hätte fühlen können.

»Bleib gefälligst hier, ich rede mit dir«, schrie die Frau und wurde durch Blicke unbeteiligter Café-Gäste belohnt. Ihre Schultern hatte sie ausgefahren wie ein Tiger auf Beutejagd. Ihre leeren grauen Augen verdunkelten sich und sie schnaubte wie ein Stier in der Arena. Doch bevor sie zu einem neuen Redeschwall ansetzen konnte, spürte sie eine schroffe Hand auf ihrer Schulter, die sie in ihren Stuhl niederpresste.

»Kann ich dir irgendwie helfen, Muttchen?«

Die Alte schaute erschrocken hoch und blickte in ein makellos hübsches Gesicht eines kahlköpfigen Hünen. Trotz der geschwollenen Nase, die vermutlich im Normalfall eine kleine Stupsnase war, und trotz dem sinnlichen Mund strahlte der Mann das reine Böse aus. Moosgrüne Augen funkelten die Alte an wie giftige Galle. Eine lange rosa Narbe führte vom linken Ohr über den Hals zum Schlüsselbeinknochen, geschmückt mit einer Tätowierung aus der Zahl 666.«

»Lass mich gefälligst los!«, wehrte sich die Alte und begann verängstigt um sich zu schlagen, so gut ihre alten Glieder es schafften.

»Komm, wir gehen zurück ins Pflegeheim für geistig Behinderte«, rief der Hüne laut aus und lieferte den neugierig gewordenen Gästen im *Café* eine plausible Erklärung für die Szene. Er legte der Frau einen Arm um die Schultern und drückte mit seiner Pranke den Oberkörper zusammen. Die Frau rang sofort nach Atem.

»Halt still«, befahl der Hüne. Fauler Geruch von verrottetem Fisch flog ihr entgegen. Sie musste unweigerlich würgen. Zudem befürchtete sie schon, der fremde Bösewicht werde ihr die Rippen zerquetschen. Darum hielt sie es für besser, seinem Willen zu gehorchen.

»Das ist sexuelle Belästigung«, fauchte sie.

»Halt die Fresse, Muttchen, oder ich werde so richtig böse.«

»Was willst du von mir?«

»Och, ich sitze nur etwas da und achte darauf, dass du meinen Freunden nicht in die Quere kommst. Das Mädchen, das du vorhin so widerlich beschimpft hast... ist nämlich etwas ganz Spezielles, musst du wissen.«

Der Kahlschädel blickte Colombe und Tin hinterher, wie sie durch den Ausgang der Raststätte eilten. Er grinste. »Ich krieg dich schon noch Colombe. Irgendwo, wo's ruhiger ist und wir zwei uns vergnügen können.«

»Was hast du vor!«, motzte die Alte und fragte sich, warum sie nicht nach Hilfe schrie.

37

Kaum war Tin losgefahren, wollte Colombe sofort zur Fragestunde ansetzen. Sie erhoffte sich endlich Antworten auf all ihre Fragen. Da erklang aus dem Autoradio eine Sondernachrichtensendung. Tin fluchte ungezügelt, als der Nachrichtensprecher von einer Bombendrohung auf dem Freigelände von Augusta Raurica berichtete:

... Die Bewohner der umliegenden Wohnhäuser wurden umgehend evakuiert. Das Museumsgelände bleibt bis auf Weiteres gesperrt.

Colombe erschrak ab Tins aufbrausender Reaktion, wenigstens schlug er nicht auf das Lenkrad ein. »Mist verdammter!«, wetterte er, »das wird uns den Zugang zum Sodbrunnen um ein Vielfaches erschweren.«

Natürlich war diese Bombendrohung nicht gerade die beste Nachricht des Tages. Aber war sie schlimmer, als der angekündigte Kampf im Crepererum? War die gestrige Schlägerei zwischen Amceps-Wächtern und Mactus-Kriegern nicht auch etwas Schreckliches? Den vergangenen drei Tagen konnte sie sowieso nichts Gutes abgewinnen. Mit Ausnahme von Tin selbstverständlich. Natürlich ärgerte sie sich auch über diese Bombendrohung. Es kam ihr vor wie ein Test. Einer von vielen Tests, den ihr das Leben in den Weg stellte. Jede Prüfung stand für die freie Wahl. Je mehr Tests sie bestand, umso stärker wurde ihr Vorhaben von den Homullus unterstützt. Vielleicht blieb sie gerade dank dieser Unterstützung ruhig. Aber vielleicht hatte sie die Begegnung mit dem blonden Mädchen auch einfach nur ausgelaugt. Maud - ihre Schwester. Ihre tote Schwester! Colombe konnte nicht aufhören, an die Begegnung zu denken. Der Gang zum Sodbrunnen war ihr wichtig. Doch ihr Leben mutete in diesem Augenblick vielmehr an das einer Schnittblume an. Einer Schnittblume, die man von ihren Wurzeln getrennt hatte und in einer Dekorationsvase irgendwo auf einem Stubentisch elend verwelken ließ. Doch es gab einen Unterschied zwischen ihr und einer Schnittblume. Sie bekam die Möglichkeit, im Sodbrunnen ihr Leben zu verlängern. Was auch immer sie dort erwartete, es war eine Chance.

Eigentlich konnte sie es sich nicht vorstellen, in einer 2000 Jahre alten römischen Sodbrunnenruine einen Hinweis zu finden, der ihr Leben rettete. Warum ausgerechnet Augusta Raurica? Warum ein Sodbrunnen mit schwefelhaltigem Wasser? Warum befand sich dieses Rätsel nicht im Crepererum? Wäre das nicht viel logischer? Und warum hatte sie das Gefühl, Mauds Energiespiralen wiedererkannt zu haben, bevor sie das Mädchen überhaupt gesehen hatte? In ihrem Kopf herrschte ein aufgewühltes Gedankenwirrwarr. *Maud, Salomon, Mactus-Krieger, Tin, Salomon, Gerd, Otto, Salomon, Laurenz, Amceps-Orden, Salomon, Sodbrunnen, Maud, Laurenz, Salomon, Tin, Tin, Tin, Tin!* Salomon, wie er sabbernd auf ihrem nackten Körper lag. Salomon, der trotz zwanghafter Gewaltanwendung, seinen Schmerz zu unterdrücken versuchte. Salomon, wie er Leid zufügte, um seine Pein zu übertünchen -. Für ihren Verstand war es unlogisch, dass sie nun an Salomons Schmerz dachte, und nicht an das Leid, das er *ihr* angetan hatte. Doch ihre Seele bestätigte es ihr. Salomon stand für all die gewalttätigen und hassschürenden Kreaturen auf dieser Erde: ein kraftvoller Körper, doch schwach im Geiste. Ein menschlicher und intelligenter Verstand, doch armselig an Energiespiralen. Heroisch im Kampfe, doch kleinmütig, gefühlsarm und abgeschlafft an Schöpferkraft.

Dann, wie aus heiterem Himmel, übernahmen all die vielen unausgesprochenen Fragen, die sich in den letzten Tagen in ihr angesammelt hatten wieder die Oberhand. Sie war längst ungewollt in einer quantenhaften Meditation versunken und Tins durchsichtige Energie suchten sich einen Weg durch ihre Synapsen wie zuckersüßes Fruchtgelee: Barg Tins undefinierbare Energie ein schreckliches Geheimnis? Warum trug er immer noch ein Spiralsiegel, wo sie doch mit eigenen Augen gesehen hatte, dass er das Siegel des Amceps-Ordens an Mara Niederer hatte aushändigen müssen? Warum reagierten die Amceps-Wächter derart ehrfürchtig auf dieses Amulett? Was hatte das Bild des gottesfürchtigen Lucifers zu bedeuten, das in Tins Wohnung hing?

Seit Colombe bei Tin in der Wohnung war, schienen für sie Wochen vergangen zu sein. In Wirklichkeit war es gerade mal zwei Tage her. *Ich und ein halber Engel. Davon habe ich noch nicht wirklich viel bemerkt. Okay, der Fall ins Crepererum ist schon mystisch...* aber der Ort hatte viel von seiner Freundlichkeit eingebüßt, seit sie dort brutal zusammengeschlagen und beinahe vergewaltigt worden wäre. Was nützte ihr die Gewissheit, dass solche Taten nur von Weicheiern und Dumpfbacken ausgeführt werden?

Nichts!

Da war es wieder. Das WARUM!

Ist es wirklich das Streben nach Liebe und Glück, das die Menschen zu solch unbegreiflichen Taten zwingt? Schon oft war sie diese Frage von allen möglichen Seiten angegangen und dabei stets knapp einer Depression entgangen. So fragte sie sich auch immer wieder, warum sich die Menschen eigentlich liebten.

Die anastuiite Liebe liegt in der Natur des Menschen, antwortete ihr die Herrlichkeit.

Das wiederum führte Colombe zwangsweise zur nächsten Frage: Wenn die Liebe in der Natur des Menschen liegt, wo liegt dann die Gewalt? Etwa in der gleichen Natur, die durch Wasser und Hitze Unheil verursacht und doch immer wieder neues Leben hervorbringt? Sind Neid, Gier, Brutalität und Hass so natürlich wie Schlangengift, wie ein Gendefekt oder ein mutierender Virus, der sich wie ein Influenza-Erreger immer wieder neu formt und sich den Gesetzen der Evolution unterstellt, einfach nur um zu ergründen, wie ihr Wirt zu quälen, zu foltern oder zu töten ist? Zu was taugt den der Verstand, der dem Menschen gegeben sein soll wie keinem anderen Lebewesen?

Tin erholte sich allmählich vom ersten Schreck der Bomben-drohung. Er kaute an seiner Unterlippe und brütete bestimmt gerade an einem Plan, wie sie den Sodbrunnen trotz dem gesperrten Gelände erreichen könnten. Tin war ihr Glücksspender, trotz allen Schändlich-keiten, die ihr bisher widerfahren waren. Seine bloße Anwesenheit half ihr, die Menschen um sich herum besser zu ertragen. Er war der Motor ihres Lebenswillens. Bei ihm fühlte sie sich wirklich geborgen, trotz Gefahren und trotz blutrünstigen Mactus-Kriegern. Sein Verhalten bestätigte ihr, was sie in seiner Energiespirale las. Sie war ausnahms-weise dankbar für die Fähigkeit, die Menschen fühlen zu können... Tin zu fühlen. Sonst hätte sie spätestens nach Erblicken des Bildes mit dem scheußlichen am Boden kriechenden und gottanflehenden Lucifer Reißaus genommen und Tin als das Böse eingestuft. Aber seine fordernde Art, sie am Leben erhalten zu wollen, war echt. Er wollte die Zukunft mit ihr verbringen. Trotzdem fragte sie sich, ob er mit ihr glücklich werden könnte. War sie kräftig genug, um mit ihm mitzu-halten? Bestimmt war er ein unternehmungslustiger Typ, ging oft mit Freunden aus und trieb viel Sport. Bestimmt würde er all das mit sei-ner Freundin teilen wollen - mit ihr - und sie auch sonst gerne an seiner Seite wissen. Colombe kannte sich weiß Animus gut genug, um zu wissen, dass sie Ausflüge, Treffen mit Freunden, Wanderungen oder sportliche Betätigungen mit Ruhe, Schlaf, quantenhafter Meditation und abgedunkelten Räumen verarbeiten musste. Ruhe bedeutete für sie nicht, irgendwo draußen in der Natur zu sitzen und sich die Schön-heiten der Erde anzusehen. Die Eindrücke dort draußen waren ge-nauso ermüdend, wie ein Mensch mit Sorgen oder giftigen Gedanken. Sie brauchte ihre Umgebung. Ihre Möbel und ihre Pflanzen, die sich mit ihren Energien vollgesogen hatten - sie kannten. Die nichts von ihr forderten, sondern sie unterstützten, ähnlich wie die Homullus.

»Alles Okay?«, hörte sie Tin fragen. Sie zuckte zusammen, nickte und lächelte ihn an. Wie oft hatte er sie das in den letzten Tagen wohl schon gefragt? War sie nicht zu egoistisch, wenn sie dachte, Tin könnte glücklich mit ihr werden? Verlangte sie zu viel von ihm? War es das, was Otto meinte, als er ihr nahelegte, sie solle Tin keine Hoffnungen machen. Immerhin war Otto zwei Jahre mit einem Amceps, mit Rose, liiert. Er wusste, wovon er sprach. Wäre es nicht viel einfacher, sie würde in zwei Tagen sterben? Wurden all die Amceps der Vergangenheit deswegen nach Vollendung der Bewusstseinsmessung aus dem Leben gerissen? Weil das Weiterleben eher einer Qual glich und nicht der Freude, dem Glück und der Freiheit? Quälend, weil sich die Amceps daran erinnerten, wer sie in Wirklichkeit waren: Geboren aus dem Schoße Animus, doch gefangen in den Fesseln der Unwissenheit?

Klar, Tin wäre sicher traurig, wenn sie sterben würde. Aber nach einer Weile würde er bestimmt eine nette junge Frau kennenlernen, die ihm nicht vorjammerte, eine Urlaubsreise von zwei Wochen sei viel zu anstrengend für sie. Eine Frau, die nicht nächtelang weint, weil sie die Last des Lebens nicht erträgt, da sie nur noch das Leid sieht, die Traurigkeit und die Schwere des Lebens ... und es manchmal stundenlang dauert, bis sie wieder erkennt, wer sie wirklich ist. Ein Homullus mit verkümmerten Fähigkeiten der Schöpfung. Fähigkeiten, die sie nur reanimieren müsste. Fähigkeiten, die längst auf den Stromstoß der Wahl warteten, um sich mit ihrer Seele zu verbinden. Dann brauchte sie nur noch die Idee in die Tat umzusetzen ... und als Hilfe den Kokon des Homullus an ihrer Seite zu wissen. Das alles, um zu bemerken, dass das Seelenwohl eines Menschen einzig und allein von ihm selbst abhängt.

»Wir sind in fünf Minuten da«, hörte sie Tin sagen. Es fühlte sich an, als ob ihre Gedanken in die hinterste Ecke des Gehirns gepresst würden.

Wie egoistisch von mir, Tin für mich zu beanspruchen! Oder ist es vielleicht sogar tapfer von mir, mich dem Leben zu stellen? Jemand muss den Menschen ja zeigen, was es bedeutet, sich seiner selbst zu erinnern! Scheiße, warum ausgerechnet ich!

Tin deutete auf eine braune Hinweistafel, die mit weißen Lettern die Anlage von Augusta Raurica ankündigte. Er setzte den Blinker und steuerte den Citroën von der Autobahn. »Ich fahr so nah wie möglich an das Museum heran. Mal schauen, wie weit wir kommen.«

Er folgte der braunen Beschilderung, die zum Gelände führten. Schon bald waren die Absperrposten der Polizei zu sehen.

»Hier hätten wir rechts abbiegen müssen«, erklärte er und zeigte auf eine Abzweigung, die von der Polizei mit rotweiß gestreiften Plastik-Bändern abgesperrt war. Tin fuhr auf der Hauptstraße weiter. Die nächste Abzweigemöglichkeit, die in die Nähe des Museums führte, ging von einem Verkehrskreisel ab. Tins Gesicht hellte sich schlagartig auf, als er erkannte, wohin die Straße führte.

»Ha!«, rief er erfreut. »Der Tierpark!«

»Was Tierpark?«, fragte Colombe erstaunt. »Willst du eingesperrte Tiere anschauen, bis die Absperrung aufgehoben wird?« Sie schaute auf die Uhr. Noch knapp 30 Minuten bis zur nächsten Amceptierphase.

Tin antwortete nicht. Colombe nahm es ihm nicht übel. Sie konnte sein Hirn regelrecht rattern hören, so sehr konzentrierte er sich auf die Lösung des Problems. Kurz vor einem kleinen Waldstück bog er rechts in eine Nebenstraße.

»Ah, cool, die Venusstraße«, sagte er schmunzelnd.

Venus, die römische Göttin der Liebe. Der Name dieser Straße soll wohl ein gutes Zeichen sein, dachte Colombe.

Tin trat aufs Gas und deutete mit dem Zeigefinger geradeaus. »Wir sind jetzt auf der hinteren Seite des Museumsgeländes. Hier ist es viel ruhiger. Es hat teilweise ein paar Industriegebäude, ansonsten hauptsächlich Landwirtschaft. Von dieser Seite her können wir die Absperrposten der Polizei sicher viel besser austricksen.« Wieder zeigte er mit dem Zeigefinger voraus. »Da vorn ist der Parkplatz für den Tierpark von Augusta Raurica.«

»Los geht's«, sagte ein enthusiastischer Tin, als er den Citroën auf dem leeren Parkplatz abgestellt hatte.

Obwohl noch dunkelschwere Wolken unter dem Himmel hindurchzogen, regnete es nicht mehr. Trotzdem griff Tin hinter seinen Sitz. Nach dem Besuch in der Autobahnraststätte hatte er den nassen Regenschirm dort hingeworfen. Er schlang die Schlaufe des Mini-Schirmes um seine Hand und stieg aus.

Auf dem hellgelben Schotterbelag des Parkplatzes hatten sich viele tiefe Regenpfützen gebildet. Das bemerkte Colombe unfreiwillig, als sie aus dem Auto stieg, prompt in ein solches Wasserloch trat und einen Schuh voll herauszog.

»Mist... verdammter... elender!«, fluchte sie murmelnd und warf noch ein »Scheiße heieiei!«, hinterher, als sie das Versagen der angeblich wasserdichten Sneakers wahrnahm und ihre Socken das kühle Nass aufsaugten. Sofort, nachdem sie sich die Flüche selbst aussprechen hörte, bekam sie heiße Ohren. Ihr Kopf verfärbte sich zu einer

Rote Beete-Knolle. »*Wie war das genau mit dem halben Engel?*«

Tin kommentierte das nicht, hob nur amüsiert die Augenbrauen und rannte vor einem vorbeirasenden Auto auf die andere Straßenseite. »Komm' du engelhaftes Wesen, hier drüben steht das Wasser nicht so tief.«

»Konntest es dir nicht verkneifen«, meckerte Colombe, lächelte dabei aber übers ganze Gesicht.

Plötzlich blieb sie stehen und sah sich ängstlich um. Ihr Gesicht verfinsterte sich zunehmends. Sie hatte immer noch das unangenehme Gefühl, von Laurenz beobachtet zu werden. Schon seine Energien, die auf der Raststätte auf sie eingeprallt waren, fühlten sich anders an, als sie es von Laurenz gewohnt war. Aber jetzt wurde die Veränderung noch intensiver. Eigenartigerweise war seine Spirale durchmischt mit Empathie und Liebe. Das passte so gar nicht mehr zu dem Angst und Schrecken verbreitenden Laurenz. Diese Eindrücke konnten mit Sicherheit nichts mit der wunderschönen Leichtigkeit von Tins Aura zu tun haben. Laurenz Energie hatte sich nicht mit der von Tin vermischt. Wenn sie etwas auseinanderhalten konnte, dann waren es die Spiralenergien von Menschen.

»Ich... ich glaube, ich fühle die Mactus-Krieger«, flüsterte sie Tin zu. Er sah sich sofort um. »Wo? Wie viele? Mir fällt nichts auf.«

»Nur Laurenz... aber... es ist eigenartig, seine erfühlbare Spirale ist doch eigentlich sehr klein. Ich kann mich noch gut an ihn erinnern. Während des Kampfes beim Schwellenkino und auch gestern Nacht, da hatte ich ihn im Scan. Sein Verstand ist sich seiner Größe nicht bewusst, ergo sollte ich ihn auch nur nach seiner winzigkleinen Denkfähigkeit messen können. Trotzdem spüre ich ihn aus einer extrem großen Entfernung. Ich glaube, es sind jetzt sogar über hundert Meter... nein vielleicht sogar mehr.«

»Wie fühlt sie sich den an, diese Energie? Bist du sicher, dass es Laurenz ist?«

»Das ist ja das Komische! Es ist, wie wenn du Eiswürfel in lauwarmes Wasser legst. Die Wärme verschwindet und überlässt nach und nach der Kälte das Zepter. Bei der Energie von Laurenz, versucht sich die Empathie mit der Besessenheit des Bösen zu vermischen. Dabei wird das Gute verdrängt. Jetzt fühl ich das Gegenteil: Das Böse wird vom Guten verdrängt.« Colombe schüttelte den Kopf. »Das, was ich jetzt fühle, ist definitiv nicht böse. Wenn ich es nicht besser wüsste, hätte ich gesagt, Laurenz hat die Seiten gewechselt und ist plötzlich lieb und nett geworden.«

Tins Mund öffnete und schloss sich mehrmals. Er sagte aber kein Wort. Er drückte die Augen zu schmalen Schlitzen zusammen und schien intensiv nachzudenken. Er drehte sich mehrmals im Kreis und suchte die Umgebung ab. Aber da war niemand.

Dann spürte Colombe plötzlich die pure Freude aus ihm herausstrahlen. Glück und Dankbarkeit. Seine Reaktion verwirrte sie. *Er kann doch unmöglich denken, dass Laurenz wirklich zu den Guten gewechselt hat.*

Einmal mehr setzte Tin sein breites Lächeln auf. »Du meinst, es fühlt sich so an, als ob der Teufel zu einem lichtvollen Engel geworden wäre?«, fragte er und entblößte dabei seinen schiefen Zahn.

Colombe schürzte die Lippen. »So ungefähr ja. Klingt voll exzentrisch, ich weiß.«

Tin konnte gar nicht mehr aufhören, verschmitzt zu lächeln. Seine Lachfältchen seitlich der Augen prägten sich aus wie ein frisch gestochenes Tattoo. Das fand Colombe nicht gerade passend. Schließlich war Laurenz ein Mactus-Krieger und vermutlich am Tod von Jefferson beteiligt.

Eine Weile gingen die beiden wortlos dem Waldrand entlang, Hand in Hand, vorbei an transparenten Gewächshäusern mit kreisrunden Tonnendächern. Eine Gärtnerei, wie Colombe schnell feststellte. Sie versuchte sich so gut wie möglich von den Energien der Pflanzen in den Treibhäusern abzuschirmen, was praktisch ein Ding der Unmöglichkeit war. Flora, die auf ein Zuhause wartete (welcher Art auch immer), verfügte über eine sehr aufdringliche und fordernde Energie. Colombe liebte Pflanzen. Doch genau deshalb waren Besuche in Pflanzenhäusern oder bei Gemüseregalen in Supermärkten energievolle Momente die Colombe schnell ermüden ließen, und das hier war eine große Gärtnerei. Wie tausend dünne Nähnadeln stachen die Rufe der nach Liebe schreienden Gewächse in ihre Haut ein. Sie war froh, als sie die Gärtnerei hinter sich lassen und nun neben einem Maisfeld hergehen konnten. Der Mais forderte nichts von Colombe. Einige Stauden suchten zwar den Kontakt, jedoch nur auf ein kleines Schwätzchen. Alle freuten sich darauf, bald Mensch oder Tier als Nahrung zu dienen. Das Feld grenzte an die Museumsanlage von Augusta Raurica. Der Mais war für diese Jahreszeit schon recht groß, mindestens einen Meter hoch. Der fortschrittliche Stand der Pflanzen war ein Glück für die beiden, denn plötzlich riss Tin Colombe am Ärmel zurück und zog sie mit einem Ruck ins Maisfeld. »Duck dich!

Colombe tat sofort, was von ihr verlangt wurde und kauerte sich hin. Die Maispflanzen verschluckten die beiden wie Wasser einen Stein. Tin hatte seinen Zeigefinger an den Mund gelegt, um Colombe anzuzeigen, dass sie still sein soll.

»Was ist los?«, flüsterte sie, als Tin nach ein paar Sekunden der Stille immer noch nichts sagte. Ohne zu antworten, hielt er sie einfach am Arm fest. Erdiger Duft des vom Regen aufgeweichten Bodens drang Colombe in die Nase. Nun kam auch die Socke ihres anderen Fußes in den Genuss von Regenwasser. Der Mais rauschte im Rhythmus des mäßigen Windes. Es kam Colombe vor, als ob sich die nassen Stangen an ihr trocken reiben wollten. Ein knackiges Blatt kitzelte sie an der Nase. Aber die meisten Maisstängel schienen zufrieden mit ihrer Situation zu sein und ließen Colombe in Ruhe. Sie hörte eine Autobahn hinter sich, ganz in der Nähe. Das unregelmäßige Zischen von vorbeirasenden Autos war gut zu hören. Sie zitterte leicht, ob vor Angst oder wegen der Kälte konnte sie selbst nicht sagen. Sie war nur unendlich froh, jetzt nicht auf Toilette zu müssen. Denn normalerweise musste sie immer, wenn es grad unpassend war.

»Hast du Mactus-Krieger gesehen«, hakte Colombe nach, als Tin ihr immer noch nicht antwortete. Sie hatte es etwas zu laut gefragt, den Tin presste wieder energisch einen Zeigefinger auf den Mund. »Schsch«, tschilpte er, horchte mit weit aufgerissenen Augen und flüsterte Colombe kaum hörbar zu: »Gleich da vorne zweigt ein Weg zum Areal des Museums ab. Dort steht ein Absperrposten der Polizei. Ich glaube, es ist besser, die beiden Polizisten wissen nichts von uns. Wir werden versuchen, unbeobachtet auf das Gelände zu gelangen.«

»Ja, ich habe sie auch gesehen«, flüsterte Colombe, »glaubst du, sie haben uns bemerkt? Wir haben uns viel zu spät versteckt. Ich hatte sie schon bei der Gärtnerei im Visier. Und wenn wir sie sehen können, dann sie uns erst recht.«

»Gesehen haben sie uns sicher. Aber sie denken bestimmt, wir seien zurückgegangen. Die wären schon längst hier und würden uns ...« Tin hielt inne, als er hörte, wie das Funkgerät eines der Polizisten zu rauschen begann. »Basiela 12 von Basilea 22, antworten.« war von einer melodiösen Frauenstimme durch das Funkgerät zu hören.

»Verstanden, antworten«, brummte einer der Polizisten beim Maisfeld mit kratzender Baritonstimme zurück.

»Wir haben uns eben einen Mann geschnappt der anscheinend Lebensmüde ist und versucht hat, auf das Gelände zu gelangen. Vermutlich ein Gaffer, der sich mit Exklusiv-Bildern der Bombe ein paar Kröten dazuverdienen will. Ein Kumpel von ihm ist uns entwischt. Er rennt soeben vom Amphitheater übers Feld in eure Richtung. Etwa 1.90 groß, muskulös, Glatze, trägt einen schwarzen Overall. Wir haben Basiela S-26 losgeschickt, um in zu schnappen. Meldet, falls ihr ihn seht, auch wenn er außerhalb der Absperrung ist. Wir wollen doch nicht, dass er versehentlich noch auf die Bombe tritt, die es vermutlich gar nicht gibt. Antworten.«

»Verstanden. Verdammte Gaffer, die bringen sich für nichts und wider nichts in Gefahr und uns auch noch dazu! Antworten.«

»Seht euch vor, der Kerl hat Kollege Meier beinahe die Nase gebrochen, als er sich von ihm losriss. Ende.«

Colombe hatte während des Funkverkehrs nicht gewagt zu atmen. Die Beschreibung des angeblichen Gaffers passte haargenau auf Laurenz. Er war also doch in der Nähe. Warum spürte sie ihn? Trotz eines, vermutlich riesengroßen, Abstandes?

»Das ist Laurenz, von dem die Polizistin gesprochen hat«, flüsterte sie Tin zu, »die Krieger sind uns dicht auf den Fersen. Was machen wir jetzt?«

Tin deutete mit dem Kopf in das Dickicht des Maisfeldes. »Wir robben durch den Mais. Wenn wir geduckt bleiben, decken uns die Stängel ab.«

»Okay, und dann? Soviel ich gesehen habe, schließt an das Maisfeld eine kürzlich gemähte Wiesenfläche an. Da stehen wir dann wie auf dem Präsentierteller für Polizei und Mactus-Krieger. Die ersten Häuser, bei denen wir uns wieder verstecken können, sind ab diesem Punkt noch mindestens fünfzig bis hundert Meter weit entfernt. Wo ist der Sodbrunnen nochmal genau? Hinter diesen Häusern?«

»Ja, hinter den Häusern gäbe es nochmals ein kleines Feld zu überqueren, dann wäre die Ruine der Cuira zu umrunden, anschließend die Hypokaustanlage zu passieren und dann ginge es noch ein paar Meter an den Ruinen der Badeanlage vorbei bis zum Eingang des unterirdischen Brunnenhauses, das mit dem Sodbrunnen verbunden ist.«

»Es *gäbe* nochmals ein Feld und die Cuira *wäre* zu umrunden? Warum sprichst du so, als ob wir es nicht tun würden?«

Tin presste seine Lippen zu einem breiten Lächeln zusammen. Langsam rückt er näher an Colombe heran und legte sachte seine Stirn auf die ihre. Eine Weile kauerten sie so da, spürten einander mit geschlossenen Augen. Stirn an Stirn. Tin nuschelte irgendetwas an seinem Hemd. Vermutlich juckte ihn das Siegel, aber das störte sie nicht. Die Situation, in der sie sich befanden, war zum Schmusen zwar etwas unpassend. Aber egal. Niemand konnte sie sehen. Warum also nicht.

Colombe hätte noch lange in dieser Position verharren können. Doch Tin löste die Umarmung, legte seine Hände auf ihre Wangen, öffnete seine Augen und sah sie liebevoll an. Sein Gesicht war immer noch so nah, dass sie seinen Atem spüren konnte, der warm und nach Kaffee duftend über ihre Nase tanzte. Sein Gesichtsausdruck strahlte Ruhe aus. Colombe glaubte, in seinen Augen ihre eigene Aura zu erkennen. Chlor-grau-blau-braun-grün-orange-rot-violett strahlten sie jene Geborgenheit aus, die sich Colombe schon so lange ersehnte.

»Vertraust du mir?«, fragte Tin leise.

Colombe schluckte, als ob sie jeden Moment losheulen müsste. Natürlich vertraute sie ihm. Warum fragte er sie das? Sie nickte wortlos und legte ihre Stirn wiederum auf seine.

»Dann bitte ich dich, mich nicht zu fragen, woher ich das weiß, was ich dir jetzt erzähle.«

Colombe zuckte leicht irritiert zurück, entspannte sich jedoch sofort wieder. »Okay«, gab sie ihm zur Antwort und versuchte bestimmt zu wirken.

Tin grinste, als ob er keine andere Antwort erwartet hätte. »Gut. Gleich am Ende des Maisfeldes gibt es eine der vielen Sehenswürdigkeiten des Museums. Die Ruinen einer römischen Kloake. Dort müssen wir rein.«

Colombe zog die Nase Kraus. »Eine Kloake, super! Aber seit ich dich kenne, muss ich ja nicht das erste Mal durch stinkende Fäkalien stiefeln. Aber mit dir tue ich das ja sogar noch gerne.« Sie zwinkerte Tin zu und erhoffte sich ein Lächeln. Doch er legte sich wieder einen Finger auf den Mund. »Schsch«, mahnte er, »denk an die Polizisten.«

Sie klatschte verlegen eine Hand auf den Mund, hob die Schultern und horchte angestrengt, ob die Polizisten sie entdeckt hätten. Die Maispflanzen verhinderten eine direkte Sicht auf den Absperrposten. Doch die Polizisten schienen sich hauptsächlich auf die gegenüberliegende Seite, und auf Laurenz, zu konzentrieren. Das Rauschen des Feldes schluckte zum Glück die verdächtigen Geräusche.

»Keine Sorge«, sagte Tin, »es sind ja nur die Ruinen einer römische Kloake. Von Fäkalien keine Spur mehr. Es ist allerdings extrem eng dort unten. Du hast doch keine Platzangst?«

Colombe überlegte und machte dabei große Kulleraugen. »Wie eng ist es denn dort? Man-kann-noch-knapp-durchgehen-eng oder man-muss-am-Boden-robben-und-hat-weder-Licht-noch-Sauerstoff-sondern-nur-den-Gedanken-an-uralte-Kacke-im-Gesicht-eng?«

Bevor Tin antworten konnte, hörten sie wieder die heisere Stimme des Polizisten. »Wo sind eigentlich die zwei Turteltauben, die vorhin an der Gärtnerei vorbeispaziert sind. Die sollten doch schon längst bei uns vorbeigegangen sein?«

Colombe konnte die zwei Augenpaare der Polizisten regelrecht spüren, wie sie über das Feld spienzelten und nach ihnen Ausschau hielten.

»Nicht bewegen«, hauchte Tin ihr ins Ohr.

»Die sitzen im Mais!«, hörte Colombe den Bariton rufen. Beinahe gleichzeitig packte Tin sie am Arm und riss sie mit sich. »Lauf mir nach. Aber bleib unten!«

Dann sah sie einen kurzen Lichtblitz. Der Knall, der daraufhin folgte, war ohrenbetäubend. Erschrocken hielt sie sich die Hände über den Kopf und kauerte sich noch mehr zusammen.

»Herrgott! Die Bombe ist detoniert!«, hörte sie den Bariton schreien.

38

»Das war nur ein Blitz, der in der Nähe eingeschlagen hat«, sagte Tin. Colombe konnte ihn kaum hören, so leise sprach er. Aber egal ob es nun ein Blitz war oder tatsächlich eine Bombe, sie mussten weiter. Sicher sahen die Polizisten bald ein, dass kein Sprengkörper detoniert war, sondern nur ... *der Zorn Animus*, hätte Colombe beinahe ernsthaft gedacht, doch es war ja nur ein Blitz. Nur eine gewöhnliche Entladung eines Gewitters ... wer weiß, vielleicht sogar ausgelöst durch ein Homullus. *Soll noch jemand sagen, es gäbe keine Engel. Die Hilfe kam in letzter Minute!*

Angestrengt kroch sie auf allen Vieren ihrem Liebsten hinterher. Ihre Jeans und die Bluse klebten innert weniger Sekunden vor Dreck. Die Knie begannen zu schmerzen. Spitze Steine und Stoppeln von sperrigen Grashalmen bohrten sich in ihre Handflächen. Sie ärgerte sich, den *ImPerDi*-Modus nicht rechtzeitig aktiviert zu haben. Und im Moment klappte das irgendwie nicht. Paradoxerweise war es die Angst, die sie daran hinderte.

Sie musste alle Kraft aufwenden, um Tin zu folgen. Sie hätte sich eindeutig schönere Momente vorstellen können, um ihm auf seinen hübschen Hintern zu starren. Hinter sich hörte sie die aufgebrachten Polizisten schreiend durcheinander schnattern. Anscheinend funkte der eine mit der Zentrale und der andere gab lautstark Anweisungen. Trotzdem war es unmöglich zu hören, was genau dabei gesprochen wurde. Colombes Bauchgefühl warnte vor einer bedrohlichen Gefahr. Eine unangenehme Ahnung kroch in ihr hoch, denn die Warnglocken ihrer Seele waren noch lauter als am Sonntag vor dem Schwellenkino. Urplötzlich befürchtete sie, Laurenz greife sie jeden Moment von der Seite an. Er war in der Nähe. Das war sicher. Vielleicht hatte er sich längst im Maisfeld versteckt und wartete auf sie. Sie stellte sich vor, wie er sie am Fußknöchel greift, sie zurückzieht und ihr seine riesige Pranke auf den Mund drückt, damit sie Tin nicht um Hilfe rufen könnte. Ein Schauer der Angst lief ihr eiskalt den Rücken hinunter. Sie legte nochmals einen Gang zu, denn Tin war bestimmt schon zehn Maisreihen vor ihr. Sie sah ihn schon nicht mehr. Nur noch das Rascheln der Maispflanzen, die sich in asymmetrischem Rhythmus gegen den Wind stellten, zeigten ihr an, dass Tin kurz davor hier durchgerobbt war. Zum Glück konnte sie sich zusätzlich an seinem

Spiralradar orientieren. Sonst wäre sie plötzlich in eine vollkommen falsche Richtung gekrochen. Der Wind fegte böig über das Feld und es hatte wieder zu regnen begonnen. Die zähen Blätter der Maispflanzen klatschten ihr ins Gesicht und schienen sich mit aller Heftigkeit gegen sie zu wehren, als ob sie ein unwillkommener Eindringling gewesen wäre. Die Geräuschkulisse der Natur hämmerte Ton für Ton in ihre Seele. Die Maisblätter kratzten ihre Haut auf. Colombes Wangen brannten und sie konnte ihr Blut riechen, das sich seinen Weg aus vielen Schrammen an Gesicht, Hals und Armen bahnte. Plötzlich spürte sie am Oberschenkel einen dumpfen Schlag.

Panikartig zuckte sie zusammen und stoppte. LAURENZ! Schoss es ihr durch den Kopf. Da drückte er sie auch schon mit einem kräftigen Schlag bäuchlings zu Boden. Ihr Gesicht versank im Matsch. Sie wollte den Kopf heben, um nach Luft zu schnappen. Laurenz hinderte sie mit seiner starken Pranke daran. Sie strampelte mit allen Vieren, doch er schien zehn Hände zu haben. So bäuchlings im Mus zu liegen war nicht gerade die ideale Position für eine wirksame Gegenwehr. Ihre Lungen brannten und forderten frische Puste. Laurenz bretterte sich mit seinem ganzen Gewicht auf ihren Po, wie ein inbrünstiger Wrestler. Es kam ihr vor, als ob ein bleierner Tresor auf sie niedergefallen wäre und sie immer mehr in den Dreck drückte, ja, sie regelrecht zerquetschte. Da löste sich sein Griff für einen kurzen Moment. Sie schnappte gurgelnd nach dem dringend benötigten Atem, dann landete ihre Nase wieder unsanft auf dem Boden. Sie hörte ein Knacken. Ihre Nase begann höllisch zu brennen. Vermutlich war sie gebrochen. Brutal riss er ihr den Kopf wieder nach hinten. Erneut schnappte sie panisch und pumpend nach Luft. Sie spürte, wie er sein Gesicht ganz nah zu ihr herunterbeugte. Trotz des Blutes, das aus ihrer gebrochenen Nase rann, roch sie seinen fauligstinkenden Atem. Aber etwas war anders. Dieses Etwas fühlte sich nicht an wie Laurenz. Nein... das war nicht Laurenz. Laurenz stank anders aus dem Mund und seine Energiespiralen spuckten ganz andere Signale. Im ganzen Schreck hatte sie es erst gar nicht bemerkt. Dieser Gestank miefte nicht nach einem Magengeschwür, sondern nach... Zungenkrebs! Es stank genau so scheußlich wie SALOMON! *Aber Salomon ist doch in den viertägigen Schlaf gefallen!*

Wieder wurde ihr Kopf in den Matsch gedrückt. Wie gelähmt lag sie da, unfähig, sich zu bewegen. Ihr Reumut, sich nicht in den *ImPer-Di*-Modus geatmet zu haben, es zumindest nicht intensiver versucht zu haben, löste sich auf wie ein Blatt Papier, das man in ein loderndes Feuer wirft. Zurück blieb nur ein Häufchen verkohltes Nichts, dessen Glut auf eine Entscheidung wartete.

Die schrecklichen Erlebnisse im Crepererum bestätigten ihr, dass sie selbst im Kampfmodus keine Chance gegen Salomon gehabt hätte. Nein, er war kein guter Kämpfer. Laurenz war hundertmal stärker. Aber trotzdem war es Salomon, gegen den die lähmende Angst siegte. Er hantierte an ihren Jeans. Ihre Arme und Beine versagten. Sie hörte auf, ihren Körper zu schützen und konzentrierte sich darauf, den Graus in ihrer Seele zu dämpfen. Bald würde sie nackt vor Salomon liegen und er würde das vollenden, was er im Crepererum begonnen hatte... WARUM?

»Alles Okay?«, hörte sie die fürsorgliche Stimme Tins. »Hast du dir weh getan?«

Da war sie wieder, diese Frage von Tin. *Alles Okay? Alles Okay? Alles Okay?* Sie fühlte sich plötzlich wie in einem süßen Traum und war dankbar, ihre Seele vom Körper ausgeklinkt zu haben, um die Gräuel der Vergewaltigung nicht miterleben zu müssen.

Langsam wagte sie sich, ihre Augen zu öffnen. Da waren sie, Tins traurigen Augen. Sie erkannte das Glitzern, das nur er hatte. Sie sah seinen besorgten Gesichtsausdruck und fühlte seine von Matsch verdreckte Hand, wie er ihr eine nicht vorhandene Haarsträhne hinters Ohr strich.

Er schnippte mit dem Finger vor ihrem Gesicht. Mit einem Ruck entfiel die schreckliche Vision Salomons von ihr ab. Die drückende Last auf ihrem Rücken verschwand, genauso wie die Schmerzen an ihrer Nase.

Benommen schüttelte sie den Kopf und räkelte sich auf. Sie kniete auf allen Vieren am Boden. Wie ein Hund, der seine Ohren in die Höhe streckt, um aufmerksam nach einem Geräusch zu hören. Jetzt nahm sie auch Tins Energie wahr, die ihr so viel Kraft wie möglich zu schenken versuchte. Sein Erscheinen war kein Traum. Er war wirklich da, bei ihr. Hastig sah sie sich um. Nirgends war ein Laurenz oder ein Salomon zu sehen. »Ich... ich dachte... Salo... Laurenz hätte mich geschnappt.«

Tin begann sofort, die Umgebung abzusuchen. Doch außer Maispflanzen und matschigem Boden konnte er nichts erkennen. »Er ist nicht hier«, versuchte er sie zu beruhigen und befreite Colombe von einem abgeknackten Maisstängel, der auf ihren Oberschenkel gefallen war.

Sie griff sich an die Nase. Alles war in Ordnung. Kein Bruch, kein Nasenbluten. Nur ein paar Schrammen. Plötzlich fiel es ihr wie Schuppen von den Augen. »Der Angriff Salomons war nur Einbildung! Eine Vision! Entstanden aus der Angst von Möglichkeit und Wahrscheinlichkeit. War sie jetzt schon so weit, dass ein geknickter Maisstängel sie in eine diabolische und angsterfüllte Vision verbannen konnte?

»Wir müssen weiter«, forderte Tin.

»Ich bin okay«, sagte Colombe und schon krabbelte Tin weiter.

Sie hatte keine Zeit, sich über diese grässliche Illusion mit Laurenz und Salomon Gedanken zu machen und eilte Tin hinterher.

Diesmal ließ sie sich nicht mehr abhängen. Am Ende des Maisfeldes stieß sie dann auch prompt mit dem Kopf so hart an Tins Hintern, dass sie das Gleichgewicht verlor und ihren Kopf nun wirklich im Dreck versenkte.

Tin packte sie an den Schultern und half ihr hoch. Sein schmutziger Zeigefinger, der so aussah wie von Schokoladecrème übergossen, war schnell wieder an seinen Lippen. »Schhhh«, mahnte er, bevor sie ein Wort sagen konnte.

Sie waren am Rande des Feldes angekommen. Vor ihnen lagen ein gelber Schotterweg und dahinter die frisch gemähte Wiese. Die beiden Polizisten mussten ihren Irrtum bezüglich der Bombendetonation bemerkt haben. Sie suchten bereits wieder nach Tin und Colombe und kamen auf dem schmalen Schotterweg direkt auf sie zu. Unerkannt weiterzukommen war ein Ding der Unmöglichkeit.

»Schweine- und Hühnermist!«, rief Colombe beinahe lautlos aus. Was jetzt?« Ein Paar Bäume auf dem frisch abgemähten Gras boten keinen Schutz, und falls Tin auf die Idee gekommen wäre, die Polizisten mit Hilfe von *ImPerDi* auszuschalten, dann hätte sie das vehement zu verweigern versucht. Doch Tin wippte mit dem Kopf in die andere Richtung. »Wir müssen nicht übers Feld rennen. Die Kloake ist gleich hier drüben«. Sogleich machte er sich auf den Weg, parallel dem Schotterweg entlang aber immer noch im Maisfeld robbend. Colombe überlegte nicht lange und kroch ihm nach. Schon nach ein paar Metern sah sie den Eingang zur Kloake. Wäre da nicht eine große Informationstafel mit der Beschriftung »Kloake und Keller« gestanden, hätte sie den unscheinbar wirkenden geschwungenen Eisenzaun, auf einem zirka 40 bis 50 Zentimeter hohen Mäuerchen, keine große Beachtung geschenkt. So beachtete sie jedoch die Aluminiumtreppe, die in den Untergrund führte.

Tin deutete schräg links über die Wiese. An seinem Handgelenk baumelte immer noch der kleine Regenschirm. Dunkle Rauchwolken stiegen in den Himmel und wurden vom Wind in die Richtung des Sodbrunnens fortgefegt. »Der Blitz hat auf dem Szenen-Theater eingeschlagen. Vermutlich hat es einen der Bäume erwischt, die auf der Empore wachsen.«

Colombe sah nicht hin. Das interessierte sie nun wirklich nicht. Ihr Kopf drehte sich abwechselnd zwischen den Polizisten und der Kloakentreppe hin und her. Die beiden Gesetzeshüter waren nur noch knappe fünfzehn Meter von ihnen entfernt, marschierten langsam auf sie zu und äugten suchend ins Maisfeld. Tin schupste Colombe Richtung Kloake. »Weiter.«

Sie ließ sich nicht zweimal bitten, hastig setzte sie zum Spurt an, da hörte sie einen Schrei, einen dumpfen Schlag und etwas Flutschen. Dann ein stöhnendes »Aargh«.

Tin und Colombe stoppten ihre Flucht gleichzeitig. »Verflucht«, grummelte Tin nervös. Auch sie hätte am liebsten diesen ganzen Ort vermaledeit. Hastig schaute sie zurück. Ungläubig starrten sie in die aufgerissenen Augen eines Polizisten. Er war zweifellos tot. Aus der klaffenden Wunde seiner aufgeschlitzten Kehle floss Blut ... und Blut ... und noch mehr Blut ...

Der noch lebende Polizist wurde kreideweiß. Alois Steiner war 56 Jahre alt und ein leidenschaftlicher Polizist. Während seiner bisherigen Laufbahn hatte er noch nie seine Waffe auf einen Menschen richten müssen. Jetzt aber holte er, fast reflexartig, seine Dienstpistole aus dem Halfter, entsicherte sie und zielte mit zitternden Händen auf den Kahlschädel, der sich mit abgeklärter Sicherheit und einer ungewöhnlich langen Narbe auf seinem Hals vor ihm aufbauschte. Die geschwollene Nase des Typen tat seiner Bedrohlichkeit keinen Abbruch.

Eine gefühlte Ewigkeit starrten sich die beiden Männer in die Augen. Der Typ schien Alois Steiners Unsicherheit schnell bemerkt zu haben. Zudem machte sich der Polizist große Sorgen um seinen Kollegen, der von dem Hünen soeben mit einem Messer niedergestochen worden war. Er konnte die starren Augen des Toten von seiner Position aus nicht sehen ... vielleicht wollte er sie nicht sehen –.

»Michi!«, schrie Alois seinem Kollegen zu ohne den Kahlschädel aus den Augen zu lassen.

»Michael, verdamminomau ... säg öppis ... MICHI!!!«

Alois' Augen richteten sich einen winzigen Augenblick auf den am Boden zuckenden Körper seines Kollegen. Genau in diesem Augenblick peitsche ein Beinschlag des Kahlschädels gegen seine Hand. Die Waffe fiel auf den Boden. Hämisches grinsen, vermischt mit dem fauligen Gestank von vergammeltem Fleisch, wehten ihm entgegen. Flink wich er dann aber einem Faustschlag des Kraftpakets aus. Doch ihm schien klar zu sein, dass er keine Chance gegen den Muskelprotz hatte. Er hob beschwichtigend die Hände. »Lassen sie mich nach meinem Kollegen sehen, bitte. Ich stehe ihnen nicht mehr im Weg. Sie können gehen, ich werde sie nicht verfolgen.« Der Koloss hob überrascht seine Augenbrauen. Alois Steiner sah Zustimmung in dieser Geste und hastete panikartig zu seinem Kollegen. Geschockt fiel er neben ihm auf die Knie. Michael Martis Kopf war beinahe abgetrennt. Die starren Augen leer.

»MICHI, NEEEEIN!«, schrie Alois und raufte sich mit hilflosen Gesten in den Haaren. »MICHI! Oh mein Gott, bitte lass' das nur ein böser Traum sein!«

Tränen tropften auf das blutleere Gesicht des Toten.

Der Hüne machte keine Anstalten, ihn in Ruhe zu lassen. »Ooooh mein Gooott, lass' das nur ein böser, böser, böser, böser Traum sein!«, imitierte er die weinerliche Stimme des trauernden Polizisten nach.

»Geh' weiter!«, flüsterte Tin mit ruhiger Stimme und schubste Colombe von sich weg. »Ich helfe dem Polizisten.«

Colombe nickte. Sie hatte schon ein paar Augenblicke zuvor bemerkt, wie Tin den *ImPerDi*-Modus hochfuhr. Darum gehorchte sie ihm ohne Widerrede. Sie kannte Laurenz' Kampfstil und wusste, dass Tin ihm weit überlegen war. Sie selbst versuchte gar nicht erst, sich in den Kampfmodus zu atmen. *ImPerDi* hatte sie im Crepererum kläglich im Stich gelassen und ihr Vertrauen in diesen Modus war auf den Nullpunkt gesunken. Spätestens seit vorhin, als sie dachte, Salomon hätte sie überwältigt, fühlte sie, wie die Angst ihre jahrelang aufgebaute Sicherheit zunichte machte. Zudem war sie froh, den starren Augen des toten Polizisten entkommen zu können.

Beinahe wäre sie auf der nassen Aluminiumtreppe ausgerutscht, die in die Tiefen der Kloake führte. Schnell klammerte sie sich an das Geländer, was sie von einem unfreiwilligen Purzelbaum rettete. Etwas vorsichtiger und langsamer tapste sie nach unten. Sie hatte derben Gestank von Fäkalien erwartet, aber alles, was sie riechen konnte, war ihre Angst und den muffigen Duft von gewässerter Erde. Aber vielleicht war es auch nur der Matsch, der an ihr klebte. Sie sah aus, als ob sie sich im Schlamm gewälzt hätte. Nun ja, eigentlich stimmte das ja sogar. Ihre Haare hatten sich zu dicken Schnüren verklebt und sahen aus wie Rastalocken.

Ein beklemmendes Gefühl durchfuhr sie, als sie durch den schmalen Gewölbegang schlich, dessen Steinmauern über zweitausend Jahre alt sein mussten. Schnell tauchte sie in pechschwarze Finsternis ein. Sie blieb einen Augenblick stehen, um ihre Augen an die Dunkelheit zu gewöhnen. Langsam pirschte sie weiter und schreckte auf, als plötzlich ein schummriges orangerotes Licht anging. Vermutlich hatte sie der Strahl eines Bewegungsmelders erfasst. Sie hätte es sich eigentlich denken können, dass eine öffentliche Museumsanlage den Besuchern nicht die Finsternis als Sehenswürdigkeit präsentierte. Trotzdem war es nicht sonderlich hell. Ihre Augen mussten sich zuerst an das Nichts von Licht gewöhnen. Vor ihr verzweigte sich der Kloakengang nach links und nach rechts. Nun musste sie sich ducken, um sich den Kopf nicht zu stoßen.

In welche Richtung muss ich jetzt gehen? Nach links oder rechts? Das Licht war in beiden Korridoren gleich schlecht. Sie versuchte logisch zu denken: *Führt die Wendeltreppe zweimal um die eigene Achse nach unten oder nur anderthalb Mal? Wenn ich zum Sodbrunnen will, muss ich jetzt links gehen ... nein, rechts ... Scheiße! Heilige Abspeckschwarte? Zum Glück ist meine Wohnung nicht größer, ich würde mich ja sogar dort noch verlaufen!*

Sie wollte auf ihr Bauchgefühl hören, doch das war zu sehr mit der

Adrenalin- und Angstschweißproduktion sowie dem unkontrollierten Zittern beschäftigt. Sie atmete tief ein und entschied sich: *rechts, rechts ist dort, wo der Daumen links ist, also muss es gut sein.*

Langsam schlich sie vorwärts. Auf einem Hinweisschild stand: ›Besucher begehen die Kloake auf eigenes Risiko und nur in einer Richtung‹. Colombe bemerkte nach wenigen Schritten, weshalb nur Einbahnverkehr herrschte. Die Kloake wurde enger, das Licht noch schwächer (sie konnte gerade mal einen halben Meter weit sehen) und die Seitenwände schienen sich immer mehr zusammenzuziehen. Klaustrophobie wäre hier tatsächlich fehl am Platz. Sie zog ihre Arme ein, um sich die Ellenbogen nicht an den feuchten Wänden zu schrammen. Es roch nach abgestandener Luft. Eisige Kälte biss sich an ihr fest. Wenn sie das Licht am Ende des Tunnels nicht gesehen hätte, wäre sie zurückgegangen.

Einen kurzen Augenblick kam sie sich vor, wie lebendig begraben. Hier wollte sie bestimmt nicht auf Tin warten. Also ging sie weiter, immer weiter auf das Licht zu.

Wo bleibt Tin nur? Braucht er wirklich so lange, um Laurenz ein Delirium zu verpassen? Hoffentlich ist er nicht der Polizei in die Hände gefallen. Bleib ruhig Colombe, gib Tin noch etwas Zeit, du kannst dann in Panik fallen, wenn es tatsächlich Grund zur Panik gibt.

Eine Gittertür versperrte den Ausgang der Kloake. Sie spienzelte durch die Stäbe, konnte jedoch nur rauschenden Wald erkennen. Vorsichtig drückte sie die kühle Klinke nach unten. Jammernd quietschte die Tür auf. Sie betrat ein hübsches Waldplätzchen, über dessen Steintreppe man zurück zum Schotterweg und zum Eingang der Kloake gehen konnte.

»Ranziges Butterschwein!«, fluchte Colombe. Sie stand im Wald. »Ich hätte bei der Gabelung doch nach links gehen sollen!« Sie musste zurück, bevor sie womöglich noch der Polizei oder Mactus-Kriegern in die Hände fiel.

Ein verräterisches Knacken eines brechenden Astes war aus dem Wald zu hören. Ihr Körper verpasste ihr einen weitern unangenehmen Adrenalinschub. Beinahe hätte sie kurz aufgeschrien. Schnell machte sie auf dem Absatz kehrt und griff nach der Klinke. Aber von außen war die Tür nicht zu öffnen, da war kein Griff an der Tür.

39

Der Gewitterregen setzte ein. Unaufhörlich verspottete Laurenz den weinenden Polizisten. Tin näherte sich ihm vorsichtig. Im Schutze der Maisstängel war das unbemerkt möglich. Die Lautstärke der niederprasselnden Regentropfen und das regelmäßige Donnergrollen in unmittelbarer Nähe machten ihm das Anschleichen einfach. Der Kahlschädel schien dann auch überrascht, als Tin plötzlich auftauchte und sich schützend vor den Polizisten stellte. Mit einem rasanten Unterarmschlag pfefferte Tin ihm das blutüberströmte Messer aus der Hand. Wohl eher aus Reflex verbog Laurenz blitzschnell seinen Oberkörper, um einem weiteren Schlag auszuweichen. Tin kannte Laurenz' Kampfstil und wusste, dass er ihn mittels Schnelligkeit besiegen konnte. Sein zweiter Schlag verpasste zwar sein Ziel, aber er hatte das Ausweichmanöver von Laurenz vorausgesehen und fiel deshalb auch nicht aus dem Gleichgewicht. Umgehend wand er sich wie ein Karatekämpfer und schlug ihm während der Drehung seines Köpers seinen Fuß ins Gesicht. Doch die Aktion fruchtete nicht so arg, wie Tin es sich erhofft hatte. Auch diesem Angriff konnte Laurenz knapp ausweichen. Tins Sneaker streifte lediglich über seine Wange und hinterließen dabei dreckige Striemen.

»Diese Schlagabfolge hast du schon beim Kino benutzt, Schönling!«, fauchte Laurenz und hüpfte ein paar Meter von Tin weg. Durch die geschwollene Nase hörte sich seine Stimme verschnupft an.

»Genau mit dieser Schlagabfolge habe ich dir am Sonntagabend die Nase platt gedrückt«, konterte Tin schadenfreudig. »Und wie ich vernommen habe, hat dir Colombe gestern auch nochmals einen prächtigen Schlag versetzt.«

»Hast du nichts anderes auf dem Kasten?«, provozierte Laurenz weiter, »wenn nicht, wird's jetzt nämlich echt langweilig.«

Der starke Regen wusch Matsch-Spritzer aus Tins Gesicht und zeichnete ihm die Festbemalung eines friedliebenden Urvolkes auf die Haut. Er stellte sich in die Grundposition von *ImPerDi* und hob die Unterarme leicht an. Der kleine Schirm baumelte als Schlagwaffe an Tins Handgelenk. Seine Muskeln verhärteten sich zu Stein. Mit schwebendem Schritt stellte er sich zwischen Laurenz und die Polizisten. Der noch lebende Gesetzeshüter streichelte hemmungslos weinend den Kopf des Toten und schien vom Duell der beiden nichts mitzubekommen.

Laurenz sah theatralisch neben Tin vorbei. »Wo hast du den unser Häschen, Colombe, gelassen? Hängt ihr sonst nicht zusammen wie siamesische Zwillinge? Oder versteckt sie sich immer noch im Maisfeld?«

Tins Miene blieb steinhart und konzentriert. Er blinzelte nicht mal.

»Colooombe!«, rief Laurenz. »Du kommst lieber wieder in die Nähe deines Babysitters. Hier bist du sicher; denn wenn dich meine Leute schnappen, kann ich für nichts garantieren. Ich freue mich schon auf Salomons Erwachen. Sicher wird er mir Interessantes zu berichten haben. Glaube mir, ganz Augusta Raurica ist voll von uns Mactus-Kriegern!«

Tin atmete ruhig und sein Herz pulsierte gemächlich und rhythmisch. Trotzdem bemerkte er die innere Unruhe, die sich in ihm ausbreitete. Colombe war ganz alleine in der Kloake. Was, wenn die Mactus-Krieger dort schon auf sie gewartet hatten? Er verdrängte den Gedanken. *Laurenz blufft. Hier würde es von Kriegern wimmeln, wenn wirklich welche in der Nähe wären. Er ist doch der Lieblingsbodyguard von Noah Bitterer. Er wird genauso beschützt, wie der Großmeister selbst. Der will nur Zeit schinden. Und wartet auf die Nachhut. Andererseits wird Laurenz kaum alleine vorausgegangen sein. Im weißen Kastenwagen saßen mindestens vier Krieger. Verdammt! Colombe ist tatsächlich in Gefahr!*

In einem Punkt war sich Tin sicher: Die Krieger hatten keine Ahnung vom Kloakengang. Ihre Aufmerksamkeit galt bestimmt allein den Ruinen des Podiumstempels und dem Szenen-Theater. Dort, wo die letzten Amceps tot aufgefunden wurden ... dort, wo auch die Seele von Rose O'Connell ihren Körper verlies. Aber er hatte jetzt keine Zeit, der Vergangenheit nachzutrauern. Er musste so schnell wie möglich zu Colombe. *Bestimmt wartet sie im römischen Keller längst auf mich. Sie MUSS warten, es bleibt ihr nichts anderes übrig. Sie hat keine Ahnung vom Geheimgang. Woher auch, ich habe sie ja nicht instruiert! Mist, Mist, Mist! Ich darf mich auf keine Spielchen mit dem Kerl einlassen. Ich muss zu Colombe, so schnell wie möglich!*

Noch bevor Laurenz auch nur einen Wank machen konnte, verpasste ihm Tin mit dem rechten Unterarm den allzeit wirkenden Deliriumsschlag auf den Nacken. Der Schlag war hart genug, um Laurenz in Ohnmacht zu versetzen, jedoch nicht tödlich. So hatte es Tin zumindest im Gefühl. Ein gewisses Risiko bestand immer.

Der Aufprall auf dem Boden presste Laurenz die Luft aus dem Körper. Er sank in die Knie und dann vornüber aufs Gesicht. Der harte Schotter war auch durch den stärksten Regen nicht weich zu kriegen. Laurenz' Nase brach einmal mehr mit einem knirschend saftigen Knacks. Tin vergewisserte sich, ob Laurenz Puls noch schlug, und legte seinen Kopf auf die Seite, sodass er zumindest durch den Mund atmen konnte. »Warum helfe ich dem Scheißkerl auch noch!«, ärgerte sich Tin. Aber er hatte schon ein Menschenleben auf dem Gewissen. Ein Zweites würde er nicht verkraften. Er überprüfte hastig, ob der Polizist mit der Baritonstimme unverletzt war. Für den jungen Mann mit der aufgeschlitzten Kehle kam jede Hilfe zu spät. Dann rannte Tin Richtung Kloake. Wie auf Befehl hörte es auch wieder auf zu regnen.

Colombe zwängte ihre Finger durch die nassen Gitterstäbe der Kloakentür und rüttelte verzweifelt daran. Die Tür war tatsächlich nur von innen zu öffnen. ›Besucher begehen die Kloake auf eigenes Risiko und nur in einer Richtung‹, hatte das Hinweisschild angezeigt. *Verdammt! Das hätte ich wissen müssen!*

Wieder hörte Colombe einen Zweig brechen. Das Rauschen des umliegenden Dickichts durchbrach das typische Rascheln des Windes in einem der dicht belaubten Büsche gleich vor ihr. Kaum spürte sie die Energiespirale des Unbekannten, hörte sie schon seine dunkle Stimme. »Wen haben wir den da? Welch glücklicher Zufall!«

Sie schreckte herum. Mit dem Rücken an der nasskalten Gittertür starrte sie dem Fremden in die Augen. Sie hatte den Mann schon einmal gesehen. Die roten krausen Haare und die geflochtenen Bartzipfel kamen ihr bekannt vor. Er sah aus wie ein Wikinger. Klar, er war einer der Angreifer beim Schwellenkino. Und gestern kämpfte er an der Seite von Laurenz. Es war definitiv ein Mactus-Krieger.

Sie unterdrückte den Drang, laut um Hilfe zu schreien. Sie wollte die Polizei nicht auf sich aufmerksam machen. Sicher würde Tin jede Sekunde auftauchen. Hastig schaute sie sich um und verinnerlichte sich das Gelände. Es blieb ihr nichts andres übrig als der Versuch, sich in den *ImPerDi*-Modus zu atmen… und zu kämpfen. Normalerweise funktionierte der Übergang in den Kampfmodus ohne ein bestimmtes Ritual. Das Atmen hatte sie bisher nur benötigt, wenn sie müde war oder zu faul zum Trainieren. Aber jetzt funktionierte nicht einmal mehr ein tiefer Atemzug.

Der Wikinger breitete seine Arme aus, um zu zeigen, dass er keine Waffen trug. »Ich tue dir nichts, Colombe«, sagte er mit beschwichtigender Stimme. »Ich bin kein gewalttätiger Mensch. Komm' einfach mit mir mit und wir ersparen uns beiden die Schmerzen, die ein Kampf unweigerlich mit sich bringt.«

Wenn Colombe im *ImPerDi*-Modus gewesen wäre, hätte der Wikinger keine Chance gegen sie gehabt. Das wusste sie und das wusste vermutlich auch er. Aber leider befand sie sich nun mal nicht im Kampfmodus und darum presste sie ihren Körper noch ängstlicher gegen das Gitter.

Der Krieger schien kurz verwirrt über ihre Reaktion zu sein, verzog jedoch seine Augen sogleich wieder zu Strichen und lachte.

Aber hallo, kam Colombe plötzlich der Gedanke. Der Typ weiß ja nicht, dass ich mich nicht im Kampfmodus befinde, also wollen wir doch mal sehen, wie er reagiert, wenn ich mich nicht mehr so ängstlich zeige wie ein junges Küken, das bei dem feinsten Windhauch in die Ecke springt.

»Wir wollen doch im Prinzip das Gleiche, Amceps«, sagte der Wikinger und öffnete seine Arme, als ob er sie umarmen wollte. »Wir wollen alle zu unserem Herrn Animus zurück. Warum hilfst du uns nicht, die Tore zu öffnen. Danach kannst du tun und lassen, was du willst.« Schnalzend verzog er den hinter seinem Bart versteckten Mund zu einem gespielt flehenden Grinsen.

Colombe drückte ihre Schultern durch. *Brust raus, Bauch rein.* Ihr Gesicht entspannte sich und die Angst wich überlegenem Glitzern in den Augen. Mutig löste sie sich vom Gitter und machte zwei entschlossene Schritte nach vorne. »Wie wär's«, sagte sie forsch, »wenn du dich vor mir verbeugst, damit ich dich gefahrlos ins Delirium befördern kann. Ich verspreche dir, vorsichtig zu sein und den Schlag in risikoloser Weichheit auszuführen.« Sie streckte ihren Hals wie ein Schwan und bemühte sich, ihre Nasenflügel durch die Atmung nicht zu sehr erbeben zu lassen. Das hätte sie auf jeden Fall verraten.

Tatsächlich zuckte der Wikinger getäuscht zurück.

Vermutlich war es das Zittern ihrer Hände, das ihre Unsicherheit doch noch verriet. Er verzog erneut mitleidsvoll den Mund. Seine Energien versprühten sogar Verständnis. Trotzdem lachte er siegessicher.

Seine Spirale passte so gar nicht zu dem, was er sagte und tat. Aber das war sich Colombe von ihren Mitmenschen ja gewohnt.

»Aber, aber Amceps. Ich dachte, du bist stark und mächtig? Jetzt zitterst du noch mehr als mein altes Auto bei 120 Sachen.«

Gemächlich spazierte er auf sie zu. »Komm' schon, sei brav. Dann erzähle ich dir auch, was der liebe Jefferson alles für dich ausgehalten hat.«

Colombes Kopf wurde grün vor Übelkeit. Sie hätte ab der Boshaftigkeit dieses Kriegers kotzen können. Ab den vielen erfolglosen Versuchen, sich in den Kampfmodus zu atmen, vergaß sie das Ausatmen. Sie begann zu hyperventilieren. Vom aufkommenden Schwindel benebelt, machte sie kleine Schritte rückwärts. Das nasskalte Gitter des Kloakenausganges drängte sich widerstandslos an ihre Schultern.

Der Wikinger hatte sie durchschaut. Ohne *ImPerDi* hatte sie keine Chance gegen den Muskelmann.

Plötzlich spürte sie die Energie Tins. Zuerst kam sie immer näher, doch dann wurde sie wieder schwächer.

Er läuft in die falsche Richtung! Verdammt, er hat bestimmt keine Orientierungsschwierigkeiten und ist eben in die richtige Richtung gelaufen!

»TIN!«, rief sie ihm zu. Doch ihre Stimme war zu schwach. Sie bekam keine Luft mehr, obwohl ihre Lunge über und über mit Sauerstoff vollgepumpt war. Zum Schwindel ergab sich nun auch noch Übelkeit. Benommen stützte sie sich seitlich an der engen Mauer ab. »Tin«, röchelte sie nochmals. Ihre Lunge brannte fürchterlich und sie hatte schreckliche Angst. Tins Energiespirale war verschwunden. Panik!

Der Wikinger grinste lauthals. »Ja, wo ist er denn, dein kleiner Tin?«, spöttelte er. »Ist er nicht da, um dir zu helfen?«

In diesem Augenblick hörte sie die Gittertür quietschen. Das Jammern des Eisens kam ihr vor wie eine wunderschöne Arie von Mozart. Kräftige Hände umfassten ihren rechten Oberarm und zogen sie in den Tunnel. Ehe sie sich fragen konnte, was geschehen war, stand sie in der Dunkelheit. Kurz bevor der Mactus-Krieger sie fassen konnte, glitt die Gittertür ins Schloss zurück.

Der Wikinger fluchte teufelswild und kickte mit aller Kraft gegen die Tür. Er wickelte seine dicken Finger um das Gitter und zog sie ruckweise nach hinten. Glücklicherweise regte sich die Tür keinen Millimeter.

Colombe erkannte Tin an seinem Duft, so konnte sie die Augen geschlossen halten. Endlich wiegte sie sich in Sicherheit. Ihre Beine drohten zu versagen. Tin stellte sich hinter sie, umfasste mit der linken Hand ihren Mund, als ob er sie am Schreien hintern wollte. Mit der anderen drückte er ihr ein Nasenloch zu.

»Ganz ruhig weiteratmen und ganz lange ausatmen«, flüsterte er beruhigend und blieb eine Weile mit ihr so stehen. Unter Tins Atemanweisung verschwand auch das Brennen in der Lunge.

Der Lärm, des an der Tür hantierenden Wikingers und seinem schreienden Wutanfall, kümmerte Tin nicht. Einmal mehr wirkte er vollkommen entspannend auf Colombe. Jetzt, da es ihr wieder besser ging, fühlte sie auch wieder seine Energiespirale. Er drückte Colombe eng an sich, küsste sie mehrmals auf die schmutzigen Haare am Hinterkopf und sprach ihr in einer Seelenruhe ihre Atemübung vor.

Colombe erholte sich schnell. Bald fühlte sie sich wieder in der Lage, ohne Hilfe zu stehen und zu atmen. Schnell drehte sie sich um und küsste ihn leidenschaftlich. »Wo kommst du auf einmal her?«, schnaubte sie. »Ich habe dich gar nicht mehr gespürt.« Sie musste es beinahe schreien, weil das Brüllen des Wikingers alles übertönte.

»Es ist kein Wunder, dass du mich nicht mehr gespürt hast. Du warst kurz vor dem Umkippen. Warum hast du nicht den Kokon erschaffen?«

»Es ging nicht. Habe keine Ahnung, wie ich das machen muss.«

Sie hörten, wie der Krieger von der Tür abließ und die Treppe neben dem Kloakenausgang hinaufsprintete.

»Wir müssen uns beeilen«, sagte Tin, »der Wikinger läuft bestimmt zum Kloakeneingang zurück und versucht uns von der anderen Seite her zu erwischen.«

Sie rannten hintereinander und in geduckter Haltung zurück zur Gabelung der Kloake, dort, wo Colombe falsch abgebogen war. Von dort eilten sie weiter geradeaus. Ein paar Meter nur und sie erreichten einen geschlossenen 2x2 Meter großen Raum. Wenigstens war dort die Beleuchtung gut. Man konnte auch wieder aufrecht stehen, ohne mit dem Kopf gegen die Decke zu stoßen.

Endstation!, dachte Colombe, *hier geht's nicht mehr weiter!* »Sind wir falsch?«, fragte sie laut.

Wie aufs Stichwort hörte sie das Klappern der Treppe vor dem

Kloakeneingang. Sie fuhr herum. Das war bestimmt der Wikinger. Der Schotterweg führte direkt über den Kloakengang und war nur wenige Meter länger.

Bei Tin machte sich die Sorgenfalte zwischen seinen Augen bemerkbar. »Hoffentlich hat er den Polizisten in Frieden gelassen und denkt nicht, dieser hätte Laurenz ins Koma geschickt.«

»Dein Wort in Animus Ohr. Aber ich hoffe auch, der Wikinger hat keine Kumpels bei sich. Der Typ hat alleine keine Chance gegen dich. Aber in Gruppen ... äh, was machst du da?« Argwöhnisch sah sie ihrem selbst ernannten Wächter zu, wie er mit der Hand den oberen Rand einer Mauernische streichelte.

»Colombe, findest du nicht, dass es an der Zeit wäre, dich in den *ImPerDi*-Modus zu begeben?, fragte Tin, ohne sich von der Mauer abzuwenden. »Dann könnten sechs Mactus-Krieger auftauchen und wir wären immer noch übermächtig.«

Colombe ging nicht auf seine Frage ein. »Was machst du da?«, fragte sie erneut, diesmal leicht genervt. »Wir sitzen hier in der Falle und du begutachtest ... nein, streichelst alte Bauwerke.« *Hat er mich absichtlich hierher in die Falle gelockt?*

Tin tastete weiter den Rändern der Nische entlang. »Wir befinden uns hier in einem römischen Keller«, klärte er Colombe auf. »Von der Kloake ausgehend, hat man einen künstlichen Durchgang geschlagen, damit er für die Museumsbesucher zugänglich wird.«

Automatisch hielt Colombe den Kopf nach oben und schnüffelte. »Hier riecht es genau so abgestanden und feucht wie in der Kloake. Bist du sicher, dass das ein Keller ist?«

Tin entwich ein zuckendes Lächeln. »Vertrau mir einfach«, sagte er nur. Dann zog er aus der linken Seite der Einbuchtung einen losen Kalkstein und tätschelte mit dem Zeigefinger eine Art Morsecode darauf.

Colombe wurde immer zappeliger. *Vertrauen, vertrauen, vertrauen. Ich vertraue ihm. Natürlich vertraue ich ihm. Aber ich bin mir nicht mehr sicher, wie lange ich das noch kann!*

Den Geräuschen zufolge war vermutlich auch der Wikinger falsch abgebogen und würde sich schon bald bei der Gittertüre wiederfinden. Aber so bescheuert der Typ auch war, so blöd konnte er nun auch wieder nicht sein, dass er nicht zurückrannte und auch noch hier im römischen Keller nach ihnen suchte.

»Tin, ich möchte dich nur daran erinnern, dass ich die Krieger des Mactus immer nur aus nächster Nähe spüren kann. Ich will damit nur sagen, wenn ich sie fühlen kann, ist es also schon zu spät.«

»Colooombe« hallte es in diesem Moment durch den Tunnel und sie fuhr ruckartig zusammen.

»Verdammt, Tin! Warum hauen wir nicht ab!«

Tin winkte Colombe zu sich. »Komm' hierher, ich brauche dich, um die Geheimtür zu öffnen.«

»Geheimtür!«, staunte Colombe und eilte verdattert zur Nische. *Natürlich, wenn es ein Crepererum gab, warum sollte es keine Geheimtür geben. Welch Zufall, mitten in Augusta Raurica!*

Tin kniete inzwischen auf dem Boden und hatte seine Hände auf zwei Quadersteine in der Mitte gelegt. Sanft streichelte er das Gestein, als ob er ein Pferd hätschelte. Endlich löste sich ein zweiter Stein. Tin drückte ihn noch weiter in die Mauer. Aus dem Nichts bildete sich in der Nische ein spiralförmiges Muster. Endlich sah Colombe, warum Tin den kleinen Schirm die ganze Zeit mit sich trug. Er steckte ihn in das Loch und drehte ihn um.

»Der Schirm ist ein Schlüssel?«, piepste Colombe heiser. Ihre Augen weiteten sich ungläubig.

»Eigentlich schon, ja«, ächzte Tin, »aber es tut sich trotzdem nichts. Ich bringe diesen verdammten Zugang nicht auf.«

Colombe kniete sich neben ihn. »Und was kann ich machen?«

Die Geräusche schnell gehender Schritte hallten immer lauter an ihr Ohr. Zweifellos kamen mehrere Männer daher. Der Wikinger war also nicht mehr allein. Den Stimmen zufolge mussten es mindestens deren Vier sein. Automatisch versuchte sie, sich wieder in den Kampfmodus zu atmen.

»Ausatmen Colombe!«, befahl Tin, als sie wieder zu hyperventilieren begann. »Und leg deine Hand an die Mauer, so wie ich. Bitte sie um Öffnung!«

Trotz der nahenden Gefahr blieb er die Ruhe selbst. Einmal mehr ärgerte sie sich über das *ImPerDi*, das sie im Stich ließ.

»Ich soll darum bitten? Tin, du weißt, ich glaube an das Leben, sogar in einem Kalkstein. Aber das geht nun doch zu weit!«

Tin sah sie entgeistert an und runzelte die Stirn. »Verdammt,

Colombe«, seine Stimme klang ärgerlich und besorgt zugleich. »Seit du mit Mactus-Kriegern ins Crepererum amceptiert bist, bist du nicht mehr dieselbe. Wirf die Angst von dir, Colombe! Zum Teufel! Vertraue dir endlich wieder!«

Das hatte gesessen. Schnell legte sie die Hand an das Gemäuer, schloss die Augen und schenkte dem Stein ihre vollste Aufmerksamkeit.

»Jetzt haben wir euch. Ergebt euch freiwillig. Ihr seid in der Falle«, krakeelte der tobende Wikinger mit mindestens fünf Mann im Schlepptau. Die Krieger hatten sich beim Kellereingang postiert und standen siegessicher, hämisch grinsend und mit verschränkten Armen vor ihnen.

40

Colombe hatte nicht erwartet, dass sich tatsächlich eine Geheimtür öffnen würde, geschweige denn, dass sich irgendetwas bewegt. Während sie sich immerzu einredete: *ich vertraue Tin, ich vertraue Tin, ich vertraue Tin, öffnete sich* das Tor zum Geheimgang. Es war ein stöhnendes Geräusch, verbunden mit einer Welle von ansaugendem Sauerstoff, als ob jemand zischend Luft einsaugen würde. Trotzdem hatte sie es nicht wirklich realisiert, denn sie hatte wieder eine Vision. Die Menge der unmittelbar auftretenden Datenflut schien ihr geistiges Fassungsvermögen zu sprengen. Tausend Bilder erschienen gleichzeitig vor ihrem inneren Auge. Schreckliche Bilder, die den Ereignissen im Crepererum, mit Salomon und Konsorten, viel zu sehr ähnelten. Plötzlich, noch ehe sie von den heranstürmenden Mactus-Kriegern gepackt und aus dem Keller gezerrt werden konnte, riss Tin sie mit sich durch die Öffnung. Pfeilschnell und geschmeidig, wie eine perfekt geölte Schiebetür, schob sich die Geheimtür hinter ihnen zu.

Es war stockdunkel. Nur leise war zu hören, wie die angreifende Bande mit dumpfem Gepolter am Gemäuer abprallte.

Dann herrschte Stille. Trotz Colombes panischem Atem.

Der Ort war die Schwärze höchstpersönlich. Man sah die Hand vor Augen nicht und es war vermutlich noch enger in diesem Tunnel als zuvor in der Kloake. Es stank nach ... faulen Eiern, als ob jemand gerade hunderte von Streichhölzern entzündet hätte. *Schwefel,* folgerte sie. Colombe spürte das frostigfeuchte Gemäuer an ihrem Rücken. Tins Kinn streifte ihre Nase. Sein warmer Atem blies ihr über die Stirn, als ob er den Gestank von ihr wegblasen wollte.

»Das war knapp«, schnaubte er tief, und dieses Prusten machte er absichtlich, ohne seinen *ImPerDi*-Modus abzubrechen.

Eiskaltes Wasser tropfte von der Decke auf Colombes Nacken.

Dann erst fühlte sie den Schmerz, der sie beinahe aufschreien ließ.

Tin hatte sie, in der Eile, recht unsanft mitgezerrt, sodass ihr linkes Knie den rauen Steinboden streifte. Dabei musste sie sich an einem spitzen Gegenstand verletzt haben. Einmal mehr roch sie ihr eigenes Blut. Sie tat aber keinen Mucks, obwohl sämtliche Synapsen dem Körper mitteilten, dass diese Verletzung quälend sein wird.

»Alles Okay?«, fragte Tin und prüfte mit seinen Händen ihre Position.

»Mhm, gut«, antwortete Colombe, obwohl ihr Knie höllisch stach, als ob jemand ein glühendes Beil hineingerammt hätte. Zum Glück konnte Tin ihr Gesicht nicht sehen. Es war zu einer schmerzverzerrten Fratze geworden. Sie versuchte, den Schmerz mit ihrer verdreckten Hand abzudrücken. Durch die aufgerissene Jeans rann warmes Blut zwischen ihren Fingern hindurch.

Sie hörte, wie Tin in den Taschen seiner Hose kramte. Er aktivierte sein Handy und betätigte ein Taschenlampen-App. Schneeweißes Licht erhellte den Raum. In dem Tunnel sah es genau gleich aus wie in der Kloake, nur tiefer und enger.

Colombe zwang sich ein Lächeln aufs Gesicht. Wie schon so oft passte es aber nicht zu ihrem Gefühlszustand.

Wenn ich mich im Kampfmodus befunden hätte, wäre alles anders gelaufen. Wir hätten das Maisfeld doppelt so schnell passiert, und wir wären in der Kloake verschwunden, bevor die beiden Polizisten in den Schotterweg eingebogen wären. Wir hätten Laurenz nicht angetroffen, ich wäre nicht alleine in die Kloake eingestiegen und Tin hätte mir den richtigen Weg gezeigt. Der Wikinger wäre gar nicht auf sie aufmerksam geworden und … der Polizist … hätte er sein Leben trotzdem verloren? War seine Seele wirklich bereit zum Sterben? Wäre er Laurenz so oder so im Weg gewesen?

WÄRE, WÄRE, WÄRE, HÄTTE, HÄTTE, HÄTTE!

Eines steht fest, wenn ich mich im Kampfmodus befunden hätte, hätte

Tin mich nicht in den Geheimgang zerren müssen und ich hätte mir nicht das Knie aufgeschlagen.

Sie wollte nicht, dass Tin sie deswegen rügte. Reumütig erkannte sie das Tor des Potenzials in ihrer Energiespirale. Das Tor war offen, bis zu dem Zeitpunkt, da sie sich entschied, sich nicht mehr in den ImPerDi-Modus atmen zu können. Dann fiel die Türe des ImPerDi zu. Es lag an ihr, eine neue Wahrscheinlichkeit zu erschaffen. Ein Potenzial, indem der Kampfmodus wieder Selbstverständlichkeit werden konnte.

Vielleicht war es ihr Bauchgefühl, das sagte: Sei stark! Vielleicht war es aber auch einfach nur der unzähmbare Überlebenswille, den sie sich und Tin beweisen wollte. Aber Tin von ihrem zerfetzten Knie erzählen? Nein!

»Wie spät ist es?«, fragte sie und hoffte, ihre Amceptierphase beginne gleich. Mit diesem Knie würde sie keinen Meter weit robben können, ohne laut aufzuschreien. Mal abgesehen vom Dreck, der sich in der offenen Wunde ansammeln konnte. Der Gedanke an eine Blutvergiftung verursachte ihr eine Hitzewallung. Im Crepererum könnte sie ihre Wunde versorgen, und wer weiß, vielleicht sogar heilen. Genau wie nach der versuchten Vergewaltigung...«

»Es dauert noch knapp 15 Minuten bis zur nächsten Phase.« sagte Tin, »das reicht, um zum anderen Ende des Geheimganges zu kriechen. Dort warten wir dann deine Amceptierung ab, bevor wir den Tunnel verlassen.

»Wie lang ist den der Gang?«, fragte Colombe übertrieben munter.

»Du hast ja die gemähte Wiese gesehen, und auch die Häuser am Ende des Feldes. Diese werden wir jetzt unterkriechen. Das sind ungefähr dreihundert Meter. Irgendwo bei einer Gabelung werden wir uns rechts halten. Dann sollten wir etwa hundert Meter vor der Badeanlage mit dem Sodbrunnen wieder ans Tageslicht kommen.«

Colombe wurde schon bei dem Gedanken daran ganz mulmig. Um Zeit zu schinden, fragte sie Tin, wohin sie gelängen, wenn sie bei der Gabelung nach links robben würden.

»Das ist der Zugang zum Szenen Theater.«

»Aha, alles klar«, erwiderte sie, obwohl das nicht stimmte. Sie versuchte sich nur von ihrem Schmerz abzulenken. »Das Szenen Theater«, piepste sie mit viel zu hoher Stimme weiter, »das ist der Ort, der von der Bombendrohung betroffen ist. Gleich Gegenüber befindet sich doch der Podiumstempel. Der Ort, wo die letzten Amceps starben.

Warum wurden eigentlich die Amceps immer nur auf dem Podiumstempel gefunden? Der Sodbrunnen ist doch das Ziel des Rätsels?«

Colombe spürte es: Diese Frage löste bei Tin einen schmerzenden Stich im Innersten seines Herzens aus. Seine Spiralenergie zeigte Trauer, Wut und Reue.

»Erinnerst du dich noch an die Schilderungen von Fred Stern? Er war bei der Entdeckung des unterirdischen Kuppelraums und dem Sodbrunnen persönlich dabei.«

»Ja, genau, hat echt dramatisch geklungen, dieses Einsinken des Baggers in einen Hohlraum.« *Scheiße tut mein Knie weh!*

Tin schüttelte den Kopf. »Das mit dem Bagger wurde vom Museum nur etwas aufgeblasen, damit mehr Besucher ins Museum kommen. Das wirklich Dramatische an der ganzen Sache ist, dass diese Entdeckung im Jahre 1998 gemacht wurde, verstehst du? Danach dauerte es noch weitere zwei Jahre, bis der Gewölbekeller für die Öffentlichkeit zugänglich gemacht wurde.«

»Ich verstehe«, flüsterte Colombe. Man musste gewiss kein Mathematikgenie sein, um auszurechnen, dass Rose bei der Entdeckung des Sodbrunnens schon ein paar Jahre tot war. Kein Wunder wurden die verstorbenen Amceps alle auf dem Podiumstempel gefunden. Sie hatten alle keine Ahnung vom Sodbrunnen. Keine Chance, am Leben zu bleiben. Waren sie alle vom Crepererum gemein in die Irre geführt worden?

Sie schrieb es Tins Empathie zu, dass ihn diese Tatsache so sehr ärgerte und seine Energiespirale Trauer zeigte. Die Reue in seiner Energie war logisch. Tin hatte Otto große Vorwürfe gemacht, weil er das Rätsel nie gelöst und damit ihr Leben aufs Spiel gesetzt hatte. Aber der Vorwurf war unberechtigt. Vermutlich begannen die beiden Männer deswegen, nun langsam aufeinander zuzugehen. Tin hätte sich ihrer Meinung nach vielmehr fragen müssen, weshalb das Crepererum überhaupt ein Rätsel stellte, das unmöglich zu lösen war - vor allem nicht in vier Tagen.

Tin lächelte aufmunternd und fuhr mit den Fingern andeutungsweise über die Schrammen auf ihrem Gesicht. »Los jetzt«, forderte er abrupt und hielt seine Handy-Taschenlampe in die Dunkelheit des Tunnels. Der helle Schein zündete ins Nichts. »Bleib dicht hinter mir.«

Colombe standen die Tränen zuvorderst. Aber sie wollte stark sein und war froh, dass er die klaffende Wunde am Knie nicht bemerkt hatte. Was war schon ein bisschen Schmerzen im Knie gegen ein Leben mit Tin.

»Haben wir auch genügend Sauerstoff in diesem Tunnel?«, davon war ihrem Gefühl zufolge nämlich nicht wirklich viel vorhanden. Ihre Nase konnte sich einfach nicht an den modrigen Geruch des Schwefels gewöhnen. Das Atmen viel ihr schwer.

»Ein weiterer Grund, weshalb ich so schnell wie möglich nach vorne will«, erwiderte Tin. »Der Tunnel mündet in einen weiteren Kloakenstollen. Dort kannst du normal atmen und gefahrlos amceptieren.« Er hatte den Satz noch nicht zu Ende gesprochen, da robbte er auch schon voraus.

Sie war sogar froh, als sich die Decke des Ganges nochmals absenkte und der Tunnel enger wurde. So waren sie gezwungen, bäuchlings zu kriechen und sich mit Ellenbogen und Beinen abzustoßen. So lastete nicht das ganze Körpergewicht auf ihrem Knie. Sie streckte ihr verletztes Bein durch und schleifte es nach wie einen leeren Sack. Am liebsten hätte sie bei jeder kleinsten Bewegung aufgeschrien. Stattdessen stöhnte sie etwas mehr als nötig. Trotz der frostigen Kälte schwitzte sie Bäche. Zudem bekam ihr Gehirn nicht genügend Sauerstoff. Ihr Körper fühlte sich schwer an und ihr wurde, selbst im Liegen, schwindlig.

»Bist du im *ImPerDi*-Modus?«, erkundigte sich Tin, dem ihr übertriebenes Ächzen aufgefallen sein musste.

Blöde Frage, hätte Colombe am liebsten geschrien. Aber so blöd war die Frage in Wirklichkeit ja gar nicht.

Der Wikinger hatte es bald aufgegeben, die Öffnungskombination des Geheimganges herauszufinden, in dem das Amceps mit ihrem Wächter verschwunden war. Warum auch. Sie brauchten diesen bescheuerten Geheimgang nicht. Sie wussten, dass der Podiumstempel das Ziel des Amceps sein musste. Die Krieger rannten zurück und schafften es, gerade noch rechtzeitig, den ohnmächtigen Laurenz ins Maisfeld zu zerren, bevor ein Sonderkommando der Polizei auf den Schotterweg einbog, um dem Hilferuf von Alois Steiner zu folgen. Zwei der schwer bewaffneten Ordnungshüter waren von dem Anblick ihres Toten und ausgebluteten Kollegen überwältigt. Sie kotzen sich die Seele aus dem Leib.

Alois Steiner hatte die starren Augen seines Kollegen geschlossen und weinte immer noch bittere Tränen.

Michi war 32 Jahre alt, verheiratet und Vater von drei Kindern. Hatte er nicht erst gestern noch angedeutet, er wünsche sich ein Viertes? Michi hätte das niemals gesagt, wenn seine Frau nicht bereits wieder schwanger gewesen wäre. Vermutlich sollte es noch ein paar Tage ein süßes Geheimnis zwischen den beiden Eheleuten bleiben. Und Michi konnte nicht anders, als es seinem alten Kollegen zumindest zu signalisieren.

Wie und mit welchen Worten tröstet man eine junge Witwe?

Die von Tin angekündigte Gabelung des Geheimganges entpuppte sich, wie vorausgesagt, als Übergang in einen weiteren Kloakengang, der sich vom Szenentheater bis hin zur Basilica zog. Hier konnten sie wieder aufrecht gehen und mussten sich nur wenig ducken. Es stank zwar auch hier nach abgestandener Luft, aber immerhin verschwand der Schwindel, der zuvor durch den Sauerstoffmangel ausgelöst worden war. Für Colombe bewegte sich Tin viel zu schnell vorwärts. Doch sie biss auf die Zähne. Ein Wunder, dass sie überhaupt gehen konnte. Die Nervenbahnen versahen den ganzen Körper mit stechendbrennendem Schmerz. Wenn Tin nicht zurückschaute, drückte sie sich die Wunde ab. Immer noch rann frisches Blut aus der Verletzung. Sie befürchtete zu verbluten, wenn sie nicht bald einen Druckverband anlegen konnte. Wie in Trance humpelte sie weiter. Stundenlang – so fühlte es sich zumindest an. Da begann Tins Handy zu flackern. War der Akku alle?

Schrill klang das Klingeln eines Telefonapparates aus den siebziger Jahren an ihr Ohr. Tin wischte mit dem Daumen über das Display und das Geräusch verstummte. Das war bestimmt kein Anruf. *Hier unten gibt es sicher keinen Empfang.* Es musste das Zeichen zur baldigen Amceptierphase sein. Sie hatte beobachtet, wie Tin den Alarm immer wieder neu stellte.

»Wie lange noch«, rief sie ihm hinterher.

»Zwei Minuten«, antwortete er, ohne dabei stehen zu bleiben.

»Zwei Minuten!«, sagte sie zu sich. »*Das ist zu lang!*« Sie war vollkommen erschöpft und nicht mehr fähig, auf das Bein aufzutreten. Zu stark waren die Schmerzen. Jedes Mal, wenn sie es auch nur versuchte, fühlte sie sich, wie von einer Lanze aufgespießt. Es blieb ihr nichts anderes übrig, als stehen zu bleiben. »Können wir nicht hier warten, bis die Amceptierung vorüber ist«, krächzte sie Tin hinterher. Es erforderte sie alle Kraft, die sie noch aufbringen konnte.

Tin sah verdutzt zurück. Der Lichtstrahl des Telefons leuchtete direkt auf ihr Gesicht. »Es sind nur noch ein paar Meter. Gleich da vorne ist der Ausgang. Siehst du das Licht?«

»Das ist mir egal, ich brauche eine Pause.« Sie drückte die Ellenbogen nach außen, um sich an den Wänden festzuhalten. Keinen Meter würde sie mehr gehen können. Sie hatte hier genügend Sauerstoff, um gefahrlos zu amceptieren.

»Wenn wir uns beeilen, schaffen wir es noch raus aus der Basilica-Kloake bis hin zu den Hypokaustum Ruinen. Dort kannst du dich ausruhen und im Sitzen amceptieren. Je schneller wir uns jetzt fortbewegen, umso länger können wir uns die Mactus-Krieger vom Leibe halten.«

»Ist mir scheißepiepeegal«, murmelte Colombe und sackte zu Boden. Durch das Beugen des Knies durchfuhr sie eine derart starke Schmerzwelle, dass sie befürchtete, in Ohnmacht zu fallen. Ein qualvolles Stöhnen konnte sie nicht mehr unterdrücken. Ihr Puls raste. Sie schnappte mit bebendem Brustkorb nach Sauerstoff. Der Schweiß tröpfelte nur so aus ihr heraus. *Manchmal ist Schwäche zu zeigen das Mutigste und Effektivste, was man tun kann.*

Tin machte kehrt und eilte zu Colombe zurück. »Oh mein Animus!«, raunte er, als der Lichtstrahl des Handys auf ihr Knie traf.

Schnell zog er sein Hemd aus der Hose, (wo es noch nicht aus der Hose gerutscht war) und riss sich vom sauberen Unterleibchen ein großes Stück ab. »Warum sagst du mir sowas nicht?«, fragte er besorgt, als er das Knie verband, »ich bin nicht so feinfühlig wie du.«

»Ich schaffe es nicht, mich in den *ImPerDi*-Modus zu atmen«, gestand sie halb keuchend, halb weinend. Sie war ausgebrannt, konnte nicht mehr. »Ich ... ich ... ich wollte nicht, dass du böse auf mich bist ... ich wollte dich nicht enttäuschen ... ich ... ich ... ich weiß auch nicht ... ich bin nicht mehr ich. Normalerweise bin ich nicht so zickig.«

»Schsch«, drang an ihr Ohr. Er hatte sie in den Arm genommen und wog sie sachte vor und zurück. »Leg einfach nur deine Angst ab«, murmelte er leise. »Vergiss nicht: Die Homullus helfen dir bei allem. Im Moment helfen sie dir gerade dabei, ängstlich zu sein.

Tin merkte nicht, wie das Spiralsiegel über den obersten Knopf seines Hemdes rutschte und auf der Haut am Hals kleben blieb.

Laurenz entwickelte eine unstillbare Wut auf Tin. Der Schlag, den er beim Schwellenkino von ihm hatte einstecken müssen, war also kein Zufallstreffer, wie zuerst angenommen. Tin war stark, schnell und unberechenbar. Man hatte ihm von Seiten des Conigium Mactus versichert, dass die Amceps-Wächter den Deliriumsschlag nur im äußersten Notfall anwendeten. Tin hätte tausend andere Möglichkeiten gehabt, ihn k.o. zu schlagen. Dabei war es nicht einmal die Niederlage, die er gegen den Typen einstecken musste. Es war die Gewissheit, so knapp dem Tode entronnen zu sein. Am meisten ärgerte ihn Noah Bitterer, der die ganze Zeit über nur von Tin schwärmte, dessen schönem Körper, dem unschuldigen Gesicht und dem knackigen Hintern.

»Ich will den Wächter lebend und in gutem Zustand«, mahnte er ihn immer wieder. Selbst jetzt, da sie sich in den Gängen des Szenen-Theaters versteckt hielten und ununterbrochen auf den Podiums-tempel starrten, konnte der Transvestit seine Klappe nicht halten.

Es schien, als ob die Polizei die Suche nach der Bombe einstellte. Zumal nirgends mehr ein Spezialkommando zu sehen war, dessen Männer mit dicken Schutzanzügen herumwatschelten und aussahen wie die Marsmenschen aus einem einfältigen Comic. Trotzdem würde die Sperre des Museums bestimmt noch den ganzen Tag andauern. Die Schweizer Polizei war sehr vorsichtig. Aber das kam ihm nur recht. Dann hatte er lediglich Noah Bitterer, Gerd und die Kumpels als Zeugen, wenn er bei diesem Quentin fortsetzte, was er bei Jefferson begonnen hatte. Noah würde sich einen anderen Gespielen für sein Bett suchen müssen.

Das Crepererum begrüßte Colombe mit einem Krankenhaus-Bett. Dankbar ließ sich das Amceps in die kuschelweichen Daunen fallen. Vor lauter Müdigkeit konnte sie nicht einmal mehr weinen. Sie konnte die Quantenhaftigkeit noch knapp bitten, sie in zwei Stunden aufzuwecken, dann schlief sie sofort ein. Sie hatte nicht vor, die ganzen vier Stunden durchzuschlafen. Wenn es ihr durch den Verlust des Kodex schon nicht möglich war, die Bewusstseinsmessung durchzuführen, so wollte sie die Zeit wenigstens dazu nutzen, in der Bibliothek Wissenswertes über den Kuppelraum beim Sodbrunnen herauszufinden. Es war ihr ein Rätsel, warum sie immer noch so wenig davon wusste. Immer wenn sie Tin darüber ausfragen wollte, kam etwas dazwischen.

Sie träumte von Tin. Im Traum war es ihr sogar möglich, seine bunte Energiespirale zu sehen, nicht nur zu fühlen. In ihrem ganzen Leben hatte sie noch nie etwas Schöneres gesehen. Die Farben waren kräftig und wechselten sich mit hauchdünnem Pastell ab. Das geheimnisvolle Unsichtbare wirbelte in ihm umher. Von seinem Herzen ausgehend, breitete es sich sternförmig über seinen gesamten Energiekörper aus, um alsdann in der Endlosigkeit einer Spirale zu entgleiten. Auch wenn sie immer noch keine Ahnung hatte, was dieses Unsichtbare bedeutete. Es schien Tins Energie perfekt zu machen. Ihrer Meinung nach konnte nicht einmal Animus heller strahlen.

Colombe erwachte zwei Stunden später, dankte dem Crepererum für den Weckdienst, schlief jedoch gleich wieder ein. Sie konnte nicht genug von der Spiralenergie Tins bekommen und wollte sofort wieder einschlafen. Der Anblick war so mächtig, erhaben und anastuiit... sie hätte vor Glück weinen können. Doch der zweite Traum blieb grau und farblos wie ein mit Asche eingeschneites Dorf nach einem Vulkanausbruch.

Sie hörte die Glocken der Quantenhaftigkeit viermal schlagen und schon riss sie der Sog der Gegenwart zurück in Tins Arme. Ihr Oberkörper ruckte nach vorne und hätte Tin beinahe umgeworfen, wenn nicht die Rückwand der Kloake den Fall aufgehalten hätte. Die Gefühle von Tins Energie blieben dieselben wie im Traum. Nur der visuelle Teil fehlte.

»Alles Okay?«, fragte Tin.

»Mhm, gut.« Colombe drückte ihre Nase auf seine Schulter, um die Schönheit des erlebten nicht mit dem modrigen Gestank der Kloake zu zerstören, sondern mit Tins Eigenduft. Sie wagte kaum, ihr Knie zu bewegen. Aber diese Bedenken waren umsonst. Ihr Körper kämpfte gegen keine Schmerzen mehr.

Tin hätte sie vor Schreck beinahe von sich gestoßen, als er ihre Umklammerung löste, um ihr Knie zu Ende zu versorgen. Vor ihm stand eine Colombe, die gesünder nicht hätte sein können. Nirgends war mehr eine Verletzung zu entdecken. Ihr Gesicht war schrammenlos, sauber und roch nach frischer Pfirsichseife. Das Haar stand ihr vom Kopf ab, als ob sie es frisch geföhnt hätte. Der Strahl seines Taschenlampen-Apps wanderte langsam nach unten. Ihre Bluse war sauber, genauso wie ihre Jeans, die zuvor noch blutverschmierte war.

»Dein... Knie«, war alles, was er imstande war zu sagen.

»*Animusseidank!*«, flüsterte sie und rieb sich über die Stelle, an der zuvor noch Jeans und Knie aufgerissen waren. »Das war das Crepererum. Es hat mich geheilt.«

Tin starrte noch eine Weile perplex auf das Amceps. Er tastete ungläubig ihr Bein ab. Wie in Trance suchte er unter seinem Hemd nach dem Siegel. Er wollte sich mit Lucifer verbinden und ihm seinen Dank aussprechen. Er hätte vor Schreck beinahe geschrien. Sein gesamtes Blut schien sich ihm in seinem Magen anzusammeln, als er erkannte, dass das Siegel am Kragen, zwischen Unter- und Oberhemd eingeklemmt war. Vermutlich fehlten nur wenige Zentimeter, nein, wenige Millimeter, und das Siegel hätte sich mit Colombe verbunden.

Das war knapp, dachte er, *beinahe wäre ich mit ihr ins Crepererum gefallen, würde jetzt schlafen und hätte Colombe wohl nie wieder gesehen!*«

Er durfte gar nicht daran denken, dass die restliche Zeit, die ihm noch mit ihr verblieb, beinahe wegen einer kleinen Unachtsamkeit verloren gewesen wäre. Auch an die Zeit nach ihrer Verbindung mit Lucifer durfte er nicht denken. *Colombe wird sich ihrem Gefährten zuwenden und ich werde genötigt sein, ihr Glück aus der Ferne zu betrachten. Denn wenn sie mit Lucifer verbunden ist, wird sie ihre Sippe erkennen und mich nicht mehr beachten.*

»Kommst Du?«, sagte Colombe. Diesmal war sie es, die Tin zum Weitergehen drängte.

Tin hatte richtig vermutet. Der Ausgang der Kloake befand sich bei den Überbleibseln der äußeren Basilica-Mauern. Beide blinzelten, um ihre Augen an das Licht zu gewöhnen, bevor sie die Umgebung scannten. Weder Mactus-Krieger noch Polizei waren zu sehen. Also rannten sie los. Sie Sonne lugte zwar hinter den entladenen Wolken hervor und kitzelte Colombes Nase, aber der Grasweg war vom Regen glitschig. Sie rutschte mehrmals aus, konnte sich aber immer mit wehenden Armen auf den Beinen halten. Die Sohlen ihrer Sneakers waren nicht ideal für solche Gelegenheiten. Bei den Ruinen des Hypokaustums hielten sie kurz inne und beobachteten nochmals die Umgebung. Schräg hinter ihnen thronte die runde Curia. Aber auch dort war keine Menschenseele zu erkennen.

»Da ist die Badeanlage«, flüsterte Tin und zeigte nach vorn.

Colombe staunte nicht schlecht, als sie auf die Ruinen blickte. Die Mauern der Anlage ragten zwar nur noch ansatzweise aus dem Boden, aber zum besseren bildlichen Verständnis der Museumsbesucher wurde hinter den Ruinen eine riesige Leinwand aufgestellt, auf der die Rekonstruktion des Badehauses aufgemalt war. Colombe hätte das überdimensionierte Bild mit den liebevoll dargestellten Einzelheiten noch lange betrachten können. Am liebsten hätte sie den Detailschnitt mit den Mauern davor verglichen, dafür blieb jedoch keine Zeit. Tin war schon weitergegangen und winkte sie zu sich. Seine Energien versprühten immer mehr Freude und Genugtuung. Je mehr sie sich dem Sodbrunnen näherten, umso breiter wurde sein Grinsen. Trotzdem war da etwas, das ihn traurig machte.

Eins war sicher: Laurenz hatte nicht zu den Guten gewechselt. Vor der Kloake hatte er erneut seine schlimmste Seite gezeigt. Die liebevollen Energiewellen hatten ihren Mittelpunkt eindeutig beim Sodbrunnen. *Welche Macht mich wohl dort erwartet?*

Ein Steg führte über die Ruinen. Hohes Gras wucherte zwischen den alten Mauern und bettete die Anlage in einen grünen Teppich ein. Tin zeigte auf eine rundliche Maueranordnung in der Mitte der Fläche. »Da ist der Schacht des Sodbrunnens. Dort unten befindet sich der unterirdische Kuppelraum. Unser Ziel.«

Colombe verzog den Mund. »Müssen wir dort runter klettern?« Sie mochte nichts, was nur annähernd mit Klettern und großen Höhen zu tun hatte. Der Gedanke, ihr Leben nur an einem dünnen Seil zu wissen, ließ sie wanken.

Tin grinste und stellte sich hinter sie. »Nein, geh' einfach weiter.« Spielerisch schupste er sie voran.

Ein paar Schritte später verließen sie den Steg. Am Rande des Hügels führte sie eine eiserne Spiraltreppe eine Etage tiefer. Hier waren sie vor allfälligen Blicken von Mactus-Kriegern oder Polizisten geschützt. Eine zweite, diesmal breite und steinerne Treppe, führte sie zwischen hohen Betonwänden zum Eingang des lang ersehnten Ziels.

»*Zu Raurica, zur Reinigung, zur Heilung*«, rezitierte Colombe die erste Zeile des Rätsels. »Das hätten wir geschafft«.

Vor einem runden Bogentunnel, ähnlich dem der Kloake, blieb Colombe ehrfürchtig stehen. Eine metallene Tür war bis zum Anschlag offen. Kleine in den Boden eingelassene Lichtlein zeigten den Weg ins Innere des Gewölberaumes mit dem Sodbrunnen als Abschluss.

»*Komm aus dem Lichte und zähle der Töne düstre Schritte*«, murmelte sie.

Vorsichtig, als ob sie in kochend heißes Wasser treten würde, betrat sie den Gang, der ein beachtliches Gefälle aufwies. Aber vielleicht kam es Colombe auch nur so vor. So wirklich steil war es nämlich nicht. Wenigstens konnte sie aufrecht gehen und auch die Gefahr sich die Ellenbogen zu schrammen war gering. Sie nahm große Schritte und zählte mit. »Eins... zwei... drei... vier...«. Die wenigen Sonnenstrahlen hatten ihre Haut zum Glück etwas gewärmt, denn es wurde wieder kühler.

»Fünf... sechs...« Sie drehte sich um, weil sie Tins Schritte nicht gehört hatte.

»Kommst du nicht mit?«, fragte sie. Er stand am Eingang und schaute ihr hinterher. Seine Arme stützte er durchgestreckt am Oberschenkel ab. Ängstlich, als ob jeden Moment ein monströses Ungeheuer auf ihn zustürzen könnte.

Er schüttelte den Kopf. »Ich würde gerne, glaub mir. Aber es ist dein Rätsel und dein Leben, verstehst du?«

Colombe nickte und schenkte ihm ein Lächeln. »Mein Leben, meine Entscheidung, meine Taten. Ich weiß.«

Mutig schritt sie weiter. Ihr Bauchgefühl vermittelte ihr die besten Gefühle seit langem. Es war in Ordnung. Egal, was sie gleich antreffen würde. Schlimmer als Salomon konnte es nicht sein. Auch nicht falsch oder böse.

41

Genau nach zwölf langen Schritten, trat Colombe in den kleinen Kuppelraum. Obwohl Fred Stern von einem vier Meter hohen Gewölbe gesprochen hatte, hatte sie sich diesen Raum enger, niedriger und beklemmender vorgestellt, ähnlich dem Platzmangel in der Kloake. Aber sie fühlte sich gut und verspürte den Drang, die Augen zu schließen und die Energien dieses Raumes in sich aufzunehmen. Sie empfand keine Kälte, sondern eher eine ... perfekte Kühle. Die Luft war, so sonderbar es auch klingen möge, erfrischend rein und angenehm zum Atmen ... ohne Geschmack, einfach nur wohltuend. Colombe sog die Luft tief ein, um sich den neutralen Odem durch und durch gehen zu lassen. Ihr war der Schwefelgeruch aus dem Geheimgang noch zu gut in Erinnerung. Hier drin konnte sie nichts dergleichen wahrnehmen. Gemäß Fred Stern sollte der Brunnen ja schwefelhaltiges Wasser beinhalten oder einmal beinhaltet haben.

Das Licht war nicht grad sonderlich gut. Colombes Augen hatten sich aber schnell an die verwaschene Dunkelheit gewöhnt. Auf der linken Seite erkannte sie zwei bodenebene und mannshohe Durchgänge zum Schacht des Brunnens. »Das müssen die Fenster aus dem Rätsel sein. *Erkenne zwei Fenster, die reichen 'gen Himmel*«, so lautete der Vers. *Fred Stern hatte recht.*

Mitarbeiter des Museums hatten die Zugänge der Fenster mit sternförmigen Geländern gesichert, damit niemand in den Schlund des Sodbrunnens fallen konnte. Von der Erdoberfläche drang fahles Licht durch den langen Brunnenschacht. Colombe sah sich weiter um. Rechts vom Schacht befanden sich die drei Nischen, die im Rätsel beschrieben wurden. »*Drei Nischen nur, zur Wahrung Deiner Gunst.*«. Die drei Mulden waren in die Wand eingelassen und dienten vermutlich als Abstellfläche für Kerzen oder andere Dinge. Sie glichen den Nischen im römischen Keller, von denen sich die eine als Geheimtür entpuppt hatte. Es war alles haargenau so, wie in Fred Sterns Beschreibungen.

Sie hob den Kopf, breitete ihre Arme aus, schloss die Augen und atmete das Gefühl der Geborgenheit in sich ein. Beruhigung pur, friedvoll und voller prickelnder Glücksenergien. Der Archäologe hatte nichts dergleichen erwähnt.

»Alles Okay bei dir?«, rief Tin durch den Korridor hindurch. »Hast du schon etwas gefunden?«

Colombes Augen weiteten sich jäh. »Ähm, nein. Ich hab mich erst ein bisschen orientiert!« antwortete sie und konnte selbst nicht glauben, dass sie für einen kurzen Augenblick vergessen hatte, warum sie eigentlich hier war.

Sie rezitierte im Selbstgespräch nochmals den Vers. »*Drei Nischen nur, zur Wahrung deiner Gunst.* Warum heißt es: ›zur Wahrung deiner Gunst?‹ Die Heilige Dreifaltigkeit, wie Fred Stern es vermutete, war hier bestimmt nicht gemeint. Dazu fehlte die pompös gefertigte Statue des gekreuzigten Jesus Christus oder ein Bild des letzten Abendmahls. Doch solche Funde wurden hier nicht ausgegraben. Nun gut, als der Kuppelraum gefertigt wurde, war Jesus Christus vermutlich noch ein kleines Kind. Logisch, dass die Nischen einem anderen Zweck dienten. Wenn es die Eigenschaften des Menschen sein sollten: Empathie, Humor und Schöpferkraft..., so wie ihr Bauchgefühl es vermutete, dann verkörperten die Nischen die Trostlosigkeit der Leere. Standen sie für das Vergessen der Menschen um ihrer Selbst?

»*Und finde in des Lebens Nass, des Trägers Duft*«, murmelte sie weiter. Sie lehnte sich über das Gitter des zweiten Fensters und sah nach unten. Auch hier war der Schacht mit einem weiteren Gitter versehen, damit kein Museumsbesucher auf die Idee kommen konnte, im Sodbrunnen zu schwimmen.

»Hier unten muss das Schwefelwasser sein«. Sie zog die Nase kraus und schniefte. Aber diesmal roch es nicht nach verfaulten Eiern. Weder würgte es sie, noch dürstete es nach dem Erscheinen des absolut Bösen... Lucifers! Es war vielmehr lieblich, aufmunternd, empathievoll. Es roch... nach Licht? *Wie kann Licht riechen?* Sie drehte den Kopf nach oben und starrte dem Brunnenschacht entlang ans Tageslicht. Die Sonne schien bereits wieder stark, heiß und blendend. »*Siehe die Größe in Dir, die da quilt bis zum Rande des Himmels*«.

Dann wurde er intensiver, der Duft des Lichts. Zuerst glaubte sie, Tin wäre ihr nun doch gefolgt und stünde hinter ihr. Ein kurzer Seitenblick zeigte ihr jedoch an, dass sie immer noch alleine in dem Gewölberaum war. Der Duft des Lichts beinhaltete zwar viele Eigenschaften von Tins Eigenaroma. Frische, Gesundheit, Lebensfreude und vieles mehr. Aber es mischte sich eine neue Komponente hinzu. Etwas Uraltes, etwas Fremdes und doch sehr Vertrautes. Sie war nicht in der

Lage, es zu benennen. Es kam ihr vor wie eine Symbiose aller weltlichen Glücksgefühle mit den ihr unbekannten Sensorien eines Homullus. *Eigentlich ein Ding der Unmöglichkeit!* Es war engelhaft. animusgöttlich.

Ihr Hals verrenkte sich bis zum Anschlag, als sie die Schachtwände des Brunnens nach einem Hinweis für das Rätsel absuchte. Sie begutachtete jeden einzelnen Mauerstein, weil sie befürchtete, irgendetwas zu übersehen.

Als sie ihren Kopf aus dem Schacht zurückzog, schmerzten ihre verdrehten Muskeln. Sie massierte zuerst ihren Nacken und lockerte den Kopf mit langsamen Drehbewegungen, bevor sie sich den restlichen Raum vornahm.

Aber da war nichts. Nur ein 2000 Jahre alter Raum, von dem die Archäologen keine Vorstellung hatten, zu was er den Bewohnern seinerzeit gedient haben könnte. Vielleicht war es ein Rückzugsort an heißen Tagen? Oder war es ein Massage-Séparée für steinreiche Leute? Vielleicht diente der Raum auch als Kurzzeitkerker für ungehorsame Kinder oder gar als Labor für illegale Münzprägungen? Wurden hier nicht tausend von tönernen Geld-Gussförmchen gefunden, mit welchen sich ihre Besitzer das nötige Kleingeld herstellten? Vielleicht war es aber auch ein Geheimversteck für rituelle Opferungen irgendeiner längst ausgestorbenen Sekte? Aber warum, in Animus' Namen sollte dieser unscheinbare und doch mystisch wirkende Ort ein Rätsel behüten, dessen Lösung ihr Leben retten könnte?

Sie unterdrückte ihren Drang nach einer Fäkalien-Fluch-Einheit und motzte stattdessen »Heilige Kuhaugen in Eierteig!« Wütend stampfte sie auf den Boden. »Das Crepererum hat sich einen überaus makabren Scherz erlaubt!«, wetterte sie.

»Das glaube ich nicht«, brüllte Tin durch den Tunnel hindurch. Das Echo hallte an den Mauerwänden wider. »Ich will dich ja nicht hetzen, Colombe, aber die Mactus-Krieger haben unser Nichterscheinen beim Szenen-Theater bestimmt schon ausdiskutiert. Die sind nicht dumm. Die suchen sicher schon das gesamte Gelände nach uns ab.«

Colombe verdrehte die Augen. *Er hat ja recht.*

»Kannst du mir dein Handy bringen?«, gab Colombe zur Antwort, ohne auf seine Mahnung einzugehen. »Ich muss noch die Decke absuchen. Ohne Taschenlampe kann ich da oben nichts sehen.«

Diesmal gab Tin keine Antwort. Unmöglich, dass er sie nicht gehört hatte.

»Angsthase«, grinste Colombe und machte schon auf dem Absatz kehrt, um durch den Tunnel zurückzuschreiten, da packte sie eine unsichtbare, aber samtweiche Druckwelle und drückte sie an die Wand gleich neben dem Ausgangsstollen. Ihre Bluse sog das Nass der kühlen Wände sofort auf. Colombe hatte keine Möglichkeit in Angst zu verfallen, denn im nächsten Augenblick erblickte sie das Antlitz eines Engels.

Ihre Beine wurden elastisch wie weichgekochte Zucchini. Auf wundersame Weise blieb sie trotzdem aufrecht stehen. Vor ihr erhob sich eindeutig ein energetisches Wesen. Hell wie die Sonne, doch ohne zu blenden oder in den Augen zu schmerzen. Gold, lila, orange, bordeauxrot, blau, rot, gelb, grün ... das waren die Farben, denen Colombe einen Namen geben konnte. Aber da waren noch mehr Farben. Viel mehr. Und sie schimmerten spiralförmig wie bei den Energien von Menschen ... nur tausend Mal ... nein, millionen Mal schöner. Sie rieb sich die Augen und zwickte sich mehrmals in den Arm.

Nein, das hier ist kein Traum!

Eine Welle von Glücksgefühlen fegte durch ihren Körper wie ein samtweicher Blitz aus fluffiger, kratzloser Wolle. Glücksgefühle, die Colombe nicht benennen konnte, noch nie erlebt hatte, nicht kannte, unmenschlich schön. Und das alles war nur aus einem einzigen Samen entsprungen: der Empathie.

Für Colombe waren all diese Gefühlsregungen zu viel. Freudvoll weinend rutschte sie an der Wand hinunter, blieb mit angezogenen Beinen hocken und wischte sich mit beiden Händen die Tränen aus den Augen. Als sie wieder zu dem Engel hinsah, hatte dieser sich in eine menschliche Gestalt aus sonnigem Nebel verwandelt. Sein Gewand flatterte wie ein bordeauxroter Umhang inmitten seiner Spiralenergie. Ab und zu wechselte er die Farbe. Sämtliche Nuancen eines Regenbogens und noch einige, bisher noch nie gesehene Farben mehr, streichelten Colombes Augen. Doch das Gewand verfärbte sich stets wieder in Bordeauxrot zurück. Genau in diese Farbe, die Colombe so liebte und an der sie sich nicht sattsehen konnte. Das Gesicht des Wesens sah aus wie ein mit Baumwollstoff überzogener Heuballen. Wie die Vogelscheuche aus dem Film *Der Zauberer von Oz*. Aber es wirkte weder abstoßend noch komisch. Im Gegenteil, die Züge waren weich, scheinbar ohne Wangenknochen. Der Mund klein, wie der eines Babys... aber das Wesen lachte und dieses Lachen war echt. Colombe kam es vor, als ob sie in Tins Augen blickte, nur waren die des Engels kleiner und mit einem unsichtbaren Schleier verhüllt. Vermutlich musste das sein, denn die Augen strahlten wie Scheinwerfer und hätten ihr sonst ihr Augenlicht zerstört.

Weiß leuchteten sie, die Augen... schneeweiß. Doch nein, es war kein Weiß. Sie kannte diese Farbe nicht... es kam weiss-golden-violett-bordeaux sehr nah.

»Wir und ich erkennen mit Freude: Du fürchtest dich nicht vor uns und mir«, sprach das Wesen.

Colombe konnte den Engel nicht wirklich sprechen hören. Es waren einzig und alleine Gefühle, die er vermittelte und die sie richtig zu deuten wusste. Ihr drittes Auge wirkte dabei als Übersetzer.

»Sollte ich mich den vor dir fürchten«, fragte Colombe. Sie wusste nicht, wie die Konversation mit Gefühlen funktionierte, und sprach es laut aus. Im Hinterkopf hatte sie immer noch das Rätsel des Crepererums, das sie mit dem Erscheinen Lucifers interpretierte. Sofort entschuldigte sie sich für diese Gedanken. Vor ihr stand ein Engel. Viel schöner noch, als sie es jemals für möglich gehalten hätte. Anastuiit in vollkommener Vollendung. Dieses Wesen war definitiv *nicht* böse.

Der Engel nickte. Bestimmt hatte er ihre Gedanken gehört. Er neigte seinen Kopf zur Seite und lächelte in einer Herrlichkeit, die Colombe erneut die Tränen in die Augen trieb.

»Wie wir und ich erkennen können, wartet Quentin Lou Sebastian hinter den zwölf Tönen auf dich?«, sprach das Wesen.

»Oh ja«, erwiderte Colombe und kam ins Schwärmen. »Seit ich ihn kenne, beschützt er mich, kämpft für mich, sorgt sich um mich... liebt mich.« Ihr Gesicht nahm dabei die bordeauxrote Farbe des Engelgewandes an. »Er ist auch der Grund, weshalb ich hier bin«, fügte sie hinzu.

»Der Grund deines Besuches ist uns und mir wohl bekannt, Colombe Tanner. Doch gewähre uns und mir Folgendes, bevor du, Colombe Tanner, zusammen mit Quentin Lou Sebastian, erneut uns und mir die Ehre erweist, als dies sei, uns und mich zu den letzten vier Stunden in Naturgewahr zu erscheinen. Dies an dem

Ort, den du bereits kennst.«

Es dauerte ein paar Sekunden, bis Colombe die Gefühle des Engels richtig zu deuten dachte. Entweder sprach er so kompliziert, oder die Übersetzung ließ zu wünschen übrig. *Zu den letzten vier Stunden in Naturgewahr,* was meinte er damit? Der klamme Verdacht kam in ihr auf, dass das Wesen sie um einen Gefallen bitten wollte, bevor man ihr die Fortsetzung des Rätsels versprach. »Oookay«, sagte sie zögerlich. Was blieb ihr anderes übrig.

»Der Kodex der Homullus«, sagte das Wesen, »er gehört ins Crepererum.« Er sagte das so großväterlich, mit berührender Stimme, die einen Hauch von Traurigkeit mit sich trug, dass es Colombe so vorkam, der Engel lese ihr das Happy End eines dramatisch-romantischen Märchens vor.

»Natürlich«, erwiderte sie. »Glaub mir, der Orden der Amceps, Lusebian, Otto und Tin arbeiten schon daran.«

»Das ist uns und mir bekannt. So sei es jedoch gewiss: Deiner Hilfe Entscheidung sich das Tor des Potenzials erst öffnen soll.«

Wieder brauchte Colombe eine Weile, um die Worte zu deuten. »Du meinst, es ist meine Entscheidung, ob der Kodex zurück ins Crepererum kommt oder nicht?«

Der Engel lächelte. »Die Potenziale stehen gut. Doch ein einz'ger Blick genügt, es zu zerstören.«

»Nun ja, ich hab schon vor, meiner Bestimmung zu folgen.« Colombe konnte nicht anders, als das Wesen anzugrinsen. Tausend Fragen wollte sie stellen. Wie genau sie die Wiederbeschaffung des Kodex angehen sollten, wer dieses Mädchen an der Autobahnraststätte war, das sich wie Maud anfühlte und wie der Name dieses wunderschönen Engels sei, der gerade vor ihr stand. Außerdem wollte sie wissen, warum …

»Es ist uns und mir nicht gestattet, dir Ratschläge zu erteilen«, fiel ihr der Engel ins Wort, »denn Animus hat die Willigkeit seiner Selbst erschaffen, um der Seele jedes Einzelnen die Freiheit zu geben, zu tun und zu lassen, was sie will.« Der Engel verbeugte sich, wobei er seine hauchdünnen Arme zur Seite schwang. »Sei dir nun die Gewissheit unserer und meiner Liebe übergeben. Doch müssen wir und ich uns nun zurückziehen und der Schwere entfliehen«. Der Engel strahlte eine Welle der Ruhe aus und verschwand so schnell, wie er erschienen war. Wie bei einem Fernseh-Apparat, den man ausschaltet, schwebte noch eine flimmernde und elektrisierende Woge im Raum, bis auch diese Energie vollends verschwunden war.

»Warte«, rief Colombe und streckte den Arm aus, als ob sie den Engel hätte zurückhalten können.

Plötzlich packte sie jemand grob an der Schulter. Das war eindeutig nicht Tin. Colombe stieß einen ohrenbetäubenden Schrei aus, der in dem Gewölbe tausend Mal zu widerhallen schien.

42

Der Fremde drückte Colombes rechten Arm in Windeseile auf den Rücken und begann ihn zu drehen.

Der typische Polizeigriff, ganz klar kein Mactus-Krieger, das war alles, was sie im Moment denken konnte. Sie war noch zu anästhesiert von der Begegnung mit dem Engel. Sie fühlte sich apathisch und träge, als ob sie Monate im Koma gelegen hätte. Es war ihr unmöglich, sich in den Kampfmodus zu atmen oder sich sonst wie zur Wehr zu setzen. Sie wankte hin und her, als ob sie auf einem Schiff mit starkem Wellengang gestanden hätte. Dann endlich spürte sie Tins Spiralenergie.

»Lassen sie sie sofort los«, herrschte Tin den Fremden an. Er war herbeigeeilt, hatte sich direkt vor dem Tunnelausgang aufgestellt und lag in *ImPerDi*-Bereitschaft. Auch ihm schien sofort klar zu sein, dass der uralt wirkende Fremde kein Mactus-Krieger sein konnte. Tin hätte ihn sonst schon längst ins Delirium befördert. Trotzdem war sie beeindruckt von dem Typen, denn: mit was anderem als einer schlauen List war er sonst an Tin vorbeigekommen?

Der Mann mit dem knorrigen Gesicht und den lichten grauen Haaren rang nach Atem. Es war gut zu hören, dass er unter Asthma litt. Natürlich konnte Colombe es auch riechen. Ihre Nase füllte sich mit seinem aufgestauten Krankheitsaroma, gewürzt mit Ärgernis und Frust, sauer wie eine Zitrone, mit einer Spur Schokoladenminze und einem Hauch Hefegeschmack. Er war nervös. Sein Herz raste und das Zittern seines Körpers vibrierte sogar durch Colombe hindurch.

Schweißgebadet fasste der Störenfried in die Seitentasche seiner türkisfarbenen Kapuzenjacke und holte ein einlaminiertes Stück Papier hervor. Mit durchgestrecktem Arm hielt er Tin seinen Polizeiausweis entgegen.

»Kantonspolizei Basel, Kommis... sar Keller«. Würgte er zwischen zwei röchelnden Atemzügen hervor. Es war ihm gut anzumerken, wie anstrengend dieser Einsatz für ihn war. Sein Griff zerquetschte beinahe Colombes Arm.

»Lassen sie mich bitte los, sie tun mir weh«, ersuchte sie den Polizisten. Ihre Lethargie verschwand von Sekunde zu Sekunde mehr. Gefühle und Gedanken vermischten sich allmählich wieder mit der Realität. Es war, als ob sie die Gravitation der Erde wieder ansog wie das Vakuum die Luft.

Prompt lockerte der Polizist seinen Griff, hielt Colombes Handgelenk jedoch immer noch fest umklammert. Umständlich griff er in die linke Seite seiner Jacke und holte Handschellen hervor. Er drückte die klimpernden Fesseln in Colombes Hand. »Verzeihung... Ich wollte ihnen nicht wehtun... ich wusste nicht... reine Vorsichtsmaßnahme... einige Opfer wollen nicht erkennen, dass man ihnen helfen will«, murrte er und löste seine Umklammerung endgültig.

»Opfer?«, echote Colombe und sah abwechselnd zwischen Kommissar und Handschellen hin und her. *Will er, dass ich mir die selbst anziehe?*

Beherzt griff Keller zur Waffe am Seitenhalfter. An diesem Tag trug er die Pistole ausnahmsweise mit sich. Er streckte beide Arme durch und zielte auf Tin.

Tin musste lachen, trotz allem Ernst der Lage. Das Manöver des Polizisten sah aus wie bei einer Slapstickkomödie von Stan Laurel und Oliver Hardy.

Colombe bemerkte, wie Tin seine Konzentration verlor. »Der meint es ernst«, mahnte sie ihn und wagte kaum zu atmen.

Tin besann sich, stolperte automatisch einen Schritt zurück und hob beschwichtigend die Arme.

»Stehenbleiben oder ich schieße«, herrschte der Polizist ihn an.

»Was soll das«, schrie Colombe. Ihre Stimme klang eine Oktave höher. »Wir haben doch nichts gemacht... besuchen nur das Museum!« Sie hatte nicht wirklich Angst um Tin. Sie fürchtete sich mehr um den

Polizisten und dessen verzweifelten Versuche, genügend Sauerstoff in seine verklebten Lungen zu pumpen. *Tin könnte dem Mann die Pistole aus der Hand schlagen, bevor der überhaupt nur daran denken kann, den Impuls zur Krümmung des rechten Zeigefingers und damit zum Schuss zu geben.* Der alte Mann wirkte verletzlich, sensibel und schwach. *Selbst ein schwacher Deliriumsschlag wäre für ihn tödlich.*

Keller war sich sicher. Seine unermüdlichen Bemühungen der vergangenen 19 Jahre würden am heutigen Tage Früchte tragen. Die junge Frau wirkte auf ihn genauso zerbrechlich und warmherzig, wie Rose O'Connell es gewesen sein musste. *Sie kann ja nicht ahnen, warum der junge Bursche sie hierher nach Augusta Raurica geführt hat ... natürlich um sie umzubringen! Aber jetzt bin ich ja da. Dem Mädchen kann nichts mehr geschehen. Weder durch einen wahnsinnigen Psychotyp noch durch eine Sekte oder irgendeinen Teufelsanbetungsring. Die jahrhundertealte Mordserie wird mit dem heutigen Tage enden? Dank mir und meiner gewissenhaften Recherche. Dank mir und meiner hartnäckigen Standhaftigkeit meinen Kollegen gegenüber. Dank mir und meinem endlosen Drang, den Tod von Rose O'Connell aufzuklären. Sie soll nicht umsonst gestorben sein.*

»Wie heißen sie«, fragte Keller. Er starrte Tin an und wagte nicht, auch nur einen winzigen Moment seinen Blick von ihm zu wenden.

»Quentin Sebastian«, antwortete dieser, »Bitte nehmen sie die Pistole runter, ich bin unbewaffnet ... werde bestimmt nicht wegrennen«, fügte er mit gelassener Stimme hinzu.

Der Kerl ist abgebrühter als ein Folterknecht, dachte Keller, *tut so, als ob er die Oberhand hätte.*

»Und sie mein Kind?« Sein Kopf wippte kurz zu Colombe. Wie erlahmt fixierte er immer noch jede kleinste Regung von Tin.

»Tanner, Colombe Tanner«, antwortete sie beflissen.

»Und sie haben heute Geburtstag, nicht wahr, Frau Tanner? Sie werden heute 20 Jahre alt?« Keller dachte die Antwort zu kennen, doch als er die junge Frau aus dem Augenwinkel den Kopf schütteln sah, brach sein mühsam aufgebautes Teufelsanbetungs-Opfer-Gebilde in sich zusammen wie ein Kartenhaus im Wind.

»Nein, ich habe heute nicht Geburtstag.«

Keller hätte jetzt dringend seine Asthma-Medizin aus der Pumpspraydose seiner gebraucht. Angestrengt überlegte er, was er nun tun sollte. Die Kleine könnte ihn auch gut anlügen. *Weiß der Himmel warum.* Vielleicht wollte sie ihr junges Leben sogar freiwillig ihrem Gott oder ihrem Teufel opfern. *Verdammter Mist! Das würde begründen, weshalb an den Leichen niemals Gewaltanwendung nachgewiesen werden konnte. Ist sie vielleicht sogar auf Droge?* In Gedanken ging er nochmals die Akten der letzten Ritualopfer durch. Er zuckte augenmerklich, als er sich wieder erinnerte. *Ich Tölpel. Wurden die Leichen nicht alle in der Zeitspanne der vier Mittsommertage gefunden? Welcher Tag ist heute? Der 22. Juni? Die Toten wurden bisher immer zwischen dem 20. und 23. Juni gefunden. Wie konnte ich das nur vergessen!*

»Dann lassen sie mich raten Frau Tanner«, bemühte er sich mit bestimmter Stimme zu sagen, (was ihm nur teilweise gelang), »sie werden in den nächsten drei Tagen ihren 20. Geburtstag feiern.« Schweiß tropfte ihm übers Gesicht und kitzelte seine Nase. *Bleib standhaft Roobi,* coachte er sich selbst, *mach' jetzt keine Fehler! Den Burschen lass' ich keine Sekunde aus den Augen.*

Aus dem Augenwinkel beobachtete er, wie Colombe mit gerunzelter Stirn zu ihrem Begleiter schaute. *Zu ihrem zukünftigen Mörder!*

»Ja, morgen werde ich tatsächlich 20 Jahre alt,« bestätigte sie seine Frage.

Tin sandte eines seiner verliebten Lächeln Richtung Colombe. Keller ekelte es ab dieser falschen und kitschigen Geste des Typen. Wie konnte der Kerl das Vertrauen der jungen Frau derart missbrauchen? Nett sein, fürsorglich sein, nur um sie dann brutal umzubringen? Er konnte sich nicht erklären, wie dieser Quentin das Mädchen hierher locken konnte. Mit seinem schmalzigen Grinsen bestimmt nicht. Fiel sie etwa auf seinen gespielten Charme herein? Oder machten sein recht passables Aussehen und seine breiten Schultern etwas aus?

»Frau Tanner, bitte legen sie Herrn Sebastian die Handschellen an. Trauen sie sich das zu, ja? Sie brauchen keine Angst zu haben. Ich bin ein guter Schütze.« Das war zwar eine glatte Lüge. Aber er musste dem Mädchen klarmachen, dass er sie nötigenfalls beschützen könnte. Da lag eine kleine Flunkerei bestimmt drin.

»Ach, ich bitte sie, Herr Kommissar«, sagte Colombe. »Gut, wir haben das Gelände betreten, obwohl eine Bombendrohung bestand. Deswegen brauchen sie uns doch nicht gleich mit Handschellen und mit vorgehaltener Waffe zu drangsalieren.«

Herrjemine! Das Kind hat keine Ahnung! Ich muss sie aufklären, damit sie die Gefahr erkennt und alles tut, um von diesem Scheusal loszukommen.

»Es ist jetzt genau 19 Jahre her, Frau Tanner, da wurde ich zu einem Leichenfund hier in Augusta Raurica gerufen. Eine junge Frau, die am Todestag gerade 20 Jahre alt geworden war, wurde oben beim Podiumstempel, gleich gegenüber des Szenen-Theaters, tot aufgefunden.«

Er bemerkte, wie Colombe entgeistert zu Tin schaute und nach Luft schnappte.

Jetzt habe ich ihre volle Aufmerksamkeit.

»Damals folgte ich einem Hinweis, der auf einen haargenau gleichen Leichenfund vor 38 Jahren hindeutete ... dann noch einem vor 57 Jahren, vor 76 Jahren, vor 95 Jahren, und so weiter. Sie können bestimmt gut rechnen, Frau Tanner. Zwischen den Todesfällen lagen immer genau 19 Jahre.«

Nun vergaß auch Tin den Mund offen. Roberto Keller fühlte seine These endlich bestätigt. Stolz schwoll seine Brust an. *Eure mystischen Spielchen und Vertuschungsversuche haben bei mir nicht gewirkt.*

Tin ließ die Schultern fallen, schnalzte anerkennend mit der Zunge und klatschte in die Hände. »Sie haben uns enttarnt, Herr Kommissar, wirklich hervorragend, sie sind ein exzellenter Polizist.«

»Tin! Nein, was tust du da?« monierte Colombe.

»Schon okay, Colombe, vertrau mir.«

»Oh nein, meine Liebe Frau Tanner«, heischte der Kommissar. »Sie werden ihm ab sofort nicht mehr vertrauen und ihm kein Wort mehr glauben. Dieser Irrsinn muss ein Ende haben. Kein Leben ist es wert, wegen einem Hirngespinst geopfert zu werden. Sie sind noch jung, Frau Tanner, haben das Leben noch vor sich. Ich lasse nicht zu, dass er sie umbringt.«

»Umbringen? Tin? Mich? Sie haben ja keine Ahnung!«

»Die vielen Toten sprechen ja wohl für sich, nicht wahr?« Er deutete mit seiner Pistole auf Tin. »Sie sind selbst noch zu jung«, fauchte er ihn an, »haben Rose O'Connell bestimmt nicht umgebracht. Aber beantworten sie mir trotzdem zwei Fragen, Herr Sebastian.

»Die da wären?«, fragte Tin mit hochgezogenen Augenbrauen.

»Welchen Dämon beten sie an?«

Es dauerte ein paar Sekunden, bevor Tin gelassen antwortete. »Nun, ich würde es nicht anbeten nennen. Aber wenn sie es genau wissen wollen: Lucifer – und die zweite Frage?«

Ha, schoss es dem Kommissar durch den Kopf, *genau, wie der Greis es seinerzeit am Tag des Leichenfundes von Rose vermutet hatte.* »Und was habt ihr mit dem Baby von Rose O'Connell gemacht«, fragte er mit keuchender Stimme.

»Baby?«, wiederholte Colombe leise. »Lucifer?« Schon bei der ersten Erwähnung von Rose gingen Tins Alarmspiralen los und fluteten Colombes Gefühle wie ein Tsunami. Schmerz, Wut, Trauer, ähnlich den Gefühlen, die sie von Otto kannte, wenn es um Rose ging. Aber was sie am meisten verunsicherte, war die Wahrheit, die in Tins Worten mitschwang, als er sagte, er bete Lucifer an.

Tin betet Lucifer an? Wenn sie es nicht besser gewusst hätte, hätte sie gedacht, Tin wolle den Polizisten nur hinhalten und ihm einfach das erzählen, was er hören wollte.

Lucifer.

Er hat dem Polizisten die Wahrheit gesagt. Aber vermutlich beruft er sich dabei auf die Erzählung von Lusebian, in welcher das Consortium Lucifer noch als gut und lichtvoll beschrieben wurde. Ja, klar. Er beruft sich auf die Zeit vor dem Fall. Genau, bestimmt ist es das, was ich fühle. Tin und der Teufel. Nein, das passt nicht zusammen. Ha, dann könnte man wohl eher in einem runden Raum in eine Ecke scheißen. Aber das Baby. Was meint der Kommissar damit? Hatte Rose ein Kind geboren? – Dann wäre Otto logischerweise der Vater des Babys. Aber wo ist es? Wer ist es? Warum verschweigt man mir das? Oder war Rose von einem Mactus-Krieger vergewaltigt worden? An den Haaren herbeigezogen ist diese Möglichkeit ja nicht gerade, wenn ich an Salomon denke ...! Colombe hätte sich bei dem letzten Gedanken am liebsten übergeben. Der Polizist holte sie zum Glück aus ihren Überlegungen heraus.

»Bitte, Frau Tanner, legen sie ihm jetzt die Handschellen an.«

Anstatt Keller zu gehorchen, schüttelte sie den Kopf und runzelte die Stirn. »Rose hatte ein Kind?« Ihre Frage war an den Polizisten gerichtet.

»Ich erzähle es dir später«, funkte Tin dazwischen.

»Nein Tin«, wieder schüttelte sie den Kopf. »Ich will es jetzt wissen. Außerdem habe ich noch jede Menge andere Fragen, die mir aus unerklärlichen Gründen immer unbeantwortet blieben!«

Der Kommissar schwieg. Interessiert horchte er, was Tin seinem potenziellen Opfer sagen wollte.

Tin biss die Zähne zusammen und presste die Augen kurz aber fest zu. Sein Gesicht war vor Schmerz verzerrt. »Ja«, antwortete er und nickte mit dem Kopf, »Rose hatte ein Kind geboren. Acht Monate vor ihrem Tod.« Er hob seinen Kopf und sah Colombe in die Augen. »Es war ein Junge – und sie taufte in auf den Namen… Quentin.«

Colombe durchfuhr eine Welle aus Hitze und Kälte.

Tin erzählte weiter: »Der Name des Jungen – mein Name – galt als Symbol. Roses Körper starb nach den vier Amceptiertagen, doch ab dem fünften Tag lebte sie in ihrem Kind weiter, verstehst du? Es war ihre Art weiterzuleben.«

»Das ist nicht möglich«, flüsterte Colombe. »Du bist 21 Jahre alt. Ich habe deinen Ausweis selbst in Händen gehalten, als ich deine Personalien für die Lohnzahlung aufgenommen habe.«

»Man hat meinen Geburtstag gefälscht. Ich bin vier Monate jünger als du Colombe. Du warst ja am Todestag von Rose schon ein Jahr alt.« Er lächelte, zuckte die Schultern und wollte locker wirken. Es schien ihm peinlich, ihr noch nichts davon erzählt zu haben. Seine Energien waren gefüllt mit Schmerz und Trauer über den Verlust seiner Mutter, die er nie kennen lernen durfte.

»Und wer ist dein Vater. Ich meine… ist Otto dein Vater?«

»Ja, das ist er.«

Colombe atmete erleichtert auf. Rose hatte Tin in Liebe empfangen.

Kommissar Keller schwieg und hörte zu. Sogar das Atmen schien ihm leichter zu fallen.

»Und um es vorwegzunehmen«, erzählte Tin weiter. »Ja, ich konnte Otto lange nicht verzeihen, weil er meine Mutter nicht vor dem Tod gerettet hat. Aber dann hat uns Fred Stern vom Sodbrunnen berichtet… und dass das Gewölbe erst nach Mutters Tod entdeckt wurde. Leider zu spät für Rose und Otto. Die beiden hatten nie eine Chance. Vermutlich war der Reim aus dem Crepererum darum bei keinem der vorherigen Amceps so ausgeprägt wie bei dir. Warum auch? Der Sodbrunnen schlummerte seit beinahe 2000 Jahren unentdeckt unter der Erdoberfläche. Ich weiß, dass ich Otto unrecht getan habe. Glaub mir, es wird mir eine Lehre sein. In Zukunft werde ich keinen Menschen mehr verachten oder über ihn lästern, ohne die ganze Wahrheit zu kennen.«

»Das erklärt so einiges«, brummelte Colombe. »Ich meine, was die Gefühle zwischen euch beiden angeht.« Ihr war erst jetzt bewusst, dass sie nie nach Ottos Familiennamen gefragt hatte. Er war einfach Otto. Otto der Wächter. »Warum hast du nie etwas gesagt?«, fragte sie Tin, »spätestens dann, als ich euer Verhältnis zueinander falsch interpretiert habe?«

»Ich wollte nicht, dass du dich für ihn einsetzt, verstehst du das?« Er hob entschuldigend die Schultern. Mehrmals öffnete er den Mund, ohne ein Wort zu sagen. »Ich war wütend auf ihn und wollte es auch bleiben. Du hättest jede Menge Gründe gefunden, mich zu überzeugen, damit ich mich mit ihm versöhnt hätte. Es war wie ein Zwang, mein Andenken an meine Mutter aufrechtzuerhalten«. Tin schloss die Augen und rang nach den richtigen Worten. »Als sie starb, war ich zu klein. Ich kann mich nicht an sie erinnern. Ottos Schmerz über ihren Verlust war und ist immer noch stark. Er wollte und will nicht über sie sprechen. Für mich waren die Anschuldigungen ein Stück Hoffnung, endlich etwas über sie zu erfahren.« Er presste die Lippen zusammen. »Das war blöd von mir, tut mir leid.« Beschämt senkte er den Kopf.

Kommissar Kellers Kopf wippte zwischen Tin und Colombe hin und her, als ob er bei einem Tennismatch den Ball verfolgte.

Dann wurde es still.

»Sie sind also das Kind von Rose O'Connell«, murmelte Keller, schnalzte mit der Zunge und nickte nachdenklich.

Die Stille wurde immer lauter. Colombe glaubte, den Energien von Tins Spiralen bald nicht mehr standhalten zu können. Zudem pflügten sich auch noch die Spiralen des Polizisten durch ihre Seele und forderten nach Reinigung. Es fühlte sich an, als ob sich ihr Körper auf das doppelte aufblähte wie ein Brot im Backofen. Aber sie wollte jetzt nicht schlappmachen. Nicht jetzt. Nicht, nachdem sie diesem herrlichen Engel begegnet war.

»Aber bitte«, hörte sie den Kommissar fordern. »Sprecht euch nur weiter aus. Ich warte seit neunzehn Jahren auf Antworten.«

Colombes Kopf drehte sich zwar reflexartig zu dem Polizisten hin. Es war ihr jedoch, als ob sie durch ihn hindurchsehen würde, als ob er gar nicht anwesend gewesen wäre.

»Was ich nicht verstehe«, sagte sie plötzlich wieder an Tin gerichtet. Sie hob die Hände, als ob sie einen Segensspruch aufsagen wollte. Die Handschellen klimperten immer noch in ihrer Hand. »Warum der Sodbrunnen? Ich meine, die Amceps gibt es doch schon viel länger als 2000 Jahre. Was war vorher, bevor es in Augusta Raurica diesen Brunnen gab? Welche Chancen hatten all die Amceps vor mir?«

»Nun, wie du weißt, ist das Consortium Lucifer erst zu Zeiten der Kreuzigung Christi ausgestorben. Vorher brauchte es diesen Ort schlicht und einfach nicht.«

»Aber die Amceps ... die gab es doch schon immer?« Mit qualvoll verzerrtem Gesicht schaute sie zu Tin. »Hat den niemals ein Amceps überlebt?«

Tin griff das Amulett unter seinem Hemd. Kurz schloss er die Augen, atmete tief, ließ das Siegel wieder los und sah erneut zu seiner Liebsten. »Das Consortium Lucifer wusste genau Bescheid, wann die Frist der 28'000 Jahre ablaufen würde. Die damaligen Amceps besaßen auch längst nicht ein derart starkes drittes Auge wie du. Eine Verbindung mit dem Reich der Homullus war seinerzeit nur im Crepererum möglich. Das Consortium hatte während der letzten Amceptierphase dafür gesorgt, dass die Seele den Körper abstößt und das gesammelte Bewusstsein des Amceps auf die Waage kam. Das Sterben war und ist im Crepererum für den menschlichen Körper nicht relevant. Ich meine ... das verstehst du sicher besser als ich. Du kennst das Crepererum.«

Colombe zuckte zusammen. »Das gesammelte Bewusstsein IN dem Amceps kam auf die Waage?, wiederholte sie. »Ich habe das gesammelte Bewusstsein der Menschen im Kodex verankert. NICHT IN MIR! Warum also sollte ich sterben. Es gibt keinen Grund!«

»Richtig so!«, feuerte Keller Colombe an, obwohl sein Gesichtsausdruck verriet, dass er keine Ahnung hatte, wovon die beiden gerade sprachen.

Tin öffnete den Mund und schloss in wieder, bevor er weiter erzählte. »Dass die Amceps das Bewusstsein nicht mehr in sich verankern und dieses direkt während jeder Amceptierphase in die Waage verlagern, ist erst seit ein paar hundert Jahren so. Niemand weiß, warum dieser Vorgang ausgelöst wurde, ob durch eine Katastrophe, in der tausende von Menschen starben oder ob es politisch bedingt war ... ob es ein einzelner Mensch war, der unbewusst dazu beigetragen hat … eine rechtschaffene Hexe vielleicht, die viel Gutes tat«, (Tin formte bei dem Wort *Hexe* Gänsefüßchen). »Niemand hat auch nur die leiseste Ahnung. Damals ist natürlich ein regelrechter Hype bei den Mactus-Kriegern und den Amceps-Wächtern ausgebrochen, weil man dachte, die Prophezeiung würde sich erfüllen. Mit den Jahren hatte es sich wieder gelegt. Die Amceps mit ihrem dritten Auge waren zu schwach.«

»Ich höre immer nur drittes Auge«, Colombe legte ihre Hand instinktiv an die Brust. »Was bewirkt es?«

»Es beeinflusst dein Fühlen. Je stärker ein drittes Auge ist, desto mehr Dunkelheit kann sich von der Menschheit lösen. Und es erlaubt den Kontakt mit den Homullus-Reichen.«

»Du meinst, nur dank meines starken dritten Auges, konnte sich mir der Engel vorhin zeigen?«

Tin atmete tief durch, schluckte leer, wirkte bewegt. »Du hast ihn gesehen?«, flüsterte er. Seine Stimme brach. Er musste erneut einige Male leer schlucken, bevor er weiter sprechen konnte. »Ich dachte, die Zeit war zu knapp … ich bin vorhin kurz zum Hypokaustum gerannt, um zu sehen, ob allenfalls Mactus-Krieger auf mich reagieren. Als ich zurückkam, sah ich den Kommissar gerade durch den Tunnel schreiten. Ich hätte nicht gedacht, dass ER sich zeigt.«

»Sie haben einen Engel gesehen?«, funkte der Kommissar ungläubig dazwischen, unschlüssig, ob er es glauben sollte oder nicht.

Colombe lächelte Tin an, rannte zu ihm hin, umarmte ihn, küsste ihn, nahm seinen Kopf in ihre Hände, wartete, bis Tin seine Stirn auf ihre legte … Nasenspitze an Nasenspitze. Der Polizist war ihr in diesem Moment egal. Mit Tränen in den Augen hauchte sie: »Es war wunderschön. Ich kann gar nicht beschreiben wie schön, befreiend, liebevoll, zärtlich und gütig es sich anfühlte.«

»Anastuiit?«, flüsterte Tin.

»Anastuiit«, bestätige Colombe.

»Und?« Tin schluckte. »Was ist jetzt mit dem Rätsel. Wie kannst du dein Leben retten?«

Colombe spürte einen stechenden Schmerz, als der Kommissar sie hastig von Tin wegriss. Die Handschellen glitten aus ihrer Hand und schlugen klirrend gegen die Gewölbewand. Schwungvoll verfrachtete Keller Colombe schützend hinter seinen Rücken. Mit seiner Waffe zielte er erneut auf Tin. Diesmal zitterten seine Hände nicht. »Genug gespielt, Bürschchen. Wir wissen beide, dass *sie* und ihre Sektenmitglieder *ihr* Leben nicht retten wollen.«

»Er hat mich gebeten, den Kodex ins Crepererum zurückzubringen«, rief Colombe Tin zu, »für mehr hat es nicht gereicht. Das Homullus hat bestimmt gewusst, dass der Kommissar gleich erscheint.«

»Was genau hat er gesagt?«, grinste Tin und wirkte so glücklich und gelassen wie noch nie. Seine Energiespiralen hüpften aufgeregt hin und her und kamen nah an das Gefühl heran, das er versprühte, als er Colombe das erste Mal küsste.

Dann fiel ein Schuss.

43

Die Moralpredigt von Großmeister Noah Bitterer hing wie ein bleierner Gürtel an Laurenz' Seele. »Wir sind Mactus-Krieger, keine Wilden, die alles und jeden umbringen, der sich ihnen in den Weg stellt!«, hatte ihn Noah getadelt, als sie von ihrer missglückten Mission in Augusta Raurica zurückgekehrt waren. Gut, er hätte den Polizisten beim Maisfeld nicht gleich umbringen müssen. Aber die nörgelnde Tante von der Autobahnraststätte hatte ihn schon auf 180 gebracht. Dann war ihm auch noch verboten worden, sich Colombe zu schnappen. Das Conigium wollte wissen, was es mit dem Podiums-Tempel auf sich hat und warum die Amceps der vergangenen Jahre ausgerechnet dort ihren Tod fanden. Erst danach war der Zugriff auf Colombe gestattet. Die Mission misslang wegen dieser bescheuerten Bombendrohung. Colombes Wächter schien das Gelände in- und auswendig zu kennen. Diese Tatsache drängte ihn zum Handeln. Der junge Polizist hatte einfach nur Pech.

Noah ging barfuß vor Laurenz auf und ab und ruderte mit den Armen. In den Händen hielt er seine Stilettos. »Unser Ziel ist die Öffnung der Tore Animus und nicht das Morden von unbeteiligten Polizisten. Mit solch unnötigen Taten bringst du uns beim Vater in Ungnade; du selten dämlicher Depp!«

»Ach ja?«, gab Laurenz zurück. »Und die Folter von Jefferson? Die war in Ordnung – oder was!« Klar, es hatte ihm Spaß gemacht, Jefferson zu quälen. Es war ihm sogar ein Vergnügen. Trotzdem bat er Animus um Verzeihung, indem er sich noch während der Folter mit der Peitsche kasteite. Er wollte nicht mit dieser Schuld vor den Vater treten. Darum versuchte er sich die Sünde selbst aus dem Leibe zu treiben. Jetzt schwebte aber dieser Polizistenmord im Raum. *Welche Selbstkasteiung wird da wohl angemessen sein?*

Noah legte seinen Kopf in den Nacken und stellte sich vor Laurenz hin, damit er ihm in die Augen sehen konnte. »Jefferson hat die Mission gefährdet, weil er nicht kooperierte. Er musste leiden, für Animus. Zudem habe ich dich ja noch davor bewahren können, Jefferson endgültig in die Dimensionen der Homullus zu befördern. Ich hoffe für dich, dass er irgendwo auf einer Intensivstation liebevoll gepflegt wird. Wenn er stirbt, dann sehe ich schwarz für dich mein lieber Laurenz. Animus wird sich bestimmt überlegen, ob er jemanden bei sich aufnehmen will, der sich aus purer Freude am Töten seiner Gunst erkenntlich zeigen will. Da kannst du dich noch so oft kasteien. Zugegeben, unsere Mission erfordert gewisse Opfer, dem kann ich nichts entgegenhalten. Aber wenn wir vergessen, wofür wir kämpfen, dann wird Animus sich unser kaum erbarmen.«

In diesem Augenblick hatte Laurenz Lust, die näselnde Stimme des kleinen Transvestiten-Mannes verstummen zu lassen. Am liebsten hätte er ihm seine Faust in die Fresse gehauen und sich aus seinen blondgefärbten Haaren einen Skalp gemacht. Daraus wäre ein schönes Geschenk für Animus geworden. Doch Noah war nicht umsonst der Großmeister des Conigium. Er war von Animus auserkoren, sie alle ins Crepererum und somit zu den Toren des Vaters zu führen. Deshalb hatte Laurenz den Kodex an den Großmeister übergeben. Den Kodex, den er am Vorabend unbemerkt von Silvias Hals gerissen hatte, als diese in den viertägigen Schlaf gefallen war. Deshalb blieb Laurenz standhaft, schluckte seine Wut hinunter und beschränkte sich darauf, Noah Bitterer nicht mehr in die Augen zu sehen. Sonst hätte er sich womöglich nicht zurückhalten können. Er atmete tief durch. Sämtliche Muskeln seines Körpers verspannten sich zu Stein.

Drei verdammte Stunden lang hatte er sich beharrlich auf der obersten Estrade des Szenen-Theaters postiert gehabt und auf den Podiumstempel gestarrt. Drei Stunden ... bei schwüler, drückender Hitze. Lediglich das Skelett einer verbrannten Buche bot ihm rudimentären Schutz vor den brennenden Sonnenstrahlen. Es war diese Buche, in der kurz zuvor der Blitz eingeschlagen und dessen Feuer die Blätter und Äste des Baumes aufgefressen hatte, bevor Feuerwehrleute den Brand löschten. Drei ewig lange Stunden, zusammen mit Noah Bitterer, der ihm dauernd auf den Arsch guckte, anstatt ihm zu helfen, das Gelände nach Colombe abzusuchen. Drei verschissene Stunden, ohne auch nur eine Haarsträhne von Colombe erblickt zu haben.

Wutentbrannt schritt Laurenz durch die Hallen der Villa des Großmeisters. Seit er vor ein paar Jahren zum Krieger des Mactus befördert worden war, wohnte er in einem der über vierzig Zimmern des Conigium-Quartiers, so wie viele andere Krieger auch. Die Tür seiner kleinen Kammer knallte ins Schloss und vibrierte von der Heftigkeit des kraftvollen Schwunges nach. In dem von Sonnenstrahlen durchströmten Zimmer gab es kaum Möbel, erst recht keine Vorhänge. Lediglich ein einfaches Bett mit einer Wolldecke, einem Kissen, einer Kerze für die Nacht und einem wurmstichigen Holzschrank. Eine alte Kartoffelkiste diente als Tisch. Mehr brauchte Laurenz nicht. Er wollte Animus gefallen und ihm seine Zuneigung durch Armut beweisen. Zudem würde er nach der Öffnung der Tore sowieso nicht mehr hierher zurückkehren. Die Dimensionen des Animus entsagten der materiellen Welt vollkommen. So wurde es ihm zumindest berichtet. Seit er das 666er-Spiralsiegel trug, wurde seine Sehnsucht nach dem Vater noch größer, noch dringlicher und noch schmerzlicher.

Starr blieb Laurenz im Zimmer stehen, ballte die Fäuste und schnaubte wie ein Stier vor dem Angriff. Sein Brustkorb hob und senkte sich so schnell, als ob er gerade einen Sprint hingelegt hätte.

Die Worte Noahs nagten mit spitzen Zähnen an seinem Ego. Was, wenn Noah recht hatte und Animus ihn wegen des toten Polizisten nicht mehr durch die Tore passieren lassen würde? Was, wenn der Vater alle in seine Arme schließt, nur ihn nicht?

Das Elend steckte tief. Ich *muss meinem Herrn beweisen, dass ich seiner würdig bin.* Während der Folter Jeffersons hatte er sich der Selbstkasteiung hingegeben, um sich von Sünde zu befreien. Animus sollte sehen, dass er es seinetwillen tat. Der Mord am Polizisten war feige. Das wusste er. Darum gab es nur einen Ausweg, um Animus milde zu stimmen. Er schritt entschlossen zu seinem Schrank, holte vom obersten Fach einen großen Karton herunter und kramte darin herum.

Gerd hatte ihm vor ein paar Monaten ein Cilicium geschenkt, ein Bußgewand, das aus grobem Ziegenhaar-Stoff gewoben war. Doch dieses Kleidungsstück war nicht das, wonach er suchte. Es würde zu wenig Schmerz verursachen. Auch den Bußgürtel, den er sich zum Einstand als Krieger des Mactus erstanden hatte, war nicht der Gegenstand seines Suchens. Die mehrgliedrige und mit scharfen Metallteilen besetzte Kette hatte er sich erst ein einziges Mal um die Oberschenkel gelegt. Damals vertrieb er die Sünden einer Schlägerei zwischen Mactus-Kriegern. Eine völlig harmlose Sache, die nur ein paar blaue Augen zur Folge hatte. Um das Erbarmen Animus für einen toten Polizisten zu erlangen, reichte das nicht. Auch der Gürtel hätte ihm zu wenig Schmerz bereitet. Auf die Peitsche konnte er im Moment nicht zugreifen. Diese lag immer noch im Keller und musste zuerst vom seinem und Jeffersons Blut gereinigt werden.

Dann fand er, was er suchte. Der Stapel mit den zusammengebundenen Briefen lag ganz unten im Karton, gleich neben der messerscharfen Glasscherbe, mit der er sich damals die Narbe in die Haut meißelte. Die Narbe, die ihn immer an *sie* erinnern sollte. Er nahm die Briefe und setzte sich aufs Bett. Zögerlich öffnete er die auberginerote Schleife, die den Stapel zusammenhielt. Den ersten Brief führte er an seine Nase und schnupperte lange daran. Er glaubte, den süßlichen Duft *ihres* Parfums zu riechen. Dann zog er das Papier aus dem geöffneten Schlitz, faltete es vorsichtig auf und begann zu lesen.

Mein Liebster,
Ich kann gut verstehen, dass Du wütend auf mich bist. Ich habe Dein Vertrauen auf das Übelste missbraucht. Es bleibt mir nichts anderes, als Dich um Verzeihung zu bitten und Dir zu versichern, dass ich die Abtreibung unseres Kindes zutiefst bereue.
Ich hätte nicht auf den Arzt hören sollen, der mir dazu riet. Ich hätte meine Gesundheit nicht über das neue Leben stellen sollen. Glaube mir, mein Liebster, mir wäre es recht, wenn das Kind in Deinen Armen läge und ich unter der Erde; denn ich kann mich noch zu gut an Deine Worte erinnern, die Du mir entgegengeschmettert hast, als ich Dir von der Abtreibung erzählte. »Ich bring Dich um!«, hast Du geschrien ... und ich konnte in Deinen Augen sehen, wie ernst es Dir war. Es war genauso echt, wie es Deine Freude

war, als ich dir von meiner Schwangerschaft berichtete.

Glaube mir, ich leide nicht minder am Verlust unseres Kindes. Ich träume von ihm, jede Nacht ... und tagsüber ertappe ich mich, wie ich mit ihm spreche ... und dann erfüllt mich jedes Mal eine friedvolle Gelassenheit, als ob es neben mir stünde und mir zum Trost seine Hand auf die Schultern legte.

Ich habe in den letzten Wochen nach Möglichkeiten gesucht, anderen die Schuld für meine Tat anzulasten. Dem Arzt, meinen Freunden, meinen Eltern, Dir ... aber das wäre nicht richtig. Ich alleine muss diese Last tragen. Es ging um meine Gesundheit, MEIN Leben, darum nahm ich mir die Freiheit, diesen Entschluss alleine zu fassen ... ohne Deine Meinung, denn die kannte ich. Trotzdem hoffte ich, dass Du zu mir stehen würdest, dass wir uns gegenseitigen Halt in dieser schweren Zeit geben würden. Genauso, wie wir es uns bei unserer Heirat versprochen hatten.

Ich habe nicht nur unser Kind verloren, ich habe auch Dich verloren. Das Einzige, was mir bleibt, ist die Frage, warum das alles geschehen musste. Ich bin zu der Einsicht gelangt, dass jedes Ende ein neuer Anfang bedeutet. Vielleicht musste es so kommen, damit wir getrennte Wege gehen. Vielleicht werde ich einen lieben Mann kennenlernen, der mir das geben wird, was Du mir nie geben konntest: wahre Liebe. Nicht nur oberflächliche Spielereien.

Ich will Dich niemals wieder sehen, will Dich vergessen. Deine wunderschönen moosgrünen Augen sollen mich niemals mehr in ihren Bann ziehen. Ich will Deinen sinnlichen Mund nie mehr küssen und niemals wieder in Deinen starken Armen liegen. Denn sonst würde ich mich sofort wieder in Dich verlieben.

Aber ich will Dich nicht mehr lieben. Ich will Dich hassen. Und das gelingt mir nur, wenn Du nicht bei mir bist und mich vom Gegenteil überzeugst. Ich hoffe, es aus meinen Gedanken verbannen zu können, dieses tiefsitzende Wissen, dass Du im Grunde ein herzensguter Mensch bist. Ich flehe Dich an. Erfülle diese meine letzte Bitte: auf Nimmerwiedersehen!

Penelope

Eine Träne löste sich in Laurenz Augenwinkel, tropfte auf den Brief und verschmierte den Namen seiner Frau zur Unkenntlichkeit. Laurenz zerknüllte das Papier und warf es in eine Ecke. Sofort rannte er dem Knäuel hinterher, hob ihn auf und strich das Papier auf seinem Oberschenkel glatt. Schmerz breitete sich in seinem Herzen aus. »Ja, das ist ein guter Schmerz. Dieser Schmerz wird Animus milde stimmen«, brummelte er vor sich hin, ging zurück zum Bett und nahm sich die restlichen Briefe seiner Frau vor. All diese Briefe, die sie ihm vor der Heirat geschrieben hatte. Sie würden seinem Schmerz bestimmt einen animuswürdigen Höhepunkt verschaffen.

44

Der Aufprall des Schusses katapultierte Tin in den schmalen Tunnelzugang.

Colombe klatschte sich vor Schreck die Hände auf den Mund und stierte wie betäubt auf ihren Freund. Der Knall des Schusses hallte in dem Gewölbe wider und ließ ihre Ohren für einen kurzen Augenblick taub erscheinen. Genauso taub, wie alles andere an ihr.

»Nein, NEIN, NEEEEIN!«, schrie sie. Ihre Beine wurden elastisch. Sie konnte sich kaum noch aufrecht halten. In ihrem Bauch bildete sich eine zentnerschwere Last. Sämtliches Blut schien aus ihrem Kopf gewichen zu sein. Ein peinigender Stromstoß durchfuhr ihr gesamtes Wesen. Es wurde ihr eiskalt und brühendheiß zugleich. Wie in Zeitlupe sah sie Tin in den Tunnelzugang fallen und auf dem harten Stein aufschlagen. Blut spritzte an die feuchten Wände. Sie hatte keine Ahnung, wie sie es schaffte, doch sie war in der Lage, zu ihm zu rennen.

»Verdammte Scheiße«, ächzte er, wand sich auf dem nassen Boden und versuchte sich den Schmerz an der Schulter wegzudrücken.

Colombe warf sich auf den Boden und robbte über seine Beine. Es ging nicht anders. Der Tunnel war zu eng, um sich neben ihn zu setzen. Sie lag nun halb auf ihm und presste ihren Rücken an die Mauer des Tunnels. Vorsichtig schob sie Tins blutüberströmte Hand zur Seite. Sofort begann sie, die Wunde abzudrücken. Tin brüllte auf und versuchte, ihrer klemmenden Faust zu entkommen, was sie als ein gutes Zeichen wertete.

»Entschuldigung! Entschuldigung! Entschuldigung!« raunte sie mit heiserer Stimme vor sich hin. »Muss sein! Muss sein! Muss sein!« Obwohl sie sich der Ohnmacht nah fühlte, wusste sie genau, was sie tat.

Roberto Keller schmetterte die rauchende Pistole auf den Boden. »Ich ... ich ... ich wollte nicht ... der Schuss hat sich ... gelöst«. Er tastete die Taschen seines Anoraks ab und suchte seine Asthmamedizin. Der Spray wirkte wie ein Beruhigungsmittel. »Es ist nur die Schulter«, röchelte Keller, für Colombe noch grade knapp hörbar. »Ich bin zum Glück ein schlechter Schütze, es ist nur die Schulter.« Erschöpft ließ er sich auf den Boden plumpsen und führte die Spraydose erneut an den Mund. Mit der freien Hand holte er sein Handy aus dem Anorak. »Ich fordere einen Krankenwagen an«, keuchte er so laut er konnte. Seine brummige Stimme hallte am Gewölbe wider, »Es wird alles gut, schrie er heiser, als ob das von der Lautstärke abhinge.

»Du darfst nicht sterben, Tin, hörst du!«, wimmerte Colombe, »wenn du stirbst, will ich auch nicht mehr leben, hörst Du? Du willst doch, dass ich lebe, oder nicht? Darum sind wir hier. Nur darum, nicht wahr!« Sie konnte genau spüren, dass die Verletzung Tin nicht umbringen wird. Trotzdem, ihn so auf dem Boden zu sehen… leidend… das war das Schlimmste, was sie jemals erlebt hatte. Da waren Salomon und Konsorten nichts dagegen. Colombe zitterte. Aber sie drückte immer noch auf die Wunde, sah nur Blut… Blut… Blut…! Blut, das sanft brodelnd aus Tins Adern trieb und in der Dunkelheit des Tunnels wie schwarzes Öl aussah. Mit der freien Hand streichelte sie Tins Kopf und küsste ihm das ganze Gesicht ab. Sein Duft hatte sich geändert. Natürlich roch er immer noch gut, nur gesellte sich das Aroma von Stress hinzu. Scharf wie eine Chili und ätzend wie Benzin. Dieser beißende Geruch beruhigte Colombe. Denn der Tod schmeckte anders, eher wie Lavendel, vermischt mit Lemongras und… schwindender Lebenskraft. *Tin duftete nicht so. Tin schmeckte nach Tin. Zum Anbeißen lecker. Nur eben ein bisschen gestresst.*

»Würdest du bitte aufhören, mit deinen schmutzigen Fingern in meiner Wunde rumzuwühlen«, flehte Tin mit schmerzverzehrtem Gesicht. »Es ist nicht so schlimm, ich glaube sogar, es ist nur ein Durchschuss.«

»NUR ein Durchschuss!«, heulte Colombe auf, »Natürlich, es ist NUR ein Durchschuss!«, übertrieb sie. »Nichts Schlimmes. Kein Grund, deswegen in Panik zu geraten. Im Kino kriegt der Held andauernd einen Schuss ab, das ist doch nichts Tragisches! Scheiße, Tin, ich spüre doch deine Schmerzen!«

Sie riss zwei Stoffstreifen aus ihrer Bluse und drückte sie auf beide Wunden. Vorn und hinten. Vor lauter Aufregung wohl etwas zu übereifrig, denn Tin stöhnte auf, packte sie am Arm und zwang sie, ihm in die Augen zu sehen. »Loslassen, Colombe,«, zischte er eindringlich, »bitte loslassen.«

Colombe gehorchte, hob ihren Oberkörper ab, da sie immer noch praktisch ganz auf Tin drauflag, und fühlte die Kraft des *ImPerDi* in sich hochkommen. Ehe sie dran denken konnte, dass sie sich eigentlich nicht mehr in der Lage sah, den Kampfmodus hervorzurufen, war er da. Schneller als ein Hund bellen konnte. »Entschuldige Tin«, sagte sie, während ihr Körper sich in einen Kampfroboter verwandelte. »Habe wohl etwas überreagiert. *Aber ich bin froh, dass du nicht nach Tod riechst. (Obwohl es der beste Duft ist, den man sich gönnen kann).* Der Druck ihrer Hände wurde sanfter. Stumm und vorsichtig versorgte sie die Wunden... so gut es eben ging.

»Es geht schon«, versicherte Tin, biss sich auf die Zähne und unterdrückte das Stöhnen.

»Still«, befahl sie ihm, wirkte streng... und schenkte ihm nach kurzem Zögern doch wieder ein Lächeln. »Ich bin jetzt ganz zärtlich, ehrlich.«

Die Blutung konnte sie schnell stoppen. Trotzdem hatte sich eine beachtliche rabenschwarze Lache gebildete, die über eine Bodenleuchte rann und dort als dunkelroter Lichtfilter wirkte. Colombe wurde erst jetzt klar, dass ihre raue Art, Tin die Wunde abzudrücken aus dem Bauchgefühl entstand. Dieses Bauchgefühl war richtig. Vermutlich würde er sonst immer noch stark bluten.

Der Gedanke, ihn beinahe durch einen unbeabsichtigten Schuss eines wahnhaften Sektenbekämpfers verloren zu haben, nagte sich durch sämtliche Schutzschilde ihres Kampfmodus'. Was hätte sie getan, wenn er jetzt... tot... gewesen wäre? Sie fühlte sich elend. Der Gedanke raubte ihr unnötig Energie. Sie sehnte sich nach ihrer Wohnung... abgedunkelt... still und ohne reizdurchflutete Zwischenfälle. Aber Tin – ja – Tin durfte immer bei ihr sein. In seinen Armen zu liegen, während sie die Reize des Tages verarbeitete, das stellte sie sich himmlisch vor. Wenn er nicht bei ihr war, fühlte es sich an, als ob ein Teil von ihr fehlte, nicht richtig funktionierte.

Tin hatte sich inzwischen aufgesetzt. »Was wäre wenn, war noch nie ein guter Gedanke«, knurrte er liebevoll, als ob er ihre Gedanken erraten hätte. Er packte ihre Hand, die mit seinem Blut verschmiert war und streichelte mit dem Daumen über ihren Handrücken. »Schon okay«, flüsterte er beruhigend. »Das wird schon wieder.« Als ob nicht er, sondern sie ein Loch in der Schulter hätte.

Sie half ihm, sein Hemd auszuziehen und fixierte damit die Verbände. *Scheiße,* dachte sie, *das Hemd ist nass und schmutzig. Die Wunden müssen so schnell wie möglich desinfiziert werden!*

»Der Krankenwagen kommt gleich«, hörte sie den Kommissar krächzen, was bei ihr augenblicklich den Gedanken an Flucht hochfuhr.

»Wir müssen hier verschwinden«, flüsterte sie Tin zu. »Kannst du aufstehen?«

Er nickte und ließ sich von ihr auf die Beine helfen. Sie machte sich Sorgen um den Gesundheitszustand des Kommissars. Zum Glück hatte er den Notruf schon selbst gewählt. *Bald wird auch er versorgt sein.*

Wie gebannt starrte Colombe auf das Spiralsiegel, das auf Tins Brust baumelte. Sein regendurchnässtes Unterhemd schützte das Amulett vor dem direkten Hautkontakt. Sie hob ihre Hand und wollte das Siegel anfassen. Es versprühte Freiheit, Frieden und Schönheit. Doch Tin bemerkte ihr Vorhaben und ließ das Siegel hinter dem Unterhemd verschwinden. Er atmete unvermittelt heftig durch, als ob er nach einem Saunabesuch in eiskaltes Wasser gesprungen wäre. Sofort zog er das Amulett aus und ließ es in seiner Hosentasche verschwinden. Dann lächelte er breit, legte den Arm mit der verletzten Schulter in die Schlinge, die Colombe ihm aus dem Rest seines Hemdes geknotet hatte und deutete mit dem Kopf zum Ausgang des Sodbrunnens. »Gehen wir ins Quartier des Amceps-Ordens, dort gibt es einen Arzt.

Roberto Keller unternahm nicht mal einen Versuch, den beiden nachzurennen. Er hockte am Boden und versuchte Herr seiner Lunge zu werden. Sein Asthmaspray war leer. Die Ersatzdose lag im Auto, irgendwo am Rande der Museumsanlage. Zu weit weg, um die Medizin ohne einen Kollaps zu erreichen. Sein Brustkorb fühlte sich an wie ein verleimter Klumpen. Wie durch die kleine Öffnung eines Grashalms sog er beschwerlich Luft an.

Er war nicht in Panik. Beinahe hoffte er sogar darauf, dass die Enge des Atemkanals sich endlich vollends verstopfte. Er kannte solche

Anfälle, hatte sie schon zur Genüge durchgestanden. Angst, Panik, mitunter löste sich sogar Urin. Bisher hatte er Glück und es war immer jemand in der Nähe, der ihm half. Der ihn in die richtige Position brachte und den Spray an den Mund drückte oder der einen Arzt rief. In einem solchen Moment dachte er immer an Rose. *Ich darf noch nicht sterben, ich habe Roses Mörder noch nicht gefunden ... und ihr Kind.*

Heute blieb er die Ruhe selbst. Erleichtert, ein miserabler Schütze zu sein und Quentin Sebastian nicht ins Nirwana befördert zu haben. Erleichtert, nicht die Schuld am Tod eines Menschen im Herzen zu tragen. Erleichtert, endlich dem Sohn von Rose O'Connell gegenübergestanden zu sein. Rose war es, die verantwortlich für seinen Lebenswillen war. Es kam ihm vor, als ob er seinen Körper längst verlassen hätte, und nun, in Frieden gehüllt, auf den geschundenen Roberto Keller hinabblickte. Dem Roberto Keller, mit blau angelaufenem Gesicht, dem Roberto Keller, dem es nicht gelungen war, Roses Mörder hinter Schloss und Riegel zu bringen.

Bald würde der Rettungsdienst auftauchen und ihn ins Krankenhaus bringen. Bald würde er aufwachen, sich verhältnismäßig schnell erholen und sich in seiner Pension auf die Zielgerade von 19-jährigen Ermittlungen begeben. Die Bombendrohung würde man ihm nicht nachweisen können. Zum Glück hatte er Handschuhe getragen, als er die Zettel vorbereitete.

Otto. Das war der Name von Roses Mörder. Soviel konnte er dem Gespräch der beiden Sektenmitglieder entnehmen.

Das Siegel mit den drei überlappenden Sechsen und dem Spiralenbauch hatte Colombe in den Bann gezogen. »Direkter Hautkontakt«, fiepte sie mehrmals hintereinander, während sie die Wendeltreppe des Sodbrunnenausganges emporstiegen, den Steg der Baderuinen überquerten und zum Hypocaustum hochgingen. Als Tin nicht reagierte, hielt sie ihn an seiner gesunden Schulter zurück und blieb stehen. »Direkter Hautkontakt!«, wiederholte sie und deutete auf seine Brust. »Es ist ein 666er-Siegel, wie es die Mactus-Krieger besitzen. Und du verträgst es! Vorhin hast du es auf nackter Haut getragen, bevor du es in die Tasche verstaut hast. Außerdem musstest du das Amceps-Siegel Mara Niederer abgeben, als sie dir die Wächterehre entzog. Warum hast du trotzdem eines?« Endlich war die Frage raus.

Tin sah sich besorgt um. »Nicht hier«, sagte er und zog sie mit sich.

Sie musste ihm zustimmen. Jetzt auf eine Gruppe Mactus-Krieger zu stoßen, wäre fatal gewesen. Also schwirrte die Frage weiter unbeantwortet herum, wie eine lästige Mücke, die einem den Schlaf raubt.

Die Schusswunde ließ Tin schwitzen, selbst im *ImPerDi*-Modus. Sein schmerzverzerrtes Gesicht sprach für sich und Colombe fragte sich, ob er es überhaupt bis zum Auto schaffen würde, ohne in Ohnmacht zu fallen.

Tin schlug vor, auch auf dem Rückweg wieder durch den Geheimgang zu robben, was Colombe gleich noch mehr Kummer bereitete. Sie musste lediglich mit einem aufgeschlitzten Knie durch die tiefen Tunnels kriechen. Tin hatte eine Schusswunde an der Schulter!

»Mache dir keine Sorgen«, ächzte Tin. Einmal mehr erriet er ihre Gedanken. »Ich schaff das schon.«

»Klar«, antwortete Colombe matt.

»Hei, wo ist dein Vertrauen in mich geblieben?«, fragte er und versuchte zu lächeln.

»Legen sie sich hin, wir kümmern uns um sie!«, rief eine gestresst klingende Stimme ihnen zu. Colombe schoss herum und erkannte einen Krankenwagen. Während zwei Männer eine Trage aus dem Auto stemmten, rannte ein Dritter, vermutlich der Arzt, auf sie zu.

Noch ehe dieser auf zehn Meter an sie herangekommen war, verschwanden Tin und Colombe durch den alten Kloakeneingang bei der Basilica, öffneten den Geheimgang, indem sie zwei Mauersteine gleichzeitig ins Innere drückten, und robbten durch den sauerstoffarmen Minitunnel, bis kurz vor den Ausgang des römischen Kellers. Colombe hätte Tin so gerne geholfen, doch die Enge des Geheimganges ließ das nicht zu. Diesmal war sie es, die mit dem Handy vorauskroch und Tin zur Höchstleistung antrieb. Kurz bevor sie die Geheimtür öffneten, die in den römischen Keller, in die Kloake und somit zum Maisfeld führten, hielten sie kurz inne. Der anstrengende Weg ging an Tin nicht spurlos vorbei. Colombe konnte selbst bei dem fahlen Licht erkennen, dass sich sein *ImPerDi*-Modus in Luft aufgelöst hatte. Er hatte keine Energie mehr, atmete heftig, schwitzte Bäche und musste riesengroße Schmerzen haben.

Und trotzdem riechst du wie ein Engel.

»Ruh' dich etwas aus, Tin. Und bleib hier drin, falls uns Mactus-

Krieger begegnen werden. Ich bin im *ImPerDi*-Modus. Ich werde mit ihnen alleine fertig.« Das meinte sie sogar ernst. Trotzdem wollte sie sich selbst auch eine Pause gönnen. Obwohl der Duft von Schwefel ihre Nase reizte.

Der Kodex gehört ins Crepererum, ging ihr durch den Kopf, während sie den Sitz von Tins Verband prüfte. Sie musste die Bitte des Homullus so schnell wie möglich in die Tat umsetzen, *damit ich mir endlich dieses beschis... bescheuer... verdam... – einfach nur dieses Rätsel hohlen kann!*

Tin sagte kein Wort. Er war viel zu sehr mit seinem Schmerz beschäftigt, sein Kopf schwankte. Er drohte ohnmächtig zu werden.

»Du brauchst mehr Sauerstoff«, folgerte Colombe. »Nichts mit Pause.« Schnell zwängte sie sich auf die Knie.

Als sie die beiden Steine suchte, die die Geheimtür öffnen sollten, betete sie. »Bitte lieber Gott, mach, dass keine Krieger im Keller stehen.«

»Animus«, reklamierte Tin mit matter Stimme. »Er heißt Animus. Außerdem nützt beten nichts, wenn du nicht handelst und dir vertraust.«

»Ich weiß«, sagte Colombe, als sie die Steine mit einem kraftvollen Stoß durchdrückte. Die Tür schwang geräuschlos auf.

Der Keller war leer. Keine Krieger.

Colombe atmete auf und auch Tin schnappte nach dem frischen Sauerstoff.

Beim Sprung aus dem Geheimgang sackte Tin erschöpft zusammen. Colombe musste ihn stützen, damit er nicht umkippte.

»Brauchst du eine Pause?«, fragte sie, als ob sie es nicht genau spürte, wie ausgelaugt er war.

Er schüttelte den Kopf. »Weiter!«, forderte er, machte einen Schritt, hielt aber gleich wieder inne.

»Ich könnte Otto anrufen, damit er uns Hilfe schickt«, überlegte Colombe laut, doch Tin schüttelte erneut den Kopf. Er winkte sie noch näher zu sich, umarmte sie, so gut es mit einem Arm ging, und drückte seinen Kopf auf ihre Schultern. »Es ist ein Spiralsiegel«, sagte er matt.

»Schon okay Tin, wir sprechen später darüber«, versuchte sie ihm zuzusprechen. Insgeheim war sie froh, dass sie ihn nicht nochmals danach fragen musste und er ihr von selbst eine Antwort geben wollte. Sie vertraute ihm, keine Frage. Und dieser Satz verfestigte dieses

Vertrauen um ein Vielfaches.

»Nein, jetzt«, forderte er und drückte sie noch näher an sich heran.

Colombe schmiegte ihren Kopf auf seine unverletzte Schulter und gönnte ihrer Nase etwas Gutes. »Ist es von einem Mactus-Krieger?«, fragte sie, presste die Augen zusammen und hoffte auf ein Nein. Egal was es war. Nur kein Mactus-Siegel. Tin der Feind. Das würde sie nicht aushalten.

»Nein. Ist es nicht«, kam die erlösende Antwort und Colombe atmete erleichtert auf.

»Woher hast du es dann? Warum trägst du es und warum bist du in der Lage, das Amulett auf nackter Haut zu tragen?«

»Er löste die Umarmung, sah ihr tief in die Augen, während er den Kopf schüttelte. »Vertrau mir bitte. Ich kann dir nicht erzählen, woher ich das Siegel habe. Du würdest es nicht verstehen ... noch nicht.«

»Woher willst du wissen, ob ich es verstehe oder nicht?«

Er überlegte. »Okay, du hast recht«, flüsterte er nach einer Weile und legte seine Stirn auf die ihre.« Ich habe es von dem Wesen, das du im Sodbrunnen getroffen hast. Ich kann es zwar direkt auf meiner Haut tragen, es ist jedoch echt anstrengend. Bitte sage jetzt nicht, ich soll es rausnehmen. Die Gefahr, mit dir zu amceptieren ist mir viel zu groß. Egal, ob es jetzt noch zwei Stunden bis zur nächsten Phase dauert oder nur eine Minute.«

Unwillkürlich musste Colombe lächeln. Die Erinnerung an den Engel wärmten ihre Gedanken. Unmittelbar fühlte sie sich zurückversetzt in die Geborgenheit des Unglaublichen, der Schönheit, des Glücks, der Liebe, des Anastuiits.

Tin löste seine Stirn, lächelte und strich ihr über die Wangen. Seine Hände waren voller verkrustetem Blut und nach Schwefel stinkendem Dreck. Ihre Wange war augenblicklich verschmiert. »Oh, 'Tschuldigung«, verlegen kratzte er sich am Hinterkopf und grinste. Doch dann wurde sein Blick wieder ernst, sein Atem unbändig. Vorsichtig näherten sich seine Lippen ihrem Mund. Colombes Mund kribbelte vor Verlangen. Der Kuss war schüchtern, als ob es das erste Mal war. Aber er war zärtlich, gefühlvoll und verlangte nach mehr. Colombe war mit seiner Antwort vollkommen zufrieden. Irgendwie hatte sich der Engel ja sogar nach Tin erkundigt. Ihr war das vorher nur nicht aufgefallen. Tin hatte sogar recht vorhin, als er bedenken hatte, ob sie ihm glauben würde oder nicht. Ein bisschen musste sie es sich eingestehen, dass sie ihm diese Antwort, trotz Wahrheitsenergien nicht geglaubt hätte. Da sie aber das Homullus mit ihren eigenen Augen gesehen und mit ihrer eigenen Seele gefühlt hatte, sah sie keinen Grund, ihm nicht zu glauben. Ihr Herz klopfte freudvoll und in ihrem Bauch nisteten sich angenehm surrende Bienen ein. Sie schmiegte ihren Körper an seinen, legte ihre Arme um seinen Hals und zog ihn noch näher zu sich heran. Alles war vergessen. Der Polizist, die Mactus-Krieger, Salomon, Laurenz und sogar das Crepererum. Die Zärtlichkeit des Kusses tat der Intensität keinen Abbruch. Automatisch umklammerte sie ihn noch mehr.

»Aua«, jaulte er auf und zuckte zurück. Seine Hand strich über den Verband. Sein schmerzverzehrtes Gesicht sprach Bände.

»Entschuldigung«, flehte Colombe und fühlte sich brutal in die Realität zurückversetzt – als ob ihr jemand die flache Hand ins Gesicht geklatscht hätte.

Tin nahm bereits wieder ihre Hand und wollte sie erneut zu sich ziehen, um sie zu küssen, doch Colombe schüttelte den Kopf.

»Der Kodex«, schnaubte sie außer Atem. (ImPerDi-Modus hin oder her. Die Aufregung eines Kusses durchdrang sämtliche Mauern.)

Tins Mundwinkel hoben sich schmerzverdrängend. Sie sah wieder das Leuchten in seinen traurigen Augen.

»Der Kodex gehört ins Crepererum«, sagte Colombe entschlossen, »holen wir ihn uns.«

Schnell stellte sich Colombe an Tins gesunde Seite und stützte ihn beim Gehen, als ob er sich den Fuß verletzt hätte. Er lächelte verschmitzt, ließ es aber geschehen.

»Erzähle mir vom Plan«, bat ihn Colombe, als sie im Citroën Richtung Bern fuhren. Diesmal war sie es, die das Fahrzeug steuerte.

»Da wirst du dich gedulden müssen, bis wir Otto im Hauptquartier antreffen. Du weißt, er hat die Leitung.« Seine Stimme war leise, es kostete ihn große Anstrengung, überhaupt zu sprechen.

Der Rückweg durch das Maisfeld schien noch mehr an Tins Kraft gezerrt zu haben, als das Kriechen im Geheimgang. Weniger Kraft forderten die Absperrposten der Polizei. Die Leiche des jungen Polizisten wurde in den Leichenwagen gehoben. Die anwesenden Kollegen standen ehrbezeugend still. Darum konnten Tin und Colombe das

Museumsgelände unbemerkt verlassen.

Colombe wollte Tins Antwort nicht einfach so auf sich beruhen lassen. »Ja ich weiß, Otto hat die Leitung, die Schlacht im Crepererum zu planen. Aber vielleicht braucht es dieses unnötige Gemetzel ja gar nicht. Wir wollen doch einfach nur den Kodex zurück. Das kann man doch bestimmt auch auf die gewaltlose Art hinkriegen. So wie ich dich kenne, hast DU dazu auch schon einen Plan.«

Tin sah sie lange von der Seite an, bevor er die wispernde Antwort gab, die sie ganz bestimmt nicht hören wollte. »Du bist das Amceps der Prophezeiung, Colombe, die Schlacht ist unumgänglich.«

45

Noch während der Fahrt nach Bern fiel Tin in Ohnmacht. Er hatte zu viel Blut verloren. Es grenzte an ein Wunder, dass er den beschwerlichen Weg durch den Geheimgang überhaupt geschafft hatte.

So alleine hatte sich Colombe noch nie zuvor gefühlt. Da nützte auch die kalte Nase nichts, die die Anwesenheit der Homullus bestätigte. Zudem machte ihr die Schmuddeligkeit der sogenannten Krankenstation Sorgen. Diese entpuppte sich nämlich als Mara Niederers uraltes und wurmstichiges Holzbett mit vergilbten Decken und einer durchgelegenen Matratze. In den Ecken des Raumes waren schwarze Anzeichen eines sich entfaltenden Schimmelpilzes zu erkennen. Der Pilz breitete sich auf der braungelben Tapete aus wie träger Rauch. Die Luft in Maras Schlafzimmer war zum Durchschneiden stickig, genauso wie im Wohnzimmer. Es stank nach einer Mischung aus Schweiß ... Angstschweiß, kombiniert mit dem Mief von ungewaschenen Kleidern und Mottenkugeln. Gebrauchte Unterhosen, löchrige Strümpfe und Leibchen mit gelben Schweißrändern lagen in der Ecke neben dem Fenster und gärten, vermutlich seit Tagen, vor sich hin. Colombe öffnete als Erstes das Fenster, um frische Luft hereinzulassen. Sie befürchtete, bei jedem Schritt krabbelndes Ungeziefer aufzuschrecken und war froh, nirgends Kakerlaken zu entdecken, die sich in die kleinen Ritzen unter den Fußleisten verkrochen.

Da Colombe den Orden während der Rückfahrt bereits mit dem Handy vorinformiert hatte, war zum Glück bereits ein Arzt vor Ort, der

Tin noch im Auto zu verarzten begann. Colombe konnte Tin dem jungen Doktor vertrauensvoll überlassen. Das spürte sie sofort. Erst recht, weil er frische Bettlaken und saubere Handtücher mitgebracht hatte. Er deckte Maras Bett damit ab, bevor Tin darauf gelegt wurde. Ein Seitenblick des jungen Arztes verriet ihr, dass er mit den Zuständen in Maras Wohnung vertraut war. Auf einmal fühlte sie sich nicht mehr so alleine.

Otto, Lusebian, Mara und noch weitere Wächter zogen sie von Tin weg. »Lass' den Doktor seine Arbeit machen. Tin ist in guten Händen. Zudem brauchen wir dich, um die Schlacht vorzubereiten.«

Colombe ließ sich nur widerwillig aus dem Zimmer ziehen.

Die nächste Amceptierphase, um 16.22 Uhr, verbrachte Colombe mit zwei Wächtern und einer Wächterin. Es waren allesamt Architekten, die während der vier quantenhaften Stunden genaue Pläne von der Bibliothek zeichnen wollten. Der Amceps-Orden wollte für die Schlacht im Crepererum vorbereitet sein und die Verwinkelung der Bibliothek zu ihren Gunsten nutzen. Das Vorhaben erwies sich als schwieriger als vermutet, da Colombe die Architektur des Ortes immer wieder durch ihre Gedankengänge veränderte; unbeabsichtigt natürlich. Die drei Zeichner fluchten lauthals, als sich Sockel verschoben, Säulen verschwanden und ganze Bücherregale plötzlich zwei Meter über dem Boden schwebten. Colombe zog den Kopf ein, tat so, als ob sie nicht wisse, weshalb das Crepererum sich nicht skizzieren lassen wollte und verschwand im Raum der Gedanken. Ihre einzige Sorge galt Tin ... und dem, was bevorstand. Ein Kampf zwischen Mactus-Kriegern und dem Amceps-Orden. Wie bescheuert war das den! Wie konnte man sich der Absicht hingeben, Menschen zu töten. *Sind die Menschen denn wirklich zu blöde, ihre Anliegen und Ziele auf eine anständige und gewaltlose Art zu erreichen? Merken sie den nicht, dass sie mit Gewalt und Manipulation die falsche Abzweigung nehmen und ihr Ziel nie erreichen werden?*

Vor der Amceptierung war eine scharfe Zurechtweisung von Lusebian nötig gewesen, damit sie überhaupt die Architekten-Wächter markierte, die mit ihr ins Crepererum amceptieren sollten.

Darum war sie jetzt froh, sich in den Raum der Gedanken zurückziehen zu können. Dass Lusebian wütend auf sie war, nagte an ihr wie eine Ratte an den Lippen einer Toten. Hier hatte sie endlich ihre Ruhe, obwohl Zillionen von Gedankenkonfetti herumschwirrten und nach Verwirklichung suchten.

Sie hätte so gerne mit Tin über die Begegnung mit dem Homullus im Sodbrunnen geplaudert. Wenn sie dieses Erlebnis mit ihm hätte teilen können, hätte sie es in ihren Vorstellungen noch einmal durchleben dürfen. Das Homullus war keine Halluzination, keine Einbildung und erst recht kein Wunschdenken. Es war echt. Ein Wunder, das aus dem Nichts erschienen war. Alleine bei dem Gedanken daran verspürte sie Rührung und Liebe. Ihre Augenwinkel füllten sich mit Freudentränen. Sie hätte Tin so gerne erzählt, wie überaus herrlich sich das Wesen – der Engel – angefühlt hatte. Aber das wusste er bestimmt schon. Er musste dem Homullus ja auch schon mal begegnet sein. Schließlich trug er das Spiralsiegel auf sich, das er von ihm erhalten hatte. *Cool, ein Geschenk von einem Engel.* Obwohl... die Siegel auseinanderzuhalten, wurde langsam schwierig.

Ein energisch lautes Streitgespräch drang an ihr Ohr. Die Architekten schienen sich untereinander nicht einig zu sein. Es war gut zu hören, wie die drei Wächter sich anschrien und einander gar nicht mehr zuhörten. *Dabei ist es das A und O einer Diskussion, sich zuzuhören und die Aussage des Gegenübers respektvoll zu überdenken. Dann muss man der Intuition Zeit gewähren, damit sie sich bemerkbar machen kann. Damit sie die Gefühle zwischen Panik, Angstmacherei und Einfühlungsvermögen ordnen kann. Ein gutes Argument kann seinen Ursprung nur zum Keimen bringen, wenn man sich in die Lage des Anderen hineinversetzt... wirklich hineinversetzt, nicht nur oberflächlich. Aber das ist schwierig für die Menschen, weil es am Selbstwertgefühl kratzt. Weil dann die Gefahr droht, seine Meinung ändern zu müssen. Weil die Möglichkeit aufkommt, die eigene Dummheit zu erkennen und allenfalls etwas ändern zu müssen. Ist es denn nicht gerade die Veränderung, die Animus dazu gebracht hatte, seinen Homullus den freien Willen zu schenken?*

Der Streit zwischen den Architekten verstummte, als Colombe das Crepererum bat, den Raum der Gedanken schalldicht zu machen.

Sie erinnerte sich an Tins Worte von heute Morgen. »Bist du dir sicher, dass der Kodex weg ist und sich nicht einfach irgendwo im Crepererum amüsiert?« Obwohl sie genau wusste, dass der Kodex weder in der Bibliothek noch im Raum der Gedanken war, wollte sie nochmals nachsehen. Nur zur Sicherheit und in leiser Hoffnung, die rundliche Vertiefung würde sich doch noch mit der Energie des Buches füllen. Eine Hoffnung, deren Sehnsucht auf den Boden klatschte und in tausend Scherben zersplitterte, als sie zur Mulde sah.

Kein Kodex.

Die Bewusstseinswaage stand da, wie angewurzelt. Trotzdem schien sie zerbrechlicher den je. Als sie heute Morgen nach dem Kodex gesucht hatte, war sie einmal unbeabsichtigt an die Waage, genauer an die Schale der Dunkelheit, gestoßen. Die filigranen Holzteile hielten stand, taten keinen Wank, was für Colombes Empfinden für eine Waage eher unglaubwürdig erschien. Eine funktionierende Waage sollte doch bei der kleinsten Gewichtsveränderung in Bewegung geraten? Erst recht, wenn man mit dem Ellenbogen die Schale runterdrückte. Sie fragte sich, ob das Messgerät vielleicht sogar eingerostet war. Vielleicht waren die 28'000 Jahre längst überschritten und die Bewusstseinsmessung hatte seit Jahren genügend Anastuiit gesammelt. Vielleicht brauchte die Waage nur einen starken Schups, um die verrostete Verklemmung aufzuheben und endlich in die Gänge zu kommen? Trotzdem brachte sie nicht genügend Mumm auf, die Schale des Lichts ganz leicht anzutippen; was eigentlich doof war, da sie ja am Morgen bereits in unbeabsichtigten Kontakt mit der Waage gekommen war.

Trotzdem. Das Risiko, die Seite des Lichts könnte sich wegen ihrer Manipulation augenscheinlich bewegen, war ihr zu groß und die Folgen davon wollte sie sich nicht ausmalen. Würde sie auf der Stelle tot umfallen? *Stell'dir vor, du wachst morgen in deinem Bett auf und stellst fest, dass du tot bist,* scherzte sie mit sich selbst und zwang sich sogar ein Lächeln auf.

Die Warterei machte sie müde. Sie wünschte sich ein Bett. Sofort erschien eine hölzerne Falltür. Colombe erinnerte sich an den Fall, der ihr das Benutzen der Falltür auf ihrer Flucht vor Salomon bescherte. Mutig öffnete sie das vertrocknete Holz. Diesmal musste sie sich nicht in die Ungewissheit stürzen. Purpurrotes Licht schimmerte einladend in ihr Gesicht. Eine schmale Leiter führte sie in einen gemütlichen Raum mit einem Bett. Colombe sah sich nicht einmal mehr um. Sie ließ sich sofort ins Bett fallen und schlief auf der Stelle ein.

Sie hatte einen Traum, der sie verwirrte - obwohl es kein Albtraum war, wie man es hätte erwarten können. Nein, die Verwirrung entstand aus dessen Schönheit:

Ein entspannt wirkender Laurenz stand vor ihr und lächelte sie liebevoll an. Er trug ausgewaschene Jeans und ein eng anliegendes schneeweißes Tanktop. Nicht den rabenschwarzen Kampfanzug, den die Mactus-Krieger immer trugen. Schüchtern schritt er immer näher an sie heran, öffnete den Mund und schloss ihn wieder, ohne ein Wort zu sagen, genau, wie Tin es immer machte. Vorsichtig nahm er ihre rechte Hand, dann die Linke ... kam immer näher ... bis sich ihre Oberkörper berührten ... beugte sich unsicher zu ihr hinunter, touchierte sie mit der Nasenspitze ... wartete ab, ob sie den Kuss auch wirklich wollte ... so lange, bis er sicher war, dass sie sich danach sehnte ... senkte seinen Kopf noch mehr ... und sie dachte: »Endlich!«

Seine Lippen schmiegten sich an ihre, seine Zunge erkundete ihren Mund, kitzelte sie ... sie mussten beide Kichern ... seine starken Arme umschlangen sie zärtlich ... er drückte sie an sich ... so, als ob er sie niemals wieder loslassen wolle ... sie erwiderte seine Umarmung ... es fühlte sich so verdammt gut an ... sie wollte nichts sehnlicher, als mit ihm verschmelzen ... er flüsterte unbändige Liebesschwüre ... küsste ihr Gesicht ab ... »jetzt bin ich ja da für dich«, hauchte er ... knabberte an ihrem Hals ... er stank nicht aus dem Mund ... es roch nach ...

Nein, das konnte nicht sein ... dieser Duft ... nein ... nein ... nein ... das konnte nicht sein ... Es roch nach ... nichts. Ja, es roch nach nichts.

Die vier Glockenschläge beendeten die Amceptierphase.

46

Die Architekten vielen nach der Rückamceptierung in das viertägige Koma und knallten zu Boden. Colombe erwachte erst ab dem klatschenden Geräusch und Lusebians lautstarkem Gefluche. Der Tadel galt den Zwillingswächtern. Sie hätten die Schlafenden auffangen sollen. Sie selbst fiel nicht hin. Otto stützte sie und schenkte ihr ein Lächeln. Seine Berührung zog die Trauer um Rose und die Sorge um Tin mit sich. Colombe war froh, als er sich schnell wieder von ihr zurückzog.

Verwirrt und mit zitternden Beinen half sie, die drei schlafenden Architekten auf die bereitstehenden Liegen zu heben. Benommen schaute sie zu, wie eine in weiß gekleidete Dame, vermutlich eine

Krankenschwester, den Dreien eine Infusion steckte.

Colombe blinzelte sich das Brennen in den Augen weg, warf die Erinnerung an den Traum mit Laurenz - so gut es eben ging - von sich und eilte sofort wieder ins Schlafzimmer zurück - zu Tin. Jetzt in seine Energie einzutauchen war genau das, was sie brauchte. Selbst in schlafendem und verletztem Zustand war seine Spirale ihr immer noch die angenehmste und liebste.

Der Arzt steckte gerade das blutverschmierte Hemd, das Tin als Notverband gedient hatte, in einen Abfallsack.

»Wie geht es ihm«, fragte Colombe, setzte sich aufs Bett und streichelte über Tins verschwitzte Stirn.

»Genau gleich, wie vor fünf Minuten«, sagte der Arzt, streifte seine Handschuhe ab und gab sie mit in den Abfallsack.

»Oh, ja klar. Ich war im Crepererum, habe vergessen, dass es hier nur vier Sekunden waren«, entschuldigte sie sich.

Der junge Arzt strich sich seinen viel zu langen Fransen seines rindenbraunen Ponys aus der Stirn und deutete auf den Infusionsschlauch, an dessen Ende ein durchsichtiger Beutel mit einer Flüssigkeit aufgehängt war. Das Behältnis hing an einer verrosteten Schraube an der Wand, die Mara vermutlich vor langer Zeit einmal benutzt hatte, um ein Bild aufzuhängen.

Der Arzt tippte ein paar Mal an den Beutel. »Ich habe ihm ein Schmerzmittel und Natriumchlorid gegeben. Er wird sich schnell wieder erholen. Mach dir also keine Sorgen. Die Verletzung ist nicht so schlimm, wie sie aussieht. Du hast ihn gut versorgt. Es war sehr weise von dir, ihn nicht ins Krankenhaus zu fahren. Er hätte die Medikamente nicht vertragen, die sie ihm dort verabreicht hätten. *ImPerDi* hat in diesem Bereich so seine Tücken.« Er räusperte sich und stemmte seine Hände in die Hüften. »Und das ist, rein medizinisch gesehen, nur einer der Nachteile beim *ImPerDi*-Kampfmodus. Wenn's einem erst mal erwischt hat, kann der Blutverlust zudem um das Dreifache größer sein, als im gewöhnlichen Zustand. Der Körper bemerkt nicht, dass er verletzt ist. Er beginnt nicht, die notwendigen Hilfsstoffe auszuschütten. Das Herz pumpt gemächlich weiter. Gut hat Quentin den Modus schnell abgesetzt, sonst wäre er womöglich verblutet. Gute Versorgung hin oder her.«

»Danke Herr Doktor«, flüsterte Colombe und tupfte Tin mit einem feuchten Lappen die Stirn ab.

»Bitte nenn' mich Paul«, bat der Arzt, »Es ist mir eine Ehre, mit dir zusammenzuarbeiten, Colombe.

Colombe hob die Augenbrauen und sah Paul verwundert an.

»Nun ja, du bist etwas sehr Spezielles. Immerhin bist du zur Hälfte Anastuiit. Es kommt mir vor, als ob gerade ein Engel vor mir steht.«

Colombe vergaß baff ihren Mund offen. »Speziell«, wiederholte sie nachdenklich. Das Einzige, was sie so *speziell* machte, wie Paul es nannte, war ihre hohe Sensibilität. Dieses bescheuerte Mehr-fühlen-als-andere hatte ihr Leben bis zum heutigen Tag in eine einzige Qual verwandelt. Es war, weiß Gott – weiß Animus, nicht schön, tagtäglich den Reizen von Mensch und Umwelt ausgesetzt zu sein. Es war, weiß Animus, kein Vorteil, sich in der Dunkelheit und Stille ihrer Wohnung zu verkriechen, während andere die Sonne genossen und sich unermüdlich mit Freunden trafen. Zudem bezeichnete sie die Mactus-Krieger durchaus als dumm, gerade wegen deren brutalen Handlungen. Wenn sie tatsächlich diese 50 Prozent eines Engels in ihr Menschsein einbrachte, was war dann der Engel aus dem Sodbrunnen? Tausend Prozent? Hunderttausend Prozent?

»Er meint damit, dass du die Menschen in ihrer wahren Form betrachtest und trotzdem noch als Mensch klarkommst«, hüstelte Tin mit schwacher Stimme.

Colombe warf vor freudiger Überraschung den nassen Waschlappen über ihre Schultern und beugte sich zu Tin hinunter.

»Er ist schon wach?«, sagte Paul erstaunt, eilte an das Bett und prüfte Tins Puls. Die Messung erwies sich allerdings als unbrauchbar, da Colombe und Tin sich längst zärtlich ... nein, doch eher leidenschaftlich küssten.

Vier Stunden später saß Colombe wieder alleine im Crepererum. Sie hatte sich ein bequemes Sofa organisiert, lag rücklings auf einem Stapel weicher Kissen und starrte an die Decke ... beziehungsweise in die unendliche Höhe der Bibliothek. In den vergangenen Stunden war sie nicht von Tins Seite gewichen. Er schlief immer wieder ein. Doch wenn er wach war, sahen sie sich tief in die Augen. Es brauchte keine Worte. Die Sprache der Augen, des Mundes und der Spiralenergie genügten ihr vollends. Wie Paul es vorausgesagt hatte, ging es ihm von

Stunde zu Stunde besser. Es ging ihm sogar so gut, dass Colombe sich von Lusebian zu einem »Kriegsrat« holen ließ... wenn auch nur mit mürrischem Knurren. Wenn sie das Wort »Kriegsrat« schon nur hörte, hätte sie am liebsten losgeheult und sich jedes Haar einzeln ausgerissen.

Der Amceps-Orden erwartete nicht von ihr, dass sie mitkämpfte, obwohl sie vermutlich die Stärkste von allen war... wenn sie sich denn überhaupt in den *ImPerDi*-Modus klinken konnte. Im Schlachtplan Ottos bestand ihre Aufgabe darin, nach dem nächsten Crepererum-Aufenthalt, sämtliche Amceps-Wächter zu markieren, die in die Schlacht ziehen sollten. Das alleine wäre für sie noch kein Problem gewesen. Aber man verlangte von ihr, auch möglichst viele Mactus-Krieger zu markieren. Dazu hatte sie sich in deren Hauptquartier zu begeben. Am allerwichtigsten war die Markierung von Noah Bitterer. Mit hoher Wahrscheinlichkeit trug er den Kodex auf sich.

Colombe wusste nicht, was sie von diesem Plan halten sollte. Er war etwa gleich dämlich, wie ein Krieg bescheuert. Zudem dachte sie nicht daran, in die Höhle des Löwen zu spazieren - freiwillig! Niemand konnte ihr garantieren, dass die Krieger nicht über sie herfielen wie eine lüsterne Schar paarungssüchtiger Affen.

Sie verlangte vom Crepererum Hilfe. Es musste doch eine Lösung geben, die für beide Seiten annehmbare war. Ohne Schlacht, ohne Verletzte, ohne... Tote. *Nicht noch mehr Tote!*

Colombe hatte nicht mit einer Antwort des Crepererums gerechnet. Trotzdem fühlte sie eine Stimme aus sich heraussprechen: »*Ein Mensch zu sein ist für uns Homullus ungefähr so wie für euch der Kick beim Bungee-Jumping. Wir fühlen, haben aber vergessen warum.*«

Colombe zog die Nase Kraus. »Vielen Dank auch«, sagte sie zynisch. »Das hilft mir extrem weiter.«

Ihre innere Stimme schien zu lächeln. »Wenn du zurück bist, wirst du auf all deine Fragen Antworten erhalten.«

Dieser Satz versetzte Colombe einen schmerzhaften Stich in ihr drittes Auge. »Wenn ich zurück bin?«, wiederholte sie leise. »Dann werde ich... sterben?«

Die Stimme antwortete fröhlich und dem Thema überhaupt nicht angepasst: »Natürlich wirst du die Hülle des Menschen verlassen. Jedes

Homullus tut das. Wir freuen uns schon auf dich.«

Colombe vermisste ein Gegenüber, dem sie die Hände an den Hals setzen und mit aller Kraft die Gurgel zudrücken konnte. »Jeder Mensch hat eine Wahl, nicht wahr? Nur ich nicht. Stimmt's? Ich bin das Amceps und ich werde an meinem 20. Geburtstag sterben. Jetzt, da der Kodex gestohlen wurde, bin ich nicht in der Lage, das gesammelte Anastuiit im Buch zu verankern und die Waage des Lichts aufzufüllen. Die Energien sammeln sich jetzt alle in mir. Ich bin der Träger des Anastuiits und werde es nur ausschütten können, indem ich meinen Körper verlasse... indem ich sterbe, genau wie all die Amceps vor mir...«

Colombe zog ihre Knie an die Brust und umschlag die Beine. Ihr Mund zitterte, sie wollte ihre Tränen zurückhalten, wollte nicht weinen. Aber es dauerte nicht lange, und es schüttelte sie durch. Hätte man sie vor zwei Wochen gefragt, hätte sie gesagt, sie sehe keinen Grund weiterzuleben. Aber jetzt. Trotz des Erlebnisses mit Salomon und Konsorten. Trotz der Gewaltbereitschaft von Laurenz und den Kriegern. Trotz des Todes von Jefferson, von dem sie insgeheim dachte, sie habe ihn verschuldet, und trotz der Schlacht, die der Amceps-Orden unbedingt austragen wollte... trotz alledem, überwogen die Gefühle der Liebe für Tin. Aber da war noch etwas, das sie tief in ihrer Seele spürte und sich empordrückte, wie ein Geysir. Dieser Traum von Laurenz. Dieser undefinierbare Duft, den sie als Nichts beschrieb. In Wahrheit roch er wie das Licht im Sodbrunnen. Colombe wagte nicht, die Gedanken fertig zu spinnen, doch sie überrollten sie wie ein rasender Schwertransporter. Dabei erkannte sie das, was sie am meisten verschmähte.

Laurenz ist mein Homullusgefährte!

Kaum von der nächsten Amceptierung zurück, ließ sich Colombe auf das behaarte Sofa von Mara Niederer plumpsen, kraulte den Kopf von Herbertli und rieb sich gleichzeitig die schmerzende Stirn. Einer der Zwillingswächter streckte ihr eine Jacke entgegen, damit sie auf dem Weg ins Hauptquartier des Conigium Mactus nicht frieren müsse. Dabei war das Gewitter vom Morgen längst verschwunden und die Hitze des Sommers schwelgte wieder drückend über dem Land. Sie benötigte nicht mal frische Kleidung. Während der Amceptierung wurde alles genäht, was zerrissen war, alles gereinigt, was vor Schmutz und

414

Schweiß triefte.

Ich soll, so mir nichts dir nichts, ins Hauptquartier des Feindes latschen? Für die Wächter des Ordens war das eine Selbstverständlichkeit. Aber sie hatte vor, das zu verhindern. Es musste einen anderen Weg geben.

»Was macht euch so sicher, dass Noah Bitterer den Kodex mit sich herumträgt und ihn nicht irgendwo in einem Safe versteckt hält?«, fragte sie Lusebian, der zusammen mit Otto und Mara vor ihr stand und den Schlachtplan erläuterte.

»Der Kodex muss in 3-D Hautkontakt mit einem Menschen haben«, antwortete Lusebian. »Sonst kann sich die Energie der Kugel nicht halten und verteilt sich auf die ganze Erde. Dann allerdings könnten wir weitere 28'000 Jahre vergessen.«

»Das ist doch genau das, was die Mactus-Krieger wollen«, rief Colombe mit einem Kopfschütteln aus. »Sie denken doch, dass sich dann die Tore des Animus öffnen!« Vor ihrem inneren Auge sah sie bereits einen gewaltigen Kometen auf die Erde donnern und alles, was jemals an die Erde erinnerte, mit einem Schlag auslöschen.

»In der Tat, ja, in der Tat. Aber der Kodex enthält das gesammelte Anastuiit, und das benötigen die Krieger nun mal für das Öffnen der Tore. Wenn sie den Kodex jetzt einfach zerstören, werden sich die Tore niemals bewegen - niemals - ohne Anastuiit läuft nix. Weder auf der lichtvollen Seite noch auf der Seite der Dunkelheit. Darum wird der stärkste Krieger den Kodex auf seinem Herzen tragen oder besagter stärkster Krieger bewacht den Träger.« Lusebian musterte Colombe, strich sich durch seinen Schnäuzer, einmal links, einmal rechts, »verstehst Du?«, fragte er nach und hob abwartend seine Augenbrauen.

Natürlich verstand sie. Trotzdem schüttelte sie einmal mehr ungläubig den Kopf. »Warum kann ich nicht nur Noah markieren? Dann gibt es logischerweise auch keine Schlacht. Warum müssen hunderte von Menschen ihren Kopf hinhalten, wenn es eine Sache zwischen ihm und mir ist? Ich meine, wenn es unbedingt sein muss, kämpfe ich allein mit ihm oder einem seiner Bodyguards. Warum sollten sich dabei die Anderen den Kopf einschlagen? Bisher habe ich Noah Bitterer ja noch nicht kennengelernt. Aber ihr habt mir erzählt, dass er ein kleinwüchsiger Transvestit ist, dessen Muckis aus einer Horde Bodyguards bestehen, die ihn rund um die Uhr bewachen.« Sie atmete tief durch und schloss die Augen. »Laurenz zum Beispiel. Ich kämpfe mit ihm. Alleine bin ich ihm weit überlegen.« Bei dem Gedanken an Laurenz schoss ihr eine Welle von eisiger Kälte durch den Körper... der Traum. Dieser verdammte Traum... und dieser Geruch, der von Laurenz ausging... dieser wunderbar herrliche Duft, der nichts mit dem schleimigen Widerling zu tun hatte, der auf der Suche nach der Gunst Animus auf Abwege geraten war. Den Gedanken, dass er ihr Homullusgefährte sein könnte, versuchte sie mit aller Gewalt zu verdrängen. *Verdammter-verfluchter-scheiss-mist-nochmal!* Ihr war übel und sie hätte sich beinahe übergeben. Laurenz getraute sich sicher nicht, noch einmal alleine gegen sie zu kämpfen. Nein, er wird eher ein fieses Spiel mit ihr spielen. Mit von der Partie wäre sicher eine Horde blutrünstiger Mactus-Krieger, wie Salomon und Konsorten, die über sie herfielen und... und...!

Ihr Atem ging flach. Sie durfte ihre Angst nicht noch mehr in sich wachsen lassen. Erst recht nicht vor Laurenz. *Ist nicht die Angst der größte Gegner? Die Verbissenheit, mit der man ihr die Energien von Besorgnis und Flehen zu fressen gibt, stärken das Potenzial der Zerstörung. Vertrau dir, Colombe!,* ermahnte sie sich selbst. *Gib deinen Wünschen und Sehnsüchten Energie, damit sie sich entfalten können und das Potenzial der Angst versiegt, wie ein Tropfen Wasser in der Wüste.* Trotzdem, oder vielleicht genau deswegen, wollte sie Laurenz unbedingt markieren. Sie wollte ihn im Crepererum mit dabei haben. Dann hätte sie Gewissheit, ob er nach der Rückamceptierung in den viertägigen Schlaf fällt... oder auch nicht. *Bitte, bitte oh Animus, mach ihn nicht zu meinem Gefährten! Nein, scheiße, Colombe, falsche Energierichtung. Vertrau dir, Colombe! Bitte, bitte oh Animus, lasse Tin mein Gefährte sein.*

»Wir schlagen damit zwei Fliegen mit einer Klappe«, mischte sich Otto in das Gespräch ein.

Colombe schreckte aus ihrer quantenhaften Meditation auf. Was hatte sie gefragt? Warum sie nicht nur den Kodexträger markieren soll?

Otto sah müde aus, mit dunklen Ringen unter den Augen. Aber sie konnte Erleichterung bei ihm spüren, weil Tin außer Lebensgefahr war.

Herbertli animierte sie mit seiner Schnauze, ihn weiter zu streicheln. Sie hätte selbst dringend ein paar Streicheleinheiten benötigt. Jetzt war sie es, die Zärtlichkeiten verteilte. Aber es war tausendmal besser, als an Laurenz zu denken. Erst recht, weil Tin nebenan im Bett schlief. Sie fühlte sich schlecht, als ob sie ihn hinterginge.

»Bis zu deiner letzten Amceptierung dauert es noch mehr als 48 Stunden«, sprach Otto weiter. »Das Conigium Mactus verfügt über eine begrenzte Anzahl Krieger. Wir wissen zwar nicht genau, wie viele es im Gesamten sind. Unseren Informationen zufolge haben wir mindestens zwanzig Mann mehr. Die Krieger, die du markierst, fallen in den viertägigen Schlaf und werden dich dann nicht mehr belästigen. Du wirst dich voll und ganz der Entschlüsselung des Rätsels widmen können.« Otto setzte sich neben Colombe und tätschelte ihre Hand. »Wir haben außerdem gestern ein paar Gefangene gemacht. Die nächsten zwei Tage werden wir sie noch in Gewahrsam behalten. Wir werden im Crepererum auf alle Fälle in der Überzahl sein. Markiere also so viele Krieger wie du kannst, okay? Dann hast du ... dann haben wir zwei volle Tage Zeit, dir bei der Lösung des Rätsels zu helfen.«

Die Verlockung, dem Plan zuzustimmen und die restlichen zwei Tage Mactus-Krieger-frei zu verbringen, war groß, ja nahm sogar überhand. Immerhin konnte sie, sobald der Kodex wieder an seinem Platz lag, das Anastuiit aus ihrem Körper frei geben und in dem Buch verankern. Es gab dann keinen Grund mehr, sterben zu müssen. Erleichtert atmete sie durch. Aber wenn sie ihr Ziel erreichen wollte, musste sie ihren Hintern bewegen, die Beine in die Hand nehmen und handeln. Das bedeutete, Otto zu vertrauen und sich freiwillig in die Hände des Conigium Mactus zu begeben. Die Angst musste sie beiseitelassen, einfach ignorieren, (obwohl das leichter gesagt war, als getan).

Aber sie hatte zum Glück Freunde, die ihr den Rücken frei hielten. Und sie hatte Tin. Insgeheim war sie froh über seine Verletzung. Zumindest während der Schlacht musste sie sich keine Sorgen um ihn machen müssen.

»Gut!«, sagte sie endlich und klopfte sich auf die Oberschenkel. Herbertli schreckte auf und verzog sich mit eingezogenem Schwanz in die Küche. »Ich bin einverstanden. Auf geht's. Bringt mich ins Hauptquartier des Conigium Mactus. Mit euch an meiner Seite werden mich die Krieger bestimmt nicht anfassen.«

Einer der Zwillingswächter sog zischend Luft an. Otto tauschte fragende Blicke mit Lusebian und räusperte sich verlegen. »Colombe, ähm ... wir können leider, ähm ... nicht mit«, stammelte er und hob entschuldigend die Schultern.« Du musst alleine gehen. Es ist eine Bedingung von Noah Bitterer. Wir kommen aber später nach, um die

Schlafenden zu versorgen.«

»Er stellt Bedingungen?«, ärgerte sich Colombe. »Ich bin das Amceps, ohne mich gelangt er niemals ins Crepererum und erst recht nicht vor die Tore des Animus. Soll *er* doch hierher kommen! Ja genau! Noah und Laurenz sollen hierherkommen.« Colombe glaubte selbst nicht, was sie da von sich gab. Eigentlich war alles klar. Trotzdem suchte sie nach dem letzten dürren Grashalm, der sie vor dem schweren Gang in die Höhle des Löwen bewahren konnte.

Otto ließ ratlos die Schultern hängen. »Colombe, bitte, ich dachte, du hättest es begriffen. Es ist eine Pattsituation. Das Conigium braucht dich, um ins Crepererum zu gelangen und wir brauchen den Kodex, um die Frist von 28'000 zu verlängern. Siehst du den Vorteil der vielen Markierungen und der Schlacht nicht? Genau deshalb wurde sie doch prophezeit! Sie ist der Schlüssel zum Rätsel! Sie alleine stellt dich vor die Wahl, ob du das Leben wählst, oder den Tod!«

Stille.

Colombe wäre beinahe in Ohnmacht gefallen. »Gut«, hauchte sie kaum hörbar. Mit gesenktem Kopf schritt sie durch den Raum. Bei der Schlafzimmertür blieb sie stehen und legte ihre Stirn an den staubigen Türrahmen. »Ich will mich nur kurz von Tin verabschieden, ja?«

Tin schlief. Vielleicht war das auch gut so. Eine große Abschiedsszene hätte sie vermutlich noch umgestimmt. So schloss Colombe die Tür wieder leise zu und fühlte sich bereit, sich ihrem Schicksal zu stellen.

Es war wie ein Gang zum Schafott, als Colombe durch die extra gebildete Gasse von Amceps-Wächtern schritt und jeden Einzelnen markierte. Die Markierung verlief für Colombe in einer immer wiederkehrenden Explosion von Gefühlen ab. Das Erkennen der Homullus, die hier als Menschen vor ihr standen, war pure Emotion – wie eine Umarmung im Austausch mit dem Wissen eines uralten Wesens, das nur eine Aussage hatte: Anastuiit.

Es wurde viel gelächelt, während Colombe die Reihe abschritt. Ausnahmslos alle wischten sich danach Tränen der Rührung ab.

Lusebian und ein paar weitere Wächter bildeten die Sicherung des Amceps der nächsten zwei Tage und wurden nicht markiert. Als Colombe das dritte Auge Ottos erkannte, weinte sie ungehemmt los.

418

Sie sprang ihm um den Hals, drückte ihren Kopf auf seine Schultern und hätte am liebsten nicht mehr losgelassen. Was, wenn der Plan schiefging und sie den Kodex nicht an seinen angestammten Platz zurückbringen konnte? Oder ... wenn alles gut verlief, sie jedoch einfach zu blöd war, das Rätsel des Crepererums zu lösen? Sie würde Otto niemals wieder sehen.

Otto streichelte über ihr widerspenstiges Haar, das auch ohne Haarspray aussah wie eine zubetonierte Modelfrisur. Er drückte sie einmal ganz fest an sich. »Bitte markiere mich nicht«, flüsterte er ihr ins Ohr. »Ich habe Tin versprochen, euch beiden nachher mit dem Rätsel zu helfen. Wir sehen uns in ein paar Stunden wieder.« Er drückte sie von sich und wandte sich ab. Auch er musste die Tränen trocknen.

47

Lusebian vereinbarte mit Noah Bitterer einen Treffpunkt, an dem die Übergabe Colombes an die Mactus-Krieger erfolgen sollte. Der Amceps-Orden hatte bei dem Kampf am Vortag glücklicherweise ein paar Mactus-Geiseln genommen. Damit hatten sie ein gutes Druckmittel in der Hand, um die Unversehrtheit Colombes zu garantieren. Obwohl jeder Wächter genau wusste, wie absurd diese Drohungen waren.

Einer der Zwillingswächter chauffierte Colombe zum Treffpunkt an einen gut überschaubaren Autobahnparkplatz. Mit einem aufmunternden Kopfnicken ließ er sie aus dem uralten und verrosteten Opel Rekord aussteigen und brauste schnell wieder davon. Die Räder quietschten und rauchten, als er auf das Gaspedal drückte. Der Gestank von heißem Gummi stieg Colombe in die Nase. Jetzt war sie auf sich alleine gestellt. Einerseits kam sie sich vor wie ausgesetzt, mit der Chance auf ein neues Leben, andererseits wie in einen Jutesack gesteckt, der verknotet in einen See geschmissen wurde – dem Tode geweiht.

Die Mactus-Krieger wollten sichergehen, dass Colombe alleine blieb. Darum dieser öde Übergabeort. Der Autobahnparkplatz war nicht mehr als eine etwas breitere Straße. Auf der rechten Seite stand ein verwitterter Holztisch mit vermoosten Bänken. Das war alles.

Es verging kaum eine Minute, da raste ein indigoblauer Mercedes auf Colombe zu und stoppte mit zischenden Bremsen. Die Fahrertür schwang auf. Eine bekannte Energie flog ihr entgegen. Es war der Wikinger mit den geflochtenen Barthaaren. Heute Vormittag, bei der Kloake, war sie ihm nur knapp entkommen.

»Hi, so sieht man sich wieder«, grüsste er und ächzte aus dem Sitz, als ob er ein Greis wäre. Er wirkte kaum mehr bedrohlich. Im Gegenteil. Seine Stimme klang freundlich und zuvorkommend. Er streckte ihr die rechte Hand entgegen. Colombe zögerte und starrte auf die Hand. Seine Energiespirale umschlang sie mit echter und freudiger Aufregung. Trotzdem hatte sie keine Lust, ihn anzufassen. Der Wikinger zog die Hand nicht zurück. Anscheinend bestand er auf den Handschlag.

»Ich heiße übrigens Gerd. Ich wollte mich noch entschuldigen wegen heute Morgen. Es war nicht meine Absicht, dir Angst einzujagen. Obwohl ich verstehen kann, wenn du welche hattest. Keine Ahnung, was dir der Amceps-Orden alles erzählt hat. Aber wir vom Conigium sind keine Monster.«

Keine Monster! Die Schreckensbilder von dem toten Polizisten hingen an ihr wie ein lästiges und klebriges Papier eines Bonbons, das man nicht mehr von den Fingern kriegt. Jefferson war tot. Ermordet von den Mactus-Kriegern. Sie durfte gar nicht daran denken, was er alles durchmachen musste. Aber auch der ekelerregend brutale Salomon und all seine Kumpane... was waren sie den anderes als Monster?

Dem gebe ich die Hand nicht. Da bleib ich so stur, wie ich es mit meinen 50% Menschenenergie sein kann! Colombe verschränkte ihre Hände demonstrativ auf dem Rücken, hob den Kopf und funkte ihn böse an. »Bist du sicher, dass ihr keine Monster seid? Das, was ich vom Conigium Mactus bisher erlebt habe, ist alles andere als engelhaft. Es ist kaum zu glauben, dass ihr im Grunde dasselbe wollt wie wir.«

»Manchmal muss man quälen und foltern, damit man zum Ziel gelangt«, antwortete Gerd schulterzuckend und zog die Hand nun doch zurück. »Wir führen Krieg im Namen Lucifers. Die Gunst Animus wird unser sein und uns zum Sieg führen.« Er hob unschuldbeteuernd die Hände. »Wie du siehst, geben uns die Ereignisse recht. Wir haben den Kodex, wir haben dich und in ein paar Stunden stehen wir alle im

Crepererum und öffnen die Tore Animus'. Unsere Bemühungen, über all die vielen hundert Jahre, haben sich gelohnt. Zudem ist es mir echt eine Ehre, einem Menschen wie dir zu begegnen.« Er schwenkte den Kopf hin und her, als ob er einen Eiertanz vorführen wollte. »Aber - zugegeben, ich bin total stolz auf das Conigium Mactus. Ohne uns wäre niemals ein solch mächtiges Amceps geboren worden und die Prophezeiung hätte sich niemals erfüllt. Boah... hey... du bist ein halbes Homullus! Du bist voller Anastuiit! Ich fühl mich Animus so nah wie noch nie!« Er ging auf sie zu, wollte nun doch ihre Hand nehmen und beinahe hätte er sich verbeugt, doch Colombe wich angewidert zurück.

»Wenn ich das schon nur höre, könnte ich kotzen!«, schrie sie und ballte die Hände zu Fäusten. »Du glaubst doch nicht wirklich, was du da gerade rausgelassen hast!«

Gerd blieb vor Erstaunen der Mund offen.

Sie schloss die Augen. Einmal mehr bildeten sich Tränen. Die Müdigkeit, die sie jetzt übernahm, war die Folge ihrer automatischen Energiereinigung, die sie am Wikinger vornahm. Und da war auch wieder diese Frage nach dem Warum. Seit sie denken konnte, wurde sie von dieser Frage geplagt. Warum sind Menschen gewalttätig, missgünstig, lieblos und gefühlskalt wollüstig? Sie öffnete die Augen, wartete, bis sie sprechen konnte, ohne gleich loszuheulen und schenkte Gerd ein Lächeln. Sie tapste zu ihm hin und suchte in all der schwachen Energie die um ihn herumschwirrte seinen menschlichen Körper. Es war, als ob sie blind wäre und mit den Händen schaute. Dann nahm sie den Wikinger in die Arme, vergrub ihr Kinn auf seiner Schulter und drückte ihn an sich.

Gerd stand da wie schockgefroren. Seine Arme hingen seitlich seines Körpers hinunter. Colombe drückte so fest, dass er beinahe das Gleichgewicht verlor. Er konnte sich jedoch auffangen, indem er ihre Umarmung löste, sie an den Oberarmen packte und sich so festhielt.

Colombe schnaubte resignierend. »Wieso willst du zu Animus zurückkehren, wenn du nicht einmal meine Umarmung erträgst?« Sie wartete auf Gerds Reaktion, doch er starrte sie weiterhin reglos an. Also sprach sie weiter: »Erkennst du den nicht den Widerspruch in deinen Worten und auch in deinem Handeln? Du sprichst von Animus als die Liebe in Person, quälst aber dein Gegenüber.« Colombes Brust zog sich zusammen und sie glaubte, keine Luft mehr zu kriegen. Aber es war nur der Ruf ihrer Seele, die den Schmerz Gerds in sich sog und diesen Zustand kaum aushielt. »Animus will nicht, dass ihr leidet«, hauchte sie gerührt. »Er will euch lachen sehen. Animus will nicht, dass ihr weint. Er will euch fröhlich sehen. Animus will nicht, dass ihr tötet. Er will euch leben sehen. Animus will nicht, dass ihr stehlt. Er will euch erschaffen sehen.« Sie legte ihre Hand auf Gerds rote Barthaare, dort wo sein Herz schlug. »Das sind keine Gebote«, sagte sie. »Das ist Anastuiit. Es kommt aus tiefstem Herzen.«

Gerd starrte sie an, als ob das Antlitz seines ersehnten Vaters vor ihm stünde. Sein Kopf zitterte. Seine Seele saugte jedes Wort Colombes in sich auf.

»Animus hat uns den freien Willen gegeben, damit wir uns verändern und entwickeln, und nicht, damit wir einander das Leben schwer machen. Erst recht nicht, indem wir uns seine Gebote unter die Nase reiben und diese zu Glaubenszwecken missbrauchen. Glaub mir, es ist ihm sogar egal, ob man ihn anbetet oder nicht. Es gibt kein Gericht nach dem Tod, indem auf die Waage gelegt wird, wie viel Gutes oder wie viel Schlechtes man im Leben getan hat. Animus verurteilt nicht. Er ist weder barmherzig noch zornig, weder strafend noch gnädig, eben darum, weil er nicht verurteilt. Er will nicht, dass man sich das Leben nach *seinem* Sinne einrichtet, denn er will leben, durch uns. Jede einzelne Zelle in uns ist Animus. Wir sind Schöpfer wie er. Wir sind allmächtig wie er. Wenn wir das nicht vergessen hätten, würden wir uns nicht gegenseitig die Köpfe einschlagen. Seine Gunst muss man sich nicht erlangen. Sie ist uns auf ewiglich sicher. Es gibt kein seinetwillen. Jedes Gebet, das wir an Animus richten, richten wir an uns selbst. WIR SIND Animus.

Bei jedem Menschen, der du tötest, tötest du Animus. WIR SIND Animus. Jeden Menschen, den du quälst, folterst, vergewaltigst oder voller Missgunst mobbst, ist Animus. WIR SIND Animus.« Colombe senkte ihren Kopf. »Ist es das, was du willst? Zu Animus zurückkehren, vor sein Angesicht stehen und ihm voller stolz mitteilen, dass du all die schrecklichen Dinge nur für ihn getan hast? Meinst du, es wäre ein gutes Gefühl, in Animus Armen zu liegen und dich von ihm trösten zu lassen? Trost wofür? Für deine an ihm begangenen Schandtaten? Hör' zu! Ich sage dir: Animus wird dich mit offenen Armen empfangen, eben weil er dich *nicht* verurteilt. Glaubst du nicht, dass die Freude ungetrübter wäre, wenn du im Denken und im Handeln der wärest, der du in Wirklichkeit bist? Animus. Ein Wesen in Zillionen von Teilen aufgeteilt, das all die Homullus in die Freiheit geboren hat – im Wissen, dass sie sämtliche Voraussetzungen mit sich tragen, das Leben in Freude und Leichtigkeit zu meistern. Utopia ist kein Hirngespinst. Es ist möglich. Es ist deine Entscheidung. Keine einzige Handlung, weder gut noch böse, wird durch die Hand Animus geführt. Er ist nicht verantwortlich für uns. Für keinen von uns.«

Stille.

Endlich räusperte er sich. »Ist dir klar«, krächzte Gerd, nachdem er lange über Colombes Worte nachgedacht hatte. »Ist dir klar, dass du all den sogenannten üblen Dingen und Machenschaften gerade eine Freikarte verteilt hast?«

Ist der wirklich so bescheuert? Sie atmete tief durch, schüttelte den Kopf und lächelte entmutigt. »Wenn du das wirklich denkst, dann hast du kein Wort verstanden. Jeder Mensch kann alle Erfahrungen seiner Inkarnationen in das nächste Leben einbringen. Säe Empathie und du wirst Respekt und Vertrauen ernten. Dann wirst du auch deine Probleme lösen können. Sicher dauert das eine Weile und geschieht nicht von einem Tag auf den anderen.« Colombe schnippte mit dem Finger. »Du musst zuerst an das Wunder glauben. Manchmal musst du neue Wege suchen, etwas dafür tun, aber gib nicht anderen die Schuld für deine Misere. Verlange von niemandem, dass er dich da rausholt. Beginne zu fühlen, empathievoll zu handeln und schon bald wirst du die Hilfe der Homullus spüren. Das Einzige, was du dann noch tun musst, ist diese Hilfe anzunehmen. Aber vergiss die Einstellung, danach auf die faule Haut liegen zu können. Ich hoffe doch, du begreifst, dass ich hier jetzt nicht von harter Krüppelarbeit spreche. Animus will, dass wir unser Leben genießen können. Aber wir müssen halt unseren Teil dazu beitragen. Säe Gewalt und du wirst Gewalt und Krieg ernten. Wenn du mit Respekt behandelt werden willst und von deinem Gegenüber eine Chance verlangst, dann benimm dich selbst respektvoll und ermögliche Chancen. Die Aussage: ›Krieg ist keine Lösung‹ beinhaltet weit mehr Weisheit, als man heutzutage denkt. Krieg sät Krieg! Das ist so menschlich und natürlich wie das Stinken beim Schei...« *Hat das alles einen Sinn?*, überlegte sie sich. *Versteht er auch nur ein einziges Wort von dem, was ich hier sage?*

Colombe wand sich von Gerd ab und öffnete die Hintertür des Mercedes. Sie legte die linke Hand auf die undurchsichtig getönte Scheibe und sah Gerd nochmals eindringlich an. »Animus verlangt nicht von uns, dass wir wie heilige leben. Sein einziges Ziel war, ist und wird ewiglich die Freude sein. Es ist ihm scheißegal, wie wir diese Freude erreichen. Er ist gleich wie ein Homullus. Wenn wir lachen, lacht er. Wenn wir weinen, weint er. Jeder, der schon einmal von ganzem Herzen verliebt war, hat eine leise Ahnung, wovon ich hier spreche. Animus vertraut uns sein Leben an, verdammt noch mal!«

Aus dem Innern des Mercedes hörte sie ein Klatschen. Erschrocken fuhr sie herum. Das Erste, was sie erkennen konnte, waren die schulterlangen blonden Haare, die zu einem kleinen Mädchen von acht Jahren gepasst hätten. Aber die Bartstoppeln, die aus einer dicken Abdeckcrème-Maske hervorsprossten, ließen sie vermuten, dass es sich bei dem kleinen Menschen um Noah Bitterer handeln musste.

»Eine hervorragende Rede«, näselte er und feuchtete mit seiner Zunge die himmelblau gestrichenen Lippen an. »Aber Gerd weiß genau, dass die Anastuiit-Ansammlung seit dem Aussterben des Consortiums Lucifer um ein Vielfaches größer geworden ist. Es besteht kein Zweifel daran, denn ich besitze seit Kurzem eine zuverlässige Quelle, die mir das verraten hat.« Seine Hand glitt zärtlich zu einer Wölbung auf seiner Brust. Durch die knallrote Seidenbluse leuchtete ein heller Schimmer.

Der Kodex!

Gerd nahm sofort Achtungsstellung ein. »Du hast die Ehre, mit Großmeister Noah Bitterer zu sprechen«, meldete er und ließ seine Schultern augenblicklich wieder sinken. Er fühlte sich spürbar genervt von seinem Chef, das war Colombe sofort klar.

Noah tätschelte auf den weißen Ledersitz neben sich. »Komm rein, setze dich neben mich.«

»Hatte ich eh vor«, erwiderte Colombe mutig. »Bringen wir's hinter uns.« Sie zitterte. Aber nicht vor Angst. Ihr war eiskalt. Seit sie Gerd umarmt hatte, fühlte sie sich von der Anwesenheit vieler Homullus gestärkt. Das verschaffte ihr die Gewissheit, von den Engelwesen unterstützt zu werden. Sie musste dieses Hilfsangebot nur noch annehmen. Obgleich es sicher schwierig war, die jeweiligen Hilfestellungen rechtzeitig zu erkennen.

»Fahr los«, befahl Noah, als Gerd sich ans Steuer gesetzt und die Tür mit nachdenklichem Gesichtsausdruck zugeknallte hatte.

Colombe rümpfte die Nase, als ihr der Geruch von Noahs Parfum in die Nase stieg. Es war ihr nicht möglich, den Eigenduft des Großmeisters zu erkennen. Klar war: Sie hatte noch nie eine solche winzige Energiespirale gefühlt. Sogar bei Laurenz war die Spirale größer. Jetzt wurde ihr auch klar, warum sie Noah während des Gesprächs mit Gerd nicht bemerkt hatte. Das war das Unpraktische am Charakter der Spiralen. Warum waren die Energien gerade bei gefährlichen Menschen so dermaßen klein? Es wäre doch sinnvoller gewesen, wenn die Guten kleine Energien hätten und die Bösartigen große. Dann könnte man die Gefahr besser vorausfühlen und sich in Sicherheit bringen. Sie ärgerte sich darüber, ganz tief in ihrem Herzen. Zudem erschreckte sie die Tatsache, dass Noah ein Transvestit war. Sie hatte schon mehrmals Bekanntschaft mit Menschen solcher Neigungen gemacht. Doch allesamt waren sie wunderbare Wesen mit gewaltig großen Energiespiralen, hin und her gerissen zwischen Leid und Zwang, versessen darauf, das Glück in einem anderen Köper zu suchen, ohne zu bemerken, wie perfekt sie sind – gerade wegen ihrer Veranlagung. *Keine Regel ohne Ausnahme.* Noah bestätigte eindeutig die Ausnahme.

»Es ist also bewiesen«, näselte Noah selbstsicher, Gewalt und Krieg sind berechtigt, ja sogar erforderlich, sobald man es für Animus tut.«

»Quatsch mit Soße«, regte sich Colombe auf. *Widerspruch! Widerspruch! Widerspruch!*

»Du meinst, ein unterdrücktes Volk sollte nicht aufbegehren?«, näselte der Großmeister, »Du meinst...«

»Ich meine!«, zischte Colombe ihm ins Wort und musste sich bemühen, nicht die Beherrschung zu verlieren. »Ich meine, es sollte gar nicht so weit kommen, dass ein Volk aufbegehren muss. Warum soll ein ganzes Volk leiden, wenn nur zwei zu dumm sind, sich ernsthaft zuzuhören, aufeinander einzugehen und sich zu einigen?«

»Nun meine Liebe, wir leben nun einmal in einer Welt, in der das notwendig ist. Utopia gibt es nicht.«

»Sie haben noch immer nichts verstanden, Herr Bitterer!« Colombes Schultern sanken kraftlos zusammen.

Noah berührte erneut den Kodex. Colombes aufgebrachte Reaktion schien ihn zu verwirren. »Du vergisst, dass ich im Besitz der Wahrheit bin«, versuchte er so gelassen wie möglich zu kontern. »Nur weil du das Amceps bist und fähig, das Anastuiit zu sammeln und das Bewusstsein der Menschen zu messen, bist du noch lange nicht allwissend.«

»Sie vergessen, Herr Bitterer«, ich war ebenfalls in der Lage, den Kodex einzusehen.«

Noah lächelte stolz und hob in arroganter Selbstanerkennung eine Augenbraue. »Dann musst du es zugeben: Das Anastuiit hat sich mindestens verdoppelt. Und verdanken tun wir das den unaufhörlichen Bemühungen des Conigium Mactus.

»Hm, mag sein, dass sich das Anastuiit verdoppelt hat. Aber ich habe noch was ganz anderes aus dem Kodex gelesen.«

»Ach nee.«

»Ich habe gesehen, wie die aus Boshaftigkeit entstandenen Machenschaften der Menschen den Drang der Anastuiit-Entwicklung auf das schändlichste belastet haben. Ich glaube, da gehört das Conigium Mactus genauso dazu, wie die Drahtzieher in Wirtschaftskrisen, Terror und Krieg. Nicht zu vergessen die Ausbeutung der Erd-Ressourcen, obwohl es längst viel bessere Technologien gäbe.«

Noah runzelte nachdenklich die Stirn. Von seinen himmelblauen Lippen war nur noch ein schmaler Strich zu sehen. »Was soll das heißen?«

Colombe konnte nicht glauben, wie sehr Noah auf der Leitung stand. »Das Anastuiit hätte sich um das hundertfache vermehren können, wäre es nicht durch die Dummheit von Manipulation, Tyrannei, Krieg und Gewalt unterdrückt worden! Vermutlich hätten sich die Tore längst geöffnet, wäre da nicht das Conigium Mactus und deren endlosen Bemühungen, Dunkelheit zu erschaffen!«

Das hat hoffentlich gesessen.

Noah riss sich bestürzt die Bluse auf. Die silbernen Knöpfe spickten davon und verteilten sich im Wagen. Er nahm den Kodex in beide Hände. Colombe staunte nicht schlecht. Die Energiekugel hing nicht an einem Band um seinen Hals. Sie schwebte mit leichtem Hautkontakt auf Noahs Brust. Mit geschlossenen Augen überprüfte er Colombes Aussage. Nach einer gefühlten Ewigkeit begann Noah zu lächeln. »Du hast da etwas falsch interpretiert, meine Liebe.«

Noahs Energiespirale war zwar winzig, Colombe spürte nur knapp den äußeren Rand, aber das genügte, um zu erkennen, dass nicht sie es war, die das Buch der Homullus falsch interpretierte. Noah wurde zappelig. Grimmig knirschte er mit den Zähnen. Colombe mochte sich gar nicht vorstellen, was in seinem Kopf gerade vorging.

Liebevoll streichelte er den Kodex. Voller Scham bedeckte er seine entblößte Brust mit den Fetzen der knopflosen Bluse. Vor Colombe seine Unruhe zu verbergen, kostete ihn mehr Kraft, als er es sich selbst zugestand.

»Huch Gerd!«, witzelte er mit übertriebener Theatralik, während er auf seine zerrissene Bluse schaute. »Wenn du mich so in unser Quartier zurückbringst, werden sich die andern bestimmt fragen, was du wohl mit mir angestellt hast.«

Colombe konnte durch den Rückspiegel beobachten, wie der Wikinger die Augen verdrehte. »Ja, Großmeister«, antworte er knurrend, wobei sich sein Mund wegen dem Bartwald kaum bewegte.

Colombe sah ihre Gelegenheit, Noah aus dem Konzept zu bringen. Sie hoffte immer noch auf eine friedliche Lösung ohne Blutvergießen. Wer weiß, vielleicht schaffte sie es, die Mactus-Krieger auf ihre Seite zu ziehen?

»Ich glaube, ich habe den Begriff von Karma jetzt verstanden«, begann sie zu referieren. Sie senkte den Kopf auf Noahs Augenhöhe und zwang sich ein Lächeln auf. »Gibt es nicht dieses Zitat... wie heißt es nochmal...« sie tippte sich mit dem Zeigefinger auf die Lippen. »Ah ja, genau: was ihr für einen meiner geringsten Brüder getan habt, das habt ihr mir getan.› Vermutlich wird dir der Zusammenhang zwischen Karma und diesem Zitat sowie der Quantenhaftigkeit erst bewusst, wenn du in ein paar Stunden neben mir im Crepererum stehen wirst. Denn eines der wichtigsten Gesetze des Lebens ist die Zeitlosigkeit. Alles ist gestern, heute und morgen.«

Noah kräuselte die Stirn. »Ich kann mich nicht erinnern, dieses Zitat jemals in den Schriften des Lucifers gelesen zu haben.«

»Ich glaube, es steht in der Bibel«, antwortete Colombe und biss sich gleichzeitig auf die Zähne. *Mist, damit habe ich mir ein Eigentor geschossen!*

Und tatsächlich. Noah quiekte abwertend. »Eigenartig, ausgerechnet DU zitierst aus der Bibel, meine Liebe! Soviel ich weiß, weigert sich der Amceps-Orden, aus einer der bekannten heiligen Schriften der Menschheit zu lehren. Weder mit der Bibel noch mit dem Talmud, dem Buch Mormon, dem Kanjur, dem Daozang, dem Avesta, irgendeiner der Sutren oder sonst einer heiligen Schrift.« Er formte mit den Händen Gänsefüßchen. »Heilige Schriften«, wenn ihr Amceps-Leute das schon nur hört, kriegt ihr Pickel. Für euch gelten doch einzig und alleine die Pergamentrollen des Consortium Lucifer.« Er hob einen Zeigefinger, »Wobei: das Conigium Mactus und der Orden der Amceps sich hier ausnahmsweise einmal einig. Die Rollen des Consortiums, das sind die wahren heiligen Schriften. Leider bin ich nicht im Besitz der originalen Rollen. Wer weiß, was in den Kopien alles verändert wurde?« Wieder klopfte er sich über die leuchtende Wölbung auf seiner Brust. »Der Kodex hier, er wird mir den Ort der heiligen Schriften verraten. Er rät mir nämlich, sie zu lesen.«

»Der Kodex rät dir, die Schriften des Lucifer zu lesen?« Diesmal legte Colombe, die Stirne in Falten.

»Mhm,«, antwortete Noah und nickte heftig, wie ein kleiner Junge, der seine Mutter von der Wichtigkeit eines Playmobil-Soldaten überzeugen will.

»Vor oder nach dem Fall?«, fragte Colombe nach.

Noahs Kopf schnellte herum. Seine Augen rollten nach oben, um ihr ins Gesicht zu sehen. »Ich verstehe die Frage nicht.«

»Die Schriften Lucifers. Sind sie vor oder nach seinem Fall entstanden. Ich meine, weil das Consortium Lucifer ja ursprünglich herzensgut und lichtvoll war. Lucifer wurde ja dann durch den Fall zum Bösen überhaupt.«

Noah starrte sie mit weit aufgerissenen Augen an. Er grunzte stoßweise durch die Nase, schien sich das Lachen zurückhalten zu wollen. Doch schließlich prustete er los und schlug sich grinsend auf den Oberschenkel. »Beinahe hättest du mich reingelegt, Amceps. Beinahe hätte ich tatsächlich geglaubt, das Anastuiit hätte sich hundertfach vermehrt, wenn wir vom Conigium nicht gewesen wären. Ha, das ich nicht lache!«

»Klärst du mich auf?«, fragte Colombe. Auch Lusebian wollte ihr nicht erzählen, wie genau es zum Fall Lucifers gekommen war. Jetzt sah sie ihre Chance, die ganze Wahrheit zu erfahren. Ausgerechnet durch den Großmeister des Mactus-Conigiums.

Noahs Visage erstarrte, als er abrupt aufhörte zu lachen. »Fahre schnell zum Anwesen, Gerd«. Wir wollen die nächste Amceptierphase doch nicht im Auto verbringen, nicht wahr?« Ohne auf ihre Frage nach Lucifers Fall einzugehen, sprach er weiter. »Ich gebe zu, die supergenaue Uhrzeit deiner Phasen kennen wir nicht. Aber wir wissen, dass du während unseres Überfalls am Montag im Treieins amceptiert bist.« Satanisch grinsend sah er sie an. »Es muss also zwischen 23.00 und 23.30 Uhr passieren.«

Colombe sah auf die Uhr. Noch anderthalb Stunden.

Gerd verließ die Autobahn, fuhr während zehn Minuten der Hauptstraße entlang und bog dann in einen schmalen Schotterweg ein. Bald gelangten sie an ein eisernes Tor, das sich wie durch Geisterhand von selbst öffnete und hinter ihnen wieder schloss. Colombe hatte keine Ahnung, wo sie sich befanden. Irgendwo im Berner Oberland. Sie war noch nie gut in Geografie.

Sie passierten mehrere solcher Tore und durchfuhren schließlich ein mächtiges Tor aus schwarzen Eisenstangen. Am Kopf des Tores war eine weiße Taube mit aufgespannten Schwingen eingegossen.

Noah bemerkte, wie Colombe die Taube musterte. »Das Tor habe ich anfertigen lassen, als du zur Welt kamst. Colombe, die Taube«, trällerte er. »Die ausgebreiteten Flügel dienen der Anlage als symbolischen Schutz«, grinste er und freute sich selbst über die gelungene Metapher.

Eine dreißig Zentimeter dicke und mindestens vier Meter hohe Betonmauer umgab das Gelände, auf das sie eben einfuhren. Zwischen einer Allee von Kastanienbäumen rollte der Wagen noch mindestens dreihundert Meter weit, bis sie auf den kiesbelegten Vorplatz des Anwesens einbogen und vor dem Eingang parkten.

Colombe stieg sofort aus und bewunderte das Haus. Es kam ihr vor, als ob sie ein Herrenhaus aus einem Jane-Austen-Film erblickte. Ein Schloss mit ehrwürdigem Gemäuer. Einfach, rechteckig, ohne Schnörkel. Die Fenster waren neu. Das verrieten Aufkleber an den Scheiben. Es fehlte nur noch Mr. Darcy, der aus dem Haupteingang eilte, um seine geliebte Elisabeth Bennet in den Arm zu schließen.

Noah hatte sichtlich mühe, in seinen hohen Stilettos auf dem Kies zu gehen. Trotzdem balancierte er um das Auto herum zu Colombe, stützte sich bei ihr ab, als ob sie alte Freunde wären, und begleitete sie zum Eingang.

»Wir wollen nur das, was alle Homullus wollen«, flüsterte er ihr leise zu. »Einfach nur zu Animus zurückkehren. Wir, vom Conigium, auf dem schnellsten Weg, ihr, vom Orden, auf dem beschwerlichen und langen.«

Der Energieschwall, der plötzlich vom Großmeister ausging, hätte Colombe beinahe umgehauen. Die Sehnsucht nach Animus ließ seine Spirale um das doppelte wachsen. Sie empfand sofort Mitleid mit dem kleinen Mann. Doch kaum hatten sie die mächtige Holztür passiert und die kühle Eingangshalle des Schlosses betreten, minimierte sich seine Spiralenergie wieder auf ein Minimum.

Das Mitleid für den kleinen Mann blieb an Colombe hängen... vielleicht als Schutz vor dem, was vor ihr lag.

48

Laurenz Energiespirale war voller elektrisierender Wut. Sie traf auf Colombes Aura wie ein Stein auf eine Fensterscheibe. Seine bloße Anwesenheit schnitt sich durch ihre Energieschichten und Drang bis zum Mittelpunkt ihres Herzens vor; einfach nur, um sie dort zu terrorisieren, sie zu quälen und ihre Seele zu zerquetschen wie eine weiche Banane. Tin hatte sie gebeten, ihren Schutzschicht-Kokon hochzufahren. Aber dann hätte sie nicht zu Noah ins Auto steigen können. So wie sie den Schutzwall in Erinnerung hatte, hätte er Noah und Gerd aus dem Fahrzeug herauskatapultiert. Der Kodex hätte womöglich den Hautkontakt verloren. Das wollte sie auf keinen Fall riskieren. Zudem hatte sie keine Ahnung, wie sie diesen durchsichtigen Kokon hätte aufbauen können. Tin läge sonst bestimmt nicht mit einer Schusswunde im Bett von Mara Niederer und müsste verstaubte Luft einatmen.

Laurenz stand gleich neben der Eingangstür, die sich mit ächzendem Knarren hinter ihr schloss. Er lugte zwischen den Zweigen eines gigantischen Gummibaums hervor, der bis zur Decke des fünf Meter hohen Eingangsbereichs gewachsen war. Die sattgrünen Blätter wirkten wie Ohren eines afrikanischen Elefanten.

Laurenz machte einen Schritt auf sie zu, was ihr Herz gleich ein paar Mal stolpern ließ. Ihr Körper reagierte ähnlich auf ihn wie auf Tin. Nur die Gefühle für die beiden Männer konnten nicht unterschiedlicher sein... ungefähr so gegensätzlich wie süß und sauer. *Verdammt, ich mag süßsaures Essen!*

Der *ImPerDi*-Modus, in dem sie sich zum Glück befand, hätte solche Körperreaktionen eigentlich verhindern müssen. Angst war eine Regung, die der Modus nicht kannte. Liebe war ein Gefühl, das er akzeptierte, aber im Ernstfall ignorierte. Es war also unmöglich, dass Angst ihren Körper dermaßen heftig reagieren ließ. Aber was war es dann?

Seine moosgrünen Augen funkelten sie an. Beinahe wäre Colombe darin versunken. Sein Blick hatte etwas von der Traurigkeit Tins. Sie glaubte, seine Seele nicht nur zu fühlen, sondern sie durch seine Augen hindurch sogar zu sehen. Es war ihr bisher nicht aufgefallen, wie schön sein Inneres ursprünglich war. Hingegen war das, was er als Mensch darstellte, schlichtweg zum Kotzen. Der Gestank aus seinem Mund war immer noch fürchterlich. Während der irrealen Schwärmerei atmete sie dann auch einen besonders ekelhaft ätzenden Atemzug ein. Colombe schalt sich selbst. *Wie kann ich die Augen von Laurenz bloß schön finden!*

Sein Blick war wütend, die Nase immer noch geschwollen. Hinter ihm stand eine Kommode mit einem antik wirkenden Kerzenleuchter. Sein Kahlschädel glänzte im flackernden Kerzenlicht. Das hier war nicht mehr der liebevolle Laurenz, dem sie in ihrem surrealen Traum begegnet war. Aber... sie stockte. Einmal mehr durchfuhr sie ein eisiger Schauer. Trotz seines Würgereiz auslösenden Mundgeruchs nahm sie einen klitzekleinen Hauch seines Eigendufts wahr, und der war... *betörend!* Sie hasste sich sofort für dieses Gefühl. Trotzdem nahm sie sich zusammen und markierte mit verbissener Eifrigkeit jeden Mactus-Krieger, den sie zu Gesicht bekam. Niemand vom Conigium schien etwas zu bemerken. Vermutlich schoben sie es ihrer Unsicherheit zu, wenn Colombe den Frauen und Männern während ein paar Sekunden über ihre Köpfe hinweg starrte. Wer weiß, vielleicht sah es für die Krieger sogar aus wie Schielen.

Laurenz packte sie am Oberarm und schleifte sie mit brachialer Heftigkeit mit sich. Seine Berührung verursachte bei Colombe zuerst ein kaum bemerkbares Kräuseln im Herzen, schwenkte aber sofort zu einem unangenehmen Gefühl in der Magengegend um. Ein Brechreiz begann sie zu quälen. Auch das hätte im Kampfmodus eigentlich nicht geschehen dürfen.

»Führe sie zuerst ein bisschen herum!«, befahl Noah. Er ließ sich gerade von einer Kriegerin die Stilettos ausziehen. Dann watschelte er ihnen barfuß hinterher wie ein kleines Kind in Windeln.

»Zeitverschwendung«, knurrte Laurenz verärgert und für Noah nicht hörbar. Er bohrte seine Finger noch fester in Colombes Oberarm, wechselte abrupt die Richtung und führte sie durch die mächtige Eingangshalle. Der Vorraum erinnerte Colombe an eine kleine Kirche eines Bergdorfes im Berner Oberland. Ihre Schritte hallten an den Wänden wider. Es fehlten nur noch spröde und lackabblätternde Holzbänke und die Befürchtung, in diesem sakralen Raum jederzeit etwas Falsches tun zu können.

Es wird alles gut! Es wird alles gut! Es wird alles gut!, versuchte sie sich selbst zu beruhigen. Sie fürchtete, den Kampfmodus durch Laurenz kräftige Berührung zu verlieren. Auch das war eigentlich ein Ding der Unmöglichkeit, trotzdem geschah es soeben. Eine Panikattacke kündigte sich an. Um sich davor zu schützen, zählte sie die schwarzweiß karierten Bodenplatten. Bald einmal musste sie sich aber eingestehen, den Kampfmodus verloren zu haben. *Einmal mehr! Wo bleibt nur mein Selbstvertrauen!*

Jetzt blieb ihr nur noch der Schutzwall. Noah war weit genug entfernt, damit sie die undurchdringbare Schicht hätte aktivieren können. Während Laurenz sie rücksichtslos mitschleifte, nahm sie mit der Quantenhaftigkeit Kontakt auf. *Bitte, bitte, lass mich wissen, wie ich den Kokon erschaffen kann!*

Ritterrüstungen, Schwerter, Morgensterne und Lanzen säumten die Halle, in die sie Laurenz zerrte. Sie nahm die altertümlichen Gegenstände kaum wahr. Nur das Licht, das flackerte, weil es nicht von elektrischem Strom erzeugt wurde, sondern von einem gigantischen Kerzenleuchter. Erneut fühlte sie sich in die Zeit von Jane Austens Roman »Stolz und Vorurteil« zurückversetzt. Sie lenkte sich ab, indem sie sich vorstellte, wie Mr. Darcy, in Gestalt von Tin, aus einem der vielen Räume trat. »*Fahr dein Schutzschild hoch*«, rief ihr Mr. Darcy zu. Sie spürte augenblicklich einen eiskalten Luftzug an ihrer Nase.

Will ich ja, antwortete sie ihm in Gedanken. *Aber wie!*

Sie erhielt keine Antwort. *Wozu hat man Homullus an seiner Seite, wenn man doch alles selbst machen muss,* ärgerte sie sich. Ihre Gefühle spielten Achterbahn mit ihr. Unwillkürlich zuckte sie zusammen, als Noah seine Stimme erhob.

»Laurenz!«, brüllte er mit herrschendem Ton. »Was ist nur mit dir los! Wenn ich sage ›führe sie etwas herum‹, meine ich sicher nicht, du sollst ihr das ganze Anwesen zeigen!«

Laurenz' Umklammerung schnitt Colombe ins Fleisch. Er schluckte seine Wut herunter. Sein Kopf lief purpurrot an. Sie hätte wetten können, seine Zähne mahlen zu hören. *Bald explodiert er.*

Laurenz wechselte die Richtung und zerrte sie zu einer der vielen Türen, die von der Seite abgingen. Der Raum, den sie betraten, war nicht viel größer als die Vorhalle. Auch hier bestand die Einrichtung aus Rüstungen, Waffen, antiken Möbeln und einem Kerzenleuchter. Ein goldfarbener Langhaarteppich passte wie eine Faust aufs Auge zu dem mittelalterlich wirkenden Raum. Der Duft von Rosen verdrängte Laurenz´ beißenden Mundgeruch. Ängstlich sah sie zurück und erkannte, dass Noah, Gerd und ein paar ihr unbekannte Krieger hinter ihnen hergingen. Das beruhigte sie ein wenig. In dieser Situation mit Laurenz alleine zu sein, hätte all ihren mühsam aufgebrachten Mut vollends zerquetscht wie eine PET-Flasche in der Rückgabemaschine. Apropos: *Mut* war vielleicht nicht das richtige Wort. Hätte sie die Wahl gehabt, hätte sie bestimmt nicht in einem Anwesen von brutalen Schlägern und Vergewaltigern eine Besichtigungstour gemacht. *Von wegen, man habe immer eine Wahl.*

Als sie den nächsten Raum betraten, schreckte Colombe zurück und unterdrückte einen Schrei. Das Zimmer war weiß. Schneeweiß. *Eine Krankenstation mit zehn Betten!,* folgerte Colombe. Fünf Betten waren leer, die Decken mit einer Schutzfolie eingeschweißt. Der *Amceps-Orden könnte sich diese Krankenstation als Vorbild nehmen!* In den anderen fünf Betten schliefen Silvia, der Leuchtturm, der Igel, der Pferdeschweif... und Salomon. Alle waren mit Infusionsschläuchen verbunden und wurden offenbar von einer Krankenschwester liebevoll gepflegt. Bei Salomons Anblick tauchten die schrecklichen Bilder wieder auf. Colombe konnte es kaum glauben, dass der Vorfall noch keine zwei Tage her war. Vielleicht, weil sie die Ereignisse zu verdrängen versuchte? Jetzt hätte sie dem Unhold am liebsten die Faust ins Gesicht geschlagen und ihm einen tödlichen Deliriumsschlag verpasst. Mit aller Kraft versuchte sie, den Kampfmodus hochzufahren. Aber *ImPerDi* konnte nicht durch Rachegelüste oder Wut erschaffen werden. Colombe gab ihre Bemühungen schnell wieder auf. Es kostete sie zu viel Kraft. Zudem wechselte Ihre Wut in ein Gefühl, das ihr menschlicher Anteil ganz und gar zu vermeiden versuchte: Der Typ tat ihr tatsächlich leid. Immer noch. Er war unfähig, seinen Schmerz über Animus' Verlust zu bewältigen. Einmal mehr verfluchte sie ihre Gabe, in jedem Menschen den wahren Kern zu sehen. Angesichts dieser fiesen und hinterlistigen Brutalos war das wirklich *kein* gutes Gefühl.

Noah tänzelte zu Silvia und streichelte deren leblos wirkende Hand. »Alle fünf sind Helden«, flüsterte er, beugte sich vor und gab Silvia einen Kuss auf die Stirn. »Leider werden sie die Tore des Animus niemals mehr passieren.« Er erhob sich, wischte sich den Mund ab und schaute Colombe an. »Da du lediglich über einen Amceptierradius von vier Metern verfügst, ist es nur einer kleinen Gruppe vergönnt, mit dir ins Crepererum zu reisen und die heiligen Tore des Vaters zu durchschreiten. Es wird bald sehr eng um dich herum werden. Mach' dich also darauf gefasst!«

Colombe verzog keine Miene. *Warum wird es eng? Die wollen sich doch nicht alle an mich herandrücken, um ins Crepererum zu kommen? Wissen die Mactus-Krieger denn nicht, dass ich die Menschen markieren kann?* Nachdenklich legte sie die Stirn in Falten. *Vermutlich ist Noah eine Markierung zu unsicher, da er den Vorgang nicht überprüfen kann. Mit dem Siegel ist er auf der sicheren Seite. Ich darf ihn nicht auf die Markierung ansprechen! Noah ist schlau, er würde Ottos Plan durchschauen! Mist, verdammter!*

»Weißt du, Colombe. Schon das Consortium Lucifer hätte sich damals unserer Bewegung anschließen sollen. Zu dumm nur, dass unsere Leute alle Anhänger des ehrenwerten Lucifer umgebracht haben, bevor sie den Aufbewahrungsort der heiligen Rollen mit den Schriften und Lehren des lichtvollen Meisters verraten haben.« Noah kratzte sich an der Nase. »Nun, das macht nichts. Wir haben ja jetzt den Kodex – und dich. Wir schaffen es auch ohne die Rollen, die Tore des Vaters zu öffnen.

»So behandelt ihr also eure Helden«, hörte sich Colombe plötzlich sagen. Sie deutete mit dem Kinn auf die schlafenden Krieger. »Ihr benutzt sie als Mittel zum Zweck und lasst sie dann einfach zurück? Oder noch schlimmer: Ihr nehmt sogar ihren Tod in Kauf. Ich frage mich echt, warum Menschen den gewalttätigen Tod immer wieder akzeptieren. Ist es, damit die Dummen noch dümmer werden und folglich das Leben verspotten? Das ist nicht im Sinne Animus – glaubt mir!«

Noah vergaß den Mund offen.

»Sei nicht frech zu unserem Großmeister«, fauchte Laurenz und schlug ihr die Faust ins Gesicht. Colombe torkelte zurück. Sie krümmte sich vor Schreck und Schmerz und tastete mit den Händen das getroffene Auge ab. Sie konnte es nicht öffnen, es brannte wie Feuer. Laurenz packte sie und warf sie sich über die Schulter, als ob sie ein Frottiertuch gewesen wäre. Sie strampelte, schrie, fluchte und boxte ihm mit aller Kraft in den Rücken. Doch Laurenz schien das alles nichts auszumachen. Ohne weitere Umschweife trug er sie aus dem Krankenzimmer in den nächsten Raum und stellte sie dort auf die Beine.

Colombe hielt sich mit der Hand das tränennasse Auge zu, bevor sie sich umsah. Sie stand in einem Saal, dreimal so groß wie die Sporthalle des Amceps-Ordens. Ein mulmiges Gefühl durchfuhr sie. Die zu ihrem Schutz versprochenen Vorbereitungen des Ordens waren offensichtlich unzureichend erledigt worden. Was, wenn sich die Wächter auch in der Anzahl der Krieger getäuscht hatten? *Wo bleibt dein Vertrauen, Colombe!*, schalt sie sich einmal mehr.

Vor ihr türmte sich ein eigenartiges Konstrukt auf. Es sah aus, wie eine überdimensionale Kinder-Hüpfburg. Nur durchsichtig und in Form eines Würfels. Fest verankerte Eisenstangen durchzogen das diaphane Gebilde wie rechtwinklig angebrachte Blutbahnen. Die Flammen der Kerzen, die in vielen kleinen Glashaltern an den Wänden befestigt waren, spiegelten sich in dem hauchdünnen Plastiküberzug. Es sah aus, wie eine gigantische 8-eckige Seifenblase. Colombe wurde unweigerlich an ihre Kindergartenzeit erinnert. Damals war sie auf einer hölzernen Miniausführung eines solchen Gebildes herumgekraxelt. In der Mitte des Objekts erkannte Colombe eine graue Eisenplatte, nicht größer als ein Blatt Papier DIN A4.

Keine Frage. Dieser Platz war für sie reserviert. Das hatte Noah also mit »es wird eng« gemeint. Das Ausmaß der Kraxelburg entsprach der

Größe ihres Amceptierradius.

»Wann genau amceptierst du?«, fragte Noah näselnd nett.

Colombe zögerte mit der Antwort. War es ein Nachteil, wenn die Krieger die genaue Zeit kannten?

Laurenz fasste sie an der Gurgel und drückte zu. »Antworte dem ehrenwerten Großmeister!«, befahl er und drückte sie hart zu Boden. Colombe fiel auf den Po. Ihr Steißbein bekam die ganze Wucht ab. Während eines kurzen Augenblicks war ihr übel.

»Um 23.22 Uhr«, antwortete sie. Etwas Falsches zu sagen hätte sowieso keinen Sinn gehabt.

Genau fünf Minuten vor der Amceptierung, stand sie auf der kleinen Eisenplatte, inmitten des Hüpfburg-Konstrukts, vier Meter über dem Boden. Das erste Mal in ihrem Leben, verspürte sie echte Platzangst. Der ganze Saal war voller Männer und Frauen, die sich in die Hüpfburg zwängten. Alle drückten sich an Colombe heran, berauscht von Vorfreude auf das Crepererum. Sie waren überzeugt, bald die Tore des Animus passieren zu können. Colombe konnte die Spiralenergien der Menschen nicht mehr auseinanderhalten. Dicht gedrängt standen sie über ihr, unter ihr und neben ihr... einfach überall! Sie kam sich vor wie lebendig begraben... inmitten einer Menschenmasse. Colombe fragte sich, ob sie Noah beichten sollte, dass sie es auch einfacher haben könnten, da sie die meisten Krieger längst markiert hatte. Aber jetzt war es zu spät. Noah würde ihr sowieso nicht glauben.

Colombe konnte kaum noch atmen. Noah zwängte sich auf ihrer rechten Seite an ihren Körper. Seine Nase drückte auf ihre Rippen. An ihrem Oberschenkel schmerzte einer seiner unechten Diamant-Ringe. Hinter ihr stand eine Frau, hauteng an sie gepresst, links ein hagerer Typ mit spitzigen Schultern, der vor lauter Angst beinahe in die Hosen machte und Noah immer wieder zuflüsterte: »Ich liebe dich, ich liebe dich.«

So schmiegten und flochten sich die Krieger an Colombe wie ein Bienenvolk an ihre Königin.

Laurenz stand genau vor ihr. Das war das Allerschlimmste. Er umschlang sie wie eine Liebende und drückte ihren Kopf an seine Brust. Vor seiner Umarmung musste sie in seine stechend moosgrünen Augen blicken, während er lüstern mit der Zunge schnalzte und sie küsste.

Ekelhaft! Sie konnte den Kopf nicht wegbewegen. Eine Eisenstange war im Weg... oder auch das Bein eines Kriegers über ihr. Laurenz' Mundgeruch bekam sie glücklicherweise nicht die ganze Zeit über ab, da er den Kopf auf ihre Schultern drückte. Vermutlich war es Noah, der den Mief abbekam.

Wenn Colombe in einem überfüllten Supermarkt oder in einem Saal voller Menschen stand, versuchte sie oft, ihre Sinne abzuschalten und sich nur noch auf das automatische Funktionieren zu konzentrieren. Aber das hier war etwas anderes. Sie war der Panik nahe. Überall hallte murmelndes Stimmengewirr an ihr Ohr, raunendes Geplapper der Krieger, in eifriger Vorfreude auf das Wiedersehen mit Animus. Das Geflüster war unfassbar laut. Dazu verursachten die unzähligen Energien einen ohrenbetäubenden Lärm. Sie drangen in sie ein, in jede Pore ihrer Haut, und versuchten sich mit ihr zu verflechten wie bei einem Liebesakt. Ihre Intimsphäre wurde aufs Übelste malträtiert. Es war eine Demütigung, die seinesgleichen suchte. Ihr Lebenswille begann sich aufzulösen – langsam – Schicht um Schicht wie bei einer Zwiebel, die man so lange schält, bis nichts mehr übrig bleibt.

»Setz' deinen Schutzschild ein!«, vernahm sie Tins Stimme aus der Ferne. »Du hast deine Aufgabe erledigt und genügend Krieger markiert!«

Sie wusste, es war ein Traum. Ein wunderschöner Traum von Ritter Tin, ihrem Retter. *Ich kann den Schutzschild nicht hochfahren,* dachte sie. *Erstens, ich weiß nicht wie. Und zweitens, der Kodex wäre dann in Gefahr, von Noahs Körper getrennt zu werden. Wie wundervoll es doch wäre, wenn Tin wirklich hier wäre, um mich zu retten.*

»Coloooombe! Setz' den Schutzschild ein!« hörte sie Tins verzweifelt klingende Stimme erneut rufen.

Diesmal verstummten alle Stimmen um sie herum und panische Stille kehrte im Saal ein.

»Ein Wächter der Amceps!«, schrie eine Kriegerin am äußersten Rand des Menschenknäuels. »Wie kommt der hierher?«

Tin! Er ist da. Er ist tatsächlich da! Nein, das kann nicht möglich sein. Als ich mich heute Nachmittag von ihm verabschiedet habe, war er noch zu schwach, um überhaupt aufzustehen.

»Coloooombe!«, hörte sie Tin erneut rufen. *Er ist da. Er ist wirklich da.* Hohn übernahm sie und sie musste lachen: *Ha. Hat Noah wirklich gedacht, die Amceps-Wächter würden das Anwesen nicht stürmen?*

Natürlich hatte sie selbst nicht daran geglaubt. Aber es fühlte sich befreiend an, sich dem Spott hinzugeben.

Wäre sie nicht dermaßen eingekesselt gestanden, hätten sie ihre Beine längst nicht mehr getragen. Wo sie sich zuvor noch vehement dagegen gewehrt hatte, ihre Nase in Laurenz' Brust zu schmiegen, gab sie nun nach. Ihr verletztes Auge brannte wie Feuer. Sie zuckte schmerzgequält zusammen, als es auf einen harten Gegenstand stieß. Vermutlich ein Brust-Piercing von Laurenz.

»Das ist eine Creole«, wisperte Colombe um sich abzulenken. »Ja, eine Creole.«

»Hast du etwas gesagt, meine Süße?«, hörte sie die brummige Stimme von Laurenz. In einer anderen Situation wäre dieser Laut beruhigend gewesen. So tief, entspannend und tröstend. Aber die Stimme kam aus dem falschen Mund, eben nicht von Tin, obwohl es sich *verdammt noch mal* so anfühlte. Sie schloss die Augen und atmete Laurenz Geruch ein. Da war er wieder, der Hauch von Tin, der es ihr überhaupt möglich machte, nicht loszuschreien. Ausflippen lag sowieso nicht drin. Sie konnte sich keinen Millimeter mehr bewegen. Den Tumult und die Rufe Tins nahm sie kaum noch wahr. Die Geräusche des Kampfes, der sich gerade außerhalb des Amceptierradius abspielte, vermochte sie gerade noch auszuschalten.

Gerade, als sie zu allem Übel auch noch die sexuelle Erregung von Laurenz spürte, körperlich wie energetisch, geschah es endlich: Sie amceptierte.

49

Zuerst fühlte Tin sich ohnmächtig, ihm wurde schwarz vor Augen. *Hat mich etwa ein Mactus-Krieger niedergeschlagen? Andererseits ist man doch in Bewusstlosigkeit nicht fähig zu denken, oder doch?* Der Schmerz in seiner Schulter war von einer Sekunde auf die andere verschwunden.

Plötzlich leuchtete es ihm ein: Er war amceptiert. Das Gefühl des spiralförmigen Strudels, in den er mit einem kräftigen Sog gezogen wurde, bestätigte seine Erkenntnis. Allerdings hatte er sich den Wirbel schlimmer vorgestellt. Diese Amceptierung war eher mit einem Mehrfach-Looping auf einer Achterbahnfahrt vergleichbar. Im Normalfall hätte ihm das sogar Spaß gemacht.

Von Colombes Erzählungen wusste er, dass man seine Augen am besten noch ein paar Sekunden geschlossen hielt, sobald man im Crepererum angekommen war. So konnte sich der Körper an die neuen Umstände gewöhnen.

Sein bisheriges Leben schien gerade an ihm vorüberzuziehen. Er spürte nicht mal mehr das Gewicht seines Körpers. Er schwebte wie eine Feder im Wind. Dennoch fühlte er sich kräftig und gesund. *Schmerzfrei.* Eigentlich stellte er sich so den Tod vor. Doch das gute Gefühl verschwand wie ein Dschinn nach einem Fingerschnippen. *Verdammt! Ich bin amceptiert! Scheiße! Scheiße! Scheiße! Wie konnte das geschehen!*

Er sah sich schon in den viertägigen Schlaf fallen und anschließend trauernd an Colombes Grab stehen. Wie sollte er ohne sie leben können?

Aber noch viel mehr beschäftigte ihn die Frage, wie es überhaupt zur Amceptierung hatte kommen können! War er mit dem Siegel unvorsichtig gewesen? Hatte Colombe ihn vielleicht sogar markiert gehabt? Angestrengt versuchte er, auf die letzten Stunden zurückzublenden.

Er lag verletzt in der Wohnung von Mara Niederer. Colombe verabschiedete sich nicht von ihm. Entweder wollte sie ihn schlafen lassen oder den Abschiedsschmerz nicht noch vergrößern. Sie konnte ihn unmöglich markiert haben. Dazu hätte sie in sein drittes Auge blicken müssen. Das hätte er bemerkt.

Als er aufwachte, kam Otto ins Zimmer und wollte ihn am Aufstehen hindern. Mit beiden Händen drückte Otto ihn ins Bett zurück.

»Du kannst ihr nicht helfen. Während der ersten Phase des Angriffs ist die Anwesenheit eines Wächters zu gefährlich.«

»Ich bin kein Wächter mehr, schon vergessen?«, konterte Tin. Er stieß Ottos Hände von sich weg und schwenkte seine Beine aus dem Bett.

»Aber du bist ein Mitglied des Consortiums.« Otto ließ von ihm ab und tigerte im Zimmer hin und her. »Du bist noch zu schwach. Ruh' dich besser aus. Konzentriere dich auf morgen. Es wird dir wieder viel besser gehen, du wirst sehen. Widme dich der Lösung des Rätsels. So kannst du ihr am meis-

ten helfen.«

Tin zwängte sich in seine Jeans und zog sich ein sauberes Hemd über. Ein kunterbuntes Hawaiihemd mit Surfer-Motiv, das ihm einer der Zwillingswächter hingelegt hatte. Er trug kein Unterhemd, also zog er das Spiralsiegel heraus und bedeckte damit das Bild einer grinsenden Figur auf dem Hawaii-Motiv. »Es gibt kein Morgen, wenn Noah Bitterer sein Ziel erreicht und den Kodex auf die dunkle Seite der Waagschale werfen kann.«

»Das wird nicht passieren. Colombe hat genügend Wächter markiert. Der Sieg in der Schlacht ist unser. Die Krieger werden allesamt in den viertägigen Schlaf fallen. Colombe kann die Messungen ungehindert durchführen und ihr löst in aller Ruhe das Rätsel. Dann wird sich die Erde mindestens weitere 19 Jahre weiterdrehen.«

Tin sah seinem Vater eindringlich in die Augen. »Glaubst du wirklich, das Crepererum wird eine Schlacht zulassen? Oder glaubst du, Noah Bitterer verzichtet von sich aus auf die Öffnung der Tore zu Animus?«

Otto hielt dem Blick Tins stand. »Das Crepererum ist ein Ort der Quantenhaftigkeit, des Anastuiits und der Schöpfung. Es wird das tun, was der Mensch wählt. Wenn der Mensch Krieg will, dann wird es den Krieg erlauben.«

»Nein! Colombe wird es nicht zulassen.«

»Colombe wird so handeln, wie es der Bewusstseinsstand der Menschen verlangt und verdient. Du kennst sie. Sie wird das Richtige tun. Sie wird von den Homullus geführt, vergiss das nicht.«

Umständlich und so gut es mit einem Arm möglich war, zog Tin einen braunen Gürtel in die Schlaufen der Jeans. »Werden wir den nicht alle von den Homullus geführt?«, sagte er mit ironischem Tonfall.

Otto trat an Tin heran und half ihm, den Gürtel festzuziehen. »Natürlich werden wir das alle. Doch die Entscheidung, ob wir ihre Hilfe annehmen, liegt schlussendlich bei jeder einzelnen Seele.«

»Gut. Dann ist es meine Entscheidung, Colombe beizustehen. Wenn die Homullus mir dabei helfen wollen, habe ich nichts dagegen.« Er hob die Hände, sah sich im Raum um und winkte die Homullus herbei. »Bitte kommt ihr lieben Wesen. Helft mir, Colombe zu helfen. Ein halber Engel befindet sich inmitten eines Haufens gewalttätiger Mactus-Krieger. Sie wird unbewusst sämtliche Energien reinigen wollen. Keine Ahnung, wie lange ihr Körper das durchhält. Dem Amceps-Orden scheint es vollkommen egal zu sein, wie sich Colombe fühlt.«

Otto schnaubte durch die Nase. »Du weißt, dass das so nicht funktio-

niert. Du kannst nicht einfach die Homullus herbeibefehlen und ihnen Hilfe abverlangen.«

Tin ging zur Tür, hielt die Klinke schon in der Hand, als er sich nochmals zu Otto umdrehte.»Doch, Vater, genau so funktioniert es. Ich vertraue nämlich darauf, dass ich die Hilfe kriege, ich vertraue darauf, dass ich sie erkenne und ich vertraue darauf, dass ich diese Hilfe im richtigen Moment in Anspruch nehme.«

Otto sah seinem Sohn lange in die Augen und sagte schließlich:»Gut. Du hast mich überzeugt, mein Sohn – ich werde dich nicht an deinem Vorhaben hindern.«

»Ich zähle darauf, dass du Colombe im Crepererum zur Seite stehst, Vater«, räumte Tin ein.

Otto schüttelte den Kopf.»Ich habe mich nicht markieren lassen. Im Crepererum werden die Zwillinge auf Colombe aufpassen. Ich werde mich um die Versorgung der schlafenden Rückkehrer kümmern. Schließlich werde ich dir und Colombe bei der Lösung des Rätsels helfen.«

Tin nickte nur und verließ das Zimmer. Er schlich an den anderen Wächtern vorbei, die sich um das Quartier des Amceps-Ordens versammelt hatten und sich auf die Schlacht im Crepererum vorbereiteten.

»Pass auf das Siegel auf, wenn du in Colombes Nähe bist. Du trägst kein Unterhemd mehr«, rief Otto seinem Sohn noch nach, doch dieser hörte ihn nicht mehr.

Natürlich konnte sich Colombe von allen am schnellsten im Crepererum orientieren. Erfreut stellte sie fest, dass Laurenz, Noah und all die anderen Krieger nicht mehr an ihr klebten, sondern sich automatisch in der Bibliothek verteilt hatten, ebenso die markierten Wächter.

Krieger und Wächter standen sich nicht in zwei Fronten gegenüber. Vielmehr vermischten sich alle zu einem Ganzen. Es sah aus wie eine friedliche Ansammlung von Konzertbesuchern, nur mit dem Unterschied, dass diese hier verwirrt hin und her torkelten wie stockbetrunkene Schimpansen. Einige mussten sich übergeben. Andere hielten einander fest wie verängstigte Kinder.

Colombe nutzte die Gelegenheit und wünschte sich, sämtliche Bücher-Regale und Ablagen würden sich samt Büchern und Schriftrollen in Sicherheit bringen. Sie hatte den Wunsch kaum zu Ende gedacht, lösten sich Schrauben, Nägel und Verankerungen mit lautem Getöse. Die Möbel hoben sich mindestens fünf Meter in die Höhe und verharrten dort schwebend. Scheinbar nahm niemand wirklich Notiz von diesem Vorgang. Alle waren noch viel zu sehr damit beschäftigt, ihren Körper unter Kontrolle zu bringen. Also rannte Colombe in den Raum der Gedanken und verschloss die Tür hinter sich. Was sie dann sah, raubte ihr den Atem: »Tin! Du hier?«

Schwankend suchte er nach Halt. Die Gedankenkonfetti machten einen großen Bogen um ihn, als ob er einen Schutzwall aufgebaut hätte. Colombe flitzte zu ihm, konnte problemlos an ihn herantreten, nahm ihn in die Arme, stützte ihn und ... weinte. Warum sie weinte, hätte sie in dem Moment nicht sagen können. Vielleicht war sie so gerührt, weil er ihr beistehen wollte und ihr dazu sogar ins Crepererum gefolgt war, oder vielleicht war es vor Trauer und Wut, weil sie ihn vermutlich nur noch knappe vier Stunden für sich hatte.

Sein Duft betörte all ihre Sinne. Als er die Augen öffnete und sie anlächelte, wurde ihr ganz flau im Magen, als ob sie sich mit jeder Sekunde noch mehr in ihn verliebte. Offensichtlich hatte das Crepererum seine Schulter vollends geheilt. Wenigstens brauchte sie sich deswegen nicht auch noch zu sorgen. Sie umarmte ihn stürmisch. Er bekam kaum noch Luft.

Tin löste sich von ihr und suchte unter seinem Hemd nach dem Spiralsiegel. Das lederne Halsband hatte sich an einem Kragenknopf verzurrt und steckte zwischen Stoff und Tins Haut.

»Ich ... ich wollte dich von der Menschenmasse befreien ... ich weiß doch, wie sehr dir die Nähe einer Menschenmenge zu schaffen macht ... ich war zu nah ... hab nicht aufgepasst.« Er flüsterte kaum hörbar.

»Du bist nicht absichtlich hier?«, fragte sie und spürte die Verzweiflung, die von ihrem Liebsten ausging.

Er schüttelte wortlos den Kopf. Sanft legte er seine Stirn auf die ihre. Colombe legte ihre rechte Hand auf seine Brust, fühlte den Herzschlag, roch seinen Eigenduft, verdrängte den Blitzgedanken an einen liebevoll lächelnden Laurenz und zuckte heftig zusammen, als die ersten Kampfschreie an ihre Ohren drangen.

»Ich muss jetzt da raus und den Wächtern helfen«, flüsterte Tin. Zärtlich streichelte er ihre Wange.

»Nein, musst du nicht«, antwortete Colombe. Ich habe genau mitgezählt. Die Überzahl der Wächter ist sogar noch größer, als Lusebian es vermutet hat.«

»Aber...«

»Tin, ich will dich hier bei mir haben. Wer weiß, ob wir uns wiedersehen. Wenn du aus dem viertägigen Schlaf erwachst, bin ich vielleicht schon tot.«

Tin biss die Zähne zusammen. »Verdammt, ich Trottel hätte besser aufpassen sollen!« Er sah in den Himmel und flehte Animus an. »Wo seid ihr, Homullus!«

Colombe fuhr mit ihrem Zeigefinger über Tins Mund und spürte die Wölbung seines schrägen Zahnes. »Bitte ärgere dich nicht. Es ist gut, so wie's ist.

Tin lächelte und gab ihr einen Kuss auf die Nase.

»Ich will die vier Stunden mit dir verbringen. Hier, im Raum der Gedanken. Ich will erschaffen, will lieben, leben, fröhlich sein, lachen, wenigsten einmal in meinem Leben... mit dir.« Sie nahm Tins Hand und küsste sie.

»Gestern, als ich mit fünf Mactus-Kriegern amceptiert bin, wurde ich beinahe vergewaltigt. Man hat mich geschlagen, malträtiert, mir die Kleider vom Leib gerissen und mir meinen Stolz brechen wollen.«

Tins Körper spannte sich augenblicklich an.

»Eigenartig ist: Ich habe mich in dem Augenblick auf eine abgedrehte Weise mächtig gefühlt. Vielleicht lag es am Crepererum, ich weiß es nicht. Irgendwie war mir klar, dass dieser Salomon sich selbst vergewaltigt hat und zu dumm war, es zu spüren. Er hätte mich umbringen können. Aber meinen Stolz hätte er nicht gebrochen. Warum tut ein Mensch einem anderen so was an? Doch nur aus Frust und Dummheit. Was sind Unterdrückung und Gewalt den anderes, als das Zugeständnis von Schwäche?«

Tin atmete tief durch. »Dieser Salomon, von dem du sprichst...«

»Ist in den viertägigen Schlaf gefallen«, endete Colombe den Satz.

»Obwohl ich verstehe, was du eben erklärt hast, kann ich doch nicht garantieren, dass ich ihm nicht die Nase platt drücke, sobald er mir in die Quere kommt.«

Colombe streichelte Tins Brust. Das Siegel versprühte keine Gefühle, wie in 3-D, was vermutlich an der Quantenhaftigkeit des Crepererums lag. »Ich weiß nicht, was ich darauf sagen soll. Mir ging es vorhin ähnlich, als ich ihn sah. Er schlief tief und fest. Noah wollte mir vermutlich unter die Nase reiben, wie mächtig dieser Salomon sei. Aber er hat das Gegenteil erreicht. Ich fühlte Mitleid mit ihm und habe ihm damit jeden Funken von Hoffnung gelöscht, der ihm noch Macht gegeben hätte.«

»Manchmal muss man kämpfen.«

»Ich bin mir nicht sicher, ob ›kämpfen‹ das richtige Wort ist. Stell dir eine Errungenschaft vor, die du dir erkämpft hast: Hat sie nicht kaum einen Funken Wert dessen, was du dir mit Wille und Fleiß erschaffen hast?« Colombe seufzte und massierte sich die Schläfen. »Manchmal verstehe ich selbst nicht, was ich eigentlich sagen will.«

»Ich schon«, flüsterte Tin.

Der Lärm des Kampfgeschehens wurde leiser. Tin horchte genau hin und grinste. »Die Wächter lotsen die Mactus-Krieger vom Raum der Gedanken weg, so wie es geplant war.«

»Gut, auch wenn ich die Schlacht bescheuert finde, scheint doch wenigstens der Plan zu funktionieren.« Sie nahm Tin bei der Hand. »Komm«, sagte sie und spazierte mit ihm neben dem Altar mit der Bewusstseinswaage und den Toren des Animus vorbei, als ob es das Normalste der Welt gewesen wäre. Tin vergaß den Mund offen, als er sah, wie nah er Animus Toren war. Am liebsten wäre er stehen geblieben. Doch Colombe zog ihn mit sich und führte ihn durch die kleine Falltür, die sich ein paar Meter neben den Toren befand.

Kaum war die Falltür geschlossen, verstummte jeglicher Lärm. Als Tin die schmale Holzleiter hinunterglitt, kam es ihm vor, als ob er in eine andere Welt eintauchte. Der Raum wirkte nicht größer als das Wohnzimmer seiner Wohnung. Decke und Wände waren mit Mahagoniholz getäfert. Die Maserung des dunkelbraunen Parketts stellte ausschließlich Spiralen dar. Kerzen, in Form von überdimensionalen Gedankenkonfetti, erleuchteten den Raum. Nur schwirrten diese nicht nervös umher, sondern glitten sanft auf unsichtbaren Sprialwogen daher. Es existierten keine Fenster, trotzdem hingen hellblaue Vorhänge an der Wand. Alles in allem wirkte es gemütlich und lud zum Verweilen ein. In der Ecke stand ein Doppelbett mit purpurroten Duvets und einem schneeweißen Laken. Auf dem Nachttisch blühten orangefarbenen Moosrosen in einer Vase aus reiner Spiralenergie sowie ein gläserner Wasserkrug, randvoll mit Wasser, dazu zwei Gläser.

»Das ist mein Rückzugsort, wenn ich hier bin«, erklärte Colombe. Es sieht hier jedes Mal anders aus. Aber heute finde ich es besonders gemütlich.« Sie sah ihn verschmitzt an. »Das muss an dir liegen. Das Crepererum hat dich scheinbar erwartet, es stehen ja auch zwei Wassergläser bereit.«

Das Crepererum ließ Tin den Kampf vergessen. Er zog Colombe ganz nah zu sich heran, küsste sie, streichelte sie, umarmte sie. Bald wurden die Küsse fordernder, der Atem schwerer, die Erregung größer. Langsam drückte er Colombe auf das Bett, hörte nicht auf, sie zu küssen, während er ihr die Bluse aufknöpfte. Sie pflügte ihre Hände unter sein Hemd, berührte seine prickelnde Haut und begann ihn ebenfalls auszuziehen.

Er hielt kurz inne, um zu spüren, ob sie vielleicht einen Rückzieher machen möchte. Immerhin hatte sie ihm eben erst von der versuchten Vergewaltigung erzählt. Aber sie schien sich ihm vollends hinzugeben, hörte nicht auf, ihn zu küssen, drängte danach, ihn immer mehr zu liebkosen.

Ihre beiden Spiralen vereinigten sich miteinander und wurden zu einer. Jede Zärtlichkeit verschmolz zum Anastuiit.

Sie bemerkten nicht, wie die Mactus-Krieger den Raum der Gedanken stürmten und im Wirrwarr der Gedankenkonfetti zu den Toren Animus vordrangen. Irgendwann hatten die Krieger aufgehört zu kämpfen, taten so, als ob sie sich ergeben wollten. Niemand von den Amceps-Wächtern hatte so schnell mit einer Kapitulation gerechnet. Die Anhänger des Conigiums nutzten genau diesen Moment aus, schlüpften neben den unbesonnenen Wächtern hindurch und rannten zum Raum der Gedanken. Als die Wächter sich bewusst wurden, was eben geschah, war es zu spät. Noah, der während den ganzen Kampfhandlungen stets gut von Laurenz und Gerd beschützt wurde, rannte mit seinen beiden Bodyguards in die konfettifreie Zone und blieb mit einem Ausdruck des Wahns vor der Waage stehen. Langsam fasste er in sein Hemd, holte den Kodex heraus und bewunderte ihn ein letztes Mal auf seiner flachen Hand.

Die Wächter hämmerten an die verrammelte Tür des Raumes und

schrien sich die Panik aus dem Leib. Einige flehten Noah an, sich zu besinnen, andere zogen sich geschlagen zurück, setzten sich mutlos auf den Boden und warteten auf den sicheren Tod.

Die Krieger, die es in den Raum der Gedanken geschafft hatten, versammelten sich alle vor den Toren des Animus und knieten ehrfürchtig nieder. Laurenz weinte vor Freude. Gerd wirkte nachdenklich. Man hätte denken können, er wünsche sein Glück mit dem Tode zu tauschen. Da öffnete sich die kleine Falltür. Colombe und Tin kraxelten in unschuldiger Ahnungslosigkeit heraus.

Colombe kicherte verliebt. Ihr Gesicht war vom Liebesakt gerötet und die erlebten Glücksgefühle waren ihr anzusehen.

Plötzlich schob Tin sie hinter sich. Als sie die Situation erkannte und nach ein paar Sekunden auch verstand, hätte sie beinahe das Atmen vergessen.

Noah grinste sie mit gebleckten Zähnen an. Das ging ja alles sehr einfach«, gluckste er. Stolz schritt er zum Altar. Seine Augen waren vom Wahn des Sieges geweitet. Langsam erhob er sich auf die Zehenspitzen, damit er seine Hand, in der er den Kodex hielt, über die Waage halten konnte. Er schloss die Augen und tat das, wofür er zu leben glaubte: »Oh du mein geliebtes Anastuiit, vertreibe die Dunkelheit mit deinem Lichte!

Niemand bewegte sich mehr. Colombe wollte schreien, stattdessen murmelte sie nur ein kaum vernehmbares Nein.

Jaahhh!«, stöhnte Noah ordinär, als er die flache Hand langsam umdrehte. Der Kodex rollte von seiner Hand und schlug wie ein Bleigewicht in der Waagschale auf.

Auf der dunklen Seite.

50

Alles lief nur noch in Zeitlupe ab. Vor lauter Anspannung drückte Tin Colombes Hand so fest, dass es sie schmerzte. Der Kodex lag in der ölähnlichen Flüssigkeit und vibrierte leicht. Alle sahen gespannt auf die Schale und warteten auf eine Regung der Waage. Während Sekunden geschah rein gar nichts. Sogar die Gedankenkonfetti machten einen weiten Bogen um die Menschen herum und verharrten wie eingefroren in der Luft. Colombe starrte auf die Waage und hoffte, sie wäre tatsächlich eingerostet. Jetzt sehnte sie sich nur noch nach Tins weichen Lippen.

Kurz zuvor hatten sie sich geliebt. Dabei fühlten sich die Küsse an wie das energetische Surren von Stromleitungen. Unsichtbare Funken sprühten in alle Himmelsrichtungen und verteilten das Anastuiit der bedingungslosen Liebe. Aber das reichte ihr nicht aus. Sie wollte mehr. Mehr solche Momente mit Tin ... unbeschwert, ehrlich, gefühlvoll, ekstatisch, frei und glücklich. Und jetzt, von einem Moment auf den nächsten sollte das alles nicht mehr möglich sein?

Dann pendelte die Waage auf die Seite der Dunkelheit.

Zuerst knarrten die Tore nur ein bisschen, als ob eine Katze ihre Krallen daran wetzen wollte. Dann donnerte ein markerschütternder Knall durch das Crepererum. Ein sachtes Vibrieren durchzog den Raum, als ob ein schwaches Erdbeben den Ort wachrütteln wollte.

Durch die Empfindungen der Menschen ging ein Ruck. Das Gefühl, alles in Zeitlupe zu erleben, verschwand schlagartig, als ob jemand einen Schalter umgelegt hätte.

Sämtliche Augenpaare richteten sich auf die Tore des Animus. Auch Colombe und Tin hörten auf, sich zu küssen und starrten auf die Pforten. Hand in Hand, die Finger ineinander verwoben. Diesmal drückte auch Colombe fest zu. Doch Tin ließ nicht los. Ein anderer Schmerz bedrückte ihn viel mehr.

Mit Beil und Säge waren die Wächter der Amceps in der Lage, sich endlich Zutritt zum Raum der Gedanken zu verschaffen. Zornig drängten sie sich durch die viel zu schmale Tür. Erleichterung war in jedem einzelnen Gesicht zu erkennen, als sie Colombe unversehrt erblickten.

»Tin ist bei ihr, es ist alles in Ordnung«, wieherte Herr Matthys, der Deutschlehrer mit den Elefantenohren.

Aber dann sahen die aufgebrachten Wächter das, was sie mit ihrem Leben hatten verhindern wollen. Wie auf Befehl sogen alle zischend Luft an. Es war, als ob jeder wissentlich seinen letzten Atemzug tat, um dann mit offenem Mund auf den Tod zu warten.

»Hm, wir sind zu spät«, sagte Mara Niederer mit weinerlicher

Stimme. Ihr Haar war vom Kampf zerzaust. Eine blutende Schnitt-wunde klaffte von ihrem linken Mundwinkel bis zur Schläfe. Ihre Brille hatte sie beim Kampf verloren. Sie presste die Augen zusammen, ent-weder um besser sehen zu können oder weil sie die Tränen verhindern wollte. Der *ImPerDi*-Modus schien sie genauso verlassen zu haben, wie all die anderen Wächter auch. Sie schwitzte, war durchnässt, als ob sie gerade aus der Dusche gekommen wäre. Sie drehte sich zu ihren Leuten um. Allmählich wurde allen das Ausmaß der Situation bewusst. Einer der Zwillingswächter fasste sich mit beiden Händen an den Kopf und ging mit weit aufgerissenen Augen im Kreis. Andere kauerten auf den Boden und begannen zu weinen.

Mara breitete die Arme aus und hob ihr Kinn an. »Männer und Frauen des Amceps-Ordens«, begann sie zu den Wächtern zu spre-chen, »Das Schicksal der Erde ist, hm, besiegelt.« Langsam zog sie ihre Arme zurück. Sie sah auf die Uhr, schloss die Augen und schluckte schwer, bevor sie sich wieder fassen konnte. Langsam und besonnen sprach sie weiter. »In knapp einer Stunde... ist die Amceptierphase vorbei. Es liegt... ähm... es liegt in eurer Entscheidung, hm, ob ihr... die Tore des Animus... passiert... um in Ewigkeit mit ihm verbunden zu sein... oder ob ihr zu euren Gefährten nach Hause kehrt... und zusam-men mit deren Seele... die Zerstörung der Erde abwarten wollt... um fortan ziel- und heimatlos durch die Dimensionen zu irren. Bedenkt, Animus ehrt, hm, euren Entscheid. Es liegt in eurer Wahl, mit wem ihr die Ewigkeit verbringen wollt.«

Colombes Blick suchte Tins Augen. »Wir können die Tore durch-schreiten?«, flüsterte sie mehr zu sich selbst. Daran hatte sie noch gar nicht gedacht. Sie bekam soeben tatsächlich die Chance zu Animus zurückzukehren. Zusammen mit Tin! Einen klitzekleinen Hauch einer Sekunde dachte sie wirklich daran, es zu tun. Die Erde war verloren und mit ihr all jene Seelen der Homullus, die jetzt nicht im Crepere-rum weilten und darum keine Möglichkeit zur Rückkehr hatten. Sie war unendlich glücklich, Tin an ihrer Seite zu wissen. Vermutlich musste es sein, dass er unabsichtlich mit ihr amceptierte. Im Stillen bedankte sie sich bei den Homullus für deren Hilfe.

Doch ihre Gedanken schweiften zu Zlittle, zu Lusebian, zu Otto und all den anderen Menschen. Konnte sie es mit ihrem Gewissen ver-einbaren, sie in den Dimensionen zurückzulassen? Ohne Möglichkeit der Rückkehr zu Animus? Gab es den jetzt wirklich kein zurück mehr? Stand es hundertprozentig fest, dass die Tore sich alsdann niemals mehr öffnen werden?

»Gibt es wirklich keinen anderen Weg, die Tore zu passieren?«, nahm ihr Tin die Frage aus dem Mund.

Mara zuckte mit den Schultern. »Woher soll ich das wissen«, antwortete sie erschöpft. »Die Schriften des Lucifer verraten nichts Genaues darüber. Hm. In diesem Punkt sind sie sogar etwas verwirrend. Irgendwann hat jemand behauptet, dass man danach wirklich nicht mehr zum Vater zurückkehren kann. Viele Generationen haben diese Aussage zu ihrer Wahrheit gemacht. Hm, wir auch.«

Erneut knallte ein Donner aus der Richtung des Portals. Eine Druckwelle erfasste die Menschen und zwang sie alle, einen Schritt zurückzuweichen. Der hölzerne Querbalken an den Toren war gebrochen. Einer der Seitenflügel öffnete sich ächzend. Licht drang durch die kleine Ritze. Das ganze Crepererum wurde mit der Illumination aus dem Innern des Animus regelrecht durchflutet. Der Schein war so hell, selbst die Sonne hätte anerkennend nicken müssen.

Die Mactus-Krieger verneigten sich ehrfürchtig, knieten nieder und senkten demütig ihr Haupt. Nach und nach taten es ihnen die Amceps-Wächter gleich. Noah umklammerte seinen Geliebten und weinte. Ob aus Angst oder aus Freude, konnte Colombe nicht wirklich spüren. Vermutlich war von beidem etwas dabei. Auch Laurenz verbeugte sich. Mit einem Bein kniete er am Boden, mit dem anderen stützte er seinen Oberkörper ab. Er sah aus wie ein Edelmann, der gerade zum Ritter geschlagen wird. Seine Energien konnte Colombe problemlos interpretieren: Erlösung.

Auch Tin verbeugte sich und machte alle Anstalten, sich ebenfalls auf den Boden zu knien. Aber Colombe ließ das nicht zu. Sie packte Tin unter der Schulter und deutete ihm an, stehen zu bleiben.

Wie aus einer Trance zurückgeholt zuckte er zusammen, runzelte die Stirn, stellte sich jedoch wieder aufrecht hin. Seine Energien versprühten das, was die meisten fühlten. Ein Mischmasch aus unendlicher Trauer, die Erde und die Menschen nicht gerettet zu haben, bis hin zu himmelhochjauchzendem Glück.

»Wirst du die Tore passieren?«, fragte er Colombe, ohne dabei das Portal aus den Augen zu lassen.

Colombe war sofort klar, dass er seinen Entschluss dem ihrigen anpassen würde. *Wenn ich gehe, geht auch er. Wenn ich bleibe, bleibt auch er.*

Zuerst schüttelte Colombe nur sachte den Kopf und zuckte kaum merklich mit den Schultern.

Die Flügel der Tore machten erneut einen Ruck und öffneten sich um weitere zehn Zentimeter. Der Anblick des Lichts war so unbeschreiblich schön, dass man beinahe das Atmen vergaß und sich Tränen der Rührung aus den Augenwinkeln lösten.

Tin drückte Colombes Hand. »Wirst du die Tore passieren?«, fragte er sie erneut. Nun sah er in ihre Augen. Er drängte nach der Antwort. Es war ihm immer stärker anzumerken, dass er zu Animus zurückkehren wollte. Ohne Rücksicht auf Otto und die Milliarden von Menschen, die ahnungslos ihrem Ende entgegenlebten.

Colombe schenkte ihm ein Lächeln. Einmal mehr rollten Tränen über ihr Gesicht. »Ich ... ich kann einfach nicht glauben, was da gerade geschieht.«

»Tin streichelte mit dem Daumen ihre Tränen weg. Auch seine Augen waren glasig und spiegelten sich im Lichtschein der Illumination wie die Sonne im Wasser. »Die Tore des Animus, Colombe«, hauchte er zärtlich. »Die Homullus warten seit Milliarden von Jahren auf diesen Moment. Nun ist er da.«

»Tin«, schnaubte Colombe. Ihre Stimme zitterte, als ob sie sich gerade von ihm verabschieden müsste. Sie hatte nicht vor, die Tore zu passieren, wollte aber Tin ziehen lassen. Der Kloß in ihrem Hals wog bleiern schwer. Ihr war bewusst, dass sie ihn niemals wieder sehen würde. Weder als Homullus noch als Mensch. Als Mensch sowieso nicht, da die Tage der Erde gezählt waren. Vielleicht könnte sie noch ein paar Wochen Leben, vielleicht noch ein paar Monate, je nachdem, wie lange sich der Zerfall der Erde hinzog. Im besten Fall könnte sie ihre Lieben auf das vorbereiten, was ihnen bevorstand. *Ist das überhaupt möglich?*

»Du und Lusebian, ihr habt mir erzählt, es seien Zillionen von Homullus, die auf die Öffnung der Portale warten. Jetzt soll nur eine Handvoll dieses Ziel erreichen? »Sie dich doch um«, sie machte eine ausschweifende Handbewegung rund um sich herum. »Wie viele Menschen stehen gerade hier im Crepererum? Wenn es hochkommt, sind es 150 Leute, nicht wahr? Warum nur so wenige? Das Ziel des Amceps-Ordens war doch ALLE zu erretten! Sind all die Amceps der letzten Jahrtausende umsonst gestorben? Meine ... unsere Mission war es doch, der Menschheit eine weitere Chance von 28'000 Jahren zu gewähren, um gerade dieses Ziel zu erreichen. Wir können das nicht zulassen!«

Tin drückte seine Stirn an die ihrige, hielt ihr Gesicht in beiden Händen. »Wir haben verloren, haben keine andere Wahl«, flüsterte er, bevor er sie küsste. »Wenn du nicht gehen willst, gehe ich auch nicht.«

Colombe erwiderte den Kuss nicht. »Was ist mit Mactus?«, fragte sie leise. Er ist nicht hier, genauso wenig wie Lucifer oder dieser Engel, den ich im Sodbrunnen getroffen habe. Ich kann einfach nicht glauben, dass sie freiwillig zurückbleiben. Irgendwas ist hier faul, Tin. Irgendwas stimmt hier einfach nicht!«

In diesem Augenblick rannte Laurenz zu den Toren, packte die Flügeltüren und riss sie schwungvoll auf. Dicker Nebel kroch aus der Öffnung und vermischte sich mit den Spiralen der knienden Wächter und Krieger. Die Energiespiralen der Menschen wurden durch den Nebel sichtbar. Leuchtende Farben, die Colombe kannte und auch solche, die sie bisher noch nie gesehen hatte, vermischten sich mit der Energie, die aus den Toren schlich. Es war ein Schauspiel sondergleichen. Wunderschön, berührend, liebevoll.

Aber nicht anastuiit.

»Da stimmt was nicht!«, brüllte Colombe und klatschte sich ihre Hände an den Kopf.

»Alles in Ordnung mit dir?«, fragte Tin besorgt. »Was fühlst du? Erkennst du eine Lüge?«

Colombes Nasenflügel bebten. »Ich rieche nichts Neues, ich höre nichts Neues, also fühle ich nichts anderes als sonst.«

»Jetzt halt endlich mal die Schnauze«, zischte Noah sie von der Seite an. Er hatte sich aus der Umarmung seines Geliebten gelöst und stand bereits mitten im farbenfrohen Nebel, der mittlerweile den halben Raum eingenommen hatte. »Du wirst nicht umsonst als halber Engel gehandelt. Natürlich fühlst du nichts anderes. Du bist an die Allmacht des Vaters gewöhnt.«

Colombe zuckte zurück. »Was redest du da? Ich bin nicht mehr Engel oder Homullus als du! Animus hat mich nicht gesandt, euch zu ihm zurückzubringen. Ich bin ein Amceps. Geboren im Auftrag der Homullus zur Bewusstseinssammlung. Damit die Tore in Liebe geöffnet werden können. Damit allen... und ich meine damit wirklich allen, die Rückkehr zum Vater ermöglicht wird. Ich fühle den Menschen oder von mir aus auch das Homullus. Aber dieser Nebel...« sie löste sich von Tin und rannte in die Nebelenergien. Sachte streckte sie ihre Arme aus, hob den Kopf und spazierte durch den Raum. Kopfschüttelnd sah sie zu Noah. »Das, was ich fühle, sind die Spiralen der Menschen. Neu ist, dass ich sie nun auch sehen kann. Sie zeigte auf die Tore und das Licht. »Es hat keinen Eigenduft, sondern widerspiegelt den Duft von uns allen!« Colombe konnte nicht weitersprechen. Ein dumpfer Schlag auf ihren Hinterkopf zwang sie zu Boden. Brennender Schmerz durchfuhr sie. Mit zitternden Händen fasste sie sich an die schmerzende Stelle. Die Haare fühlten sich feucht an. Als sie die Hand zurückzog, erkannte sie Blut. Der Schlag war stark, sie hätte in Ohnmacht fallen sollen. Vermutlich war es das Crepererum, das den Deliriums-Zustand verhinderte. *Die Wunde muss schlimm sein.* Sie spürte, wie das Blut über ihren Nacken floss und ihre Bluse mit dem Lebenselixier tränkte.

Tin eilte sofort zu ihr, kniete sich hin und drückte die Wunde ab. »Verschwinde endlich!«, hörte sie ihn rufen. Verwundert sah sie ihn an, da sie dachte, er meine sie. Doch sein Blick war auf den Mann gerichtet, der sie niedergeschlagen hatte: Laurenz – wer sonst!

Tin hatte schnell sein Hawaiihemd ausgezogen und umwickelte damit Colombes Kopf. »Gehst's?«, fragte er, bevor er die Augen verdrehte und zu Boden fiel. Laurenz hatte auch ihm einen gemeinen Schlag verpasst. Das Blut an seinem Schlagring leuchtete im Nebel. Doch das Crepererum hinderte auch Tin an der Ohnmacht. Benommen lag er auf dem Boden. Hilflos beobachtete er Laurenz, wie er Colombe vom Boden aufhob, sie über die Schulter warf und mit ihr auf das geöffnete Portal zulief.

»Ja, gehe du vor!«, rief Noah seinem Bodyguard zu. Anscheinend hatte ihn nun doch etwas die Angst gepackt. Sein Lebensziel wurde zur Mutprobe.

Laurenz tätschelte Colombes Po. Mit wahnhaftem Grinsen näherte er sich den Toren.

Benommen beobachtete Colombe die Blutspur, die sie trotz des

Kopfverbandes hinterließ. Mit aller Kraft streckte sie ihre Hand Richtung Tin aus, der sich langsam aufraffte und es ihr gleich tat. Sein verschwitzter nackter Oberkörper glänzte im Licht des Anastuiits. Jetzt war sie sicher, dass sie ihn niemals mehr wiedersehen würde.

51

Wegen des Nebels war die Sicht sehr schlecht. Laurenz kam nicht weit, höchstens zehn Meter. Dann prallte er mit voller Wucht auf etwas Hartes. Ein weiteres Mal wurde seine Nase zerdrückt. Hellrotes Blut lief über seinen Mund und das Kinn. Der Aufprall war stark. Er musste Colombe fallen lassen. Sie fiel unglücklich auf die Schulter und verspürte sofort einen stechenden Schmerz. Etwas knackste beim Aufprall. *Schlüsselbeinbruch,* vermutete sie. Ihr wurde schlecht. Schnell rappelte sie sich auf. Jetzt durfte sie nicht in einem Wehwehchen versinken. So gut wie möglich versuchte sie, den Schmerz und den Würgereiz zu unterdrücken. Vielleicht gab es doch noch eine Chance, zurück zu Tin zu kommen. Hastig robbte sie an Laurenz vorbei, der sich vor Schmerz am Boden wand. Sie wollte gar nicht wissen, was ihn aufgehalten hatte. *Er ist in irgendetwas reingelaufen,* das war alles, was sie realisiert hatte. Er schien die Orientierung verloren zu haben. Mit wehenden Armen suchte er nach ihr. Doch sie war schneller. Er vermochte sie zwar noch an einem Fuß zu fassen, Colombe schlug ihm jedoch so lange auf die Finger, bis er jaulend losließ. Es dauerte nicht lange, bis Colombe die Tore und somit die Hülle des Animus wieder verlassen hatte. Schnell fühlte sie sich in Sicherheit. Verwundert über das eben Geschehene, hielt sie inne und blickte zurück.

Der Nebel begann sich zu lichten. Colombe konnte eine glänzende Glasscheibe erkennen. Laurenz war offensichtlich mit voller Wucht dagegengestoßen.

Der Kahlschädel fluchte lauthals und hielt sich eine Hand auf die Nase. Zwischen seinen Fingern rann Blut hervor. Colombe war nicht mehr sicher, ob das Crepererum zuvor auch ihn geheilt hatte. Jedenfalls war die Nase jetzt wieder zerdrückt wie eine platt gefahrene Nuss. Zusätzlich wuchs aus seiner Stirn eine dicke Beule. *Drei Nasenbrüche in drei Tagen, das muss ihm mal jemand nachmachen,* witzelte Colombe schadenfreudig, hielt sich ihre schmerzende Schulter und lachte sich die Angst weg.

Wieder blickte sie auf die glänzende Wand. Der Nebel verzog sich immer mehr. Langsam konnte man erkennen, dass es sich dabei um ein zweites Tor handelte, das hinter den offenen Holzpforten den Durchgang versperrte. Das Portal zu Animus war also noch nicht geöffnet. Niemand hatte mit dem Vorhandensein einer doppelten Sperre gerechnet.

Als sich Laurenz dessen bewusst wurde, begann er wie ein Verrückter zu schreien. Er raufte sich die Haare und trat mit einer Intensität gegen die Wand, dass selbst Colombe – in ein paar Metern Entfernung – das Geräusch von brechenden Knochen hören konnte. Dann fiel er auf die Knie, knurrte wie ein Löwe und schnaubte wie ein angreifender Stier. Mit den Fäusten malträtierte er den Fußboden. Wahrscheinlich brach er sich dabei auch noch die Hände und Finger. Colombe sah, wie Blut aus seinen Adern spritzte. Sie musste sich abwenden... nicht wegen des Blutes, sondern wegen seiner verdorbenen Energien. Diese zu reinigen, hätte sie jetzt nicht auch noch verkraftet. Ein letzter Blick auf die glänzende Wand ließ sie stocken. Jetzt wurde deutlich sichtbar, was genau sie von Laurenz befreit hatte. Colombe verfiel augenblicklich einem Lachanfall. Da stand nämlich kein Animus, auch kein engelhaftes Wesen aus purer anastuiiter Liebe. Ebenso wenig gab es eine außergewöhnliche Spiralenergie und noch weniger ein gehörnter und schlangenhäutiger Beelzebub: Colombe sah sich selbst in die Augen.

Sie spiegelte sich in der Wand, genauso wie alle anderen Anwesenden im Raum der Gedanken, inklusive des ausgeflippten Laurenz, der jetzt in Embryostellung auf dem Boden lag und wimmerte.

Es war ein gewaltig großer Spiegel, der das Licht im Crepererum und die Energiespiralen der Menschen in doppelter Intensität reflektierte und zu einem kunterbunten Kaleidoskop verwandelte.

Colombe stand auf, angestrengt atmend, als ob sie eben einen Marathon gelaufen wäre. Sie starrte in den Spiegel und lachte ihre gesamte Anspannung der letzten Stunden aus der Seele. Als sie Tins Hand auf ihrer Schulter spürte, drehte sie sich sofort um, sprang an ihm hoch und umschlang ihn mit allen Vieren. Er musste vor Überraschung ein paar Schritte mit ihr zurückweichen, bevor er sich ausbalancieren konnte. Aus beiden Kopfwunden floss immer noch Blut, aber das Crepererum verhindert nach wie vor die Ohnmacht und das vollkommene Ausbluten. Beide fühlten sie sich benommen, die Schmerzen pochten, trotzdem waren sie voller Euphorie, dem Tod entronnen zu sein. Vor allem Colombe verhielt sich, als ob sie auf Drogen gewesen wäre.

Colombes Lachanfall hielt an. Sie nahm Tins Kopf in beide Hände und küsste ihn. »Ein Spiegel«, kicherte sie, »Er zeigt uns, wer Animus in Wirklichkeit ist.«

Noch nie fühlte sie sich so erleichtert und befreit von belastenden Energien.

Tin watschelte wie eine Ente zur Waage. Colombe klebte immer noch an seinem Körper. Sie mussten an Noah vorbei, dessen Geliebter ihn auf den Armen trug und ihn tröstend hin und her wiegte. Noah weinte nicht. Sein ganzes Wesen schien erlahmt. *Kein Wunder,* dachte Colombe, *sein innigster Wunsch hat sich soeben in Luft aufgelöst.* Genauso aufgelöst hatte sich der bunte Nebel, der durch einen sachten Luftzug aus dem Raum getragen wurde und verschwand.

Vor dem Altar mit der Waage des Bewusstseins stellte Tin Colombe ab. Zusammen hoben sie den Kodex aus der Schale der Dunkelheit. Colombe nahm die Kugel, wischte die ölähnliche Flüssigkeit mit ihrer Bluse ab und legte sie in die Einbuchtung an ihren angestammten Platz. Sofort pendelten die Schalen wieder ins Gleichgewicht. Die Tore des Animus schlossen sich wieder... kaum hörbar. Nur der Hauch eines kühlen Windes war für einen kurzen Augenblick zu spüren.

Gerd schaffte es knapp, den winselnden Laurenz kurz vor der Schließung der Tore zurück in den Raum der Gedanken zurückzutragen. Dort legte er ihn auf den Boden, neben all die vielen Mactus-Krieger, die ihrer Verzweiflung lauthals Luft verschafften. Die Gedankenkonfetti, die während der ganzen Zeit etwas abseits verharrten, schwärmten wieder aus und sausten den Menschen um die Ohren wie lästige Mücken. Teilweise versuchten sie sogar, an die Menschen anzudocken. Für Colombe war das ein gutes Zeichen. Es bedeutete das Weiterbestehen des menschlichen Lebens auf Erden. Sie hoffte, die Wächter und Krieger würden ein paar Gedanken und Ideen mit sich nehmen und in 3-D verwirklichen.

Die Zwillingswächter nickten Colombe lobend zu. Auch die anderen Wächter bekundeten ihr Respekt, als ob sie es gewesen wäre, die den Mactus-Kriegern einen Spiegel vorgehalten hatte. Sie verwarf immer wieder abwehrend die Hände und schüttelte den Kopf. »Ich habe nichts gemacht«, beteuerte sie. Angesichts des Blutverlustes und der Menge an Wächtern, die ihr anerkennend auf die Schultern klopften, wurde ihr mulmig. Ihr Atem ging schwer. Sie glaubte, keine Luft mehr zu kriegen. Dieses flaue Gefühl stammte nicht von den Verletzungen, sondern von der aufkeimenden Reizüberflutung aufgrund der vielen Menschen um sie herum. Niemand beachtete ihre Schmerzen, weder die Wunde am Hinterkopf noch den Schlüsselbeinbruch. Aber nicht nur deswegen kam man ihr eindeutig zu nahe. Alle wollten etwas von ihr. Man entzog ihr Energie, ließ sie reinigen und schnappte sie sich zurück. Das alles, ohne auch nur eine Sekunde an Colombe zu denken. Auch Mara würdigte sie mit einem Lächeln und umarmte sie sogar. So sehr Colombe Umarmungen liebte. Im Moment hasste sie alles und jeden, der ihr zu nahe kam. Und Tin, nachdem sich ihre Energie am meisten sehnte, wurde von der Wächtermenge beiseitegeschoben, als ob er ein Aussätziger gewesen wäre.

Maras Umarmung war überschwänglich. Sie drückte fest zu. Colombe grummelte nur ein leises Aua und stieß sie kraftlos von sich weg. Herr Matthys, ihr Deutschlehrer, lächelte ihr mit nickendem Kopf zu. Er schien als Einziger verstanden zu haben, dass sie allzu viele körperliche Nähe ablehnte.

»Du hast die Mactus-Krieger absichtlich ins Elend laufen lassen, stimmt's?«, fragte Mara.

Colombe hielt sich die Schulter, schüttelte den Kopf, wollte verneinen, doch niemand hörte ihr zu. Alle waren überzeugt davon, dass Colombe alleine für den guten Ausgang des Kampfes im Crepererum besorgt war.

Das Brennen, das von der Wunde am Hinterkopf ausging, pochte fürchterlich. Ihre Schulter glühte wie Feuer und sie wünschte sich ein Schmerzmittel. Sie hatte den Gedanken an ein Schmerzmittel kaum zu Ende gedacht, verringerte sich auch schon die Plage. *Klar, ich bin im Crepererum.* Sofort wünschte sie sich das gleiche für Tin. Doch bei ihm regte sich nichts.

»Du musst dir die Schmerzlosigkeit selbst erschaffen«, rief sie ihm zu, »Wünsch es dir!«

Seine Gesichtszüge entspannten sich auf der Stelle. Aber er sah kreideweiß aus.

Ein Blick auf die Uhr zeigte ihr, dass sie in knapp zwanzig Minuten zurückamceptieren würden. *Dann werden die Wunden vollständig heilen, ebenso die von Tin.* Sie befreite sich aus der Traube von Wächtern und zog Tin mit sich, um genügend Abstand von all den belastenden Energien zu bekommen. Dazu mussten sie unweigerlich an Laurenz vorbei. Er lag in Gerds Armen und murmelte unverständliches Zeugs. Gerd lächelte Colombe an. »Du hast es gewusst, nicht wahr? Du wusstest, dass sich hinter den Toren ein Spiegel befindet.«

Colombe kaute auf ihren Lippen herum. *Hab ich es gewusst? Nein, vielleicht geahnt.* Aber selbst diese Ahnung war kleiner als eine Blütenpolle. (Wir alle wissen ja, was eine Blütenpolle ausrichten kann).

Die Mactus-Krieger rappelten sich langsam auf. Sie fühlten sich betrogen. Ihr ganzer Lebensinhalt entpuppte sich als das Hirngespinst eines kleinen Wesens namens Noah Bitterer. Es war nur menschlich, die Schuld auf ihren Großmeister abzuschieben. Die Einsicht, ihm verfallen zu sein und für ihn wie in einer wahnhaften Sekte agiert zu haben, stimmte viele missmutig. Sie waren deprimiert und wütend über alles und jeden. Niemand ertrug ein Wort oder eine Berührung des anderen. Es ging sogar so weit, dass die Krieger untereinander handgreiflich wurden. Anscheinend war Gewalt tatsächlich eine typische Reaktion auf die aufkommende Unruhe im inneren Frieden eines Menschen.

Die Amceps-Wächter waren gezwungen, zu schlichten und die Kampfhähne auseinanderzureißen.

»Was passiert jetzt?«, fragte einer der Zwillingswächter, »werden sich die Tore jetzt nie wieder öffnen?«

»Nein«, antwortete Mara, »Die Tore haben sich ja nicht wirklich geöffnet. Wir, vom Amceps-Orden, sind auf dem richtigen Weg. Wir werden weiterhin Anastuiit sammeln. Alle 19 Jahre wird ein Amceps geboren werden, das das Bewusstsein der Menschen misst. So lange, bis sich auch die lichtvolle Schale neigen wird.«

»Dann ist die 28'000-Jahr-Grenze überschritten!«, jubelte eine Wächterin.

Colombe runzelte die Stirn und schüttelte den Kopf. »Nein, das stimmt nicht ganz.« Doch niemand hörte ihr zu. Jubelnd über den angeblich errungenen Sieg und erleichtert über das Fortbestehen der Menschheit, tänzelten die Wächter im Crepererum umher, wohl wissend, dass sie alle in wenigen Minuten in einen viertägigen Schlaf fallen würden. »Wenn wir aufwachen, wird sich die Erde drehen, wie immer. Und das Leben kann seinen Lauf nehmen, so wie es prophezeit war.«

Der Orden und seine Wächter hatten die Bestätigung erlangt, während den letzten Jahrhunderten richtig gehandelt zu haben. Trotzdem war Colombe immer noch das Amceps, das das Bewusstsein der Menschen messen musste. Die 28'000 Jahre konnten noch nicht überschritten sein. Ihre Messungen waren noch nicht vollendet. Sie hatte noch zwei Amceptiertage vor sich. Also hatte sie das Anastuiit noch nicht verankert. Wenigstens war der Kodex wieder im Crepererum. Es stand der freien Wahl also nichts mehr im Weg.

So zog sie Tin zurück in den kleinen Raum unter der Falltür. Die letzten paar Minuten wollte sie noch mit ihm alleine sein... sich verabschieden. Ihm standen ebenfalls vier Tage Schlaf bevor. Erst dann konnte sie wieder mit ihm zusammen sein – vorausgesetzt sie würde das Rätsel rechtzeitig lösen können.

In den verbleibenden zwei Amceptier-Tagen musste sie alleine um ihr Leben kämpfen. Lusebian konnte ihr kaum eine Hilfe sein und Ottos Wissen über das Rätsel war quasi veraltet. Insgeheim wusste sie, dass Tin der Einzige gewesen wäre, der ihr wirklich hätte helfen können. Wenigstens waren die Mactus-Krieger ausgeschaltet.

Als sie rückamceptierte, lag sie in Tins Armen. Als der Sog sie von ihm wegzerrte, konnte sie nichts dagegen tun. Sofort füllte sich ihr Herz mit der Last der Sehnsucht nach Tin und die Sorge, ihn womöglich nie wieder zu sehen.

Laurenz erlebte einen zweiten Wutanfall. Schreiend riss er sich aus den Armen Gerds. Wahnhaft war er darauf erpicht, seinen Körper durch Schmerz fühlen zu können. Er schlug seinen Kopf mehrmals mit voller Wucht auf die geschlossenen Tore, zog ein Messer aus seinem Stiefel und schnitt damit die Narbe über seinem Gesicht auf. Blut strömte pulsierend aus der Wunde. Er brüllte seinen Kummer heraus, bis seine Stimme versagte.

Als er rückamceptierte, galt sein einziger Gedanke der Rache an Colombe. Wer – außer ihr – war mächtig genug, die Tore des Animus verschlossen zu halten. *Sobald ich aus dem viertägigen Schlaf erwache, werde ich sie jagen, foltern und töten.*

52

Natürlich war Colombe wieder inmitten des Hüpfburgkonstrukts gelandet. Sie hatte gehofft, das Crepererum erspare ihr diese Tortur und würde sie außerhalb des Gedränges ankommen lassen. Aber ihre Nase wurde immer noch gegen Laurenz' Brustwarzenpiercing gepresst. Colombe bekam kaum noch Luft. Reflexartig wollte sie um sich schlagen. Doch sie konnte sich nach wie vor kaum bewegen. Zum Glück fielen die Krieger allesamt in den viertägigen Schlaf. Dank des komatösen Zustands der Schlafenden prasselte nur ein Minimum an Fremdenergien auf sie ein. Glück auch, dass sich das Gewicht der Schlummernden auf dem Skelett des Konstrukts verteilte und sie nicht die ganze Last abbekam. Trotzdem steckte ihre Nase an Laurenz' Brust. Sein erigiertes Glied drückte ekelerregend gegen ihren Bauchnabel. Der Duft, der nach wie vor von ihm ausging, irritierte sie noch mehr als sonst. Er roch immer mehr nach Tin ... betörend ... anziehend. Mühsam versuchte sie ihn von sich zu drücken. Sein schlafender Körper war das Letzte, was sie jetzt gebrauchen konnte. Außerdem drückte seine Spirale weiterhin Verzweiflung, Wut und Trauer aus. Nachdem was er im Crepererum gerade erlebt hatte, war das nicht verwunderlich. *Der ist sogar im Schlaf noch ein Mistkerl!*

Sie versuchte, sich bewusst an schöne Momente zu erinnern – an Tin natürlich. Sie hoffte, aus dem Andenken an ihr Liebesnest Kraft für die Bewältigung der kommenden Herausforderungen schöpfen zu können. Aber sämtliche schönen Gedanken daran nützen nichts, wenn sie nicht bald frischen Sauerstoff einatmen konnte!

Da hörte sie Ottos Stimme. Hilfe nahte. Er gab den Amceps-Wächtern Befehle, die Traube von Mactus-Kriegern von Colombe zu entfernen. Als er endlich auch Laurenz von ihr weg zog, fiel sie ihm dankbar in die Arme. »Ich hab' dich«, flüsterte Otto ihr ins Ohr. Einen Augenblick lang klammerte sie sich an ihn, als ob sie sonst in eine tiefe Schlucht gefallen wäre. Otto hielt sie, wie ein Vater sein weinendes Kind. Es war ihm gut anzumerken, wie lange er keine Umarmung mehr genießen konnte. Sein Aftershave überdeckte den Geruch von Sicherheit und Sorge. Aber es war sowieso nicht der Duft, den Colombe jetzt riechen wollte.

»Tin!«, rief sie aus und löste unvermittelt die Umarmung. »Wo ist er? Ich glaube, er muss irgendwo dahinten liegen, von dort habe ich seine Stimme vor der Amceptierung gehört.« Sie suchte all die am Boden liegenden Körper nach Tin ab. Vorsichtig stieg sie über die schlafenden Menschen hinweg, darauf bedacht, niemanden auf eine Hand oder ein Bein zu treten. »Wir müssen jetzt gut für Tin sorgen«, rief sie Otto zu, der von Heftigkeit und Intensivität der Umarmung noch ganz verwirrt war. »Das Crepererum hat seine Schusswunde geheilt. Ich hoffe doch sehr, auch seine Kopfwunde. Trotzdem muss er bestens betreut werden. Außerdem brauchen wir Tragen und Infusionen für alle.« Ihr Arm schoss nach oben, als sie Tins Körper zwischen Gerd dem Wikinger und einer brandschwarz gekleideten Mactus-Kriegerin entdeckte. »Dort ist er.«

Otto legte seinen Kopf ungläubig in den Nacken. Wie bei einem Tennismatch wanderte sein Blick zwischen Tin und Colombe hin und her.

»Tin war mit dir im Crepererum? Ist er amceptiert? Dann... dann wird er jetzt vier Ta...«, er verstummte, war sichtlich geschockt. Colombe spürte, dass er ihr sofort seine Hilfe anbieten wollte, sie trösten und ihr versichern, dass sie das Rätsel des Sodbrunnens in jedem Fall lösen werde. Doch sie hatte keine Lust auf Mitleidbekundungen. Tin sollte es jetzt so angenehm wie möglich haben. *Und wenn er aufwacht, wird er in das Gesicht eines ganz normalen Mädchens blicken. Nun ja, normal ist anders. Aber in vier Tagen werde ich kein Amceps mehr sein. Vielleicht verschwinden dann auch die meisten meiner jetzigen Fähigkeiten.*

Tin lag regungslos am Boden. Vorsichtig zirkelte Colombe zwischen den schlafenden Körpern hindurch. Er war nur wenige Meter von ihr entfernt, trotzdem kam es ihr vor wie mehrere Kilometer. Wenigstens hatte ihm das Crepererum wieder ein Hemd übergezogen, so musste er nicht frieren. Zu allem Übel wurde sie auch noch von Lusebian aufgehalten. Er tauchte aus dem Nichts auf und hielt sie grob an der Schulter zurück. Colombe hatte noch ihre verletzte Schulter in

Erinnerung. Sie wollte Aufschreien und ihn mit einem geschickten *ImPerDi*-Schlag von sich weisen. Aber das Crepererum hatte sie auch diesmal wieder vollends geheilt. Die Schulter war okay und die Wunde am Kopf verschwunden. Zum Glück war Lusebian aufmerksam genug. Rasch wich er dem Schlag aus.

»Für Tin wird gesorgt, vertrau darauf!«, sagte er, von Colombes Angriff unbeeindruckt, als ob sie ihn tagtäglich zu schlagen versuchte. »Erzähle uns besser, was genau im Crepererum geschehen ist.«

Kribbelig sah sie zu, wie eine Amceps-Krankenschwester versuchte, Tins Körper unter Gerd, dem Wikinger und einer Mactus-Kriegerin wegzuziehen.

Colombe befreite sich von Lusebians Griff, funkelte ihn böse an und eilte zur Krankenschwester hin, um ihr zu helfen. Ächzend zerrte sie Gerds Körper von Tin runter und bettete ihn in die stabile Seitenlage. Sofort widmete sie sich ihrem Liebsten, prüfte, ob er atmete, war erleichtert, seinen Herzschlag fühlen zu können und streichelte ihm traurig über sein Gesicht. Erst dann stand sie wieder auf und erzählte Lusebian von den Ereignissen im Crepererum. Colombes Schilderungen mussten sich für Lusebian angehört haben wie ein monotoner Bericht aus einer Gerichtsakte. Er ahnte wohl, dass ihre Stimme von den Homullus geführt war, denn er vergaß (beinahe ehrfürchtig) den Mund offen. Colombe gab gerade den neusten Kodex-Eintrag wieder. Die liebevollen Gefühlswellen, die dabei auf ihn trafen, ließen seine Nase eiskalt werden. Colombe selbst hatte keine Ahnung, was sie gerade sagte. Sie war zu sehr auf Tin fixiert.

»Kann ich jetzt Tin versorgen, bitte?«, fragte sie gereizt, als sie den Bericht beendet hatte.

»In der Tat, ja, in der Tat, gleich.« Lusebian streifte seine Stirnfransen zur Seite, einmal links und einmal rechts. Nervös glättete er seinen Schnurrbart, einmal links und einmal rechts. Dann schickte er sich an, Colombe weitere Fragen zu stellen, doch dazu kam er nicht mehr. Ein angsterfüllter Schrei durchbrach den Raum. Sämtliche Unterhaltungen der Amceps-Helfer verstummten.

Alle Augen richteten sich auf eine zierliche Krankenschwester, die mit einer Injektionskanüle in die Mitte des Raumes zeigte. Das Hüpfburgkonstrukt war zuvor innert weniger Minuten von nicht amceptierten Wächtern zerlegt worden, damit man die Schlafenden besser versorgen konnte. Überall lagen komatöse Krieger zwischen umgefallenen Eisenstangen.

Colombe vergaß zu atmen, als sie ebenfalls in die Saalmitte blickte. Sie wurde kreideweiß, ihre Beine versagten und ... vermutlich hatte auch ihr Herz einen Augenblick lang ausgesetzt. Lusebian konnte sie gerade noch auffangen, sonst wäre sie hingefallen. Nur zu gerne hätte sie in diesem Moment das Bewusstsein verloren. Dieses Glück schien ihr aber nicht vergönnt zu sein. Ein tonnenschwerer Kloß bildete sich in ihrem Bauch. Apathisch musste sie mit ansehen, wie Laurenz sich langsam – röchelnd und hustend – aus der Bauchlage erhob.

Laurenz stemmte sich mit seinen kräftigen Armen auf jener Platte ab, die zuvor noch in der Mitte des Hüpfburgkonstrukts befestigt gewesen war. Es sah aus, als ob er Liegestütze trainieren wollte. Ein paar Sekunden verharrte er in dieser Position. Das Kinn hielt er auf die Brust gedrückt. Er spürte keine Schmerzen, obwohl sein Körper damit hätte überflutet werden müssen. Im Gegenteil: Er fühlte sich lebendig und fit. Seine Füße, die Knie, Hände, Ellenbogen und auch die Nase waren vom Crepererum geheilt worden. Seine Narbe, die ihn an Penelope erinnerte, war zwar noch da, doch sie blutete nicht mehr. Freude durchfuhr ihn. Dieses Crepererum war doch nicht so schlecht, wie er dachte. Hatte Animus ihn doch noch nicht verlassen? Jetzt konnte er seinem Vater endlich Reue beweisen, für all die vielen kleinen Gesetzwidrigkeiten, die er in seinem Leben begangen hatte. Wer weiß, vielleicht hatte ihn Animus sogar dazu bestimmt, mit Colombe abzurechnen. Immerhin war sie schuld daran, dass sich die Tore nicht zur Gänze geöffnet hatten.

Plötzlich durchzuckte ihn ein ätzender Gedanke. *Der viertägige Schlaf!* Alles in ihm zog sich zusammen. Er streckte seine Arme noch weiter durch, so lange, bis er zitterte. *Die Mitsommertage sind vorbei. Colombe ist bestimmt schon tot, verdammt! Egal – dann muss halt ihr Freund, dieser Schönling, diese elende Klette, dieser eingebildete Schnösel, diese verdammte Brut einer ungläubigen Mactus-Gegnerin meiner Faust einen Gefallen tun. Ja, Quentin wird meine Rache zu spüren bekommen, stellvertretend für das Amceps-Weib Colombe. Irgendjemandem muss ich die Fresse platt drücken. Animus soll sehen, wie sehr ich ihn vermisse.* »Ich werde das Scheitern der Toröffnung für dich rächen, mein Vater. Du wirst stolz auf mich sein.«

Langsam drehte er seinen Kopf. Eigentlich wollte er seine Halsmuskulatur entspannen, da sah er sie ... Colombe. Sie schien bei seinem Anblick zwar das Bewusstsein zu verlieren, doch sie war eindeutig NICHT TOT. *Sie lebt noch? Dieses kleine Miststück! Sie hat das Gesetz der 666 gebrochen, diese einfältige Hure!* Wie kann sie es wagen, die Ehre des neunzehnten Todes zu missachten? *Verdammt, was meint dieses Weib eigentlich, wer sie ist!*

Die Möglichkeit, dass er gar nicht in den viertägigen Schlaf gefallen war, kam ihm erst nach diesem verinnerlichten Tobsuchtsanfall in den Sinn. Da um ihn herum beinahe alle schliefen, lag diese Alternative am nächsten.

Er hatte keine Ahnung, warum er nicht in den viertägigen Schlaf gefallen war, doch er dankte Animus für seine Gunst. Was konnte sich der göttliche Vater den anderes wünschen, als den Tod des Amceps? Vielleicht hatte Animus ihn bisher nur geprüft, in Bezug auf seine Liebe zu ihm, seine Loyalität und seinen Entschluss, alles für ihn zu tun. Egal was und zu welchem Preis? Laurenz segnete die vielen Stunden, in denen er sich zu Blut und Tränen kasteite. Colombe lebte. Das konnte nur bedeuten, dass er eine weitere Chance bekam, mit ihr ins Crepererum zu amceptieren ... sie dort zu töten ... und die Tore zu öffnen. Alle anderen Krieger schliefen. Sogar Noah. Also war er der Auserwählte, den Animus in sein Herz geschlossen hatte. Er alleine würde die Tore passieren. »Oh Animus, ich bin dein Diener. Führe mich!«

Diabolisch sah er Colombe in die Augen. Er bleckte seine Zähne, als er zu grinsen begann. Elegant schwang er sich auf die Beine und zwängte sich durch ein paar stehengebliebene Eisenstäbe aus dem Konstrukt. Er nahm keine Rücksicht auf seine Mactus-Kollegen. Mit seinen Kampfstiefeln trampelte er skrupellos über ihre Körper hinweg. Geradewegs auf die schwächlich wirkende Colombe zu.

Colombe rappelte sich augenblicklich hoch, als sie den festen Entschluss von Rache in Laurenz Energien erkannte. Plötzlich war sie froh, hatte ihr Körper ihre Ohnmacht verhindert. Trotzdem war sie schwach und schwankte hin und her. Glücklicherweise stellten sich dem Hünen ein paar tapfere Wächter in den Weg, sodass Colombe sich für den

Kampf wappnen konnte. Sie war schneller im *ImPerDi*-Modus, als sie gedacht hätte. Vermutlich, weil nicht der bevorstehende Kampf sie beunruhigte, sondern die Tatsache, dass Laurenz nicht schlief, Tin aber schon. Warum musste ausgerechnet dieser blutrünstige Kahlschädel ihr Homullusgefährte sein? Warum nicht Tin! Ihre Verzweiflung wich mit dem Aufkeimen der Kraft des *ImPerDi*. Jedoch die Liebe, die sie für Tin empfand, glühte nicht minder in ihrem Herzen.

Otto stürzte sich von hinten an Laurenz heran und klammerte sich an ihm fest wie ein junges Pandabärchen an seiner Mutter. Laurenz schien das Anhängsel kaum zu bemerken. Er boxte sich durch all die Wächter hindurch, die sich ihm in den Weg stellten. Ein zierliches Mädchen, kaum siebzehn Jahre alt, begab sich vor ihm in Lauerposition und stützte sich mit den Händen am Boden ab. Es war eine Kampfstellung des *ImPerDi*, um einen rasenden Gegner zu Fall zu bringen. Doch auch dem couragierten Mädchen verpasste der Mactus-Krieger einen brutalen Schlag mit der Fußspitze seiner steinharten Schuhe. Das Mädchen plumpste nach Luft schnappend auf die Seite. Dann holte Laurenz gegen Lusebian aus. Mit geballter Faust zielte er auf dessen Gurgel. Lusebian wich dem Schlag geschickt aus. Er war auch der Einzige, der dank seiner *ImPerDi*-Kenntnissen Laurenz einigermaßen entgegenhalten konnte. Trotzdem reichten seine kurzen Arme und Beine nicht aus, um dem Widersacher ernsthaft gefährlich zu werden. Ein paar Hiebe konnte er aber setzen. Knochen brachen entzwei. Laurenz' Nase begann, einmal mehr, zu bluten. Lautes Knirschen von sich zermalmenden Knochen drang durch den Kampflärm hindurch. Doch das Geräusch stammte nicht von Laurenz, sondern einem Wächter. Der Mann sah aus wie der typische Familienvater von nebenan. Mutig stellte er sich der Gefahr in den Weg, als ob er seine eigenen Kinder beschützen wollte. Laurenz schlug zu. Wie bei einem Zeichentrickfilm von Asterix und Obelix flog der mutige Wächter von Laurenz weg und blieb benommen liegen. Schließlich kam der blutrünstige Laurenz vor Colombe zum Stehen. Otto, der sich die ganze Zeit wie angeschweißt an Laurenz Hals festhielt, hatte endlich die Gelegenheit zuzuschlagen. Er verpasste dem wutentbrannten Krieger mehrere Schläge auf das rechte Ohr und setzte zu einem Deliriumsschlag an. Nein, nicht irgendeinem Deliriumsschlag, sondern DEM tödlichen Deliriumsschlag.

Otto war klar, dass er damit gegen die Regeln des Wächtertums verstieß. Mactus-Krieger und Amceps-Wächter kämpften seit jeher ohne Waffen. Im Kampf verletzte man sich zwar, Töten jedoch, galt als Sünde gegen Animus. Denn eines von Animus letzten Worten an die fortziehenden Homullus war: LEBET!

Otto hätte sich keine Gedanken um die Sünde machen müssen. Er befand sich in einer Position, in der er seine Kraft nicht genügend bündeln konnte. Da reichte auch sein Kampfschrei nichts, der in dem Raum an den Wänden widerhallte und zurückschlug wie eine sanfte Woge eines mahnenden Fingers von Animus.

Laurenz schwankte zwar ab der Wucht des Schlages, konnte sich aber schnell wieder fassen. Er schüttelte Otto ab, als ob er ein lästiges Insekt gewesen wäre, und verpasste ihm einen Fußtritt in den Bauch. Otto hielt sich mit beiden Händen die betroffene Stelle und krümmte sich ächzend in die Embryostellung. Colombes Körper zitterte vor Wut. Sie ballte ihre Hände zu Fäusten und streckte die Arme durch. Ihre Augen waren nur noch Schlitze. Aber anstatt auf Laurenz loszugehen – sie war ihm im *ImPerDi*-Modus ja weit überlegen – begann sie zu sprechen. Ganz leise. Man hörte sie kaum. »Wie kann jemand wie du mein Gefährte sein!«

Laurenz hielt inne, damit er sie verstehen konnte.

»Du bist ein hinterlistiger, gemeiner, feiger, brutaler Mensch. Wie kann so etwas wie du überhaupt ein Homullus sein. Du ultrabescheuerter Trottel!«

»Jaahh«, schniefte Laurenz, streckte die Zunge heraus und züngelte wie eine Schlange. »Lass mich dein Gefährte sein«, keuchte er, als ob er nicht wüsste, wovon Colombe da gerade sprach.

»Nicht in diesem Leben!«, brüllte Colombe und verpasste dem lüstern grinsenden Laurenz einen kraftvollen Schlag zwischen die Beine.

Laurenz zuckte zwar kaum merklich zusammen, doch seine Gesichtsfarbe änderte sich von tyrannischem Rot zu schimmligem Grün.

Mutige Amceps-Wächter sahen ihre Chance, umzingelten den verdutzt dreinblickenden Brutalo und schafften es, ihn in Handschellen zu legen. Sogar Paul, der junge Arzt, der Tin verarztet hatte, hing sich an ein Bein von Laurenz, wie ein Hund, der sich knurrend in den Oberschenkel verbeißt.

Als der tobende Laurenz, inmitten einer Traube von mindestens sechs Wächtern, aus dem Raum geführt wurde, galt Colombes einziger Gedanke nur noch Tin, ob nun Gefährte oder nicht, das war vollkommen egal. Das, was sie in seiner Anwesenheit spürte, war für sie Motivation genug, das Rätsel aus dem Crepererum lösen zu wollen... es lösen zu können! Ihre leise Hoffnung, in Tin ihren Homullusgefährten zur Seite zu haben, erlosch wie Glut in einem Eimer eiskalten Wassers.

Die junge Krankenschwester, die Tin betreute, hatte das Szenario ängstlich mitverfolgt. Doch jetzt kümmerte sie sich wieder um ihren Patienten. Mit schweißnassen Händen desinfizierte sie seinen linken Arm. Sie wollte ihm eine Infusionskanüle stecken, die ihm die Grundversorgung während der vier Schlaftage garantierte. Sein Kopf lag jetzt auf ihrem Schoss. Beinahe sah es aus, als ob sie ihn umarmte. Colombe spürte Eifersucht aufkommen. Natürlich war sie froh, wenn man sich sofort um Tin kümmerte. Aber musste es ausgerechnet ein solch hübsches, zierliches und junges Ding sein? Musste sie seinen Kopf wirklich auf ihren Beinen platzieren? Aber sie ermahnte sich selbst. Ihr Vertrauen zu Tin verschluckte alles, was an Missgunst oder Eifersucht aufkommen konnte. Sie beruhigte sich augenblicklich. Die Dankbarkeit überwog. Es war eine dieser Eigenschaften, die Tin so an ihr mochte.

»Kümmern sie sich danach bitte um Otto«, flüsterte sie der Krankenschwester zu, als diese mit behandschuhten Fingern an die Kanüle klopfte. »Laurenz hat ihn schlimm erwischt.«

Die junge Frau nickte und lächelte ihr aufmunternd zu. Colombe spürte, dass ihr Herz einem anderen jungen Mann gehörte. Einmal mehr bestätigte es ihr, dass man nie voreilige Schlüsse ziehen sollte.

Colombes Augen wanderten im Raum umher und suchten Paul, den Arzt. Als sie ihn erblickte, winkte sie ihn zu sich. »Kannst du dir bitte rasch Tins Hinterkopf und seine Schulter ansehen? Man kann zwar nicht einmal mehr eine Narbe von der Schusswunde erkennen, aber ich will hundertprozentig sicher sein.«

Paul hatte sich noch nicht ganz von seinem Einsatz gegen Laurenz erholt. Schnaubend schleppte er sich heran, als ob er am Verdursten wäre. Plumpsend ließ er sich neben Tin auf die Knie fallen. Er deutete der Krankenschwester an, noch kurz mit dem Stecken der Nadel zu warten und öffnete die Knöpfe von Tins Hemd. »Er hat also keine Narbe mehr«, flüsterte er Colombe zu.

Sie schüttelte den Kopf. »Nein, es scheint, als ob er nie eine Schusswunde gehabt hätte.«

»Komisch«, kicherte Paul.

»Was ist komisch«, reagierte Colombe aufgeschreckt, voller Befürchtung, mit Tin könne etwas nicht stimmen.

»Na, dass du das mit der Narbe durch das Hemd hindurch sehen konntest.« Er hob verzückt eine Augenbraue, guckte sie jedoch nicht an. Die Schamesröte, die Colombe ins Gesicht huschte, schien den ganzen Raum auszuleuchten.

Aber sie hatte eigentlich keine Zeit, sich von Andeutungen eines jungen Arztes verunsichern zu lassen. Zumal sie bald zwanzig Jahre alt und niemandem Rechenschaft schuldig war. Erst recht nicht, was ihr Sexualleben anging. Zudem wurde sie von Lusebian abgelenkt. Sie hörte ihn in ihrem Rücken lautstark fluchen. »Colombe, verdammt, erzähl mir Details aus dem Crepererum. Wir müssen genau wissen, was da passiert ist.«

»Jaaa, ich komm gleich«, gurrte sie, trotzig wie ein Teenager in der Pubertät.

Die junge Krankenschwester setzte mit ruhiger Hand die Infusionskanüle an Tins Arm.

»Aua«, stöhnte Tin plötzlich. Er klang, als ob er Kreide gegessen hätte.

53

Die Wächter hatten die meisten schlafenden Kollegen und Mactus-Krieger mit Infusionsschläuchen bestückt und sie ironischerweise mit einem Transportlaster für Schlachtvieh in die Sporthalle des Hauptquartiers gebracht. Um die Mactus-Krieger mussten sich die Wächter auch kümmern. Die paar Übriggebliebenen des Conigiums, die es nicht ins Crepererum geschafft hatten, waren auf eine Rückkehr ihrer Kollegen und deren viertägigen Schlaf nicht vorbereitet.

Zuerst war nicht genügend Medizinalmaterial vorrätig. Trotzdem bestand für niemanden Lebensgefahr. Spätestens nach drei Stunden hatten die Wächter sämtliche Menschen versorgt.

So lagen die schlafenden Körper auf notdürftig hergerichteten Feldbetten und schlummerten vor sich hin. Es sah aus wie ein Lazarett voller komatösen Patienten. Freund und Feind vereint.

Colombes Herz hüpfte vor Freude, während sie den Krankenschwestern und Ärzten so gut wie möglich assistierte. Ihr Blick wanderte immer wieder hin zu Tin. Er war tatsächlich aufgewacht, unverletzt und ausgeruht, half beim Aufstellen der Feldbetten oder packte beim Umbetten der schlafenden Menschen mit an. Auch er suchte immer wieder den Blickkontakt mit Colombe. Seine Energien drückten Erleichterung, Freude und Liebe aus.

Als sie sich im Crepererum geliebt hatten, glaubte Colombe nicht mehr daran, jemals etwas Schöneres und Erfüllenderes erleben zu dürfen. Aber Tins nicht so ernstgemeintes »Aua«, das er gekrächzt hatte, als die Krankenschwester ihm die Kanüle setzen wollte, hörte und fühlte sich unvergleichlich befreiend an. Wie ein Ausbruch aus einem engen, feuchten, dunklen und stinkenden Gefängnis.

Nur Lusebian schien sich an ihrer Freude zu stören. Er rief die beiden zu sich. Etwas an Colombes verhalten schien ihn zu stören, das spürte sie sofort. Dabei sollte er doch über den Ausgang der Ereignisse froh sein. Der Kodex war an seinem Platz. Tin schlief nicht und war demnach ihr Gefährte. *Warum freut er sich nicht für mich?*

»Laurenz wurde in eine Zelle des Treeins gebracht«, informierte er die beiden. Dabei schaute er Colombe vorwurfsvoll in die Augen. »Ich dachte, du müsstest oder wolltest das wissen. Immerhin ist er dein Gefährte.«

Colombe verzog ihr Gesicht, als ob sie in eine saure Zitrone gebissen hätte. »Tin ist mein Gefährte«, konterte sie trotzig, »Laurenz kann mir ...«, am liebsten hätte sie gesagt, Laurenz könne ihr gestohlen bleiben. Aber aus einem ihr schleierhaften Grund brachte sie es nicht über die Lippen.

»Es bleibt dir nichts anderes übrig, als Laurenz als deinen Gefährten zu akzeptieren!« Lusebian verwarf aufgebracht seine Arme und strich sich durch den Schnurrbart, einmal links und einmal rechts.

»Aber Tin ist auch wach!«, verteidigte sich Colombe. »Er ist mir Millionen Mal näher, als es dieser ... Dreckskerl von Laurenz ist.« Sie

468

hielt inne und dachte an ihre unerklärlichen körperlichen Reaktionen, die sie dem Mactus-Krieger in den letzten Stunden entgegengebracht hatte. Sein Duft und seine Ausstrahlung, die sogar dann noch nach ihrer Gunst schrie, als er seine Brutalität im Kampf auslebte. »Laurenz muss irgendein Siegel an sich tragen, das ihn vom Nachamceptier-Schlaf befreit hat. Da bin ich mir sicher.« Sie nickte eifrig mit dem Kopf, um ihre Aussage zu unterstreichen.

Tin legte Colombe beschwichtigend eine Hand auf die Schulter. Er hatte sein Glück kaum fassen können, als er nach der Rückamceptie-rung in Colombes Augen sah. Augen, die voller Freudentränen waren. Der Wirbel des Crepererums hatte ihm ganz schön zugesetzt. Im Gegensatz zur Amceptierung ins Crepererum, verlief das Zurückkommen um ein Vielfaches verwirrender. Er wurde im Sog der Spirale so fest durchgeschüttelt, dass er sein Bewusstsein verlor. Er war eindeutig Colombes Gefährte. Aber Laurenz war es auch. »Es ist schon fast logisch, dass Laurenz *dein* Gefährte ist«, erläuterte er mit angebrachter Zurückhaltung. »Du erinnerst dich doch noch, was ich dir darüber erzählt habe?«

Colombe stemmte ihre Hände in die Hüften. »Ja, du sagtest, Gefährten täten ihren Liebsten sehr oft großes Leid an. Aber du sagtest auch, dass man einen Gefährten am Gefühl der uralten Verbundenheit erkennen kann. Genau diese Verbundenheit spüre ich, wenn ich mit dir zusammen bin. Und auf meine innere Stimme kann ich mich verlassen. Ich kenne dich seit einer Ewigkeit. Bei Laurenz habe ich dieses Gefühl nicht. Zudem hast du mir auch gesagt, dass es dir ähnlich geht, weißt du noch?«

»Hör' auf Colombe!«, funkte Lusebian dazwischen. Doch Colombe hob einen Zeigefinger. Sie war noch nicht fertig mit ihrer Rede. »Du sagtest auch«, - sie sah wieder Tin an - »dass sich Gefährten durchaus auch als Mensch in Liebe miteinander verbinden.«

Tin presste die Lippen zusammen. »Ich habe dir einfach das erzählt, was ich von den Homullus wusste. Ich war der Überzeugung, dein Gefährte sei in den Reichen der Homullus zurückgeblieben und sorge dort für Ausgleich. Du hast sehr viel Energien des Engels in dir, vergiss das nicht. Ich bin nicht wirklich überrascht, dass weder Laurenz noch ich schlafen. Aber es gibt eine Erklär...«

»Was ist so schlimm daran, so viel der Homullus-Energien in die Inkarnation einfließen zu lassen, die man gerade lebt?«, unterbrach sie ihn.

»Es ist gefährlich für dein Wesen als Homullus, wenn niemand deine Energien ergänzt.«

»Warum? Du sagtest mit eigenen Worten, dass die zurückgebliebenen Energien nicht beschützt werden müssten.«

»Beschützen muss man sie auch nicht. Aber zurückhalten.«

»Zurückhalten?«

»Ja, es besteht die Gefahr, dass du immer mehr von dir einbringen willst. Das Band zwischen dir und den Dimensionen könnte zerreißen. Die Schwere und Dichte der Erde hat es in sich. Du würdest den Heimweg nicht mehr finden. Könntest nicht mehr sterben. Das ist auch der Grund, weshalb Engel sich nur in den seltensten Fällen in 3-D begeben, und nur mit viel Vorbereitung und unter den richtigen Voraussetzungen.«

Jetzt war es Colombe, die die Hände verwarf. »Kommst du mir jetzt mit einer Vampirgeschichte? Nee... nicht... oder?«

Tin schüttelte energisch den Kopf. »Nein, natürlich nicht. Dein Körper würde selbstverständlich sterben, doch deine Seele würde heimatlos auf Erden umherwandeln, wie ein Geist, den man nicht hört, nicht sieht und nicht spürt. Es wäre ein trostloses Dasein, glaube mir. Denn du wüsstest nicht einmal mehr von den Homullus. Von Animus ganz zu schweigen.«

Lusebian schnaubte resignierend aus. Er wirkte müde, hatte dunkle Augenringe und schien in den letzten drei Tagen um viele Jahre gealtert zu sein. »Laurenz ist dein Gefährte. Das hast du zu akzeptieren.«

Colombe hakte sich bei Tin unter. »Tin ist mein Gefährte. Was Laurenz ist, weiß ich nicht. Ist mir auch... egal.«

Irgendetwas in ihr ließ sie das Gegenteil fühlen. Doch sie ignorierte ausnahmsweise ihre innere Stimme. »Wie gesagt: Vermutlich hat er ein spezielles Siegel, das ihn vom Vier-Tage-Schlaf befreit hat.«

»Wenn es ein solches Siegel gäbe«, antwortete Lusebian ruhig, »dann frage ich dich, weshalb Noah Bitterer im Tiefschlaf liegt, während sein Bodyguard wach ist? Noah mag vielleicht ein kleinwüchsiger Transvestit sein, dessen Umgang und Verhalten« – er formte Gänsefüßchen – »nicht der Normalität eines Transvestiten entspricht. Aber man darf ihn nicht unterschätzen. Er lebt das, was er fühlt und ist. Darum wandelte er sich zu einer starken Seele. Da kann Laurenz nicht dagegenhalten. Niemals hätte Noah das Siegel einem gegeben, der ihm unterlegen ist.«

Tin nahm Colombes Hand und streichelte mit dem Daumen über ihre Haut.»Lusebian versucht dir gerade etwas zu erklären, er stellt sich nur etwas dumm dabei an. Er befürchtet, du könntest es nicht so gut auffassen.« Tin grinste Lusebian entschuldigend an. Dieser knurrte beleidigt.

Colombe hob die Augenbrauen, schürzte die Lippen und nickte Lusebian aufmunternd zu.»Leg los. Ich glaube, einen Schock mehr kann ich schon noch vertragen.«

»In der Tat, ja, in der Tat. Nun, ich bin mir nicht sicher, ob es ein Schock wird.« Einmal links und einmal rechts strich er sich durch den Schnurrbart.»Ähm ... ähm ...«

Tin hielt Lusebians Stottern nicht länger aus.»Wir sind Öifgen, Colombe. Du, Laurenz und ich.«

»Öifgen«, echote Colombe mit nachdenklichem Blick. Schwach erinnerte sie sich an Tins Erzählung über die Gefährten der Homullus. *Normalerweise fühlen sich immer zwei Seelen besonders eng miteinander verbunden. Öifgen sind Gefährten, die nur in Gruppen von drei bis maximal zwölf Seelen auftreten.*

»Wer noch?«, fragte Colombe prompt.

Tin schien erfreut, weil sie sich so schnell darauf einließ. Er zuckte mit den Schultern.»Diese Antwort wird uns erst beantwortet werden, wenn wir unseren Körper verlassen und in die Dimensionen der Homullus zurückkehren.«

»Sicher sind wir mehr als drei«, folgerte Colombe,»ich meine, diese Inkarnation als Amceps ist schon etwas Besonderes. Da muss es in den Dimensionen des Homullus bestimmt noch ein paar zurückgebliebene haben, die als unsere Gefährten gelten. Und die uns zurückhalten, sobald das Verbindungsband zu reißen droht.« Sie schaute Tin liebevoll in die Augen. Lusebian hatte also nicht vor, ihr Tin als Gefährten abzustreiten. Zudem erklärte es ihre eigenartigen Gefühle für Laurenz. Aber – ob sie ihn jemals würde akzeptieren könnten, darüber mochte sie sich jetzt keine Gedanken mehr machen; Tin war ihr dafür zu wichtig. Er gab ihr Halt und Schutz, Laurenz erzeugte bei ihr nur Angst und Schwäche. Tin gab ihr Liebe, Laurenz nur Schmerz und Last. Ein Kuss Tins war befreiend und wunderschön, Laurenz Lippen erregten bei ihr Ekel, schon nur beim Drandenken. Vielleicht war er ein Gefährte. Aber er war bestimmt nicht ein Freund, dem man sein vollstes Vertrauen schenken konnte.

Lusebian senkte seinen Kopf. Gefährten sind nicht nur da, um einander zu lieben. Sie sind wie die Dunkelheit. Sie nehmen alles Böse auf sich, um seinem Liebsten Erfahrungen und Problemlösungspunkte zu schenken. Bevor du Laurenz verurteilst, bedenke, was er alles für dich auf sich nimmt.«

»Ha, das ich nicht lache«, wieherte Colombe. »Warum lernen die Menschen dann nicht von ihren Gefährten? Ich meine ... wozu sonst ist unser Verstand gut?«

Lusebian rieb sich in seinen müden Augen. »Du erwartest jetzt nicht wirklich, dass ich dir diese Frage beantworte, oder?«

»Sie schnaubte resignierend aus. »Nein. Ich glaube nämlich, dass ich die Antwort nicht verstehen würde. Oder ich habe auch einfach nur Angst, diese Antwort tatsächlich zu verstehen.«

»Es ist der Mensch. Es ist immer nur der Mensch«, brummte Lusebian müde. »Egal, ob ihr zu dritt, zu fünft oder noch mehr seid. Das einzig Wichtige ist für mich, dass Tin und Laurenz genügend zurückgebliebene Homullus-Energien besitzen, um das Band der Verbundenheit nicht reißen zu lassen. Zumindest deswegen muss ich mir keine Sorgen mehr machen. Denn bestimmt hat Laurenz schon alleine genügend Spiralenergie zurückgelassen. Sonst wäre er nicht so durch und durch böse.« Mit tränenvollen Augen sah er zu Colombe. »Ich weiß nicht, wie ich hätte weiterleben sollen, wenn du fortan als lebloser Geist auf Erden gewandelt wärst.«

Gerührt musterte Colombe ihren Ersatzvater und überlegte, wann sie ihn das letzte Mal umarmt hatte. So richtig umarmt, nicht nur, weil er sie wieder einmal wegen einem Weinkrampf trösten musste, wie vergangenen Sonntag, als sie erfuhr, dass sie ein Amceps war. Es war mindestens eine Woche her. Das war viel zu lang. Lusebian hatte sonst niemanden, von dem er Schmeicheleinheiten bekam. Er hatte keine Freunde, die ihm ab und zu eine Hand über die Schultern legten. Die meisten forderten nur und gaben nichts. Wie konnte sie ihn bloß dermaßen vernachlässigen?

Sie drückte ihn an sich, legte ihren Kopf an seine Schultern und genoss seine Energien. Er atmete erleichtert auf.

»Danke«, hauchte sie. »Ich weiß, die letzten Tage waren auch für dich nicht einfach.«

***

Colombe und Tin übernachteten wieder im gleichen Hotelzimmer, wie in der letzten Nacht. Nach einer ausgiebigen Dusche kuschelten sie sich eng aneinander.

Das Gute war, dass sie mit Tin zusammen amceptieren konnte. Dank des Siegels brauchte sie ihn nicht einmal mehr zu markieren. Im Crepererum waren die Bewusstseinsmessungen nach jeweils fünf Minuten erledigt. Danach erkundeten sie gemeinsam die Bibliothek, plauderten über Träume, Wünsche und Erfahrungen, Colombe las ihm aus Büchern seiner Vorfahren vor oder sie liebten sich in ihrer kleinen Kammer unter der Falltür. Gut war auch, dass sie genügend Schlaf abbekamen. Nach der Amceptierung um 07.22 Uhr kehrten sie ausgeschlafen und voller Tatendrang zurück. Tin hatte mit den Rückamceptierungen erneut seine Schwierigkeiten. Er war schon bei der Rückkehr vor vier Stunden kurz bewusstlos geworden. Auch diesmal war die Ohnmacht stärker. Er musste sich danach sogar übergeben. Trotzdem wollte er mit Colombe so früh wie möglich nach Augusta Raurica fahren. Wenn sie Glück hatten, war in vier Stunden schon alles geregelt und Colombe hatte sich mit dem ehrenwerten Lucifer verbunden. Der Gedanke wurde jedoch von einer schmerzenden Tatsache überschattet: *Nach der Vereinigung mit Lucifer wird sie mich verlassen.* Das war so sicher wie das Amen in der Kirche.

Es war schon taghell, als sie losfuhren. Die Sonne tünchte die Landschaft bereits wieder in ein hellgoldenes Licht. Das Gewitter vom Vortag schien der Hitze keine Abkühlung gewährt zu haben. Während der Fahrt zum Sodbrunnen kam es den beiden befreiend vor, nicht von Mactus-Kriegern verfolgt zu werden. Der einzige Nachteil war immer noch Tins Rückamceptierung. Er hatte große Probleme damit, verlor immer länger das Bewusstsein. Vorsichtshalber ließ er Colombe den Wagen fahren. Tins Motorik brauchte etwas länger, bis sie wieder einwandfrei funktionierte. Colombe entschied daher, ihn bei der nächsten Phase nicht mehr mitzunehmen. »Du warst erst dreimal im Crepererum, brauchst jedoch immer länger, um dich zu erholen.«

»Kommt nicht in Frage!«, protestierte Tin. Er hatte nicht vor seine verbleibende Zeit mit ihr, wegen dem bisschen Schwindel, zu vergeuden.

»Wir haben danach alle Zeit der Welt«, sagte Colombe. Sie konzentrierte sich auf die Straße und schmunzelte verliebt.

Tin biss die Zähne zusammen. Der Schmerz in seinem Herzen wuchs mit jedem Meter, den sie sich dem Sodbrunnen näherten.

Diesmal erschwerten keine Polizeisperren den Weg nach Augusta Raurica. Sie konnten das Auto auf dem Parkplatz des Museums, direkt beim Szenen-Theater parken und die offizielle Route zum Sodbrunnen gehen. (Das Areal des Museums-Freigeländes ist für Touristen frei begehbar.) Vereinzelt sah man abgerissene rotweißgesprenkelte Absperrbänder der Polizei im sanften Wind hin und her flattern. Der Baum, der dem Blitzschlag zum Opfer gefallen war, stand kahl aber Stolz auf dem Podest des Szenen-Theaters. Als ob er gewusst hätte, dass sein Opfer dem Amceps den Weg bereitet hatte. Colombe schenkte ihm ein Lächeln, denn seine Seele war im verkohlten Holz zurückgeblieben. Seine Wurzeln waren stark, das spürte Colombe. *Bald wird er wieder austreiben und wachsen.*

Unbehelligt spazierten die beiden neben dem Römerhaus-Museum und dem Szenen-Theater vorbei, gingen noch etwas der Straße entlang und bogen links Richtung Curia ab. Ein kribbelndes Gefühl kam in Colombe hoch, als sie am Kloakeneingang der Basilica vorbeigingen. Sie mochte es vor Tin nicht laut aussprechen: Doch jeder Meter, der sie dem Sodbrunnen näher brachte, ließ sie mehr und mehr den Engel fühlen, den sie in den nächsten Minuten zu begegnen hoffte.

Tin war nervös. Er rieb seine schweißnassen Hände an der Jeans ab, bevor er Colombes Kopf in die Hände nahm, sie zärtlich küsste und sie dann wieder alleine in die Dunkelheit des Brunnens schickte.

»Du kommst nicht mit?«, fragte sie erstaunt. Etwas war mit seiner Energie, das sie nicht einordnen konnte. Es fühlte sich nach Verlust an. Vermutlich hatte Tin nun doch gewisse Befürchtungen, sie könnte das Rätsel nicht lösen. Also ignorierte sie diesen Teil seiner Energien und widmete sich viel lieber den liebevollen und zärtlichen Strängen.

Tin schenkte ihr einen verliebten Blick, öffnete sogar seinen Mund beim Lachen, damit Colombe seinen schiefen Zahn erblicken konnte. Immer wieder strich er ihr zärtlich durchs Haar und küsste ihr Gesicht ab, als ob es ein Abschied wäre. Seine Verlustangst zu ignorieren, war ein Ding der Unmöglichkeit. Doch sie wertete es als ein Zeichen seiner Liebe. »Bis gleich«, flüsterte sie kaum hörbar, löste sich aus seinen Armen und schlich durch den Tunnel. Tin weinte und schniefte ungehemmt. Sie stoppte, hielt sich mit den Händen am feuchten Mauerwerk fest und blickte zurück. Was hatte er nur? Er war doch bisher immer überzeugt davon, ihr Leben retten zu können? Sie fasste sich ein Herz. *Bringen wir es zu Ende. Dann ist auch Tin wieder beruhigt.* Entschlossen tappte sie weiter durch den Tunnel und betrat den Kuppelraum des Sodbrunnens. Ihre Augen gewöhnten sich schnell an die Dunkelheit. Immer noch hörte und spürte sie Tins Schmerz. So konnte sie sich nicht auf den Engel freuen.

54

Das engelhafte Homullus erschien augenblicklich. Der Duft des Lichts überwältigte Colombe. Ihr stockte der Atem, obwohl sie auf die Schönheit und die damit zusammenhängenden Glücksgefühle vorbereitet war. Mit geschlossenen Augen atmete sie den Odem des Anastuiits ein und genoss. Langsam glitt sie zu Boden und verweilte auf den Knien. Das schien ihr als Begrüßung des Engels angebracht.

Wieder sprach das Wesen keine Worte aus, sondern kommunizierte durch Gedanken. »Bitte erhebe Dich, geliebter Mensch«, hauchte es zärtlich, »wir sind uns ebenbürtig.«

Colombe fühlte eine weiche Hand, die die ihre Umfasste und ihr beim Aufstehen half. Eiskalt war sie, die Hand des Engels, und doch voller bedingungsloser Wärme.

Als Colombe die Augen wieder öffnete, konnte sie die Tränen der Freude nicht mehr zurückhalten. So schön, so wunderschön füllte die Farbenpracht der Spiralen den kleinen Raum aus ... und noch viel mehr. Vermutlich spürte auch Tin die Energie, denn sein Schluchzen verstummte augenblicklich.

»Wir danken dir. Wir danken Quentin. Wir danken allen

Amceps-Wächtern und allen Mactus-Kriegern für ihre Bemühungen, den Kodex wieder in den Raum des Übergangs zu bringen. Eure Entscheidung war weise gewählt.«

Colombe hätte am liebsten abgewunken und gesagt »Ach, das war doch nichts, haben wir doch gerne gemacht«, aber es entsprach nicht der Wahrheit, sondern nur dem drängenden Instinkt, dem Engel jeden Wunsch zu erfüllen.

»Doch-doch-doch, es war für alle Beteiligten ein schweres Unterfangen«, flötete das Wesen.

Natürlich, der Engel kommunizierte durch Gedanken. Also hatte er das eben auch gehört. Das Wesen wartete jeweils, bis Colombe ihre Gedanken zu Ende gedacht hatte, bevor es weitersprach.

»Das Crepererum freut sich sehr über deine Besuche. Du erledigst die Aufgabe der Bewusstseinsmessung sehr gewissenhaft. Zudem vergnügen wir uns selig, wenn du mit deinem Gefährten in der Quantehaftigkeit und auch in liebevollen sexuellen Energien verweilst.«

Colombes Gesicht lief dunkelrot an. Sie war sicher, dass man ihren Kopf mit einer Tomate hätte verwechseln können. Der Gedanke, die Homullus würden Tin und sie beim Sex beobachten, war ihr äußerst unangenehm. Sie sah zum Ausgang und wünschte sich Tin an ihrer Seite. Dann hätte sie die Scham nicht alleine tragen müssen.

Der Engel sagte nichts, ließ Colombe jedoch die zärtlichen Gefühle erfahren, die ein Homullus fühlt, wenn zwei Seelen sich in Liebe vereinen: reines Anastuiit, kraftvolle Energien und schäumende Farbspiralen. Colombe beruhigte das ein bisschen, da sie nicht Bilder von zwei splitternackten Körpern sehen musste, die sich in rhythmischem Einklang aufeinander wälzten, sondern lediglich das ekstatische Explodieren von zwei sich verschlingenden Spiralenergien, die unaufhörlich Anastuiit erzeugten.

»Quentin hat gut daran getan, dir nicht von uns und mir zu berichten«, sagte das Wesen und Colombe glaubte, in der Farbenpracht der Spiralen ein Lächeln zu erkennen. »Die Zeitlinie der Erde macht dies jedoch nun zur Bedingung.«

»Oh, Tin hat mir berichtet«, sagte Colombe und war verwundert, dass das Homullus das nicht wusste. »Er hat mir viel erzählt über eure Dimensionen, fern des menschlichen Verstehens. Sicher, ich weiß noch nicht sehr viel über die Homullus. Aber ich kenne die Geschichte des Kodex.

»Ich und wir sprechen nicht von den Homullus oder dem Kodex. Ich und wir sprechen von der Realität und dem Irrtum unseres Namens und unserer Wahrheit.«

Colombe runzelte die Stirn. »Ich verstehe nicht. Du bist doch ein Homullus, oder nicht? Engel oder Homullus, es ist doch beides das Gleiche.«

Das Wesen schien mit dem Kopf zu nicken. Eine noch größere Woge von unstillbarer Liebe erfasste Colombe. Beinahe hätte es sie wieder auf die Knie gedrängt. Sie wusste zwar instinktiv, dass der Engel recht hatte, als er sie bat, nicht vor ihm niederzuknien. Sie waren sich ebenbürtig. Das war logisch. Sie war auch ein Homullus, wie alle anderen Menschen auch. Nur war sie im Moment inkarniert als Mensch. Besser gesagt als Amceps. Da war die Begegnung mit einer Seele aus der Heimat schon etwas Besonderes.

Geduldig wartete das Homullus, bis Colombe ihre Gedankengänge zu Ende geführt hatte. Doch dann geschah etwas, was Colombe die Welt nur noch in Grautönen erblicken ließ. Ein brennendes Schwert schien ihr einen schmerzenden Stich ins Herz zu versetzen.

»Meine und unsere Energien«, sprach das Homullus, »werden unter den Menschen mit dem Namen »Lucifer« bezeichnet. Selbstverständlich gibt es noch viele andere Ausdrücke, die sich in den Jahrtausenden verankert haben: Satan, Höllenfürst, Beelzebub, Antichrist, Teufel, Widersacher Gottes ...«, Colombe hörte nicht mehr zu. Beinahe wäre sie wieder auf die Knie gefallen. Doch diesmal, weil ihre Beine regelrecht traumatisiert wurden. »Du bist Lucifer?«, formten ihre Lippen den Namen des Teufels. Die lieblich klingenden Worte des Satans hallten in ihr schmerzhaft wider wie ein unaufhörlich hallendes Echo.

Sie wusste nicht mehr, wie sie den Sodbrunnen verlassen hatte. Ihr Gehirn hatte auf panische Flucht und danach auf Automatik umgestellt. Irgendwo riss sie sich die Haut des rechten Ellenbogens auf. Vermutlich im Tunnel des Ausgangs. Sie wusste noch, dass Tin ihr den Weg versperrte und sie daran hindern wollte, den Gewölberaum des Sodbrunnens zu verlassen. Er redete auf sie ein, sein Mund bewegte sich. Aber sie konnte nichts hören ... nur das heftige Poltern ihres

Herzens. Jeder Tropfen ihres Blutes schoss durch ihre Adern wie bei einem zerplatzten Überdruckventil, bei dem kochendheißer Dampf ausbricht. Ihre Sinne verweigerten sämtliche Dienste. Nebel trübte die Sicht ihrer Augen. Ihre Nase roch nichts mehr... außer ihrer eigenen Ausdünstungen voller stinkender Enttäuschung und Frustration.

Colombe strampelte sich irgendwie von Tin los. Vermutlich versetzte sie ihm einen harten Schlag in die Eingeweide, denn er krümmte sich, als sie von ihm weglief.

Dann war alles schwarz... starr... leblos... kalt.

***

Colombe erwachte auf der Rückbank von Tins Citroën. Der Wagen fuhr wie auf Schienen. Vermutlich befanden sie sich auf der Autobahn, zurück nach Bern. Tin hatte ihr eine flauschige Decke übergelegt. Das schützte sie vor der Hitze der Sonne und, wie sie hoffte, auch vor seinen Energien. Tin war spürbar nervös, aufgewühlt. Colombe hatte einen Schwall voller wütender Verärgerung von ihm erwartet. Doch stattdessen blickte er alle zehn Sekunden zu ihr, voller Sorge, vermischt mit einer Prise Machtlosigkeit. Gerade Mitgefühl hätte sie von einem Teufels-Anhänger nicht erwartet. Spielte er ihr immer noch den getreuen Freund vor? Verbarg er seine abgrundtiefe Boshaftigkeit immer noch unter einer verborgenen Schutzenergie? Einer Energie, die Colombe nicht einmal ansatzweise zu durchbrechen vermochte? *Das brauchst du nicht mehr*, hätte sie ihm beinahe zugerufen. *Das brauchst du nicht mehr.*

Als er erkannte, dass sie aufgewacht war, begann er sofort auf sie einzureden. Aber sie konnte ihn nicht verstehen. Es war, als ob er eine andere Sprache sprach. Erst nach einer gefühlten Ewigkeit hörte sie einen Sinn in seinen Worten. »Alles in Ordnung mit dir?«, fragte er sie immer wieder.

Sie war nicht fähig zu antworten. Sie wollte auch nicht. Denn es war nichts in Ordnung... rein gar nichts. So sehr sie sich darüber gefreut hatte, dass Tin ihr Gefährte war, so wog sie nun ab, ob ihr nicht doch Laurenz bessere Dienste auf Erden erwiesen hatte. Laurenz hatte sich nicht in ihr Herz geschlichen und ihr Liebe und Vertrautheit vorgegaukelt. Laurenz war zwar brutal, aber Tin war schlimmer... viel schlimmer. Sie hatte ihm vertraut. Sie hatte ihm alles gegeben und hätte wegen ihm sogar weiterleben wollen. War sie womöglich der Blindheit des ersten Verliebtseins verfallen, dass sie sich dermaßen in seinen Energien täuschen konnte? *Nein, Colombe, schalt sie sich selbst, versuche dir jetzt nicht einzureden, dass Tin in Wirklichkeit ein unschuldiges Lamm ist. Tin ist ein verbündeter des Teufels, verdammt nochmal!* Hatte sie nicht schon immer ein ungutes Gefühl, wenn sie diese schlummernde Energie an Tin beobachtete? *Nein, eigentlich nicht.*

Colombe starrte Tin während der ganzen Fahrt an, suchte in seiner Spirale nach der unsichtbaren Energie. Sie war verschwunden. Natürlich war sie verschwunden. Er brauchte ja jetzt nichts mehr vor ihr zu verbergen. Jetzt war klar, dass er ein Handlanger Satans war. *Aber warum fühlt er sich immer noch so liebevoll an?*

»Du willst, dass ich mich mit Lucifer verbinde, nicht wahr?«, hörte sie sich plötzlich fragen. »Das wird niemals geschehen.« Ihre Stimme klang gebrochen, schwach und sie war nicht sicher, ob Tin sie überhaupt verstand. »Ich werde die Menschen nicht dem Teufel überlassen. Dann breche ich lieber die Prophezeiung und überlasse den Kodex seinem Schicksal. Zeit spielt keine Rolle. Die Homullus werden einen neuen Versuch starten müssen, die Tore des Animus zu öffnen.«

Tin hatte aufmerksam zugehört, sagte aber kein Wort. Er setzte den Blinker, fuhr von der Autobahn ab und parkte auf einem menschenvollen Rastplatz.

»Komm!«, sagte er mit gesenkter Stimme. »Wir trinken einen Kaffee, essen etwas und sprechen darüber.«

Colombe setzte sich auf und stieg aus dem Auto. Eigentlich hatte sie erwartet, dass Tin den Wagen verschlossen hielt, bis er um das Auto herumgegangen war, um sie aus dem Sitz zu zerren. Aber sie konnte die Tür problemlos öffnen und hätte ohne Schwierigkeiten vor ihm fliehen können.

»Es gibt nichts mehr zu bereden«, fauchte sie Tin an, bevor sie ausstieg und die Tür mit wütender Wucht zuknallte. Sie erwartete, dass sie ihre gehässige Reaktion jeden Moment wieder bereute, so wie immer, wenn sie auf jemanden wütend war. Tatsächlich begann sie bereits wieder, die Hintergründe von Tins Verhalten zu erkunden und verfiel sehr schnell darin, ihn zu bedauern. *Verdammt, ich will jetzt aber wütend auf ihn sein! Ich MUSS wütend auf ihn sein!*

Tin stieg ebenfalls aus. »Es ist nicht so, wie du denkst«, rief er ihr zu. In seiner Stimme schwang Verzweiflung mit, in seiner Energie Verwirrtheit, Enttäuschung und Unverständnis. Es war ein sonderbares Gefühl, das sie da traf, als er um das Auto herumging, sich ihr langsam näherte und kurz vor ihr stehen blieb. Ihr Gefühl sehnte sich nach ihm, aber ihr Verstand hätte sie beinahe die Arme ausstrecken und mit ihren Zeigefingern das Zeichen des Kreuzes bilden lassen. Aber nur beinahe.

Aus Tins Energie wuchs der Drang, Erklärungen abzugeben und etwas richtigzustellen. Sie wusste, wenn sie ihn nicht sprechen ließ, würde sie es ewig bereuen. Auch wenn diese Ewigkeit nur noch eineinhalb Tage dauerte. Also nickte sie, zwängte ihre Hände in die Jeanstaschen und ging mit eingezogenem Kopf Richtung Raststätte. Es war genau dieselbe Raststätte, in der sie dachte, ihre tote Schwester wiedererkannt zu haben. War es ein geschickter Schachzug Tins? Nein, eher eine fiese List Lucifers.

Tin war enttäuscht. Nach allem, was Colombe über die Homullus wusste, hatte er von ihr eine positivere Reaktion auf Lucifer erwartet. Ein gewisses Maß an Misstrauen hätte er ihr zugestanden. Aber dass sie gleich panisch das Weite suchte... daran hatte er nicht im Traum gedacht. Insgeheim schalt er sich selbst, da er es versäumt hatte, das Verbot des Ordens zu umgehen und ihr stattdessen alles über den Fall des ehrenwerten Lucifers erzählt zu haben. Es blieb ihm nichts anderes übrig, als sie jetzt einzuweihen. Aber jetzt, da er ihr Vertrauen verloren zu haben schien, war das ein weitaus schwierigeres Vorhaben, als es das vorher gewesen wäre. *Mist, verdammter, hätte ich doch nur auf meine Intuition gehört!*

Im Restaurant schwiegen sie sich eine gefühlte Ewigkeit an. Tin machte mehrmals den Mund auf, wusste aber nicht, wie er beginnen sollte. So bestellte er erst einmal etwas zu essen. Immerhin hatten sie seit über 24 Stunden nur noch Flüssiges zu sich genommen. Als das Essen serviert wurde, hatten sie noch keinen Ton zusammen gesprochen. Colombe nippte nur an ihrem Wasser und spielte mit der Gabel in der Lasagne herum. Er konnte regelrecht sehen, wie das Ganze an ihr nagte. Dass sie in diesem Zustand überhaupt hier saß und bereit war ihm zuzuhören, rechnete er ihr schon sehr hoch an; obwohl das eigentlich typisch für sie war. Vermutlich begann sie gerade, Mitgefühl für ihn zu entwickeln, weil er sich in ihren Augen dem Bösen verschrieben hatte.

»Die Amceps-Wächter glauben, es benötige recht viel Anastuiit, um die ... ähm ... Waagschale des Lichts in Bewegung zu ... zu ... zu bringen«, begann er seinen Erklärungsversuch. Colombe hörte augenblicklich auf in der Lasagne herumzustochern. Er hatte ihre vollste Aufmerksamkeit. Ihre Augen funkelten ihn wütend an, was ihn nur noch mehr ins Stottern brachte.

»Aber ... ähm ... ähm ... es ist nicht nur ... ähm ... das Anastuiit, das die Tore öffnen wird. So oder so wird die Verbindung mit Lucifer benötigt. Ohne ...«

»Wer bekommt den Servelat-Salat?«, unterbrach ihn eine piepsende Stimme. Eine kindliche Bedienung stand mit zwei gefüllten Tellern vor ihnen und nagte schüchtern an ihren Lippen. Tin winkte ab. »Wir haben unser Essen schon. Sie müssen sich im Tisch geirrt haben«, antwortete er freundlich. Seine Augen ruhten länger als normal auf der jungen Frau. Tin war irritiert. Wenn er nicht gewusst hätte, dass ihm Colombe gegenübersaß, hätte er gewettet, er sehe in die wunderschönen Augen des Amceps. Als er wieder zu Colombe sah, war sie bereits aufgesprungen. Ihr Stuhl rumste zu Boden und erwischte dabei die Handtasche einer älteren Dame, die hinter Colombe Platz genommen hatte. Die Alte machte Anstalten, sogleich aufzubegehren. Aber als sie Colombe, und auch Tin erkannte, zog sie die Schultern ein und setzte sich wieder hin. Sie blickte nicht mehr auf. Die unangenehmen Erfahrungen vom Vortag steckten tief in ihrer Seele. Sie hatte Glück. Laurenz war nicht in der Nähe.

Colombe schien das Atmen vergessen zu haben. Sie hob ihre Hand und berührte mit einer Fingerspitze die Wange der Bedienung. Die junge Frau war ein paar Zentimeter kleiner als Colombe, hatte das genau gleiche ovale Gesicht wie sie und trug ihre bronzefarbenen Haare kurz wie ein Marine-Offizier. Ihre Nase zeichnete einen ähnlichen Knick wie die von Colombe. Nur ihre ausgeprägten Kieferknochen waren nicht schräg, sondern symmetrisch, wie abgemessen.

»Maud«, flüsterte Colombe. Tränen nässten ihre Wangen und tropften auf den Boden. »Warum arbeitest du hier, du bist doch erst vierzehn?«

Die Bedienung antwortete nicht. Stand starr da wie versteinert und atmete abgehackt. Die Haut des Mädchens war voller überschminkter Pickel. Die Augen, die sie panisch weit aufgerissen hatte, leuchteten in dem künstlichen Licht des Restaurants wie geschliffene Diamanten. Wenn Tin die beiden nur aufgrund der Augen hätte auseinanderhalten müssen, hätte er Schwierigkeiten bekommen.

Das Mädchen ließ den Teller mit dem Salat fallen. Die Kleine drohte in Ohnmacht zu fallen. Tin sprang auf. Sie schwankte und klammerte sich fest an Tin, als ob er sie vor etwas Schrecklichem beschützen sollte. Wie in Trance starrte sie auf Colombe. Ihr Körper zitterte. Tin spürte ihre eiskalten Hände durch den Stoff des Hemdes hindurch.

»Maud«, sagte Colombe. Diesmal war es keine Frage mehr, sondern eine Feststellung.

Ein adretter Typ mit geschniegeltem Anzug eilte herbei. Er war eindeutig der Chef des Restaurants. Lautstark entschuldigte er sich bei Colombe. »Sie macht diese Woche eine Schnupperlehre, ich dachte, einen Salat zu servieren würde sie hinkriegen!« Ein vernichtender Blick wanderte in Richtung des Mädchens. Da erwachte die junge Frau aus ihrer Trance. Sie riss sich aus Tins Armen und rannte davon. Sie machte mehrere Misstritte, weil sie hochhackige Schuhe trug. Also schlüpfte sie aus den Schuhen. Wie ein Fußballspieler trat sie die Treter in hohem Bogen weg.

Tin bekam nun selbst weiche Beine. Diese Situation musste irgendwann einmal eintreten, das war ihm klar. Aber dass es ausgerechnet jetzt und heute geschah, hätte er nicht gedacht. Er riss sich beinahe die Knöpfe seines Hemdes ab, als er die Verbindung mit dem Siegel suchte. Doch dafür blieb keine Zeit, denn Colombe rannte dem Mädchen hinterher und warf alles zu Boden, was ihr im Weg stand.

55

In Gedanken versunken sortierte Anna Tanner die Caramel-Bonbons in die Auslage vor dem Kiosk der Autobahnraststätte, wo sie seit kurzer Zeit arbeitete. Sie kaute auf einer Haarsträhne herum, wie immer, wenn sie ihrer Tochter nachsinnierte. Es verging kein Tag, an dem Anna nicht an ihre Colombe dachte. Heute, am 22. Juni, war das Andenken besonders intensiv, denn es war Colombes letzter Tag – vor ihrem Tod als Amceps. Anna Tanner hatte Lusebian die Zusage abgerungen, Colombe noch einmal sehen zu dürfen, bevor deren lebloser Leib in den Sarg gelegt wurde. Immerhin war Colombe ihr Kind.

Jeden Tag versuchte sie sich einzureden, sie und ihr Mann, Thomas, hätten damals das Richtige getan, als sie das heranwachsende Amceps in Lusebians Obhut gaben. Zuerst waren sie – als Colombes Eltern – strikte dagegen, ihren eigenen Tod vorzutäuschen. Ihrer Meinung nach wäre das Mädchen bei seiner Familie am sichersten gewesen. Ihre Liebe zu Animus und ihre Verpflichtung gegenüber dem Amceps-Orden ließen sie schließlich nachgeben.

»Hm, ihr müsst euch von Colombe trennen«, hatte Mara Niederer ihnen eingeredet. »Die Mactus-Krieger werden nicht ruhen, bis sie Colombe haben. Wir wissen aus Erfahrung, hm, dass sie nicht davor zurückschrecken, die Familienmitglieder der Amceps zu foltern und zu töten. Euer fingierter Tod ist eure Lebensversicherung.«

»Wir sind Colombes Familie. Wir verlassen sie nicht!«, war Thomas' standfeste Antwort.

»Denkt an Maud«, beschwor Mara sie weiter. Zumindest eine Tochter könnt ihr beschützen. Um Colombe kümmern wir uns. Sie wird es gut haben, hm, bei Lusebian. Er wird sie noch intensiver in ImPerDi trainieren als bisher. Kein Mactus-Krieger wird ihr Leid zufügen können. Ihr habt selbst mitbekommen, wie gut Otto sein Amceps beschützt hat. Er wird auch für Colombe, hm, da sein. Rose konnte in Frieden sterben, ohne Angst. Wir werden alles tun, damit auch Colombe ihrer Bestimmung folgen und die Bewusstseinsmessungen ohne Leiden erfüllen kann. Hm, sie wird einen geruhsamen Tod erfahren. Das verspreche ich euch.« Mara stockte. Das Sprechen viel ihr schwer. »Stellt euch vor, wie Colombe sich fühlen würde, wenn die Mactus-Krieger Maud oder euch in ihre Fänge kriegen. Colombe wäre in der Lage, die Messungen nicht durchzuführen, das Conigium walten zu lassen und die

Menschheit zu opfern.« Mara machte eine Pause. »Hm. Nur, damit ihr nicht gefoltert werdet«, fügte sie flüsternd hinzu.

Anna wurde aus ihren Gedanken gerissen, als plötzlich jemand die Tür des Kiosks aufriss. Es war Maud. Der Brustkorb des Mädchens hob und senkte sich, als ob sie sich beim Joggen übernommen hätte. Sie war kreideweiß im Gesicht, wollte sprechen, brachte aber kein Wort heraus.

»Maud, Liebling!«, schreckte Anna auf, ging zu ihr und versuchte sie in den Arm zu nehmen. Maud steckte mitten in einer intensiven Pubertätsphase. Entsprechend verhielt sie sich aufmüpfig und frech, besonders ihren Eltern gegenüber. Anna war froh, dass Maud in der Raststätte eine Schnupperlehre angenommen hatte. So war sie in der Nähe, wenn die Kleine Probleme machen sollte.

Maud stieß ihre Mutter von sich weg. »Was seid ihr bloß für Eltern!«, fauchte sie. Ihre Stimme war klanglos heiser. »Was habt ihr mit Colombe gemacht, sie verkauft... verschenkt? Ward ihr sie leid? Hat sie zu viel Ärger gemacht, so wie ich es eurer Ansicht nach tue? Wollt ihr mich auch weggeben und den Nachbarn vorschwindeln, ich sei bei irgendeinem bescheuerten Unfall ums Leben gekommen?«

Anna packte ihre Tochter an den Schultern. »Was redest du da?«

»Ihr habt mich angelogen!«, schrie Maud unter Tränen. »Colombe lebt. Ich habe sie gesehen. Sie ist nicht beim Schwimmen ertrunken!« Mit voller Wucht stampfte sie auf den Boden. »Ihr habt sie mir weggenommen!«

Anna horchte auf. »Du hast Colombe gesehen?«

»Siehst du!«, schrie Maud. »Du verneinst es nicht mal! Du sagst nicht, dass es unmöglich ist!«

»Du hast Colombe gesehen?«, wiederholte Anna atemlos. »Wo?«

»Ich bin hier«, hörte sie Colombes abgehetzte Stimme sagen. Ihr Kind stand direkt vor der Kiosk-Auslage.

Anna begann augenblicklich zu weinen, als sie ihrer verloren geglaubten Tochter in die Augen blickte. »Colombe«, flüsterte sie. »Mein Liebling.« Sie eilte aus dem Kiosk, um ihr großes Mädchen in die Arme zu nehmen. Doch Colombe war nicht mehr da. An ihrer Stelle stand ein dunkelhaariger Typ mit breiten Schultern und traurigen Augen. Er packte sie aufgebracht an der Schulter, ließ sie aber gleich wieder los.

»In welche Richtung ist sie gelaufen!«, fragte er hechelnd. Es war ihm gut anzumerken, dass er sich beherrschen musste, sie nicht anzuschreien.

Anna beachtete ihn nicht, sah sich um und suchte nach Colombe, doch sie war nirgends zu sehen, als ob der Erdboden sie verschluckt hätte.

»Verdammt, Anna!«, fluchte Tin. Was macht ihr hier. Warum seid ihr nicht in Chur, wie es vereinbart war!«

56

Tin suchte Colombe den ganzen Nachmittag und die ganze Nacht. Am Nachmittag des folgenden Tages, kurz nach 16.30 Uhr, fand er sie in Zlittles Wohnung am Rande der Stadt Bern. Das Amceps lag auf dem Bett ihrer Freundin, eingehüllt in eine flauschige Daunendecke. Die Lamellen waren heruntergelassen, die Vorhänge gezogen (ja, Zlittle besaß Lamellen *und* Vorhänge) und in Colombes Ohren steckten Wachspads. Vermutlich hätte sie auch noch eine Nasenklammer benutzt, wenn eine verfügbar gewesen wäre.

Zlittle bestand darauf, sie schlafen zu lassen. »Sie braucht ihren Schlaf«, referierte sie so leise wie möglich und gestikulierte wild mit den Armen vor Tins Nase herum. »Ich habe sie die ganze Nacht weinen gehört. Sie muss total erschöpft sein. Ich bin froh, wenn sie jetzt schläft.«

»Sind die Amceptierungen gut verlaufen?«, fragte Tin besorgt. Am liebsten hätte er Colombe in die Arme genommen und an einen unbekannten Ort gebracht, weit weg, wo niemand sie findet, weder Amceps-Wächter, noch Mactus-Krieger, Homullus oder Mitglieder des Consortiums.

»Glaube schon«, antwortete Zlittle, zog Tin aus dem Schlafzimmer heraus und befahl ihm, ihr beim Kaffeekochen zu helfen. Sie fragte Tin über alles Mögliche aus. Vermutlich hatte Colombe ihr nichts von Maud und ihrer Mutter erzählt, denn Zlittle erwähnte immer nur den Sodbrunnen und Lucifer. Zlittle wirkte plötzlich so ruhig und gelassen. Zweifellos wollte sie die gute Freundin sein, die Colombe den Rücken stärkt. Von dem hyperventilierenden Mädchen, das sich über das Eintreffen der sieben Plagen der Endzeit echauffierte, war nichts mehr übriggeblieben. Tin plauderte mit ihr über den Amceps-Orden, *ImPerDi*, das Crepererum bis hin zu den Mactus-Kriegern, als ob es das normalste der Welt gewesen wäre. *Colombe hat Glück, sie als Freundin zu haben,* dachte Tin.

Irgendwann schaute Zlittle Tin tief in die Augen und hob eine Braue.

»Eigentlich sollte ich dich zum Teufel jagen. Im wahrsten Sinne des Wortes. Ich weiß nicht, warum ich es nicht mache. Wahrscheinlich, weil ich keine Angst vor dir habe, was mich irgendwie befremdet. Ich bin sonst die Angst in Person, wenn es um solche Dinge geht. Bitte, Tin, sag mir: Warum fliehe ich nicht schreiend vor dir, du elender Verbündeter Lucifers!« Zlittle wollte wütend wirken, das gelang ihr aber nicht. Ein leichtes Zucken der Mundwinkel verriet sie.

Tin schüttelte energisch den Kopf. »Es ist nicht so, wie du denkst. Colombe hat da etwas missverstanden. Sie ...«

Zlittle hob stoppend die Hände. »Es ist mir egal, was du jetzt sagen möchtest. Alles, was ich wissen muss, wird mir Colombe bestimmt berichten. Rede mit ihr, nicht mit mir. Sie hat dir vertraut und ich auch. Ehrlich gesagt tue ich es sogar immer noch. Ich kann nicht glauben, dass sie sich in dir getäuscht hat. Sie täuscht sich nämlich nie. Wenn du wirklich ein Beelzebub wärst, hätte sie es bei eurer ersten Begegnung erkannt. Ich bin diejenige, die blind wird, wenn sie sich verliebt, aber nicht Colombe. Also klär das mit ihr, und zwar subito!« Sie streckte einen Arm aus und zielte mit dem Zeigefinger Richtung Schlafzimmer. »Ich habe Colombe schon oft in einem miserablen Zustand gesehen«, sagte sie mit ruhiger Stimme. »Aber so schlimm wie heute war es noch nie. Es geht ihr nicht gut, Tin - sie ist kurz davor, sich ernsthaft in dich zu verlieben - und du hast sie auf das Schäbigste verletzt. Bring das in Ordnung. Wenn nötig, konvertier von mir aus zu irgendeiner lichtvollen Religion. Aber hilf Colombe, sich wieder gut zu fühlen.«

Tin erhob sich wortlos und schritt Richtung Schlafzimmer. Zlittles Aufforderung kam ihm gelegen. Ihre freundschaftliche Fürsorge in Ehren, aber er hätte sowieso nicht mehr länger warten wollen. Colombe hatte nur noch zwei Amceptierphasen vor sich. Genauer gesagt, war es nur noch eine, denn aus der letzten würde sie nicht mehr lebend zurückkehren ... wenn er sich nicht endlich beeilte. Der Gedanke versetzte Tin einen Stich ins Herz. Er befürchtete, sie so oder so zu verlieren. Die Frage war nur noch: auf welche Weise?

»Ach ja, eins noch«, rief ihm Zlittle hinterher.

Tin drehte sich um.

»Es ist das erste und letzte Mal, dass du meiner Freundin weh machst. Noch einmal, dann mache ich dir dein Leben zur Hölle. Da würde selbst Lucifer die Panik kriegen. Dein *ImPerDi* wird dir dann nichts nützen, auch keine Armee von Amceps-Wächtern.«

Tin nickte und wollte gerade die Klinke der Tür herunterdrücken, als Zlittle nochmals den Finger hob. »Ich würde nicht einmal davor zurückschrecken, diesen Stinker von Laurenz aus seinem Käfig zu befreien. Ich habe gesehen, wie Otto ihn ins Verlies des Treeins gebracht hat. Laurenz würde dich bestimmt mit Genuss zerpflücken. Zumindest hat er das geschrien, bevor man ihn knebelte.«

Tin wünschte sich, er hätte lachen können. Aber er fand Zlittles Worte passend. Er hätte an ihrer Stelle bestimmt gleich reagiert.

Leise betrat er das Zimmer.

Colombe war wach und starrte an die Decke. Entschieden schloss er die Tür hinter sich, marschierte auf sie zu und setzte sich auf das Bett. Aus Gewohnheit bettete er ihre Hand in die Seine. Er war so froh, dass sie nicht gleich schreiend über ihn herfiel und ihm das Gesicht zerkratzte. Colombe entzog ihm ihre Hand, holte die Wachspads aus ihren Ohren und setzte sich auf. Sie umschlang ihre angezogenen Beine und legte ihr Kinn auf die Knie. Sie trug einen karminroten Jogginganzug mit je einem silbernen Streifen auf beiden Seiten der Hosenbeine. Der Reisverschluss des Oberteils war bis zum Anschlag hochgezogen. Ihre Haare wirkten noch genauso zerzaust wie zuvor und ihre Haut schimmerte immer noch durchsichtig. Doch der Lebenswille, den er an ihr in den letzten Tagen aufflammen sah, war erloschen. *Kein Wunder, dachte Tin, wenn man bedenkt, was sie in den letzten Tagen durchgemacht hat.* Zudem nagte an ihr auch noch die irrige Meinung, er hätte sie nur benutzt. Außerdem konnte er sich nicht vorstellen, wie es sich anfühlte, wenn man plötzlich seiner totgeglaubten Familie gegenüberstand.

Colombe scannte ihn, fühlte seine Nervosität ... und seine Liebe zu ihr. Wo war die heimtückische Energie, die sie normalerweise bei Missgunst, Missbrauch oder Manipulation wahrnahm? Warum trug Tin eine reine Aura, wo er doch mit Lucifer im Bunde stand?

Während der letzten Messung im Crepererum hatte sie mit dem Gedanken gespielt, den Kodex auf die lichtvolle Seite der Waage zu werfen und dann einfach die Folgen abzuwarten. Es war ihr egal, ob das für Erde und Menschheit das Ende bedeutet hätte. Sie wollte nur endlich alles hinter sich bringen. Den Kodex hatte sie schon in den Händen. Aber dann glaubte sie, flehende Schreie der Homullus zu hören. Flehende Schreie, es nicht zu tun. So legte sie die Energiekugel wieder an ihren angestammten Platz, verkroch sich im Bett unter der Falltür und weinte oder schlief.

Tin räusperte sich.

»Ich höre«, sagte Colombe. Ihre Stimme ließ keinen Zweifel offen, wie verletzt und wütend sie war.

»Erinnerst du dich, was Lusebian dir vor ein paar Tagen über die Homullus erzählt hat?«, fragte Tin, wartete aber nicht auf eine Antwort. Er wollte endlich Klarheit schaffen und sprach einfach weiter. »Es wäre mir eigentlich nicht gestattet, dir über den Fall Lucifers zu berichten. Ehrlich gesagt ist es mir mittlerweile scheißegal, ob es erlaubt ist oder nicht. Ich bin kein Wächter mehr. Zudem habe ich von *ihm* höchstpersönlich die Zustimmung.«

»Von Lusebian?«, fragte Colombe und hob ihren Kopf.

»Nein, Lusebian würde mir die Erlaubnis niemals erteilen. Ich spreche vom ehrenwerten Lucifer.«

Colombe sog hörbar Luft ein. »Ehrenwert«, welch Affront.«

»Verdammt, Colombe!« heischte Tin sie an. »Steig von deinem hohen Ross herunter! Lucifer wollte Animus niemals verlassen. Er ist das einzige Homullus, das vom Vater *gebeten* wurde, seinen göttlichen Schoss zu verlassen. Animus wollte seine Homullus beschützt wissen. Und wer war besser dafür geeignet, als Lucifer.«

»Und? Ist er deshalb sauer auf Animus und hat sich dem Bösen zugewandt.« Es war keine Frage. Für Colombe stand das fest.

Tins Schultern senkten sich. »Du weißt, dass Lucifer immer das liebevollste aller Homullus war. In Tat und Wahrheit ist er dem Vater am nächsten und zudem ein geachteter Konfliktmanager. Darin liegen die Ursachen für die allgemeine Meinung, er sei der Herrscher des Bösen. Aber er war niemals Böse und wird es niemals sein. Er hat auf alles eine Antwort. Alle seine Werke gründen auf absoluter Liebe, aus Anastuiit. In Wirklichkeit ist nicht er der Auslöser des Bösen, er ist immer der Vermittler zum Frieden. Darum ist es nur logisch, dass das Consortium, das die Bewusstseinsmessungen der Amceps überwacht, den Namen Lucifers trägt.

»Ja, ich weiß«, funkte Colombe dazwischen. Lucifer war ursprünglich auf der guten Seite. Aber dann kam es zum Fall.« Das Consortium Lucifer ist schon längst ausgestorben. Das ist doch ein eindeutiger Beweis dafür.«

»Du irrst. Das Consortium Lucifer ist nicht ausgestorben. Es besteht und ist mit zwölf Mitgliedern sogar vollzählig.«

Wieder sog Colombe laut Luft ein. »Ja klar... und du bist einer von ihnen.«

»Ja, ich bin ein Mitglied des Consortiums Lucifer, das stimmt.«

Colombe zuckte zusammen.

Tin holte das Spiralsiegel hervor, stülpte das lederne Band über den Kopf und legte es vor Colombe hin. »Das ist ein Siegel Lucifers. Es ist die Verbindung zum lichtvollen Meister. Diese Verbindung ist um ein Vielfaches stärker als der Fall ins Crepererum.«

Colombe schnaubte gekränkt. »Ja, du hast mich nicht einmal angelogen, als ich dich fragte, ob du das Siegel von dem Engel aus dem Sodbrunnen hast. Damals hatte ich noch keine Ahnung, wie verlogen du sein kannst. Scheiß drauf, dass ich es nicht bemerkt habe.«

Diesmal zuckte Tin zusammen.

Colombe ignorierte die Tatsache, dass sie ihn eigentlich bedauerte. Ihre Gefühle fuhren mit ihr Achterbahn. In ihrem Bauch rumorte es, als ob sie dringend aufs Klo müsste. Sie wollte ihn nicht bedauern. Sie wollte wütend auf ihn sein und ihm deutlich zeigen, dass er ihr Vertrauen verloren hatte, dass er sie verletzt hatte und dass sie ihn... immer noch liebte. *Liebe ist ätzend. Mehr Schmerz gibt es nicht.*

Sie nahm das Siegel in die Hände, begutachtete es, verlor sich einen Augenblick im Bauch der farbenfrohen Spirale, warf es aber dann wieder auf die Decke. »Es sieht genauso aus, wie ein Amulett der Mactus-Krieger«, sagte sie so schnippisch wie möglich.

Mehrmals öffnete Tin den Mund, bevor er weitersprach. »Hast du mir nicht zugehört? Ich bin Mitglied des *ursprünglichen* Consortium Lucifer. Dem Consortium, das den Namen des liebevollen Lichtes trägt. Es ist nie ausgestorben, sondern hat sich nur zurückgezogen. Es wollte nicht mit dem Bösen der Mactus-Krieger in Verbindung gebracht werden. Ich spreche hier von der absolut anastuiiten Liebe, Colombe. Es gab niemals eine dunkle Vereinigung, die seinen Namen trug. Wenn sich Mactus-Krieger mit dem Bösen verbünden, so bedeutete das noch lange nicht, dass es nach Lucifers Willen geschieht.« Nervös fuhr er sich mit beiden Händen durch die Haare und hielt ihr dann das Siegel unter die Nase. »Sieh' hin, wir tragen das Amulett im Zeichen der Neun.«

Colombe hob die Augenbrauen. »Das sind drei Sechsen, die aufeinandergeklebt sind.«

»Nein, es sind Neunen. Die Zahl 9 steht für das Anastuiit, für Heilung, Frieden und Freiheit. Wenn wir es um den Hals tragen und uns mit Lucifer verbinden, sieht der Träger die 999, nicht 666«. Das Siegel wurde mit den Jahren zum Symbol des Irrtums.«

Colombe biss sich auf die Zähne und starrte auf das Amulett. Sie konnte Tins Energie noch so oft scannen. Er sagte immer die Wahrheit.

»Du hast Lucifer selbst getroffen, Colombe. Sag mir, war das Homullus aus dem Sodbrunnen böse oder gut?«

Colombe floh aus dem Bett und tigerte im Zimmer auf und ab. Tins Energiespiralen sprachen die Wahrheit. Aber was an Tin war wirklich wahr und was gelogen? Die unsichtbare Energie war verschwunden. Normalerweise hätte das für sie bedeutet, dass Tin kein Geheimnis mehr vor ihr verborgen hielt. Aber sie konnte ihm nicht mehr vertrauen. Nur ihr Bauchgefühl forderte sie auf, ihrem Instinkt zu folgen und die Liebe, die er ihr immer noch entgegensprühte, als wahr anzusehen.

»Aber Lucifer ist gefallen.«

»Nein ist er nicht.« Tins Tonfall klang resignierend.

Abrupt blieb sie stehen und verzog ihr Gesicht zu einer ungläubigen Fratze. »Ach, nicht? Das stimmt weder mit Lusebians Erzählungen noch mit deinen Aussagen überein.« Zornig ballte sie die Hände zu Fäusten. »Also, lüge, mich, nicht, an!« Sie hatte keine Ahnung, warum sie das sagte. *Er lügt nicht!*

Tin stand auf, blieb jedoch auf Abstand. »Lucifer übernahm die

Dunkelheit, um damit das Licht der Erde zu schützen. Diesen Vorgang bezeichnen die Amceps-Wächter als »Lucifers Fall.« Hast du nicht selbst gesagt: »Wie stark muss die dunkle Liebe sein, damit sie all das Böse in sich aufnehmen kann, um das Licht zu schützen.«

Colombe knapperte auf ihrer Unterlippe herum. *Ja, das hatte sie wirklich gesagt und auch gefühlt.*

»Die Amceps-Wächter, und demnach auch Lusebian, sind der Überzeugung, der Fall Lucifers habe eigentlich die Mactus-Krieger in die dunkle Richtung geleitet. Darum wollten sie es dir nicht erzählen. Sie befürchteten, deine Messungen zu beeinflussen. Nun – deine Reaktion gibt ihnen leider recht. Hingegen irren sie sich, wenn es um den Fall geht. Lucifer ist nie gefallen. Im Gegenteil. Er ist Animus näher den je. Ich habe keine Ahnung, wie der Amceps-Orden dieses selbstlose Opfer Lucifers als »Fall« bezeichnen kann! Erst recht nicht, weil sie den Lichtvollen nach wie vor als Animus Vertreter ansehen.«

Tin zog sein Handy aus der Jeanstasche und hielt es ihr hin. »Frage Lusebian, wie der Amceps-Orden zu Lucifer steht! Frage ihn, ob Lucifer durch den Fall böse geworden ist!«

Colombe schniefte und wackelte mit dem Kopf. »Das muss ich nicht. Ich habe gesehen, wie ängstlich die Wächter reagierten, als sie das Siegel des Lucifer an dir entdeckten.« Sie deutete mit dem Kopf zum Spiralamulett.

Tin erinnerte sich an die Situation. »Hm«, seufzte er. »Die Wächter waren etwas ehrfürchtig, das stimmt. Aber nur, weil ihnen bewusst wurde, dass sie es mit einem Mitglied des Consortiums Lucifer zu tun hatten, einem Vertreter der absolut anastuiiten Liebe. Es war eine menschliche Reaktion. Die gleiche Reaktion erkennst du bei Gläubigen, die ihre Kirche, ihre Moschee oder ihren Tempel besuchen. Sie nehmen demütige und ehrfürchtige Haltung an, obwohl ein Gotteshaus als Zeichen der Liebe, des Anastuiits und der Freiheit stehen sollte. Wer ein Gotteshaus in Furcht und Demut vor dem Herrn betritt, verschließt sich vor dem Anastuiit Gottes. Wer ein Gotteshaus in Liebe und Hoffnung betritt, fühlt sich inmitten der vielen Gebote bestimmt sehr schnell nicht mehr wohl. Ein Gotteshaus sollte kein Ort des Bittens und Flehens sein, sondern ein Raum der Freiheit, der Fröhlichkeit, des Lachens, der Entspannung und der Intuitionsfindung.«

Tins Arm mit dem Handy war immer noch ausgestreckt. Er deutete ihr, es zu nehmen und Lusebian anzurufen.

Colombe beachtete das Gerät gar nicht. »Es gibt da noch einen Widerspruch. Du sagtest, die Wächter hätten sich betreffend Luzifers Fall geirrt. Aber trotzdem sollen sie ihn als das absolut Gute einstufen? Nee, mein Lieber, das passt nicht zusammen.«

»Für die Wächter ist Lucifers Fall eine Metapher seiner Opferung. Er hat sich geopfert, indem er die Verantwortung für all das Böse dieser Welt auf sich nahm, es reinigte und in der Vollkommenheit des Anastuiits wieder frei ließ. Man darf nicht ihm die Schuld geben, wenn etwas Böses auf Erden geschieht, denn er respektiert das Gesetz des freien Willens. Er mischt sich nie ein. Aber er schütz das Licht und reinigt Energien. Ohne seine Bemühungen gäbe es schon längst keine Menschen mehr. Sie hätten sich schon vor Jahrtausenden die Köpfe blutig geschlagen und sich selbst ausgerottet, nur aus lauter Unwissen um ihre wahre Herkunft. Wie gesagt: Ich begreife nicht, warum der Orden dieses Ereignis als den »Fall« bezeichnet.«

Stille.

Eine Woge der Erleichterung und der Wahrheit durchfuhr Colombe mit schmeichelnder Wärme. *Seine Spirale spuckt nicht den kleinsten Hinweis einer Lüge aus.* Langsam ging sie auf Tin zu, nahm das Handy und steckte es ihm wieder in die Gesäßtasche. Sie legte ihre rechte Hand auf ihr drittes Auge, während sie die linke Hand auf Tins Brust drückte. Mit geschlossenen Augen scannte sie ihn erneut. Nichts - nicht einmal ein Hauch von einem undurchdringbaren Schutz. Plötzlich konnte sie sich in seiner Nähe wieder entspannen. Sie fühlte seinen Atem, der warm über ihr Gesicht strich. Sein Herzschlag raste, begann sich jedoch mit jedem Augenblick zu normalisieren. Colombe dachte lange über Tins Worte nach. Eine Welle seines Eigendufts kitzelte ihre Nase. Der Duft des Lichts schwang mit. Es war der Duft, der vom Homullus im Sodbrunnen ausging... von Lucifer.

Vor ihrem inneren Auge beobachtete sie, wie ein Tsunami an Vertrauen durch ihre Adern floss und die Energie des Animus liebliche Melodien erklingen ließ.

Sie drückte ihre Nase an seine Brust. »Lucifer ist also nicht gefallen?«, fragte sie nach. Langsam begriff sie.

»Nein. Er ist das liebevollste, netteste, freundlichste, lichtvollste, anastuiiteste Wesen, das es jemals gegeben hat und geben wird.« Tin flüsterte. Küsste Colombe auf die Haare und legte seine Arme um sie. Langsam wog er sie hin und her und spürte, wie ihre Nase eiskalt wurde. Er schloss vor Erleichterung die Augen. Eine Träne löste sich aus seinem Augenwinkel. Die Homullus fütterten sie gerade mit allem, was sie über Lucifer wissen musste. Die Engel hatten vorher keine Chance gehabt, Colombe mit diesem Wissen anzureichern, da sie es nicht zugelassen hatte. Aber jetzt schien sie sich auch für Lucifer zu öffnen. Es war der erste Schritt zur Verbindung. Als sie einen Moment später ihren Kopf hob, ihn mit ihren glitzernden Augen anlächelte und sagte: »Eigentlich ist es logisch«, musste er sogar Lachen.

»Auf zum Sodbrunnen?«, fragte er sie mit unsicherem Blick.

Sie nickte. »Gehen wir mein Leben retten.«

Colombe erzählte Zlittle im Telegrammstil von ihrer neusten Erfahrung. Anschließend borgte sie sich von ihr frische Jeans und eine schwarze Bluse. Während sie die Knöpfe der Bluse zuknöpfte, streckte Tin ihr eine kleine blaue Schatulle hin, die mit einer violetten Schlaufe zugebunden war.

»Alles Gute zum Geburtstag«, sagte er und strahlte sie an.

Colombe war vollkommen überrascht. Heute war ihr Geburtstag. Daran hatte sie gar nicht mehr gedacht.

Sofort nestelte sie an der Schlaufe herum.

»Nein, nicht«, zögerte Tin. Mach es erst morgen auf. Morgen ist der erste Tag deines neuen Lebens.«

57

Die Fahrt zum Sodbrunnen musste warten. Colombes Amceptierung kam dazwischen. Für Tin wären es vier Sekunden gewesen, die er länger auf Colombe hätte warten müssen. Aber er bestand darauf, die vier Stunden im Crepererum mit ihr zu verbringen. Er wollte die Zeit, die ihm mit Colombe noch blieb, in vollen Zügen genießen. Das Unwohlsein bei der Rückkehr war ihm zu diesem Zeitpunkt egal.

Zwischen den uralten Lebensbüchern der Crepererums-Bibliothek erzählte er Colombe alles über ihre Eltern. Sie hörte aufmerksam zu und nickte immer wieder, wenn er sie fragte, ob alles in Ordnung sei. Ihr Vertrauen zu Tin war wieder voll hergerichtet. Sie freute sich sogar,

Lucifer im Sodbrunnen wiederzusehen. Nachträglich konnte sie kaum glauben, auf die Sagen des Teufels reingefallen zu sein. Aber das Bild ihrer Mutter vom Vortag ging ihr nicht mehr aus dem Kopf. Mehr als sieben Jahre lang hatte sie schmerzvoll um ihre Familie getrauert. Gestern war ihr mit einem Schlag eine andere Realität vor Augen geführt worden. Ihre Familie ist nicht tot. All die seelischen Schmerzen hätten vermieden werden können. Sie fragte sich, ob sie Lusebians Verhalten jemals würde verzeihen können.

Tin und Colombe liebten sich in dem kleinen Raum unter der Falltür leidenschaftlich. Als sie sich kurz vor der Rückamceptierung in den Armen lagen und wieder über ihre Eltern redeten, fragte sie ihn, ob er sie zum Treffen mit ihrer Familie begleiten würde. Sofort bemerkte sie, wie seine Energien eine Blockade errichteten. Er setzte sich auf und schlüpfte in seine Hose.

»Was hast du?«, fragte Colombe. Sie war nackt und wuschelte sich in das seidene Lacken ein.

Mehrmals öffnete und schloss er seinen Mund. Colombe wurde unsicher. Tin strahlte Abschied aus. Das war das Letzte, was sie wollte.

»Die nächste Amceptierphase«, antwortete er, sprach aber dann nicht weiter.

»Es wird mein letzter Schwupps sein«, sagte Colombe. »Oder meinst du, ich werde mein ganzes Leben ins Crepererum fallen?«

Tins Gesicht verzerrte sich zu einem gequälten Antlitz. »Das weiß niemand... vielleicht.« Nervös tigerte er im Raum auf und ab, kratzte sich am Hinterkopf und öffnete wieder mehrmals den Mund, ohne etwas zu sagen. Dann blieb er endlich stehen. Mit versteinertem Blick sprach er das aus, was an ihm nagte, seit er Colombe zum ersten Mal begegnet war. »Sobald du dich mit Lucifer verbunden hast...«

Colombe setzte sich unruhig von einer Pobacke auf die andere. »Ach... ja... das kommt ja auch noch. Wie muss ich mir das vorstellen? Ist es wie Sex? Ich will nur mit dir Liebe machen, mit niemandem sonst. Was genau passiert da eigentlich? Was soll es nützen?«

Tin schien verwirrt. »Ähm... nein, nicht wie Sex. Zumindest nicht was das Körperliche betrifft. Aber es ist etwas Ähnliches wie eine Heirat. Du wirst während deines Weiterlebens als Colombe eine energetische Verbindung mit Lucifer haben.«

»Cool«, freute sich Colombe. »Öifgen zu sein wird langsam toll. Ein

Gefährte mehr.«

»Nein ... du wirst weder mich noch Laurenz als deine Gefährten anerkennen.« Tin konnte kaum noch atmen.

Colombe runzelte die Stirn. »Oookey. Ist das ein Problem? Ich meine, dass wir keine Gefährten sind. Das sind ja viele andere Liebespaare auch nicht.«

»Du wirst deine Liebe zu mir ablegen.«

Colombe schüttelte den Kopf. »Sicher nicht! Ich meine, ich weiß doch, was ich empfinde, wenn ich mit dir zusammen bin. Das kann man nicht einfach ablegen.«

»Lucifer wird es verlangen und du wirst es tun.«

Jetzt stand Colombe auf, wickelte sich das Laken wie eine römische Toga um ihren Körper und eilte zu ihm hin. Sie küsste ihn, umarmte ihn, hielt ihn fest. »Das wäre nicht der Lucifer, von dem du mir erzählt hast, wenn er das von uns verlangen würde.«

»Es ist ein kleines Opfer, wenn man es mit dem Leidensweg vergleicht, den er all die Jahrtausende, ohne zu meckern, ertragen hat. Deine Verbindung mit ihm wird der Erde zu neuer Energie verhelfen. Lucifer wird stärker werden, weil du das einzige Wesen weit und breit bist, das die Fähigkeit besitzt, ihn bei seinem Wirken zu unterstützen.«

»Bei welchem Wirken?«, schoss es aus Colombe heraus. Sie sah sich schon in Gedanken auf einer Wolke sitzen und Harfe spielen, obwohl sie haargenau wusste, dass das Unsinn war.

»Lucifer will die Dunkelheit von der Erde abziehen.«

»Das kann er nicht machen.«

»Er muss! Warum sonst sollte die Menschheit eine Chance auf eine zweite Amtszeit von 28'000 Jahren erhalten? Soll alles so weitergehen wie bisher? Nein ... es wird Veränderungen geben. Frage mich nicht welche. Aber Lucifer wird nicht mehr der Engel sein, dem man das Böse anlasten kann. Er wird sich outen, genau so, wie er sich dir preisgegeben hat. Und er wird es sachte tun. Immerhin hat er jetzt wieder 28'000 Jahre lang Zeit dazu.«

Colombe steckte ihren Daumen in den Mund und kaute am Nagel. Sie begann unruhig auf und ab zu gehen. Mit einem Schmatzer zog sie den Daumen wieder aus dem Mund. »Ich leide unter meiner Hochsensibilität, seit ich ein kleines Kind war. Man nimmt mir meine Eltern weg und gibt vor, sie wären tot. Man hat in den letzten vier Tagen Dinge von mir verlangt, die für mich die Hölle waren. Ich helfe Lucifer gerne bei irgendwelchen energetischen Angelegenheiten. Aber ...«, nun blieb sie stehen und sah Tin ins Gesicht. »Ich werde nicht auf dich verzichten.« Ihre Hände zitterten, als sie nah bei ihm stand und über die Wölbung seines schiefen Zahns streichelte. »Wenn ich dich nicht haben kann, dann verbinde ich mich nicht mit ihm.«

»Es käme der Vernichtung der Erde gleich«, sagte Tin mit gebrochener Stimme. »Lucifer würde sein Opfer widerrufen und sich wieder dem Licht zuwenden. Von einem Tag auf den anderen. Die Welt ohne schützende Dunkelheit ... das hält weder Mensch noch Materie aus. Nicht bei dem Bewusstseinsstand, der die Menschheit im Moment noch hat.«

»Wir werden sehen«, sagte Colombe bestimmt, bevor die Glocken zur Rückamceptierung schlugen.

58

Otto chauffierte die beiden nach Augusta Raurica. Sie kuschelten sich auf dem Rücksitz aneinander, sagten kein Wort, genossen einfach die letzten Augenblicke miteinander. Es war kurz nach 20.15 Uhr. Der Stoßverkehr auf der Autobahn hatte sich zu dieser Zeit bereits wieder aufgelöst und Otto fuhr dementsprechend schnell. Als die Autobahnraststätte in Sicht kam, in der Colombe ihre Familie entdeckt hatte, drückte er das Gaspedal ganz durch. Colombe lächelte ihm durch den Rückspiegel dankbar zu. Auch Otto hatte gewusst, dass ihre Familie lebte ... fern der Gewalt Mactus'.

Colombe hatte den Schmerz in der vergangenen Nacht weggeweint. Was die Energien betraf, war das manchmal auch ein Vorteil, ein Amceps zu sein. Vergebens suchte sie am nächsten Morgen nach einem Anzeichen von Wut in ihrer Seele. Sie wollte und konnte keinem böse sein. Obwohl sie sich überlegte, ob es für sie nicht leichter gewesen wäre, Lusebian und Mara einmal so richtig die Meinung zu geigen. Aber da lag ja gerade das Problem. Als sie ein paar Stunden über die Situation geschlafen und sich mit dem Crepererum darüber besprochen hatte, wollte und konnte sie niemandem mehr böse sein. Im Gegenteil, sie war auf einmal unendlich froh, dass ihre Familie die ganze

Zeit über in Sicherheit gewesen war. Die Dinge sind nicht immer, wie sie scheinen. Das wurde ihr einmal mehr bewusst. Man sollte erst ein Urteil fällen, wenn man wirklich alle Fakten kennt. Aber wie und woher kommt die Gewissheit, dass man *alles* weiß? *Vielleicht sagt man deshalb von Animus, er verurteile nichts und niemanden.*

Egal, sie freute sich darauf, ihre Familie bald wieder gesund und unversehrt in die Arme schließen zu können. Lusebian und die Wächter handelten nicht einfach grausam. Sie fühlte sogar Dankbarkeit gegenüber dem Amceps-Orden, für das umsichtige und fürsorgliche Vorgehen.

Otto wollte nicht mit zum Sodbrunnen gehen und im Wagen warten. Aber für Tin und Colombe war klar, er war nur mitgekommen, um zum Podiumstempel zu gehen. Seine Spiralenergie war bis zum Bersten angereichert mit der Sehnsucht nach Rose. Es war Zeit, endlich die schmerzenden Kräfte frei zu lassen. Otto verabschiedete sich nur flüchtig von Colombe. Entweder dachte er nicht mehr daran, dass ihre letzte Amceptierphase bevorstand oder er war überzeugt davon, sie bald wieder zu sehen.

Hand in Hand marschierten Tin und Colombe zum Sodbrunnen. Die Sonne stand tief, war aber immer noch kraftvoll und tauchte die Ruinen der Badeanlage in einen goldenen Schimmer. Der wunderschöne Abend lockte viele Touristen an. Tin vertraute auf Lucifer: dass er sich dem Problem annehmen und die Besucher vom Sodbrunnen fernhalten würde.

Vor dem Eingang zum Tunnel wollte Tin Colombes Hand loslassen, damit sie sich dem lichtvollen Lucifer alleine stellen konnte. Aber Colombe ließ ihn nicht los. Sie verwob ihre Finger mit den seinen, drückte sie aufmunternd und sprach das erste Mal wieder, seit sie von Zlittles Wohnung losgefahren waren. »Diesmal kommst du mit«, sagte sie entschlossen. »Ohne dich geht nichts. Entweder, Lucifer akzeptiert das, oder die Welt kann mir gestohlen bleiben.«

Tin ließ sich unschlüssig mitziehen. Er dachte, Lucifer werde sie ohnehin innert weniger Sekunden umgestimmt haben.

Es kam ihm vor, als ob er in den letzten Stunden um viele Jahre gealtert wäre. Die Beine trugen ihn nur mit größter Anstrengung. In seinem Herzen hatte sich ein zentnerschwerer Bleiklotz verankert; und das wohl für den Rest seines Lebens. Das waren jetzt also die letzten

Augenblicke mit Colombe. Bald würde sie ihm ihre Hand nicht mehr freiwillig reichen.

Ein asiatisches Touristenpärchen grüßte freundlich und verließ den Gewölberaum mit mehreren Verneigungen. Wie erwartet war es angenehm kühl im Gewölbe. Tin machte ein paar tiefe Atemzüge und sah sich um. Doch es war noch nicht der Duft des Lichts, den er roch. Die Luft fühlte sich rein an, energiegeladen, und das, obwohl es sich nur um 2000 Jahre alte, übereinander geschichtete Steine handelte, die das Parfum der Zeit absonderten. Der Ort versprach etwas Heilendes, auch ohne Lucifers Anwesenheit. Tin hörte, wie auch Colombe tief durchatmen.

»Spürst du ihn schon?«, fragte er.

Sie hob den Kopf und schnupperte. »Nein, ich kann ihn weder fühlen noch riechen.«

Stille.

»Komisch«, sagte Colombe nach einer Weile. Eigentlich hätte ich ihn schon auf dem Parkplatz spüren und riechen sollen.«

Sie warteten.

Nach einer halben Stunde tauchte ein Museumsangestellter auf, der sie aus der Anlage wies. Tin bot ihm Geld an und die Zusicherung, die Tür zum Tunnel beim Hinausgehen abzuschließen sowie den Schlüssel in den Briefkasten des Museums zu werfen. Der bärtige Mann sah nicht so aus, als ob er auf den Deal eingehen würde. Er brummte etwas Unverständliches und schüttelte den Kopf. Widerwillig folgten die beiden dem Museumswächter nach draußen. Jetzt musste Tin dem Mann gezwungenermaßen einen Deliriumsschlag verpassen.

Dann ging alles ganz schnell.

Eine dunkle Gestalt, so schnell wie der Blitz, doch so schwarz wie die Nacht, sprang über die Mauer oberhalb des Sodbrunneneingangs, flog wie ein angreifender Adler im Sturzflug herunter und überwältigte den Museumsangestellten mit einem kraftvollen Schlag ins Genick. Der Bärtige verdrehte die Augen und sank bewusstlos zu Boden.

»Laurenz!«, formten Colombes Lippen. Sie war schneller im *ImPer-Di*-Modus, als Laurenz zum Grinsen ansetzen konnte. Auch Tin stand innert einer Sekunde im Verteidigungsmodus.

»Wie hast du es geschafft, aus dem Verlies zu fliehen?«, fragte Tin.

Er machte sich Sorgen um Lusebian, der ihn bewachen sollte.

Laurenz starrte Colombe an und ignorierte Tin. »Der Alte ist guuut«, schleimte er. »So gut aber auch wieder nicht.«

»Was hast du mit Lusebian gemacht!« Colombe schrie und war trotz *ImPerDi* kurz davor, die Fassung zu verlieren.

Tin packte Laurenz an der Gurgel und drückte ihn mit voller Wucht an die Betonwand. Der Mactus-Krieger wehrte sich nicht. Obwohl er kaum noch Luft bekam, lachte er. Tin lockerte seinen Griff, um Laurenz das Sprechen zu ermöglichen. »Du hast keine Chance gegen uns«, begann Tin sich zu wundern. »Warum greifst du uns an. Bist du Lebensmüde?«

Laurenz streckte die Finger seiner Hand und deutete damit seine Kampfaufgabe an. Nochmals drückte Tin ihn an die Wand, löste dann aber den Griff endgültig.

Laurenz rieb sich den Hals. »Ihr vergesst, dass alles woran ich geglaubt habe, den Bach runter ist. Die Amceps-Wächter müssen sich totgelacht haben wegen uns. Unsere Überzeugung wurde wie stinkende Scheiße die Kloschüssel runtergespült.« Er hustete und spuckte eine Portion Sabber aus. »Was für eine Genugtuung musste es für euch Wächter gewesen sein, als sich die Tore des Vaters nicht öffneten. Und mich ...«, er klopfte sich mehrmals auf die Brust, »mich hat er verarscht, der gute Animus ... der Scheißkerl, der verdammte.« Laurenz schwankte.

»Seine Energiespirale ist kaum noch wahrnehmbar«, flüsterte Colombe Tin zu. »Sein Lebenswille ist erloschen. Ein paar Tore für das Beschreiten von Potenzialen sind noch da, schimmern aber nur noch auf Sparflamme.«

»Du meinst, er spielt das nicht nur?«

Sie schüttelte den Kopf. »Riechst du es nicht?« Diesmal kam nicht der Gestank von verfaulten Eiern aus seinem Mund. Diesmal war es eine ausgewachsene Alkoholfahne. Er war total blau.

Erschöpft sank Laurenz zu Boden. Er hielt sich mit den Händen am Boden fest, als ob er sonst von einem Hurrikan weggeblasen würde. »Animus will uns nicht zurück«, lallte er. Sein Schmerz war das Einzige, das noch aus ihm herausstrahlte. »Er wird die Tore nie mehr öffnen. Er hat uns längst abgeschrieben. Eins müsst ihr aber auch wissen?«, er zeigte unbeholfen mit dem Zeigefinger auf Colombe. »Er will auch euch Amceps-Dinger nicht. Er will niemanden. Weder Homullus noch was weiß ich, was es alles für Wesen gibt.« Wieder hustete er, bekam beinahe keine Luft mehr, würgte und spuckte erneut Schleim. Grinsend kroch er zu dem bewusstlosen Museums-Wächter und spielte an dessen Bart herum. »Klingelingelingeling«, flötete er die wuscheligen Haare an.

Tin drückte Colombes Hand. »Geh' du in den Gewölberaum und warte auf Lucifer! Ich passe auf Laurenz auf.«

»Nein«, lehnte sie ab. »Entweder mit dir, oder gar nicht.«

»Colombe!«, Tin packte sie an der Schulter, als ob er sie gleich heftig rütteln wollte. »Gehe da rein und verbinde dich mit Lucifer! Für die Homullus steht viel auf dem Spiel. Sie waren dem Ziel noch nie so nahe wie heute. Die Mactus-Krieger sind ausgeschaltet. Du bist das erste Amceps mit einem solch mächtigen dritten Auge, das Lucifer gerecht werden kann.« Er biss sich auf die Lippen. Er wollte das nicht sagen. Aber es blieb ihm nichts anderes übrig. »Es geht hier nicht um uns. Lass den Tod all der Amceps vor dir nicht umsonst gewesen sein«, er schluckte. »Lass Roses ... lass den Tod meiner Mutter nicht umsonst gewesen sein.«

Colombe schüttelte unnachgiebig den Kopf. »Wenn Lucifers Verbindung mit mir auf einem solchen Opfer beruht, dann ist es diese Verbindung nicht wert. Entweder er will mich, oder nicht. Solche Bedingungen sind nicht nach Animus willen. So bedingungslos, wie du Lucifer beschreibst, ist er wohl doch nicht.«

Plötzlich spürte Tin einen dumpfen Schlag auf dem Hinterkopf. Er wehrte sich gegen die aufkommende Ohnmacht und ärgerte sich, weil die Liebe, die er Colombe entgegenbrachte, den *ImPerDi*-Modus überlistet hatte. Laurenz konnte unbemerkt zuschlagen. Er fiel und alles war schwarz.

Laurenz ging nun auch auf Colombe los. Sie war schneller. Im letzten Augenblick unterdrückte sie den tödlichen Deliriumsschlag. Es war eine Schreckenssekunde, als Tin zu Boden torkelte. Doch seine Energien waren nach wie vor sehr gut spürbar. Also war der Schlag zu schwach, um ihn zu töten. Wütend ballte sie die Faust und traf Laurenz mit dem Unterarm auf der Schulter. Laurenz schrie auf, drehte sich aber in Windeseile, beugte seinen Oberkörper nach vorn und schlug mit aller Kraft auf Colombes Brust. Sie war erneut schneller.

Sein Fuß flutschte lasch an ihr ab. Sie packte das Bein, fixierte eine Hand an seinem Knie und drückte mit dem anderen Arm sein Schienbein nach oben. Das Knacken wurde von seinem Schrei übertönt. »Jaaa, gib's mir«, brüllte er in vollkommener Ekstase. Colombe war durch seine Reaktion abgelenkt. Er ballte seine Faust und schlug ihr aufs Kinn. Colombe ließ sein Bein sofort los und krümmte sich. Blut rann aus ihrem Mund. Sie hatte sich auf die Zunge gebissen. Laurenz humpelte näher zu ihr und rammte ihr einen weiteren Faustschlag aufs rechte Ohr. Benommen schwankte sie zurück. In den letzten Strahlen der untergehenden Sonne blitzte plötzlich ein Messer auf. Laurenz holte aus und stach zu. Die scharfe Klinge traf ihre Schulter und bohrte sich in ihr Fleisch. Colombe stöhnte auf. Mit einer Hand griff sie nach der Wunde und streichele sie, als ob sie sagen wollte: »Es wird alles gut, ist nur ein Kratzer«, da streifte sie schon ein zweiter Stich und schlitzte ihr die Bluse oberhalb des Hosenbundes auf. Diese Wunde war nicht tief, höchstens ein Striemen. Schnell wich sie dem nächsten Stoß aus und fiel unbeabsichtigt in Laurenz Arme. Er drückte zu und quetschte ihr Gesicht an sein Brustwarzenpiercing. Seine Ausdünstung verhinderte, dass sie ihren Mund öffnete und das Piercing wie ein wildes Raubtier abbiss. Dieser verdammte Duft, der sie betörte und ihr gewahr machte, in wessen Arme sie gerade lag. Er lockerte seinen Griff. Ging es ihm etwa ähnlich oder war er einfach nur zu besoffen, um den Druck aufrechtzuerhalten? Langsam löste sie sich von ihm. Er ließ sich widerstandslos von ihr wegdrücken. Erst jetzt sah sie das Blut, das ihr auf die Hände tropfte. Es war sein Blut. Sie sah in sein Gesicht. Leblos starrte er sie an. An seiner kahlen Schläfe klaffte eine tiefe Wunde. Der Kopf baumelte nach hinten und zog den Körper mit.

Dahinter kam Zlittle zum Vorschein. Sie schwang einen Wagenheber, den sie mit beiden Händen fest umklammerte. Ihre Knöchel ragten weiß hervor. Mit panischen Augen starrte sie Colombe an. Als Laurenz ein schwaches Röcheln von sich gab, verpasste sie ihm noch einen weiteren Schlag ins Gesicht. Diesmal war seine Nase nicht nur gebrochen. Diesmal war sie nur noch Brei.

»Lass' Colombe in Ruhe, du bescheuerter Depp!«, kreischte Zlittle. Ihre Stimme war vor Aufregung hoch und piepste nur noch. Ihr Brustkorb bauschte sich auf. Sie schien nur noch einzuatmen. Vermutlich hatte sie schon vor dem Schlag zu hyperventilieren begonnen, denn nun verdrehte auch sie die Augen und fiel ihn Ohnmacht.

Colombe fing sie auf und legte sie gefahrlos auf den Boden. Ihre Schulter brannte wie Feuer. Die Klinge von Laurenz Messer hatte sie jedoch nicht wirklich tief verletzt.

Sie hatte keine Ahnung, wie lange sie dort stand und auf die vier regungslosen Körper starrte. Den Geruch des Museumsangestellten deutete sie als Schädelbruch, Zlittles Atmung beruhigte sich automatisch und Tin war bereits wieder in der Aufwachphase. Ein Schädelbrummen stand ihm zwar noch bevor, aber Laurenz' Schlag war zu schwach gewesen, um ihn ernsthaft zu verletzen. Sie starrte auf Laurenz' tiefe Wunde. Blut quoll ungehindert aus. Sie beugte sich zu ihm herunter und tastete nach seinem Puls. Er war schwach aber noch fühlbar. Dann riss sie einen Streifen aus dem Hosenbein des schwarzen Overalls und verband die Wunde. Trotz seiner zurückgezogenen Spiralenergie strahlte er Stärke aus. Das Einzige, was ihn noch am Leben hielt, war Rache. Colombe stellte es sich schrecklich vor, ein Leben lang an eine Sache geglaubt zu haben, um dann von einer Sekunde auf die andere vor vollendeten und entgegengesetzten Tatsachen zu stehen. Auf seinem Weg hinterließ er vermutlich viele bedauernswerte Opfer. Einerseits konnte sie Laurenz verstehen. Andrerseits hätte sie ihm nur zu gerne gesagt, dass Animus nach wie vor auf ihn warten würde. Nur sollte er dieses Ziel nicht auf die radikale Tour erreichen. Erst recht nicht so, wie es die Mactus-Krieger angegangen waren.

Sie drehte Zlittle in die stabile Seitenlage und achtete darauf, dass sie ungehindert atmen konnte. Dann kniete sie sich neben Tin und bettete seinen Kopf auf ihren Schoss. Immer wieder rieb sie ihre verletzte Schulter. *Was soll ich tun? Verdammt, was soll ich tun?* Zärtlich streichelte sie ihm über seine blasse Haut. »Öffne die Augen«, flehte sie ihn an. »Ich brauche deine Hilfe.« Verzweifelt suchte sie in der Herrlichkeit der quantenhaften Mediation nach einer Antwort. *Wir helfen dir gerne, aber zuerst musst du in die Gänge kommen. Entscheide dich!* Colombe konnte diesen Satz schon gar nicht mehr hören. Was hatte sich Animus nur dabei gedacht, den Menschen ihren freien Willen zu gewähren!

Die Sonne war längst untergegangen, als Tin zu husten begann. Im Schein der kleinen Bodenlampen, die den Tunnel zum Gewölbebrunnen markierten, erkannte sie sein schmerzverzerrtes Gesicht. Er massierte sich den Nacken. Als er die Augen öffnete, schien er verwundert zu sein. »Du bist noch da?«, krächzte er. »War Lucifer da? Seid ihr verbunden?«

Tins Worte verletzten sie. War es das Einzige, was ihn interessierte? Ob sie mit Lucifer kopulierte?

»Nein, Lucifer ist noch nicht aufgetaucht«, antwortete sie wahrheitsgemäß, war aber abgelenkt durch eine neue Spiralenergie, die sich ihnen nährte. *Bitte nicht noch ein Museumsangestellter,* dachte sie und guckte sofort nach, ob Laurenz auch wirklich noch bewusstlos war. Doch dann erkannte sie Ottos Energiespiralen und seine Trägheit, die er mit der ganzen Trauer über Roses Tod mit sich trug.

»Verdammte Scheiße, was ist den hier passiert!«, posaunte Otto in einer Lautstärke, die sogar ein Faultier aufgeweckt hätte. Schnell wie der Blitz rannte er zu Tin, warf sich auf die Knie und schnappte sich seine Hand. »Was ist mit dir«, fragte er. Alles Blut schien aus seinem Kopf gewichen zu sein. Er war kreidebleich. Colombe spürte es: Otto fürchtete, Tin sei lebensbedrohlich verletzt.

»Er ist okay«, klärte sie ihn sofort auf.

»Ja, mit mir ist alles in Ordnung«, stammelte Tin unmittelbar. Er entzog Otto seine Hand und stand taumelnd auf. Ihm war noch schummrig. Also hakte er sich gleich bei Colombe unter.

Der Stein, der Otto vom Herzen fiel, war nicht nur für Colombe hörbar. Tin klopfte seinem Vater, der immer noch auf dem Boden kniete, auf die Schulter. »Ich bin okay«, wiederholte er leise.

Ottos Mundwinkel zuckten zu einem gequälten Lächeln. Dann wandte er sich sofort Zlittle zu. »Und sie? Ich kann sie atmen sehen. Aber was ist mit ihr. Ist sie verletzt? Soll ich einen Krankenwagen rufen?«

»Sie kommt jeden Augenblick zu sich«, antwortete Colombe. Ich möchte, dass du sie nach Hause bringst, Otto. Besorge dir eine Papiertüte und lass sie dort hineinatmen, falls sie wieder zu hyperventilieren beginnt. Pass gut auf sie auf, ja? Sie hat mir das Leben gerettet.« Colombe drückte Tins Hand und sah ihm tief in die Augen. »Sie hat die Menschheit gerettet.«

Tin schluckte. »Bedeutet das, dass du jetzt alleine in den Sodbrunnen gehen wirst?«

Colombe schloss die Augen. Sie nickte nicht, doch Tin deutete es als ein Ja. Erleichtert riss er einen Stoff-Fetzen von seinem Hemd und drückte ihr damit auf die Wunde an ihrer Schulter.

»Es ist nicht schlimm. Das Crepererum wird mich heilen«, nuschelte Colombe.«

Tin nickte nur und zwang sich ein Lächeln auf.

Otto hatte Zlittle auf die Arme genommen und war bereit, sie zum Auto zu bringen. »Was ist mit den beiden?« deutete er zu Laurenz und dem Museumsangestellten.

»Rufe bitte einen Krankenwagen«, sagte Colombe. Otto nickte.

»Nein, warte!«, intervenierte Tin. Er sah auf die Uhr. »Es dauert noch über 45 Minuten bis Colombe amceptiert. Vorher muss sie sich noch mit Lucifer verbinden und das geht leider nur im Sodbrunnen. Wir können hier keinen Menschenauflauf gebrauchen.«

»Das stimmt«, bestätigte Otto.

Colombe schnalzte und scannte die bewusstlosen Männer. »Der Museumsmensch ist nicht schwer verletzt. Er wird es überleben. Aber Laurenz ...«

»Lassen wir ihn liegen. Er soll für seine Taten bezahlen.«

Colombe griff sich mit beiden Händen in die Haare. »Was redet ihr da! Schaut euch den Blutverlust an, den er schon erlitten hat. Er wird sterben, wenn wir ihm nicht helfen!«

»Colombe!«, rief Tin aus. »Laurenz ist auch mein Gefährte, vergiss das nicht. Es war seine Entscheidung, hier aufzutauchen und gegen uns zu kämpfen. Er wusste, dass er keine Chance hat. Glaube mir. Er *will* sterben.«

Tin hatte recht. Trotzdem überwog ihr Bedauern zu diesem Menschen, der ihr und andern Schreckliches angetan hatte.

»Gut«, sagte sie zielstrebig. »Ich markiere ihn und nehme ihn mit ins Crepererum. Die Quantenhaftigkeit wird ihn heilen.«

Tin biss die Zähne zusammen. »Das kann ich nicht zulassen«, flüsterte er. »Er wird in der Bibliothek über dich herfallen.« Er packte Colombes Schultern und sah sie entgeistert an. »Das kannst du nicht wollen!«

»Schweinemist und Hühnerkacke, du lässt mir ja keine andere Wahl!« Colombe schlug Tins Arme weg und stellte sich vor den Tunnel. »Es gibt zwei Möglichkeiten, Tin«, sagte sie entschlossen und zeigte in den engen Zugang zum Sodbrunnen, der durch die seitlichen Bodenleuchten aussah wie eine Landebahn aus der Vogelperspektive. »Der Tunnel ist zwölf Meter lang. Demnach bist du hier draußen außerhalb des Amceptierradius. Entweder kommst du mit mir ins Gewölbe und triffst Lucifer mit mir zusammen oder du bleibst hier draußen und bleibst in 3-D. Demnach wirst du mich nicht vor Laurenz beschützen können. Du weißt, ich bin der Überzeugung, dass Lucifer nicht von uns verlangt, uns zu trennen.« Colombe hoffte, Tin gehe auf ihren letzten Satz ein. Aber was ihre Verbindung mit dem Lichtvollen betraf, war er so blind wie ein manipulierter Sektenanhänger. »Es ist deine Entscheidung!«, fügte sie hoffnungsvoll hinzu. Colombe zerriss es beinahe das Herz. Die Unschuld, die sich in Tins Gesicht und seiner gesamten Spiralenergie bildete, war schlicht und einfach ergreifend. Seine Augen leuchteten noch trauriger als zuvor. Am liebsten hätte sie ihre Arme um seinen Hals geschlungen und ihn mitgerissen. Es schmerzte sie, dass sie ihn vor eine solche Entscheidung stellen musste. Aber wie sonst konnte sie ihn von der bescheuerten Idee abbringen, Lucifer wolle sie trennen? Es fiel ihr einfach nichts Besseres ein.

Sein Mund öffnete sich mehrmals, nervös kaute er auf seiner Unterlippe. Sein Dackelblick hätte Colombe beinahe daran gehindert, das dritte Auge von Laurenz zu suchen und es zu markieren.

»Entscheide dich Tin«, rief Otto ihm zu. Er stand immer noch da, mit Zlittle in den Armen. Sie hatte ihren Kopf an seine Brust gelegt und schien friedlich zu schlafen.

Tin sah zu seinem Vater und flehte wortlos um Rat.

»Rose und ich hatten damals keine Wahl«, sprach Otto mit ruhiger Stimme weiter. »Nichts geschieht ohne Grund. Tin, du hast die Wahl. Wähle weise.« Otto verschwand lautlos und überließ seinen Sohn der Entscheidung.

»Ich Liebe dich«, hauchte Colombe. Sie war längst nicht mehr im *ImPerDi*-Modus. Ihr Körper zitterte. Dann verschwand sie im Tunnel. Die Last eines sterbenden Menschen wog schwer auf ihr, denn sie hatte nicht Laurenz markiert, sondern Tin. Dass er es nicht bemerkt hatte, war entweder ein kleines Wunder, oder der ganzen misslichen Situation zuzuschreiben. *Zum Glück sind nicht alle Menschen so selbstsüchtig wie ich,* dachte sie. *Ich töte gerade Laurenz!*

59

Selbst der heilende Duft des Sodbrunnen-Gewölbes konnte Colombe nicht beruhigen. Sie hatte keine Ahnung, was jetzt mit ihr geschehen würde. *Wird Lucifer nun andauernd bei mir sein? Welche Aufgaben werde ich zu erfüllen haben? Oder werde ich doch sterben? Was ist mit dem Rätsel? Gibt es das überhaupt? Oder war es nur ein Vorwand von Tin, um mich zum Sodbrunnen zu locken?* Jetzt, da sich Tin gegen sie entschieden hatte, war ihr sowieso alles egal.

Zumindest einen Abschiedskuss hätte sie ihm noch geben sollen. Sie weinte ungehemmt. Ihr Schluchzen widerhallte in der Röhre des Sodbrunnens und dröhnte kläglich zurück, als ob Lucifer mit ihr weinte. Sie hielt inne und schnupperte. Doch noch immer war weit und breit kein Lucifer, weder zu riechen noch zu fühlen. Stattdessen suhlte sie sich in Tins äußerem Energiebereich, dessen Radius sich seit ihrem ersten Treffen um mindestens fünf bis sechs Meter erweitert hatte. Enttäuschung machte sich in ihr breit, weil sie ihm nicht von Beginn weg vertraut hatte. Aber dann gestand sie sich ein, dass sie irgendeinem wildfremden Mann wohl kaum hierher gefolgt wäre, um den Teufel höchstpersönlich zu treffen. Er war ja richtiggehend dazu gezwungen, sie zu täuschen. An seiner Stelle hätte sie vermutlich genau gleich gehandelt.

Diese Einsicht verursachte ihr stechendes Herzklopfen. Jeder Atemzug brannte wie Feuer. Der Schmerz war noch schlimmer als damals, als sie vom Tod ihrer Familie erfahren hatte.

Endlich nahm sie einen ersten Hauch des Dufts des Lichts wahr, was sie sogar etwas erleichterte. Sie senkte den Kopf, schloss die Augen und atmete tief durch. Der Duft wurde stärker und mit ihm der betörende Odem von Tin und Laurenz. *Von Tin ... nur von Tin,* korrigierte sie sich selbst.

Dann endlich schlang Tin seine Arme um sie und zog sie so fest an sie heran, dass sie kaum noch Luft bekam.

»Ich bin hier«, flüsterte er.

Er ist gekommen! Er hat sich für mich entschieden!

In seinen starken Armen fühlte sie sich sofort beschützt und behütet. Sie drückte ihre Nase an seine Brust und wollte nicht mehr loslassen. Aus Angst, es handle sich wieder um eine Halluzination, wie jeweils im Crepererum, getraute sie sich nicht, die Augen zu öffnen.

Dann aber zwickte sie etwas Hartes an ihrer Nase. Erschrocken fuhr sie zurück. Sofort musste sie an Laurenz und das Brustwarzenpiercing denken. Aber es war das Spiralsiegel des Lucifer, das Tin um den Hals trug.

»Du hast recht, was Lucifer betrifft«, flüsterte er und küsste sie auf den Haarscheitel. Sie hob ihren Kopf und sah ihm ins Gesicht. »Du glaubst also auch, dass er sich mit mir verbinden wird, ohne uns zu trennen?«

Tin nahm ihr Gesicht in beide Hände, legte seine Stirn an die ihre und schloss die Augen. »Es ist meine Wahl«, murmelte er kaum hörbar, doch Colombe verstand es deutlich.

Die Zeit verging und die Amceptierung stand kurz bevor. Colombe und Tin standen während der ganzen Zeit nah beieinander und küssten sich … nun ja, sie knutschten, was das Zeug hielt. Bis Tin auf die Uhr sah und vorsorglich das Amulett in die Hände nahm.

»Ich habe wohl auf der ganzen Linie versagt«, sagte er enttäuscht.

Colombe strich mit dem Zeigefinger über das Amulett. »Versagt? Warum?«

»Lucifer erscheint nicht. In vier Minuten ist es so weit. Du schüttest die Messung der letzten vier Stunden in den Kodex und Lucifer wird wieder auf ein mächtiges Amceps warten, das ihm gerecht wird. Aber das wird erst auf einer neuen Erde passieren. Denn jetzt wird er die Dunkelheit alle auf einmal zurückziehen.« Er streichelte Colombes Wangen. »Wir gehen nun gemeinsam in den Tod.«

Colombe lächelte breit und schüttelte sachte den Kopf. »Du hast nicht versagt. »Bin ich hier im Sodbrunnen, oder nicht? Das ist alleine dir zu verdanken. Du kannst doch nichts dafür, wenn er nicht erscheint. Vielleicht ist die Menschheit halt einfach noch nicht so weit. Vielleicht bin ich gar nicht das prophezeite Amceps.«

»Oh doch, du hast die Prophezeiung erfüllt. Alleine Zlittles Ausführungen über die sieben Plagen der Endzeit sind Beweis genug.«

»Vielleicht sollte dann Zlittle hier stehen und nicht ich?«, sagte Colombe mit gespielter Ernsthaftigkeit. Irgendwie konnte sie dem Ernst der Lage keinen Glauben schenken. Die Küsse Tins ließen sie auf einer verliebten Woge schweben. Warum sollte ich mich fürchten? *Bald bin ich wieder voll und ganz Homullus. Zusammen mit Tin.*

Auch Tin schmunzelte. »Ja, genau, Zlittle.« Doch dann runzelte er die Stirn. »Zlittle«, wiederholte er leise vor sich hin. Dann, wie von einer Hornisse gestochen, ließ er das Siegel auf das Hemd fallen, packte Colombe an den Schultern und schaute ihr verdattert ins Gesicht. »Zlittle!«, schrie er fassungslos.

Colombe bekam Hühnerhaut. »Nee, nicht? Du glaubst doch nicht, sie habe etwas mit der Prophezeiung zu tun?«

Tin tigerte nervös in dem kleinen Raum auf und ab, hielt sich die Hände an den Kopf und überlegte. Plötzlich blieb er stehen, stellte sich wieder vor Colombe hin und legte seine Hände wieder auf ihre Schultern. »Wie lange kennst du Zlittle schon. Seit dem Kindergarten?«

»Ja. Sie war und ist meine einzige Freundin. Sie hat mich so akzeptiert, wie ich bin, hat mich verstanden, getröstet, aufgemuntert, animiert. Sie wurde nie wütend, wenn ich ihr kurzfristig eine Verabredung absagen musste, weil es mir wieder einmal nicht gut ging. Sie hat ...«

»Sie hat dich sofort als Amceps akzeptiert«, unterbrach er sie. »Zlittle hat es ohne Wenn und Aber geglaubt und dich immer unterstützt, nicht wahr?«

Colombe runzelte die Stirn. »Sie hat auch die sieben Plagen der Endzeit ins Spiel gebracht.«

Stille.

Tin knabberte nervös an seiner Unterlippe.

»Nein, wir steigern uns da in etwas rein, Tin«. Colombe schüttelte ungläubig den Kopf und fuchtelte unkontrolliert mit den Armen herum. Der Reim der Prophezeiung spricht ganz klar vom Amceps. ‹Machtvoll sei das Amceps geboren, zu prüfen des Engels Gunst. Der Kelch soll Schwingen zur Wahl, im Fühlen des Lebens Gang.‹ Ich bin das Amceps, nicht Zlittle. Ich meine, immerhin falle *ich* seit vier Tagen ins Crepererum, nicht sie.«

Tin hob seine Hand und klopfte mit dem Zeigefinger auf seinen Mund. »Was ist, wenn Zlittle auch amceptiert?«

»Nein!«, behauptete Colombe. »Das hätte sie mir gesagt.«

»Die Wächter haben die Doppelköpfigkeit des prophezeiten Amceps immer so gedeutet, dass eines Tages Zwillinge geboren werden, die so viel Macht besitzen, dass sie die Waage mit genügend anastuiitem Bewusstsein zu füllen vermögen. Ich habe Lusebian in diesem Punkt zwar immer widersprochen, aber was ist, wenn er recht hat?«

»Zlittle und ich sind nicht verwandt. Ganz eindeutig nicht. Sie ist auch zwei Monate älter als ich.«

»Aber sie könnte ein Öifgen sein. Unser Öifgen. Wir könnten Gefährten sein«, sinnierte Tin.

Colombe atmete tief durch. »Also, ich hätte nichts dagegen, wenn es so wäre. Aber hast du nicht gesagt, Gefährten hätten nichts mit einer Zwillingseele zu tun?«

Tin nickte. »Ja, das ist so. Aber Gefährten haben sich erst nach dem Verlassen Animus' gebildet. Es sind Gruppierungen, die aus Verzweiflung entstanden, ausgelöst durch den Verlust Animus', verstehst du? Eigentlich vertreten Öifgen die Wahrheit Animus' mehr als alle and...« mitten im Satz stoppte Tin seine Rede.

»Was vertreten die Öifgen?«, hakte Colombe nach.

»Verdammte Scheiße«, hupte Tin, faltete seine Hände wie zum Gebet und klopfte sich an die Stirn.

»Jetzt machst du mir Angst Tin. Sprich mit mir.«

Tin sah seine Liebste wie elektrisiert an. »Animus Tore, begann er und schluckte. Die Energien, die auf Colombe einprasselten, fühlten sich einerseits leer und traurig aber anderseits auch zufrieden und wohlig an.

»Was ist mit Animus' Toren?«

Sie sah noch, wie Tin den Mund öffnete, um es ihr zu erklären aber hören konnte sie ihn schon nicht mehr. Verzweifelt versuchte sie, die Augen geöffnet zu halten. Doch die Amceptierung sog an ihr und war unabwendbar.

»Das Siegel! Wo ist mein Siegel!«, brüllte Tin panisch. Er hatte es vor ein paar Augenblicken losgelassen, weil er Zlittle mit dem ganzen Geschehen in Verbindung gebracht hatte. Das Siegel lag auf seinem Hemd. Und zum amceptieren benötigte es nun mal Hautkontakt.

60

Tins Gestalt verzerrte sich wie bei einer Bildstörung im Fernsehen. Dann verschwand er ... einfach so. Als ob ein Dschinn mit den Fingern geschnippt hätte. Colombe nahm alles nur noch in Zeitlupe wahr. Ihre Schulter schmerzte nicht mehr und auch die Bluse war nicht mehr zerrissen. Allmählich realisierte sie, dass sie mitten im Raum der Gedanken stand. Sie wunderte sich. Der gewohnte Amceptierplatz befand sich normalerweise zwischen den Regalen in der Bibliothek. Aber wo war Tin? *Warum ist er nicht mitgeflutscht? Ich hatte ihn doch markiert! Womöglich kann gar niemand mehr mitamceptieren, weil ich in der letzten Phase bin? Scheiße, Mist verdammter! Das ist kein gutes Omen!*

Die Gedankenkonfetti wirbelten um sie herum, dockten an ihr an und versuchten das ganze Wissen in ihr unterzubringen. Das hatten sie bisher noch nie getan. Ab und zu ein oder zwei Konfetti versuchten es immer. Aber nicht gleich alle. Sie sah aus wie ein Schokolademann voller bunter Smarties. Die Lautstärke der Gedanken war ohrenbetäubend. Was war bloß in die Gedankenkonfetti gefahren? Wahrscheinlich sollte einfach die letzte Amceptierung etwas anders verlaufen, als die bisherigen Bewusstseinsmessungen. Colombe begab sich so schnell wie möglich zur Waage. Ihre Beine fühlten sich bleiern an. Ihr Verstand war nicht in der Lage, die vielen Informationen zu verarbeiten. Nur ihr Gefühl verriet ihr, dass viele der Konfetti einfach nur Blödsinn übermitteln wollten. Aber es waren auch ein paar richtig gute Ideen dabei. Zum Beispiel, wie man die Überbevölkerung der Erde im Zaum halten könnte, wie man unerschöpfliche Energie gewinnen oder der Wasser- und Nahrungsknappheit entgegenwirken könnte. Colombe war ausnahmsweise froh, keine Physikerin oder Chemikerin zu sein, denn so begriff sie nicht einmal ein Viertel von dem, was ihr übermittelt wurde. Zum Glück prallten die Konfetti kurz vor dem Altar an einer unsichtbaren Grenze ab wie Mücken an der Windschutzscheibe eines fahrenden Autos. Colombe fühlte sich augenblicklich nicht mehr wie ein Marshmallow. Auch der ohrenbetäubende Lärm senkte sich auf ein erträgliches Mass. Es hörte sich aber immer noch so an, als ob sämtliche Menschen der Erde auf einmal sprechen würden. Colombe hatte keine Ahnung, ob das nun ein gutes oder schlechtes Zeichen war. Aber das war jetzt sowieso egal. Der Schmerz, Tin womöglich nie mehr wieder zu sehen, zerrte zu sehr an ihrer Kraft. Sie glaubte, sich noch nie so hilflos gefühlt zu haben. Erschöpft kniete sie vor dem Alabaster-Altar auf den Boden und hielt sich am Rand der Kodex-Einbuchtung fest. Die Gedankenkonfetti hatten ganze Arbeit geleistet und ihr die Energien ausgesaugt wie gemeine Zecken.

Im Normalfall begann nun automatisch die Bewusstseinsmessung. Doch den Konfetti wurde nach wie vor der Zugang zum Kodex verweigert. Vermutlich musste Colombe etwas tun, was den unsichtbaren Wall entfernte. Vielleicht etwas lateinisches Aufsagen, oder gar die Sprache des Animus benutzen? Sie konnte sich nicht konzentrieren. Wenn Sie die Augen schloss, sah sie Tin, wie er sie anlächelte. Wenn sie die Augen wieder öffnete, war sein Antlitz immer noch da, wie ein Hologramm, das sogar seinen Duft abgab. Colombe hob die Nase und schnupperte. Es war nicht ungewöhnlich, dass sie ihn im Crepererum spürte und seinen Odem roch. Doch diesmal war es intensiver als sonst. Sie konnte sogar seine Spiralenergie wahrnehmen, als ob er doch mitamceptiert wäre. Ein zentnerschwerer Kloß hatte sich in ihrem Herzen gebildet. Der Druck war so groß, dass sie kaum atmen konnte.

Als sie ein Poltern an der Tür zum Raum der Gedanken hörte, verschwand augenblicklich der Nebel in ihrem Kopf, der ihr das Denken erschwerte. Die Müdigkeit verschwand und ihre Sinne schärften sich. Dann spürte sie ihn: Laurenz!

»Er muss es irgendwie geschafft haben, in die Vier-Meter-Amceptierzone zu gelangen«, sprach sie zu sich selbst. »Warum hat niemand daran gedacht, ihm das Siegel wegzunehmen? Bestimmt ist er jetzt wieder geheilt und macht Jagd auf mich! Darum dachte ich, Tin zu riechen! Aber warum ist Laurenz hier und Tin nicht?«

Colombe überdachte angestrengt ihr weiteres Vorgehen. Die verriegelte Tür zum Raum der Gedanken konnte den Krieger noch eine Weile aufhalten. Sie legte ihre Hände an den Kopf und massierte sich die Schläfen. »Denk nach Colombe!«, sagte sie immer wieder zu sich. »Was muss ich tun!«

Ein Blick zu den Toren des Vaters erinnerte sie an Tins letzte Worte, bevor sie amceptierte. Er hatte ihr etwas sagen wollen, was mit den Toren zusammenhing. Vielleicht war Zlittle wirklich der Schlüssel? Ihre Freundin schien zwar ein normaler Mensch zu sein. Aber wenn man über ihr Leben und ihr Handeln nachdachte, war sie das nicht. Kein gewöhnlicher Mensch hätte ihr auf Anhieb die Geschichte mit dem Amceps abgekauft... Zlittle schon. Sie war ein Wirbelwind, unbändig und stets energiegeladen. Sie war die stärkste junge Frau, die sie kannte. Zlittle sah in jedem Rückschlag einen Neuanfang und freute sich kürzlich sogar, als ihr der Geldbeutel geklaut wurde und sie alle Bank- und Kreditkarten sperren lassen musste. »Dann hätte ich Christian, den Bankangestellten niemals kennengelernt«, sagte sie ein paar Tage später. »Auch wenn Christian mich noch zu keinem Date eingeladen hat. Irgendwann werde ich diesen Typen heiraten.«

Zlittles Worte enthielten so viel Überzeugung und auch Selbstverständlichkeit, dass Colombe es auf Anhieb geglaubt hatte. Seither waren ein paar Wochen vergangen. Zlittle schwärmte in dieser Zeit von mehreren anderen Männern, hatte ein kurzes Stelldichein mit einem Automechaniker, verlor aber kein Wort mehr über Christian. Doch Zlittle konnte ihr nichts vormachen. Christian beherrschte täglich ihre Gedanken.

Colombe lächelte, während sie an ihre Freundin dachte. Zlittle war mehr Engel als sie selbst. *Zlittle weiß auch ohne quantenhafte Meditation, dass für jedes Problem eine Lösung bereitliegt. Man muss die Hilfe der Homullus nur wollen und packen.* Auch ohne von Animus Existenz zu wissen, wusste Zlittle genau, dass die Menschen nur aus Frust zu Hass, Gewalt und Wandalismus neigten. »Wenn du gefrustet bist«, sagte sie einmal zu Colombe, »dann mache etwas, um da wieder rauszukommen. Du bist die Einzige, die das kann.« Es war im Prinzip dasselbe, was die Herrlichkeit der Quantenhaftigkeit immer predigte. »Wähle und komm in die Gänge. Und wenn du willst, nimm unsere Hilfe an.«

»Ach, Zlittle«, sagte Colombe wieder laut zu sich selbst. »Warum bist du plötzlich in Augusta Raurica aufgetaucht? Aus Freundschaft? Oder wurdest du unbewusst von Lucifer geleitet, damit du mir hilfst, die Prophezeiung zu erfüllen? Haben wir das Rätsel des Sodbrunnens falsch gedeutet? Muss die Menschheit nun mit dem Tod für unser Versagen büßen?«

Fuchsteufelswildes Gebrüll von Laurenz schreckte Colombe aus ihren Gedanken. Sie musste etwas unternehmen, das stand fest. Aber was?

Ein Knarren in ihrem Rücken ließ sie herumfahren. Kam das von Animus Toren? Seit dem Kampf im Crepererum waren die hölzernen Flügeltüren wieder geschlossen. Sogar der Querbalken steckte wieder in seiner Halterung. Wie ferngesteuert raste Colombe auf die Pforte zu und begann mit beiden Fäusten an die hölzernen Torflügel zu poltern. Alles an und in ihr schrie, sie solle es nicht tun. Trotzdem ballerte sie mit aller Kraft dagegen.

Nichts tat sich.

Colombe konnte nachvollziehen, wie sich die Homullus damals gefühlt haben mussten, als sie ihre Expedition außerhalb der Hülle des Vaters beendet glaubten und wieder zurück wollten. Schmerz durchfuhr sie. Aber es war kein körperlicher Schmerz. Es war das Leid der Sehnsucht, das sie mehr den je in ihrer Seele spürte. Als Mensch vergaß man, wer man war und warum man in einem menschlichen Körper lebte. Aber als Homullus musste dieses Verlangen nach Daheim allgegenwärtig sein.

Erneut schlug sie auf die Tore ein. Weinte, schrie, trat mit den Füßen dagegen. Nichts bewegte sich. Erst als sich blutige Striemen an ihren Händen abzeichneten, hörte sie auf. Atemlos eilte sie zum Kodex, hielt ihre Hände darauf, schloss die Augen und konzentrierte sich auf ihn. Sie erhoffte sich Antworten, Weisungen oder eine Vision. Etwas musste geschehen, bevor Laurenz die Tür zum Raum der Gedanken einschlug. Sonst stand ein Kampf auf Leben und Tod bevor, das war Colombe klar. Dass ihr *ImPerDi*-Modus im Crepererum nicht wirklich funktioniert, war ihr nur zu gut in Erinnerung.

Nichts tat sich. Also schritt sie zur Waage, hatte aber keine Ahnung, was sie tun sollte. Sie konnte ja nicht einfach die Schale des Lichts herunterdrücken. »Obwohl...«

Sie tippte mit einem Finger den Rand der Lichtschale an. Nichts bewegte sich. Sie tat gerade der Reihe nach all das, was sie bisher immer mit aller Kraft zu verweigern wusste. Dann drückte sie fester, doch die Waage war steif wie Eis. Sie ließ sich nicht bewegen. Ein zartes Vibrieren durchfuhr das gesamte Crepererum, als ob ein schwaches Erdbeben den Ort erschütterte. Das Epizentrum befand sich im Kodex. Die Energiekugel zitterte in der Wölbung des Altars, als ob sie unter Strom gestanden hätte. War das eine Warnung oder gar ein Zeichen? Nein, ein Zeichen war es nicht. Zeichen musste man nicht noch hinterfragen. Zeichen waren eindeutig. Also blieb noch die Warnung. Natürlich war es eine Warnung. Warum hatte sie nicht mehr daran gedacht. Sobald sie den Kodex auf die Waagschale des Lichts legt, ist die Möglichkeit von weiteren 28'000 Jahren zerschlagen. Die Waage musste von alleine schwenken. Der Kodex war lediglich ein Sammelbehälter, der das Anastuiit übergangsmäßig sammelte und es dann an die Waage freigab.

»Heilige Hühnerkacke, wenn doch nur Tin hier wäre, er wüsste, was zu tun ist!« Angespannt legte sie ihre Hände auf die Hüften und wippte nervös mit dem rechten Fuß. »Zlittle ist nicht da«, fauchte sie in Richtung Waage. »Ihr müsst schon mit mir vorlieb nehmen.«

Ein Knall hallte durch die Gedankenkonfetti hindurch. Die Tür des Raums wurde aufgebrochen. Laurenz schritt mit wehenden Händen durch die herumwirbelnden Gedankenschnitzel und rannte zielstrebig auf Colombe zu. Sie war in Nullkommanichts im *ImPerDi*-Modus (was sie gleichzeitig verwunderte und freute) und wehrte seinen Angriff mit einem perfekt sitzenden Fußschlag auf seinen Bauch und einem gezielten Unterarmschlag auf sein rechtes Ohr ab. Wie Colombe vermutet hatte, war Laurenz' Wunde, die ihm Zlittle zugefügt hatte, vollkommen verheilt. Nur die Narbe, die er schon immer hatte, zündete immer noch rosarot über seinem Hals. Laurenz fiel zu Boden und blieb benommen liegen. Seine Spiralenergie war so winzig klein, dass sie kaum noch als Aura durchging. Nur sein Duft strahlte immer noch das aus, was er wirklich war: ihr Gefährte. Sie wusste, dass sie ihm jetzt einen mittelschwachen Deliriumsschlag verpassen sollte. Einen, der ihn für die nächsten Stunden ausschalten würde. Aber sie konnte nicht. Es kam ihr vor, als ob sie Tin schlagen würde. Kaum dachte sie wieder an Tin, wuchs das Hologramm vor ihren Augen. Seine Spiralenergie wurde stärker, sein Eigenduft markanter.

Laurenz lag immer noch auf dem Boden. Er drehte sich auf den Bauch, streckte sein linkes Bein durch und schlug gezielt auf Colombes Kniekehle. Er wollte sie ganz klar von den Beinen holen. Aber sie war schneller. Wie beim Seilspringen hüpfte sie auf. Das Bein zischte unter ihr hindurch. Sofort kniete sie auf Laurenz' Rücken.

Automatisch sah sie zur Tür, die von Laurenz demoliert worden war und aussah, wie von einer Bombe zertrümmert. Wie in einer Vision stürzte Tin durch diese Öffnung, stoppte kurz, als er Colombe sah, und rannte dann mit gleich abwehrenden Handbewegungen wie zuvor Laurenz durch die Gedankenkonfetti. Vor Colombe blieb er stehen, atmete durch, schlang seine Arme um sie und drückte sie an sich.

»Colombe, beim Animus, ich bin echt froh, wenn ich nicht mehr amceptieren muss.«

Colombe drückte ihren Kopf in seine Schultern und tat einen tiefen Atemzug. »Du bist es wirklich!«, nuschelte sie. »Du bist kein

Hologramm.« Mehr den je war sie sich bewusst, wie sehr sie diesen Menschen liebte. »Die Markierung hat also doch funktioniert!«

»Zum Glück habe ich mich entschieden, gemeinsam mit dir vor Lucifer zu treten, sonst wär ich wohl jetzt ziemlich sauer.«

Colombe antwortete nur mit einem Lächeln und presste ihre Lippen zusammen.

Er drückte ihr einen zögerlichen Kuss auf den Mund und legte seine Stirn auf die ihre. Ein säuerlicher Geruch stieg Colombe in die Nase. Sie begann hörbar zu schnuppern.

»Entschuldige«, seufzte Tin. Ich musste mich übergeben. Die Achterbahnfahrt während des Falls wird immer schlimmer.

Die Wiedersehensfreude der beiden war so groß, dass sie Laurenz vollkommen außer Acht ließen. Sie bemerkten nicht, wie er langsam zum Kodex robbte und sich mit den Händen am Altar hochzog.

Laurenz' hämisches Lachen hallte von den Toren des Animus zurück, als er den Kodex in die Hand nahm und ihn wie eine Trophäe über den Kopf hob. Colombe und Tin wirbelten herum. Schockiert sahen sie dem siegessicheren Laurenz zu, wie er die Energiekugel in seinen Händen hin und her jonglierte.

»Was wohl passiert, wenn ich den Kodex jetzt fallen lasse?«, grunzte er spöttisch.

»Tue das nicht«, rief Tin ihm zu. »Es gibt einen Grund, weshalb sich die Tore des Animus nicht geöffnet haben!«

Laurenz verschluckte sich spöttisch und tat so, als ob er den Kodex fallen lassen wollte, fing ihn jedoch im letzten Augenblick wieder auf. Der brachiale Ausdruck in seinem Gesicht verhieß nichts Gutes. »Oh ja«, erwiderte Laurenz. »Es gibt einen Grund, weshalb Animus die Tore nicht öffnet: Er will uns nicht zurück. Keinen von uns, verstehst du? Das Crepererum und der ganze Amceps-Scheiß ist nur ein Spiel der Homullus mit uns Menschen. Allein nur, um uns bei der Stange zu halten. Wir hirnlosen Menschen haben nur nicht bemerkt, dass das Spiel schon längst zu Ende ist. Animus öffnet die Tore nicht … niemals wieder. Er hat uns längst vergessen.

Als ob eine Atombombe explodiert wäre, wurde das gesamte Crepererum plötzlich in einen liebevollen goldenen Schimmer getaucht. Daraus strömte absolutes Anastuiit in den Raum. Grelles Licht stach

Colombe in die Augen, als ob sie direkt in die Sonne blickte. Doch nach wenigen Sekunden gewöhnten sich die Augen an den hellen Schein und sie empfand die Erleuchtung sogar als sehr angenehm. Ein Seitenblick zu Tin verriet ihr, dass es ihm genauso erging. Auch Laurenz rieb zuerst in den Augen, hörte aber schnell damit auf und sah sich verwundert um.

Aus dem Licht erschienen zwei menschengroße Energiespiralen. Liebe, anastuiite Liebe, sprühte Colombe, Tin und Laurenz entgegen. Der Wohlgeruch, der ihr in die Nase strömte, kannte Colombe bereits. Es war der Duft des Lichts aus dem Sodbrunnen.

»Lucifer«, flüsterte sie prompt.

Tin drückte Colombe erwartungsfreudig die Hand. »Wow... wow... wow«, gurgelte er immer wieder.

»Und die andere Spirale?«, fragte er schließlich. »Wer ist das?«

Colombe schnupperte. Der Odem war nicht minder betörend, aber vollkommen anders. Colombe meinte, ihn zu kennen, doch sie sagte: »Kann ich nicht einordnen.«

Die Spiralen entwickelten sich rasch zu menschlichen Gestalten, umhüllt von Licht und Regenbogenfarben. Die Augen der Wesen glitzerten wie Diamanten. Der Engel, den Colombe als Lucifer wiedererkannte trug kurze, blonde Haare. Er erinnerte sie an einen braungebrannten Surfertypen, der an einem perfekten Tag einen perfekten Ritt auf einer perfekten Welle vollbracht hatte. Allmählich materialisierte sich auch seine Kleidung. Bluejeans mit Bügelfalten und einem graublauen Shirt mit dem Motiv eines Totenschädels. Lucifer fuhr sich mit beiden Händen über das Shirt, grinste und sagte mit samtweicher und beruhigender Stimme. »Wir dachten, das sei passend.« Sein Grunzen war ansteckend; sogar Laurenz Mundwinkel hob sich zuckend. Überhaupt war das Lächeln des Homullus über das ganze Gesicht verteilt und dementsprechend verfügte es über eine Menge Lachfalten.

Als sich das zweite Wesen zu einer Gestalt ausbildete, wurde es von Colombe sofort erkannt: »Mactus!«

Als Laurenz den Namen durch Colombe aussprechen hörte, wäre ihm vor Schreck beinahe der Kodex aus den Händen gefallen. Die akrobatische Leistung, die er beim Auffangen der Kugel vorführte, musste man ihm zu diesem Zeitpunkt zugutehalten.

Kopf und Gesicht des Homullus Mactus ähnelten einem Elb aus

dem Film *Der Herr der Ringe*, und verkörperte mit seinen weichen Gesichtszügen das Gute. Er trug seine pechschwarzen Haare ebenfalls kurz, nur die Stirnfransen waren viel zu lang und fielen ihm dauernd ins Gesicht. Immer wieder warf er seinen Kopf nach hinten. »War wohl keine gute Idee, die Haare so zu tragen«, sagte er spaßig zu Lucifer.

»Sieht aber cool aus«, antwortete Lucifer und klopfte ihm freundschaftlich auf die Schultern.

Laurenz fiel auf die Knie und senkte seinen Kopf in Demut. »Herr, mein Meister, Mactus. Ich bin euer Diener. Erweist mir die Gnade eurer Gunst.«

Lucifer und Mactus sahen einander an und hoben fragend die Schultern, als ob Laurenz in einer kauderwelschen Sprache gesprochen hätte. Mactus hob eine Hand, die aus tausenden von kleinen Energiespiralen geschneidert schien. »Laurenz, bitte erhebe dich. Wir sind es, die sich vor euch verneigen sollten.«

»Vor mir?«, fragte Laurenz mit hochgezogenen Augenbrauen.

»Vor all euch Menschen«, antwortete Lucifer. »Wir wissen, wie schwer die Existenz als Mensch sein kann. Vor allem in dem heutigen Konstrukt, das sich aus den Potenzialen der vergangenen Jahre ergeben hat.«

Laurenz erhob sich, nachdem Mactus ihn nochmals darum gebeten hatte. Er machte einen Schritt zurück. Demütig stand er da und wagte nicht, seinem Herrn in die Augen zu schauen. Mactus, wie auch Lucifer, veränderten sich immerzu in ihren Gestalten. Mal stand ein Wesen in Form eines weißen Menschen vor ihnen, dann eines Schwarzen, Braunen, Roten oder Gelben. Die Engel schienen ihre helle Freude daran zu haben, vor allem Mactus, der plötzlich als kleines runzeliges Männlein mit einem prächtigen Haarschmuck eines Indianerhäuptlings vor ihm stand.

»Geliebtes Menschenwesen Laurenz«, begann Mactus, »wir möchten dich bitten, den Kodex der Homullus auf seinen angestammten Platz zu legen, damit das Leben der Potenziale sich darin verankern kann, während unsere geliebte Colombe ihre letzte Bewusstseinsmessung der Menschheit vornimmt.«

Voller Ehrfurcht und in unterwürfiger Haltung tat Laurenz, worum Mactus ihn gebeten hatte.

Colombe atmete tief durch. Fragen über Fragen brannten ihr auf der Zunge. Trotzdem wartete sie ab und war gespannt, was die Homullus als Nächstes verlangten.

»Wir verlangen nichts«, sagte Lucifer prompt zu Colombe gewandt. »Wir bitten dich, die Messung durchzuführen. Sei dir jedoch gewiss, es ist in deiner Wahl.«

Hilfesuchend sah Colombe zu Tin. »Ähm, ich weiß nicht, wie das geht. Bisher geschah das alles immer automatisch. Ich musste gar nichts dazu tun.« Wieder drückte Tin Colombes Hand. Aber das beruhigte sie nur ein bisschen. Ihr Herz pumpte wild, vor Freude und gleichzeitiger Ehrfurcht.

»Ehrfürchtig zu sein, ist nicht der Weg, der sich Animus für uns gewünscht hat«, sagte Mactus und sah sowohl Colombe als auch Laurenz tief in die Augen. Sie beruhigte sich sofort.

»Ähm, Tin und ich sind der Meinung«, begann Colombe, »nun, wir glauben, dass Zlittle der eigentliche Schlüssel zur Öffnung der Tore ist. Bedauerlicherweise haben wir sie nach Hause geschickt.« Colombe ließ den Kopf hängen. »Das war dumm von uns.«

Wieder sahen sich Lucifer und Mactus fragend an. Diesmal begannen die beiden jedoch loszuprusten. Es dauerte eine Weile, bis sich zumindest Lucifer vom Lachanfall erholt hatte. »Zlittle hat ihr Leben gewählt, um während eines Teils davon deine Begleitung zu sein. Wir ehren sie dafür. Doch glaube uns. Ihr Bewusstsein begleitet die Messung seit Beginn der Zeit. Ihr Anteil wird sich in deine Messung integrieren: So du dich den entscheidest, diese zu tätigen.«

Tin sah Colombe erleichtert an. »Zumindest das haben wir nicht falsch gemacht«, flüsterte er ihr ins Ohr.

»Der Mensch ist nicht fähig, etwas Falsches zu tun«, reagierte Mactus darauf.

Tin erschrak. Sein Kopf zuckte unwillkürlich zurück.

»Sie lesen deine Gedanken«, klärte Colombe ihn auf. »Ich kann mich auch nicht daran gewöhnen.«

»Geliebte Colombe. Deine Energien haben die Messung ab dem Zeitpunkt blockiert, als du glaubtest, etwas Falsches getan zu haben. Darum begann sich das Ereignis nicht automatisch abzuwickeln. Es gibt kein Falsch. Es gibt nur verschiedene Wege, um zum Ziel zu kommen. Wenn du denkst: »Der Weg ist das Ziel«, dann sei es so. Wenn du glücklich dabei bist, dann sind wir es auch. Wenn du denkst: »Das Ziel ist mein Ziel«, dann beglückwünschen wir dich, denn dann erschaffst du immer und immer wieder neue Fixpunkte im Leben. Höhepunkte gibt es bei beiden Varianten. Keiner der Wege ist falsch. Die Frage ist nur: Welchen Weg wählst du? Den beschwerlichen, mühsamen und entbehrlichen Weg oder die Einfachheit? Und siehe: Beide Wege können steinig und löchrig sein. Es ist deine Wahl. Es ist deine Entscheidung. Es ist dein Leben.

»Aber ich will die Messung durchführen!«, opponierte Colombe sofort und unterstrich ihre Aussage, indem sie sich laut auf die Oberschenkel klopfte. Kaum hatte sie die Worte mit einer Portion empathiegeladener Wahrheit ausgesprochen, begann es im Raum zu rauschen, als ob sich ein gewaltiges Gewitter ankündigte. Die Gedankenkonfetti sammelten sich und stürzten mit ohrenbetäubendem Lärm in den Kodex. Eine Sekunde später spuckte die Kugel die Konfetti wieder aus. Der Lärm versiegte, ebenso das Rauschen. Für Colombe war die Lautstärke sowie der Ablauf der Messung normal. Tin und Laurenz hielten sich die Ohren zu und beugten sich vornüber, als ob sie große Schmerzen erleiden würden. So schnell, wie die Messung begonnen hatte, war sie auch schon wieder zu Ende.

»Es ist alles gut, Tin«, sagte Colombe und streichelte ihm über den Rücken. »Das ist normal. Die Messung läuft immer so ab.« Doch dann sah sie auf den Kodex und verschluckte sich prompt. Hustend starrte sie auf die Kugel, denn dort tat sich etwas, was sie bisher noch nie beobachten konnte.

Aus dem Kodex löste sich eine millimetergroße Lichtkugel und schwebte zur Waage des Bewusstseins. Doch anstatt auf der Schale des Lichts zu landen und sich in das vorhandene Anastuiit zu begeben, schwebte die Kugel zur dunklen Seite und tröpfelte in die sirupähnliche Masse wie ein Regentropfen in eine Pfütze. Die Dunkelheit verschwand augenblicklich und das Licht breitete sich aus. Die Waage blieb nach wie vor in Balance. Doch diesmal bestand das Gegengewicht nicht mehr aus Dunkelheit, sondern auch aus Licht.

»Dunkelheit ist die Abwesenheit von Licht«, erklärte Lucifer.

»Die letzten Jahre der Geschichte haben gezeigt, dass die Welt sich dem Anastuiit zuwendet. Doch die Menschheit ist noch nicht so weit. Deshalb soll der Erde ein neues Zeitalter geschenkt werden; zusammen mit der Energie der nächsten 28'000 Jahre. Es ist eine neue Energie. Eine menschenfreundlichere. Und viele werden beginnen, sich zu erinnern.«

Colombe hob einen Finger, wie in der Schule. »Lucifer, du sagtest, Dunkelheit sei die Abwesenheit von Licht. Ich dachte, die Dunkelheit sei der Beschützer des Lichts.«

Lucifer lächelte zufrieden. »Ist es denn nicht dasselbe?«

Colombe sah wieder zu Tin, der bereits die ganze Zeit den Mund öffnete und wieder schloss, ohne einen Mucks herauszubringen.

Stille herrschte ewige Sekunden lang. Bis Tin seinen Kopf zu schütteln begann und mit gerunzelter Stirn fragte: »War's das? War das der Übergang zur neuen Epoche? War das die Erfüllung der Prophezeiung des Amceps?«

»Wir wissen, was du dachtest, Tin«, antwortete Lucifer. »Du dachtest, das Consortium des Lucifer sowie die Wächter der Amceps müssten um die Erfüllung kämpfen, nicht wahr? Doch der Weg eines Menschen folgt der Zuversicht, dem Vertrauen und der Freude. Um etwas zu kämpfen, war und ist nicht Animus Wille.«

»Wir wurden vom Conigium Mactus ja regelrecht gezwungen zu kämpfen«, sagte Tin.

»Vergleichen wir es mit einem Tropfen Wasser, der sich in ein glühend heißes Feuer stürzt, um es zu löschen. Was geschieht mit dem Tropfen?«

»Er verdunstet«, antwortete Laurenz. Er war lammfromm geworden und wirkte wie ein unschuldiges Kleinkind, das in seinem Leben noch nie etwas Schlimmes angestellt hatte.

»Genau, das Wasser verdunstet«, stimmte Lucifer zu. »Doch sein Geist bleibt, steigt in die Höhe und fällt erneut nieder. Das Verhalten des wiedergeborenen Tropfens ist nun anders. Es trägt jetzt das intuitive Wissen mit sich, das er in seinem vorhergehenden Leben erworben hat. Nun wägt der Tropfen Chancen ab, ist zurückhaltender und konfrontiert sich mit den zur Verfügung stehenden Möglichkeiten. Potenziale öffnen sich.«

»Hilfe von Homullus bieten sich an?«, fragte Colombe.

Lucifer nickte. »Exakt. Die Hilfe war schon immer da. Das angebrochene Zeitalter verspricht den Tropfen, dieser Hilfe immer mehr gewahr zu werden. Aber für einige Tropfen ist es so eine verzwickte Sache, mit seiner Intuition zurechtzukommen. Und dann, ganz plötzlich, wird er zum Vorbild anderer Wassertropfen. Viele passen sich ihm an, übernehmen seine Art und handeln automatisch weiser.«

Laurenz tapste aufgeregt von einem Fuß auf den anderen. »Sie sammeln sich und machen dem Feuer gemeinsam den Garaus. Denn gemeinsam sind sie stark.«

»Nein. Diese Antwort ist menschlich, geliebter Laurenz. Du vergisst, dass sich der Schutz des Lichts, besser bekannt als »die Dunkelheit«, langsam zurückziehen wird.«

Laurenz blieb abrupt stehen. Seine Miene verfinsterte sich. Colombe konnte gut spüren, dass er in seinem Stolz verletzt war. »Das Wasser kämpft nicht gegen das Feuer«, erzählte Mactus weiter. »Es verbündet sich mit ihm. Die Parteien Beginnen sich gegenseitig zu akzeptieren.«

»Wenn das nur so einfach wäre«, schnaufte Colombe. Sie dachte gerade an Salomon. Obwohl sie ein gewisses Bedauern für ihn aufbrachte, hätte sie sich wohl niemals mit ihm verbünden können. Das Vertrauen war futsch. Die Akzeptanz wäre gespielt und nur mit größter Anstrengung und gutem Willen zu halten.

»Wir sagen nicht, dass es einfach ist, wir haben keine Ahnung von Einfachheit. Wir sind Schöpfer. Das Einfache ist für uns so normal wie Fliegen auf einem Kuhdreck.« reagierte Lucifer auf ihre Gedanken. »Doch die Messungen haben gezeigt, dass es Menschen auf dieser Erde gibt, die mit dem Geist des gegenseitigen Respekts geboren worden sind. Sie sind die wahren Helden. Sie sind es, die ihrem Gegenüber kein Leid zufügen, weil sie instinktiv erkennen, wer sie wirklich sind.«

»Homullus«, folgerte Colombe.

»Animus«, korrigierte Lucifer.«

»Animus?«, echoten Colombe, Tin und Laurenz im Chor.

»Wie jetzt«, fragte Laurenz.

Mactus trat einen Schritt näher an Laurenz heran. Dieser wich vor lauter Ehrfurcht zwei Schritte zurück. »Als du vor zwei Tagen den

Kodex auf die dunkle Seite der Waage geworfen hast und sich die Tore des Animus geöffnet haben, was hat sich dir da offenbart?«

»Eine zweite Pforte und damit die Tatsache, dass uns Animus niemals zurückhaben will.«

»Hätte Animus euch nicht zurückhaben wollen, hätte er keine Tore erschaffen.«

Laurenz horchte interessiert auf, sagte aber kein Wort.

Tin legte einen Arm um Colombes Schultern und drückte sie nah an sich. »Laurenz hat sich an einem monströsen Spiegel die Nase aufgeschlagen«, antwortete er für Laurenz. Vorsichtig drehte er Colombe so zu sich, dass er seine Stirn auf die ihre legen konnte. »Es ist mir kurz vor der Amceptierung durch den Kopf gegangen«, flüsterte er ihr zu.

»Was den?«, hauchte Colombe.

»Nun, ähm... Es hört sich irgendwie... seltsam an.«

»Sag es, damit auch Laurenz es hört«, forderte ihn Lucifer auf.

Tin sah zu dem Kahlschädel, schielte jedoch immer wieder zu Lucifer. »Nun, die Tore des Animus haben sich geöffnet. Und als wir glaubten, in Animus Augen zu blicken, sahen wir stattdessen in einen Spiegel und damit in unsere Augen, verstehst du?«

»Du meinst...!«, Colombe schluckte ein paarmal leer und sah dann zu Lucifer, der lächelnd nickte.

»Geliebtes Menschenwesen Colombe. Hast du es nicht schon längst selbst herausgefunden? Hast du es dem lieben Wesen Gerd nicht auch schon durch Worte und Anastuiit übermittelt. Ihr seid Animus?

»Ja, äh, ich... ich... manchmal rede ich, ohne zu wissen, was genau ich eigentlich sagen will.«

»Wir sind Animus«, nuschelte Tin kaum hörbar.

»Was!«, meckerte Laurenz. Seine Stirn lag in tiefen Falten.

Colombe achtete den Krieger nicht. Abwechselnd sah sie die beiden Engel an. Lucifer stand nun als fettleibiger Mongole vor ihr und Mactus als eine an Bulimie erkrankte junge Frau, die nur noch Haut und Knochen zu sein schien.

»Es gibt Menschen, die üben sich in Gewalthandlungen aus Sehnsucht nach Animus. Es gibt Menschen, die fressen sich eine dicke Schicht aus Fett an, aus Sehnsucht nach Animus. Es gibt

Menschen, die sind besonders liebevoll, aus Sehnsucht nach Animus. Es gibt Meschen, die sind falsch, gemein und manipulieren ihre Mitmenschen, aus Sehnsucht nach Animus. Es gibt Menschen, die all ihre Liebe verschenken, aus Sehnsucht nach Animus. Es gibt Menschen, die fressen, kotzen und hungern, aus Sehnsucht nach Animus. Und alle haben sie vergessen, dass sie selbst Animus sind. Entstanden aus seiner Energie, in absoluter anastuiiter Liebe. Animus ist zersplittert in unzählige Teile seiner selbst. Es gibt nichts, was man anbeten könnte, als sich selbst. Die Suche ist beendet. Falle jetzt in Depressionen, wenn du willst, wir helfen dir dabei. Oder du beginnst zu erschaffen, auch dabei helfen wir sehr gerne.« Lucifer stand plötzlich als Laurenz'Ebenbild vor ihm und legte seine Hände auf seine Schultern. Laurenz wusste nicht, wie ihm geschah. Er starrte den Lichtvollen an, als ob er zu Stein verwandelt worden wäre. »So wisse«, sprach Lucifer, mit freundlicher Stimme, die einem das Herz himmelhoch jauchzen ließ, »wenn du deinem Nächsten ein Leid antust, so blicke in den Spiegel und du wirst erkennen, dass du es dir selbst angetan hast. Fühle die Sehnsucht zu Animus und erkenne, dass es nicht das Verlangen ist, den Vater wiederzusehen, sondern die Begierde der Seele, sich zu erinnern, zu erkennen, und mit dem Wissen zurückzukehren, den Willen Animus nur im Ganzen erfahren zu können. Hör auf, Animus durch Gewalt und Missgunst herauszufordern. Den Kampf gegen dich selbst, wirst du niemals gewinnen. Erinnere dich und du wirst den Frieden finden.«

»Soll das heißen, die Tore des Animus öffnen sich nicht?«, polterte Laurenz dazwischen. Seine Aggressionsbereitschaft blühte auf, da nutze selbst die zarte Berührung beider Engel nichts. Er hatte rein gar nichts verstanden. »Wir Krieger haben alles für dich getan, um in deinem Namen die Förderung des Anastuiits im Menschen voranzutreiben«, wetterte er fuchsteufelswild, »Hast du uns nur benutzt? Wofür? Um hier zu stehen und uns Geschichten über intelligente Wassertropfen zu erzählen? War der ganze Scheiß umsonst?« Wütend schlug er mit der Faust auf den Altar. Mit einem Ruck wollte er die Waage des Bewusstseins vom Tisch fegen, doch das scheinbar fragile Konstrukt hielt stand wie festgeschweißt und bewegte sich keinen Millimeter. Aus dem Unterarm von Laurenz spritzte Blut. Stöhnend hielt er sich die Wunde zu und klappte zu Boden. Colombe und Tin rannten beide zu ihm hin, um ihm zu helfen. Doch er zappelte mit allen Vieren, um sie von sich fernzuhalten.

Tin stand auf und klopfte sich nicht vorhandenen Staub von den Hosen. »Das mit den Toren und Animus verstehe ich. Aber was ist mit der Geschichte der Homullus. Ist sie falsch?«

»Schagen wir esch mal scho«, jetzt lispelte Lucifer sogar und die Tonlage seiner Stimme hatte sich um eine Oktave erhöht, »Vielesch, wasch Luschebian euch berichtet hat, ischt richtig. Jedoch wurde mit den Jahren auch einigesch weggelasschen und anderesch dazugedichtet.« *Das Lispeln verschwand.* »Leider ist der Mensch sehr verbohrt, wenn es darum geht, einem Glaubenssatz zu folgen. In jeder Religion werden Verbote erschaffen. Es wird mit der Angst gespielt. Das war beim Mactus-Conigium und beim Amceps-Orden nicht anders. Sogar beim Consortium Lucifer haben sich Manipulationen eingeschlichen.«

Tin senkte beschämt den Kopf.

Lucifers Stimme wurde wieder tief und beruhigend. Er neigte seinen Kopf, sandte eine Spiralenergie aus seiner Gestalt und hob damit Tins Kinn an. »Es ist schwer, im Feind die Seele Animus zu erkennen, nicht wahr? Doch wir bitten euch, damit zu beginnen. Die Menschheit braucht Pioniere. Der Tag wird kommen, an dem die Vorkämpfer nicht mehr gefoltert, gedemütigt und getötet werden … um hinterher dennoch heiliggesprochen zu werden. Der Tag wird kommen, an dem sich der gegenseitige Respekt dazwischenschieben wird. Weil jeder erkennt, welch schöpfende Macht in ihm schlummert und sich dem Glück in Freiheit erlabet.«

Tin drückte die Augen fest zu. Tränen tropften über seine Wangen. Lucifer sah Colombe an. Auch sie neigte dazu, ihren Kopf in Demut zu senken. Doch auch bei ihr sandte Lucifer eine seiner Energiespiralen aus, um ihr Kinn zu heben. »Colombe. Öifgen. Siehe die Welt im Aufbruch. Krieg und Gewalt werden dich noch oft in Trauer und Ohnmacht versetzen. Wir bitten dich: Halte durch. Hab' Geduld mit den Menschen. Siehe, bei den meisten Menschen muss der Wassertropfen erst verdunsten, bevor er in Weisheit zurückkehren kann.«

Stille.

Tin hüstelte und durchbrach das Silentium wie ein Bagger den Erd-wall. »Was ist mit deiner Verbindung mit Colombe, ehrwürdiger Licht-bringer? Was ist mit dem Rätsel, das Colombe lösen muss. Wird ihr erlaubt, weiterzuleben?«

Mit einem erneuten Lächeln sandte Lucifer eine gehörige Portion Anastuiit an Tin. »Es ist uns erlaubt, diesen Irrtum aufzuklären«. Er räusperte sich, um die Spannung aufzubauen, legte eine Hand auf seine Brust, so wie es Colombe immer bei ihrem dritten Auge machte, und sagte schließlich: »Wir sind längst verbunden.«

Colombe horchte auf. »Wir sind verbunden? Seit wann! Ich meine ... wie?« Schnell stand sie auf, hakte sich bei Tin ein und schmiegte sich an ihn. »Dann kann ich mit Tin zusammenbleiben, ja?«

»Ist es denn deine Wahl?«, fragte Lucifer. Er wechselte sein Ant-litz erneut. Nun stand ein langhaariger Hüne vor ihr, mit einem Monokel auf seinem Gesicht, das beinahe eingewachsen schien.

»Jonathan Nahzuel«, murmelte Tin.

»Was?«, fragte Colombe, erwartete jedoch keine Antwort. Vielmehr interessierte sie der Sinn von Luzifers Worten. »Du meinst, wenn ich mich für Tin und das Leben entscheide, werde ich rückamceptieren und normal weiterleben?«

»Möchtest du das den?«

»Ja«, schoss es aus Colombe. »Bitte hilf mir.«

»Erkenne wer du bist, und die Allmacht Animus liegt in deiner Hand. Bitte nicht uns, wir sind unser Herr und nicht der deine. Entscheide. Handle. Erschaffe. Vertraue.«

»Oookey, dann soll es geschehen«, antwortete Colombe mit vollster Überzeugung.

»Oookey, dann wird es wohl geschehen«, brabbelte ihr Lucifer grinsend nach.

Tin umschlang Colombes Hüfte, hob sie hoch und drehte sich im Kreis. »Du wirst leben!«, rief er immer wieder und Freudentränen lösten sich aus seinen Augenwinkeln.

»Ja, ich werde leben ... mit dir. Aber lass mich runter, sonst sterbe ich an einem Mein-Freund-hat-mich-zu-lange-gedreht-Syndrom.«

Tin stellte sie hin, umarmte sie und drückte fest zu. Colombe be-kam kaum noch Luft. »Wenn du nicht sofort zu drücken aufhörst, sterbe ich an einem Mein-Freund-hat-mich-zu-tode-umarmt-

Syndrom«.

Tin ließ sie los, drückte nur ihre Hand und nach einem vielsagenden Blick lockerte er auch diesen Griff. Stattdessen streichelte er nur noch mit seinem Daumen über ihren Handrücken. So aufgeregt hatte Colombe ihn noch nie erlebt. Doch dann wandte er sich plötzlich wieder den beiden Engeln zu. Er packte das Spiralsiegel und hielt es Lucifer unter die Nase. Es wirkte nicht arrogant oder gar bedrohlich, eher freundschaftlich und nachfragend. »Du selbst hast mir durch dieses Amulett Einblicke in die Dimensionen der Homullus verschafft. Ich habe Lusebians Geschichte eins zu eins nachkontrollieren können! Ich meine, die Amceps gibt es wirklich. Aber warum hast du uns in dem Glauben gelassen, die Tore Animus zu öffnen, wo es doch keine Tore gibt, die man öffnen kann?«

»Öffne das Tor zu deiner Seele und du wirst Frieden finden«, sprach Mactus. »Kehre ein in Ruhe. Nirgends sonst wirst du Animus begegnen. Selbst das Blinzeln deiner Augen kann das Zeichen der Verbundenheit symbolisieren.«

Der erste Schlag der Glocke, die das Ende der Crepererumsphase ankündigte, schallte durch die Räume.

Colombe kamen die vier Stunden vor, wie dreißig Minuten.

Lucifer und Mactus hatten ihre Menschengestalten bereits wieder abgelegt und standen in farbenfroher Spiralform vor ihr. Nur schemenhaft konnte man erkennen, dass sich Lucifer mit seiner Hand an die Stirn tippte. »Bis später«, verabschiedete er sich. Mactus legte eine Hand auf seine Brust und verneigte sich. Zu Laurenz gewandt sagte er: »Befreie dich von dem Dogma des Conigium Mactus und finde alle Wahrheit, die du einzig und alleine in dir erkennen kannst.«

Ein sanfter Windhauch streifte Colombes Gesicht. Die Spiralen lösten sich auf. Die Engel verschwanden genauso schnell wie der Duft des Lichts.

Zurück blieben drei Menschen, denen das Wissen um die Allmacht geschenkt wurde. Die Erleichterung war groß und die Fesseln von Zwang und Amceps lösten sich.

Colombe und Tin standen dicht beieinander und warteten auf die Rückamceptierung. Für Laurenz war das alles zu viel, das war ihm gut anzusehen. Sein Kopf schien zu rauchen. Die Verarbeitung des eben erlebten würde ihm bestimmt noch einige Zeit abverlangen.

Kurz vor dem letzten Glockenklang streckte Colombe ihre Hand aus und bat das Crepererum um eine Tüte. Auf Tins fragenden Blick feixte sie: »Damit du etwas hast, worein du dich übergeben kannst«.

61

Colombe war wie immer ohne Probleme aus dem Crepererum zurückgekehrt. Sie kümmerte sich liebevoll um den bewusstlosen Tin und legte ihn sachte auf den Boden. Laurenz schluckte sein Erbrochenes runter. Er spürte sich nicht mehr, zückte den Dolch, den er in seinen schwarzen Kampfstiefeln versteckt hatte, und stach zu. Gemein wie er war hatte er sich von hinten genähert. Es war die ideale Gelegenheit für ihn, weil er Colombe beim tödlichen Stoß nicht in die Augen sehen wollte.

Noch bevor die scharfe Klinge in Colombes Rücken eindringen konnte, löste sich ihre Seele vom Körper und schwebte über ihren Kopf. Sie sah sich selbst mit schmerzverzerrtem Gesicht zu Boden sacken und in sanftem Zucken liegen bleiben. Der Körper reagierte nicht mehr auf ihre Befehle. Vergeblich versuchte sie nach Luft zu schnappen.

Stoisch sah sie auf ihren tödlich verletzten und leicht zuckenden Körper. Ohne ihre Seele würde er das Leben nicht weiterführen können.

Bedauern schlich sich in ihre Gedanken. Ein Teil von ihr hatte bereits eine schwangere Frau erblickt, die noch nichts vom Fötus ahnte, der unter ihrem Herzen auf die Seele eines Homullus wartete. Diese Frau war in einer früheren Inkarnation schon einmal ihr Ehemann gewesen. Es war ein guter Mann, der sie aber nie wirklich geliebt hatte, da die Ehe arrangiert war und sein Herz einer anderen gehörte. Wenn Colombe sich nun entscheiden würde, dem Fötus das Leben ihrer Seele einzuhauchen, dann wäre es die Lehre der Frau, Colombe zu lieben. Colombe sah die Potenziale, die sie mit ihr als Mutter hätte. Sie würde behütet aufwachsen, so gut es denn in dieser Zeit ginge, die da anbrechen sollte.

Wollte sie das. Wollte sie das Leben als Colombe Tanner beenden und noch einmal von vorne beginnen? Säuglingsalter, Kleinkindalter,

Kindergarten, Schule, Pubertät, Ausbildung. »Colombe ist irgendwie komisch«, sagte damals die Kindergärtnerin zu Colombes Eltern. Ja, Colombe ist irgendwie komisch. Aber dieses »komisch« ist nicht schlecht. Im Gegenteil. Es ist das, was die Mystik des Lebens ausmacht und die Menschen zum Nachdenken anregt.

Wieder sah sie auf ihren leblosen Körper. Hatte sie den überhaupt noch eine Wahl? Der Dolch, der Laurenz noch ein zweites Mal in Colombe rammte, war lang und Laurenz war überzeugt, ihr Herz erwischt zu haben. Bald hatte sie keinen Herzschlag mehr. Das Blut stockte schneller als erwartet.

Tin war aus seiner Ohnmacht erwacht, stand daneben und lachte. »Das Amceps ist tot. Es lebe Colombe!«, referierte er, packte sie und warf sie über seine Schultern. Pfeifend trug er sie raus aus dem Sodbrunnen, überquerte das Gelände und bestieg den Podiumstempel. In der Mitte des Quaders legte er sie hin.

Was geht da vor? Träume ich? Oder bin ich schlussendlich doch auf die Manipulation und Boshaftigkeit Lucifers hereingefallen? War das alles ein abgekartetes Spiel zwischen Tin, Laurenz und ... und ... wem noch?

Kommissar Roberto Keller kniete neben ihr nieder, bettete eine Decke unter ihre Knie und zeigte mit einer ausschweifenden Handbewegung auf die restaurierte Ruine des Szenen-Theaters. »Sieh sie dir an, die ehrwürdige Mutter«, referierte er, als ob er Shakespeare persönlich wäre. »Sie bettet dich zur ew'gen Ruh'.«

»Genau«, gackerte Laurenz, als er Colombes Hände auf ihren Bauch legte, als ob sie gerade in einen Sarg gelegt worden wäre. »Und wenn sie morgen aufwacht, wird sie mit Schrecken feststellen, dass sie tot ist.« Er grunzte am lautesten ab seinem Witz. Sein zynisches Lachen hallte im Szenen-Theater wider und verstummte in einem stets leiser werdenden Echo. Tin fuhr mit einem Finger die Konturen von Colombes Gesichte ab. »Glaub mir, dein Tod ist tausendmal besser, als das Leben. Menschen wie du leiden viel zu sehr an den misslichen Energien von anderen. Plötzlich packte er sie an den Schultern und schüttelte sie durch. »Oder möchtest du lieber Schmerz und Wut erfahren? Möchtest du den Menschen von Lucifer erzählen und ihnen mitteilen, dass er nie gefallen ist, sondern stets in Liebe über die Menschheit wachte?«

Colombe war froh, das Schauspiel außerhalb ihres Körpers mit ansehen zu können. Tin schüttelte sie so fest durch, dass sie sonst bestimmt eine Gehirnerschütterung erlitten hätte.

»Niemand wird dir glauben, Colombe!«, schrie Tin sie nun an. »Niemand. Lass diese Arbeit das nächste Amceps tun. Du bist zu schwach dafür! Schuld daran ist nur die übermäßige Macht deines dritten Auges.«

Kommissar Keller legte ihm mitfühlend eine Hand auf die Schulter. »Sie ist tot. Lass ihre Seele ziehen.«

Tin ließ von Colombe ab, setzte sich auf den kalten Stein des Podiumtempels und umschlang seine Knie. »Niemand würde dir glauben«, murmelte er vor sich hin. »Das Leben wär die Hölle für dich. Wie hättest du den Leuten beibringen wollen, ihrer Seele zu folgen und nicht der Manipulation des Menschen? Niemand hätte dir geglaubt. Sie hätten dich ausgelacht oder gar als Wiedergeburt Satans verschrien und dein Leben zerstört. Sie hätten in dir eine Hexe gesehen, die sie im Namen ihres Gottes hätten quälen können. Weißt du, die Inquisition wurde nie abgeschafft. Sie hat nur hundert neue Namen. Du hättest den Menschen tausend Spiegel vorhalten können, es hätte nichts genutzt. Sie hätten weiterhin nach Respekt, Glaube und Menschlichkeit verlangt und ihr Anliegen mit Gewalt, List und Missbrauch durchgesetzt.« Tin heulte bittere Tränen.

»Wo ein Wille ist, ist auch ein Weg«, brummte Laurenz, der Colombes Leiche reinigte und sämtliche Spuren beseitigte. Erneut legte er ihre Hände auf ihre Brust, da sie während des Schüttelanfalls von Tin auf den Stein gefallen waren.

Tin schnaubte verächtlich. »Colombe könnte hundert Beweise für die Existenz der Homullus liefern. Es würde ihr trotzdem niemand glauben.«

»Es liegt am Menschen, ob er den einfachen Weg gehen will, oder den steinigen Pfad, der ihn irgendwann einmal dazu zwingen wird, sich seiner Wirklichkeit zu stellen«, sagte Laurenz, küsste Colombe auf die Stirn und wischte den Kuss sogleich wieder mit einem Reinigungstuch ab.

62

»Wach auf Colombe!«, hörte sie Tins Stimme flehen. Der Geruch von Erbrochenem stieg ihr in die Nase. Ihr Mund fühlte sich trocken an und sie versuchte sich die Lippen mit ihrer Zunge zu nässen. Sie blinzelte, um ihre Augen an die Dunkelheit zu gewöhnen. Es schien eine sternenlose Nacht zu sein. Vermutlich war sogar Neumond. War sie wieder in ihrem Körper? Warum verspürte sie keine Schmerzen von den Messerstichen? Und warum spürte sie ihr Herz schlagen? Ihr Po war schon ganz taub von dem feuchten und steinigen Boden. Langsam erkannte sie die Umrisse von Tin. Ein Lächeln zeichnete sich auf ihren Lippen ab. Es war ein Gefühl, wie nach Hause kommen. Laurenz saß teilnahmslos an der Wand und starrte auf den Boden. Von ihm ging keine Gefahr aus. Die Ereignisse des Crepererums schlängelten sich viel zu zäh in seiner Spirale.

Die Magie des Ortes kam Colombe bekannt vor und als sie ihren Kopf drehte erkannte sie die Bodenlichter des Tunneleingangs zum Sodbrunnen. Darum konnte sie keine Sterne erkennen. Sie befanden sich im Sodbrunnen und nicht auf dem Podiumstempel. *Ich bin nicht tot. Ich habe nur geträumt. Es war nur ein schrecklicher Albtraum.* Laurenz hatte sie nicht mit dem Dolch erstochen und Tin hatte sie nicht aufgegeben.

Eine Woge der Freude durchfuhr sie. Krampfhaft bäumte sie sich auf.

»Ich lebe«, krächzte sie und es war mehr eine Frage als eine Feststellung.

Tin strich ihr mehrmals eine nicht vorhandene Haarsträhne hinters Ohr. »Ja«, schluchzte er. Tränen tropften auf ihr Gesicht. »Du lebst, mein Liebling.« Sanft hob er sie an und drückte sie an sich.

Animus sei Dank! Es war nur ein Traum, dachte sie erneut um sich selbst zu überzeugen. Vorsichtig tastete sie ihre Schulter ab. Da war kein Blut, erst recht keine Stichwunden.

»Es ist vorbei Colombe«, sagte Tin. »Es ist vorbei. Kein Mactus-Krieger wird dich jemals wieder bedrängen. Kein Amceps-Wächter wird dich jemals wieder an irgendetwas hindern, weil er glaubt, dich beschützen zu müssen. Kein Mitglied des Consortiums Lucifer wird dich jemals wieder mit jemandem verkuppeln wollen.«

Sie vergrub ihren Kopf auf seiner Schulter. »Ich glaube, es hat erst begonnen«, flüsterte sie.

Tin drückte sie von sich weg. »Nein, Colombe. Mit alldem, was nun kommen wird, hast du nichts mehr zu tun. Die Prophezeiung ist erfüllt. Die Menschheit hat ihre zweite Epoche von 28'000 Jahren. Diese zu ermöglichen war alles, was von dir erwartet wurde. Es liegt nicht an dir, was die Welt daraus macht.«

»Doch, es liegt an jedem von uns. Die Macht des dritten Auges wurde bisher noch gar nicht gebraucht. Es wird erst jetzt zum Einsatz kommen. Es ist, wie Lucifer sagte. Jeder Tropfen gibt seine Weisheit weiter. Mit jedem Leben. Wenn wir Glück haben, werden wir es sogar noch erleben, wie die Kinder, die heute geboren werden, die Welt und das Bewusstsein verändern werden.«

»Wie soll das geschehen?«

»Wie gesagt: Ich glaube, es hat längst begonnen. Warum sonst sollen wir noch einmal eine Chance auf 28'000 Jahre kriegen?«

Laurenz rappelte sich auf, streckte und dehnte sich. »Ja klar. Es hat schon begonnen«, die Ironie in seiner Stimme war deutlich rauszuhören. »Deswegen werden die Unwetter auf der Erde ja auch immer schlimmer, weil die Menschen ein höheres Bewusstsein entwickelt haben. Deshalb gibt es ja auch tagtäglich neue Nachrichten von brutalen Kriegen und Kamikaze-Attentätern. Darum gibt es so viele unheilbare Krankheiten. Kaum ist die Pest besiegt, tauchen zwei neue unbekannte Viren auf, weil die Menschen ein höheres Bewusstsein entwickelt haben.« Laurenz hob die Hände, als ob er einen Streit beschwichtigen wollte, »Aber hey, das Bewusstsein der Menschen ist gewachsen. Was spielt es da schon für eine Rolle, ob ein Kleinkind an Leukämie stirbt oder nicht! Was spielt es da schon für eine Rolle, wenn eine Mutter ihr ungeborenes Baby abtreiben muss, weil ihre Gesundheit keine Schwangerschaft zulässt?«

Colombe vergaß beinahe den Mund offen ab Laurenz Ausführungen. Aber es war Tin, der antwortete. »Colombe hat recht. Die Menschheit ist im Wandel. Wir leben in einem Zeitalter, da die neue Energie die alte ablöst. Die alte Energie wehrt sich, das ist klar. Deshalb sieht es im Moment auch so aus, als ob alles den Bach runterginge. Doch vielmehr ist es so, dass die alte Energie bald keine Kraft mehr besitzt, um der Produktion von Anastuiit standzuhalten. Es ist ein Gesetz von Animus: Es braucht Veränderung, um das Alte abzulösen.«

»Ha, dass ich nicht lache«, blökte Laurenz. »Was habt ihr vom Am-ceps-Orden bloß für eine Vorstellung vom zukünftigen Leben! Harfe spielen auf Wolke sieben und alle drei Wochen Manna essen? Wie langweilig! Da amüsiere ich mich doch lieber bei einem Kampf auf Leben und Tod. Da ist wenigstens noch ein bisschen Nervenkitzel dabei.«

»Nervenkitzel«, reagierte Colombe aufgebracht. »Du willst Nerven-kitzel? »Nervenkitzel kriegst du auch bei einem Bungee-Jumping oder beim Fallschirmspringen. Warum muss den gleich immer Blut fließen?«

Laurenz kam auf Colombe zu. Kurz vor ihr blieb er stehen. Seine Nasenflügel blähten sich heroisch auf. »Weil der ultimative Kick nun mal nicht dadurch entsteht, dass man in der Nase bohrt und das Erzeugnis daraus möglichst unbemerkt unter die Stuhlkante des Kinosessels klebt.

»Ultimativer Kick? Du willst den ultimativen Kick? Dann lass dich zum Clown ausbilden und bring die Krebskranken Kinder in den Kran-kenhäusern zum Lachen.« Jetzt hob Colombe die Hände, als ob sie ihren Redefluss selbst stoppen wollte. »Aber nein, das geht ja nicht. Das ist zu schwer für einen, der nur zerstören kann nicht wahr? Aber du könntest dir den ultimativen Kick auch holen, indem du während Jahren ein Musikinstrument erlernst und deine Fortschritte immer wieder vor Publikum präsentierst. Ach nein, das geht ja nicht, da kann man nicht einfach etwas kaputt machen, ohne den Kopf dafür hinhal-ten zu müssen. Es wäre aber auch der ultimative Kick, als Familien-vater tagein tagaus zur Arbeit zu gehen, um am Ende des Monats zu bemerken, dass das Geld hinten und vorne nicht reicht. Aber nein, wie kann ich das nur sagen. So etwas ist doch nicht der ultimative Kick für einen Kerl wie dich, nicht wahr? Dafür müsste man sich zuerst verlie-ben und Vater werden und das ist für einen wie dich nichts. Du musst jemanden umbringen können, dem du die Schuld an deiner Misere geben kannst. Du musst ein paar Schaufenster einschlagen, damit du dich toll fühlst. Du musst eine Frau vergewaltigen, damit du deine Dummheit verdrängen kannst, deine Schwäche und den Gedanken an die Wahrheit Animus. Aber nein! Aber nein! Aber nein!« Colombe ver-warf die Hände. »Jetzt hab ich ihn, deinen ultimativen Kick, extra erschaffen für Laurenz, den brutalen Mactus-Krieger, der nur in der

Lage ist, sich Befriedigung zu verschaffen, wenn er andere quälen kann ...« Colombe konnte nicht weitersprechen. Die Rede hatte sie außer Atem gebracht. Ihr Körper zitterte und sie war froh, als Tin ihr von hinten seine Hände auf die Schultern legte, damit sie wusste, dass sie sich jederzeit bei ihm abstützen könnte.

Laurenz krümmte sich vor Lachen. Aber Colombe fühlte es an seiner Energiespirale, die zwar seit der letzten Begegnung etwas gewachsen, jedoch mit knapp zwei Metern immer noch sehr klein war. Das Lachen war nur gespielt. Ein Überspielungsversuch seiner Unsicherheit. Ein starker Mensch sah anders aus – er war nur ein kümmerlicher Abklatsch davon.

Er zeigte mit dem Finger auf sie. »Bisher hast du mir nur Scheiße erzählt, Amceps. Bin ja gespannt, was du mir jetzt noch für einen Vorschlag machst.« Seine Aussprache war so feucht, dass sich Colombe angeekelt das Gesicht abwischen musste. Sie hielt seinem Blick jedoch stand. Ihr Zittern verschwand, als sie es in aller Seelenruhe sagte: »Du magst es den ultimativen Kick nennen, Laurenz. Ich nenne es Leben. Du lebst nicht wirklich. Du bist nur da. Du existierst zwar, aber unternimmst alles dafür, nicht in den Sog einer Liebe zu fallen, die dich zum Teil eines Ganzen machen würde.« Colombe sah zu Tin. »Du weißt, dass ich dich Liebe, ja?«

Tin nickte und biss sich die Zähne zusammen. Vermutlich ahnte er, was sie vorhatte.

Ehe Laurenz es sich versah, hing Colombe an seinem Hals. Aber sie würgte ihn nicht, nein. Ihre Hände lagen warm auf seinem Rücken und streichelten ihn in inniger Umarmung.

Laurenz setzte seine ganze Muskelkraft ein, um Colombes Umarmung zu lösen, schaffte es aber nicht. Sie vergrub ihr Gesicht an seinem Hals und nässte mit ihren Tränen die rosarote Narbe hinter seinem Ohr. Wie mit Sekundenleim verklebt, hielt sie jedem Abrütteln stand. Seine Spirale versprühte Angst, Wut, Trauer. Unverständnis und den Drang, seinen Dolch zu zücken. Schließlich stieß er sie mit voller Wucht an die Wand des Gewölberaumes. Seine Pranke umfasste ihren zarten Hals. Dann drückte er zu.

Colombe schrie auf, bekam kaum noch Luft, doch Laurenz quetschte weiter. Sexuelle Begierde vermischte sich mit dem Drang zum Missbrauch, so schmiegte er seinen Unterleib gegen sie und sie fühlte seine

Erregung.

Tin, der für einen Augenblick ungläubig dastand, packte Laurenz von hinten, riss ihn von Colombe weg und schleuderte ihn in den Tunnelausgang. Benommen rappelte er sich wieder auf und blieb breitbeinig und mit angewinkelten Knien sitzen. Als er Colombe schon wieder auf ihn zurennen sah, hüpfte er auf und wehrte sie mit einem Faustschlag ab. Er traf sie nicht, da sie abrupt vor ihm stehen blieb.

»Ist das alles, was du kannst?«, fragte Colombe und rieb sich den Hals. »Schlagen? Töten? Missbrauchen? Setzt du immer solch bösartige Energien frei, wenn jemand den wahren Kern deiner Seele erblickt und dich lieben will?

»Lass' es Colombe«, drängte Tin. »Er ist noch nicht soweit. Du kannst ihn nicht bekehren«. Er stellte sich vor seine Liebste, damit Laurenz nicht auf falsche Gedanken kommen konnte. Aber dieser grinste nur abfällig, stand auf, fasste sich lüstern in den Schritt und machte auf dem Absatz kehrt. Er schrie während seines gesamten Rückweges zum Parkplatz. Tin und Colombe folgten ihm und beobachteten, wie er in den weißen Kastenwagen stieg und davonraste.

»Dafür, dass er sowohl Mactus als auch Lucifer höchstpersönlich begegnet ist, ist das eine ziemlich miese Ausbeute«, erkannte Colombe traurig. »Ich hätte ihn auch nicht gleich umarmen müssen. Eine Umarmung mag zwar befreiend sein, doch nicht unbedingt dann, wenn es ein Fremder tut.«

»Es wird eine Weile dauern, bis er die Glaubenssätze verwerfen kann, die ihm all den Kummer bereiten.«

»Wie viele Leben das wohl dauern wird?« Erschöpft lehnte sie sich an Tin.

»Ich hoffe nur, er macht keine Dummheiten«, murmelte Tin.

Colombe runzelte die Stirn. »Hm, denkst du, wir sollten ihm nachfahren?«

»Ja, denke ich. Nur haben wir kein Auto.«

»Doch, haben wir«, grinste Colombe und zeigte auf einen rost-rot-blauen Rosthaufen mit vier Rädern, der mit neon-pinken Blumen verziert war. »Dort steht Zlittles Wagen.«

Tin verzog den Mund. »Wie schnell fährt der den? Wenn's hochkommt, vielleicht 80 Stundenkilometer? Das reicht nicht, um Laurenz zu folgen. Ich rufe Otto an. Er soll das Treieins im Auge behalten, damit

Laurenz dort nicht Amok läuft.«

Otto ging nicht ans Telefon. So versuchte Tin sein Glück bei Lusebian. Er stellte das Gerät auf Lautsprecher, während die Verbindung aufgebaut wurde. Colombe war erleichtert, als dieser sofort antwortete und demnach bei Laurenz' Flucht aus dem Verlies keine schweren Verletzungen abbekommen hatte.

»Macht euch keine Sorgen«, versicherte der Alte. Es ist niemand mehr im Treieins. Ach und Colombe.«

»Ja?«

»Herzlichen Glückwunsch zum Geburtstag und zum neuen Leben.«

Colombe sah zu Tin, der sie mit seinem Breitmaulnashorn-Lächeln anblickte, und atmete tief durch. »Danke«, hauchte sie.

»Es ist vorbei«, sagte Lusebian.

»Ja«, nickte Colombe. »Es ist vorbei.«

Colombe konnte Tin überreden, doch noch in Zlittles Auto zu steigen und zurückzufahren. Aber die Autoschlüssel lagen nicht dort, wo sie Zlittle sonst immer deponierte. So spazierten die beiden zum Podiumstempel, um auf Otto zu warten. In der Mitte des Quaders setzten sie sich hin und lauschten dem Wind. Von der Autobahn am anderen Ende des Geländes waren Geräusche von vorbeirasenden Autos zu hören.

Colombe holte die kleine Schatulle hervor, die Tin ihr zum Geburtstag geschenkt hatte. »Wow«, wisperte sie, als sie den Inhalt mit zitternden Händen herausnahm. »Ähm, ich möchte ja sagen, es sei wunderschön, aber irgendwie... ähm...«. Fragend sah sie ihrem Liebsten in die Augen.

Tin kratzte sich verlegen am Hinterkopf. »Es war nicht meine Idee, das gebe ich zu. Lucifer wollte, dass ich dir ein solches Ding schenke. Ich durfte nur die Farbe auslesen.«

»Purpurrot«, grinste Colombe. Genau meine Lieblingsfarbe. Aber was genau soll ich damit?«

Tin hob die Schultern. »Da es sich um einen Memory-Stick für einen Computer handelt, denke ich, dass du darauf etwas speichern solltest. Lucifer sagte: ›Der Stick dient symbolisch als menschlicher Kodex‹.«

»Ich soll ein Buch über meine Erlebnisse als Amceps schreiben?«, fragte Colombe. Es war das Erste, was ihr dazu einfiel.

Wieder hob Tin die Schultern. »Könnte sein. Warum auch nicht?«

»Die Geschichte glaubt mir doch kein Mensch.«

»Hm, jeder Mensch hat auch einen engelhaften Teil. Klar, diese Teile sind nicht so groß wie bei dir. Aber immerhin scheint es Zeit zu sein den Wassertropfen mit Wissen anzufüllen.«

Colombe verzog den Mund und steckte den Stick in ihre Hosentasche.

»Keine Sorge«, lächelte Tin. »Mein echtes Geburtstagsgeschenk kriegst du morgen.«

»Das will ich auch hoffen«, witzelte sie und schupste ihn freundschaftlich an. Doch plötzlich fühlte sie sich unwohl. Eine dunkle Ahnung drang in die friedliche Stimmung ein. Nervös rutschte sie von einer Pobacke auf die andere. Tin schien es zu spüren. »Ich probiere nochmal. Vielleicht geht Otto jetzt ans Telefon. Er kann ja jemanden vorbeischicken, um uns abzuholen. Dann kann er bei Zlittle bleiben.«

»Laurenz hat keine Ahnung, wo Zlittle wohnt, oder?«, fragte Colombe.

Tin wich das Blut regelrecht aus dem Gesicht.

63

Otto hatte Zlittle in ihrer Wohnung abgesetzt und machte sich bereits wieder auf den Weg nach Augusta Raurica, um Colombe und Tin abzuholen.

Otto hätte nicht extra zurückfahren müssen, dachte Zlittle. Sie hätte ihn zurückhalten und darauf vertrauen können, dass Colombe das Fahrzeug sieht und es sicher zurückbringt. Colombe kannte ja Zlittles Gewohnheiten mit dem Schlüssel. Sie kannte auch ihr Auto mit den neon-pinken Blumen auf rost-rot-blauem Lack. So bräuchte Colombe nur eins und eins zusammenzuzählen. *Die beiden sitzen bestimmt schon in der engen Blechdose und fahren zurück nach Bern.* Dass Otto wahrscheinlich vergebens nach Augusta Raurica fuhr, behielt Zlittle jedoch für sich. Sie wollte jetzt alleine sein und die Ereignisse der letzten Stunden und Tage Revue passieren lassen. Das Gewirr in ihrem Kopf musste geordnet werden. Das war zumindest das, was ihr menschli-

cher Verstand ihr riet. Der Homullus-Anteil in ihr brauchte kein ordnen von Gedanken, im Gegenteil. Dieser Bereich bereitete sich auf das
vor, was die Potenziale im Moment als wahrscheinlich betrachteten.
Es musste etwas Unangenehmes sein, vor allem für ihren menschlichen Körper. Die Lautstärke der Potenziale deutete jedenfalls darauf
hin. Aber was genau da gerade auf sie zubrauste, konnte sie beim
besten Willen nicht erkennen.

Auf Geheiß des Consortiums Lucifer amceptierte Zlittle regelmäßig
ins Crepererum. Ihre Phasen begannen einen Tag nach denjenigen
von Colombe und dauerten jeweils eine Stunde beziehungsweise eine
Sekunde für einen menschlichen Beobachter. Zudem passierte es bei
ihr zeitversetzt zu Colombes Aufenthalten im Crepererum. So war es
ihr nicht vergönnt, ihre Freundin dort zu treffen. Obwohl Zlittle nie
verstand, wie man sich in der Zeitlosigkeit *nicht* treffen konnte. Dazu
war sie wohl zu viel Mensch. Zudem war sie ihr Leben lang auf sich
allein gestellt. Sie hatte keinen Lusebian, der ihr - in vermeintlicher
Geheimhaltung - *ImPerDi* vermittelte. Da gab es keine Wächter, die
jede ihrer Bewegungen wahrnahmen und jeden ihrer vielen Verehrer
als gefährlich einstuften. Sie hatte nicht einmal das Consortium Lucifer an ihrer Seite. Zumindest nicht physisch, denn diese Verbindung
geschah ausschließlich während einer quantenhaften Meditation.
Diese Meditationen beherrschte sie, seit sie denken konnte. Das Über-
sinnliche war für sie das Normalste der Welt. Bedauerlicherweise hatte
sie aber niemanden an ihrer Seite, an den sie sich Anlehnen und mit
ihm alle ihre energetischen Fähigkeiten hätte besprechen können.
Auch für sie galt strikte Geheimhaltung. Auf Colombe wurde sie sogar
etwas eifersüchtig, weil sie so umsorgt wurde. Erst recht, als ihr dann
auch noch ein solch strammer Wächter wie Tin an die Seite gestellt
wurde. Allerdings empfand sie tiefes Mitgefühl mit Colombe, was den
vorgetäuschten Tod der Familie betraf. Schon nur beim Gedanken
daran kamen ihr die Tränen.

Zlittles Crepererum sah anders aus, als das von Colombe. Zwar be-
fand sich dort auch eine endlose Bibliothek, es gab auch einen Raum
der Gedanken. Aber alles andere bestand aus einer luxuriösen Villa.
Es gab einen Swimmingpool, eine Sauna, eine energetische
Spiralwirbel-Anlage, die ihr den Rücken massierte und eine pompöse
TV-Anlage mit Kino-Feeling. Zlittle ärgerte sich sogar, dass sie immer

nur eine Stunde an diesem wunderschönen Ort verbringen duften Sie hätte es problemlos vier Stunden ausgehalten. Die ersten zehn Minuten gingen jedes Mal für die Bewusstseinsmessung drauf. Danach reichte die Zeit nicht einmal mehr aus, sich einen Spielfilm reinzuziehen. Als der Kodex sogar ein paar Mal fehlte, hatte sie doppelt so viel zu tun, da sie die Resultate der Messung vorübergehend in einen Ersatzkodex eintragen musste, der ihr das Consortium Lucifer zur Verfügung stellte. Dieser Kodex war etwas lahmer als das Original. Für Zlittle sah es aus, als ob sie von einer schnellen Internetverbindung zu einem trägen Einwählrouter aus der Steinzeit der DSL-Verbindungen hätte wechseln müssen.

Seit Colombe ihr offen und ehrlich alles über Amceps, die Wächter und die Krieger des Mactus berichtet hatte, kostete es Zlittle ein Maximum an Kraft und schauspielerischem Können, um ihrer besten Freundin die Unwissende vorzuspielen. Trotzdem fand sie den Teil witzig, indem sie ihr das Eintreffen der sieben Plagen der Endzeit vorgaukeln musste.

Colombe besaß ein mächtiges drittes Auge. Es war viel mächtiger als ihres. Kein Wunder, dass die Mactus-Krieger hinter ihr her waren. Aber sonst – so fand Zlittle – waren sie sich in allem ziemlich ähnlich. Nun ja, abgesehen von der Hochsensibilität, die war glücklicherweise an Colombe haften geblieben. Vermutlich dachte Zlittles Teil, der Homullus geblieben war, dass es zu auffällig gewesen wäre, sie auch noch damit zu bestücken. Die Mactus-Krieger hätten die Lunte vermutlich gerochen. Darum musste alles geheim bleiben.

Es lag auf der Hand, schon als Kind die Nähe ihres Zwillings zu suchen. Für Zlittle war das kein Problem. Sie mochte Colombe von Beginn weg. Zudem spürte sie, wie das Amceps ihre Energien reinigte, so oft und so gut, wie sie nur konnte. So perlte all das Schreckliche dieser Welt an Zlittle ab wie Wasser von einem Lotusblatt. Nein, sie würde wahrlich nicht mit Colombe tauschen wollen. Jetzt, da sich die Prophezeiung erfüllt hatte, musste sie nur noch die restlichen Messungen des folgenden Tages im Kodex verankern und die Waage mit dem Resultat bestücken. Dann aber... würde sie ihre heimliche Liebe, Christian den Bankangestellten, anrufen und beginnen, das Leben mit ihm zu teilen.

Sie schmierte sich ein Butterbrot und leckte gerade das Messer ab, als sie ein Geräusch an der Wohnungstür hörte. Es war mitten in der Nacht und es konnte niemand anderes sein als Otto. Vermutlich hatte er etwas vergessen. Sie lächelte, schnappte sich den Teller mit dem Butterbrot und ging zur Tür. Ohne durch den Spion zu gucken, drehte sie den Schlüssel und öffnete die Verriegelung.

Dann ging alles sehr schnell. Die Tür knallte ihr mit voller Wucht entgegen. Sie realisierte, dass der Kahlschädel vor ihr stand, den sie vor einer knappen Stunde, mit dem Wagenheber ihres Autos, totgeschlagen hatte. Zumindest nahm sie an, sie hätte in totgeschlagen. Aber da hatte sie wohl falsch gedacht. Ihre Erkenntnis kam zu spät. Laurenz Pranke krallte sich um ihren Hals, hob sie hoch, bis sie nur noch mit den Fußspitzen den Boden berührte, und drückte sie an die Wand. Den Teller mit dem Butterbrot hielt sie immer noch fest in der Hand. Es war das Einzige, woran sie sich noch festhalten konnte.

»Otto!«, versuchte Zlittle zu rufen, doch es war nur ein klägliches Wimmern zu hören.

»Otto ist nicht da«, fauchte Laurenz. Seine Nasenspitze touchierte die von Zlittle. Sie würgte wegen des Gestanks, der ihr aus seinem Rachen entgegenwehte. Sie war nicht fähig, ihre Arme und Beine zu bewegen. Als ob sie gewusst hätte, dass ihre zarte Faust dem steinharten Körper von Laurenz nichts antun konnte. Sie spürte regelrecht, wie sich das Adrenalin der Angst in ihr verteilte und sie auf das Schlimmste vorbereitete. Als er mit der Zunge über ihre Wange leckte, versagten ihre Beine. Sie stand immer noch auf den Zehenspitzen, hatte aber keine Kraft mehr, dem Würgegriff von Laurenz etwas entgegenzuhalten. Automatisch versuchte ihr Körper nach Luft zu schnappen. Laurenz bemerkte ihre Schwäche und warf sie wie ein Stück ausgeblutetes Schweinefleisch über seine Schultern und trug sie in die Mitte des Wohnzimmers. Dort stand ein Sofa. Zlittle schlug sich an seiner Wirbelsäule die Nase auf. Trotzdem floss kein Blut. Sie schrie auch nicht, sondern blieb schlaff und stumm. Erst jetzt glitt der Teller aus ihrer Hand. Zlittle sah dem Butterbrot hinterher, als ob sie sich von ihm Hilfe erhoffte.

Vermutlich hätte Laurenz sie nicht so einfach auf das Sofa werfen können, wenn sie sich gewehrt hätte. Doch sie zappelte und strampelte nur in ihrer Vorstellung. Sie bewegte sich auch nicht, als er sich auf sie drauflegte, sie immer wieder mit der Zunge ableckte und langsam die Knöpfe ihrer Bluse zu öffnen begann. Zlittle schaffte es, ihre Seele von ihrem Körper zu trennen. Augenblicklich verschwand der Gestank aus Laurenz Mund, und sie schien sich zu entspannen. Sonst spürte sie nichts. Keine Wärme, keine Liebe, keine Zuversicht, keine Hoffnung, kein Licht. Sie war alleine. Sie hatte diesem Monster in Menschengestalt, das ihr Körper missbrauchte, nichts entgegenzusetzen. Er hätte gerade so gut eine Leiche missbrauchen können. Ihre Seele hatte ihren Körper verlassen und schwebte nach oben. Aus sicherer Entfernung beobachtete sie, wie aus ihren Augen Tränen tropften. Auch wenn sie sich immer noch nicht schreien hörte, so war ihr Gesicht doch von Schmerz verzerrt.

Laurenz Erregung stieg. Bald hatte er es aufgegeben, die Knöpfe ihrer Bluse alle einzeln zu öffnen. Mit einem Ruck riss er sie auf. Seine Willenskraft reichte nicht mehr aus, ihr auch noch den BH auszuziehen. Zu groß war sein Gelüst, der jungen Frau Schmerz zuzufügen. Mit flachem Atem öffnete er ungeschickt seine Hose. »So ist brav, ja, halt schön still«, schleimte er. Seine Stimme war ekelerregend. Auf seinem Kahlschädel hatten sich Schweißtropfen gebildet, und als er in sie eindrang, brauchte es nur wenige Bewegungen, bis er zur angesteuerten Ekstase geriet. Sein Gesicht verzog sich, als ob man seinen Kopf wie einen alten stinkenden Waschlappen ausgedreht hätte. Jetzt hechelte er nur noch, stöhnte, piepste wie eine Maus und nach wenigen Sekunden senkte er seinen Kopf erschöpft auf Zlittles Brust.

Zlittle beobachtete aus der geistig hergestellten Entfernung, wie der Teil von Laurenz, der ein Homullus war, in Pein und Gram versank. Voller Seelenschmerz sackte er zusammen. »Warum tust du uns das an!«, schrie die Homullus-Energie. Sie empfand den Höhepunkt des Missbrauchs als das größte Versagen seiner selbst.

Dann befand sich Zlittle plötzlich wieder in ihrem Körper. Vor einer Sekunde dachte sie noch, bereits tot zu sein und in der nächsten fühlte sie den brennenden Schmerz der Vergewaltigung, sowohl in ihrem Unterleib als auch in ihrer Seele. Aber sie weinte nicht mehr. Jetzt lachte sie. Sie konnte nicht anders. Es schüttelte sie durch. Immerhin war ihr Peiniger es, der sich gerade selbst ins Abseits beförderte. Laurenz, der sich noch nicht ganz von seinem Rausch erholt hatte, zog sich aus ihr zurück, stand auf und knöpfte sich die Hose wieder zu. Zlittles Rock war noch immer hochgezogen, der Slip gar nicht ausgezogen oder zerrissen, sondern nur zur Seite gezerrt. Doch Zlittle lachte immer noch, hielt sich sogar den Bauch vor Lachen.

Laurenz verpasste ihr einen Faustschlag in den Unterleib. »Was grinst du so blöd!«, herrschte er sie an. Verunsichert schaute er an sich herunter.

»Urgh«, Zlittle nahm es die Luft weg. Sie hielt nur kurz inne, um wieder zu Atem zu kommen, lachte aber sofort weiter. »Fühlst du dich jetzt besser?«, giggelte sie, streifte ihren Rock nach unten und setzte sich, immer noch lachend, auf.

Schnell beugte Laurenz sich zu seinem Dolchhalfter am rechten Bein und zückte die scharfe Klinge. »Wenn ich dich gleich aufgeschlitzt habe, dann geht's mir wirklich gut.«

Zlittle breitete ihre Arme aus und lehnte sich in die Lehne des schwarzen Ledersofas. Ihr Lachanfall verschwand augenblicklich. »Dann töte mich! Tu' mir den Gefallen, bitte. Wenn du glaubst, dass dann alles besser wird, dann nur zu! Aber wenn du glaubst, damit deinen Schmerz über Penelope zu eliminieren, dann muss ich dich leider enttäuschen. So wirst du nie zur Ruhe kommen. Aber vielleicht beruhigt es dich, wenn ich dir sagte, dass es ihr besser geht denn je. Schau dich an. Mit dir wäre sie doch nur unglücklich geworden.«

Laurenz ließ den Dolch sinken. »Woher weißt du von Penelope?«, flüsterte er geschockt.

Zlittle hob ihre zerfetzte Bluse vom Boden hoch und zog sie sich über. Nur der oberste Knopf hing noch lasch an einem Faden. Alle anderen waren abgerissen worden. Aber diesen einen knöpfte sie zu. Sie hob ihre langen schwarzen Haare aus der Bluse, formte sie zu einem Pferdeschwanz und knotete diesen geschickt zu einem großen Dutt. Wie eine Königin machte sie es sich auf dem Sofa bequem, schlüpfte mit den Füßen unter ein kuscheliges Kissen und stützte sich mit dem Ellenbogen auf einem anderen Kissen ab. Ein Geräusch an der Wohnungstür weckte ihre Aufmerksamkeit. Als sie erkannte, wer dort stand, nickte sie lächelnd. »Hallo Colombe, hallo Tin, ihr kommt gerade rechtzeitig.«

»Animus sei Dank!«, rief Colombe, ich hatte schon Angst, wir kämen zu spät.« Sie wollte zu Zlittle hinrennen, und sich zwischen sie und Laurenz stellen, doch Zlittle hob die Hand und deutete Colombe, nicht näher zu kommen.

Tin fixierte Laurenz und war jederzeit bereit, auf ihn loszugehen. »Alles Okay bei dir, Zlittle?, fragte er.

»Alles in bester Ordnung«, antwortete Zlittle. Sie war die Ruhe selbst und schien der Situation gewachsen zu sein. Zuerst dachte Colombe, Zlittles Energiespirale nicht mehr fühlen zu können. Aber sie war immer noch da. Unaufdringlich, stark, angenehm aber nicht mehr so unbändig wie sonst. Es schien wirklich alles in Ordnung zu sein. Vielleicht war es ja gerade das, was Colombe verunsicherte. In Anbetracht der Dinge hätte sie doch voller Angst sein müssen.

»Deine Bluse«, sagte Tin.

»Kaputt«, war Zlittles saloppe Antwort.

»War das Laurenz?«, fragte Colombe.

Zlittle nickte.

Warum hat Zlittle keine Angst!

Laurenz schien das Auftauchen von Colombe und Tin egal zu sein. Er nahm sie gar nicht wahr, schien noch zu geschockt von Zlittles Wissen über Penelope zu sein. »Woher kennst du Penelope!«, schrie er und machte einen bedrohlichen Schritt an sie heran. Seine moosgrünen Augen funkelten aus Verwirrung, Hass und unerfüllter Ekstase. Tin wollte ihn schon zurückhalten, doch Zlittle deutete auch ihm an, zu warten.

»Der Fötus eures Kindes«, begann Zlittle mit samtweicher Stimme zu Laurenz zu sprechen, »war mit meiner Seele bestückt, wusstest du das?«

Laurenz Mundwinkel zuckten unkontrolliert. »Woher ... sie hat ...« Sein Kopf zuckte. Die Konfrontation mit Penelope und dem ungeborenen Kind schien seinen Verstand zu überanstrengen. »Penelope hat abgetrieben. Sie hat unser Kind umgebracht. Du kannst unmöglich ... du kannst unmöglich meine Tochter sein!«

Zlittle hob mahnend einen Finger. »Hör' mir zu! Ich sagte: Der Fötus war mit meiner Seele bestückt. Das war, bevor Penelope sich dazu entschieden hat, mich abzutreiben. Was nebenbei gesagt eine gute Entscheidung war. Nun, ich bin ihr nicht böse. Hätte sie mich nicht abgetrieben, wäre ich ein paar Wochen später sowieso gestorben. Plötzlicher Kindstod wäre die Diagnose der Ärzte gewesen.« Zlittle wischte sich einen nicht vorhandenen Fusel von ihrem Rock. »Meine Seele war schon vor der Empfängnis für etwas anderes vorgesehen gewesen. Das sind alle Seelen, die niemals geboren werden oder sterben, noch bevor sich die Schädel-Fontanellen geschlossen haben.«

Colombe konnte nicht glauben, was sich da eben abspielte. Erinnerte sich Zlittle wirklich daran, dass sie einmal als Laurenz' Tochter hätte geboren werden sollen? Warum hatte sie ihr nie etwas davon erzählt? Sie teilten doch sonst immer alles zusammen? Oder hatte sie vielleicht nur gut über die Mactus-Krieger recherchiert. *Zuzutrauen wäre es ihr.* Sie wurde aus Zlittles Spiralenergie nicht schlau. Eigentlich war sie so wie immer, nur größer und ... auf eine tröstliche Art beruhigender.

Zlittle begutachtete ihre Fingernägel, als ob sie sich darin spiegeln würde. »Also, man kann schon sagen, dass ich deine Tochter war ... bin«, sie wackelte abwägend mit dem Kopf. »Ob ich deine Tochter war oder immer noch bin, ist nicht so wichtig.«

Laurenz schäumte vor Wut. Seine Hand zerquetschte beinahe den Griff des Dolches. Die Sehnen ragten weiß hervor. Seine Arme waren durchgestreckt und die Augen zu Schlitzen zusammengedrückt. So stand er da, bereit, jeden Moment auf Zlittle loszugehen. Colombe spürte genau, dass er weder sie noch Tin wahrnahm. Er sah nur noch Zlittle, die – woher auch immer – über eine Episode in der Vergangenheit von Laurenz bescheid wusste, die ihm großen seelischen Schmerz bereitet hatte.

»Du verdammte Lügnerin!«, schrie er. Sein Speichel spuckte anstelle von Zlittle Colombe an, da sie immer noch dazwischen stand. Sein Gesicht war längst rot angelaufen. »Du perverse Hure, du hinterhältiges Biest!«

Zlittle hielt inne und ließ die Hände sinken. Ihre Augen suchten Laurenz' tobsüchtigen Blick. »Pervers?«, sagte sie mit gelassener Stimme. Auf ihrem Mund war der Ansatz eines Lächelns auszumachen. »Ich pervers?«, wiederholte sie und hob fragend die Augenbrauen.

»Nicht Zlittle! Provozier ihn nicht noch mehr!«, versuchte Tin zu schlichten. Auch wenn Colombe und er über *ImPerDi* verfügten, so war Laurenz zu diesem Zeitpunkt unberechenbar wie noch nie.

Wieder hob Zlittle die Hand um Tin anzuzeigen, dass er sich ruhig verhalten solle. Dabei ließ sie Laurenz nicht aus den Augen, stand sogar auf und stellte sich dicht vor ihn hin. Ihren Kopf hielt sie schräg, als ob sie ihm damit ihr Vertrauen aussprechen wollte. Unwillkürlich ging Colombe durch den Kopf, dass sie Laurenz sogar noch aufmuntern würde, ihr mit dem Dolch die Kehle aufzuschlitzen.

»Ausgerechnet *Du* nennst mich eine perverse Hure?« referierte Zlittle weiter. Colombe wusste nicht, ob sie den Mut ihrer Freundin bewundern sollte, oder sich über ihre Unvorsichtigkeit ärgern.

»Du vergewaltigst deine eigene Tochter und nennst sie anschließend eine perverse Hure?«

Laurenz' Hand mit dem Dolch zuckte bedrohlich. Seine Anspannung war für Colombes Energiefühlbarkeit beinahe nicht mehr auszuhalten. Zlittle machte noch einmal einen Schritt auf Laurenz zu. Ihre Nasenspitzen touchierten sich beinahe. Colombe sah, wie Zlittle ihre Nase kraus zog. Sie wusste warum. Laurenz Mundgeruch war bestimmt nicht von einer Sekunde auf die andere verschwunden. Aber dann geschah etwas, das sie sich in ihrem kühnsten Traum nicht hätte erhoffen können: Laurenz Anspannung schien sich plötzlich zu lockern.

»Ich bin deine Tochter«, flüsterte Zlittle ihrem Vater ins Gesicht. Sie hob ihre Hand, streichelte ihm über die rosarote Narbe und gab ihm einen Kuss auf die Wange.

Laurenz zuckte zwar bei dieser Berührung kurz zurück, seine Spannung lockerte sich jedoch immer mehr, bis er schließlich von Zlittle wegtorkelte, über den Rand des Ledersofas stolperte und zu Boden stürzte. Der Dolch entglitt seiner Hand und schlittelte über den birkenhellen Laminatboden.

Zlittle, Colombe und Tin blieben wie angewurzelt stehen und schauten auf das Häufchen elend, das einmal ein muskulöser und furchteinflößender Krieger des Mactus war. Laurenz weinte. Nein, er weinte nicht. Er heulte Rotz und Wasser. Diesmal zuckten seine Muskeln nicht vor Wut oder Erregung, sondern vor Seelenschmerz. Wie ein Bettler, der um ein Stück steinhartes Brot fleht, hob er die Hand zu Zlittle. »Meine Tochter«, heulte er. »Meine Tochter.« Dann erbrach er sich. Er würgte und würgte, als ob er damit all sein Leid herausschreien und von jeglicher Last befreien wollte.

Nicht nur Colombe hatte Mitleid mit ihm. Sie spürte auch von Tin ähnliche Gefühle. Nur Zlittles Energien konnte sie immer noch nicht einordnen. War es Zynismus, Macht, Überheblichkeit, Trauer Narzissmus, Mut oder doch Mitleid? Es hätte alles sein können.

Der beißende Geruch des Erbrochenen verteilte sich im Raum. Zlittle schnaubte leise. »Menschen vergewaltigen, missbrauchen, malträtieren, terrorisieren und foltern ihre Kinder, Eltern, Geschwister oder Freunde. Und wofür? Sag' mir! Wofür?« Sie beugte sich zu Laurenz hinunter, streichelte über seinen verschwitzten Kahlschädel und fragte nochmal, diesmal eindringlicher. »Wofür? Vielleicht, damit das Gesetz Animus in Kraft tritt, das da lautet. ›Was ihr dem Geringsten antut, tut ihr mir an‹? Dann frage ich dich, Laurenz: Wie hat es sich angefühlt, Animus zu vergewaltigen? Wie hat es sich angefühlt, *deine eigene Seele zu schänden?*«

Laurenz bauschte sich ein letztes Mal auf, schrie, würgte und erbrach sich erneut. Dann fiel er in sich zusammen wie Asche in einem abkühlenden Feuer. Bewusstlos blieb er in seiner Kotze liegen.

»Er hat dich vergewaltigt?«, wisperte Colombe und starrte ihre Freundin ungläubig an. Sie stand schwankend da und fiel nur nicht um, weil Tin sie stützte. Tränen wässerten Colombes Augen. Ihre Energien suchten automatisch nach Zlittles Schmerz, um ihn zu reinigen und in Frieden und Freiheit loszulassen ... soweit das bei einer Vergewaltigung überhaupt möglich war. Aber sie fand nichts, das der Auflösung bedurfte.

Zlittle erhob sich, ging mit einem fröhlichen Lächeln auf Colombe zu, so wie sie es schon immer tat. Dann umarmte sie Colombe und Tin gleichzeitig.

Tin verlangte bei Zlittle nach Verbandmaterial. Mit den Gazebinden schnürte er Laurenz die Hände und Füße zusammen. Anschließend kontrollierte er, ob Laurenz' Atemwege frei waren, stopfte ihm ein paar Gazeverbände in den Mund und fixierte diese mit einem elastischen Verband.

Danach saßen Colombe, Tin und Zlittle stundenlang auf dem Sofa und sprachen über die vergangenen Ereignisse. Zlittle konnte nicht dazu gebracht werden, sich ins Krankenhaus fahren zu lassen. Erst recht nicht, weil sich der Teil, der aus Homullusenergie bestand, langsam wieder mehr in den Hintergrund verschob. Allmählich übernahm bei Zlittle wieder der Mensch. Somit kamen Schmerz und Pein in ihr hoch, die sie während des Missbrauchs durchlitten hatte. Colombe spürte wieder die gewöhnlichen Energien an ihrer Freundin. Das war zwar in keinster Weise beruhigend, denn jetzt spürte sie, wie sehr Zlittle litt und sie fragte sich, was die Vergewaltigung in Zukunft für Zlittle für Konsequenzen – vor allem in Bezug auf Männer – haben würde. All die schrecklichen Bilder der vergangenen Stunden... sie könnten sie das Leben lang begleiten.

Salomon und seine Kumpane hatten das, was Zlittle geschehen war, bei ihr nicht vollenden können. Obwohl sie zu Beginn Schwierigkeiten hatte, konnte sie sich dann doch ohne Qual und in vollster Verzückung mit Tin einlassen.

Als bereits die Dämmerung einsetzte und das Morgenrot das schwarze Ledersofa in ein rostbraunes Kanapee verwandelte, wagte Colombe endlich auch diese Fragen zu stellen, die ihr schon die ganze Zeit auf der Zunge brannten: »Wer ist Penelope? War Laurenz wirklich einmal verheiratet? Was sollte das mit dem ungeborenen Fötus, der einmal die Tochter von Laurenz hätte werden sollen? Und wie zum Donner kommst du darauf, der Fötus sei mit deiner Seele bestückt gewesen?«

»Recherche«, log Zlittle. »Du glaubst nicht, was im Internet alles zu finden ist.« Sie hoffte, Colombe würde die Lüge in ihrer Energie nicht durchschauen. Auch wenn sie ihrer Freundin mehr zutraute, als sonst jemandem: Solange ihre eigenen Amceptierphasen noch nicht zu Ende waren, durfte sie ihr wahres Gesicht nicht verraten. Die Weisungen des Consortiums Lucifer waren in dieser Hinsicht eindeutig.

Als sie vor ein paar Stunden amceptierte, bemerkten weder Colombe noch Tin etwas. Diese eine Sekunde, bei der sie von der Quantenhaftigkeit gezwungen wurde, die Augen zu schließen, ging bei den beiden als Müdigkeitsmerkmal durch. Prompt brachte Colombe Zlittle zu Bett. Sie tat so, als ob sie augenblicklich einschlafen würde und wartete, bis Colombe die Schlafzimmertür leise hinter sich schloss.

Sie blieb noch eine Weile wach. Noch siegten die Tränen über ihren Schlaf. Aber sie war froh, weinen zu können, denn so verschwammen die schrecklichen Bilder vor ihren Augen zu unkenntlichen Schmierereien. Sie war dem Consortium Lucifer unendlich dankbar, dass man ihrer Seele gestattet hatte, während der Vergewaltigung den Körper zu verlassen. Trotzdem brannte der Schmerz des Missbrauchs wie ein zerstörerisches Feuer in ihrem Herzen.

Als sie das nächste Mal die Augen öffnete, stand eine sympathische Frau mit silbergrauen Haaren vor ihr. Sie war gekleidet wie eine Notärztin. »Mein Name ist Dr. Elfriede Marti«, stellte sich die Dame vor. »Ich bin ein Mitglied des Consortiums Lucifer und habe ihnen etwas gegen ihre Schmerzen gegeben«. Mitfühlend streichelte sie eine schweißdurchnässte Haarsträhne aus Zlittles Stirn.

Zlittle wäre beinahe in Panik verfallen. Das Consortium Lucifer hatte ihres Wissens keine menschlichen Mitglieder! Zumindest nicht solche, mit denen sie Kontakt hatte. Doch dann spürte sie Colombes Daumen über ihren Handrücken streicheln. Das beruhigte sie. Bald wurden ihre Augen wieder schwer und sie schlief wieder ein.

»Wann hört das endlich auf«, hörte sie die Ärztin noch verzweifelt grummeln.

Während der beiden nächsten Amceptierphasen schaffte sie es nur knapp, in der einen Stunde, die ihr zur Verfügung stand, die Bewusstseinsmessung durchzuführen. Sie war jeweils heilfroh, nach der Rückkehr bereits im Bett zu liegen.

Es war um die Mittagszeit, als sie erwachte. Die Sonne wärmte ihr Zimmer und aus ihrer Küche hörte sie jemanden, vermutlich Colombe, mit Geschirr hantieren. Ob Laurenz immer noch bewusstlos in seiner Kotze lag?

Aber dann hörte sie lautes Geklirre, als ob eine Kaffeetasse auf den Boden gefallen und in tausend Stücke zersplittert wäre. Jemand fluchte. Es war ihre Mutter. Den Vater hörte sie Lachen und einen seiner Sprüche klopfen.

Sie war zu ihren Eltern nach Hause gebracht worden. Hier war sie beschützt, behütet und geliebt.

64

Ursprünglich war geplant, dass Tin seine Hauswartsstelle im Treieins nach den Tagen des Mittsommers behält und das neue Amceps erst in neunzehn Jahren, kurz vor dessen 20. Geburtstag, kennen lernen würde. Makabrerweise sollte er in die frei werdende Wohnung von Colombe ziehen, da der Amceps-Orden anfänglich davon ausgegangen war, Colombe überlebe diese Tage nicht.

Colombe hätte Tin nur zu gerne bei sich einziehen lassen, genügend Platz hätte sie gehabt. Aber Lusebian hatte darauf bestanden, ihn vorübergehend im Wohnhaus der Jungs unterzubringen, so lange, bis das Studio neben Lusebians Wohnung frei würde. Das war ihr auch recht. Hauptsache er war in ihrer Nähe. So lange kannten sie sich nun doch noch nicht, um gleich zusammenzuziehen.

Sie war froh, Tin beim Umzug helfen zu können. So studierte sie nicht den vergangenen Tagen hinterher. Schnell kam es ihr vor, als ob das alles gar nie passiert sei. Die Erde war gerettet und alles ging wieder seinen gewohnten Gang. Es war wie bei einem Traum, bei dem die Bilder von Minute zu Minute schwächer werden, bis man ihn dann endgültig vergisst. Die Dunkelheit schien einen schützenden Schleier um ihre Gedanken errichtet zu haben, was ihr fortan eine normale Lebensführung ermöglichte. Sie war immer noch hochsensibel, amceptierte aber nicht mehr alle vier Stunden. Außerdem war sie durch den Umzug abgelenkt von Zlittle und dem, was ihr Fürchterliches widerfahren war. Trotzdem rief sie mehrmals bei Zlittles Mutter an und erkundigte sich nach dem Wohlbefinden ihrer besten Freundin.

Der erste Tag ohne Amceptierung verlief wie im Flug. Kein Wunder, für sie dauerte er nur halb so lang, wie in den vergangenen vier Tagen. Wohin genau Laurenz vom Consortium Lucifer gebracht wurde, wusste Colombe nicht. Es interessierte sie auch nicht. Hauptsache, er war verwahrt und konnte so weder für Zlittle noch für sie eine Gefahr darstellen. Da Mara Niederer und viele der Wächter immer noch im viertägigen Schlaf lagen, verlangte niemand über die Geschehnisse der letzten Tage zu sprechen. Tin schien das alles ebenfalls verdauen zu müssen. Auch er stürzte sich in die Arbeit, als ob nichts geschehen wäre. Otto hatte mit seinem eigenen Umzug zu tun. Denn im Gegensatz zu Tin wurde er bereits auf das neue Amceps angesetzt. Es war ein Junge, den er in *ImPerDi* auszubilden hatte. Colombe war klar, dass Otto für das neue Amceps das Gleiche werden würde, was Lusebian für sie war: ein penibler Trainer, der immer zur richtigen Zeit die richtigen Worte aussprach. Ein freundschaftlicher Mentor, an dessen Schulter man sich auch einmal ausweinen konnte.

Lusebian brütete ununterbrochen über uralten Büchern, die er sich aus der Bibliothek des Consortiums Lucifer ausleihen durfte und suchte nach einer neuen Prophezeiung. Natürlich war er erheitert und unendlich glücklich, dass Colombe am Leben war. Trotzdem konnte er nicht glauben, dass sich irgendetwas in der Welt oder im Bewusstsein der Menschen verändert hatte. Vielleicht hatte er einen Knall erwartet: Kawabuuum und Utopia war geboren. Colombe wusste es besser. Die Zeit auf Erden war nun mal linear. Die Menschen waren dabei, sich langsam aber sicher wieder an ihren Ursprung zu erinnern. Dies konnte aber sicher nicht auf ein Fingerschnippen hin geschehen.

Das Bild des gehörnten Lucifer, der bei einer lichtvollen Gestalt um Hilfe fleht, hing schon in Tins neuer Wohnung, bevor alle Möbel gezügelt waren. Doch nun hatte es für Colombe eine neue Bedeutung. Es war nicht mehr Lucifer, der auf dem Boden kroch. Es war der Mensch, der vergessen hatte und seine Seele um Erlösung flehte.

Als Tins Handy klingelte und er auf dem Display die Nummer von Jonathan Nahzuel, dem Erstsprecher des Consortiums Lucifer erkannte, freute er sich und nahm das Gespräch sofort an. »Hey Jonathan, kommst du am Mittag ins Treieins, wir lassen Pizzas kommen. Dann lernst du Colombe endlich persönlich kennen.«

Bei diesen Worten atmete Colombe erleichtert durch. Die Energie, die in der Stimme Tins mitschwang, klang so frei, so ungebunden und deutete auf den Beginn eines unbekümmerten Lebens hin. Die Tortur, die vor wenigen Tagen begonnen hatte, war zu Ende. Die Prophezeiung war erfüllt, die Erde gerettet. Ein Lächeln huschte über ihr Gesicht. Wie sich das anhörte ... *die Erde gerettet.* Rückblickend betrachtet hatte sie nicht das Gefühl, jemals wirklich in Gefahr gewesen zu sein. War den nicht die Vernichtung der Menschheit prophezeit, wenn jemand die Waage mittels Gewalt oder Manipulation in die gewünschte Position bringen wollte? Doch nichts dergleichen war geschehen. War nicht sowieso alles anders, als es die Schriften und Verheißungen predigten?

Tin riss sie aus ihren Gedanken, als er das Gespräch mit Jonathan Nahzuel auf Lautsprecher schaltete.

Die Stimme des Erstsprechers klang müde und bedrückt. »Schalte den Fernseher ein. Die Nachrichten beginnen jeden Augenblick.«

Tin runzelte die Stirn, eilte sofort zu einem Umzugskarton, in dem ein Mini-Fernseher verpackt lag. Das Gerät stand im Rekordtempo ßbereit.

»Welcher Sender?«, fragte Tin.

»SRF 1«, lallte Jonathan. Colombe musste sich anstrengen, um seine Worte zu verstehen.

»Es tut mir leid, Tin«

»Was tut dir leid«, entgegnete Tin. Mittlerweile hatte er es geschafft, den Fernseher am Strom anzuschließen und einzuschalten. Die Sendersuche dauerte eine gefühlte Ewigkeit.

»Wir hätten dich einweihen sollen. Dann würde sie vielleicht jetzt noch leben.«

Tin sagte einen Moment lang nichts. Auch Colombe war verwundert über diese Aussage. »Ich lebe doch«, fiepste sie kaum hörbar. Hatte Jonathan den nicht mitbekommen, was geschehen war?

»Colombe steht gleich neben mir, Jonathan«, klärte Tin ihn auf. Sie hat die Prophezeiung erfüllt. Das einzige Rätsel, das zu lösen war, war der Ort des Treffens mit Lucifer zu finden, den Sodbrunnen. Wie du weißt, war das nicht wirklich ein Problem. Lucifer hat es uns immer gepredigt: »Es ist einfach.« So einfach, dass man es fast nicht glauben konnte. Aber sie lebt, Jonathan, Colombe lebt!«

Exakt beim Erklingen des Signets der Nachrichten, ging der Sender von SRF 1 auf dem kleinen Bildschirm an.

»Wir sprechen später darüber«, sagte Jonathan. »Es tut mir leid«, wisperte er erneut und beendete das Gespräch ohne einen Abschiedsgruß.

Die Nachrichtensprecherin machte eine gespielt ernsthafte Miene, als sie die Headlines ankündigte:

»Guten Tag verehrte Zuschauerinnen und Zuschauer. Das sind unsere Themen: Mysteriöse Machenschaften an der weltweiten Börse. Ist das der Beginn vom Zerfall des Finanzsystems?

Mysteriöses Vogelsterben auf dem Bieler See, Forscher befürchten eine neue Seuche.

Mysteriöser Leichenfund in Augusta Raurica. Der Tod einer jungen Frau gibt Rätsel auf.

... und zum Schluss noch dies: »Mysteriös: Hatten wir Besuch von Außerirdischen? Auf der ganzen Welt entstanden in der vergangenen Nacht wunderschöne Kornkreise.«

Colombe fuhr es eiskalt durch Mark und Bein. »Ein Leichenfund in Augusta Raurica?« Sie sah Tin, wie er versteinert auf den flimmernden Bildschirm starrte.

»Aber ich lebe! Ich bin hier!« Sie zwickte sich mehrmals in Wangen und Arme. »Aua, verdammt! Tin, was ist da los!«

Er stand auf, schüttelte verwirrt den Kopf. »Warten wir den Bericht ab.

Schweigend verfolgten sie den Beitrag über die Börsenkrise. »Es beginnt schon«, murmelte Colombe, »die Bewusstseinsveränderung beginnt schon. Die Menschheit überlistet sich selbst.«

Der nächste Beitrag über das Vogelsterben war nur kurz.

Dann hob Tin einen Finger an seinen Mund. »Achtung, jetzt kommt's«.

»Einen makaberen Fund machten heute zwei Reinigungsmitarbeiter des Freilichtmuseums Augusta Raurica in Basel. Inmitten des Amphitheaters lag eine tote junge Frau.«

»Siehst du!«, rief Tin erfreut aus, stand auf und legte seinen Arm um Colombes Schulter, »Die Leiche wurde im Amphitheater gefunden, das ist bestimmt 300 oder 400 Meter vom Podiumstempel entfernt. Zufall ... alles nur reiner Zufall!«

Colombe schüttelte den Kopf. »Ich glaube nicht an Zufall.«

Colombes Ahnung sollte sich bewahrheiten, denn der Bericht von SRF 1 zeigte nicht Bilder von den Ruinen des Amphitheaters. Es war eindeutig: Die Tote wurde auf dem Podiumstempel gefunden. Das grauweißgesprenkelte Quader thronte imposant auf dem Hügel. Überall standen Polizisten mit weißen Flanell-Schutzanzügen und grünen Schuhüberzügen aus Plastik. Zuoberst hatte man ein kleines Schutzzelt errichtet, worin vermutlich die Leiche lag.

Emil Buchschacher, ein längst pensionierter Gerichtsmediziner berichtete in einem Interview von heidnischen Ritualen. Er schien die Ruhe selbst zu sein, doch seine Worte machten dem Journalisten Angst. »Alle 19 Jahre wird hier eine Leiche abgelegt. Ich wurde persönlich zu zwei solchen Todesfällen gerufen. Alle beide lagen sie auf dem Podiumstempel oben. Genau wie die Tote heute. Da ist der Teufel im Spiel, sag' ich euch. Fragt meinen guten Freund Roberto Keller. Er war seinerzeit der ermittelnde Kommissar. Hätte man auf ihn gehört, würde diese Frau heute bestimmt noch Leben!«

»Viele Menschen verwechseln das Szenentheater mit dem Amphitheater. Ist mir auch schon passiert«, sagte Tin mehr zu sich selbst und schüttelte immer wieder den Kopf. »Irgendetwas geht da gerade so was von schief.«

Auch Colombe verstand die Welt nicht mehr. »Wie kann das sein? Ich bin doch das Amceps!« Sie packte Tin an den Schultern. »Tin, wir müssen herausfinden, wer die Tote ist!«

Zwei Stunden später standen Colombe und Tin im Gewölbekeller des Consortiums Lucifer. Vier von den Mitgliedern des Consortiums konnten nicht anwesend sein. Sie waren, wie Tin, ebenfalls in die Reihen der Wächter eingeschleust worden, kämpften im Crepererum gegen die Mactus-Krieger und lagen nun immer noch im viertägigen Schlaf.

Colombe hatte sich von den Fresken der gehörnten Engelsköpfen im schmalen Treppenabgang zum Keller beeindrucken lassen und war sich plötzlich nicht mehr so sicher, ob das Consortium Lucifer wirklich so lichtvoll war, wie sie sich von Tin und dem Homullus im Sodbrunnen hatte überzeugen lassen. Einmal mehr fragte sie sich, ob sie getäuscht werde, verwarf diesen Gedanken aber gleich wieder.

»Die gehörnten Engelsköpfe sind reine Vorsichtsmaßnahmen«, sagte die alte Dame mit dem Dutt, die sich als Claudia vorstellte, als sie Colombes verunsicherten Blick erkannte.

»Vorsichtsmaßnahme? Gegen was?«

»Vor allem gegen die verschiedenen Kirchen. Es finden hier unten immer wieder Verhandlungen mit Religionsführern statt. Sie akzeptieren uns nur, weil wir ihnen das bieten, was sie erwarten: die Angst vor Lucifer.«

»Ihr seid in Verhandlungen mit Kirchenführern?« Colombe schürzte die Lippen. »Wissen Papst und Dalai Lama, dass Lucifer nicht böse ist? Und all die anderen Führer von den vielen Religionen auf dieser Welt? Wissen die es?«

Claudia wog ihren Kopf hin und her. »Zumindest ihre Berater oder die Berater der Berater wissen es. An manche kommen wir einfach nicht heran. Du kannst dir vorstellen, wie schwer es ist, einen muslimischen Kalifen oder einen jüdischen Rabbi hierher in den Keller einzuladen. Nun ja, einladen ist einfach, aber es kommt keiner – was durchaus verständlich ist. Wer will schon mit dem Teufel verhandeln? Manchmal schicken die Kirchenführer ihre Berater zu uns oder einen Berater eines Beraters. Oft ist es auch nur irgendein Gemeindemitglied, dem man damit eine Urlaubsreise in die Schweiz ermöglicht. Die Führer wissen jedoch nicht, dass wir gerade auf die Besuche von kleinen Mitgliedern der Kirchen sehr großen Wert legen. Sie krümmte ihre Finger zu Gänsefüßchen. »Gerade ein kleines Mitglied kann oft sehr viel bewirken.«

»Und – hat es was genützt?«

Die Alte senkte ihren Kopf und sah Colombe über den Brillenrand an. »Hast du das Gefühl?«

Colombe biss die Zähne zusammen und schüttelte den Kopf. »Nein, nicht wirklich.«

»Wir wissen sehr wohl, dass wir nicht bei den Religionsführern anklopfen müssen, um die Wahrheit über Lucifer vermitteln zu können. Die Machtposition der Religion ist nach wie vor unantastbar verankert. Aber wir ehren und achten sämtliche Religionen. Dabei muss es uns egal sein, ob sie dabei gegen ihre eigenen Regeln verstoßen und im schlimmsten Fall Krieg führen oder gar ihr eigens Volk unterdrücken. Wir wollen den Weg eingehen, der die Menschen respektvoll anerkennen. Wir wollen quasi den Behördenweg gehen.«

»Dann könnt ihr jetzt vors Volk damit?«

Claudia lächelte und legte den Kopf schief. »Hättest du uns so einfach geglaubt? Ich meine, bevor du unseren lichtvollen Lucifer persönlich kennengelernt hast?«

Colombe ließ die Schultern fallen und überlegte. Aber sie kannte die Antwort längst. »Nein, das hätte ich wohl nicht«, sagte sie beschämt. »Ich war blind und habe mich manipulieren lassen.«

Die Alte lächelte. »Schäm dich nicht, Colombe, der Mensch ist nun mal vergesslich.«

Tin klopfte ihr auf die Schultern. »Du hast dich geöffnet und es zugelassen an etwas zu glauben, was seit Jahrtausenden von Regierungen und Kirchen als das Böse in Person beschrieben wird. Du hast schlussendlich der Manipulation widerstanden. Das ist beeindruckend, Colombe!«

Die Alte zwinkerte Tin zustimmend zu. »Ein Glaubensmuster von einem Tag auf den anderen zu ändern, kann nur durch tiefgreifende Einsicht passieren. Darum geht das Consortium Lucifer nicht an die Öffentlichkeit. Es würde der Wahrheit nur Schaden und die eingekeilten Dogmen noch mehr verankern. Aber jetzt, da sich die Prophezeiung erfüllt hat und der Menschheit mehr Zeit zur Verfügung steht, kann sich das Bewusstsein entfalten. Es werden Dinge geschehen auf Erden, welche die alten und zähen Energien vernichten.

»Ich weiß, ich habe die Nachrichten gesehen. Es hat bereits begonnen.«

»Die Menschen werden in den nächsten Jahrzehnten den Kampf der alten Energie gegen das neue Bewusstsein zu spüren bekommen. Doch kein Kampf wird das Licht besiegen; denn das Bewusstsein bedient sich nicht des Kampfes. Es bedient sich der Einsicht und des Beweises.«

»Des Beweises?«

Claudia nickte und schien gerührt. »Die Existenz Gottes konnte niemals bewiesen werden, darum trug die Manipulation um Angst und Fegefeuer die Früchte der Macht. Der Mensch will an etwas glauben können. Er will sich an etwas festhalten können. Manche wollen auch die Schuld übertragen oder sich von dem unbekannten Schönen leiten lassen. Aber der Mensch *ist* Animus. Es gibt niemanden, zu dem er beten kann, außer zu sich selbst. Es gibt niemanden, dem er die Verantwortung übergeben kann, außer sich selbst. Es gibt niemanden, von dem er sich leiten lassen kann, außer von seinem Willen und den Handlungen seiner Seele.«

Colombe nickte. »Ja, das ist mir bekannt. Aber der Beweis. Du sagtest etwas von einem Beweis.«

»Ist diese Erkenntnis den nicht Beweis genug?« Claudia zeigte durch den schmalen Freskengang nach oben. »Wenn du nachher aus dem Keller trittst, dann schaue dir die Menschen an. Sieh an, wie sich die Zwänge von Mode, Zivilisation und Macht in ihnen verankert haben. Das Misstrauen zwischen Volk, Regierungen und Ländern war noch nie so groß wie heute. Überall herrscht Unterdrückung. Die Angst ist allgegenwärtig. Für viele kann nur Lucifers Energie daran schuld sein. Doch sieh sie dir an, die Unterdrückten und Missbrauchten. Sieh, wie stark sie sind. Da können doch Angst und Leid nur bei dem andocken, der die Knechtschaft täglich erneuert.«

»Aber Lucifers Energie ist nicht böse. Ich weiß, wovon ich spreche, ich habe ihn gefühlt... hautnah.«

»Nein, die Energie Lucifers wird sich dem Bewusstsein der Menschen anpassen und langsam in die Herzen einfließen. Der Mensch muss von selbst einsehen, wer er ist. Dieser Samen muss zuerst sprießen, dann langsam wachsen. Erst dann kann der Verstand die Wahrheit erkennen. So etwas kann nie durch Gewalt geschehen, niemals!

Diese Ereignisse, Colombe, werden nicht manipulativ geschehen. Sie werden auf jede Seele warten, bis es so weit ist, geduldig wie immer. Dann werden sie mit ihrer ganzen Pracht auf den Menschen niederprallen, der sich entschieden hat, sich zu erinnern.«

»Das klingt alles so einfach«, schnaufte Colombe.

Claudia umschlang Colombe und drückte sie zärtlich an sich. Sie ließ es sich nicht nehmen, auch Tin einen dicken Kuss auf die Stirn zu schmatzen. »Kommt, ihr beiden«, sagte sie und lächelte fröhlich. »Setzt euch hin, wir wollen über den Tod Zlittles sprechen und ihre Seele nach Hause schicken.«

Colombe blieb abrupt stehen. »Du willst über was sprechen?«

Jonathan deutete Claudia an sich hinzusetzen. Sein Monokel war mit einer feuchten Nebelschicht bedeckt. »Ich habe es am Telefon nicht übers Herz gebracht, es euch zu sagen. Habe nicht daran gedacht, dass das Fernsehen den Namen Zlittles nicht preisgeben würde, entschuldige Colombe, dass du es so unvorbereitet erfahren musst. Der Tod des Amceps ist leider nicht zu verhindern. Die Bewusstseinsmessung kann nur dadurch in Vollkommenheit beendet werden.«

Colombes Kloß im Hals war bleischwer und schmerzhaft zugleich. Noch mehr als sonst fühlte sie sich im falschen Film. *Was soll das?* Sie konnte es nicht glauben: *Zlittle – tot?* Stoisch ließ sie sich von Tin an den runden Tisch führen. Die Mitglieder des Consortiums saßen wortlos da. Erst jetzt spürte Colombe die Energie der Trauer und wusste endlich, weshalb sie sich hier – im Keller Lucifers – nicht so wohl fühlte. Es waren nicht die gehörnten Engel. Es waren die Gefühle der trauernden Menschen, die um Reinigung flehten. Tin führte sie zu einem Stuhl und setzte sich neben sie. Er drückte ihre Hand und flüsterte ihr unverständliches Zeugs zu. Vermutlich wollte er sie trösten. Doch auch er konnte es nicht glauben und war viel zu sehr damit beschäftigt, seine Beherrschung nicht zu verlieren, als dass er sie getröstet hätte.

Colombe rieb sich die Augen und schüttelte wieder und wieder den Kopf. »Ich bin das Amceps. Warum...« Sie drehte den Kopf zum Erstsprecher. »Zlittle? Zlittle ist die Tote in Augusta Raurica?«

Jonathan nickte. Er lächelte und sah Colombe mitfühlend an. Der Tod ist nicht endgültig, das ist dir bekannt, oder?«

»Nein, nein!«, Colombe stand abrupt auf und wollte den Keller schnellstmöglich verlassen. Aber Claudia ließ sie nicht gehen.

»Ich muss zu Zlittle. Ich muss zu ihr nach Hause. Als ich gestern Abend bei ihr angerufen habe, war noch alles in Ordnung. Sie kann nicht tot sein. Ich bin das Amceps... ich bin das Amceps!«

Tin legte seine Hände auf ihre Schultern, mehr um sich an ihr festzuhalten. Trotzdem ließ sie sich dankbar auf seine Brust fallen. »Ich bin das Amceps, warum... warum Zlittle?«

Der Erstsprecher putzte das Monokel mit einem Brillenputztuch sauber. Für uns kam das alles auch überraschend. Erst als Tin uns bestätigte, wie machtvoll du seist, Colombe, war uns klar, dass sich die Doppelköpfigkeit des Amceps aus der Verheißung erfüllt.«

Tin brachte Colombe dazu, sich wieder hinzusetzen. Sie stand unter Schock, weinte nicht und krallte ihre Finger in Tins Hemd. »Sprecht bitte normal mit mir! Ich verstehe eure Consortiums-Sprache nicht.«

»Wir konnten die Schriften nie wirklich deuten. Wir haben nur angenommen, dass es zur Erfüllung der Prophezeiung zwei Amceps benötigt, Zwillinge eben.«

»Zlittle und ich sind keine Geschwister«, stellte Colombe richtig. Ihre Stimme klang nicht vorwurfsvoll, eher gebrochen und wütend.

»Das ist nicht von Bedeutung. Es recht, wenn ihr Homullusgefährten seid.«

Colombe sah Jonathan eindringlich an. »Willst du damit sagen, Zlittle ist auch eine meiner Gefährten?«

Der Erstsprecher nickte. »Ja, sie gehört zur selben Öifgen-Gruppe wie du, Tin und Laurenz.

Colombe verwarf die Hände. Endlich lösten sich erste Tränen aus ihren Augenwinkeln. »Was soll das alles!«

Die Frau in der Krankenschwester-Uniform reichte Colombe ein Taschentuch. Sie nahm es dankbar an und rieb sich die Augen trocken.

Auch Tins Augen waren feucht. Er berührte sein Amulett, das er immer noch um den Hals trug, und versuchte mit Lucifer Kontakt aufzunehmen. Colombe bemerkte es. Blicklos fragte sie ihn nach dem Resultat.

»Ich spüre ihn nicht«, antwortete er enttäuscht.

»Die Amulette sind nur in den Tagen der Messung aktiv«, klärte der Erstsprecher ihn auf. »Du wirst es erst in 19 Jahren wieder benötigen.«

Tin schluckte und sog Luft ein. Colombe streichelte ihm tröstend die Hand. Das musste eine bittere Nachricht für ihn gewesen sein. Automatisch versiegten ihre Tränen. Tin war traurig, seine Energie verletzlich. Jetzt wollte sie für ihn stark sein.

»Erzähl!«, forderte Colombe Claudia auf. »Alles bitte.«

Die Alte nickte, holte ihre Strickarbeit aus einer Tasche, die sie unter dem Tisch versteckt hielt und begann zu erzählen:

»Dass du ein mächtiges Amceps sein würdest, war uns schon bei deiner Geburt klar. Deine Aura leuchtete im Gold des Animus. Noch viel mehr als sie es bei Rose tat. Als der Schimmer, der so wunderschön aus dir herausgeleuchtet hat, erst nach sagenhaften vier Tagen verschwand, war uns klar, dass du etwas besonders bist. Nur wussten wir nicht, ob du wirklich das Amceps der Prophezeiung bist. Da schon Rose bei ihrer Geburt beinahe dreieinhalb Tage geleuchtet hat, waren wir unsicher, ob nach dir noch mehr Steigerung zu erwarten war. Zudem warst du kein Teil eines Zwillings. Damals wussten wir noch nicht, dass alleine das Band der Homullusgefährten als Doppelkopf gilt. Leider gab es einen Verräter in den Reihen der Amceps-Wächter, der unsere Vermutungen und Zweifel an die Mactus-Krieger weitergab.

»Einen Verräter?«, echoten Tin und Colombe im Chor.

Claudia nickte. »Ihr kennt ihn beide nicht. Er wurde ... wie soll ich es sagen ... verbannt.

»Verbannt?«

Nun ja, ihm wurde ein schweres Verbrechen angelastet, das er in Wirklichkeit nie begangen hatte. Er lebt heute in sicherer Verwahrung hinter Gittern. Leider leben wir in einer Zeit, in der solche Falschanschuldigungen immer noch bestand haben.«

»Armer Kerl.«

»Ja, er tut mir auch leid. Aber wegen des Verrats waren wir gezwungen, die Sicherheit von dir und deiner Familie zu erhöhen. So entstand die Idee vom Treieins. Wir haben die Idee unbemerkt in die Reihen des Ordens filtern können. Nenne es Manipulation, wenn du willst. Aber wir sind auch nur Menschen. Das Internat wurde schließlich zur Hochburg der Amceps-Wächter. Das Gebäude, in dem sich deine Wohnung befindet, wurde extra für dich erbaut.

»Und Zlittle?«, unterbrach Colombe. »Hat sie auch geleuchtet bei ihrer Geburt?«

»Wir wussten nichts von Zlittle«, beantwortete Jonathan die Frage. »Doch ich habe vor einer Stunde mit Zlittles Vater gesprochen. Er hat mir bestätigt, dass auch sie während vier Tagen mit einer Art Heiligenschein umgeben gewesen war.

»Man könnte sagen, es sei Zufall gewesen, dass ausgerechnet Zlittle zu deiner besten Freundin wurde«, erzählte Claudia weiter. »Aber wir glauben nicht an Zufälle. Als Homullusgefährte ist es normal, seinen Partner zu treffen. Zudem hatte bestimmt Lucifer seine Hände im Spiel.« Die Alte lächelte verschmitzt.

»Dann kam der Tag, an dem die Mactus-Krieger zufälligerweise auf dich trafen. Nun ja, ›Zufall‹ ist ein Wort, dass es eigentlich in keinem Wortschatz geben dürfte. Der Verräter des Ordens hatte dem Conigium Fotos von dir zukommen lassen. Frag' mich bitte nicht, wie er das aus dem Gefängnis heraus geschafft hatte. Tatsache war, dass die Krieger fortan wussten, wie du aussiehst. Du dachtest, es seien zwei Betrunkene, die an deinem Busen grabschen wollten. Aber es war ein Eiltest, den die beiden Krieger ohne groß zu überlegen starteten. Sie wollten deine Macht spüren, um sicher zu sein, ob du das prophezeite Amceps bist. Glücklicherweise waren sie zu dumm, um dir zu folgen.« Claudia verwarf die Hände. »Weiß Animus, was dann passiert wäre!«

Colombe nickte. »Ja, soweit sind wir auch schon gekommen. Sie haben es ja dann noch ein zweites Mal versucht. Eine verrückte Frau hat Zlittle in die Rosenbüsche geschmissen. Das war nicht gerade angenehm für Zlittle.«

»Das waren nicht die Mactus-Krieger, das waren wir. Damals hatten wir es nicht auf dich abgesehen, sondern auf Zlittle.«

Tins Augenbrauen hoben sich. »Und ich dachte, ich wäre durch das Amulett in alles eingeweiht, was ich wissen musste.«

»Genau das warst du: Beschränkt auf alles, was du wissen musstest«, entgegnete Claudia. »Es war so, dass wir einen leisen Verdacht hegten. Wir hatten die Idee, Zlittle könnte das Zwillings-Amceps sein. Doch wir konnten an diesem besagten Tag nichts dergleichen spüren. Warum uns Lucifer in diesem Fall nie geholfen hat, wissen wir nicht. Vermutlich hätte seine Hilfe das Gesetz des freien Willens gebrochen.«

Colombe runzelte die Stirn. »Das verstehe ich jetzt nicht. So wie ich mich erinnere, fand die Frau damals, was sie gesucht hatte. Auch wenn ihre Worte erst heute einen Sinn für mich ergeben.«

Wieder nickte Claudia. »Ja, wir hatten die Gewissheit, dass Zlittle eben *nicht* das Zwillings-Amceps war. Sie hatte eine hervorragend starke Schutzschicht. Nicht einmal du, Colombe, hast etwas bemerkt. Sie erhielt ihr Wissen direkt von Lucifer. Welch Ehre für Zlittle, diesen Bund eingegangen zu sein.«

Colombe nickte nachdenklich.

Claudia lächelte mitfühlend. »Erneut wurde unser Verdacht abgeschwächt, dass du das prophezeite Amceps bist, Colombe. Dann kam Tin ins Spiel. Er war der ideale Kandidat, da er bereits als Amceps-Wächter ausgebildet war.«

Colombe lächelte Tin durch einen Tränenschleier an. Dank ihm fand sie den Mut, jetzt stark zu sein.

»Ich sollte endgültig herausfinden, ob du so mächtig bist, wie es die Prophezeiung verlangt«, sagte Tin mit matter Stimme.

Claudia schenkte Tin ein aufmunterndes Lächeln. »Rückblickend muss ich gestehen, dass es Blödsinn war. Ganz tief in uns spürten wir Mitglieder des Consortiums, wie machtvoll du bist. Als Tin uns dann deine Stärke bestätigte, suchten wir noch intensiver als bis anhin nach dem Zwilling. Wir suchten aber am falschen Ort, da wir Zlittle schon vor Wochen ausgeschlossen hatten. Lange dachten wir, Laurenz hätte etwas damit zu tun. Aber zum Glück war dem nicht so. Wir waren erst sicher, dass dieses zweite Amceps existiert, als sich die Tore des Animus geöffnet hatten.«

»Also, sie haben sich ja nicht wirklich geöffnet«, korrigierte Colombe mit ausgestrecktem Zeigefinger. »Das war alles nur Attrappe, um den Mactus-Kriegern den Unsinn ihres gewaltbereiten Vorgehens zu demonstrieren.

»Das stimmt. Aber die Mactus-Krieger waren nicht das erste Mal im Crepererum und es gelang ihnen auch nicht das erste Mal, den Kodex auf die Waagschale der Dunkelheit zu werfen.«

»Nicht?«

»Nein, ich habe Kenntnis von mindestens fünfzehn Versuchen. Die Schriften des Lucifer geben uns sogar die genauen Jahrzahlen an. Alle Versuche wurden zwischen dem dritten und achten Jahrhundert durchgeführt. Allerdings haben sich die Tore nie geöffnet. Auch nicht, um den Kriegern alsdann einen Spiegel vorzuhalten.«

»Nicht? Dann ...« Colombe überlegte scharf und schloss die Augen. »Dann war die Öffnung der Tore, die wir erlebt haben ... ähm ... tatsächlich diejenige, die von den Homullus seit Anbeginn der Zeit herbeigesehnt worden ist?«

»Nein. Das Tor des Animus ist eine Metapher. Sie steht für das Vergessen. Erst, wenn die Erkenntnis einer jeden Menschenseele sich entschließt, sich zu erinnern, erst dann werden sich die Tore öffnen. Individuell in jeder Seele. Das Crepererum hat keine Tore.«

»Doch ... hat es. Ich habe sie mit meinen eigenen Augen gesehen. Genau wie du, Tin, stimmt's?«

Tin nickte.

Claudia schüttelte verneinend den Kopf. »Du hast geglaubt, es seien Tore, weil die Vereinigung der 666 diese Metapher verwendet, und das seit Anbeginn der Zeit. Darum, und nur darum, hast du dir das Crepererum inklusive des Portales erschaffen. Oder willst du behaupten, du hättest dir das Crepererum nicht so vorgestellt, bevor du das erste Mal dort hineinamceptiert bist?«

»Hm, stimmt. Ich habe es mir so vorgestellt. Nicht im Detail, aber so ungefähr kommt es hin.«

Stille.

Nur das Atmen eines Consortium-Mitglieds, das an einer Blütenpollenallergie litt, war zu hören.

Claudia durchbrach das Silentium. »Zlittle war die ganze Zeit auf sich alleine gestellt. Vermutlich wusste sie von uns, wir aber nicht von ihr. Ihre Nachforschungen über die sieben Plagen der Endzeit hätten uns erneut auf ihre Spur bringen müssen. Aber wir waren blind. So blind, wie ein Mensch es eben sein kann, wenn es darum geht, sich seiner gewahr zu sein.«

Colombes Körper zitterte. Es schüttelte sie regelrecht durch. »Zlittle musste total in Panik gewesen sein, als sie das erste Mal ins Crepere-rum fiel ... und ich ... ich habe es nicht bemerkt. Ich bin eine schlechte Freundin.«

»Bestimmt hat sich Zlittle nie alleine gefühlt, Colombe. Lucifer war immer bei ihr, glaube mir, ihr Tod war der Übergang in die Erfüllung.«

»Warum hat Lucifer zugelassen, dass Laurenz sie vergewaltigt? Ist das die Begleitung eines Engels, die man sich wünscht? Ausgerechnet dann keine Hilfe zu erhalten, wenn man sie am dringendsten benötigt?«

»Wer ist den stärker und mächtiger?«, fragte Claudia. »Der, der austeilt, oder der, der entgegennimmt und reinigt?«

Colombe schüttelte den Kopf. »Das klingt nicht gerade vielversprechend für die Zukunft, wenn ich mir Gewalt antun lassen muss, um einer Seele zu ihrer Reinigung zu verhelfen.«

»Du hast nicht verstanden, Colombe. Der Mensch denkt, er müsse leiden, um irgendwann ein kleines Stück des Glücks zu erhaschen. Aber das ist nicht richtig. Er muss sich nur erinnern, endlich erinnern. An das Anastuiit und seine Schöpferkraft. Daran, dass er Animus ist. Ob Weiblein oder Männlein, egal welche Hautfarbe. Wir sind alle eins. Unser Wille ist der Wille Animus', er ist Gesetz. Wie wir dieses Gesetz erfüllen, liegt ganz und gar alleine bei uns. Selbst Lucifer wagt es nicht, uns dabei dazwischenzufunken, auch wenn er weint ab dem Schmerz, den der Mensch dem Menschen antut. Kein Homullus hat die Macht, die Entscheidung eines Menschen zu verhindern. Das ist das Gesetz des freien Willens.«

Claudia legte ihre Hand auf Colombes Brust. »Hier ...«, dann legte sie ihre andere Hand auf Tins Brust, »und hier ...«, schließlich führte sie die Hand auf ihre Brust »und hier. Das ist Animus.«

Wieder kehrte Stille ein.

»Zlittle hatte durchaus Hilfe von den Homullus. Doch sie hat sie nicht zur vollen Gänze ausgeschöpft. Und das hat sie nur aus einem Grund *nicht* getan: Um Laurenz ein Exempel zu statuieren. Wisse, Colombe, solange der Mensch sich nicht erinnern will, wird es Böses geben auf dieser Welt der Dualität. Wo Wissen ist, dort kann das Böse nicht existieren. Dort, wo die Erinnerung wächst, wächst auch das Licht ... und es braucht keine Dunkelheit mehr, um dieses Licht zu beschützen –.«

»Wie wahr«, raunten die Mitglieder des Consortiums und senkten ihre Köpfe, als ob sie beten würden.

»Hätten wir Zlittles Leben retten können, wenn wir das Rätsel für sie gelöst hätten?«, durchbrachen Colombes Worte die Stille.

Claudia atmete schwer. »Welches Rätsel? Es gab nie ein Rätsel. Es lag immer alles offen da und lugte unter dem offenen Mantel des freien Willens hervor.«

»Aber Zlittle ... sie ...«

»Zlittle hatte sich schon vor ihrer Geburt dazu entschieden, für dich das Leben des Amceps zu gehen. Damit du leben kannst und die Verbindung mit Lucifer pflegst. Damit du den Menschen zeigst, wie sie sich erinnern können. Ehre Zlittle und ihr tun. Sei traurig, doch sei auch glücklich. Der Tod ist nicht endgültig. Er ist nur der Übergang, der zu einem neuen Leben führt. Ehre das Leben. Nimm die Hilfe der Homullus an, denn sie sind nur da für dich, immer bestrebt, in jeder Seele sich selbst zu erkennen. Zlittle ist nicht das Opfer, denn sie ist gestorben durch den eigenen Willen, nicht durch Suizid oder Fremdeinwirkung. Das war immer ihr Plan. Wenn sie gewollt hätte, hätte sie diesen Plan durch reine Willenskraft ändern können.

Colombe schluckte. Wie kleine Rinnsale lösten sich nun doch die Tränen aus ihren Augenwinkeln. Es braucht Mut, um stark zu sein, doch manchmal braucht es auch Mut, um schwach zu sein. »Wie soll ich damit leben?«, hauchte sie und fiel erschöpft zusammen.

»Sie ist in Ohnmacht gefallen«, hörte sie die Krankenschwester sagen.

»Das ist alles zu viel für sie«, waren die letzten Worte Tins, die sie wahrnahm, bevor um sie herum alles schwarz wurde.

65

Starkes Donnergrollen ließ Colombe aufschrecken. Sie war schweißgebadet, ihr Nachthemd triefte vor Nässe. Das Fenster war offen und der Wind des Gewitters trug kalte Luft ins Zimmer. Sie fröstelte, fühlte sich elend und musste sich zuerst orientieren. Nur langsam erinnerte sie sich. Sie hatte am Vortag hohes Fieber gehabt und war nicht zur Arbeit gegangen. Stattdessen schlief sie den ganzen

Tag. Das Fieber blieb und als sie sich vergangene Nacht schlafen legen wollte, lag sie hellwach da und lauschte in sich hinein. Das Fieber war so hoch, dass sie glaubte, das Blut in den Adern brodeln zu hören.

Nur mühsam setzte sie sich auf und schaltete mit angestrengtem Ächzen das Licht der Nachttischlampe ein. Mit lautem Klatschen fiel das Buch zu Boden, in dem sie kurz vor dem Einschlafen gelesen hatte, um sich von ihrem Unwohlsein abzulenken. Wie schon so oft war sie während des Lesens eingenickt. Da sie sowieso vorgehabt hatte aufzustehen und sich einen frischen Pyjama überzuziehen, kraxelte sie aus dem Bett und hob das Buch auf. *Eigenartig, ich erinnere mich nicht mehr an den Inhalt des Buches,* dachte sie, klappte die Broschur zu und las den Buchrücken. »Der neue spannungsgeladene Krimi mit dem sympathischen Kommissar Roberto Keller«, stand da. Colombe versuchte, sich an die Geschichte zu erinnern. Das knallrote Post-it Buchzeichen klebte auf Seite 86. *Was ... schon auf Seite 86? Da muss doch etwas von der Geschichte hängengeblieben sein! Komisch ... hieß nicht der Polizist, der auf Tin geschossen hatte, Roberto Keller?*

Tin! Sein Name fühlte sich plötzlich so fremd an, so unecht, wie alles andere, was sie in den letzten Tagen erlebt hatte. Trotzdem vermisste sie ihn mit jeder Faser ihres Körpers und ihrer Spiralenergie. Das Bett neben ihr war leer. Seit er ins Treeins gezogen war, waren sie keine Nacht mehr getrennt. Entweder schlief er bei ihr oder sie bei ihm. Aus welchem Grund er jetzt nicht dalag, konnte sie sich nicht erklären. Angestrengt versuchte sie, ihre Gedanken zu ordnen. War er gestern nicht bei ihr, um sie mit warmem Tee und heißer Suppe zu pflegen? Das Fieber muss wirklich hoch gewesen sein, da sie sich nicht an ihn erinnern konnte. Einzig Jefferson hatte sie zweimal angerufen und nach ihrem Befinden gefragt. Colombe zauberte der Gedanke an Jefferson ein Lächeln auf die Lippen. Er war immer so besorgt um sie. Seine unermüdlichen Anstrengungen, wenigstens ein Date mit ihr zu ergattern, waren in den letzten Monaten nicht unbequem geworden. Im Gegenteil, sie mochte ihn von einem zufälligen Treffen (wie er immer beteuerte) zum anderen zufälligen Treffen immer mehr.

»JEFFERSON?!«, schrie Colombe. Zumindest wollte sie schreien, doch ihre Stimme versagte und wurde zu einem kläglichen Röcheln. »Jefferson kann mich nicht angerufen haben, er ist tot!« Doch ihre Erinnerungen an die beiden Telefongespräche waren realer als alles andere. Realer als sich die Existenz Tins sich gerade anfühlte. Ihre Hand klatschte automatisch an ihren Mund, als ob sie sich selbst das Reden verbieten wollte. »Jefferson lebt? Natürlich lebt er. Ich habe nie wirklich um ihn getrauert, weil ich es ganz tief in meinem Herzen gefühlt habe. Man hat mir seinen Tod vorgetäuscht, genauso wie der Tod von Vater, Mutter und Maud.« Colombe glaubte selbst nicht, was sie da gerade dachte und laut aussprach, aber es fühlte sich gut an.

Wie in Trance sah sie an die Wand, dort wo die Digitaluhr hing, die immer das aktuelle Datum zeigte. »Freitag, der 16. Juni«, murmelte Colombe leise, »in einer Woche werde ich 20 Jahre alt und Zlittle will unbedingt diese bescheuerte Party geben.«

Sie stutzte. Sofort schnürte es ihr die Kehle zu. *Zlittle lebt ja nicht mehr!* Angestrengt versuchte sie sich an die Beerdigung zu erinnern, an das Gefühl, ihre beste Freundin auf schmerzliche Art und Weise zu vermissen, doch auch hier stellte sich keine Trauer ein. Genau wie bei Jefferson hoffte sie, dass sie einfach noch lebte und sie mit ihren unbändigen Energien eindeckte. *Verdrängung pur! Vermutlich, weil ich sonst vor Trauer wahnsinnig werde.* »Ich bin eine gute Freundin«, redete sie sich gut zu, »das ist nur das Fieber. Das wirft mich gerade total aus der Bahn.«

Noch eine Spur verwirrter tapste sie zum Kleiderschrank, holte einen trockenen Pyjama heraus und ging ins Bad um sich zu waschen. Das grelle Licht der Neonlampe blendete sie und sie musste blinzeln, um sich an die Helligkeit zu gewöhnen. Der Blick in den Spiegel ließ sie erstarren. Die Einsicht, die ihr durch den Kopf schwirrte und an ihre Stirn hämmerte wie ein Homullus an Animus Tore, überfiel sie wie eine feige Diebin aus dem Hinterhalt: *Ich habe nur geträumt! Es war ein Traum! Nichts davon ist wirklich passiert? Kann das sein?*

Das Leuchten von Blitzen drang bis ins Bad und der Knall des Donners ließ sie zusammenzucken.

»Nein, ich kann das alles unmöglich nur geträumt haben. Es fühlte sich zu Real an!«

Es waren nicht ihre dunklen Augenringe, die sie erschreckten. Es war ihre gesamte Erscheinung. Ihr rostrotes Haar, das im Schein der Neonlampe leuchtete wie eine versteinerte Bronzestatue. Ihre Augen, die trotz des Fiebers so hell leuchteten wie Kristalle, ihr schiefes Gesicht, das zum Trotz aller Schönheitsideale vollendet erschien wie das

Antlitz eines Engels. Ja, das hatte ihr Ersatzvater, Lusebian, immer zu ihr gesagt. »Du bewegst dich wie ein Engel, herrlich!« *Nein, verdammt, Lusebian ist nicht mein Ersatzvater! Er ist mein Verteidigungstrainer!*

»Ich werde noch verrückt«, nuschelte sie grimmig und massierte sich ihre Schläfen. »Zlittle ist tot. Jefferson ist tot, nein, eben nicht, sie leben! Der junge Polizist wurde brutal von Laurenz ermordet und Tin hat einen Mactus-Krieger umbringen müssen, um mich zu retten... nein... nein... nein... das stimmte alles nicht!« Jetzt klopfte sie sich mit den Handballen auf den Kopf. »Verdammt, ich kann Traum und Wirklichkeit nicht mehr unterscheiden! Ich werde verrückt! Ich werde verdammt nochmal verrückt!«

Ihr Körper bebte, als sie den frischen Schlafanzug überzog und zurück ins Schlafzimmer schwankte. Sie musste nochmals auf die Uhr und das Datum sehen. Irgendetwas stimmte da ganz und gar nicht. Mit beiden Armen stützte sie sich an der Wand ab und studierte die Anzeige auf der Uhr.

»Freitag, der 16. Juni, 02.12 Uhr«, las sie. »Das kann nicht sein, der Umzug von Tin fand am 25. Juni statt. Wir haben Juli. Mein Geburtstag ist schon lange vorbei. Es kann unmöglich der 16. Juni sein!« Sie raste ins Wohnzimmer, suchte ihre Handtasche und riss den Reisverschluss auf. Beim Griff nach dem Handy fielen Geldbeutel und Bus-Abonnement unbeachtet zu Boden. Mit zitternden Händen wischte sie die Bildschirmsperre des Handys weg.

»Freitag, 16. Juni, 02.13 Uhr«, las sie laut vor. Sie las es wieder und wieder. Es lief ihr kalt und heiß durch Mark und Bein. Wie von einem Geist verfolgt, hetzte sie wieder zurück ins Schlafzimmer, packte das Buch mit dem Lesezeichen auf Seite 86. »Kommissar Roberto Keller kämpft in dieser Episode gegen die undurchsichtige Sekte des Consortiums Lucifer. Doch weit dunklere Vereinigungen ziehen unbemerkt über die Menschheit her und drohen die Erde zu vernichten. Kann Roberto Keller die Welt retten?«

Da fiel es ihr wie Schuppen von den Augen. Es war wirklich alles nur ein Traum! Sie war kein Amceps... nie gewesen! Es gab überhaupt keine Amceps, es gab keine Mactus-Krieger und es gab kein Crepererum. Es kam ihr vor, als ob jemand den Fernseher abgeschaltet hätte, in den sie seit Tagen gestarrt hatte.

Ein TRAUM!

Aber was war Traum und was war Wirklichkeit?

Das Handy hielt sie noch immer in der Hand. Schnell tippte sie die Nummer von Zlittle ein. »Ich rufe einfach dort an, und wenn sie abnimmt, bin ich nicht verrückt, sondern einfach nur im Fieberwahn.«

Es läutete zweimal... dreimal... viermal. Nach dem neunten Rufzeichen schloss Colombe die Augen, lehnte sich an die Wand und ließ sich langsam zu Boden gleiten. »Jetzt spinne ich total.«

Doch dann ertönte das schönste Geräusch, das Colombe jemals zu hören bekommen hatte. Zlittles Stimme: »Hey Colombe, Süße, weißt du eigentlich, wie spät es ist? Es ist mitten in der Nacht? Geht's dir nicht gut? Hab ich was vergessen? Steckst du in Schwierigkeiten? Was hast du angestellt? Soll ich dich auf dem Polizeiposten abholen? Aber Kaution kann ich keine stellen, Kleine, da müsste ich zuerst Jefferson anpumpen. Darf ich ihm sagen, was passiert ist?« Colombe ließ den unbändigen Redeschwall ihrer Freundin über sich ergehen, weinte Rotz und Wasser und genoss jedes Wort.

»Was ist den nun?«, fragt Zlittle. Ihre Stimme klang weder verärgert noch verschlafen. Es war einfach Zlittle, die ab der ersten Sekunde nach dem mitternächtlichen Erwachen auf 100 Prozent hochfuhr und das Leben mit all ihren Aufs und Abs beanspruchte.

»Ich... ich...«, Colombe schluckte, sie konnte vor Freude kaum sprechen.«

»Hast du immer noch so hohes Fieber?«, fragte Zlittle besorgt. »Soll ich dich zum Arzt fahren?«

»Nein, mir geht's gut, mir ging es noch nie besser. Ich wollte dir nur sagen, dass ich mich auf die Überraschungsparty freue, die du für mich organisierst. Du darfst so viele Leute dazu einladen, wie du es für richtig hältst.«

Zlittle schien eine Sekunde sprachlos zu sein. »Ähm, bei jedem anderen würde ich jetzt stinkwütend, Süße, mich wegen so was mitten in der Nacht anzurufen. Aber bei dir... find ich, war's ein Anruf wert... um diese Zeit. Danke, auch wenn du mir die Überraschung verdorben hast, dir eine Überraschungsparty auszurichten.« Sie kicherte. »Wir sprechen morgen... also heute Abend darüber, okay? Gute Nacht, Süße.«

»Ja, gute Nacht, schlaf schön«, hauchte Colombe, doch Zlittle hatte schon aufgelegt.

Colombe wischte sich mit dem Handrücken die Tränen aus dem Gesicht. Die nächste Nummer, die sie wählte, war die von Jefferson.

»Geht's dir nicht gut?«, waren seine Begrüßungsworte. »Ich fahr gleich los und komm zu dir.«

Colombe konnte nicht anders, als wieder weinen. Sie versicherte ihm, dass es ihr gut gehe, entschuldigte sich für die Störung und lud ihn hochoffiziell zu ihrer Party ein. Jefferson freute sich wie ein kleiner Junge. »Bist du dir da auch wirklich sicher?«, fragte er grinsend, und als Colombe ihn vor lauter Freude über seine Wiederauferstehung um ein Date bat, war er einen kurzen Moment sogar sprachlos, bevor er laut loslachte und so tat, als ob sie gerade einen Witz gemacht hätte. Erst als sie aufgelegt hatte, raufte sie sich die Haare. »Ich bin vielleicht bescheuert, ich habe einen Freund! Ich habe Tin! Und ich Dummchen frage Jefferson um ein Date? Sie wollte Jefferson schon wieder anrufen, ihn um Verzeihung bitten und das Date wieder absagen – er hatte ihr Angebot sowieso nicht ernst genommen und das Fieber würde bestimmt eine gute Ausrede sein – doch als sie das Handy zur Hand nahm, drückte sie irrtümlich auf den falschen Ordner und die Liste mit den verpassten Anrufen erschien. Eine Nummer darin stach ganz besonders in die Augen.

»Ma und Pa«, stand da. Der Kloß im Hals ließ sie angestrengt nach Luft schnappen – und als sie die Nummer wählte, die ihr plötzlich so vertraut vorkam und mit der sie die Attribute Sicherheit, Vertrauen und Geborgenheit verband, da erklang die Stimme ihres Vaters. Zum Glück saß sie bereits auf dem Boden, sonst wäre sie spätestens jetzt umgefallen. Natürlich klang er besorgt, weil sie mitten in der Nacht anrief. Er war nicht wütend. Im Gegenteil. Mit jedem Wort, das er sprach, hörte Colombe die Liebe heraus, die er für seine Tochter fühlte. Er hatte sie nie verlassen. Der Unfall, bei dem ihre Eltern und Maud gestorben sein sollen, hatte sich gar nie ereignet. Colombe fühlte sich auf einmal ganz entspannt. Alles war gut. Auch wenn Vater bekümmert klang und sie ebenfalls zu einem Arzt fahren wollte. Sie sprach auch kurz mit Mutter, deren Stimme ihr vorkam wie die Erlösung von allem Bösen. Als sie aufgelegt hatte, legte sie das Telefon auf den Nachttisch, stieg zurück ins Bett und kuschelte sich in ihre Daunendecke. An Schlaf war nicht zu denken. Dieser Traum, der so verdammt Real gewirkt hatte, schwirrte ihr im Kopf herum. Nach einer Stunde döste sie dann doch ein. Zumindest war sie kurz vor dem Einschlafen, als sie mit einem Ruck aufschnellte und ihr ein weiteres Mal in dieser Nacht das Blut in den Adern gefror.

»Tin!«

War er nur ein Traum? Genauso wie Lusebian, der nie ihr Ersatzvater war, sondern einfach nur ihr Trainer in Selbstverteidigung?

Schnell griff sie nach dem Handy. Wie war Tins Nummer nochmal? Im Traum konnte sie die Zahlen auswendig. Im Traum! Im Traum! Im Traum! So froh sie war, dass all die schrecklichen Dinge eben nur ein Traum waren, so inständig wünschte sie sich Tins Echtheit. Er war das Beste, was sie jemals geträumt hatte, darum musste dieser Teil des Traums Realität werden. Realität SEIN!

Sie musste seine Stimme hören. Sofort!

Seine Nummer war weder im Favoriten-Ordner noch sonst wo im Adressverzeichnis gespeichert. Weder unter *T* für Tin noch unter *S* für Sebastian war ein Eintrag zu finden. Zuletzt versuchte sie noch *Q* für Quentin. Nichts. Dann spulte sie die digitale Kartei auf *A*. Unter *aaa* hatte sie die für sie wichtigste Nummer gespeichert. Aufgeregt las sie die Buchstaben.

AAAAA Jefferson
AAAA Ma+Pa
AAA Maud
AA Zlittle
A Otto

Kein Tin. Dafür aber Jefferson ... und der sogar an erster Stelle! Dieser Otto konnte kaum Tins Vater sein. Wie aus dem nichts tauchte das Bild von Otto vor ihr auf. Er war der schwule Arbeitskollege von Zlittle, der im Kindergarten des Internats arbeitete und zu Colombes nahen Freunden zählte.

Irgendwie musste sie dann doch eingeschlafen sein, denn irgendwann riss sie das schrille Klingeln des Weckers aus dem Schlaf.

Ihren zweiten Pyjama in dieser Nacht hatte sie ebenfalls durchgeschwitzt. Aber sie fühlte sich besser. Das Fieber war weg und sie konnte wieder klar denken.

Mann, das war vielleicht ein komischer Trip. Ob mir gestern Jefferson eine Droge in den Kaffee gemischt hat?

Sie stand auf, duschte und trank ein Glas Wasser. Der Traum verfolgte sie, holte sie immer wieder ein und klebte an ihr wie zähflüssiges Baumharz. Sie war sich sicher: *Dieser Traum wird mein Leben vollkommen auf den Kopf stellen.* Die Gefühle, die sie während des Traums verspürte, fühlten sich real an. Die Trauer, ohne Eltern aufgewachsen zu sein und den damit verbundenen Schmerz erlebt zu haben, die Wahrheit über die Existenz eines liebevollen Lucifers ... und erst recht die Gefühle, die sie empfand, als sie sich unsterblich verliebte.

In Wirklichkeit konnte sie weder Spiralenergien von Menschen spüren, noch Krankheiten riechen. Ja, sie zählte zu den Menschen dieser Erde, die als hochsensitiv bezeichnet werden. Für sie war das Leben eine totale Reizüberflutung. Das war aber auch alles, was sie mit der Amceps-Colombe aus dem Traum gemein hatte.

Jefferson überraschte sie mit frischen Croissants und einem Tee aus der Kantine des Treieins, der lauwarm war und ungesüßt so bitter schmeckte wie wilder Löwenzahn.

Colombe überraschte es nicht, als Jefferson plötzlich in ihrem Schlafzimmer stand, ganz normal zu ihr ans Bett schritt und ihr einen zärtlichen Kuss auf die Lippen drückte. Er war seit einem knappen Jahr ihr Freund und hatte einen Schlüssel zu ihrer Wohnung. Seit ein paar Tagen kam sie jedoch immer mehr zur Einsicht, dass Jefferson nicht der Mann fürs Leben war. Sie wollte aber nicht gleich Schluss machen und es hinterher kläglich bereuen. Er war ein supernetter Kerl. Aber ihr fehlte die Romantik in der Beziehung. Zudem hatte sie das lasche Gefühl, bei ihm nicht mehr sich selbst sein zu dürfen.

»Och, Jeff, das ist lieb, aber du weißt doch, dass ich Tee nur mit Stevia oder Zucker trinke«, wetterte sie enttäuscht und reichte ihm den Becher zurück. Von Tee ohne Zucker wurde ihr immer schlecht. *Tin hätte das schon nach einem Tag intus gehabt. Und Jeff? Er weiß es zwar, ist aber zu faul, das Süßungsmittel zu besorgen.*

Er winkte lässig ab und zog sie mit dem Fieberdelirium auf, das sie in der vergangenen Nacht gehabt haben musste. »Du hast mich letzte Nacht tatsächlich um ein Date gebeten«, grinste er, legte sich neben sie, tauchte ein Croissant in ihren Tee und biss herzhaft rein.

Colombe musterte ihn lange und wartete auf die vertraute Ruhe, die Tin im Traum ausgestrahlt hatte. Obwohl die Geschichte der vergangenen Nacht in ihren Gedanken noch so präsent war, wie wirklich geschehen, war Colombe wieder voll da und konnte Traum von Wirklichkeit jetzt definitiv voneinander unterscheiden. Aber Jeffersons Anwesenheit versprach nicht das, was sie sich wünschte. Da kam weder Entspannung auf, noch das Gefühl der unendlichen Liebe. Sie fand Jefferson attraktiv, keine Frage, aber er war nicht wie Tin, obwohl sie genau wusste, dass Jefferson alles für sie tun würde ... wirklich alles ... nur keinen Zucker für ihren Tee besorgen. Plötzlich war ihr klar, dass er einfach nur ein guter Kumpel war. Sie spürte eine Sehnsucht an ihrer Seele nagen, die mehr wollte als Freundschaft und Sex. Sie wollte Freundschaft, Vertrauen, Zärtlichkeit, Halt und Liebe. Vor allem wollte sie sich selbst bleiben können. Diese Sehnsucht stand einer Zukunft mit Jefferson wie eine undurchdringbare Barriere im Weg. Sie verglich jede Geste Jeffersons, jedes Wort und jeden zärtlichen Blick mit Tin. Einem Tin, den es nicht gab und vermutlich niemals geben würde. Auf einmal fühlte sie sich leer und allein. Genau wie die Colombe im Traum, bevor sie erfuhr, dass sie ein Amceps war.

Colombe trennte sich noch am selben Tag von Jefferson. Im Hinterkopf hatte sie das Treffen mit Tin. Im Traum war sie ihm exakt am heutigen Tag zum ersten Mal begegnet. Sie ersehnte die Stunde, in der sie besagten Raum betreten würde. Der Raum, in dem der neue Hauswart des Treieins ein Türschloss reparieren sollte. Als der Augenblick dann endlich anbrach, war sie nervös, zappelig und voller Vorfreude.

Die Begegnung verlief dann sowas von enttäuschend. Anstelle ihres wunderschönen Tins streckte ihr ein glatzköpfiger und nach Schweiß stinkender Typ zuerst seinen Hintern und dann die verdreckte Hand entgegen. Sie kam nicht drum herum zu behaupten, dass er eine gewisse Ähnlichkeit mit Laurenz hatte.

Papperlapapp! Versuchte sie sich selbst zu trösten. Es war nur ein Traum. Dumm von mir, zu denken, heute der großen Liebe zu begegnen. Sie lenkte sich ab, indem sie den Neuen kritisch musterte. Zumindest war er muskulös. Sein Körperbau entsprach dem Klischee eines Hauswarts-Typs. Dann warf er ihr jedoch lüsterne Blicke zu und züngelte schamlos hinter ihrem Rücken. Sie sah es durch den Spiegel, der direkt vor ihr aufgehängt war. Fast hätte sie auf der Stelle gekotzt.

Am Abend traf sie sich mit Zlittle, die mit ihr jede Einzelheit ihrer Überraschungs-Geburtstags-Party durchging. Zlittle nahm zur Kenntnis, dass sie sich von Jefferson getrennt hatte, und versuchte sie mit allem möglichen Krimskrams aufzuheitern, unwissend, dass Colombe keine einzige Sekunde an Jefferson gedacht hätte, hätte Zlittle nicht andauernd von ihm gesprochen.

Als sie dann endlich allein war, weinte sie sich in den Schlaf. Sie vermisste Tin. Er war ihr Traummann – im wahrsten Sinne des Wortes. Sie hatte sogar den Verdacht, dass dieser Traum eine Mitteilung ihres Unterbewusstseins war, damit sie sich von Jefferson trennte.

Irgendwann in der Nacht bedeckte sie sich mit ihrer Hand die Nase. Sie war eiskalt; was in Anbetracht der hitzigen Temperaturen unmöglich war. Fieber hatte sie auch keines mehr. Eigentlich ging es ihr rundum gut.

Ein Lächeln huschte über ihr Gesicht. *Eine kalte Nase bedeutet doch, dass die Homullus sich mit mir verbinden wollen? Dass sie damit sagen wollen: Du bist nicht allein, wir helfen dir bei all deinen Entscheidungen.*

Einmal mehr weinte sie. Diesmal vor Rührung.

Die Tage vergingen. Colombe erlebte die Zeit des Mittsommers vollkommen anders als im Traum. Es gab keine Angriffe von Mactus-Kriegern und auch keine Wächter der Amceps. Wenn sie auf der Straße komplett schwarz gekleidete Menschen sah, die mit dem Teufel sympathisierten und mit höchster Wahrscheinlichkeit okkulte Rituale durchführten, musste sie immer Lachen. *Wenn die wüssten, wen sie verehren.*

Jede Nacht schlief sie mit der Bitte ein, den Traum des Amceps Colombe weiterträumen zu dürfen, allein schon wegen Tin. Aber jeden morgen wachte sie enttäuscht auf und war gezwungen, all ihre Kraft zusammenzuscharren, um den Tag ohne Weinkrampf zu überstehen.

Sie erinnerte sich an den Duft des Lichts und die Erscheinungen der wunderschönen Homulluswesen namens Mactus und Lucifer. Ihr war klar, dass sie den Grund für das Böse auf dieser Welt nie würde erfahren können, erst recht nicht akzeptieren. Aber ein paar Sachen aus dem Traum waren hängen geblieben. In ihr entflammte die Einsicht, dass es die Sehnsucht nach dem Öffnen der Tore Animus war, wonach sie strebte. Sie alleine hatte es in der Hand, diese Pforten zu öffnen und dem Animus in ihrem Innern zu gestatten, sie zu lieben.

Nein, sie wurde nicht zu einer Heiligen. Sie lebte genauso wie vorher, schenkte ihren Mitmenschen Respekt und behandelte alle so, wie sie auch gerne behandelt werden wollte. Nette Worte brachten sie viel schneller ans Ziel, als Misstrauen und Streitereien. War es nicht das, was Animus sich für jede Seele wünschte?

Immer mehr gelang es ihr, die Masken der Menschen zu durchbrechen und in ihre Seele zu gucken. Manchmal wünschte sie sich, die Menschheit würde ein einziges Mal innehalten und dasselbe tun. Nur für zwei drei Minuten. Würden sie die Reinheit erkennen, die in jedem von ihnen ruhte und um Erlösung flehte?

Die Frage nach dem »Warum« quälte sie nach wie vor. Wenn sie Nachrichten schaute, Radio hörte oder politischen Gesprächen lauschte, schloss sie die Augen, schüttelte sachte den Kopf und fragte sich, wie lange es wohl noch dauere, bis das Bewusstsein der Menschheit sich zu erinnern beginnt. Was müsste geschehen, damit man sein Gegenüber nicht mehr als Feind betrachtet oder ihm mit Misstrauen begegnet? Was müsste geschehen, damit die Erde zu dem wird, was schon immer ihre Bestimmung war: *zur Öffnung der Tore Animus.*

Auch zwei Jahre später war der Traum über die Homullus gleich stark präsent wie damals. Es waren die Beweise, die Claudia vom Consortium im Traum angesprochen hatte und die Colombe vollends von den liebevollen Wesen überzeugten. Sie brauchte nur etwas zu beschließen und zu beginnen, diese Entscheidung umzusetzen, schon traf sie die richtigen Leute, hörte im Bus die Sitznachbarn darüber diskutieren oder es flatterte ihr eine Zeitschrift mit einem hilfreichen Artikel darüber in die Hände. Ihre innere Stimme sagte ihr immer sofort, wann ein Hinweis von einem Homullus kam. Sämtliche Entscheidungen und Handlungen blieben ihr überlassen, nie mischte sich ein Homullus in den freien Willen eines Menschen ein. Die Homullus lachten mit ihr, wenn sie fröhlich war und sie weinten mit ihr, wenn sie traurig war. Immer wenn sie etwas erreichen wollte, wurde ihr die bestmögliche Unterstützung zuteil.

Colombe hatte keine Ahnung, wie das alles funktionierte. Irgendwann gab sie es auf, es verstehen zu wollen.

Was blieb, war diese schmerzliche Frage nach dem Warum. Sie spürte, dass die Antwort in ihr schlummert, aber sie war noch nicht soweit, diese in ihrer ganzen Tragweite zu erfahren. Also vertraute sie auf sich und auf die Homullus, die ihr immer gerade so viel Informationen zuspielten, wie ihr Körper und ihr Verstand zu tragen vermochten und zu verarbeiten gewillt waren.

Sie hatte auch ihre schlechten Tage, an denen sie die Homullus regelrecht verfluchte. Für die lichtvollen Wesen war alles immer so dämlich einfach.

Hinterher empfand sie Reue. Es war nicht richtig, ihren engelhaften Begleitern die Schuld für all das Unrecht auf der Welt in die Schuhe zu schieben. Aber die Homullus waren ihr niemals böse. Sie schnitten sie nicht und lachten sie auch nicht aus (zumindest nicht in ernsthaften Dingen). Sie schlossen Colombe in ihre Arme und genossen den Augenblick, den sie in Verbundenheit mit ihr teilen durften. Vergebung war für sie ein Fremdwort, denn sie verurteilten nicht. Aber wie sollte ein solches Wesen den Unterschied zwischen Gerechtigkeit und Schofel erkennen? Darauf antworteten die Homullus: »Wie sollen wir es jemals erlernen, wenn sogar der Mensch – mit seinem *großen* Verstand – es nicht vermag?«

Epilog

Es geschah knapp drei Jahre später, als sich Colombe auf den Weg zum Selbstverteidigungs-Training zu Lusebian machte. Sie warf die Sporttasche über den Rücken und öffnete schwungvoll die Wohnungstüre. Im Treppenhaus war der kahlschädelige Hauswart, Herr Müller, eben dabei eine Bockleiter aufzustellen, um eine Glühbirne auszuwechseln. Colombe hatte keine Lust mit dem Laurenzverschnitt zusammenzutreffen. Herr Müller war ein Grobian und ein Lüstling noch dazu. Dass er sich noch nie an ein Mädchen aus dem Internat herangemacht hatte, war ein Wunder. Colombe vermied jede Konfrontation und ging ihm aus dem Weg, wann und wo sie nur konnte. Aber um aus dem Gebäude zu gelangen, hätte sie an ihm vorbei gehen müssen. So entschloss sie sich in der Wohnung zu warten, bis er die Leuchte ersetzt hatte.

Das dauerte zum Glück nicht lange. Bald spienzelte sie zum Türspalt heraus und konnte keinen Hauswart mehr erkennen. Jetzt war sie aber in Eile. Sie sputete durch den Korridor, nahm anschließend auf der Treppe immer zwei Stufen auf einmal und hetzte zum Ausgang. Draußen stand leider der Kahlschädel direkt vor der gläsernen Doppeltür und rauchte genüsslich eine Zigarette. Möglicherweise hatte er sie schon beim Auswechseln der Glühbirne bemerkt gehabt. Und nun wartete er auf sie, nur um sie anzüglich anzusprechen und – wenn immer möglich – wie zufällig zu begrabschen. Sie hatte ihm schon einmal einen Schlag aus ihrem Selbstverteidigungs-Repertoir versetzt, um ihn in die Schranken zu weisen. Seitdem war er etwas zurückhaltender. Aber er war so dumm, dass er das wohl schon wieder vergessen hatte.

Also machte Colombe auf dem Absatz kehrt, benutzte die Treppe, die zum internatsinternen Hallenbad führte, durchquerte die Umkleidekabinen der Jungs, die sich verwirrt die Handtücher um die Lenden schwangen, und stieg auf der anderen Seite des Gebäudes die Treppen wieder hoch. Dort befand sich der Notausgang. Die Tür konnte von innen immer geöffnet werden und so war sie, dank dieses kleinen Umweges, unangepöbelt an die frische Luft gelangt.

Sie düste über den schmalen Verbindungsweg außerhalb des Trei-eins-Geländes der zum Vorhof des anliegenden Bauernhauses führte und bog im Laufschritt um die Ecke zum Parkplatz. Diesen Weg war sie noch nie gegangen. Die Bauernfamilie erlaubte den Bewohnern des Internats das Begehen dieses Weges nur im Notfall. Also bei Feuer oder einem Bombenangriff (das waren die Worte des Bauern). Ausgerechnet als Colombe diesen verbotenen Weg ging, prallte sie in der Eile mit einem jungen Mann zusammen. Sie wäre beinahe hingefallen, hätte er sie nicht an den Schultern gepackt und festgehalten. Sie befürchtete schon, der Fremde wolle sie durchschütteln wie einen frechen Bengel und womöglich noch mit Zeter und Mordio vor die Schulleitung schleifen. Colombe wagte gar nicht, ihn anzusehen und fragte sich, was wohl schlimmer sei. Herr Müllers eklige Anmachsprüche oder eine Abmahnung des Schulleiters, weil sie den verbotenen Weg gegangen war. Aber der junge Mann lachte nur, sagte »hoppla«, entschuldigte sich sogar und fragte: »Ist alles in Ordnung?«

Er hatte eine tiefe Stimme und die Melodie darin hörte sich so harmonisch an wie die eines englischen Gentleman aus dem 19. Jahrhundert. Die Vertrautheit dieser Schwingungen ließen sie die Angst vor einer Strafpredigt des Rektors vergessen.

Dann hob sie endlich den Kopf. Unvermittelt blickte sie in die traurigsten Augen, die sie jemals gesehen hatte. Sie vergrub sich regelrecht in das Graublau der regenwetter-chlorgrauen Augen und schließlich fand sie ihn, den Glanz der Sonne. Seine Haare waren dunkelbraun, wie humusreiche Erde und mit etwas Gel zu einer frechen Kurzhaarfrisur geformt. Am liebsten wäre sie mit der Hand durchgefahren. Als er dann auch noch lächelte, so breit wie ein Nashorn, machte es bei ihr Klick: »T ... T ... Tin!«, flüsterte sie. Jeder Buchstabe schien ihr in der Kehle stecken zu bleiben.

Der junge Mann ließ sie los, machte einen Schritt zurück um sie zu mustern und zuckte verwundert mit dem Kopf. »Äh, kennen wir uns?«

Colombe spürte ihre Beine nicht mehr. Sie spürte ihre Arme nicht mehr. Sie spürte gar nichts mehr. Sie sah nur noch diesen Mann, der genauso aussah wie Tin – und der so real war wie die Kleider, die sie trug. Beinahe hätte sie ihre Nase in seine Brust gegraben, um seinen himmlischen Duft einzuatmen.

»Du ... du bist Tin«, krächzte sie.

Seine Lippen zuckten kurz zu einem Lächeln. »Hm, fast. Ich heiße Tom. Und Du bist?«

»Colombe, Colombe Tanner«, sagte sie, lächelte und versuchte mit aller Kraft, nicht in Ohnmacht zu fallen.

Ein Leuchten erhellte sein Gesicht und auch er schien sich in ihren glitzernden Augen zu verlieren. »Freut mich, dich kennenzulernen, Colombe Tanner«, sagte er mit atemloser Stimme und streckte ihr die Hand entgegen. »Vermutlich verwechselst du mich. Denn dich hätte ich bestimmt nicht vergessen, wenn wir uns schon mal begegnet wären.«

Auch Colombes Mundwinkel zuckten und ihre Pupillen huschten ruhelos umher. Sie gab Tom die Hand und erwiderte den Händedruck. Der Funken, der dabei glühte, konnten beide deutlich spüren, und Colombe freute sich, dass er keine Anstalten machte, ihre Hand wieder loszulassen. Die Vertrautheit seines Wesens, sein Lachen ... einfach seine ganze Ausstrahlung, ließ Colombes Sinne wieder zur

Normalität wechseln. Da war es, das Gefühl des Vertrauens und der uralten Verbundenheit. An ihm war alles haargenau gleich wie an Tin im Traum. Aber einen schiefen Zahn hatte er nicht, das bemerkte sie sofort. Stattdessen klaffte dort eine etwas zu breit geratene Zahnlücke. *Beim Küssen stört die nicht,* dachte Colombe. Dieser Gedanke drückte ihr eine Hitzewallung ins Gesicht und ließ sie erröten.

»Ich bin verbotenerweise über euer Land gelaufen, bitte entschuldige. Aber ich wollte dem Müller nicht begegnen.

»Müller?«, fragte Tom.

»Müller ist der Hauswart vom Treieins. Den kennst du bestimmt.«

»Oh, nein, ich bin nicht von hier.« Er zeigte auf das Bauernhaus. »Ich bin Metallbauschlosser und habe im Haus ein Treppengeländer montiert. Und du? Bist du Lehrerin hier im Internat?«

Colombe schüttelte den Kopf. »Sekretärin des Rektors«, war alles, was sie hervorwürgen konnte. Dann sah sie ihn einfach nur noch an... wortlos. Er wurde verlegen, zog leider seine Hand zurück und steckte sie, unsicher geworden, in die Hosentasche. Erst jetzt fiel Colombe auf, dass er typische dunkelgraue Handwerkerhosen trug und ein Shirt mit der Aufschrift der Firma, für die er vermutlich arbeitete.

»Ähm«, durchbrach er plötzlich die Stille. »Das klingt jetzt vielleicht wie eine schlechte Anmache. Aber hättest du Zeit und Lust, mit mir eine Tasse Kaffee trinken zu gehen? Ich möchte gerne herausfinden, warum du mich kennst, ich dich aber nicht.« Er schaute auf die Uhr. »Ich habe Feierabend, und wenn du nichts anderes vorhast... ich meine... irgendwie ist es doch cool, dass wir uns hier getroffen haben. So ein Zufall muss dir erst passieren. Ein paar Sekunden früher oder später und wir wären aneinander vorbeigegangen.«

Colombe presste die Lippen zusammen und nickte »Mhm«, gurgelte sie.

Dieses »Mhm« erhellte sein Gesicht. »Ist das ein Ja?«

Wieder nickte sie. »Gerne, nur habe ich gleich Training.« Sie zeigte auf ihre Sporttasche. »Synchronschwimmen«, log sie.

Tom wirkte enttäuscht. »Oh, dann...«

»Aber morgen hätte ich Zeit«, schob sie hastig hinterher.

Sie verabredeten sich für den nächsten Tag, wechselten noch ein paar Worte und verabschiedeten sich wieder mit einem langen Händedruck. Colombes Herz machte Freudensprünge. »Ich glaube, jetzt beginnt mein Leben erst richtig«, sagte sie zu sich selbst und düste zum Training.

Lusebian, ihr Trainer, war noch nicht da. Colombe nutzte die Wartezeit für ein leichtes Aufwärm-Jogging. Während des Laufens bedankte sie sich insgeheim beim Umstand, dem Laurenzverschnitt Müller ausgewichen zu sein. Wenn er nicht gewesen wäre, hätte sie den normalen Weg genommen und sie wäre Tin … Tom nie begegnet. Tom hatte nur an diesem einen Tag bei der Bauernfamilie zu tun gehabt.

War es ein Wink des Schicksals? Nein, Schicksal gab es nicht, das wusste sie aus dem Traum der Träume. *Wäre alles vorbestimmt und Schicksal, wären wir alles Marionetten in einem Puppentheater. Manchmal ist es halt einfach gut, aus dem Trott des Alltags auszubrechen und einen anderen Weg einzuschlagen.*

Lusebian erschien im Türrahmen und beäugte sie mit hochgezogenen Augenbrauen. »In der Tat, ja, in der Tat, heute muss ich dir offenbar das Lächeln nicht beibringen, Engelchen?«, sagte er, wischte sich die Haare aus dem Gesicht, einmal links und einmal rechts. Dann schloss er die Tür des Trainingsraumes zu und verriegelte diese.

Für Colombe war es nichts Neues, dass er die Tür verriegelte. Ihr Kampftraining war geheim. So geheim, dass sie sogar ihrer besten Freundin Zlittle vorlog, sie gehe regelmäßig ins Synchronschwimm-Training.

Colombe strahlte ab Lusebians Worten noch mehr, stoppte das Jogging und beugte sich vornüber, um ihre Muskeln zu dehnen. Alles war gut. Das Böse des Traums hatte sich in Luft aufgelöst und nun war sogar Tin … Tom in ihr Leben getreten. Jetzt blieb eigentlich nur noch eine Frage offen: Warum trainierte Lusebian mit ihr den geheimen Stil des *ImPerDi*?

ENDE

Über die Autorin:

Carina Carie, 1971 geboren, verheiratet, steht heute in der Blüte ihres Lebens. Schon in früher Jugend fiel sie zu Hause und in der Schule als eigenständige Denkerin auf. Ihr äußerst angenehmer Umgang mit Menschen ist immer geprägt von einem erfrischenden Humor.

Jetzt stellt Carina Carie ihr erstes Buch vor. Die gesamte Kraft ihrer Persönlichkeit hat sie der Botschaft ihres Werks zu Grunde gelegt. Das Schreiben ist ihr Mittel zum Zweck der Verarbeitung. Dabei bedient sie sich immer wieder einer fast grenzenlos wirkenden Phantasie, gepaart mit einer unglaublichen Vorstellungskraft.

Danksagung

Ich danke Dir für den Kauf dieses Buches.

Ich danke Dir, Pa, fürs Lesen, fürs Korrigieren und auch für Deine mich nachdenklich stimmenden Zweifel. Ich danke Dir für Deine wertvolle Meinung und all die resultatserzeugenden Diskussionen. Ich danke Dir für »mänge Schutt is Füdle«, wenn ich wieder einmal drohte, ins Stocken zu geraten. Ich danke Dir und Ma fürs an mich Glauben, fürs Zuhören und die kraftspendenden Umarmungen.

Ich danke Dir, meinem Freund, Vertrauten und Ehemann, fürs »Schämpistrinke«, nach jeder erreichten Hürde. Fürs wach bleiben, während ich (angeblich) träume. Für Dein Lachen, Deine starke Schulter und fürs innige »Ärfälä«. Stell Dir vor, auch Dir danke ich für »mänge Schutt is Füdle« und dafür, dass Du mich alleine kochen lässt.

Ich danke Dir, meinem Freund und Kollegen, fürs Layouten und fürs unermüdliche Beantworten von all meinen vielen Fragen. Deine Familie ist mir ans Herz gewachsen.

Liebe Freunde und Kollegen, ich danke Euch für Eure Freundschaft, auch wenn sie scheinbar oft nur telephatisch funktioniert - und einem besonderen Menschen danke ich fürs Vorablesen und Korrigieren.

Ich danke meinem Schreiblehrer fürs Motivieren. Ich danke dem Team fürs Drucken. Ich danke den Postboden fürs Ausliefern. Ich danke unserem Hausgeist Gunnar... obwohl... nee, war 'n Witz.

Ich danke Dir, »C« und allen von »drüben«. Ich kann Dir und Euch einfach nicht böse sein.

www.carinacarie.ch

ingramcontent.com/pod-product-compliance
ng Source LLC
~burg PA
833010726
00005B/1379